DAS MÄDCHEN, DAS ZU DENKEN WAGTE

BELLA FORREST

Hot Pancakes Ltd

www.hotpcakes.com

1

Vor der Zeit des Turms hatten die Menschen vom Fliegen geträumt.

Wir hatten großartige Maschinen gebaut, die uns mit knatternden Motoren und schädlichen Abgasen vom Boden lösten. Dann hatten Raketen uns ins All geschossen. Aber obwohl wir so viel erreicht hatten, war es uns nicht genug gewesen. Wir wurden unruhig und führten Krieg. Wir gewannen, wir verloren und wir zwangen die Erde in die Knie. Die Sonne zerriss unsere verstrahlte, geschwächte Atmosphäre und das Leben zerfiel zu Asche.

Nun, dreihundert Jahre nach dem Ende, hatten wir überlebt. Versteckt hinter den dicken Außenmauern des Turms dienten wir der monströsen Struktur, die gleichzeitig unsere Rettung und unser Gefängnis war.

Einst hatten wir vom Fliegen geträumt. Nun schienen wir überhaupt nicht mehr zu träumen.

"Lehrling Castell." Gerome, mein Kommandant, riss mich aus meinen Gedanken und ich zuckte zusammen. Ich war wieder einmal in Tagträume versunken, die nichts mit produktiven Dingen zu tun hatten. Das war ganz und gar nicht im Dienstes des Turms.

Ich wandte mich von dem Fenster ab, durch das ich nach draußen gesehen hatte, zwang mich, eine entschuldigende Miene aufzusetzen, und stellte mich dem leicht missbilligenden Blick meines Mentors. Geromes dunkle Augen waren nichtssagend und sein Gesicht nahm langsam wieder seinen üblichen stoischen Ausdruck an. Nach einem Augenblick nickte er kaum merklich und wandte sich zu dem Mann neben ihm, wobei der dicke karmesinrote Stoff der Ritteruniform leicht knitterte. Das Geräusch wurde durch die schmalen Betonwände des Dienstflurs, in dem wir standen, noch verstärkt. »Wie gesagt, ist dies Lehrling Castell. Sie wird uns begleiten, Mechaniker Dalton.«

Dalton, eine ‚Sieben' aus der Mechanik-Abteilung (oder Zahnräder, wie wir die Mechaniker nannten), sah Gerome spitz an und selbst aus dem Augenwinkel sah ich den angewiderten Blick, den er mir zuwarf. Er hatte zweifelsohne die Nummer auf meinem Handgelenk gesehen und mich sogleich abgeurteilt – was bedeutete, dass heute kein toller Tag sein würde, obwohl ich es mir fest vorgenommen hatte.

Nein – es schien vielmehr, dass wir beide dazu bestimmt waren, uns gegenseitig zu bekriegen. *Verdammt.*

Es war nicht unsere Schuld; wenn eine andere Abteilung die Ausrüstung eines Ritters benötigte, dann besagte unser Protokoll, dass wir die Person eskortieren mussten. Diese Gelegenheiten wurden üblicherweise dazu benutzt, um Lehrlinge wie mich auszubilden, damit wir unsere zukünftigen Pflichten als vollwertige Ritter erlernten. Dieses Mal – so wie die meisten Male – mussten wir nach draußen gehen, um ein paar der Solarkollektoren an einem der Außenäste des Turms zu reparieren.

Dalton warf mir einen weiteren gereizten Blick zu und ich merkte, dass er etwas gesagt hatte, doch ich hatte es nicht gehört. *Zweiter Patzer*, dachte ich mir. Gerome drehte sich um und ging den Gang entlang auf den Fahrstuhl zu, der nur wenige Meter entfernt war, also nahm ich an, dass Dalton ihm gesagt hatte, in welche Etage wir fahren mussten. Ich setzte an, um Gerome zu folgen, doch Dalton streckte verächtlich einen Arm aus und versperrte mir den Weg.

»Du gehst hinter uns«, sagte er mir schniefend. »Ich möchte keine psychologische Ansteckung riskieren.«

Wut stieg mir den Rücken hinauf, aber ich wandte den Blick ab und biss mir auf die Zunge.

Wie immer waren die engen Gänge in der Hülle praktisch leer. Wir befanden uns in der Innenseite, sodass es nicht viel zu sehen gab – nur

Röhren, Beton und Stahlwände.

»Ich kann nicht fassen, dass sie eine *Vier* geschickt haben«, brummte Dalton, während er sich dem Aufzug zuwandte. Dieses Mal konnte ich nicht an mich halten. Ich hatte gerade den Mund aufgemacht, um etwas zu erwidern, als Gerome mir einen Blick über die Schulter zuwarf. Seine Botschaft war klar. *Halte dich zurück – reagier nicht.*

Na schön. Fein.

Die beiden Männer betraten die stahlgraue Plattform. Mehrere blaue Lichtstrahlen schossen aus der Plattform hervor und ich hörte, wie der Computer ihre Namen, Identifikationsbezeichnungen und ihren Rang aufsagte. Ich sah ihnen nach, wie sie schnell in den nächsten Stock hinauffuhren und aus meiner Sicht verschwanden. Ich fragte mich, ob der Motor wohl jemals versagte. Gerome war ganz okay, aber Dalton könnte es nicht schaden, einen langen Sturz auf den Zementboden zu erleben.

Du bist Teil seiner Begleitung für den heutigen Tag, rügte ich mich. Gerome wäre sicher enttäuscht von mir, weil mein Gedanke für einen Lehrling unehrenhaft war – eigentlich war er für jede Person unehrenhaft. Außerdem war Daltons Abneigung gegen mich ja nicht grundlos. Er hatte zwar einen bescheuerten Grund, aber dagegen konnte ich mit meiner negativen Einstellung auch nichts ausrichten.

Stockwerk 173, Lehrling, ertönte Geromes Stimme in meinem Ohr.

Seufzend drückte ich auf den Knopf und sah, wie eine neue Plattform aus der Wand fuhr und den Fahrstuhlschacht bedeckte. Ich atmete tief durch, um mich mental auf den Scan vorzubereiten, betrat dann die Plattform und wartete. Beinahe unmittelbar darauf schalteten sich die Lichter ein und ich spürte einen dumpfen Schmerz im Hinterkopf, als das Neuronennetz rings um meine Großhirnrinde vor Aktivität vibrierte und der Computer meine Berechtigungen prüfte.

»Identität überprüft: Lehrling Liana Castell, Bezeichnung 25K-05, Sie haben Erlaubnis, den Fahrstuhl zu *benutzen.«*

Ich betete erfolglos, dass es damit vorbei wäre, weil ich weiterkommen wollte. Aber der Computer war noch nicht fertig mit mir.

»Ihre derzeitige Nummer ist Vier«, zwitscherte die künstliche Frauenstimme. Ich runzelte die Stirn und fühlte wieder das Pochen in meinem Hinterkopf. Es war schon schlimm genug, dass Dalton mich aufgrund meiner Nummer nicht mochte; dass mich nun auch noch ein blöder Computer daran erinnerte, war einfach nur deprimierend. Ich lehnte mich gegen die Wand des Schachts und wartete darauf, dass die schlechteste Motivationsrede aller Zeiten endlich aufhörte. »Als *Aufpasserin der Zitadelle und als Bürgerin des Turms wird Ihnen empfohlen …«*

»… sich in der Medica behandeln zu lassen«, sagte ich zeitgleich mit der Maschine, weil ich den Text auswendig kannte. Jeder, der einen Rang Fünf oder weniger hatte, musste sich das anhören, aber je niedriger man stand, desto mehr hatte der Computer einem zu sagen. »Ja. Habe verstanden.«

»Ihr Wohlbefinden fördert das Wohlbefinden des Turms«, sagte der Computer. »Vergessen Sie nicht, dass es als *Lehrling Ihre Pflicht ist …«*

Ich kannte auch den Rest der Rede. Das verdammte Ding spuckte sie jedes Mal aus, wenn ich mich einem Hochsicherheitsbereich näherte. *Ihre Nummer ist zu niedrig. Haben Sie in Erwägung gezogen, sich in der Medica behandeln zu lassen? Vielleicht ist es an der Zeit, neue Freundschaften zu schließen!* Ich verzog das Gesicht, streckte die Arme aus und löste mich von der Wand, als sich die Plattform in Bewegung setzte, während mein Blick auf die an die Wand geschriebenen Etagennummern fiel, die an uns vorbeiglitten.

Eine Vier. Ich war eine lausige Vier und das Ende meiner Ausbildung zum Ritter näherte sich. Wenn es mir nicht gelang, meine Nummer vorher anzuheben, dann würde ich die Bedingungen nicht erfüllen, um als Ritter dienen zu können. Infolge würde ich meine Wohnung verlieren und praktisch obdachlos werden. Ich müsste eine neue Bleibe finden, bevor meine Nummer weiter sank und ich verhaftet würde. Und das alles, noch ehe ich einundzwanzig wurde. Meine Eltern würden sich für mich einsetzen und mir eine Fristverlängerung aushandeln, da war ich mir sicher, aber auch sie konnten mir nicht sehr viel Zeit kaufen. Sie würde nicht reichen.

Mein Blick fiel auf die Nummer 150 und ich drehte mich aufgeregt um, weil ein Hauch von Begeisterung meine finsteren Gedanken unterbrach. Ich wartete geduldig wie auf den Sonnenaufgang darauf, dass die Glasverkleidung vor mir auftauchte. Hier öffnete sich die Sicht aus dem Fahrstuhl zum Inneren des Turms, das hinter einer Glasröhre lag, die an den Wänden entlang verlief.

Die Wände des Turms waren eigentlich eine Hülle, die zu Abwehrzwecken entworfen worden war. Sie bestand aus zwei Schichten.

Die äußere Schicht enthielt die Luken, die in den Turm hinein- und hinausführten sowie ein riesiges Treppenhaus, das sich um den Turm herumwand und scheinbar endlos war. Die innere Schicht enthielt Hunderte von Stockwerken, in denen sich vor allem Wartungsschächte und Quartiere befanden, aber das unterste Stockwerk beherbergte auch die Maschinen, die uns am Leben hielten. Die untersten Stockwerke waren auch am dichtesten bebaut, weil sie die Last des ganzen Turms auf ihren Schultern trugen.

Daher führten nicht alle Fahrstühle bis in die obersten Stockwerke, sondern hielten normalerweise im höchsten verfügbaren Stockwerk und man musste einen weiteren Fahrstuhl nehmen, wenn man noch höher fahren wollte. Der Aufzug, in dem ich mich befand, fuhr jedoch wie wenige andere bis ganz nach oben.

Meine Augen saugten die schöne Aussicht in unseren Turm auf, weil sie selten war und weit auseinander lag. Das künstliche Licht, das die Wände abgaben, war auf ‚Morgen' programmiert, und helle Strahlen durchbrachen die Schatten der Nachtbeleuchtung. Drei Strukturen, die von der Decke herabhingen, wurden sichtbar. Sie sahen von dieser Höhe riesig aus und ich konnte sie von hier aus alle drei sehen, wie sie im künstlichen Morgenlicht glitzerten.

Die strahlend weißen Wände der zylindrischen Struktur der Medica lagen mir am nächsten. Das Weiß war beinahe zu gleißend, um es anzusehen. Runde Gänge umgaben den riesigen Zylinder – jede einzelne seiner sechzig Etagen. Die Gänge waren schmal und weiß und wurden nur von Treppen unterbrochen, die die verschiedenen Stockwerke miteinander verbanden. Gegenüber der Medica lag die Zitadelle mit ihren schwarzen und karmesinroten Bögen, den dunklen Stahlbauten und stilisierten Wänden, die sich an die gotische Bauart anlehnten, um ihre zylindrische Form zu betonen. Dazwischen hing die leuchtend blau und schwarz glänzende kegelförmige Struktur des Kerns. Seine kreisförmigen Ebenen schienen aufeinander zu ruhen und das breiteste Stockwerk war mit dem Dach verbunden. Jedes darunter folgende Stockwerk war etwas schmaler, sodass der Bau aussah, als ob Münzen unterschiedlicher Größe aufeinandergestapelt worden wären, beginnend mit der kleinsten. Der Kern war das Herzstück des Turms und das Herz von Scipio ... *Unserem wohlwollenden Computer-Oberherren.*

Das Gerät in meinem Kopf vibrierte und warnte mich davor, dass es eine starke Negativität spürte. Sofort schob ich den Gedanken fort und sperrte ihn ein. »Dumm«, brummte ich und sah, wie sich der verächtliche Blick meiner bernsteinfarbenen Augen im Glas spiegelte, als ich mich vom Anblick des Turms löste und mein Spiegelbild in der Scheibe sah. Ich blickte auf mein Handgelenk.

Das Band auf meiner gebräunten Haut war aus einem schwarzen Mikrofaden, der sehr dünn, aber praktisch nicht zerreißbar war. Darauf befand sich die digitale Anzeige, die die Nummer in einem sanften, gereizten Orange anzeigte – eine nette kleine Erinnerung unseres Oberherren daran, dass ich nicht gut genug war. Scipio, der große Computer, der die Netzwerke in unserem Kopf überwachte und die Auswertungen dazu verwendete, unseren Wert zu bestimmen, hatte mich noch nie gemocht. Angeblich hatte er keine Gefühle, aber ich vermutete schon seit Langem, dass er ein perverses Vergnügen an meinen Fehlschlägen fand. Er hatte noch nie an mich geglaubt. Aber andererseits hatten das meine Eltern auch nicht. Genau so wenig wie meine Lehrer. Oder sonst jemand, von meinen Freunden und meinem Bruder Alex abgesehen.

Alex hatte mir erklärt, dass die Nummer zeigte, wie viele positive Gedanken man im Vergleich zu negativen Gedanken hatte. Das Netz konnte zwar nicht direkt die Gedanken lesen, aber es las die damit verbundenen Gefühle und nahm dann durch einen komplexen Algorithmus eine Risikoeinstufung des betreffenden Bürgers vor, um die Wahrscheinlichkeit auszurechnen, dass jemand abtrünnig wurde. Das Problem war nur, dass ich selbst mich gar nicht als Dissidentin sah. Was mir das Leben schwer machte, war diese Zahl, die mir völlig sinnlos und schädlich schien.

Der Fahrstuhl näherte sich langsam dem Stockwerk 173, wo Gerome und Dalton warteten. Er blieb in der Wandöffnung stehen und ich trat schnell heraus. Die Plattform schwebte noch einen Augenblick hinter mir und wartete auf neue Befehle und glitt dann in den Schlitz in der Wand zurück, um auf neue Passagiere zu warten. Ich war schon halb die Rampe hinuntergegangen, die den Fahrstuhl mit dem Stockwerk verband, als mein Stiefel gegen etwas stieß – genauer gesagt gegen meinen anderen Stiefel – und ich nach vorn stolperte und fiel. Gerome fing mich schnell auf. Selbstbewusst benutzte er dazu seinen rechten Arm, sodass ich einen Blick auf seine Zahl werfen konnte: Eine kaltblaue Zehn leuchtete über seiner blassen Haut, als er meinen Oberarm packte. Ein perfekter Bürger. Gerome war das Paradebeispiel dafür, wie langweilig das Perfektsein einen machen konnte.

Ich richtete mich auf und warf Dalton einen kurzen Blick zu. Er stand mehrere Schritte hinter Gerome, streckte stur sein Kinn vor und weigerte sich, mich anzusehen.

Ich biss mir auf die Zähne. Das war mehr als ungerecht. Daltons Rang Sieben war so durchschnittlich, dass der typische Turmbürger ihn kaum beachten würde. Seit wir uns aber vorgestellt worden waren, hatte er mich nicht eines Blickes gewürdigt. So wie er sich benahm, konnte man fast vermuten, dass er auf einer geheimen Mission von Scipio selbst hierher geschickt worden war, die nichts damit zu tun hatte, die beschädigten Sonnenkollektoren zu reparieren, und dass ich (die niedere Vier) nicht seine Eskorte, sondern sein größtes Hindernis war. Das Schlimmste war, dass er einfach damit davonkommen würde. Er wusste offensichtlich aus Erfahrung, dass seine selbstgerechte Überlegenheit keine Auswirkungen auf seinen hinnehmbaren Rang haben würde. Das brachte mein Blut zum Kochen.

»Ruhig, Lehrling«, sagte Gerome und legte mir seine kräftige Hand auf die Schulter. »Zahnräder waren noch nie die umgänglichsten unserer Abteilungen.«

Darauf brummte ich nur.

Gerome sah mich an. Sein Gesicht ähnelte den Hologrammen, die wir von den alten Griechen hatten: wie gemeißelt, jeder Zug wie von einem Künstler gestaltet. Seine dünnen, eleganten Augenbrauen zeichneten sich unter seinen Haaren, die an den Schläfen grau zu werden begannen, ab und sein Kinn schob sich beinahe anklagend vor.

»Wir wollen doch nicht, dass du weiter abrutschst«, sagte er mitfühlend. »Deine Nummer ist ohnehin schon niedrig. Hast du in Erwägung gezogen …«

»Mich in der Medica behandeln zu lassen?«, raunte ich. Ich blickte zu Boden, damit Gerome nicht sah, wie ich die Augen verdrehte. Dalton lief den Wartungsgang entlang und ich setzte an, ihm zu folgen, um Geromes Vortrag abzukürzen. »Ja. Meine Eltern sprechen schon seit einer Weile darüber.«

Gerome war mit einem großen Schritt wieder bei mir. Vor uns war

Dalton bereits dabei, eine enge Treppe zu den viereckigen Zugangsluken hinaufzusteigen. Als er die Luke öffnete, sah ich die schwarzen Wände der Außenhülle dahinter.

»Deine Eltern sind gute Bürger«, sagte Gerome. »Stark. Fähig. Meister Devon hat sie nicht ohne Grund zu Ritterkommandanten ernannt.«

Ich verzog das Gesicht und wandte mich ab. »Sie sind sehr perfekt.«

Sie hatten gewollt, dass ich genauso perfekt wäre, aber sie waren enttäuscht worden.

Gerome blieb am Fuß der Treppe stehen und die Art, wie er mit der Hacke gegen den Boden schlug, sagte mir, dass ich auch stehenbleiben sollte. Ich stockte und fragte mich, ob ich zu weit gegangen war. Gerome hasste Sarkasmus wie Katzen Wasser hassten.

»Der Oberherr Scipio hat dich verschont«, erinnerte er mich unnötigerweise in diesem sanft herablassenden Ton, in dem fast alle mit mir sprachen. »Du warst ein zweitgeborener Zwilling, unerlaubt und unwürdig. Deine Eltern haben dein Leben seiner Entscheidung überlassen und er hat beschlossen, dass du leben darfst. Musst du weiter so ... stur sein?«

Mein Gesicht begann zu glühen und ich ballte meine Hände zu Fäusten. Ich spürte, wie sich meine Fingernägel in meine Handflächen gruben. In gewisser Hinsicht hatte er recht. Jede Familie durfte dem Gesetz nach zwei Kinder haben. Meine Eltern hatten meine ältere Schwester Sybil schon gehabt, bevor ich auf die Welt kam, wenige Sekunden nach meinem Zwillingsbruder. Meine Mutter war voller mütterlichem Instinkt dazu bereit gewesen, mich auf der Stelle zu töten, um den Überschuss zu beseitigen, sozusagen. Scipio beschloss jedoch, dass ich leben sollte. Eine Zeit lang hatten meine Eltern mich deshalb für etwas Besonderes gehalten. Für ein auserwähltes Kind, das dazu bestimmt war, die Ritter in eine glorreiche, neue Ära zu führen.

Als Sybil unerwartet starb, als ich fünf Jahre alt war, hatte ihre Trauer ihre Meinung von mir nur noch verstärkt. Als ich etwas älter war, vielleicht sieben, beging ich den Fehler, zu fragen, warum Scipio Sybils Tod nicht verhindert hatte. Die Antwort meiner Mutter war eine Ohrfeige gewesen und wenige gezischte Worte, die ich nie vergessen würde: »Er hat sich stattdessen für dich entschieden«, fauchte sie und in ihren Augen glänzten Tränen.

»Du hast eine Bestimmung – aber wenn du solche Fragen stellst, wundere ich mich, ob er sich vielleicht geirrt hat.« An diesem Tag war ihre Nummer auf Neun herabgefallen – es war das erste und einzige Mal gewesen, dass das geschah.

Natürlich hatte Scipio sich nicht für mich statt für Sybil entschieden und Sybils Tod hatte nichts damit zu tun gehabt, dass Scipio mir mein Leben erlassen hatte. Aber dies war der Tag, an dem ich lernte, dass man Scipios Entscheidungen niemals laut infrage stellen sollte.

Irgendwann überwanden meine Eltern ihre Trauer und widmeten Alex und mir ihre volle Aufmerksamkeit. Sie versuchten praktisch, uns zu Kopien ihrer selbst zu machen. Sie wünschten sich so sehr, dass wir die Familientradition fortführten. Deshalb waren sie verblüfft, als Alex im Alter von fünfzehn Jahren den Familienberuf ausschlug – er war für die Seherschule rekrutiert worden, Scipios privates Aufgebot an Ingenieuren und Bewohnern des Kerns. Danach lasteten alle Erwartungen auf mir.

Was war mit meiner Bestimmung, auf die meine Eltern gehofft hatten? Nun, ich fand ein Jahr nach Alex' Fortgang heraus, dass es keine solche Bestimmung gab. Der einzige Grund, warum Scipio mich am Leben gelassen hatte, war, dass gleichzeitig ein Kind tot geboren worden war. Ich war Scipio völlig gleichgültig gewesen; er hatte lediglich ein Bevölkerungsungleichgewicht wieder ausbalanciert.

»Ich kann nichts gegen meine Gefühle tun«, murmelte ich.

Dalton hatte sich inzwischen von der Zugangsluke zu uns umgedreht und warf mir einen bösen Blick zu. Ich unterdrückte meinen Wunsch, den Mann zu erwürgen.

»Doch, das kannst du«, sagte Gerome entschlossen. »Du willst es nur einfach nicht.«

Als wir schließlich die Stufen hinaufgingen, schäumte Dalton förmlich vor Ungeduld. Er brummte ein paar Worte in der Sprache der Mechaniker, eine Sprache, die nur in seiner Abteilung gesprochen wurde, und wir erreichten den Treppenabsatz. Ich sah die lange Treppe hinunter, die durch die eingebaute Beleuchtung endlos zu sein schien und in die Dunkelheit hinabführte. Sie hing zwischen der sengenden Hitze draußen und den Wänden des Turms.

»Seid ihr fertig?«, fragte Dalton nun wieder in normaler Sprache.

Ich versuchte, ihn nicht anzufunkeln. Ich versuchte es wirklich. Ich nahm all meine Kraft zusammen, um eine reglose Miene zu machen. Aber ich spürte, wie meine Lippen dennoch zuckten und meine Augenbrauen zitterten. Bevor mein Ausdruck noch schlimmer wurde, wandte ich mich lieber ab.

Gerome sah mich missbilligend an und setzte vorsichtig die Tasche ab, die er über seiner Schulter getragen hatte.

»Lehrling, kannst du Dalton bitte helfen, den Gurt umzulegen und ihm eine Sicherheitsunterweisung geben?«

Ich nickte und hockte mich hin, um die Gurte mit der schweren schwarzen Wölbung an der Rückseite aus der Tasche zu holen. Ich ordnete sie, hob sie vorsichtig hoch und streckte sie Dalton hin. Der Mann verzog wieder verächtlich das Gesicht, aber da Gerome mich angewiesen hatte, ihm zu helfen, konnte er nichts dagegen sagen. Er streckte die Arme aus und ließ sich von mir helfen, die Gurte anzulegen.

»Dies sind die Kabelpeitschen«, sagte ich, während ich das Geschirr zurechtrückte. Dann zog ich die Gurte an seinen Schultern und um seine Brust zusammen. »Wenn sie richtig benutzt werden, dann können Sie sie vor einem Absturz retten. Möchten Sie sie lieber um die Arme oder um die Taille schnallen?«

»Arme«, sagte Dalton bissig und ich blinzelte, hielt aber den Mund. Die Arme waren okay, wenn man sich schnell bewegen musste, aber wenn man Arbeiten zu verrichten hatte, dann war eher die Hüfthalterung zu empfehlen. Doch ich war nicht in der Position, um eine Sieben zu hinterfragen, also tat ich es nicht.

Ich griff hinter ihn und ertastete die Basis der Hartschale. Dann nahm ich die beiden Metallenden, zog ein langes Seil daraus hervor und wickelte es durch kleine Laschen in seiner Uniform unter seinem Arm entlang und schließlich durch eine kleine Öse. Ich wiederholte das Ganze auf der anderen Seite und prüfte dann noch einmal jeden Gurt, um mich zu vergewissern, dass die Halterung sicher saß.

»Okay«, sagte ich, noch während ich die Gurte prüfte, weil ich keine Zeit verlieren wollte. »Die Spitze der Kabelpeitsche ist dazu da, statische Elektrizität zu absorbieren, während man in der Luft hängt und sich Spannung aufbaut. So haftet sie an allem an, was man berührt, Metall, Glas, einfach an allem. Um diese Funktion zu nützen, müssen Sie einfach nur …«

»Ich weiß, wie die Halterung zu benutzen ist, Lehrling«, fauchte Dalton. Er war scheinbar mit seiner Geduld am Ende. »Ich bin eine Sieben und wir Zahnräder entwerfen und bauen diese Halterungen für die Ritter, wenn ich dich daran erinnern darf.«

»Natürlich«, sagte ich und versuchte, ruhig zu bleiben. »Aber es ist meine Aufgabe ...«

»Ich komme schon klar.« Damit war die Diskussion scheinbar erledigt. Ich atmete tief durch und versuchte, den Groll, der sich in meinem Bauch anstaute, zu unterdrücken.

»Dann können wir loslegen, Zahnrad Dalton«, sagte ich möglichst heiter.

Dalton seufzte und sah dann zu Gerome hinüber, der sich seinen eigenen Gurt umgelegt und die Seile durch die kleinen Ösen über seiner Hüfte gewickelt hatte, direkt über seinem Gürtel. Da die Halterungen zur Standardausrüstung der Ritter gehörten, trugen wir Gurte schon unter unseren Anzügen und die Seile verliefen durch eingenähte Stoffbahnen. Ich hatte meine Halterung schon heute Morgen richtig eingestellt, weil ich wusste, dass wir nach draußen gehen würden. Aber scheinbar bemerkte niemand meine Voraussicht.

»Muss sie unbedingt mitkommen?«, fragte Dalton, als er auf die Luke zutrat, die auf eine der Astplattformen hinausführte. »Es wäre mir sehr viel lieber, wenn nur Sie mich begleiten würden, Ritter Nobilis.«

Und mir wäre es lieb, wenn du von der Plattform fällst, dachte ich, zuckte aber sofort zusammen. Ein schlechter Gedanke. Heute hatte ich wirklich Mühe, sie zu kontrollieren. Na ja ... eigentlich hatte ich immer Mühe damit.

Gerome antwortete geduldig, so als ob er diese Unterhaltung schon zigmal geführt hätte. »Sie ist mein Lehrling«, sagte er. »Sie muss darin ausgebildet werden, ein produktives Mitglied des Turms zu werden. Sie wird keine Schwierigkeiten machen. Darauf gebe ich Ihnen mein Ritterwort.«

Um ehrlich zu sein hätte ich problemlos den ganzen Tag hier auf sie warten können. Den Turm zu verlassen war immer anstrengend und ein Blick auf Daltons spöttisches Gesicht sagte mir, dass es heute noch sehr viel anstrengender werden würde. Aber es war meine Pflicht als Lehrling, Gerome zu folgen und das zu tun, was er sagte. Wenn ich es nicht tat, würden mich meine Eltern außerdem mindestens erwürgen.

Dalton biss sich auf die Lippe und seufzte dann geschlagen. »Na schön«, brummte er.

Er schob die Luke weit auf und heller Morgensonnenschein fiel herein. Wir hatten diese Tageszeit gewählt, um der glühenden Hitze zu entgehen. Es würde noch eine Weile dauern, bis die Sonne die von der Nacht gekühlte Luft erwärmte. Aber schon jetzt spürte ich, wie die Wärme über meine Haut strich, als ich auf den Solarast hinausschaute.

Die Äste waren in gewisser Weise schön. Massive Sonnenkollektoren erstreckten sich etwa hundert Meter vom Turm weg und bildeten eine breite Plattform, auf der man laufen konnte. Ich sprang nach Dalton nach draußen und sah zu, wie er an seinen Gurten herumfummelte. Diese Halterungen gehörten für Mechaniker nicht zur Standardausrüstung und entgegen seiner Behauptung schien er nicht zu wissen, wie sie zu bedienen waren. Er zog eine Kabelpeitsche aus seinem Handgelenkpolster und berührte mit der leuchtenden Spitze den Boden. Es zischte und ich zuckte zusammen.

»Sie müssen es kräftiger machen«, rief ich. Es war ein typischer Anfängerfehler. Die Kabel waren dazu gedacht, sie mit Schnelle und Kraft auf den Boden zu schleudern, damit sie sich in der Luft mit Reibung aufluden und die Statik sie dann zum Anhaften brachte.

Dalton sah zu mir auf.

»Die Kabel«, sagte ich und zog mein eigenes hervor, dessen Spitze blau leuchtete. »Sie müssen sie mit Wucht aufschlagen.«

Dalton starrte mich einen Augenblick an und drehte sich dann wortlos um. Er ging weiter und nutzte sein Kabel, um sich an der Seite des Sonnenasts herabzulassen.

»Er sollte es wirklich fester aufschlagen«, sagte Gerome und warf mir einen Blick zu.

Ich fühlte mich ein wenig stolz. Gerome sagte mir, wie die meisten Menschen, von meinen Kampflehrern abgesehen, nur selten, dass ich etwas richtig machte. Was er gesagt hatte, war zwar kein ausdrückliches Lob gewesen, aber an diesem Punkt in meinem Leben war es schon etwas wert, zu hören, dass ich keine komplette Versagerin war.

Ich spähte über die Kante und sah zu, wie Dalton sich langsam weiter an dem Kabel aus seiner Halterung abseilte. Die Aussicht war atemberaubend.

Unter uns floss leuchtend grün der Fluss und hob sich gegen die hellgelbe Wüste, das leere Ödland, ab. Es hieß nicht ohne Grund die Halde. Der Himmel strahlte bereits blau, obwohl es noch früh am Morgen war, aber es gab nichts, womit wir uns schützen konnten. Es gab nur selten Wolken am Himmel, doch selbst an den klarsten Tagen waren die Berge in der Ferne kaum zu erkennen – die Hitze der Wüste flimmerte wie eine Fata Morgana und versperrte die Sicht. Aber nachts, wenn Vollmond war, dann sah man die Berge ganz, ganz weit im fernen Süden. Alles andere war weit, leer und leblos.

Gerome schlug sein eigenes Kabel mit einem hörbaren *tschzz* auf den Boden und Strom schnellte in die kleinen Kreise rings um die Stelle, wo das Kabel den Boden berührte. Er begann, sich abzuseilen und Dalton zu folgen. Ohne länger zu zögern, trat ich beiseite und folgte ihm. Ich schleuderte mein Kabel erst gegen die Wand, als ich schon zu fallen begonnen hatte, und es klebte sich mit einem Klicken an die Plattformseite. Die Halterung fing meinen Fall auf und gab mir etwas mehr Spielraum, um meinen Sturz sanft abzufedern. Ich stemmte meine Füße gegen das Glas, wobei ich darauf achtete, die Sonnenkollektoren nicht zu beschädigen, und schleuderte dann mein zweites Kabel. Es presste sich ebenfalls an die Wand und gab mir sicheren Halt. So ließ ich die erste Kabelpeitsche los und fiel ein paar weitere Meter nach unten, bevor ich unter dem Ast baumelte. Mein Herz raste.

So angeberisch meine Bewegungen auch gewesen war, war mir doch flau im Magen. Der Turm war über eine Meile hoch und seine Wände waren steil. Ich sah die Welt, die sich unter mir erstreckte, und die massiven Wände des achteckigen Turms. Der Bau war makellos und braun und die perfekte Säule wurde nur von den riesigen Solarplattformen unterbrochen, die rings um das monströse Gebäude in die Luft ragten. Neben dem Turm in der Luft zu hängen war erschreckend. Und gleichzeitig berauschend.

Gerome seilte sich neben mir ab und überholte Dalton. Gerome hatte seine Kabel natürlich ordentlich benutzt, was seinen Abstieg etwas kontrollierter machte als meinen.

Ich runzelte skeptisch die Stirn, als ich sah, wie Dalton nur langsam vorankam. Dieser Mechaniker war lahm. Seine Bewegungen waren so träge, dass ich mir wünschte, seine Arbeit selbst erledigen zu können. Ich hätte es ja verstanden, wenn er sich auf sichere Weise abseilen wollte, aber er schien nicht einmal zu wissen, wie man die Kabelpeitschen richtig benutzte. Er warf sie so, als ob sie zerbrechen könnten. Sein freies Kabel schlingerte sanft durch die Luft und er seilte sich ein winziges Stück ab, bevor er das Ganze auf der anderen Seite wiederholte. Wenn es nicht so furchtbar gefährlich gewesen wäre, hätte ich es komisch gefunden. Aber ein Fehlschlag und Dalton würde die beste Vogelperspektive auf das Land haben, während er eine Meile tief hinabstürzte.

Andererseits war es nicht seine Schuld. Auch wenn er das anders sah, benutzte er hier Ritter-Ausrüstung und die Ritter gaben sie nicht gern her, weder die Halterung noch die Kabel. Deshalb wurde jeder aus einer anderen Abteilung, der sich die Ausrüstung ausborgte, von zwei Rittern begleitet, die dafür sorgen sollten, dass die Ausrüstung in gutem Zustand zurückgegeben wurde. Und ich war eben heute einer dieser beiden Begleiter. Es war auch nicht Daltons Schuld, dass er hier draußen war – es war üblich, dass Siebener und Achter ausgewählt wurden, um die gefährlichere Arbeit zu erledigen. Sie waren vertrauenswürdig genug, um ihre Pflichten zu erfüllen, aber andererseits war ihre Nummer nicht hoch genug, um nicht entbehrlich zu sein.

Ich betrachtete die Unterseite des Asts und sah schnell, weshalb wir hier waren. Ein Kabelbündel hatte sich gelöst und hing nun aus einem Bruch in der Metallplatte. Das passierte manchmal. Im Augenblick war die Luft ruhig, aber der Wind rauschte gelegentlich so schnell, dass einige der Platten sich so lange bogen, bis sie abbrachen oder sich die Schrauben lösten. Ich warf mein Kabel wieder aus und hangelte mich dichter an den Schaden heran. Dalton kam ebenfalls in seine Nähe und beeilte sich nun. Er beschleunigte so sehr, dass ich stockte und ihn lieber vorgehen ließ, was mir einen wütenden Blick einbrachte. Ich wartete, bevor ich mich näherte, blieb aber weit genug entfernt, dass Dalton nicht auf die Idee kommen konnte, mit mir zu sprechen.

Er zog sich dicht zu den losen Kabeln heran und ich zuckte zusammen, als er seine Kabelpeitsche gegen die Metalloberfläche über uns schlug, aber gar nicht nach oben sah, um sicher zu sein, dass der Kontakt auch wirklich hergestellt war. Stattdessen begann er einfach, sich in die Kabel zu stützen und fummelte an dem heraushängenden Bündel herum. Aber sein Kabel hielt zum Glück und ich atmete auf. Ich gähnte, meine eigenen Kabelpeitschen immer noch in der Hand, und ließ mein Gewicht dann langsam sacken. Manche hätten vielleicht Angst gehabt, so hoch zu hängen. Aber ich? Trotz aller Nervosität in dieser Höhe fühlte ich mich hier an den Kabeln hängend doch mehr zu Hause als auf festem Boden. Die Kabel waren für mich wie Flügel.

»Pass gut auf ihn auf«, sagte Gerome, als er bei mir angekommen war.

Ich warf einen Blick zu Dalton. Er schien mir nicht von der kriminellen Sorte zu sein, aber schließlich war ich selbst eine Vier und Scipio zufolge voller abtrünniger Ideen.

»Wenn es nach mir ginge«, brummte Gerome, »hätte eine Sieben hier nichts zu suchen. Es ist ein respektabler Rang, aber die Äste sind zu wertvoll, um sie zu gefährden. Es gibt auch Neuner bei den Mechanikern. Ich würde es vorziehen, wenn sie diese Arbeit erledigten.«

Seine Worte irritierten mich.

»Und eine Vier?«, fragte ich. »Wo gehört die hin?«

Gerome schüttelte den Kopf. »Du bist anders, Lehrling. Und du berührst die Maschinen ja auch nicht direkt.«

Das ist also die Realität. So lange ich hier draußen nichts tat, würde Gerome über meine Nummer hinwegsehen.

Zumindest für den Augenblick.

Ich sah zu Dalton und stockte. Er hatte es aufgegeben, das Kabelbündel zu entwirren und schlug nun mit einem seiner Haltekabel zunehmend verzweifelt gegen die Decke, während das andere Kabel seine ganze Last trug. Ich hob eine Augenbraue. Es sah nicht so aus, als ob es ihm gelingen würde, das Dinge anzuschließen.

»Gerome?«, sagte ich. Die Art, wie Dalton mit der Kabelpeitsche umging, war nicht nur unsicher, sondern würde dazu führen, dass …

Blaues Licht blitzte auf und Daltons einzige Verbindung riss ab. Die Kabelpeitsche riss sich los. Er drehte sich in unsere Richtung und konnte gerade noch eine Hand ausstrecken, als die tödliche Schwerkraft auch schon an ihm zog.

Gerome schrie überrascht auf und ich sah, wie er seinen Arm bewegte. Eine Kabelpeitsche schnallte von seiner Hand zu der Metallfläche hinüber, an der Dalton gehangen hatte. Gerome war immer sehr vorsichtig, genau und professionell im Umgang mit den Kabeln. Dalton stürzte und warf seine Kabel verzweifelt in alle Richtungen, um irgendwo Halt zu finden.

Ich mochte Dalton nicht. Er war ein aufgeblasener Ochse, grausam zu denen, die er als unterlegen betrachtete und überheblich, was seine technischen Fähigkeiten anging. Aber ich konnte ihn nicht sterben lassen. Ich wirbelte kopfüber und löste meine Kabel. Ich hing kurz durch, bevor ich mich von der Unterseite des Asts abstieß und Richtung Erde schoss. Sofort sah ich die Wüste eine Meile unter mir auf mich zu rasen und die braune Wand des Turms glitt an mir vorbei.

Er ist ein Mistkerl, dachte ich mir, während ich fiel. Er hatte sich die ganze Zeit über unausstehlich verhalten. Aber hier war ich und stürzte durch die Luft. Und da war er, wenige Handbreit unter mir. Was blieb mir anderes übrig? Mein Körper bewegte sich wie von selbst.

Ich presste meine Arme und Beine geradlinig an mich, um Dalton im Fall einzuholen, und raste auf ihn zu. Ich spürte den Druck des Windes, der an mir zerrte und an meinem Anzug riss. Ich biss die Zähne zusammen, schnell weiter nach unten, streckte dann mit einem kehligen Schrei den Arm aus und packte eines von Daltons umherflatternden Kabeln. Ich griff es nicht an seiner Spitze, weil das höllisch wehgetan hätte und der Stromschlag meine eigenen Kabel hätte versengen können, was gar nicht gut wäre. Ich zog seine Kabelpeitsche immer näher, bis ich mich an seine Taille hangeln konnte. Er klammerte sich an mich und ich spürte, wie er vor Angst zitterte.

Ich riss den Kopf herum und sah auf den Turm, der an uns vorbeirauschte. Ich musste zugeben, dass es schwierig war, die Peitsche zu werfen. Man musste den richtigen Winkel abschätzen und dann präzise und mit viel Kraft das Kabel gegen die Wand schleudern. Ich holte tief Luft, stockte für einen Augenblick und warf die Peitsche dann.

Sie schnallte gegen den Turm, prallte aber ab und die Spitze sprühte wütende Funken. Unter uns raste ein weiterer Sonnenast auf uns zu und die Kollektoren glänzten wie spitze Zähne. Dalton schlug wild um sich und ich war versucht, ihm eine Kopfnuss zu verpassen, aber stattdessen konzentrierte ich mich auf den Turm. Noch ein Versuch.

Ich schleuderte. Die Peitsche knallte durch die Luft und schlug gegen die Turmwand. Sie summte und presste sich mit einem blauen Funkeln fest. Unser Fall wurde ausgebremst und es zerrte heftig an meinem Arm. Dann baumelten wir dicht über dem unteren Ast und schlugen gegen die Turmseite. Ich hatte meine Beine bereits auf den Aufprall vorbereitet und fing unseren gemeinsamen Schwung mit einem Stöhnen ab.

»Halt dich an mir fest«, befahl ich und der panische Dalton klammerte sich an mich, während ich uns mithilfe der Halterung nach oben zog. Da ich nun einen freien Arm hatte, zog ich die zweite Kabelpeitsche aus dem Loch am Handgelenk meiner Uniform und befestigte sie etwa vier Meter über uns, um uns langsam zu dem Ast hinaufzuziehen, an dem Gerome noch hing.

Dalton zitterte immer noch, als ob er sterben würde, und ich warf ihm einen spitzen Blick zu. »Kannst du gefälligst stillhalten«, fauchte ich. »Ich will dich nicht fallenlassen.«

Eine Lüge, aber nun ja.

Zurück im Turm fuhr ich mir durch meine schwarzen Haare und keuchte erschöpft, aber triumphierend. Die kühle Luft strich über meine Haut und in diesem Augenblick hätte ich am liebsten den nächsten Lüftungsschacht geküsst. Neben mir nickte Gerome anerkennend.

Und dann fiel mein Blick auf Dalton.

Der Mechaniker starrte mich an. Ich hatte Dankbarkeit erwartet oder wenigstens Erleichterung darüber, dass er noch am Leben war ... Stattdessen schlug mir nichts als Hass entgegen.

»Wie kommst du darauf«, sagte er leise, »dass du mich so behandeln kannst?«

Mein Magen verkrampfte sich und einen Augenblick lang schien mein Mund nicht zu funktionieren.

»Ich ... Was?«, brachte ich hervor.

»Ich hatte alles im Griff«, fauchte Dalton. »Ich hatte alles unter Kontrolle, aber dir kommt es einfach in den Sinn
...«

»Du hattest gar nichts im Griff!«, erwiderte ich, trat einen Schritt auf ihn zu und wurde mir des Stabs bewusst, den ich an meinem Gürtel trug. Ich fragte mich, ob ein kurzer Schlag auf den Hinterkopf Daltons Laune wohl verbessern würde.

»Meine Kabelpeitschen funktionierten«, antwortete er. »Und ich war durchaus in der Lage, mich allein zu retten.

Ich brauchte ganz bestimmt keine Vier, um mir zu helfen.«

»Oh, Entschuldigung, Herr Sieben«, sagte ich. »Für mich sah es so aus, als ob du in den Tod stürzt. Vielleicht lasse ich dich beim nächsten Mal einfach fallen.«

»Liana«, sagte Gerome warnend, aber es war mir egal. Ich war zu frustriert, um jetzt die Klappe zu halten.

»Vielleicht solltest du das tun!«, zischte Dalton. »Die Vorstellung, dass eine Vier geglaubt hat, mich retten zu müssen. Mich anzufassen! Weißt du, ich habe eine Familie. Ich will mir gar nicht ausmalen, was meine Frau sagen würde, wenn sie davon erführe.«

»Sie zieht es wahrscheinlich vor, dass du von einer Vier gerettet wirst, als dass sie dich in einem Leichensack in den Turm tragen, Zahnrad«, fauchte ich. »Oder dass du gar nicht zurückkommst. Es ist nämlich nicht so einfach, die Leichen wieder einzusammeln, die vom Turm stürzen.«

»Liana.«

Ich wirbelte zu Gerome herum und funkelte ihn an. »Und was willst du von mir? Wirst du mich auch ausschimpfen? Ich habe ein Leben gerettet. Und er will es nicht einmal einsehen, aber du weißt, dass ich es getan habe. War das falsch? War das verkehrt? Was ist?«

Gerome griff düster nach meinem rechten Handgelenk und streckte es aus, sodass ich die Anzeige darauf sehen konnte. Tränen schossen mir in die Augen, als ich sie sah. Das konnte nicht stimmen. Das konnte einfach nicht sein. Meine Nummer leuchtete Rot. *In Gefahr.*

»Oh, verdammt«, hauchte ich.

2

Ich starrte mit flauem Magen auf mein Handgelenk. Es war als Lehrling schon schlimm genug, eine Vier zu sein. Aber egal, in welcher Abteilung man arbeitete, war eine Behandlung in der Medica keine reine Empfehlung mehr, sobald man auf eine Drei herabfiel, sondern sie war verpflichtend. Als Zweier wurde man auf der eigenen Etage festgehalten und zur geistigen Umerziehung geschickt, einem rigorosen Verfahren, das aus heftigen Medikamentencocktails und intensiver Indoktrination bestand, die die Nummer einer Person dadurch anheben sollten, ihre komplette Persönlichkeit umzustrukturieren. Wenn ich auf eine Zwei absackte, würde ich automatisch meine Anstellung bei den Rittern verlieren. Einser verschwanden in den Kerkern der Zitadelle – ich wusste nicht genau, was dort mit ihnen passierte.

»Eine Drei?«

Ich blickte auf. Mein ganzer Körper war taub. Dalton sah mit seiner spitzen Nase wie ein aufgeplusterter Geier aus und befeuchtete sich mit der Zungenspitze die Lippen. Seine Anwesenheit ekelte mich an. Aber solche Gedanken waren im Augenblick nicht sehr hilfreich. Ich konnte förmlich spüren, wie Scipio über das Netz durch meine Gedanken stöberte.

»Liana …«, setzte Gerome an, aber ich wandte mich ab.

»Es ist alles okay«, sagte ich, obwohl ich keine Ahnung hatte, was ich tun sollte. »Ich werde das schon regeln.«

»Du meinst wohl, die Medica wird es regeln«, sagte Dalton gedehnt. »Wenigstens werde ich mich nicht noch einmal mit dir abgeben müssen.«

Ich warf Gerome einen Blick zu, der sich mit ausdruckslosen Augen dem Ingenieur zuwandte. »Sie hat dir das Leben gerettet, Zahnrad.«

Dalton drückte seine Schultern nach hinten durch. »Ich hatte immer noch meine Kabel. Ich hätte mich problemlos allein …«

»Ich habe mein ganzes Leben mit den Kabelpeitschen gearbeitet«, sagte Gerome sachlich, »und Liana ist schon jetzt doppelt so begabt im Umgang mit ihnen wie ich. Ich respektiere deine Loyalität dem Turm gegenüber. Ich respektiere es, dass du dich seinen Werten verpflichtet fühlst. Was ich nicht respektieren kann, ist dein schnoddriger Ton den Rittern des Turms gegenüber. Wenn du also nicht darauf aus bist, deine Nummer zu senken, schlage ich dir vor, dein Temperament zu zügeln.«

Dalton war blass geworden und nickte nun zitternd.

Ich sah Gerome an. Seine Ansprache war defensiv gewesen, aber das hatte nichts mit Höflichkeit zu tun. Es war typisch für Gerome: Er sah die Tatsachen, schlicht und einfach, ohne Gefühle oder Interessen über sich selbst und den Turm hinaus, die ihm in die Quere kommen konnten. Ich war ihm ja dankbar für die Unterstützung, aber manchmal wünschte ich mir, dass der Mann etwas Güte zeigen und nicht nur kühl Tatsachen hervorheben würde.

»Liana«, sagte er und dieses Mal klang sein Ton so, dass ich ihn nicht ignorieren konnte.

»Ja, Sir«, sagte ich mit hängenden Schultern.

»Du wirst morgen die Medica besuchen«, sagte er. »Dort wirst du das bekommen, was du brauchst, um zu einem produktiven Mitglied des Turms zu werden.«

Mein Magen verkrampfte sich. »Ja, Sir.«

»Für heute«, sagte er, »denke ich, dass es am besten ist, wenn …«

Ein leises Summen des Netzes in meinem Kopf unterbrach ihn. Die Vibrationen schienen zusammenzuströmen, bis ein Geräusch in meinen Ohren erklang, das es in Wirklichkeit gar nicht gab. Ich biss mir auf die Lippe. Diese direkten Botschaften bereiteten mir immer Schwindelgefühle.

Lehrling, sagte eine Stimme in meinem Kopf. Ich erkannte Scipio und erschauderte. Die Programmierer hatten eine weiche, männliche Stimme für ihn ausgewählt und aus irgendeinem Grund stellte ich ihn mir immer als jungen, blonden Mann vor, der auf einem Thron saß und in dessen Schoß ein Schwert lag. Er war königlich, herablassend und sich seiner Macht völlig bewusst. Ich wusste nicht genau, ob ich ihn liebte, hasste oder fürchtete. Er war einfach, was er war.

Ein Vorfall erfordert deine Aufmerksamkeit. Ein Einser ist in der Kläranlage aufgetaucht. Du wirst benötigt, um ihn gefangen zu nehmen. Sofort.

Scipios Worte hallten in meinen Ohren nach und ich blieb einen Augenblick lang vor Schreck erstarrt stehen. Ich hatte einen Verweis erwartet, keinen Arbeitsaufruf. Ich sah, wie Gerome das Gesicht kurz verzog und dann den Blick abwandte.

»Es ist etwas passiert«, sagte Gerome. »Ich muss ...«

»Ich habe es auch gehört«, sagte ich schnell.

Dalton sah zwischen uns beiden hin und her, als ob wir verrückt geworden wären.

Gerome hingegen starrte mich an.

»Wiederhol mir, was du gehört hast«, sagte er.

Ich blickte zu Dalton, weil ich ihm keinen Stoff für Klatsch liefern wollte. Die Botschaft war nur für Ritter bestimmt gewesen. Aber Gerome wartete auf eine Antwort.

»Ein Einser ist in der Kläranlage aufgetaucht«, sagte ich. »Ich soll helfen.«

Dalton schnappte nach Luft, während Gerome nur knapp nickte.

»Wir nehmen die Rutsche«, sagte er.

Dalton schnappte, wie es zu erwarten gewesen war, erneut nach Luft, während ich hingegen zum ersten Mal am heutigen Tag wirklich lächelte.

Die Rutsche war ein schräger Schacht, der fast den ganzen Turm hinabführte, von der Decke bis zu den unteren Stockwerken. Im Gegensatz zu den Aufzügen war dieser Schacht eng und verlief nicht immer in einer geraden Linie. Für einen erfahrenen Ritter war es ein Leichtes, sich die Rutsche hinabzupeitschen, aber genau wie bei meinem Sprung draußen machte mein Magen immer einen Satz, wenn ich in den Abgrund sprang.

Die Enge und abrupten Wendungen des Schachts ließen nur wenig Raum für Fehler. Es war zwar einer der schnellen Wege, um in die unteren Etagen zu gelangen, aber es starb mindestens ein Ritter pro Jahr auf diesem

Weg, weil er von den Wänden abprallte und nicht genug Zeit hatte, mit der Kabelpeitsche Halt zu finden, bevor er auf den Boden aufschlug. In den tödlichen Schacht aus Rohren und herausragenden Balken zu sehen und hineinzuspringen war noch genauso erschreckend und aufregend wie beim ersten Mal.

Es wäre gelogen, zu sagen, dass ich das Gefühl nicht liebte.

Gerome sprang als Erster in den Abgrund und ich wartete ganze drei Sekunden, bis ich ihm mit einem verrückten Grinsen auf dem Gesicht folgte. Meine Füße traten ins Leere und die Schwerkraft zog mich nach unten. Ich knallte meine Kabel so spät wie möglich gegen die Wand.

Geromes Blick war geradeaus gerichtet und seine kurzen Haare flatterten kaum, als wir nach unten rauschten. Seine Vorgehensweise war sehr methodisch: Er schleuderte seine Kabel mal hier, mal da, und hielt sich so perfekt in der Mitte des Schachts. Ich hingegen glich eher einem Meteor. Ich drehte mich und wirbelte herum, streifte mit den Füßen die Wände und grinste unter dem missbilligenden Blick meines Mentors. Meine Lehrer hatten immer sehr darauf bestanden, dass die Rutsche nur im Notfall benutzt werden sollte, aber sie hatten mich im Laufe der Jahre wiederholt daran erinnern müssen. Etwas so Großartiges durfte nicht für Notfälle aufgespart werden.

»Wenn wir ankommen«, schrie Gerome und ich hörte ihn durch den heftigen Wind kaum, »bleibst du bei mir.

Wir werden den von Scipio angegebenen Umkreis absuchen, während die anderen drinnen suchen.«

Ich schleuderte ein Kabel und schwang mich gerade noch zur Seite, weil ein Balken in den Schacht ragte, und quetschte mich durch eine schmale Lücke zwischen dem Balken und der Wand, während Gerome seinen muskulösen Körper durch die breitere Öffnung gelenkt hatte. Unter dem Balken angekommen antwortete ich. »Wäre es nicht effizienter, wenn wir uns aufteilen?«, rief ich.

»Wir teilen uns nicht auf.«

Ich zuckte zusammen und wurde mir der Nummer auf meinem Handgelenk wieder sehr bewusst. Natürlich wollte Gerome mich nun noch weniger allein umherstreunen lassen.

»Ja, Sir.«

In der Rutsche zu bremsen war nicht einfach, aber es gelang Gerome sehr gut. Er schleuderte gleichzeitig mit beiden Händen seine Kabel aus, sodass sie auf derselben Höhe haften blieben. Er kam direkt über dem Ausgang zum Halten, den wir nehmen mussten. Er war nicht viel mehr als ein Loch im Schacht, das etwas größer als eine Tür war. Ich schwang nur ein Kabel über den Ausgang, schoss dann an Gerome durch die schmale Öffnung vorbei und warf das andere Kabel zur Türzarge zurück. Dann löste ich beide Kabel und ließ sie an meinem Handgelenk wieder einspulen, bis ich mit beiden Beinen auf dem Boden landete und noch ein Stück weit rutschte.

Gerome trat hinter mir durch den Ausgang. »Deine Angeberei wird dich noch umbringen«, brummte er. »Wir haben Regeln für das Betreten und das Verlassen der Rutsche, und dies aus einem guten Grund, Lehrling Castell.«

Ich wollte ihm gern eine Grimasse schneiden, nickte aber stattdessen knapp. Es schien ihn nie zu interessieren, dass ich Dinge tun konnte, die niemand anders fertigbrachte. Meine Expertise und was ich mit ihr leisten konnte bedeuteten nichts im ständigen Gleichschritt des Turms. Manchmal fiel es mir wirklich schwer, nicht laut aufzuschreien.

Gerome ging weiter und ich folgte ihm mit schlurfenden Schritten.

»Was wissen wir über den Typen?«, fragte ich und versuchte die Tatsache zu ignorieren, dass meine eigene Akte gerade gekennzeichnet und an die Medica geschickt worden war. Gerome würde Informationen über die Person haben, nach der wir suchten. Sie wurden ihm zusammen mit dem Aufruf zugeschickt.

Tatsächlich zog er ein kleines Gerät, das wie ein breiter Stift aussah, aus seiner Tasche und hielt es hoch. Auf dem Display tauchten ein Foto und mehrere Zeilen Text auf.

»Grey Farmless«, sagte er, als er den Text las. »Bürgerkennzeichnung 49xF91. Sieht so aus, als ob er ursprünglich von Farmern aufgezogen wurde, aber seine Eltern haben den Abteilungsleiter gebeten, ihn fallen zu lassen.«

Ich blinzelte und sah neugierig auf das Foto. Dass Eltern ihr Kind fallenließen, geschah nicht häufig, aber es kam vor. Wenn Eltern ihr Kind nicht ertrugen oder sie oder jemand anderes der Meinung waren, dass es einen schlechten Einfluss auf ihre Etage hatte, dann konnten sie es ‚fallenlassen', was praktisch bedeutete, dass das Kind obdachlos wurde und sich eine neue Etage suchen musste. Es war extrem selten, dass ein Handler sein Kind fallenließ, was mich nur noch neugieriger machte.

Auf dem Bild hatte Grey den Mund zusammengepresst und starrte mit seinen dunkelbraunen, weichen Augen in die Kamera. Er hatte hellbraune oder dunkelblonde Haare – das war schwer zu erkennen – und sein kantiges Kinn war finster verspannt. Er war nicht das, was man klassisch als schön bezeichnen würde, aber in seiner trockenen Verachtung lag etwas Sinnliches, das mein Herz einen Schlag lang aussetzen ließ. Schnell schob ich das Gefühl beiseite. Das war nun wirklich sehr unprofessionell. Da lag noch etwas anderes in seinen Zügen, ganz subtil, aber unverkennbar: eine gewisse Bitterkeit, die ich von mir selbst kannte.

»Was hat er getan?«, fragte ich.

»Hm?«

»Warum haben sie ihn fallengelassen?«

Gerome rollte den Text weiter nach unten.

»Das steht hier nicht«, sagte er schließlich. »Aber ich sehe, dass seine Nummer schon davor abgesunken war. Vielleicht waren es einfach natürliche Vorbehalte gegen ein gefährliches Element.« Ich schob meine rechte Hand hinter meinen Rücken und schluckte meine Erwiderung hinunter. Mit Gerome darüber zu diskutieren, dass er niedrige Nummern »gefährliche Elemente« nannte, hatte genau so viel Sinn, wie Dalton zu retten. Für heute hatte ich genug Dummheiten begangen.

Die Suche erwies sich als langweilig. Die Wasseraufbereitung war angeblich eine spannende Sache, oder zumindest war mir das erzählt worden. Zarte, hoch wissenschaftliche, venenartige Rohre schützten den Turm vor dem Verdursten, ließen unsere Ernte wachsen und lieferten Energie. Auf diesem Stockwerk war jedoch nichts von dieser angeblichen bedeutenden Erhabenheit des Wasseraufbereitens zu sehen. Wo ich auch hinsah, gab es Rohre, Rohre und noch mehr Rohre. Manche aus Glas, andere aus Metall und sie alle verschlangen sich zu komplizierten und verworrenen Knoten, zwischen denen kaum genug Platz war, dass man sich einen Weg bahnen konnte.

»Was sucht jemand überhaupt hier?«, fragte ich und zog mich mithilfe der Kabelpeitsche über ein besonders dickes Rohr, das den Gehweg versperrte.

Gerome zog sich ebenfalls lautlos nach oben.

»Das ergibt schon Sinn«, sagte er. »Es ist ein gutes Versteck. Außerdem führen diese Rohre in die Tiefen.«

Ich legte den Kopf schräg. Die Tiefen, wie der Rat sie nannte, waren eine Reihe von Höhlen und Wartungsschächten im untersten Bereich des Turms. Angeblich waren sie zu verstrahlt, um bewohnt zu werden, aber manchmal redeten die Leute davon, dass sich dort Undoks, die nicht dokumentierten Bürger des Turms, versteckten. Mir schien das jedoch wenig glaubwürdig zu sein. Wenn es dort unten Leute gab, dann hätte der Rat schon längst etwas gegen sie unternommen. Außerdem gab es in den dunklen, nicht mit Energie versorgten Stockwerken der Tiefen nichts, wovon man überleben könnte.

Während ich darüber nachdachte, ob dort unten wirklich jemand leben konnte, tauchte eine Gestalt hinter einem Rohr in der Nähe auf.

Ich erstarrte und musterte ihn von oben bis unten. Er war größer, als ich ihn mir vom Foto her vorgestellt hatte, und kräftiger gebaut. Seine Haare waren etwas heller und er sah rauer aus. Bartstoppeln bedeckten sein Gesicht. Aber das war auf jeden Fall unser Mann. Ich hob eine Hand, hatte aber vorübergehend die Sprache verloren, während seine braunen Augen mich eindringlich ansahen. Als er sich umdrehte, sah ich sein Handgelenk. Seine Anzeige leuchtete glühend rot, wie eine gefährliche Verbrennung.

»Gerome«, platzte ich schließlich heraus.

Mein Mentor drehte sich um und ich sah, wie er den jungen Mann abschätzte. Gerome verschwendete keine Zeit.

»Bürger Farmless«, sagte er und trat auf ihn zu, während er seinen Betäubungsstab vom Gürtel nahm. »Sie werden hiermit auf Befehl der Ritter festgenommen. Sollten sie Widerstand leisten, werden Sie ...«

Grey wartete nicht. Er drehte sich mit alarmierender Geschwindigkeit um und schoss den Weg entlang zurück, den er gekommen war. Gerome fluchte und rannte ihm nach. Ich folgte ihm ins Labyrinth aus Rohren.

Der Kerl war wirklich schnell. Er schwang sich unter und über den Rohren entlang, stockte nie und zögerte nicht eine Sekunde lang. Innerhalb von wenigen Augenblicken hatte er sich einen beträchtlichen Vorsprung erkämpft. Stöhnend schleuderte ich meine Kabelpeitsche nach vorn. Sie knallte auf ein Rohr und ich schnellte mit halsbrecherischer Geschwindigkeit vorwärts.

Ich hatte den fliehenden Mann beinahe erreicht, als ich hinter ihm einen vertrauten grauen Schacht sah. Einen Aufzug.

Kein Problem, dachte ich. Der Scanner würde seine Nummer lesen und den Mann an Ort und Stelle halten wie jede andere Person auch, die mit einem Einser-Rang versuchte, den Fahrstuhl zu benutzen. Dann konnten wir ihn uns schnappen.

Das dachte ich zumindest so lange, bis Grey die Plattform betrat und aus dem Boden ein blaues Licht erstrahlte, bevor der Fahrstuhl ihn nach oben beförderte. Ich wäre beinahe gegen ein Rohr geschleudert, als ich die Maschine mit offenem Mund anstarrte. Sie hatte nicht einmal seinen Rang laut aufgesagt, und das tat sie immer, wenn jemand unter einer Neun die Plattform betrat.

Grey hatte tatsächlich noch den Nerv, mich anzugrinsen und mir zuzuwinken, bevor er in dem Schacht verschwand. Die seltsame Freude, die diese Geste in mir auslöste, ärgerte mich sehr.

Gerome betrat den Raum gerade, als ich meine Wut ausnutzte, die Rampe hinaufrannte und auf die Plattform zusprang, die aus der Wand fuhr. Aber ich wartete nicht, sondern warf mein Kabel nach oben, um mich an der über mir fahrenden Plattform festzuhalten, und ließ mich dann nach oben in den Schacht ziehen. Die blauen Computerlichter unter mir flackerten rot warnend auf: Jemand (ich) hatte gegen das Protokoll verstoßen.

»Liana!«, rief mir Gerome nach, bevor ich im Schacht verschwand. »Fahr zu C-9 und lenk ihn ab! Ich komme von der anderen Seite.«

Seine Stimme hallte mir nach, als ich mich dichter unter die Plattform zog, so schnell, dass das Kabel pfiff. Ich konnte nicht lange hier unten bleiben – das war zu gefährlich.

Der Fahrstuhl fuhr nun langsamer und ich wartete, bis er fast zum Stehen gekommen war, bevor ich mein Kabel löste. Ich fiel einen guten Meter, hielt mich dann aber mit beiden Kabelpeitschen an den Schachtwänden fest. Die Kabel spulten sich ab, bis ich sie wieder einziehen ließ, schneller, als es sicher war, aber ich brauchte den Schwung nach oben. Ich schoss an den Stellen vorbei, an denen meine Kabel hafteten, löste sie und drehte mich dann so, dass ich auf den Gang hinausgeschleudert wurde. Dort landete ich mit einem lauten Aufprall meiner Stiefel nur wenige Schritte hinter Grey.

Dieser erstarrte, riss die Augenbrauen hoch und sah mich überrascht an. Aus einem Impuls heraus hob ich meine Hand und winkte ihm zu.

Er blinzelte und rannte dann los.

Ich spürte, wie sich ein Lächeln auf meinen Lippen ausbreitete, als er davonrannte. Ich rollte die Schultern, plötzlich zuversichtlich. Hierfür war ich wie geschaffen. Meine Sorgen verschwanden und meine Probleme fielen hinter mir zurück, genau wie mein Vorgesetzter. Ich hangelte mich hinter dem Mann her, durch die Rohre hindurch, die den Raum durchzogen, über rutschige Oberflächen hinweg. Ich jagte Grey.

Er rannte jedoch so schnell und die Rohre lagen so dicht, dass ich ihn auf einmal verlor. Ich rauschte über ihn hinweg, zu schnell, um rechtzeitig bremsen zu können. Ich wirbelte wieder herum und riss mich mithilfe der Kabelpeitsche in die entgegengesetzte Richtung. Dann ließ ich rechtzeitig los, um auf einem der hervorragenden Rohre zu landen. Ich suchte den Boden unter mir ab.

Es war still im Raum und nur Wasser plätscherte hin und wieder und manchmal wurde etwas Dampf ausgestoßen.

Mein Blick huschte über das Rohr, hinter dem er verschwunden war. Nach einem langen Augenblick sprang ich auf den Gehweg hinunter und suchte von dort aus weiter.

Er war doch nicht verschwunden, sondern stand an einer Stelle, an der die Rohre abbogen und beugte sich nun über eines dieser Rohre wie jemand, der nicht etwa von den Rittern verfolgt wurde, sondern Samen in die Erde pflanzte. Ich hustete, zog meinen Betäubungsstab und löste ein bedrohliches Stromsummen aus.

»Nun«, sagte ich gedehnt, »werden Sie sich mir vorstellen oder …«

Er wirbelte herum, das dunkelblonde Haar war zerzaust und hing ihm ins Gesicht. Unsere Blicke trafen sich sofort und seine Muskeln spannten sich unter seiner Kleidung an. Er sah mir nicht gerade wie ein Bösewicht aus.

Andererseits war ich selbst eine Drei, weshalb ich vielleicht gerade auf böse Typen abfuhr.

Ich klopfte mit der Spitze meines Stocks gegen ein Rohr, das leise knisterte.

»Gut, peinliches Schweigen tut es auch, schätze ich«, sagte ich und ging einen Schritt auf ihn zu.

Doch ich hatte seine Schnelligkeit unterschätzt und er stürzte sich auf mich, packte meine Hand und versuchte, mir den Stock zu entwinden. Alarmiert reagierte ich instinktiv damit, nach ihm zu treten, um ihn von mir zu lösen oder zu Fall zu bringen. Aber er blockte meinen Tritt mit seinem Bein ab und trat meinen Fuß zur Seite.

Ich setzte erneut an, doch wieder wehrte er sich, ohne mein Handgelenk loszulassen. Wir starrten einander an und Spannung knisterte zwischen uns.

»Wo haben Sie das gelernt?«, fragte ich nach einer Pause und blickte auf seine Füße.

Er lächelte und zeigte mir seine strahlend weißen Zähne. »Du bist schön, für einen Schild«, sagte er und nannte mich beim Spitznamen der Ritter.

Ich sah ihn finster an, streckte dann meinen Arm aus und ballte eine Faust, um ihm diesen selbstgefälligen Blick auszuprügeln. Aber er bremste mich mit seinem Unterarm, schlang denselben Arm dann um meine Taille und zog mich fest an sich. Ich errötete und sah zu ihm auf. Seine Nähe, die Art, wie seine braunen Augen strahlten, als er mich ansah, und dieses arrogante Lächeln waren mir sehr unangenehm.

»Lassen Sie mich los«, sagte ich und presste Luft in meine Lungen, während ich versuchte, mich aus seinen Armen zu winden.

Grey grinste dieses eingebildete, süffisante Grinsen. »Ich soll ein hübsches Mädchen mitten im Tanz loslassen?

Meine Mutter hat mich besser erzogen.«

»Scheinbar nicht, Farmless«, fauchte ich und schämte mich sofort für meine Worte. Sie klangen hart und grausam und ich hatte sie nur ausgestoßen, weil mich das Gefühl, gefangen zu sein, so nervös machte.

Greys Kiefermuskeln zuckten und er ließ mich abrupt los, bewahrte aber trotz des wütenden Funkelns in seinen braunen Augen äußerlich Ruhe. Er atmete tief ein und machte langsam einen Schritt zurück, um Abstand zu mir zu gewinnen.

»Liana!«, hörte ich Gerome hinter mir rufen. Er suchte ganz offensichtlich nach mir, aber ich ignorierte ihn und hielt meinen Blick auf den seltsam gelassenen Flüchtigen vor mir gerichtet.

»Bürger Grey Farmless, Kennzeichnung 49xF-91, um genau zu sein«, sagte Grey verärgert und schnippisch.

»Darf ich fragen, warum du den Drang hast, deinen Stock vor mir zu schwingen, Lehrling?«

Ich sah ihn verwirrt an und er deutete auf die leuchtende Anzeige auf seinem Handgelenk. »Ich kenne Ihre Nummer bereits«, sagte ich, erstaunt über sein seltsames Verhalten. »Es ist eine Eins, Bürger Farmless. Ich bin autorisiert, Sie gefangen zu nehmen.«

Ich schlug mit dem Stock gegen den Boden, worauf Funken sprühten, um die Situation wieder unter Kontrolle zu bekommen. Er schien das nur schwer zu verstehen. Ich fragte mich, ob er vielleicht Entzugserscheinungen von den Medikamenten hatte, die die Medica allen Zweiern und Einsern gaben. *Von den Medikamenten, die ich bald nehmen werde*, rief ich mir in Erinnerung und schob den Gedanken dann schnell beiseite. Jetzt war nicht der richtige Zeitpunkt.

Grey hob seinen Arm und zeigte mir seine Anzeige.

»Ich bin keine Eins, Ritter. Tut mir leid, dich zu enttäuschen.«

Ich riss die Augen auf. Die Eins schien sich gewölbt und zu einer hellblauen Sechs umgeformt zu haben.

»Eine Sechs?«, hauchte ich verblüfft.

»Eine Neun, um genau zu sein«, sagte er mit einem gespielten Seufzen. »Aber wer zählt schon so genau nach?« Er sah mit spitzem Blick auf die Drei an meinem Handgelenk und hob eine der hellbraunen Augenbrauen.

»Sie waren eine Eins«, beharrte ich und versuchte, das Rot in meinen Wangen verschwinden zu lassen.

»Tja, jetzt bin ich keine. Witzig, wie die Welt funktioniert.«

»Lehrling Castell.«

Ich drehte mich um und sah Gerome näher kommen, der selbst seinen Stock in der Hand hielt. Er ging zielstrebig auf den jungen Mann zu, doch dieser trat einen weiteren Schritt zurück und hielt seinen Arm erneut hoch.

»Ich bin ein Neuner!«, verkündete er. »Es muss sich um ein Missverständnis handeln.«

Gerome stockte und wandte sich dann zu mir. Seine grauen Augen formten sich zu Schlitzen, die durch mich hindurch zu schneiden schienen.

»Das ist doch derselbe Mann, nicht wahr?«, fragte er.

»Ja, Sir«, antwortete ich, obwohl ich daran zweifelte, wie das möglich war.

Ich trat unbehaglich von einem Fuß auf den anderen und starrte auf die Nummer des Mannes. Das konnte doch nicht stimmen, oder? Aber etwas anderes anzunehmen würde bedeuten, dass Scipio sich getäuscht hatte, und wenn ich das ernsthaft in Erwägung zog, dann konnte ich mich auch gleich selbst festnehmen und die Nacht in einer Zelle verbringen.

Gerome sah mich an, blickte dann wieder zu dem Mann und seine sonst harten Augen sahen unsicher aus. »Also gut«, raunte er nach einer Pause. »Wir können nicht die festnehmen, die in der Gnade Scipios stehen. Die Zitadelle entschuldigt sich für die Unannehmlichkeiten, Bürger.«

Grey zuckte mit den Schultern und sah uns mit gespielter Unschuld an. »Kein Problem«, sagte er. »Ich möchte dem Turm nur dabei helfen, so reibungslos wie möglich zu funktionieren.«

Ich starrte ihn an. Seine Worte trieften nur so vor Sarkasmus und seine Augen funkelten belustigt. Wie war es möglich, dass er immer noch eine Neun war? Das ergab einfach keinen Sinn.

»Sie waren eine Eins!«, platzte ich hervor und zeigte mit dem Finger auf ihn. »Sie sind vor den Rittern aus Scipios Aufgebot geflohen!«

Geromes böser Blick traf mich und ich schrumpfte darunter zusammen. »Du weißt so gut wie jeder, dass Scipio Kriminelle mit einer Eins markiert, um es leicht zu machen, sie gefangen zu nehmen und zu verwahren. Wenn er keine Eins ist, dann hat er auch kein Verbrechen begangen.«

»Aber ...«

»Wir sind hier fertig, Lehrling«, sagte Gerome. Seine Stimme wurde hart. Er drehte sich um und entfernte sich von uns.

Ich sah ihm fassungslos nach. Es schien, dass Gerome sich ebenso wenig für Verbrechen wie für Tugenden interessiert. Taten waren ihm und den anderen Rittern egal. Alles drehte sich um Scipio und die Zahl, die man auf dem Handgelenk trug. Alles andere war ihnen gleich. Gerome war sogar zu gleichgültig, um einzuräumen, dass es einen Fehler gegeben haben musste. Ich konnte es ihm nicht verdenken; das war die einzige Verhaltensweise, die er kannte.

Aber mir war klar, dass ich nicht so leicht aufhören könnte, darüber nachzudenken. In all den Jahren, in denen meine Leistungen ignoriert worden waren, hatte ich nie aufgehört, darüber nachzudenken, was sich eine höhere Nummer alles ungestraft leisten konnte. Nun brummte mir der Schädel. Das konnte doch nicht richtig sein, oder? Und trotzdem geschah es.

Ich warf Grey einen langen Blick zu. Er stand an ein Rohr gelehnt da und seine Augen funkelten belustigt. Als ich Gerome folgen wollte, salutierte er spöttisch und sein höhnisches Grinsen war wieder da.

Oh, ich werde schon noch herausfinden, was du treibst.

3

Ich folgte Gerome über eine der vielen Brücken, die die Hülle mit dem Eingang zur Zitadelle, der Basis der Ritter, verband. Die riesige zylindrische Struktur war dunkel und unheilvoll, mit hohen Bögen und Metallschlaufen verziert, die wie Stein aussahen. Das Stockwerk, dem wir uns näherten, hatte hoch aufragende Wände, auf denen Wasserspeier auf kleinen Ebenen saßen. Blau-silberne Banner mit Scipios Wappen, einem von Blitzen umgebenen Turm, hingen herab. Hoch oben hörte ich das Knallen und Peitschen der Lehrlinge und Ritter, die sich durch die Zitadelle schwangen, um ihr Handwerk zu üben.

Wir erreichten die drohenden Eingangstüren. Gerome wurde durchgewunken, während ich angehalten wurde. Ein knisternder Stock versperrte mir den Weg. Ich sah auf und blickte Lewis an, ein Ritter, mit dem ich einmal Kämpfen geübt hatte. Ich hatte ihn sogar für nett gehalten.

»Niemand mit einem Rang unter Vier hat hier Zugang«, sagte er unnachgiebig. »Du kannst durch den Anwohnereingang gehen, weil du noch bei deinen Eltern lebst.«

Ich sah zu Gerome, doch der schüttelte nur den Kopf. Diese Reaktion hätte ich eigentlich auch von ihm erwarten können, um ehrlich zu sein. Gerome hätte seine eigene Mutter gefangen genommen und den Teufel verschont, wenn die Nummer auf ihren Handgelenken es ihm so eingegeben hätte. Wahrscheinlich war der Teufel gut darin, das System auszutricksen ... Ich sollte ihn finden und mir ein paar Tipps geben lassen.

»Geh nach Hause, Liana«, sagte er und rieb sich die Stirn. »Du musst mit deinen Eltern sprechen.«

Ich biss mir auf die Lippe. »Was ist mit meinem Bericht, Sir?«

»Ich kümmere mich um deinen Bericht«, sagte Gerome, »Ich war dabei. Die Aussage einer Drei ist für die Berichte sowieso unzulässig. Wegtreten.«

Er sagte nie ‚Auf Wiedersehen' wie eine normale Person. Deshalb hätte es mich nicht überraschen sollen, als er sich umdrehte und ohne weiteres Wort in den dunklen Gängen des Gebäudes verschwand. Vor mir hielt Lewis immer noch seinen Stab hoch und sah mir in die Augen.

Ich schluckte, als ich ihn ansah. Ich mochte es nicht einmal, Berichte zu beschreiben, aber es gehörte zu meiner Arbeit dazu. Nicht einmal mehr den Papierkram erledigen zu dürfen war fast noch eine größere Ohrfeige als alles andere, was ich erlebt hatte.

Was soll ich schon anstellen – einen bösartigen Bericht schreiben?, dachte ich bitter. Dann versuchte ich, den bösen Gedanken zu nehmen, zusammenzubündeln und in einen Teil meines Kopfes abzuschieben, wo er nicht bemerkt werden würde. Ich durfte nicht auf eine Zwei absacken. Ich brauchte glückliche Gedanken.

Hey, alles okay?, fragte eine leise Stimme in meinem Kopf in diesem Augenblick.

Ich erschrak und sah Lewis an. Der hielt einfach nur weiter seinen Stab hoch, scheinbar besorgt, dass ich mir den Zugang erzwingen wollen könnte. Ich trat einen Schritt zurück, atmete aus und sah mich um. Aber er hatte nichts gesagt und es war sonst niemand da, was nur eine Option übrigließ: es war mein Bruder, der einen eigenen Zugang zu Scipios Kommunikationsnetzwerken hatte.

»Alex?«, flüsterte ich leise, weil ich wusste, dass das Implantat in meinem Ohr das Geräusch auffangen und an ihn schicken würde.

Ich bin buchstäblich und übertragen in Gedanken bei dir, summte die Stimme in meinem Kopf. *Ich habe nach dir gesehen und gemerkt, dass deine Nummer gefallen ist. Was ist los?*

Ich lächelte und entfernte mich von Lewis, um mich auf eine Bank zu setzen. Alex war immer der Erste, der mich fragte, was los war. Ich hörte nur noch selten von ihm, außer wenn es eine Krise gab. Meine Eltern hatten seine Entscheidung, die Ritter zu verlassen, nicht gut aufgenommen, obwohl er nun direkt im Dienst von Scipio stand. Deshalb kam er uns nie besuchen. Um ehrlich zu sein, vermisste ich ihn. Alex war ehrlich und gut, wie es hier nur wenige waren, und ich fragte mich oft, wieso gerade er ausgesucht worden war, um für Scipio zu arbeiten.

»Nichts«, sagte ich. »Nur ein dummer Zusammenstoß mit einem bescheuerten Zahnrad.«

Pause.

Dein Rang ist auf eine Drei abgesunken, Lily.

Mich ärgerte sowohl der bevormundende Ton als auch der Spitzname. Er war der einzige Mensch, der mich so nannte, und es gefiel mir gar nicht.

»Und?«

Bei Drei beginnt die obligatorische Medica-Behandlung. Ganz abgesehen davon, dass deine Lehre dem Ende zugeht. Sie könnten dich fallenlassen.

Ich ließ meinen Kopf niedergeschlagen auf meine Hände sacken. Alex war nie jemand gewesen, der seine Worte ausgeschmückt hatte, und er kannte mich gut genug, um zu wissen, wovor ich Angst hatte. Meine Nummer war gesunken, weil ich nicht positiv bleiben und meine Gedanken stabil halten konnte. Die Medica würde diese Gedanken reparieren, ob es mir nun gefiel oder nicht. Und ich musste es geschehen lassen, wenn ich nicht aus meiner Abteilung geschmissen werden wollte.

»Vielleicht habe ich einfach nur einen schlechten Tag«, brummte ich. »Vielleicht geht es mir morgen schon besser.« Über das Kommunikationsnetzwerk zu sprechen war seltsam, weil man immer so aussah, als ob man allein vor sich hin redete, obwohl alle wussten, dass man das nicht tat. Oder wenn sie es nicht wussten, dann hofften sie es wenigstens.

Das glaube ich nicht.

»Danke für den Zuspruch.«

Ein leises Lachen. *Hättest du es lieber, wenn ich dich mit Lügen verziehe?*

Ein Paar steifer, aufrechter Ritter in knalligen, roten Uniformen gingen an mir vorbei auf das Gebäude zu. Alles an diesem Ort war so steif. So förmlich. War das wirklich alles, was das Leben bereithielt? Regeln und die Angst vor dem eigenen Verstand, der jeden Augenblick etwas Falsches denken könnte?

»Wie ist es, für die Seher zu arbeiten?«, fragte ich, auch, um mich ein wenig abzulenken.

Alex seufzte. *Arbeit, Arbeit und noch mehr Arbeit,* gab er zu. *Aber es ist spannend. Die unglaublichen Datenmengen, die wir verarbeiten müssen, kannst du dir gar nicht vorstellen.*

Daten, sagte er. Die Gefühle der Menschen wurden auf Bildschirmen abgebildet und in widerliche Datensätze zusammengepresst.

Habe ich etwas Falsches gesagt?

»Nein.«

»Deine negative Energie ...«

»Du liest mich?!«, rief ich aus, sprang auf die Füße und brachte damit einen nahen Ritter dazu, mich abfällig anzusehen.

Ich habe nur auf deinen Bildschirm gesehen, während wir uns unterhalten, sagte Alex schnell. *Ich behalte dich gern im Auge.*

»Alex, das ist ...«

Hättest du es lieber, wenn ich es nicht tun würde?

Ich überlegte einen Augenblick lang. »Nein«, sagte ich schließlich. So invasiv es auch war, so bizarr es auch war, mir vorzustellen, dass immer jemand meinen Gefühlszustand kannte, war es doch auch beruhigend zu wissen, dass jemand sich Sorgen um mich machte. Dass es jemanden gab, der meine Negativität spürte und sie nicht einfach mit einer Nummer etikettierte, sondern sich fragte, warum ich so dachte. Alex war in dieser Hinsicht schon immer anders gewesen und dafür bewunderte ich ihn. Es machte mir Hoffnung, dass jemand wie er bei den Sehern arbeitete.

Das Netz in meinem Kopf vibrierte weiter, aber Alex sagte fast eine Minute lang nichts.

Die Dinge ändern *sich,* sagte er dann.

Ich hob den Kopf und blickte zum Kern hinauf. Der große Computer befand sich irgendwo dort drinnen, aber die Seher ließen niemanden außer Sehern in das Gebäude. Selbst die Lehrlinge, die Bits genannt wurden, durften das Gebäude nicht betreten, bevor sie nicht umfangreiche Sicherheitsüberprüfungen bestanden hatten.

»Wie meinst du das?«

Das kann ich nicht sagen, oder ich möchte es lieber nicht tun – ich weiß nicht, antwortete er. *Hol dir einfach deine Nummer zurück und halt dich von anderen bescheuerten Zahnrädern fern. Oder* überhaupt *von allen*

Zahnrädern.

Sein Ton ließ mich lachen. Er war so trocken wie die Wüste um uns herum. Seher und Zahnräder verstanden sich nicht gut und scheinbar hatte auch Alex diese Eigenschaft angenommen.

Es ist also doch möglich, etwas Positives aus dir herauszuholen, sagte er. *Anti-Abteilungs-Humor funktioniert doch immer wieder.*

»Ernsthaft, ich finde es trotzdem gruselig, dass du ... mich einfach so lesen kannst.«

Aber er hatte recht; ich lachte tatsächlich.

Bist du dir sicher? Ich finde es reizend.

Ich lachte. »Ich bin mir ziemlich sicher, dass du keine Ahnung hast, was an dir reizend ist.«

Es folgte Schweigen, dann ein Seufzen. *Ich muss weiterarbeiten.*

»Ich weiß.«

Kommst du klar?

Ich sah auf die Nummer auf meinem Handgelenk. »Ich weiß es nicht«, antwortete ich ehrlich.

Wieder Schweigen,

Ich werde tun, was ich kann, sagte er dann.

Das Summen in meinem Kopf verschwand und Alex war fort. Ohne das Geräusch und ohne meinen Bruder fühlte ich mich plötzlich sehr einsam. Ich überlegte, nach Hause zu gehen und meine Eltern zu sehen. Aber sie interessierte nur die Nummer auf meinem Handgelenk und nun, da ich endlich abgesunken war – wie sie es vorausgesehen hatten – wollte ich nicht nach Hause gehen. Das Einzige, was mich möglicherweise erlösen würde, wäre, wenn es mir gelänge, eine ganze Bande von Kriminellen einzufangen – und selbst das war vielleicht nicht einmal genug. Meine Eltern waren beide Ritterkommandanten, der höchste Rang in unserem Aufgebot, den man erreichen konnte, ohne ein Meister zu sein. Dieses Amt hielt Devon.

Da wurde mir klar, dass ich nicht nach Hause gehen wollte. Oder vielleicht eher, dass ich nicht nach Hause gehen konnte. Ich drehte mich um, ging über die Brücke und suchte nach einem Aufzug, der mich wieder in die Kläranlage hinunterbrachte.

Der Aufzug war der Meinung, dass eine Drei, die mit ihm fuhr, einen beleidigend langen Vortrag über Sittenwidrigkeit verdient hatte, bevor er mich in die Kläranlage fahren ließ. Ich wartete in stumpfem Schweigen, bis die Ansprache zu Ende war und ich dort abgeliefert wurde, wohin ich wollte. Schnell rannte ich zu der Stelle, an der ich Grey gegenübergetreten war. Er war natürlich längst fort, aber an den Rohren war noch eine schwarze Spur meines Stocks, als ich mich durch die Lüfte gehangelt hatte, um ihn zu fangen. Ich war durch die Lüfte gesegelt und hatte dann sein Handgelenk gesehen.

Eine Neun.

Ich biss mir auf die Zähne und ging weiter. Ich sah mich nach etwas, irgendetwas um, was mir erklären konnte, was geschehen war. Er war eine Eins gewesen. Ich hatte es gesehen und selbst wenn ich es nicht gesehen hätte, hätte ich es gewusst. Dieses leichte Lächeln, das Funkeln in seinen Augen – das alles erstarb, sobald jemand eine höhere Nummer hatte. Und außerdem – warum war er geflohen, wenn er keine Eins war?

Ich ging zu der Stelle, an der er gestanden hatte, aber auch hier hatte sich nichts verändert. Unsicher tastete ich die kleine Lücke zwischen den Rohren ab, über die er sich gebeugt hatte.

»Also, Grey Farmless«, raunte ich. »Was hast du hier herumgewühlt?«

Es war ein albernes Unterfangen. Grey war freigesprochen worden. Selbst wenn ich ein blutiges Messer und ein Mordgeständnis gefunden hätte, wäre der Mann frei, im Turm umherzutanzen, während die Leute mich so ansahen, als ob ich den ganzen Laden gleich in Brand stecken würde. In den Augen der Welt war eine Neun so gut wie unfehlbar und eine Drei war eine tickende Zeitbombe. Dennoch trieb mich etwas an. Ich musste die Wahrheit herausfinden.

In diesem Augenblick streiften meine Finger etwas. Es war klein, weich und die Berührung ließ mich erschaudern. Ich fluchte, tastete noch einen Augenblick und bekam es dann zu fassen, bevor es mir entglitt. Ich zog meine Hand hervor, streckte sie vor mir aus und öffnete sie langsam.

Es war eine Tablette. Die Medica-Tabletten hatten leuchtende Farben und waren eindeutig beschriftet, aber diese hier war weiß und völlig unbeschriftet.

Hallo ... Was mag das wohl sein?

Ich rollte die Tablette in meinen Fingern hin und her und dachte nach.

Ich sollte sie Gerome zeigen, war der erste Gedanke, der mir kam. Das war wichtig. Es hatte etwas zu bedeuten. Aber je länger ich darüber nachdachte, desto deutlicher sah ich Grey vor mir. Arrogant, selbstsicher und so ... er selbst. So viel mehr er selbst als alle Menschen die ich kannte – und so völlig furchtlos, er selbst zu sein. Er verhielt sich nicht wie jemand, der sich Sorgen darum machte, dass seine Nummer sinken könnte. Er verhielt sich nicht wie jemand, den seine Nummer überhaupt scherte.

Ich starrte auf die Drei auf meinem Handgelenk. Medica-Behandlung. Stimmungsverändernde Tabletten. Liana würde verschwinden.

Ich steckte die Tablette in meine Tasche.

4

»Eine *Drei?*«

Die Miene meiner Mutter hätte eine ganze Ernte zum Vertrocknen bringen können. Der Blick meines Vaters hingegen hätte wohl eher die Felder in Brand gesetzt.

»Das macht nichts«, sagte ich. »Es ist nur …«

»Das macht ganz bestimmt nichts, junge Dame«, sagte meiner Mutter mit weicher Stimme. Ihr Ton war tödlich. Als ich sie ansah, sah ich nicht meine Mutter, sondern die Ritterin, die sie nun einmal war. Alles saß perfekt, von dem glatten, schwarzen Zopf, der ihr den Rücken hinabhing, bis hin zu den glänzenden schwarzen Schuhen. Nichts war fehl am Platz, alles hatte seine Ordnung.

Beide trugen noch ihre Ritteruniformen. Eigentlich trugen sie diese Uniformen ununterbrochen und an der Stelle auf ihrer Brust über ihrem Herzen strahlte das Kommandanten-Abzeichen. Sie hatten auch andere Kleidung, aber sie trugen nie etwas anderes als eben das Karmesinrot oder dünne Unterwäsche zum Schlafen.

»Wir haben dein ganzes Leben lang darauf gewartet, dass du dich besserst und zu dem Kind wirst, das diese Familie braucht. Aber das hier …« Mein Vater erhob sich vom Esstisch, um den herum wir saßen, und begann, in dem engen Zimmer umherzugehen. »Eine Drei. Bei Scipios

Gnade, wir müssen sie in die Medica schicken, Holly. Ich meine, willst du unbedingt aus der Zitadelle geworfen werden, junges Fräulein?«

Ich machte ein regloses Gesicht auf seine Frage hin, aber obwohl ich darauf gefasst gewesen war, dass mir ein schmerzhaftes Gespräch bevorstand, spürte ich einen Stich im Herzen, als er das sagte. Mein Vater redete so, als ob er sich diese Frage jeden Tag während des vergangenen Monats gestellt hatte. Wahrscheinlich freute er sich sogar darüber, endlich die Gelegenheit zu haben, mich zu »korrigieren«. Das nahm mich mit und tat mir weh.

Das Gesicht meiner Mutter zuckte. »Wir kennen Leute in der Medica«, sagte sie, wandte sich zu mir und vollzog nun langsam den Übergang von der Ritterin zu meiner Mutter. »Es wird alles gut werden, Liana. Wir werden dich nicht tiefer sinken lassen, das verspreche ich. Du wirst dein Zuhause nicht verlieren.«

Es war interessant, wie meine Eltern nur dann Versprechungen machten, wenn es um etwas ging, was sie selbst sowieso wollten, aber die Angst, mein Zuhause zu verlieren, hatte sich tief in meinem Herzen verwurzelt. Ich hatte keinen anderen Ort, an den ich hätte gehen können, und ich war auch für nichts anderes geeignet.

»Ich hatte gehofft, noch nicht in die Medica gehen zu müssen«, sagte ich, kannte ihre Antwort darauf jedoch bereits. »Vielleicht wird mein Rang einfach wieder so steigen?«

»Dafür ist es zu spät«, sagte mein Vater. »Ich lasse nicht zu, dass es noch schlimmer wird, als es ohnehin schon ist. Wir haben versucht, vernünftig mit dir zu reden, das haben wir wirklich, aber es ist offensichtlich, dass du nicht in der Lage bist, diese ... abtrünnigen Gedanken in den Griff zu bekommen.«

Das Wort »abtrünnig« ließ mich an Grey denken und an seinen wunderhaften Sprung von einer Eins auf eine Neun. Ich klammerte mich an diesem winzigen Hoffnungsfunken fest. Vielleicht würden meine Eltern mich noch nicht in die Medica schicken, wenn ich ihnen die Geschichte richtig erzählte.

»Wo wir gerade von Abtrünnigen sprechen – Gerome und ich wurden heute gerufen, um eine Eins unten in der Kläranlage gefangen zu nehmen.«

Das weckte ihre Aufmerksamkeit. Meine Mutter hob die Augenbrauen.

»Eine Eins?«, fragte sie. »Ich habe gehört, wie die Warnung rausging, aber ich wusste nicht, dass er schon gefangen genommen wurde. Wie war sein Name nochmal?«

»Grey Farmless«, sagte ich aufgeregt und beugte mich vor. »Wir haben ihn auf einem der Wartungswege angetroffen. Sobald er uns gesehen hat, ist er davongerannt und ich bin ihm mithilfe meiner Peitschen nachgerannt. Er ist in einen Fahrstuhl gestiegen ...«

»Wie dumm von ihm«, lachte meine Mutter.

Mein Vater kicherte ebenfalls. »Nun, sie sind ja nicht ohne Grund Einser.«

Ich atmete tief durch und versuchte, die Unsicherheit, die ihre Kommentare in mir auslösten, zu unterdrücken.

Ich fragte mich, ob sie über mich auch so sprechen würden, wenn mein Rang noch tiefer sank.

»Was ist dann passiert?«, fragte meine Mutter.

»Oh, ich habe das Gleiche gedacht wie ihr«, sagte ich, froh, an ihren Kommentaren anknüpfen zu können, während ich so tat, als ob sie mich nicht gekränkt hatten, »nämlich, dass der Fahrstuhl nicht funktionieren wird, bis die Plattform sich zu meinem Erstaunen bewegt hat.«

»Was? Wie das denn?«

»Das weiß ich nicht«, antwortete ich. »Ich weiß nur, dass sie sich fast sofort in Bewegung gesetzt hat. Ich wusste, dass ich ihn verlieren würde, wenn ich nicht schnell handelte. Also habe ich mich mit meinen Peitschenkabeln an die Unterseite der Plattform geheftet, als sie nach oben fuhr. Das hättet ihr sehen sollen! Als sie langsamer wurde, habe ich die Kabel gelöst und mich dann in den Stock nach oben geschwungen. Er dachte, dass er mich abgehängt hätte, aber ...«

»Liana«, mahnte meine Mutter. »Das war gefährlich! Du hättest sterben können!«

»Ich weiß, Mom«, sagte ich und spürte ein angenehmes Gefühl von Schuld, weil es mich freute, dass sie sich Sorgen um mein Wohlbefinden machte. »Ich war vorsichtig. Auf jeden Fall habe ich ihn eingeholt und ...«

»Und du hast ihn gefangen genommen?«, unterbrach mich mein Vater. »Wie? Wo?« Er sah auf mein Handgelenk. »Und dein Rang hat sich nicht verbessert? Liana, du weißt doch, dass es nicht nur darum geht, was du tust, sondern auch um die Hingabe, mit der du etwas tust.«

Ich biss mir auf die Lippe. »Ja, aber darum geht es nicht. Als ich den

Mann zum ersten Mal gesehen habe, hätte ich schwören können, dass er eine Eins war. Aber als er Gerome und mir sein Handgelenk gezeigt hat, war er ... plötzlich eine Neun.«

Meine Eltern sahen mich starr an.

»Er war eine Eins«, sagte meine Mutter platt. »Einser werden nicht einfach so zu Neunern.«

Ich machte eine möglichst unverbindliche Miene. Ihr Blick hatte mich schlagartig nervös gemacht. Er sagte mir, dass sie mir nicht glaubte. »Doch«, sagte ich. »Ihr könnt Gerome fragen.«

»Also hast du am Ende niemanden gefangen genommen, oder?«, schnaubte mein Vater.

Ich errötete und senkte den Kopf. »Nein, aber ...«

Das lange Schweigen meines Vaters brachte mich zum Verstummen. »Ach, Kind«, sagte er und trat einen Schritt näher, sodass ich seinen Atem – Minzgeruch mit einer Spur von Metall – riechen konnte. »Warum hast du das überhaupt erzählt?«

»Weil es keinen Sinn ergibt. Ich schwöre, dass er eine Eins war, als ich ihn zum ersten Mal gesehen habe, aber dann ist sein Rang um acht Nummern gestiegen. Ist so etwas möglich?«

»Nein«, sagte mein Vater sofort. »Niemand hat seinen Rang je so schnell um so viele Nummern verbessern können. Du musst dich getäuscht haben.«

»Aber das habe ich nicht«, beharrte ich und hielt dem Blick meines Vaters stand. »Gerome hat es auch gesehen. Er war eine Neun. Ich verstehe einfach nicht, wie Scipio ihn auf eine Neun anheben konnte und mich auf eine Drei herabsetzt. Irgendetwas scheint mit Scipio nicht zu stimmen. Vielleicht gibt es Probleme mit seinem ...«

Mein Vater verpasste mir eine schallende Ohrfeige, aber es war nicht das erste Mal, dass er mich schlug, wenn meine Fragen zu abtrünnig für seinen Geschmack wurden.

Ich blinzelte meine Tränen fort, als sich der Schmerz unerwartet über mein Gesicht ausbreitete und zu pochen begann, so als ob mein Fleisch unter der Erschütterung nachbebte. Ich presste meine Hand an die Wange und sah in seine zornigen Augen.

»Es steht dir nicht zu, Scipios Entscheidungen infrage zu stellen«, fauchte er. »Es ist deine Aufgabe, deine Arbeit zu tun und sie gut zu tun.

Mit deinen beiden Händen sollst du …«

»Für Gerechtigkeit sorgen und die Ordnung des Turms bewahren«, sagte ich. Ich presste die Worte durch zusammengebissene Zähne und mit schmerzendem Kiefer hervor. Ich wusste, dass er von mir erwartete, den Eid der Ritter Wort für Wort mit ihm aufzusagen. Das war immer ein Zeichen dafür, dass ich wirklich Mist gebaut hatte. Diese Worte waren mir praktisch ins Gehirn eingebrannt worden und ich konnte sie wahrscheinlich selbst im Schlaf aufsagen. »Wir schützen den Turm vor denen, die ihm Schaden zufügen wollen. Wir sind die Grenze zwischen Ordnung und Chaos. Wir geben unser Leben im Dienst am Turm.«

Mein Vater nickte zustimmend und trat einen Schritt zurück. Ich sah zu meiner Mutter, deren Blick hart und kühl war. Sie war damit einverstanden, was mein Vater getan hatte. Ich hatte meinem Anliegen mit meiner Geschichte in ihren Augen keinen guten Dienst erwiesen. Leider schien es immer so abzulaufen, wenn ich versuchte, mit meinen Eltern zu sprechen.

Nur war es dieses Mal noch schmerzhafter, weil sie bereit waren, zu töten, wer ich war, um eine brauchbarere Tochter aus mir zu machen.

»Lehrling Liana, kraft meines Amtes als Ritterkommandantin der Zitadelle befehle ich dir, dich morgen in der
Medica behandeln lassen. Es gibt diesbezüglich keine Diskussionen, keine Ausnahmen und keine Beschwerden. Du wirst dem Turm dienen.« Die Worte meiner Mutter klangen endgültig.

Ich sah finster zu Boden. Ich hasste es, wenn sie das tat, ihre Muttermaske einfach abnahm und sich wieder die Rittermaske überstreifte, so als ob sie so leicht austauschbar wären. Ich sah zu ihr auf und nahm meine Hand von der Wange, bemüht, nicht zusammenzuzucken, obwohl meine Haut brannte. Es gelang mir, knapp zu nicken, und dann ging ich auf die Wohnungstür zu. Ich musste einfach nur von hier fort.

»Ich will hören, wie du es sagst, Liana.«

Ihre Stimme klang stahlhart und ich erstarrte. »Ich werde morgen in die Medica gehen«, sagte ich, hatte aber kaum genug Luft, um sie durch meine Kehle zu pressen. Ich drückte die Schultern durch und ging weiter auf die Tür zu.

Keine Sekunde später versuchte sie wieder, sich wie meine Mutter zu benehmen.

»Liana, was glaubst du, wohin du gehst?«, fragte sie und ich hörte, wie sie hinter mir herging. Instinktiv trat ich noch einen Schritt näher an die Tür.

»Nach draußen«, sagte ich. »Ich muss nachdenken. Meinen Kopf auf morgen vorbereiten.«

Mein Vater wollte etwas sagen, aber meine Mutter kam ihm zuvor. »Lass sie gehen. Morgen sind diese Trotzanfälle ein für alle Mal vorbei.«

Ich wartete nicht darauf, dass sie mir Erlaubnis gaben, sondern öffnete die Tür und stürmte in den Gang hinaus.

Sobald sich die Tür automatisch wieder verschlossen hatte, lehnte ich mich mit dem Rücken gegen sie und drehte den Kopf seitlich, um den engen Flur entlangzusehen. Dabei atmete ich langsam aus und unterdrückte das Bedürfnis, zu weinen. Ich wusste nicht, was ich erwartet hatte. Sie interessierten sich schließlich nur selten für das, was ich zu sagen hatte. Warum hatte ich nur geglaubt, dass mir die Geschichte von Grey Farmless eine Verschnaufpause verschaffen könnte? Keiner der beiden dachte jemals über etwas nach, was er nicht hören wollte. Sie hatten mich nicht einmal zum Punkt kommen lassen. Oder vielleicht doch und ich hatte meine Chance einfach nur verspielt.

Niedergeschlagen trottete ich los. Ich wollte mich so weit wie möglich von unserer Wohnung entfernen. Meine Eltern lebten in einem der unteren Geschosse der Zitadelle, wo die hochrangigen Ritterkommandanten wohnten. Wir lebten schon seit zehn Jahren hier, aber Alex' Zimmer war nach seinem Fortgang in den Kern an unsere Nachbarn übergeben worden. Die Zimmerwände waren einfach so umprogrammiert worden, dass sich die Tür auf unserer Seite nicht mehr öffnete, sondern die Tür auf der Seite unserer Nachbarn. Ich mochte unsere Wohnung lieber als die vorherige, weil sie sich näher an den Kabelausgängen befand, die aus der Zitadelle herausführten. Ich wollte die Zitadelle so schnell wie möglich verlassen.

Ich bog erst rechts und dann links ab, lief breite Gänge entlang und hielt dabei den Kopf gesenkt, um keine Aufmerksamkeit auf mich zu ziehen. Die Wände der Zitadelle bestanden alle aus blankem dunklem Stahl, der während der Abkühlung mit komplizierten Verzierungen versehen worden war, sodass er aussah, als ob er wie Mauersteine aufeinandergestapelt worden wäre. An einem der Kabelausgänge blieb ich stehen. Er war einfach nur eine Öffnung in der Wand, die sich zu den Außenwänden der Zitadelle hin auftat. Durch die sich windenden Bögen und die Wasserspeier, die die Zitadelle umgaben, konnte ich die glänzenden schwarz-blauen Wände des Kerns erkennen. Als ich an den Rand des Ausgangs trat, hörte ich ein leises Geräusch und das Licht über der Öffnung färbte sich von weiß auf rot und blinkte warnend auf.

»Sie nähern sich einem Kabelausgang«, sagte eine vertraute, sachliche Stimme. »Bitte halten Sie Ihre Kabel bereit.«

»Danke«, sagte ich, trat über den Abgrund hinweg und hatte meine Kabelpeitschen bereits ausgefahren. Der Wind rauschte mir durch die Haare, riss sie nach oben und einen kurzen Augenblick warf ich meine Peitschen nicht, sondern fiel einfach nur, eigenartig friedlich, und sah die unteren Ebenen an mir vorbeirauschen. Mutter und Kind gingen Hand in Hand über eine der flachen Brücken, die aus der Medica führten. Ein junges Lehrlingspaar sprang an ihnen vorbei, wobei ihre Schlagstöcke Funken sprühten. Dann sah ich die Statue eines Mannes, der nach oben blickte und die Hände geöffnet ausstreckte.

Warum können sie mir nicht einmal zuhören?, fragte ich mich. *Ich weiß, dass da etwas mit Grey und Scipio nicht stimmt …*

Erst jetzt warf ich ein Kabel aus, traf eine Säule und wartete darauf, dass mein Fall etwas abgebremst wurde und ich mich der Säule näherte, bevor ich das Kabel wieder löste. Ich hangelte mich dabei dicht an den Wänden und Bögen der Zitadelle entlang, die sich immer weiter nach innen bogen. Andernfalls wären meine Kabel nicht lang genug, um sich irgendwo anzuhaften, und ich würde bis ganz zum Boden fallen. Danach wäre wohl nicht mehr viel mit mir anzufangen.

Warum kann ich sie … nicht einfach zufrieden machen? Ich hätte doch eine perfekte Ritterin abgeben sollen. Ich liebte die Athletik, die Geschwindigkeit und die Aufregung. Die Ritter waren zwar steif, aber ich kannte sie zumindest. Die Zitadelle war mein Zuhause und ich wollte nirgendwo anders hingehen. Es gab auch keinen anderen Ort, an den ich hätte gehen können.

Ich war einfach nicht für etwas anderes geeignet. Um zu den Sehern zu gehören, war ich nicht klug genug, und selbst wenn, würde ich nicht bei ihnen arbeiten wollen. Ich konnte immer noch nicht verstehen, wieso Alex ihr Angebot angenommen hatte, aber es war ja sein Leben. Die Zahnräder waren zu abgeschottet, die Ärzte zu kalt und logikgesteuert, und ich konnte nicht gut genug schwimmen, um bei den Tauchern in der Kläranlage zu arbeiten. So blieben nur noch die Handler, aber ich war mir nicht sicher, ob ich auch nur eine einzige Kartoffel ernten, geschweige denn die nötige Ernte für die riesige Bevölkerung des Turms garantieren könnte.

Nachdenklich schleuderte ich das andere Kabel und die Halterung spannte sich, als sie sich an eine Wand haftete und mich wieder abbremste und etwas näher an den Bau brachte. Kurz darauf löste ich sie wieder instinktiv, immer noch genauso grüblerisch.

Du stellst zu viele Fragen, schalt mich eine verräterische Stimme in meinem Kopf. Und wenn schon. Was war denn so schlimm an einer kleinen Dosis Neugier? Warum wollte Scipio, dass wir nur den Blick senkten und keine Fragen stellten? Was hatte er zu verbergen?

Ich schleuderte mein Kabel noch einmal, nur dass ich mich dieses Mal nach oben ziehen ließ und langsam den Aufstieg begann, einen Kabelhieb nach dem anderen, an der Zitadelle hinauf. Ich kletterte nicht so wie die anderen Ritter, einfach eine Hand über die andere, weil das überhaupt keinen Spaß machte. Ich spielte und bahnte mir meinen Weg im Zickzack. Ich nutzte die Schwerkraft und die Winde in meinem Gurtzeug und ließ mich manchmal nur fallen, um mich wieder nach oben wirbeln zu lassen und meine Kabel bis zur Spitze zu schleudern. Sie berührten kaum eine Säule, einen Bogen oder die Wände der Zitadelle selbst.

Aber obwohl ich lächelte und sich meine Wangen vor Anstrengung röteten, blieb der dunkle Zweifel in mir. Was war, wenn mit mir wirklich etwas nicht stimmte?

Irgendwann gab ich das Grübeln auf und schwang mich auf eine Plattform. Ich landete unsanft und stolperte unbeholfen. Ein Ritter, der in der Nähe stand, eilte mir zu Hilfe und ich schaffte es, seinen Arm zu packen, bevor ich mich völlig lächerlich machte.

Ich richtete mich auf und wollte ihn dankbar anlächeln, doch mein Lächeln erstarb sofort wieder. Sein Blick war auf mein Handgelenk gefallen und er machte nun angesichts der Drei eine erschrockene und angewiderte Miene. Schnell zog er seine Hände zurück, so als ob ich sie ihm rauben wollte, und machte einen langen Schritt zurück. Wenn seine Reaktion nicht so instinktiv gewesen wäre, hätte sie beinahe komisch ausgesehen.

Bin ich eine Entartete?, fragte ich mich, während er sich eilig entfernte.

Einen Augenblick lang stand ich starr da und die Leute machten einen

Bogen um die Stelle, auf der ich gelandet war. Ich lebte in meiner eigenen kleinen Seifenblase, ganz allein. Kurz dachte ich an meine Freunde, aber sie waren keine Ritter. Sie gehörten nicht zu meinen Leuten. Das hier waren meine Leute – und sie hassten mich, obwohl sie mich nicht einmal kannten.

»Lehrling Castell.«

Die Stimme war genauso leise wie die Schritte des Mannes. Ich hatte ihn nicht näher kommen hören. Ich sah zu ihm und wurde sofort rot.

Das letzte Mal, dass ich Theo gesehen hatte, hatte er einen Bart getragen, einen staubblonden Wuschel. Sein Sinn für Humor brachte sogar unseren mürrischen Ausbildungsoffizier zum Lachen. Wir hatten oft und erbittert gegeneinander gekämpft; er war der Einzige gewesen, der es mit mir hatte aufnehmen können. Wir beide waren die Lehrlinge mit den niedrigsten Rängen gewesen, damals hatten wir beide eine Fünf gehabt. Er war auch die einzige Person, an die ich mich erinnern konnte, die jemals einen Scherz über meinen Rang gemacht hatte. Danach war ich den größten Teil des Jahres ziemlich in ihn verschossen gewesen. Aber ich hatte nie den Mut gehabt, ihm etwas davon zu erzählen. Ich wusste nicht, ob meine Gefühle auf Gegenseitigkeit stießen oder ob ich mir einfach auf die normalen Begegnungen zwischen uns etwas eingebildet hatte. Ich war zu unsicher gewesen.

Und nun stand er direkt vor mir. Ich hatte ihn seit unserem Abschluss nicht mehr gesehen. Ich hatte eine Woche lang geweint, weil das perfekte Bild davon, wie wir in den Armen des anderen Zuflucht vor der Welt suchten, zerbrochen war. Darauf war ich nicht gerade stolz, aber immerhin war das mein erster Liebeskummer gewesen.

Er hatte sich verändert. Seine Wangen waren glattrasiert und seine Haare militärisch kurzgeschoren. Seine Augen, die einst vor Leben gesprüht hatten, waren nun matt und ausdruckslos.

»Theo«, sagte ich, sofort besorgt um ihn. Ich wünschte mir, dass sein Aussehen auf eine Krankheit zurückzuführen wäre, aber dafür kannte ich seinen Blick zu gut. »Ist alles in Ordnung mit dir?«

»Es geht mir gut«, sagte er steif. »Wie enttäuschend zu sehen, dass deine Nummer so weit gesunken ist. Ich hatte große Hoffnungen in dich gesetzt.«

Ich zuckte zusammen. Seine Worte brannten wie Salz in einer offenen Wunde. »Das ist eine ziemliche Beleidigung von jemandem, der früher gesagt hat, dass Scipio ihm einen so niedrigen Rang gib, weil er so viel attraktiver als alle anderen ist«, fauchte ich defensiv. Er brauchte mir nicht zu sagen, was mit mir falsch lief. Darüber machte ich mir allein schon genug Gedanken.

»Die Dinge ändern sich«, sagte er. Dann hob er sein Handgelenk und ich sah seine Nummer. Eine strahlende Acht in protzigem Lila. »Ich war jung, unverantwortlich und dumm, als ich in der Akademie war. Meine Gedanken waren naiv, aber gefährlich. Ich war alles, was ein Ritter nicht sein sollte.«

Ich atmete tief ein und schob meinen Ärger zur Seite. »Ich fand dich prima so, wie du warst«, gab ich nach einem Augenblick zu. »Ich ... Na ja, als wir in der Akademie waren, war ich ziemlich in dich verliebt.«

»Vielleicht bist du deshalb jetzt eine Drei.«

Seine Antwort erstaunte mich und ich lachte überrascht auf. Ich wusste nicht, warum ich das manchmal tat, aber es passierte mir in den denkbar ungünstigsten Momenten. Theo sah mich missbilligend an und plötzlich wollte ich einfach nur von hier fort. Ich wollte mir gerade etwas ausdenken, um mich von ihm zu verabschieden, als sein Armband piepte. Er sah auf die Anzeige hinab.

»Entschuldige«, raunte er und griff in seine Tasche.

Er zog ein Tablettendöschen hervor. Die Tabletten waren rot und trugen die Aufschrift »MSM-7« an der Seite. Ich zuckte zusammen, als er sich zwei Tabletten in die Hand schüttete. Bald würde ich Ähnliches schlucken. Ich konnte ihn nicht mehr ansehen, ohne meine Zukunft in seinem Gesicht zu erahnen, und ich hasste, was ich sah. Es war, wie mitanzusehen, wie einer der Arbeiter der Kläranlage in einen Kanal gesogen wurde. Es war schrecklich, aber man konnte den Blick nicht abwenden, obwohl einem flau im Magen wurde.

»Du nimmst Medica-Tabletten?«, sagte ich mehr, als dass ich es fragte.

»Ja«, antwortete er. »Sie haben mich gerettet, Lehrling. Ich bin jetzt ... besser als vorher.« Er musterte mich von oben bis unten. »Du wirst auch bald besser sein.«

Ich will nicht wie du sein, dachte ich mit zitternden Händen. *Ich will deine Nummer ... aber nicht um diesen Preis.*

Er hatte sich nicht einfach nur verändert. Der Theo, den ich kennengelernt hatte, war verschwunden. Bald würde noch eine fremde

Gestalt hier herumlaufen. Eine Liana, die prüde und gehorsam war und alles richtigmachte. Aber sie wäre nicht mehr ich.

»Ich muss gehen«, sagte ich, als diese Angst bis tief in meine Knochen kroch.

Theo beugte den Kopf und ich entfernte mich von ihm. Die Leute ließen mich mit ängstlichen und verächtlichen Blicken schnell vorbei. Ich hörte, wie eine Mutter ihrem Kind erschrocken zuflüsterte »Psychologische Ansteckung«.

Ich war innerlich völlig zerrissen. Wie konnte ich meinen Rang bessern? Wie konnte ich die Medica umgehen?

Wie hob ich meine Nummer an, ohne mich selbst zu verlieren?

Meine Taten schienen nicht das Problem zu sein. Es waren meine Gedanken. Die Gedanken, die so hinterhältig waren, dass sie die Gedanken anderer allein durch einen Blickkontakt anstecken konnten. Weil ich Fragen stellte. Weil ich es einfach nicht verstand.

Ich sah zu den Türmchen der Zitadelle hinauf. Der Turm war riesig, aber er war nicht annähernd groß genug, als dass ich mich ewig vor meinen Problemen verstecken konnte. Ich zerbrach mir weiter den Kopf darüber, wie ich mein Problem noch vor Morgen lösen konnte. Das Einzige, was mir einfiel, war, zu Scipio zu beten, damit er mir heute Nacht seine Gnade zuteilwerden ließ – oder sich ein wenig Humor zulegte. Oder ein fühlendes Herz bekam.

Doch meine Gedanken wanderten immer wieder zurück zu Grey und seiner wunderhaften Neun und damit auch zu der Tablette in meiner Tasche. Ich zog sie hervor und starrte sie nachdenklich an. Was war, wenn diese Tablette meinen Rang verändern konnte?

Letztlich taten die Tabletten, die in der Medica verschrieben wurden, genau das. Aber was war der Unterschied?

Gab es überhaupt einen Unterschied? Und wie war Grey an diese Tablette gekommen?

Vielleicht handelte es sich um ein neues Medikament, das die Medica ausprobierte? Es waren in der Vergangenheit schon neue Tabletten an Versuchspersonen ausprobiert worden. Vielleicht war dies eine neue Behandlung, die sich noch in der Entwicklung befand? Eine Behandlung, die ein emotionales Gleichgewicht herstellte, ohne einem die Persönlichkeit zu rauben.

Aber ... Es war ebenso möglich, dass diese Tablette außerhalb der Medica produziert worden war. Sie sah so anders aus als die üblichen Tabletten – farblos und ohne Seriennummer. Die Ärzte würden nichts produzieren, ohne es zu kennzeichnen ... was bedeutete, dass es sich um Schmuggelware handelte.

Gibt es wirklich einen Weg, um das System auszutricksen? Das wäre absurd. Es gab keine Möglichkeit, dem System zu entkommen, das buchstäblich in unser Gehirn eingepflanzt war. Ich hatte noch nie etwas Derartiges gehört. *Das kann doch gar nicht möglich sein, oder etwa doch?*

Ich sah die Tablette an und wog meine Möglichkeiten ab. Aber um ehrlich zu sein, hatte ich wohl kaum Optionen. Nach ein paar Minuten steckte ich mir die Tablette wieder in die Tasche.

Es war einfach zu gefährlich, sie zu nehmen, wo ich doch nichts über sie wusste. Es war zu gefährlich, einfach Schlussfolgerungen zu ziehen. Ich war verzweifelt und mein Kopf suchte nach Auswegen – aber das war wohl der beste Geisteszustand, um eine Dummheit zu begehen, die lebensbedrohlich sein konnte.

Sobald ich ausgeschlossen hatte, die unbekannte Tablette zu nehmen, dauerte es nicht lange, bis ich wusste, was auf mich zukam. Alle Puzzleteile meines chaotischen Lebens fügten sich zusammen und ich stand vor der einzig möglichen Schlussfolgerung: Morgen würde ich in die Medica gehen, ob es mir nun gefiel oder nicht.

5

Glücklicherweise gelang es mir, meinen Besuch in der Medica noch etwas aufzuschieben, weil mein Allgemeinbildungsunterricht, der zweimal wöchentlich stattfand, anstand. Meine Eltern hatten in Erwägung gezogen, mich nicht hingehen zu lassen und meine beschämende Nummer als Grund anzugeben, aber ich hatte heute Morgen scheinbar einen hellen Moment gehabt und meine Verurteilung verzögert, indem ich sie daran erinnert hatte, dass der Unterricht im Dienste des Turms war. Was würde Scipio davon halten, wenn ich meine Bedürfnisse vor die des Turms stellte?

Ich brauche wohl nicht zu sagen, dass es funktionierte und so befand ich mich in einem Gemeinschaftsanbau in der Hülle. Der Anbau lag der Zitadelle am nächsten, weshalb ich hier zugeteilt war.

Der Allgemeinbildungsunterricht sollte jedem Bürger des Turms ein Grundverständnis der anderen Abteilungen geben. So sollte ein Ritter die Bedeutung des Urwalds, der Abteilung der Farmer, kennenlernen, oder die Seher konnten lernen, wie die Arbeit in der Kläranlage funktionierte. Zweimal in der Woche wurde eine Gruppe von Jugendlichen einberufen, um etwas Neues von einem Mitglied einer der Abteilungen zu lernen. Wir alle taten so, als ob wir höchst interessiert wären. Meine Freundin Zoe war tatsächlich ernsthaft interessiert am Unterricht.

Ich betrat den kleinen grauen Raum, der mit Stühlen angefüllt war, die ungleich lange Beine hatten, und sah mit einer gewissen Anspannung zu meinen Altersgenossen, die mich, wie es zu erwarten gewesen war, anstarrten ... und sich dann wortlos von mir entfernten. Ein Mädchen wurde sogar blass, so als ob meine Nummer eine Krankheit war, die ganz schnell auf sie überspringen konnte. Das war wiederum eine gute Erklärung dafür, warum ich die Behandlung in der Medica so nötig hatte.

Mürrisch blickte ich auf mein Handgelenk. Seltsam, dass etwas so Unbedeutendes wie eine Nummer die Leute dazu bringen konnte, das Beste oder das Schlimmste von einem zu denken. Ich atmete tief ein und schob die negativen Gedanken beiseite. Wenn ich die Medica umgehen wollte, dann musste ich meine Nummer wieder steigern. Ich musste etwas Positives denken.

»Wow, sieh dich an, du kleine Rebellin.«

Meine Mundwinkel hoben sich und formten damit zum ersten Mal heute so etwas Ähnliches wie ein Lächeln. Ich sah zu meiner Freundin Zoe, die mit den Händen in die Hüften gestemmt dastand. Sie hatte ihre langen braunen Haare in der Mitte ihres Kopfes zu einem Zopf geflochten und die Seiten des Schädels kahl rasiert. Es war bei den Tauchern, den Arbeitern der Kläranlage, so üblich, sich einen Teil oder alle Haare fortzurasieren.

Zoe war wie ich zwanzig und ein Rogen, also ein Lehrling in der Wasserabteilung. Im Gegensatz zu mir war sie nur deshalb nicht in der Kläranlage angenommen worden, weil sie bis zum letzten Augenblick auf eine Annahme bei den Mechanikern gewartet hatte. Sie mochte eine großartige Taucherin sein, aber ihr Herz schlug für Maschinen.

»Wie du eindeutig sehen kannst, hatte ich gestern einen hervorragenden Tag«, sagte ich trocken.

»Ah, Sarkasmus«, sagte Zoe dramatisch, schlug sich mit der Faust gegen die Brust und sah dann sehnsüchtig nach oben, »dein Name ist Liana und wir sind uns schon einmal begegnet.«

Ich prustete vor Lachen, aber der Augenblick der Leichtigkeit verflog schnell, als ich an meinen Termin in der Medica dachte. Zoe seufzte lang und kam in diesem Gang auf mich zu, den alle Taucher an sich hatten. Es sah aus, als würde sie vertikal schwimmen. Sie legte mir einen Arm um die Schultern und ich erschauderte. Er war kalt und nass. Zoe bevorzugte es wie die meisten Taucher, einfach in die Zugangsluken der großen Rohre zu springen und dorthin zu schwimmen, wo sie hinmusste. Selbst der wasserabweisende Anzug, den sie trug, hielt sie nie ganz trocken.

»Erzähl Mama Zoe alles«, sagte sie mütterlich. »Zoe ist ja für dich da, mein armes Kind.«

»Oh Gott, sie spricht schon wieder in der dritten Person von sich«, sagte jemand über mein Lachen hinweg und ich sah, wie sich Eric den Nasenrücken unter seiner Brille rieb. Dabei schüttelte er den Kopf in gespieltem Entsetzen.

Eric war ein alter Freund aus der nahegelegenen Grünanlage. Er trug im Vergleich zu Zoe und mir einfache

Kleidung und sein braunes Haar wurde von einem Kopfband zurückgehalten. Seine starken, staubigen Arme steckten in kurzen Hemdsärmeln. Eric schien nie die Kälte im Turm zu spüren.

»Zoe weiß, wie man Leute ertränkt«, sagte Zoe mit einem anzüglichen Zwinkern und Eric strahlte sie an.

»Weiß Zoe auch, wie man Eric umarmt?«, zog er sie auf und ich verdrehte die Augen.

Die beiden waren so sehr ineinander verliebt, dass es manchmal wehtat, ihnen zuzusehen. Sie flirteten ständig miteinander, aber wenn es darum ging, sich ihre Gefühle einzugestehen oder eine Beziehung zu wagen, machten sie beide auf albernste Weisen einen Rückzieher.

Zoe zog ihren Arm von meiner Schulter und ging scheinbar selbstbewusst auf Eric zu. Eric wartete mit einladendem Lächeln auf sie. Das war so ein Augenblick und ich sah es beinahe kommen – beide schienen so voller Hoffnung, so optimistisch, dass es nun tatsächlich passieren würde, und dann ... begannen Zoes Hände leicht zu zittern und sie wirbelte so schnell zu mir herum, dass ihr nasser Zopf Eric laut ins Gesicht klatschte.

»Warte, umarmt Zoe Eric tatsächlich?«, fragte sie lieblich und tat so, als ob sie Eric nicht gerade einen Zopfschlag verpasst und völlig die Nerven verloren hätte. Ich biss mir auf die Wangeninnenseite, um sie nicht anzugrinsen. Natürlich war es als gute Freundin meine Aufgabe, die beiden mit ihrem Geplänkel aufzuziehen, aber immer nur unter vier Augen, nicht, wenn der jeweils andere dabei war.

Eric wischte sich das Wasser aus dem Gesicht und schüttelte den Kopf. »Reizend«, brummte er, während er die Hand ausschüttelte und das Wasser auf den grauen Boden tropfte. »Ich kann es gar nicht erwarten, mich für diesen Gefallen zu bedanken. Also, Liana, was hat es mit der Drei auf sich?«

»Ja, was ist passiert?«, fragte Zoe, trat etwas näher und spitzte besorgt die Lippen.

Schnell erzählte ich ihnen von Daltons undankbarem Verhalten, nachdem ich ihm das Leben gerettet hatte, und von der Diskussion, die dazu geführt hatte, dass mein Rang abgefallen war. Dann erzählte ich ihnen von Grey und von seiner magischen Verwandlung in eine Neun. Zum Glück blieben uns noch ein paar Minuten, bevor der Unterricht begann, sodass ich bis zum Ende erzählen konnte, ohne dass der Ausbilder uns unterbrach.

»Ich verstehe immer noch nicht, wie er das gemacht hat«, schloss ich und sah zu Boden. »Ich habe versucht, meinen Eltern zu erklären, dass da irgendwas nicht stimmt, aber alles, was sie interessiert, ist die Tatsache, dass meine Nummer gesunken ist.«

»Wie hast du es ihnen erzählt?«, fragte Eric mit einem wissenden Blick und ich seufzte.

»Wahrscheinlich war ich nicht sehr geschickt, aber sie haben mich überhaupt nicht ausreden lassen! Es war ihnen völlig egal! Ihr Vertrauen in Scipio ist unerschütterlich. Wenn der Mann eine Neun auf dem Handgelenk hat, dann hat Scipio diese Nummer bestimmt.«

»Da liegen sie nicht falsch«, sagte Eric vorsichtig und ich sah ihn bitter an. Er hielt seine Hände entschuldigend hoch und riss die Augen auf. »Nein! Gott, es tut mir leid. So meinte ich das nicht. Vielleicht ein wenig, aber …«

»Das ändert nichts an der Tatsache, dass niemand jemals das System hat austricksen können«, sprach Zoe für ihn weiter und sah mich mit ihren strahlenden blauen Augen an. »Ich meine, denk doch mal drüber nach, Liana. Wie kann sich seine Nummer einfach so verändern? Hat er sich in sein eigenes Netz eingeklinkt? Hat er das nötige Wissen, um so etwas zu schaffen?«

»Nein, er war ursprünglich ein Handler, aber er wurde verstoßen, sodass er vielleicht …«

»Ich werde dich gleich an dieser Stelle unterbrechen«, sagte Eric abschätzig. »Es ist noch nie ein Handler in der IT-Abteilung angenommen worden. Nicht ein einziges Mal in der ganzen Geschichte des Turms. Sie hassen uns. Ist dir schonmal aufgefallen, dass sie immer nur die Bits aus dem ersten Jahr zu uns schicken, um uns etwas beizubringen? Das liegt daran, dass hier hauptsächlich Farmer weitergebildet werden.«

»Aber sie machen dasselbe auch in anderen Schulen«, bemerkte Zoe.

»Wir kommen vom Thema ab, Leute«, unterbrach ich sie. »Ich will ja nicht jammern, aber ich habe einen Haufen Probleme und uns bleibt nicht viel Zeit, um darüber zu sprechen.«

»Oh, ja. Entschuldigung, Liana.«

Ich lächelte Zoe an. »Kein Problem. Vielleicht hatte er den Code nicht, aber ...« Ich zögerte und dachte an die mysteriöse Tablette, die ich selbst jetzt in meiner Hosentasche mit mir herumtrug. Doch auf einmal wollte ich ihnen nicht von ihr erzählen – noch nicht. Zum einen, weil ich nicht wusste, was sie bedeutete, aber auch, weil sie vielleicht doch etwas zu bedeuten hatte. Etwas Illegales und damit etwas Gefährliches. Ich wollte die beiden nicht rücksichtslos in Gefahr bringen, bevor ich besser einschätzen konnte, was hier vor sich ging. »Was ist, wenn etwas mit Scipio nicht stimmt?«

»Das darfst du nicht einmal denken«, zischte Eric. »Solche Fragen in der Öffentlichkeit zu stellen ist sehr gefährlich. Die Leute erschrecken sich zu leicht, vor allem, wenn sie glauben, dass etwas mit Scipio nicht stimmen könnte. Oder hast du den Requiemstag schon vergessen?«

Ich erschauderte. Der Requiemstag war eines der schrecklichsten Kapitel der Geschichte unseres Turms gewesen. Es war der Tag gewesen, an dem Scipio abgestürzt war. Es war das erste Mal gewesen, dass der Turm ohne Verbindung geblieben war und da Scipio so viele unserer alltäglichen Abläufe im Turmleben regelte, stürzten wir alle ab, als er abstürzte. Natürlich hatten die Urwälder weiter Strom geerntet, aber es gab ohne Scipios Hilfe keinen Weg, sie zu den Zahnrädern weiterzuliefern.

An diesem Tag hatte die Bevölkerung im Turm rund einundvierzigtausend Menschen betragen, bevor der Strom ausgefallen war. Die Menschen in den Aufzügen waren in den Tod gestürzt und viele Ritter waren in die Tiefe gefallen. Am zweiten Tag brach Panik aus. Keine der Dienstleistungen funktionierte und es gab keine Möglichkeit, uns miteinander zu vernetzen. Es fehlten Informationen darüber, was in den anderen Abteilungen vor sich ging, und die Leute machten sich Sorgen darüber, was sie essen und trinken sollten. Am Abend fingen dann die Kämpfe an.

Als am dritten Tag der Strom wiederkam, waren nur noch zweiunddreißigtausend Menschen am Leben gewesen.

»Gutes Argument«, sagte ich und sah mich um. Zum Glück waren wir weit genug von den anderen Schülern entfernt und sie hatten uns wahrscheinlich nicht gehört. Aber ich sprach dennoch leiser. »Na schön. Was ist, wenn der Mann einen Weg gefunden hat, das System auszutricksen?«

»Das ist nicht möglich.« Eric schüttelte überzeugt den Kopf und weigerte sich, auch nur darüber nachzudenken.

»Niemand hat es geschafft, das System auszutricksen.«

Soweit wir wissen. Es lag mir auf der Zungenspitze, aber Erics ernste Miene hielt mich dann doch davon ab. Es brauchte schon eine Menge, damit Eric einmal ernst aussah, und ich wollte nicht, dass er glaubte, ich wollte die Acht auf seinem Handgelenk absichtlich in Gefahr bringen.

Es dauerte lange, bis wieder jemand bereit war, etwas zu sagen.

»Können deine Eltern nicht um einen Aufschub bitten, damit du deine Nummer selbst wieder anheben kannst?«, fragte Zoe und sah mich nachdenklich an.

»Natürlich könnten sie das, wenn sie sich … dafür interessieren würden, wer ich bin. Aber nein – meine Eltern wollten mich schon zur Behandlung in die Medica schicken, seit ich eine Fünf war, aber ich habe mich geweigert. Doch jetzt, wo ich eine Drei bin …« Ich verstummte seufzend, weil es nicht nötig war, dass ich meinen Satz vollendete. Die beiden wussten, was auf dem Spiel stand. Sie wussten, dass es keinen anderen Ausweg gab.

»Und wenn du deine Nummer vor deinem Termin wieder anheben kannst?«, fragte mich Eric.

Wir sahen beide zu ihm.

»Das habe ich ja versucht«, sagte ich spitz. »Aber ich glaube, dass bei mir irgendetwas kaputt ist.«

»Bei dir ist nichts kaputt«, sagte er. »Denk einfach nur positive Dinge. Scipio kontrolliert, ob du dich auf das Positive und nicht auf das Negative kontrollierst, richtig?«

So sehr ich Eric mochte, konnte er manchmal echt anstrengend sein. Das war nicht seine Schuld – er war einfach von Natur aus ein angenehmer Mensch. Er genoss fast alles und ich hatte ihn noch nie über irgendetwas schimpfen hören. Deshalb war seine Nummer eine Acht und obwohl er mit moralisch bedenklichen Leuten herumhing – womit ich vor allem mich meinte, denn Zoe war immerhin eine Sechs – hatte sich sein Rang noch nie verändert.

Zoe hob eine Augenbraue und legte ihren Kopf in den Nacken, um zu ihm aufzuschauen.

»Es ist nicht ganz so einfach«, berichtigte sie ihn. »Scipio benutzt komplexe Algorithmen, um ...«

Ich sah zu, wie Erics Augen glänzten, als Zoe von einem ihrer Lieblingsthemen zu schwärmen begann. Ihr Vater hatte unten im Alte-Welt-Markt einen Laden betrieben – der Markt war einer der öffentlichen Bereiche im unteren Teil des Turms – und dabei allerhand Krimskrams gegen anderen Krimskrams eingetauscht. Er hatte sich auf Bücher und dabei hauptsächlich auf Technik-Handbücher und Ähnliches spezialisiert, obwohl ich wusste, dass auch ein paar verbotene Romane über seinen Ladentisch gegangen waren. Sein Einkommen stammte aber größtenteils aus restaurierten Technikbüchern, die er an ein paar auserlesene Interessierte mit dem richtigen Rang und in der richtigen Abteilung verkauft hatte, so wie es das Gesetz vorschrieb, aber nicht, bevor Zoe diese Bücher nicht gelesen hatte.

Ich hätte schwören können, dass sie ein fotografisches Gedächtnis hatte.

Zum Glück unterbrach unser Ausbilder ihrer Schwärmerei. Er war groß, durchtrainiert und sein Kopf war kahlgeschoren. Auf seiner weißen Kopfhaut leuchtete ein blaues Taucherzeichen, ein Tattoo, das sich in feinen Linien über seinen Hinterkopf zog. Er lächelte freundlich in die Runde, blieb dann mitten im Raum stehen und nickte.

»Ich glaube, dass das hier Zimmer 937D ist, richtig?«, fragte er mit angenehmer Stimme und sah sich um.

»Ja, Sir«, sagte Eric, bevor jemand anderes reagieren konnte.

Der Mann sah Eric an und lächelte dann wohlwollend, als er die Acht auf seinem Handgelenk sah.

»*Leristas*, junger Mann. Mein Name ist Phineas Lute und ich werde Ihnen allen die spezielle Sprache der Taucher beibringen, mit der wir uns unter Wasser verständigen. Weiß jemand, wie diese Sprache heißt?«

Ich riss sofort meine Hand hoch und Zoe lächelte mich an, während sie selbst die Hände vor der Brust verschränkt ließ. Taucher Lute sah mich an und nickte erwartungsvoll.

»Callivax«, sagte ich. »Benannt nach Anthony Callivax, dem ersten Prätor der Taucher.«

»Sehr gut, Lehrling ...«

»Castell«, sagte ich strahlend. Vielleicht konnte ich diesen Unterricht nutzen, um meine Nummer wieder zu erhöhen! *Taucher Lute scheint nett zu sein – vielleicht ist er ein bisschen anders als die anderen.*

Eine kleine Hoffnung, aber sie konnte ja nicht schaden.

Doch schon kurz darauf wurde sie zerschlagen. Sein Blick fiel auf mein Handgelenk und das nette Lächeln auf seinem Gesicht sah nun gezwungen aus.

»Lehrling Castell. Ich sehe, dass Sie eine Drei sind?«

Meine Wangen wurden rot, als ich merkte, dass mich alle anstarrten. Ich nickte.

»Ja, Sir.«

»Warum sind Sie hier und nicht in der Medica?«

»Ich wollte zuerst hierherkommen. Ich wollte die Gelegenheit nicht verpassen, zu lernen, wie ich dem Turm besser dienen kann.«

»Sie wollen also nützlich sein?«, fragte er, scheinbar überrascht.

»Natürlich will ich das«, sagte ich etwas zu schnell. Ich zuckte zusammen, weil ich nicht so klingen wollte, als ob ich Streit suchte. Dann räusperte ich mich. »Ich weiß nur nicht genau, wie ich das tun soll.«

»Nun ... Sie müssen einfach nur den Wasserlehren folgen, mein Kind.«

»Na klasse«, brummte Zoe so leise, dass ich ihre Stimme kaum aus dem Tuscheln der anderen herausfiltern konnte. »Das ist so typisch.«

Die »Wasserlehren« waren das spirituelle Glaubenssystem, dem alle Taucher folgten. Ideologisch vertraten sie genau dasselbe wie alle anderen Abteilungen – der Turm muss um jeden Preis geschützt werden – aber sie hatten eine ganze Religion darum herum ersonnen. Vieles davon basierte auf der kollektiven Geschichte des Turms, beinhaltete aber Moralregeln darüber, wie man nicht fahrlässig oder abtrünnig wurde, um nicht dem Giftmüll ausgesetzt zu werden, den die Maschinen im Turm generierten.

»Die Wasserlehren können Sie retten, mein Kind«, sagte Taucher Lute nett und sein Blick drängte mich zu einer Reaktion.

»Oh«, fiel mir nur ein, weil mir so viel Aufmerksamkeit unangenehm war. »Ich werde darüber nachdenken.«

Er machte ein enttäuschtes Gesicht, aber das war mir egal. Sein Rat, dass ich die Wasserlehren brauchte, um mich zu retten, ärgerte mich. Er kannte mich doch gar nicht, aber die Zahl auf meinem Handgelenk reichte scheinbar aus, damit er wusste, dass ich eine verlorene Seele war, die gerettet werden musste, und so würde er mich fortan auch behandeln. Es war so verdammt ungerecht. Ich hatte eine richtige Antwort gegeben und er hätte mich einfach in Ruhe lassen sollen, statt meine Situation in ein Spektakel für die anderen zu verwandeln und sie zu warnen, ja auf ihren Rang zu achten.

»Tun Sie das, mein Kind. In der Zwischenzeit kommen Sie bitte her und bleiben für den Rest des Unterrichts neben mir stehen. Die Vorschriften besagen, dass Sie immer in meiner Reichweite bleiben müssen.«

»Erlauben es die Vorschriften, dass ich mich für sie verbürge, Sir?«, fragte Eric und drehte sein Handgelenk so, dass Taucher Lute seine Nummer nicht übersehen konnte. Ich sah verärgert den Taucher an und verfluchte stumm das System, das mir einen Babysitter aufzwang. Natürlich brauchte ich einen Wachhund, schließlich war ich ein gefährliches Element. Ich konnte hier nicht einfach friedlich etwas lernen. »Ich kann ein achtsames Auge auf sie werfen, so können Sie sich auf Ihren Unterricht konzentrieren und brauchen sich keine Sorgen darum zu machen, was sie tut.«

»Ich glaube nicht, dass etwas in den Vorschriften steht, was das verbietet«, brummte der Mann und sah ihn nachdenklich an. »Sie beide sind befreundet, hm?«, fragte er, weil ihm aufgefallen war, dass Eric und Zoe die Einzigen waren, die in meiner Nähe standen.

»Ja, Sir«, sagte Eric so schnell, dass mein Ärger verpuffte. Es kostete ihn nichts, aber mir bedeutete es sehr viel. Auf einmal war ich sehr dankbar für unsere Freundschaft und dafür, dass er mir diese Erniedrigung ersparen wollte.

»Liana ist die Tochter von zwei Ritterkommandanten und selbst in der Ausbildung zur Ritterin. Dies ist ein vorübergehendes Problem und ich bin gern bereit, Verantwortung für ihre Handlungen zu übernehmen.«

Phineas nickte und sein Lächeln wurde breiter. »Das sehe ich«, sagte er und wandte sich dann den anderen zu.

»Wenn Sie bitte jeder eines der Handbücher nehmen, damit wir beginnen können.«

»Danke«, flüsterte ich, als die anderen einen Stapel mit kleinen grauen

Büchern verteilten. »Ich wollte nicht gern wie ein Warnzeichen vor allen stehen, damit sie sehen, was passiert, wenn man im Rang abrutscht.«

Eric sah mich schief an »Was nützt es, eine Acht zu sein, wenn ich mich nicht um meine Freunde kümmern kann?«, fragte er und wedelte mit seinem Handgelenk herum.

Zoe lachte und knuffte ihn in die Schulter. »Sieh an, ganz der edle Held«, sagte sie. »Setzt du diese Rettermasche nur ein, um sie zu verführen?«

»Und meinen sicheren Tod zu riskieren? Nein, danke. Ich meine, ich habe dich lieb, Liana, aber nicht im romantischen Sinn. Ich wollte nur noch etwas Zeit mit dir verbringen, bevor du in die Medica gehst.«

Ich wusste, dass er es nicht ernst meinte. Zoe schleuderte ihm eines der grauen Bücher entgegen und er sah uns sofort tief betroffen an, aber das machte keinen Unterschied, weil mir so oder so klar war, dass ich in wenigen Stunden in der Medica sitzen würde. Ich sah meine Freunde an und verstand, was ich im Begriff war zu verlieren. Ich betastete die Tablette in meiner Tasche und dachte an die Geheimnisse, die ich niemals lüften würde. Mein Verstand begann wieder angestrengt an irgendeinem Ausweg zu basteln.

Callivax zu lernen schien mir nach einer erneuten Niederlage in meinem Bestreben darin, meinen Rang zu erhöhen, nicht mehr so wichtig.

6

Die Medica bestand komplett aus reinen, gebogenen weißen Wänden, die von tausenden von Lichtern so hell erleuchtet wurden, dass der ganze Boden fast zu glühen schien. Alles erschien so pur – wie ein Leuchtfeuer in der Dunkelheit – aber ich hatte dennoch ein schreckliches Gefühl, als ich die breite, flache Brücke entlangging, die die Medica mit dem Turm verband. Ich hatte den langen Weg rings um den Turm durch die Hülle gewählt, um das Unvermeidliche hinauszuzögern.

Ich senkte den Kopf und sah auf mein Handgelenk. Die rote Drei schien mich anzufunkeln, so als ob sie mich dafür ausschimpfte, dass ich sie nicht verändern konnte. Ich spürte den plötzlichen Drang, mein Armband mit den Zähnen abzureißen und fortzuspucken.

Nachdem ich ausgeatmet hatte, um mich zu beruhigen, ging ich auf das strahlende, weiße Licht zu. Mir blieb keine andere Wahl, aber ich konnte wenigstens versuchen, das Beste daraus zu machen. Und wer wusste es schon? Vielleicht war das alles nicht so schlimm, wie ich es mir ausmalte.

Ich versuchte, mich an dieser Hoffnung festzuhalten, aber sie verflog, noch bevor sie überhaupt richtig entstand. Ich konnte mich einfach nicht davon überzeugen, dass ich aus dieser Sache mit denselben Eigenschaften herauskäme, die mich nun mal auszeichneten. Theo war der lebende Beweis dafür.

Ich muss es tun, dachte ich. *Entweder das oder ich verliere mein Zuhause.* Ich war schon eine Drei – wenn ich auf eine Zwei absackte, dann würde mich meine Abteilung fallen lassen und sobald ich einundzwanzig würde, müsste ich mir eine neue Wohnung suchen. Wenn ich nirgendwo unterkam, bevor ich eine Eins wurde, dann würde ich den Tiefen der Zitadelle eingesperrt werden, und ich war nicht darauf aus, herauszufinden, wie man mich dort gefügig machen würde.

Das flaue Gefühl in meinem Magen wurde stärker, als ich in eine Menschenmenge geriet. Ihre Uniformen waren ein Farbenmix aus Weiß, Karmesinrot, Grün, Grau, Blau und Orange – jede Farbe repräsentierte eine Abteilung des Turms. Ich hätte mich leicht ins Gesamtbild einfügen sollen, aber irgendwie machten alle einen weiten Bogen um mich. Die Nummer auf meinem Handgelenk schuf mir trotz des Gedränges reichlich Platz.

Mein Blick fiel sofort auf das Schild, das über der breiten Tür auf der untersten Ebene hing: *Rangbehandlungsdienste, 3. Stock.* Ein Pfeil deutete auf eine Treppe, die wenige hundert Schritte entfernt war. Meine Finger betasteten das Ende meiner Kabelpeitsche und ich seufzte. Die Ärzte erlaubten den Einsatz von Kabeln an ihrem Gebäude nicht, solange es nicht absolut notwendig war. Das bedeutete, dass ich laufen musste.

Ich stieg die Glastreppe hinauf, die sich an der Seite des Gebäudes entlangwand. Sie wackelte kaum, obwohl sie von der oberen Plattform über dem dritten Stock herabhing. Auf dieser Etage war es ruhiger und die Flure waren leer. Die Leute bewegten sich hier viel schneller, so als ob sie Angst hätten, gesehen zu werden.

Der Eingang war eine weite Halle und durch die leuchtenden Wände hindurch erkannte ich eine Frau, die hinter einem Schreibtisch saß. Sie hatte den blonden Kopf nach unten geneigt und die Augen auf den Bildschirm vor sich gerichtet, während ihre Finger über eine Tastatur flogen.

»Name und Bezeichnung?«, fragte sie, als ich ankam, und machte sich nicht die Mühe, zu mir aufzuschauen.

Ich befeuchtete meine Lippen, die plötzlich ausgetrocknet waren. »Liana Castell«, brachte ich hervor und wischte mir die schweißnasse Handfläche an meinem Oberschenkel ab. »25K-05.«

Ihre Finger flogen weiter über die Tastatur und ehe ich mich versah, wurde mein Gesicht an der Wand projiziert.

»Liana Castell«, verkündete sie und sah nun endlich mit müden blauen Augen zu mir auf. »Sie sind auf eine Drei gesunken. Medizinische Behandlung ist obligatorisch. Verstehen Sie das?«

»Ja«, log ich, weil ich eigentlich nicht verstand, warum ich mich einer Behandlung unterziehen musste, und genauso wenig verstand, warum Leute das Gefühl hatten, mich zu dieser Behandlung zwingen zu müssen. Warum musste ich positiv denken, um dem Turm dienen zu können? Warum mussten wir Ränge benutzen, um zu entscheiden, wer unsere Aufmerksamkeit verdiente und wer nicht. »Meine Mutter hat einen Termin bei Dr. Bordeaux für mich ausgemacht.«

Die Augen der Frau blitzten bei der Erwähnung des Namens auf. »Sie müssen Ihren Eltern sehr wichtig sein«, sagte sie. »Dr. Bordeaux hat eine sehr beeindruckende Bilanz, wenn es darum geht, potenziellen Abtrünnigen dabei zu helfen, ihre Perspektive zu ändern. Es ist sehr schwer, einen Termin bei ihm zu kommen.«

Das war mir neu. Meine Eltern hatten einfach nur den Termin vereinbart. Aber es überraschte mich nicht, dass er bekannt war; schließlich konnte nur der beste Arzt helfen, ihre unnütze Tochter zu retten.

»Ach. Wodurch ist denn seine … Technik so effektiv?«

Die Frau hob eine Augenbraue, während sie etwas tippte, wobei sie kaum Geräusche machte. »Diese Information ist intellektuelles Eigentum der Medica, Lehrling Castell. Meine Worte waren dazu gedacht, Ihnen Trost zu spenden, nicht dazu, ein Gespräch mit Ihnen anzufangen. Bitte folgen Sie den Lichtern und haben Sie wie immer einen guten Tag.«

Ihre Finger hielten plötzlich still und sie lachte übertrieben fröhlich. Auf dem Boden tauchte eine Reihe von grünen Punkten auf, die mich von ihr fort und weiter in das strahlend weiße Gebäude hineinführten. Ihr Ton war abweisend und schroff gewesen und ich wollte nicht länger in ihrer Nähe bleiben. Was sie gesagt hatte, war nicht dazu bestimmt gewesen, mich zu trösten, und hatte auch nicht diese Wirkung gehabt. Ganz im Gegenteil: Nun machte ich mir Sorgen, dass Dr. Bordeaux die Sorte Arzt war, der seine Patienten übermäßig mit Tabletten behandelte oder im Namen der Wissenschaft fragwürdige Verfahren an gesunden Menschen anwendete. Das war schon vorher passiert. Ein paar Ärzte hatten den Verstand verloren und Leute unnötigerweise aufgeschnitten. Aber es waren normalerweise Ärzte gewesen, die einen niedrigeren Rang hatten. Natürlich. Ich hätte nur zu gern einmal gesehen, wie ein Zehner den Verstand verlor – vielleicht würden die Leute dann aufhören, so sehr an dieses blöde Rangsystem zu glauben.

Dennoch ließ mich der Gedanke an einen durchgedrehten Arzt erschaudern und ich zwang mich, mich daran zu erinnern, dass die Medica inzwischen strengere Sicherheitsprotokolle eingeführt hatte. Ich folgte den grünen Punkten durch die gebogenen Gänge, die sich mit langen, geradlinigen Gängen kreuzten. Schließlich führten mich die Punkte durch eine große Halle hindurch. Die Räume dahinter schienen die Behandlungszimmer zu sein. Die leuchtenden Bürgerbezeichnungen an jeder Tür waren mein einziger Hinweis. Die Bezeichnungen waren den Rängen nach geordnet – hier waren nur Zweier. Die Zweier wurden innerhalb der Medica isoliert gehalten, damit sie streng überwacht werden konnten. Die Zweier, die sich hier befanden, wurden als weniger gefährlich eingestuft. Die gefährlicheren unter ihnen wurden direkt zur Umstrukturierung in die Zitadelle abgeführt.

Ich schluckte schwer und beschleunigte. Meine Schultern krümmten sich, als ich mir vorstellte, wie die Leute in den Zellen schrien und mit den Fäusten gegen die Wände schlugen, um freigelassen zu werden. Sie waren die perfekte Erinnerung, warum ich hier war und was ich verhindern versuchte. Aber meiner Nervosität half dieser Anblick natürlich nicht.

Schon bald wurde ich von einem leuchtenden Schriftzug auf der Wand begrüßt, der dann stufenweise wieder in die Wandbeleuchtung um ihn herum überging. Ich senkte meine Hand von meinen Augen, als das Leuchten nachließ, und sah eine Öffnung dort, wo eben noch die Wand gewesen war. Ich sah nach drinnen und erkannte ein ordentliches Büro. Der Wandbildschirm zeigte eine gemalte Landschaft mit grünen Tannen unter einem strahlend blauen Himmel, an dem ein Vogelschwarm flog.

»Kommen Sie bitte herein, Lehrling Castell.« Die sanfte Stimme eines älteren Mannes bat mich herein. Sie war synthetisch, aber ich mochte sie trotzdem. Sie klang sympathisch.

Ich betrat das Zimmer und es summte hinter mir. Ich drehte mich um und sah, dass die Öffnung wieder verschwunden war. Mein Herz setzte einen Schlag lang aus. Ich fühlte mich eingesperrt.

»Setzen Sie sich, Mädchen«, befahl die ältere Stimme. »Ihr Herzschlag hat sich beschleunigt und ich erkenne einen erhöhten Adrenalinwert. Sie haben nichts vor mir zu befürchten, Lehrling Castell.«

Ich schluckte und trat ein wenig weiter in den Raum und versuchte, mich zu beruhigen. »Ja, natürlich, nicht. Es tut mir leid. Ich bin nervös.«

»Das ist in Ordnung, meine Liebe«, sagte er. »Das sind alle bei ihrem ersten Besuch. Das ist völlig normal.«

»Oh«, sagte ich. Irgendwie war es der künstlichen Stimme gelungen, mich zu beruhigen. Das war nett, wenn auch ein bisschen eigenartig. Normalerweise waren die Maschinen im Turm kühl und eher abweisend, aber diese schien mir ... anders. »Arbeiten Sie für Dr. Bordeaux?«

Die Stimme lachte herzlich und ich blinzelte, trat einen Schritt zurück und sah mich um.

»Sie sollten lieber fragen, ob Dr. Bordeaux für mich arbeitet.«

»Das reicht, Jasper«, sagte eine entschlossene Stimme und ich drehte mich dorthin um, wo sich eine Wand unter einem Lichtstrahl öffnete. Ein Mann stand vor mir und als das Licht wieder auf sein übliches Weiß heruntergedimmt worden war, erkannte ich, dass er ein weißes Plastikpad in der Hand hielt und mich erwartungsvoll ansah. »Lehrling Castell, danke, dass Sie gekommen sind. Können Sie sich bitte setzen, damit wir anfangen können?«

Ich nickte und setzte mich auf den ersten Sitz, den ich sah, einen roten Stuhlsessel. Dr. Bordeaux – so nahm ich jedenfalls an – trat hinter einen kleinen Tisch und setzte sich mir gegenüber. Er lächelte und legte das Pad auf seinen Schoß und tippte mit den Fingern darauf, worauf es sich erhellte.

»Ich sehe, dass Jasper schon eine erste Untersuchung durchgeführt hat, aber ich werde auch etwas Blut benötigen«, sagte er und zog etwas aus der Tasche seines weißen Kittels. Ich beugte mich vor und streckte meine Hand aus und er nahm mir schnell eine Blutprobe ab.

»Was ist Jasper?«, fragte ich und sah, wie der Arzt die Blutprobe in einen Schlitz in der Wand steckte.

»Er ist anders«, sagte Dr. Bordeaux.

»Er scheint mir wie Scipio zu sein. Ich meine ... er scheint mir realistischer als die anderen automatisierten Stimmen im Turm zu sein.«

»Danke«, sagte Jasper und ich lächelte.

Dr. Bordeaux drehte sich um und sah mich eindringlich an. Seine Augenbrauen stießen über seiner Nase zusammen. »Das ist eine sehr clevere Beobachtung, Lehrling Castell. Aber sie betrifft auch Ratsgeheimnisse, weshalb ich Ihnen raten würde, Ihre Beobachtung niemandem gegenüber zu erwähnen.«

Ich nickte automatisch, aber in meinem Kopf stauten sich Fragen an. Warum sollte Jasper ein Ratsgeheimnis sein? Was war so besonders an ihm? Der Rat hatte eine Menge Geheimnisse – das wurde in jeder Abteilung geraunt – aber nun war gerade ich über eines dieser Geheimnisse gestolpert?

Das war interessant und bemerkenswert. Ich musste mir auf die Zunge beißen, damit ich nichts sagte, bevor ich meine Gedanken nicht geordnet hatte.

»Es tut mir leid«, sagte ich schließlich.

»Kein Problem. So habe ich immerhin etwas Wichtiges über Sie gelernt.«

»Oh?«

»Ja«, sagte er, setzte sich und lehnte sich zurück. »Sie stellen zu viele Fragen. Warum glauben Sie, ist das so?« Ich runzelte die Stirn, rutschte auf meinem Stuhl umher und dachte über seine Frage nach. »Ich weiß es nicht

...Ich denke eben manchmal einfach, dass etwas keinen Sinn ergibt.«

»Zum Beispiel?«

Ich presste die Lippen zusammen und biss mir auf die Zähne. »Ich weiß nicht«, sagte ich nach einem Augenblick. Meine Lüge war weniger ketzerisch als die Wahrheit. »Mir fällt kein Beispiel ein.«

In Wirklichkeit fielen mir mehrere ein, aber ich bezweifelte, dass der Arzt meine Gedanken und Meinungen über das Rangsystem und Scipio hören wollte oder über die Leute, die dumm umherrannten, um Scipio statt ihren Mitmenschen zu dienen. Warum wurde ich meines Ranges wegen als minderwertig angesehen, obwohl ich nie etwas Schlimmeres getan hatte, als über meine Gefühle nachzudenken. Was war so falsch an Gefühlen? Als ein AI war Scipio angeblich mit Gefühlen programmiert worden. Hatte er mal einen schlechten Tag? Fühlte er sich jemals mies, wenn jemand ihn schlecht behandelte, weil er nicht optimal funktionierte? Was gab ihm überhaupt das Recht dazu, über uns zu urteilen?

»Ich verstehe.« Er tippte ein paar Dinge auf seinem Bildschirm an und das Licht des Pads spiegelte sich in seiner Brille. »Gut, Lehrling, Castell, wir werden ein paar Wortassoziationen machen.«

Ich biss mir auf die Lippe und rutschte etwas vor. »Was ist das und warum machen wir das? Ich dachte, ich wäre hier, um Medikamente zu bekommen.«

»Nicht jeder hat dasselbe Problem«, antwortete Dr. Bordeaux geduldig. »Manche niedrigen Nummern werden durch Depression, Trauer oder ein hormonelles Ungleichgewicht verursacht. Wir können nicht jeden Fall gleich behandeln. Deshalb machen wir neben der körperlichen auch eine psychologische Untersuchung. Wir machen Folgendes: Ich sage ein Wort und Sie sagen das erste Wort, was Ihnen einfällt. Haben Sie verstanden?«

Ich nickte, war aber misstrauisch. Das kam mir zu leicht vor. Ich hatte etwas Qualvolleres erwartet, aber hey – was nicht war, konnte ja noch kommen.

»Bäume.«

Mein Kopf drehte sich und einen Augenblick lang dachte ich gar nichts.

»Das erste Wort, das Ihnen einfällt, bitte.«

»Grün«, platzte ich heraus.

Sein Gesicht blieb neutral, während er meine Antwort in das Pad eintippte. »Scipio.«

»Computer.«

Dieses Mal war die Antwort leichter. Ich spürte, wie ich mich an die Aufgabe gewöhnte und bei jedem Wort immer schneller antwortete.

»Ritter.«

»Ernst.«

»Blut.«

»Fehler.«

Die Worte kamen immer schneller und meine Antworten gingen mir leicht von der Zunge. Er tippte sie alle ein.

»Feuer.«

»Wasser.«

»Freund.«

»Zoe und Eric.«

Dr. Bordeaux sah auf. »Bitte beschränken Sie Ihre Antworten auf ein Wort.«

Ich errötete. »Entschuldigung.«

»Aufstand.«

»Eins.«

»Traurigkeit.«

»Zuhause.«

»Turm.«

»Gefängnis.«

Das Wort war mir herausgerutscht, bevor ich mich bremsen konnte. Dr. Bordeaux stockte und sah zu mir auf. Seine Brauen schoben sich zusammen, während er das Wort rasch eintippte. Ich sah ihm zu und wusste, dass ich meine Chance, ohne Medikamente hier herauszukommen, verspielt hatte. Den Turm mit einem Gefängnis zu vergleichen, war einfach nicht angebracht für jemanden, der hier lebte. Ende der Diskussion.

Ich musste mich zusammenreißen, um meinen Kopf nicht gegen die Wand zu schlagen.

»Die Testergebnisse sind für Sie in einem Bericht zusammengefasst, Dr. Bordeaux«, sagte Jasper, nun beleidigt und steif.

Großartig. Scheinbar hatte ich auch ihn gegen mich aufgebracht. Ich schloss die Augen und versuchte, mich nicht der Verzweiflung darüber hinzugeben, dass ich mich nicht einmal in diesem einen Test beherrschen konnte. Ich hörte, wie Dr. Bordeaux aufstand und als ich meine Augen wieder öffnete, hatte er mir den Rücken zugewandt und las die Ergebnisse vom Bildschirm in der Wand ab. Er seufzte und wischte dann mit einer Handbewegung den Bericht fort.

»Ich hatte gehofft, dass es sich um eine hormonelle Störung handelt oder um etwas, was sich leicht behandeln lässt, aber es scheint, dass Sie irgendwann einer psychologischen Ansteckung ausgesetzt gewesen sind.« Meine Gedanken wanderten zu Grey, doch ich schob diese Idee schnell beiseite. Meine Probleme hatten angefangen, lange bevor ich ihm begegnet war. Außerdem war ich zu der Erkenntnis gekommen, dass es keine psychologische Ansteckung gab. Ich hatte nie Kontakt mit einem Einser gehabt, bevor mein Abstieg begonnen hatte. Meine sogenannten Probleme hatten also nur bei mir ihre Ursache. Bei meinem kleinen, unzulänglichen Ich.

»Ich werde Ihnen etwas verschreiben, das wir Frieden nennen«, sagte er und sofort öffnete sich ein Schlitz in der Wand und ein Tablett wurde hervorgeschoben. Leuchtend rote Tabletten schossen aus einem Rohr in der Wand in ein Schälchen. Es schien überhaupt kein Ende zu nehmen. Ich sah zu, wie die Tabletten dann in eine große Tablettenflasche gegossen wurden und ein Roboterarm, der ebenfalls aus der Wand ausgefahren worden war, einen Deckel auf die Flasche schraubte. Dann fiel die Flasche in die wartende Hand von Dr. Bordeaux.

»Die Substanz heißt Parlexotalopram«, sagte er mit einem gezwungenen Lächeln, als er mir die Flasche reichte.

Ich nahm sie mit tauben Fingern entgegen. »Werde ich das mein ganzes Leben lang nehmen müssen?«, fragte ich und fürchtete mich vor der Antwort.

»Ich weiß es nicht«, erwiderte er aufrichtig. »Wir haben einige Leute damit gut genug stabilisieren können, um das Medikament wieder abzusetzen, aber die Mehrheit der Patienten, die Frieden einnehmen, benötigen es dauerhaft.«

Ich biss mir auf die Lippen und starrte die roten Tabletten an. Sie wogen schwer in meiner Hand, so als ob sie mich in die Tiefen des Turms herabreißen wollten.

»Nebenwirkungen?«, krächzte ich und hoffte, dass diese Tabletten nicht das Ende meiner Persönlichkeit bedeuteten, wie es bei Theo der Fall war.

»Übelkeit«, sagte Dr. Bordeaux leise, mit wissender Miene. »Gedächtnisschwund, Selbstmordgedanken und Verlust der Libido. Ihnen ist in den nächsten Tagen vielleicht schwindelig, aber das geht vorbei.«

»Oh.« Er brauchte mir nicht mehr zu sagen. Diese Tabletten waren genau das, was ich befürchtet hatte. Der langsame Tod meines Ichs, eingesperrt hinter glasigen, toten Augen. Wenigstens war das im Dienste des Turms. Endlich würden Scipio und meine Eltern die Version von Liana bekommen, die sie sich immer gewünscht hatten, ganz egal, was das mit mir machte.

Immerhin hast du noch ein Zuhause, flüsterte mein Verstand mir zu. Aber ich fragte mich doch, um welchen Preis. Vielleicht war ich genau deshalb eine Drei.

»Sir, Lehrling Castells Dopamin fällt ab und ich nehme verstärkte Anzeichen für eine Depression wahr.«

»Das ist zu erwarten, Jasper«, sagte Dr. Bordeaux. Ich sah ihn an und sein Lächeln war wieder gütiger geworden. »Es ist gut, dass Sie traurig sind, Lehrling Castell. Das bedeutet, dass Sie einsehen, dass Sie ein Problem haben, aber entschlossen sind, es zu lösen. Das hier wird Ihnen helfen, das verspreche ich. Nehmen Sie morgens und abends zusammen mit den

Mahlzeiten je zwei Tabletten. Die erste Woche werden Sie etwas erschöpft sein, aber geben Sie sich etwas Zeit und seien Sie geduldig. Okay?«

Ich nickte, immer noch zu benommen, um etwas anderes zu tun, als einfach nur dazusitzen.

»Liana.« Ich sah zu ihm auf und blinzelte. »Das hier wird Sie korrigieren«, sagte er.

Die Flasche fühlte sich mit einem Mal noch schwerer an.

Meine Eltern warteten vor der Medica auf mich, als ich mit den Tabletten in meinen schwitzenden Händen nach draußen trat. Zuerst hatte ich sie gar nicht gesehen. Ich war so in meiner Panik und der Angst vor den Tabletten, die mir den Atem nahm, gefangen, dass ich beinahe direkt an ihnen vorbeigelaufen wäre. Mein Vater, der sich seinen Ritterkommandantenmantel über die Schulter geworfen hatte, packte mich mit einer fleischigen Hand am Arm und hielt mich an. Ich drehte mich um, sah den besorgten Blick in seinen Augen und wäre beinahe in Tränen ausgebrochen. Ich war kurz davor, ihn anzuflehen, das nicht tun zu müssen. Die Worte lagen mir schon pelzig und sauer auf der Zunge.

Aber ich unterdrückte sie und sah zu ihm auf. »Papa?«

»Hey«, sagte er sanft und sein Blick fiel auf die Tabletten. »Wir wollten hier sein, um dich zu unterstützen. Ist alles in Ordnung?«

Ich nickte und hielt ihm die Flasche hin. »Das ist Frieden«, sagte ich. »Dr. Bordeaux hat es mir verschrieben.

Zwei Tabletten morgens, zwei Tabletten abends.«

Ich fuhr mir mit der Zungenspitze über die Lippen. Mein Vater nahm mir die Flasche aus den steifen Fingern, schüttelte sie und nickte dann zufrieden, als er hörte, wie voll sie war. Plötzlich wünschte ich mir, ihm die Dosis nicht verraten zu haben, aber mir war nichts anderes eingefallen. Wenn ich sie nicht erwähnt hätte, dann hätte ich vielleicht mit weniger anfangen können, um mich an die Tabletten zu gewöhnen. Aber nun war es zu spät und meine Eltern würden dafür sorgen, dass ich die genaue Menge einnahm. Nicht mehr, nicht weniger.

»Ich weiß, dass du nervös bist, aber das ist wundervoll«, sagte meine Mutter und legte ihre schmale Hand auf meine Schulter. Es war sicher als liebevolle, tröstende Geste gemeint, aber sobald sie mich berührte, empfand ich nur Abscheu. Meine Eltern waren kurz davor, ihre Tochter mit Medikamenten vollzustopfen und einen Großteil ihrer Persönlichkeit zu ersticken, bis sie zu einer leeren Hülle wurde, genau wie sie es waren.

»Dr. Bordeaux ist angeblich sehr gut«, fügte mein Vater hinzu. »Seine Arbeit mit Dreiern und Zweiern ist unübertroffen.« Er knetete seine Finger und wartete auf eine Reaktion von mir. Doch ich schwieg und so sprach er weiter. »Möchtest du deine erste Dosis gleich nehmen? Es ist fast Abend, das sollte doch in Ordnung sein.«

»Ich soll die Tabletten mit den Mahlzeiten einnehmen«, sagte ich und versuchte, das Unvermeidliche doch noch ein wenig hinauszuschieben.

»Nun ... warum gehen wir nicht in Die Löwenhöhle und holen uns mit unseren Lebensmittelkarten etwas Bratbrot zum Abendessen. Du liebst doch Bratbrot.«

»Ja«, antwortete ich wie betäubt auf den Vorschlag meiner Mutter.

Die Löwenhöhle, ein offener Markt vor der Grünanlage Nummer 10, war immer gut besucht und die Leute drängten sich durch die engen Gänge rings um die Stände und Essenswagen mit kleinen Tischen und Stühlen. Es gelang uns, einen freien Tisch zu finden, und mein Vater sammelte unsere Lebensmittelkarten ein, damit er bestellen konnte. Meine Mutter versuchte, mich in eine Unterhaltung zu verwickeln, aber ich konnte nur auf die Menge starren und war zu deprimiert, um ihr zuzuhören. Irgendwann gab sie es auf.

Nachdem mein Bratbrot gebraten und serviert worden war und nun größtenteils unangerührt vor mir lag, stellte mein Vater die Tablettenflasche vor mir ab und meine Mutter stellte ein Glas Wasser daneben. Meine Hand bewegte sich, aber ich hatte das Gefühl, dass sie jemand anderem gehörte. Jemand anderes schüttete sich zwei Tabletten in die Hand. Jemand anderes führte sie an meinen Mund. Jemand anderes schluckte.

Jemand anderes stand vom Stuhl auf.

7

Ich drehte mich im Bett um, streckte mich und wurde langsam wach. Gähnend riss ich den Mund auf und öffnete die Augen, um mich umzusehen. Ich brauchte eine Sekunde, bis ich mein Zimmer wiedererkannte. Nun, die aufgeräumte Version meines Zimmers.

Es verwirrte mich, dass es so ordentlich aussah, und ich setzte mich auf. Die Kleidung, die normalerweise einen riesigen Berg über meinem alten, lädierten Stuhl bildete, war verschwunden. Das Durcheinander von Stiften, Karten, Kritzeleien und Hausaufgaben lag ebenfalls nicht mehr auf meinem Schreibtisch. Nur ein Schreibblock und ein Griffel lagen noch auf der sonst leeren Oberfläche.

Vorsichtig glitt ich aus dem Bett und rechnete halb damit, dass mich irgendein Ordnungsmonster packen würde. Dann stellte ich meine Füße auf den kühlen Metallboden. Seine Kälte überzeugte mich davon, dass er echt war. Es war alles zu verwirrend, weil ich mich nicht erinnern konnte, wie ich hergekommen war.

Ich sah auf die Anzeige über meiner Zimmertür und las das Datum und die Uhrzeit in grünen Nummern. Ich starrte darauf, weil die Zahlen keinen Sinn ergaben. Sie konnten nicht stimmen.

Aber tief in mir wusste ich, dass sie recht hatten. Ich kratzte die Erinnerungsstückchen zusammen, die in meinem Kopf verstreut lagen, um zu verstehen, was mit mir geschehen war. Ich war zum

Allgemeinbildungsunterricht gegangen, wir hatten die Kläranlage besucht und dann ... Die Medica. Die Tabletten. Meine Eltern. Meine Augen hoben sich wieder zur Anzeige und mir wurde übel.

Deshalb sahen die Nummern so falsch aus – es war eine ganze Woche vergangen. Eine komplette Woche, seit ich die ersten zwei Tabletten genommen hatte, und ich konnte mich an nichts aus dieser Zeit erinnern. Etwas oder jemand hatte die Kontrolle über meinen Körper übernommen. Ich hatte keine Erinnerung an das, was ich getan hatte.

Mit Übelkeit sah ich zu meinem kleinen Nachttisch neben dem Bett. Dort stand die Tablettenflasche und zwei Tabletten lagen bereits neben einem Glas Wasser und einem eingewickelten Nährstoffriegel. Ich starrte die Tabletten mit Abscheu an, nahm sie in meine zitternden Hände, gab sie in die Flasche zurück und warf dann das ganze Ding, so hart ich konnte, weil ich es unbedingt aus meinen Händen lösen wollte. Die Flasche stieß gegen etwas und fiel dann zu Boden, kullerte und blieb vor dem Kleiderschrank an meinem Bettende liegen. Ich rollte mich zu einer Kugel zusammen, zog mir die Decke über den Kopf und versuchte, die aufsteigende Panik, die drohte, mir die Brust zu zerreißen, zu unterdrücken.

Eine Woche. Eine ganze Woche, dachte ich und wehrte mich gegen die Tränen. Ich hatte keine Ahnung, wie ich mich verhalten hatte – wer ich gewesen war – und dieser Gedanke erschrak mich. Ich hätte alles Mögliche getan haben können und würde es niemals erfahren.

Warum war ich auf einmal wieder ich selbst? Hatte ich gestern Abend eine Dosis verpasst?

Oder war das normal? Kurze Perioden von Klarheit, in denen ich mich in meinem Körper befand, aber auf das Leben einer Fremden blickte?

Ich erschauderte und der Ärger über diese Ungerechtigkeit brachte mich dazu, die Decke zurückzuschlagen und mich richtig umzusehen. Wenn dieses Mädchen mein Leben übernahm, dann sollte ich die neue Liana wohl besser kennenlernen.

Nein, dachte ich boshaft, *ihr Name ist Prim.*

Ich stand auf, ging zu meinem Schreibtisch hinüber und schaltete das Pad ein. Es war passwortgeschützt, aber mein normales Passwort funktionierte – Gott sei Dank. Ich konnte mir nicht vorstellen, wie es sich anfühlen würde, aufzuwachen und zu erfahren, dass mein anderes Ich mein Passwort geändert hatte.

Nervös fuhr ich mir mit der Hand durch die Haare und stockte, als mir ein orangenes Leuchten auf meinem Handgelenk auffiel. Ich sah genau hin und stand erst einmal unter Schock, als ich die Nummer las, die angezeigt wurde.

Fünf.

Die Zahl flackerte zwischen Vier und Fünf hin und her, so als ob sie spürte, dass sich mein Bewusstsein gegen die Medikamente wehrte, die es vernebelt hatten. Dann blieb sie wieder bei Fünf stehen.

Ich atmete tief durch, um ruhig zu werden. Ich konnte aufhören, die Tabletten zu nehmen. Ich hatte Jahre gebraucht, um von meiner Fünf auf die Drei zu fallen. Also hatte ich mir etwas extra Zeit verschafft, um die Dinge klarzukriegen. Wie ein kleiner moralischer Anschub oder so etwas. Ich sah auf die Fünf hinab ... die bei meinen Gedanken wieder zu flackern begonnen hatte.

»Ich glaube nicht, dass mir dieses Mal Jahre Zeit bleiben«, gab ich laut zu. Ich war mir nicht einmal sicher, ob mir ein paar Tage blieben.

Ich durchsuchte mein Pad, öffnete die neuesten Dateien und las sie. Es war seltsam, meine Handschrift dort zu sehen – ich konnte mich nicht daran erinnern, das alles geschrieben zu haben. Ich hatte mir Notizen über die Kläranlage gemacht, Vorschläge zur Verbesserung der Sicherheit im Turm aufgeschrieben und sogar ein Zitat von Gerome am Rand notiert, was mich lachen ließ. Es schien, dass Prim eine fleißige und gewissenhafte Schülerin war.

Tja, wie schön für Prim, dachte ich. *Aber so bin ich nicht! Ich mache nicht gern Notizen – ich mag Aktion!*

Warum ist das nur so schlimm?

Ich hatte das Gefühl, dass dieses Zimmer nicht länger mein Zimmer war – es war ihres. Klar, es war mit meinen Sachen gefüllt, aber sie hatte sie sich zu eigen gemacht, indem sie sie weggeräumt hatte. Mein Zimmer war mir nun gleichzeitig vertraut und fremd.

Ich musste hier raus.

Ich drückte auf den Knopf und meine Tür öffnete sich mit einem pneumatischen Zischen. Ich stolperte nach draußen und sah mich um, um herauszufinden, auf welche anderen Arten Prim sich mein Leben angeeignet hatte.

Meine Mutter sah von einem Bücherregal in dem kleinen Wohnzimmer zu mir auf. »Guten Morgen, mein Schatz«, sagte sie, als ich das Wohnzimmer betrat, worauf ich stockte.

Schatz?

»Hallo Mom.« Das fühlte sich eigenartig an. Sie hatte mich noch nie Schatz genannt, aber gerade hatte es so geklungen, als wenn es nicht das erste Mal gewesen war. Was bedeutete, dass sie es in meinen vergessenen Erinnerungen zu Prim gesagt hatte. Nicht zu mir. Es gab also eine Version von mir, die sie tatsächlich liebte.

Sie sah mich mit einem warmen Lächeln an. »Gerome war gerade hier, Schlafmütze«, sagte sie.

Wenn sie nicht bald mit den Kosenamen aufhörte, rannte ich noch schreiend aus der Wohnung.

»Oh? Was hat er gesagt?«, fragte ich und versuchte, mich auf die Frage zu konzentrieren und mir meine innere Aufruhr nicht anmerken zu lassen.

»Er sagte, dass er wirklich beeindruckt davon ist, wie gut du dich an deine Medizin gewöhnst und Verantwortung übernimmst.« Dann schloss sie das rote Ritterhandbuch, das sie in der Hand hielt, und stellte es wieder ordentlich ins Regal zurück. »Ich möchte, dass du weißt, dass dein Vater und ich sehr stolz auf dich sind. Wir sehen, wie du endlich zu der Frau wirst, deren Potenzial Scipio schon immer in dir gesehen hat.«

Ich nickte mit trockenem Mund. »Das ist schön.« Prim hatte da Erfolg, wo ich gescheitert war. Gott, ich hasste sie so sehr.

Das Lächeln meiner Mutter verblasste und sie kam einen Schritt auf mich zu. »Fühlst du dich gut? Du wirkst eigenartig.«

»Nein, nein!«, sagte ich eilig, weil ich Angst hatte, dass sie merken würde, dass etwas nicht stimmte, und mich drängen würde, die Tabletten zu nehmen. Also zwang ich mich, zu lächeln. »Es geht mir gut. Ich bin nur ein wenig erschöpft.«

Sie trat noch näher und musterte mich von oben bis unten. »Ist mit den Medikamenten alles in Ordnung? Soll ich mit Dr. Bordeaux sprechen?«

»Mom, das ist eine der Nebenwirkungen«, sagte ich, als ich mich an Dr. Bordeaux' Worte erinnerte. »Es geht sicher vorbei. Vielleicht hilft mir etwas frische Luft. Ich werde sehen, ob Zoe Zeit für einen Spaziergang hat.«

»Die Sechs«, sagte sie platt und ich blinzelte verwirrt. Meine Mutter hatte bislang nichts gegen Zoe einzuwenden gehabt. Warum hatte sie jetzt ein Problem mit ihr?

»Ich bin eine Fünf«, sagte ich schnell und klammerte mich an ein Strohhalm-Argument. »Also muss ich doch noch etwas von ihr lernen können.«

Meine Mutter verzog das Gesicht, nickte dann aber. »Da hast du vielleicht recht. Aber wenn deine Nummer höher steigt als ihre, erwarte ich von dir, dass du diese Freundschaft beendest.«

Mein Herz klopfte heftig, als ich sie anstarrte. Widerstand kroch bereits meinen Rücken hinauf. Meine Freundschaft zu Zoe würde nur über meine Leiche enden, und nicht eine Sekunde vorher. Meine Mutter sah mich erwartungsvoll an und ich versuchte, eine unauffällige Antwort zu finden, damit sie mich weiter für Prim hielt.

»Ja, Ma'am«, war das Einzige, was mir einfiel, und es klang gepresst. Meine Mutter musste es bemerkt haben, denn sie wandte sich zum Regal um, zog ein weiteres Handbuch hervor und schlug es auf.

Ich ging in mein Zimmer zurück, schloss die Tür und atmete tief durch. Ich musste hier raus – und das bedeutete, dass ich mich anziehen musste. Ich sah mich nach meiner Uniform um und fragte mich, wohin Prim sie gelegt hatte. Dann dämmerte es mir. Sie war natürlich im Schrank.

Ich öffnete die Tür und tatsächlich hing dort die frische Uniform auf einem Bügel, gebügelt und gestriegelt. Ich warf ihr einen bösen Blick zu und verurteilte sie dafür, sich mit Prim verbündet zu haben. Nun fühlte es sich so an, als ob die Uniform ihr gehörte und nicht mir. Ich nahm sie, zog sie schnell über, weil ich es eilig hatte, von hier fortzukommen. Dann stopfte ich mir zwei Medicatabletten in die Tasche, biss von dem Nährstoffriegel ab und trank einen Schluck Wasser. Bevor ich die Wohnung verließ, verabschiedete ich mich von meiner Mutter. Wahrscheinlich hätte Prim das so gemacht.

Ich ging zum Kabelausgang und sprang ohne zu zögern in den Abgrund, während ich meine Peitsche auswarf. Sie heftete sich mit einem *pling* an einen der Bögen und ich nutzte den Schwung, um mich nach oben zu ziehen. Als ich mich umdrehte, spürte ich, wie mein altes Ich ein wenig zurückkehrte. Das Fallen und das Herzrasen, während meine Peitsche durch die Luft sauste, ließen mich meine Probleme einen Augenblick lang vergessen.

Ein Hieb. Dann ein zweiter. Mein Körper reagierte jedes Mal, so als ob er aus einem tiefen Schlaf aufwachte. Ich drehte noch eine Ehrenrunde und landete dann sanft.

Ich wette, dass Prim so etwas nicht macht, dachte ich, als ich mich beinahe erwartungsvoll umsah und fast darauf hoffte, die entgeisterten Gesichter zu sehen, die ich immer sah, wenn ich mit den Peitschen übermütig wurde. Das würde mir helfen, mich wieder wie ich selbst zu fühlen.

»Hübsche Landung«, rief mir ein vorbeigehender Ritter zu und streckte beide Daumen in die Luft.

Das Lächeln verschwand aus meinem Gesicht. Ich hatte jahrelang solche Landungen gemacht, aber je niedriger mein Rang war, desto entrüsteter sahen mich die Leute an, so als ob ich etwas Schlimmes täte. Jetzt schätzten sie es auf einmal und der einzige Unterschied war die alberne Fünf auf meinem Handgelenk. Das ließ das Kompliment unecht erscheinen.

Ich steckte meine Hände in die Taschen und ging zur nächsten Brücke, die zur Hülle hinüberführte. Ich beeilte mich. Der Turm war auf Dämmerung gestellt und das künstliche Licht wurde heller. Ich sah zur Ostwand, wo sich die Lichter veränderten und immer heller wurden, je mehr die Sonne aufging. Ich blieb stehen, als das Licht die Brücke erreichte und mich seine Strahlen warm berührten. Ich wärmte mir einen Augenblick lang das Gesicht und genoss das angenehme Gefühl sowie das Wissen, dass *ich* es genoss und nicht *sie*. Dann ging ich weiter, die Hülle entlang, und lief durch den Wartungstunnel, ohne einen bestimmten Ort im Sinn zu haben. Wo ich auch hinkam, winkten mir Leute zu, begrüßten mich und fragten mich, wie es mir ging. Während ich vorher wie eine Aussätzige behandelt worden war, wurde ich nun als normal angesehen.

Wieder spürte ich Prims Wirken wie einen Fleck in meinem Kopf. Ich bahnte mir meinen Weg in abgelegenere Gänge und weniger besuchte Säle, um den Leuten auszuweichen. Ich wich zurück, als ich vor mir eine Gruppe von sechs Männern sah, die orangene Uniformen trugen und mit schweren Werkzeugen ein Loch im Boden öffneten. Ich blieb stehen und überlegte, wie ich die Zahnräder-Gruppe umgehen konnte.

»Das ist doch Wahnsinn«, raunte ich, als einer von ihnen mir fröhlich zuwinkte. Wie konnte mich eine kleine Tablette so sehr verändern? Und noch wichtiger: Wie funktionierte ich, wenn ich nicht einmal die Kontrolle über mich hatte? Fühlten sich alle, die Frieden nahmen, so? Mir war die Ironie des Namens »Frieden« nicht entgangen. Ich fühlte mich völlig zerrüttet, wie nach einem Krieg, aber ich schob den Gedanken beiseite, als ich tiefer in die Hülle lief und Zugang zu einem Fallrohr fand, um ein wenig allein zu sein.

Ich sprang durch die Öffnung und warf mein erstes Kabel. Ich nutzte den Sturz, um meinen aufgewühlten Verstand zur Ruhe zu bringen und mich nur auf meinen Instinkt und meine Reflexe zu verlassen, die mich leiteten und vor Hindernissen bewahrten. Als ich plötzlich zum Halt kam, wirbelte ich durch die Öffnung auf den Gang hinaus und hangelte mich mithilfe meiner Peitschen an den Wänden entlang. Der Tunnel mündete in eine riesige Ansammlung von Balken und Trägern. Dieser Bereich der Hülle war dazu da, den gesamten Bau abzustützen und sein Gewicht zu tragen.

Ich entdeckte die leuchtenden grünen Pfeile, die auf die Seiten der Balken gemalt waren, und folgte ihren Anweisungen nach oben bis zum nächsten Zugangsschacht. Dann wirbelte ich mich über ihn hinaus, drehte mich in der Luft und richtete mich so aus, dass ich mit beiden Füßen zuerst in den Schacht fiel.

Ich hatte die Entfernung richtig abgeschätzt und rauschte nun an den Reihen von Balken vorbei. Meine Position war perfekt in der Mitte verortet, sodass ich sie nicht mehr anzupassen brauchte. Blaue Farbe huschte an mir vorbei und ich schleuderte ein Kabel in Richtung der nächsten Tür unter der blauen Kennzeichnung. Mitten auf einer versteckten Kläranlagenluke landete ich.

Mein Atem ging einen Moment lang stoßweise und auf meiner Stirn und meinem Nacken bildeten sich Schweißperlen. Das war ein ordentliches Training gewesen. Ich wedelte mir mit den Händen zu den glühenden Wangen, um sie ein wenig abzukühlen. Dabei fiel mein Blick auf mein Handgelenk und ich kehrte sofort auf den

Boden der Tatsachen zurück.

Fünf. Und schon waren meine Probleme wieder da und legten sich schwer auf meine Gedanken, um mich daran zu erinnern, dass es kein Entkommen gab. Die Fünf flackerte und wechselte sich wieder mit der Vier ab. Ich schloss die Augen, senkte den Arm und versuchte, mich zu beruhigen.

Ich sah mich nach der Raumbezeichnungsnummer um, um zu sehen, wo ich war und wie ich am schnellsten zu Zoe kommen konnte. Ich musste sie unbedingt sehen, mit ihr sprechen und ihre Meinung hören. Sie war bei solchen Dingen sehr hilfreich und ich würde ihren Pragmatismus gebrauchen können. Außerdem wäre es sicher nicht schlecht, wenn mir jemand erzählte, was ich die ganze Woche über getrieben hatte. Vielleicht würde es mir helfen, dieses unangenehme Gefühl loszuwerden, wenn ich die Lücken füllen konnte.

Da entdeckte ich die Zimmernummer und rannte schnell durch den Raum voller Rohre auf den Aufzug zu, der sich etwas weiter vorn befand. Als ich der Öffnung näher kam, hörte ich Wasser rauschen und sah, dass ich über einen der Laufstege gehen musste, die über die riesigen Hydroturbinen, welche den Turm mit Unmengen von Strom versorgten, hinweg führten.

Ich betrat den Laufsteg, unter dem Nebel emporstieg, und mein Haar wurde sofort feucht. Das Wasser schäumte weiß, die Räder drehten sich in mittlerer Geschwindigkeit und das Wasser wurde in Tanks darunter gesammelt. Dies war der erste Schritt der Aufbereitung und es gab tausende von Arten, wie das Wasser danach weiter benutzt wurde. Ich verstand nicht im Detail, wie das funktionierte, aber so wie der Blick aus dem Fahrstuhl war diese hier eine der schönen Aussichten, die der Turm bot.

Ich ging den Laufsteg entlang, während Gedanken und Ideen in meinem Kopf kreisten. Als ich aufblickte, war *er* auf einmal da.

Er hatte einen Fuß auf eine der untersten Geländersprossen gestellt, die Ellbogen auf das Geländer gestützt und beobachtete den riesigen Wasserfall. Das Wasser toste um uns herum, wirbelte Nebel und hin und wieder Wind auf, aber er sah einfach nur zu. Dabei schälte er einen Apfel und bewegte lautlos die Lippen, so als ob er im Geist eine Liste durchging oder ein Gedicht aufsagte. Seine Neun strahlte hellblau auf seinem Handgelenk, aber auf seinem Gesicht spiegelten sich wilde, unerschrockene Gefühle. Es war ein fesselnder Anblick. Plötzlich lächelte er, so als ob er etwas Dummes gesagt hätte. Er lachte wie über einen geheimen Witz – den ich sofort hören wollte. Sein Verhalten entsprach so gar nicht dem, was der Turm von seinen Bewohnern verlangte. Ich beneidete ihn und fragte mich gleichzeitig, wie er das anstellte.

Endlich bemerkte er, dass ich ihn wie ein Freak anstarrte, aber statt wie eine normale Person davonzugehen musterte er mich und lächelte.

Mein Herz setzte einen Schlag lang aus und ich hatte Zoe sofort vergessen.

8

Sein Lächeln schwankte und machte schnell einem besorgten Blick Platz. Er sah mich stirnrunzelnd an. »Ich bin immer noch eine Neun, Lehrling.«

Ich trat verlegen von einem Fuß auf den anderen. »Deshalb bin ich nicht hier. Ich wusste nicht einmal, dass du hier bist. Ich war nur …«

Sein Blick verriet sein Desinteresse an meinen Worten und ich verstummte. Er zückte sein Messer, in dem sich das Licht von oben kurz spiegelte, und biss in seinen Apfel, die Augen wieder auf den Wasserfall gerichtet.

Ich wartete eine Sekunde lang darauf, ob er etwas sagen würde, und war enttäuscht, als er es nicht tat. Ein Teil von mir wollte einfach weiterlaufen. Ein anderer Teil hielt mich aber wie angewurzelt hier fest und erinnerte mich daran, dass er etwas wusste, was mich vor meinem aktuellen Schicksal bewahren konnte.

»Ich mag es hier unten«, sagte ich, was mir immerhin einen kurzen Seitenblick einbrachte. Er drehte sich leicht zu mir.

»Ah?« Es war kaum eine Silbe, geschweige denn eine Frage, aber ich fasste sie als solche auf. Ich war ja schon froh, überhaupt eine Reaktion zu bekommen.

»Ja. Hier und in den Aufzügen, die am Inneren der Hülle entlanglaufen, von wo aus man alle drei Gebäude aus der Ferne sehen kann. Oder draußen. Wenn wir etwas reparieren müssen, dann genieße ich …«

»Den Ausblick«, unterbrach mich Grey. Unsere Blicke trafen sich und ich sah erstaunt, dass er schief grinste. Er schob sich eine weitere Apfelscheibe in den Mund und bot mir dann auch eine an. »Habe das hier von einem Handler in der Menagerie bekommen«, sagte er und meinte damit den Bereich, in dem die Tiere aufgezogen wurden.

»Wie?«, fragte ich misstrauisch, nahm die Scheibe aber dennoch an.

Sein Blick war verschmitzt und er hob eine Augenbraue. »Ach komm schon, selbst du würdest eine Neun nicht des Stehlens bezichtigen«, sagte er mit funkelnden Augen. »Eine Frau hat mir den Apfel gegeben. Sie war von meinem Rang beeindruckt oder irgend so ein Blödsinn.«

Blödsinn. Er hatte es fast nachträglich gesagt, aber so war es. Mein Blick fiel auf seine Neun und dann wieder auf sein Gesicht, das er erneut dem Wasserfall zugewandt hatte. Ich musste wissen, wie er das angestellt hatte. Ich musste es einfach erfahren. Weil mich noch mehr von den Tabletten, die ich genommen hatte, in den Wahnsinn treiben würden. So würde ich nur zu einer weiteren Statistik in Dr. Bordeaux' Studien werden.

Es kam mir in den Sinn, dass ich so oder so Teil seiner Statistiken wurde, egal, was ich tat. Das beflügelte mich umso mehr und ich konzentrierte mich auf Grey. Mein Ziel war klar: Ich musste ihn dazu bringen, mir zu gestehen, wie er seine Nummer geändert hatte, und dieses Wissen dann nutzen. Aber ich musste es langsam angehen lassen. Was auch immer es war, es konnte schließlich illegal oder peinlich sein. Er musste sich sicher fühlen, damit er mir etwas anvertraute.

»Ich sehe, dass deine Nummer gestiegen ist«, sagte er. »Schön für dich.«

Ich sah auf mein Handgelenk hinab und legte meine Hand über die Fünf, während ich von einem Fuß auf den anderen trat. »Danke«, sagte ich, »aber ich weiß nicht, wie lange das anhalten wird.«

Er sah mich mit gerunzelten Brauen an, sagte aber nichts. Nach einem Augenblick stieß er sich vom Geländer ab und stellte sich vor mich. »Du willst etwas von mir«, sagte er unvermittelt. »Was ist es?«

Ich stand da und die Frage ließ meinen Herzschlag mindestens ein Dutzend Mal holpern. Ich wusste, dass ich ein gefährliches Risiko einging, jetzt, wo ich darüber nachdachte. Wenn ich an Scipio glaubte, dann bedeutete das, dass Grey sich irgendwie seine Gnade verdient hatte. Und wenn ich Grey, eine Neun, beschuldigte, das System auszutricksen, dann würde mein Rang wieder auf eine Vier hinabpurzeln und es würde nicht lange dauern, bis ich erneut eine Drei war. Was würde dann aus mir werden?

»Ja«, gab ich nach einer Pause zu und sah durch meine Wimpern hindurch zu ihm auf. »So ist es. Aber ... Es fällt mir schwer, es zu sagen.« Er verdrehte die Augen, doch ich machte impulsiv einen Schritt nach vorn, packte seinen

Arm und sah ihn an. »Es tut mir leid. Es ist nur so, dass ... ich das Gefühl habe, im Leben einer Fremden aufgewacht zu sein. Ich fühle mich noch mehr fehl am Platz als je zuvor. Ich kann mich an nichts erinnern, was in der vergangenen Woche passiert ist. Meine Mutter lobt mich endlich und alle verhalten sich, als ob ich eine Heldin und keine Schurkin mehr wäre. Mir ist das alles nicht geheuer. Und nun stehe ich hier auf dem Laufsteg und klage mein Leid einem kompletten Fremden, den ich vor über einer Woche versucht habe, gefangen zu nehmen, weil ich einfach nicht weiß, was ich tun soll.«

Ich beendete meinen Redeschwall im gleichen Augenblick, in dem mein Verstand mir zuschrie, dass ich besser nichts von alldem gesagt hätte. Ich sah zu Boden. Hitze stieg in meine Wangen und sammelte sich dort, bis ich das Gefühl hatte, dass mir der Kopf rauchte. Grey sagte nichts, aber ein kurzer Blick nach oben verriet mir, dass er mich mit echtem Mitgefühl ansah. Doch sobald ich mein Kinn wieder hob, versteckte er diesen Blick hinter einer neutralen Maske.

»Nun, das ist eine Menge Information«, sagte er nach einem Augenblick. Er klappte sein Messer zusammen, steckte es in seine Tasche und schob sich das Apfelgehäuse in die andere. Ich sah, wie er sich umdrehte, um zu gehen. Mein Herz sackte enttäuscht nach unten und mit jedem Schritt, den er sich von mir entfernte, wurde mein Drang stärker, gegen das Geländer zu treten. Doch da rief er plötzlich über seine Schulter: »Kommst du nun, oder nicht?«

Mit klopfendem Herzen folgte ich ihm schnell über den Laufsteg, bis wir an der Tür am anderen Ende angekommen waren und in einen Raum voller Rohre traten. Die versteckten Wassermassen rauschten um uns herum und tosten beinahe so laut wie mein wild klopfendes Herz.

Alles an ihm war anders. Sein freches Grinsen, seine arrogante Art.

Er war mysteriös und faszinierend. Das war es auch, was mir seine Neun so falsch erscheinen ließ: In ihm steckte zu viel Lebendigkeit, um zu einer Neun zu passen.

»Mit welchen Tabletten behandeln sie dich?«, fragte er laut über das Wassergurgeln hinweg.

»Frieden«, antwortete ich und zupfte verlegen an meiner Uniform.

Er warf einen Blick über seine Schultern. Wieder sah ich sein Mitgefühl. »Das haben sie mir während meiner dritten Behandlung auch verschrieben.«

Ich erkannte die Gelegenheit und nutzte sie. Ich streckte meine Hand aus, legte sie auf seine Schulter und zog mit der anderen Hand die kleine geheimnisvolle Tablette hervor, die sich zum Glück immer noch in meiner Uniformtasche befand. Das war seltsam, weil ich eine frische Uniform trug, was bedeutete, dass Prim die Tablette von der anderen Uniform in diese hier gesteckt hatte, aber wahrscheinlich hatte sie einfach nicht gewusst, was sie sonst damit anfangen sollte. Auf jeden Fall war ich froh, die Tablette noch zu finden. Da ich nicht damit gerechnet hatte, Grey zu begegnen, hatte ich noch gar nicht darüber nachgedacht, ob sie sich immer noch in meiner Tasche befand.

»Ist das das neue Medikament, mit dem sie dich behandeln?«, fragte ich und hielt die Tablette hoch. »Testen sie es an dir? Wie ist es? Du fühlst dich immer noch wie du selbst, nicht wahr? Einfach nur glücklicher?«

Er runzelte die Stirn. »Wovon redest du?«

»Von dieser Tablette«, sagte, oder besser gesagt schrie, ich und hielt ihm die Tablette vor die Nase.

Er sah sie an und erblasste dabei etwas. »Wo hast du das gefunden?«, fragte er schroff und streckte seine Hand nach der Tablette aus.

Aber ich schloss meine Finger fest darum. »Oh nein, du bekommst sie nicht. Nicht, bevor du mir sagst, wie sie heißt und zu welchem Programm der Medica sie gehört. Seit wann wird sie schon getestet? Und ...«

»Die Tablette gehört mir und geht dich nichts an«, sagte er und streckte erneut die Hand aus. »Wenn du sie mir jetzt also ...«

»Nein«, sagte ich und wich etwas zurück. »Du musst es mir sagen. Ich will dich wirklich nicht in Verlegenheit bringen, aber ich muss es wissen. Was ist das?«

Grey sah mich mit unentschlossener Haltung an. »Das kann ich dir nicht sagen«, antwortete er nach einem Augenblick und ich sah zu ihm auf.

»Warum nicht?«

Er seufzte und fuhr sich mit einer Hand durch die Haare. Die Feuchtigkeit im Raum hatte seine blonden Locken hochstehen lassen und ließ ihn verwegen aussehen. »Es steht mir nicht zu, darüber zu reden.«

»Wem steht es dann zu?«, fragte ich fordernd.

Er wandte den Blick ab. »Das kann ich dir auch nicht sagen.«

Ich schnaubte frustriert und versuchte, nicht zu knurren. »Was kannst du mir denn sagen?«

»Dass du mir die Tablette geben und dich von mir fernhalten solltest. Das hier ist gefährlich.«

»Das bedeutet, dass sie illegal ist«, sagte ich und er zuckte zusammen. »Die Tablette stammt nicht aus der Medica. Du arbeitest mit jemand anderem zusammen.«

»Diese Unterhaltung ist vorbei«, sagte er und wandte sich zum Gehen.

»Warte«, rief ich, lief um ihn herum und versperrte ihm den Weg. »Ich werde es niemandem sagen, das schwöre ich. Erzähl mir einfach nur von diesen Tabletten! Ich kann Frieden nicht weiter nehmen. Aber wenn ich es nicht tue, dann werde ich bald bis auf eine Eins absacken. Ich brauchte etwas anderes, bitte. Ich kann nicht so weitermachen.«

Grey biss sich auf die Zähne und sah über meinen Kopf hinweg, während eine Ader auf seiner Stirn pulsierend hervortrat. »Du verstehst das nicht. Ich kann dir nicht vertrauen. Du bist ein Ritterlehrling. Also bitte lass mich allein, bevor ich dich dafür anzeigen muss, eine Neun zu bedrängen.«

Die Grausamkeit seiner Drohung überraschte mich und ich starrte ihn an. Dann wurde ich wütend. Er versuchte, sich an mir vorbeizuschieben, aber ich stemmte eine Hand gegen seine Brust und drängte ihn zurück, bis er mit dem Rücken an der Wand stand. Erstaunt riss er die Augen auf.

»Ich brauche deine Hilfe!«, sagte ich. Er wehrte sich und versuchte, sich mit seinem Gewicht aus meinem Griff zu befreien, aber ich hielt stand, stemmte meinen Fuß gegen ein Rohr und hielt ihn weiter fest.

Er wurde lockerer und sah mich prüfend an. »Hör zu, ich bin der Schüler eines sehr exzentrischen Arztes. Er arbeitet allein und entwirft neue Medikamente für die Medica. Ich liefere die Medikamente aus. Was du gefunden hast, war eine dieser Tablettenlieferungen.«

»Das ist eine Lüge!«, sagte ich wütend. »Du warst eine *Eins*. Die Medica würde dir nie eine solche Arbeit anvertrauen, bevor du auf wundersame Weise zur Neun geworden bist.«

Grey seufzte. »Na schön«, sagte er nach einer Pause. »Entspann dich ein wenig und ich werde es dir erzählen.

Aber alles hat seinen Preis.«

Ich trat einen Schritt zurück und sah ihn misstrauisch an. »Welchen Preis?«

Seine Antwort war ein Grinsen. Dann strich er sich die Kleidung glatt. »Einen Kuss.«

Sofort wurde mein Gesicht knallrot. Ich hatte erst einmal einen Jungen geküsst und es war keineswegs spontan gewesen. Ich hatte mich wochenlang qualvoll darauf vorbereitet und den richtigen Zeitpunkt sorgfältig ausgewählt. Aber hier, umgeben von Rohren, schien mir weder der richtige Ort noch der richtige Zeitpunkt zu sein. Und Grey kam mir auch nicht wie die richtige Person vor.

»Oh wow«, sagte er und pfiff leise. »Das ist ein beeindruckendes Rot. Sag mir bloß nicht, dass du noch nie jemanden geküsst hast.« Der neckende Ton in seiner Stimme brachte mich aus dem Konzept und ich trat unbehaglich einen Schritt zurück.

Es hatte so viel Mut gekostet, meinen ersten Kuss zu wagen, und am Ende war alles umsonst gewesen. Der Junge hatte meine Gefühle nicht erwidert.

Das hier fühlte sich noch unangenehmer an. Der Ort war falsch, dreckig und laut, und Grey war ... rätselhaft.

Abenteuerlich. Ich wollte wissen, was er verbarg, und ich wollte wissen, warum er einen Kuss von mir forderte.

Ich ziehe es tatsächlich in Erwägung, dachte ich mit flauem Magen. So seltsam es war, tat ich es – weil ich Antworten brauchte. Ich musste verhindern, wieder zu Prim zu werden.

Also schnappte ich Greys Hemd und zog ihn zu mir.

»Hey, warte«, sagte er und sein Grinsen verschwand. »Nein, ich meinte ...«

»Sei still«, sagte ich, trat einen Schritt vor und blickte auf seine Lippen. »Ich nehme deine Bedingungen an.«

»Okay, aber ich denke, dass ich …«

Schon stellte ich mich auf die Zehenspitzen und drückte meine Lippen keusch auf seine und brachte ihn damit zum Schweigen.

Er wurde still und dann legte er seine Hände auf meine Taille, um mich an sich zu ziehen. Der Kuss veränderte sich und wurde leidenschaftlicher, bis ich mich aus Greys Umarmung löste und einen Schritt nach hinten trat, während meine Hand wie im Schock zu meinen Lippen fuhr. Ich war noch nie so geküsst worden.

Unsere Blicke trafen sich und mir fiel auf, dass seine Wangen gerötet waren. »So«, sagte ich leicht keuchend und strich mir eine schwarze Haarsträhne aus der Stirn. »Sag es mir.«

Er verschränkte die Arme und sah beschämt aus. »Ich habe doch schon gesagt«, sagte er und seine Wangen wurden dunkler, »dass ich es nicht ernst meinte. Ich meine, was ich davor gesagt habe: Ich kann es nicht …«

»Ist das ein Scherz?«, rief ich aus und machte einen bedrohlichen Schritt nach vorn. »Du hast gesagt, dass du …«

»Du hast mich gegen meinen Willen festgehalten«, sagte er, sobald seine Befangenheit von ihm abgefallen war.

»Du hast kein Nein als Antwort akzeptiert. Ich dachte, dass ich dich so dazu bringen würde, Abstand von mir zu nehmen … Ich wusste ja nicht, dass du mich ernst nehmen würdest.«

Ich wurde rot. Es beschämte mich, dass er gesehen hatte, wie weit ich zu gehen bereit war, und plötzlich wollte ich nur noch von hier fort. Ich hätte mich nicht verletzlicher, verzweifelter und ausgelieferter fühlen können, wenn ich direkt in das Büro des Ritterkommandanten gegangen wäre und dort erklärt hätte, dass Scipios Programmierung einige ernsthafte Fehler enthielt.

»Du bist ein Arsch – und du hast es verdient, eine Neun zu sein«, fauchte ich, wirbelte herum und warf meine

Kabelpeitschen aus, um schnellstmöglich von ihm fortzukommen.

»Warte, Lehrling … Es tut mir leid!«, rief er mir nach, aber ich ignorierte es und schleuderte meine Peitschen, um schneller von ihm fortzukommen.

Ich machte mich auf den Weg zu Zoes Wohnung. Meine tristen Perspektiven sahen nach meinem Zusammentreffen mit Grey noch trostloser aus. Zoes

Wohnung befand sich auf einer der massiven Turbinen im untersten Stock. Als ich das erste Mal dort gewesen war, hatte ich damit gerechnet, dass der ganze Boden unter der Wucht der darunterliegenden Maschinen beben würde, aber es war überraschend ruhig gewesen.

Die Taucherbereiche sahen alle gleich aus: leuchtende Wandmalereien schmückten die Wände und zeigten Szenen, die in den Wasserlehren eine große Bedeutung hatten. Von der Ausrottung der großen Städte bis hin zur Geschichte des Turms zeigten die Bilder immer einen fließenden Wasserstrom – die Lebensader des Turms. Zögerlich lief ich an den Opfergaben aus speziellem Weihrauch und Lebensmitteln, die vor den Bildern standen, vorbei und ging weiter, bis ich vor Zoes Wohnung ankam.

Ich drückte auf einen Knopf und wartete. Einen Augenblick öffnete Zoe die Tür. Sie sah mich mit zusammengekniffenen Augen misstrauisch an.

»Was willst du hier?«, fragte sie barsch. »Bist du gekommen, um mir noch einmal zu sagen, dass ich mich auch behandeln lassen sollte?«

Ich schluckte. »Ähm, nein«, antwortete ich. »Ich habe das nicht wirklich zu dir gesagt, oder?«

Sie runzelte die Stirn. »Drei Mal«, sagte sie. »Außerdem hast du Eric gesagt, dass er zwar sehr süß ist, dass er aber eine aussichtsreiche Zukunft im Turm gefährdet, weil er sich mit niedrigeren Nummern anfreundet.«

Ich vergrub mein Gesicht in den Händen. »Ah, zum Teufel.«

Zoe musterte mich lange. »Das bist wirklich du, nicht wahr?«, fragte sie schließlich. »Nicht die Prinzessin?«

»Ich nenne sie Prim«, sagte ich trocken. »Ihre Hobbys sind Lernen, Saubermachen, meine Eltern dazu bringen, sie zu lieben und nun scheinbar auch ungebetene Ratschläge zu erteilen wie ein Fahrstuhlcomputer.«

»Jetzt verstehst du auch, warum ich nicht gern Fahrstuhl fahre«, grinste Zoe, trat zur Seite und winkte mich herein.

Zoes Wohnung war anders als meine, aber die Taucher waren auch sehr religiöse Menschen. Es gab keine Möbel, dafür aber farbige und aufwendig bestickte Kissen und Decken, damit man sich dem Turm möglichst nah fühlte. Der Sitzbereich umgab einen kleinen Brunnen, aus dem Wasser rauschte, das von blauen Lichtern angestrahlt wurde. Der Brunnen diente als Familienaltar, der mit kleinen Opfergaben geschmückt war. Sie lagen auf dem Rand der Schale, in die das Wasser fiel. Eine halbe Birne, Weihrauch, ein Ehering. Ein leuchtendes Bild von Zoes Vater bedeckte die Wand hinter dem Brunnen und seine Augen schienen uns beide zu mustern.

»Und?«, fragte Zoe, die darauf wartete, dass ich meine Schuhe auszog, bevor sie mich in ihr Zimmer führte.

»Was ist passiert und wieso bist du wieder da? Ich glaube nicht, dass Prinzessin Prim ihren Tablettenzeitplan nicht eingehalten hat?«

Ich ließ mich auf ihr Bett fallen, drehte den Kopf zur Decke und sah auf die durchsichtige, leuchtende Röhre über mir, durch die blubberndes Wasser schoss.

»Ich weiß es ehrlich gesagt nicht«, gab ich elendig zu. »Ich bin einfach aufgewacht und habe mich wieder normal gefühlt. Nun, nicht wirklich normal, sondern eher so, als ob ich in einem Albtraum aufgewacht wäre, indem ich ein mir völlig fremdes Leben führe.« Ich blickte auf meine Füße und meine Beine in der perfekt gebügelten Uniform. »Und plötzlich konnte ich es nicht mehr ertragen. Ich bin einfach geflohen, so schnell ich konnte.«

Zoe seufzte, warf ihr Haar nach hinten und ging dann zu ihrem Schreibtisch. Dort standen mehrere dünne Bücher in einer Reihe, deren Einbände verschiedene Farben hatten. Sie zog ein rotes Buch hervor, blätterte darin herum und drehte sich dann langsam wieder zu mir. Sie blieb stehen und begann zu lesen.

»Die Behandlungen, die in der Medica durchgeführt werden, um Abtrünnigkeit zu verhindern, scheitern öfter, als dass sie Erfolg haben. Die Medikamente, die bislang entwickelt wurden, haben keinen dauerhaften Einfluss auf die Patienten und sind ...«

»Komm auf den Punkt, Mädel«, unterbrach ich und sie sah mit gekräuselte Nase zu mir auf.

»Spielverderberin.« Sie zog eine Schnute und stellte das Buch behutsam wieder an seinen Platz zurück. »Wir entwickeln irgendwann eine gewisse Toleranz einem Medikament gegenüber. Manche Leute sind einfach ... von Natur aus immun.«

»Und natürlich bin ich eine dieser Personen«, seufzte ich und sie sah mich mitfühlend an. Ich stützte mein Gesicht in meine Hände und atmete aus. »Warum kann ich nicht einmal Glück haben?«, brummte ich durch meine Finger hindurch.

»Ich habe dich nicht verstanden, aber wenn du hier sitzt und herumjammerst, warum das Leben so ungerecht ist, dann schlage ich vor, dass du mal einen Blick aus diesem Turm herauswirfst und darüber nachdenkst, ob die Geschichte gerecht mit der Menschheit umgegangen ist.«

Ich setzte mich auf. Ihre Worte waren wie heißes Blei, das in eine Kugelform geschüttet wurde. »Das ist ja ganz toll für die Menschheit, Zoe, aber ich habe hier gerade eine kleine persönliche Krise und wäre für etwas Mitgefühl dankbar. Ich meine, wie soll ich denn Erfolg haben, wenn mein Körper oder mein Verstand oder was auch immer die Behandlung einfach nicht annehmen? Ich möchte wirklich nicht herausfinden, wie eine Umstrukturierung auf die harte Tour aussieht.«

Sie blinzelte. Ihre Miene wurde etwas weicher und sie seufzte. Ich wusste, warum sie wütend war. Sie mochte es nicht, wenn Leute sich selbst bemitleideten. Darüber konnte sie sich unglaublich aufregen.

»Glaubst du, dass du deine Nummer eine Weile aufrechterhalten kannst? Vielleicht kann ich ein paar Nachforschungen anstellen.«

Als Antwort hielt ich mein Handgelenk hoch. Die orangefarbene Fünf flackerte nicht.

»Sieht nicht so aus«, sagte Zoe stumpf. »Das hat ja nicht lange gedauert.«

»Was meinst du damit?«

Sie runzelte die Stirn. »Du warst gestern noch eine Sechs«, sagte sie.

»Was soll ich jetzt tun?«, fragte ich, den Blick wieder auf die Wasserrohre gerichtet.

Zoe legte sich neben mich und schlang ihren Arm um mich. »Ich weiß es nicht«, gab sie zu. »Aber du musst die Medikamente umgehen. Das ist das Wichtigste.«

Meine Gedanken wanderten zu der anderen Tablette in meiner Tasche und zu dem Kuss zwischen Grey und mir.

Ich wurde rot vor Scham, nahm eines der Kissen und presste es gegen mein Gesicht.

»Oh Gott, Zoe, ich habe mich zusätzlich zu allem anderen heute auch noch absolut zur Idiotin gemacht.«

»Was? Wie ist das denn möglich? Es ist doch erst zehn Uhr morgens.«

»Ich weiß«, stöhnte ich, warf das Kissen weg und drehte mich auf die Seite, um sie ansehen zu können. Meine Finger zeichneten den Umriss eines

Elefanten auf der Bettwäsche nach, der sich golden auf dem Königsblau abhob. Ich seufzte. »Erinnerst du dich noch an den Einser, von dem ich dir erzählt habe? Von dem, der sich plötzlich in eine Neun verwandelt hat?«

»Ja. Das ist an dem Tag passiert, als du eine Drei geworden bist.«

Ich lächelte, weil es mich freute, dass sie sich daran erinnerte. Es mochte eine Kleinigkeit sein, aber es gab mir das Gefühl, ihr wichtig zu sein. So wusste ich, dass sie mir wirklich zuhörte, wenn ich ihr etwas erzählte.

»Tja, also, ich bin ihm über den Weg gelaufen und ...« Ich wurde noch röter, bevor ich die Worte herauspresste:

»... Ich habe ihn geküsst.«

Sie schwieg verwirrt nach meinem Geständnis und als ich sie ansah, bemerkte ich ihren ungläubigen Blick. »Du hast einen potenziellen Kriminellen geküsst«, sagte sie und runzelte die Stirn. »Jetzt weiß ich mit Sicherheit, dass du das Medikament nicht genommen hast. Prinzessin Prim würde so etwas niemals tun.«

»Er ist eine Neun«, sagte ich zu meiner Verteidigung. »Also hätte Prinzessin Prim technisch gesehen keine Bedenken, ihn zu küssen.«

Mit einem Schlag wurden mir die Konsequenzen dessen, was ich gerade gesagt hatte, klar. Solange ich diese Tabletten einnahm, würde ich nie wissen, wen ich küsste oder warum ich jemanden küsste. Aus dieser Perspektive erschien mir mein Kuss mit Grey gar nicht mehr so übel. Natürlich war er unter einem falschen Versprechen zustande gekommen, aber wenigstens hatte ich eine Entscheidung treffen können, auch, wenn es vielleicht die falsche gewesen war. Immerhin war es *meine* falsche Entscheidung gewesen und nicht ihre.

Zoe sah mich an und lächelte dann leicht. »Und wie war es?«, fragte sie.

»Zoe!«, rief ich, schnappte mir das Kissen und warf damit nach ihr. Aber meine Gedanken wanderten zu diesem leidenschaftlichen Kuss zurück und ich wurde wieder rot. Dieses Mal gelang es mir jedoch, mich zusammenzureißen. Ich musste ernst bleiben, damit Zoe mich ernst nahm. »Hör zu, ich glaube, dass dieser Typ Informationen über einen Fall hat, an dem ich arbeite. Er hat mir versprochen, mir etwas zu verraten, wenn ich ihn küsse, also ...«

»Sprich nicht weiter«, sagte sie lächelnd, setzte sich auf und drückte auf ein Paneel in der Wand über ihrem Bett.

»Das ist die Geschichte eines klassischen Liebesromans«, sagte sie und zog ein abgegriffenes Buch aus dem nun sichtbar werdenden Fach. Nur ich war in dieses kleine Versteck für illegale Bücher eingeweiht und es war mir nie in den Sinn gekommen, sie deshalb zu verpetzen. Außerdem ließ sie mich ‚Wilbur und Charlotte' regelmäßig ausleihen. Das hatte dazu geführt, dass ich Spinnen in einem ganz anderen Licht sah und die kleinen Tiere einfach in meinem Zimmer umherlaufen ließ – zumindest solange sie mich nicht berührten. Andernfalls war der Waffenstillstand vorbei. Es war zu schade, dass Fiktionsbücher verboten waren. Die Geschichten auf ihren Seiten lieferten die Magie, die unserem öden Dasein hier fehlte.

»Ja«, sagte sie, nachdem sie ein paar Seiten im Buch geblättert hatte, und lächelte. »Jungen, die Mädchen austricksen und Küsse erpressen? Der klassische Zug eines Liebesromans. Ich frage mich, ob er dieses Buch gelesen hat, bevor ich es bekommen habe.«

Ich sah sie fassungslos an. »Meinst du das ernst? Siehst du jetzt etwa unsere Hochzeit voraus?«

Zoe sah mich ungläubig an. »Was? Nein! Das Leben ist nicht wie ein Roman, Liana. Welche Informationen wolltest du denn von ihm haben?«

»Das kann ich nicht sagen«, antwortete ich. Ich brauchte einen Augenblick, um zu verstehen, warum ich so entschlossen war, Zoe da rauszuhalten. Dann erinnerte ich mich an Greys Verhalten während unseres Gesprächs. Er hatte meinen Verdacht bestätigt, dass die Tablette illegal war. Ich wollte nicht, dass Zoe etwas von ihr erfuhr. Das war nur eine Vorsichtsmaßnahme, bis ich mehr in Erfahrung gebracht hatte. »Ich will erst Genaueres erfahren. Ich weiß, dass er etwas weiß. Ich kann ihn nur einfach nicht dazu bringen, es mir zu verraten. Ich habe ihn praktisch angefleht, Zoe. Es war erniedrigend und ich schäme mich so. Vor allem nach diesem blöden Kuss.«

»Du hast das alles mitgemacht und er hat dir trotzdem nichts verraten?«, fragte sie erstaunt.

»Nicht ein Wort.«

»Was für ein Arsch.«

Ich lächelte. »Das waren auch meine Worte.«

»Was willst du jetzt tun?«, fragte sie und ich lächelte. Das war es, was ich am meisten an Zoe mochte: Sie war eine Frau der Taten. Man kam mit einem Problem zu ihr und sie konzentrierte sich sofort auf die Lösung.

Deshalb waren wir beste Freunde.

»Ich muss etwas unternehmen, damit meine Nummer nicht weiter abfällt. Aber ich weiß nicht, was ich tun kann, solange er eine Neun ist.«

»Na ja, du willst doch nur, dass er dir ein paar Fragen beantwortet, richtig?«

»Ja, aber ich habe keine Ahnung, wie ich herausfinden kann, wo er wohnt. Als ich noch eine Sechs war, hätte ich das gekonnt, aber nun, wo ich eine Fünf bin ...«

»Oh, überlass das mir«, sagte Zoe mit einem breiten Grinsen. »Ich habe Interesse daran, diesen Typen kennenzulernen und ihm meine Meinung zu sagen, weil er meiner besten Freundin einfach so einen Kuss abgeluchst hat. Vielleicht verpasse ich ihm auch einen ordentlichen Tritt dafür.«

»Oh, Zoe, ich habe dich vermisst«, sagte ich, schlang meine Arme um sie und drückte sie an mich. Sie drückte mich ebenfalls und ich spürte, wie sie lächelte.

»Ich habe dich auch vermisst«, sagte sie in meine Haare und einen Augenblick fühlte es sich so an, als ob alles gut werden würde.

9

Zoes Methode, um Grey aufzuspüren, bestand darin, sich auf die natürliche Paranoia der Einwohner der Kläranlage zu verlassen. »Sie hassen Außenstehende«, sagte sie mir überflüssigerweise, als wir uns von einer älteren Frau entfernten, die uns sehr detailliert beschrieben hatte, wohin der ‚verdächtig aussehende Mann mit den braunen Augen' gegangen war. »Innerhalb einer Stunde wissen wir, wo er wohnt, da bin ich mir sicher.«

Sie sprang auf ein Rohr, hielt sich dann an einer Sprosse darüber fest und hangelte sich über einen mehrere Stockwerke tiefen Abgrund. Dann streckte sie die andere Hand aus und ergriff eine weitere Sprosse. Ich sah ihr dabei zu, wie sie praktisch über den Abgrund hinwegflog. Ich nutzte meine Kabelpeitschen, um ihr zu folgen, weil ich ihnen mehr vertraute. Ich landete auf einem Knie neben Zoe, die ihre Arme ausstreckte und aufstand. Wir grinsten uns ausgelassen an.

»Hey, Ritter!«, rief jemand. Ich drehte mich um und sah, wie ein alter Mann den Kopf aus einer engen Lücke zwischen dem Boden und einem dicken Rohr steckte. Seine buschigen Augenbrauen waren besorgt zusammengezogen. Ich ging zu ihm und beugte mich vor, wobei ich instinktiv meine Nummer hinter meinem Rücken versteckte.

»Ich bin ein Lehrling«, sagte ich. »Kann ich Ihnen helfen?«

»Ah«, sagte der alte Mann und reckte den Hals, um die Nummer auf meinem Handgelenk erspähen zu können, doch schließlich gab er auf. »Ich habe gehört, dass ihr zwei jemanden sucht.«

Ich blinzelte überrascht. »Wo haben Sie das gehört?«

»Durch die Rohre, Mädchen!«

»Wir klopfen Nachrichten über die Rohre«, sagte Zoe, um die Worte des Mannes zu erklären. »Wir haben im ganzen Turm das System, das am schnellsten Klatsch und Tratsch verbreitet«, fügte sie hinzu.

»Das ist kein Tratsch – Information ist hier unten wichtig, Mädchen«, rügte der alte Mann und zog sich mit zwei dünnen Armen zwischen den Rohren hervor. »Ihr solltet eure Nase nicht in die Gewohnheiten eures Volkes stecken, vor allem nicht, wenn diese Gewohnheiten dazu da sind, Leben zu retten.«

Zoe wurde rot und ihre Wangen verfärbten sich. Ich erkannte diesen frustrierten Blick, weil ich ihn an mir selbst mehr als einmal beobachtet hatte.

»Sir, haben Sie jemanden gesehen?«, fragte ich und versuchte, das Gespräch wieder auf das eigentliche Thema zurückzulenken. Der alte Mann zog einen Lappen aus der Tasche und öffnete eine Luke an der Oberseite eines Rohrs. Dann tauchte er den Lappen in das vorbeirauschende Wasser und wusch sich den Schmutz und Ruß aus dem Gesicht.

Als er weiterredete, war er durch den sich ständig über seinen Mund fahrenden Lappen nur schwer zu verstehen.

»Ich habe einen jungen Mann gesehen. Dunkelblond. Sah verdächtig aus. Zu ausdrucksvoll, wenn ihr wisst, was ich meine.«

Ich wusste es. Diese Beschreibung passte perfekt auf Grey. Dennoch wollte ich mehr wissen, um sicher zu sein, dass es sich nicht um einen anderen Mann handelte, der irgendwann vorher geküsst worden war und nun glücklich umherlief.

»War er eine Eins?«, fragte ich. Der Mann sah mich an und Wasser tropfte aus seinen Augenbrauen.

»Eine Neun. Das war ja das Eigenartige. Ich habe mir gedacht, dass das irgendwie verdächtig ist.«

Ich grinste und war froh, dass ich nicht die Einzige war, die es seltsam fand, dass Grey eine Neun war. Immerhin ließen sich Neuner ihre Gefühle für gewöhnlich nicht ansehen. »In welche Richtung ist er gegangen?«

Der alte Mann deutete mit dem Finger auf einen grauen Lichtstrahl, der nach oben zeigte. »Ich habe ihn gefragt und er sagte, dass er zu den Zahnrädern wollte, was bedeutet, dass er den Fahrstuhl genommen hat«, sagte er verächtlich. »Das überrascht mich gar nicht. Zahnräder waren schon immer Störenfriede, seit dem ersten Tag. Und dieser hier hat diese verdammten Knopfaugen, wenn ihr wisst, was ich meine?«

Ich wusste es nicht und ich war auch nicht mit ihm einverstanden, aber ich behielt meine Meinung für mich.

»Danke, Taucher«, sagte ich und er winkte ab.

»Trag mich«, sagte Zoe, sobald ich mich umdrehte. Ich stöhnte auf, beugte mich aber vor, während sie auf ein Rohr hinter mir kletterte. Sie stieg vorsichtig auf meinen Rücken und ich rückte kurz ihr Gewicht zurecht, bis wir eine Balance erreicht hatten. Dann änderte ich die Einstellungen meines Anzugs so, dass die Kabel aus meiner Taille schossen. Ich musste sie senken, damit wir gemeinsam das Gleichgewicht behielten. Wenn ich Schnelligkeit oder Genauigkeit brauchte, benutzte ich die Handgelenke. Sie schlang ihre Arme um meinen Hals und Sekunden später seilten wir uns zu dem Lichtstrahl hinauf, auf den der Mann gezeigt hatte.

Ich landete etwa auf halber Strecke auf einer Plattform und die gelben Markierungen daneben zeigten mir, dass es weiter vorn einen Fahrstuhl gab. Zoe glitt von meinem Rücken und sah die enge Halle entlang.

»Dieser Bereich macht mir immer Angst«, flüsterte sie vorsichtig und schaltete ihre Taschenlampe ein, damit wir mehr sahen, als die fahlen roten Lampen erlaubten.

»Mir auch«, antwortete ich und beäugte die unheimlichen Schatten im Blitzen der Lampen, die die Halle zu verschlingen drohten. Es war eine einfache, primitive Angst – die Angst vor dem Unbekannten, das dort lauern konnte, aber es war eben Angst. »Kennst du einen Weg, um uns in die Stadt der Zahnräder zu bringen und nicht in die Empfangshalle, in der der Aufzug alle Nicht-Zahnräder ablädt? Ich habe nicht den nötigen Rang, um die Fahrstuhlvorschriften zu übergehen.«

»Ich werde den Fahrstuhl hacken«, antwortet Zoe grinsend. Sie schob die Hände in die Taschen und holte ein kleines schwarzes Pad heraus. Es sah wie die Pads aus, die die Seher immer bei sich trugen. Nun, wenn man genauer hinsah, erkannte man, dass es nicht das gleiche Pad war, sondern dass Zoe es sich aus Abfällen rings aus dem Turm zusammengebaut hatte.

»Wo hast du das her?«, fragte ich und in meinem Kopf läuteten Alarmglocken.

»Dieses Ding befand sich fünf Monate lang in der Entwicklung«, sagte Zoe aufgeregt. »Ich habe bereits zwei Fahrstühle damit gehackt. Nichts zu Krasses; ich wollte nur sehen, ob es funktioniert.«

»Zoe!«, sagte ich mit aufgerissenen Augen, als ich sie, wie sie sich vor dem Schacht auf die Knie fallen ließ. Sie wühlte in ihrer Tasche herum, holte einen Schraubenzieher hervor und begann, etwas an der Hinterseite der schwarzen Kontrolltafel, die an einem langen Rohr direkt vor dem Fahrstuhl hing, aufzuschrauben.

»Was?«, sagte sie. »Ich habe ein Handbuch darüber gelesen, wie man sich im Notfall ein eigenes Pad bauen kann. Es war einfach zu spannend, um es nicht zu machen. Ich musste lernen, wie man programmiert, und ich habe ewig gebraucht, bis ich herausgefunden habe, wie das geht. Die Seher mögen es wirklich nicht, wenn andere ihre Handbücher in die Finger bekommen.«

»Zoe, wenn du geschnappt wirst …«

»Ich tue nichts, was dem Turm schadet«, sagte sie. »Ich greife nicht in Sicherheitsprotokolle oder andere Basisfunktionen ein. Ich überspringe nur ein Protokoll, damit sie uns für Zahnräder halten, okay?«

»Ja, aber das ist eine ziemlich ernste Sache. Ich will nur sichergehen, dass du das wirklich tun willst.«

Zoe warf mir einen vernichtenden Blick zu und legte die abgeschraubte Tafel auf den Boden. »Du hast mich gebeten, mitzukommen. Außerdem: Willst du nun diesen Typen finden oder nicht?«

Das wollte ich natürlich, aber ich fühlte mich dennoch schuldig. Zoe manipulierte den Turm und das war ein schweres Vergehen. Sie konnte wegen Terrorismus angeklagt werden. Etwas am Turm ohne Erlaubnis zu verändern, auch wenn es nur ein kleines Detail wie dieses war, konnte katastrophale Folgen haben – oder zumindest wollten die Chefs der einzelnen Abteilungen uns das glauben machen. Zoes Tat wurde noch dadurch erschwert, dass sie sich an etwas zu schaffen machte, was außerhalb des Arbeitsbereichs der Taucher lag. Das war ein weiterer schwerer Verstoß gegen den Turm. Ich sah auf mein Handgelenk hinab und fragte mich, ob ich tatsächlich jemanden psychologisch anstecken konnte. Wenn Zoes Nummer meinetwegen sank, würde ich mir das nie verzeihen.

»Verdammtes Ding!«, schimpfte Zoe, als Funken an der Stelle sprühten, an der sie das Kabel anschloss. Sie schüttelte die Hände und blickte auf das Pad, dessen Licht ihr Gesicht in ein weiches Aqua-Blau verwandelte. Ein Fenster öffnete sich und Zoe begann, Befehle einzutippen. »Ich habe einen Fehler im Sicherheitsprotokoll des Aufzugs gefunden und meinen eigenen Algorithmus geschrieben, um diese Lücke auszunutzen. Ich lasse das System glauben, dass es einen Test durchführt, und dann sage ich ihm, in welchen Stock es fahren soll.« Eine Plattform wurde aus der Wand gefahren, bedeckte den Schacht und Zoe grinste siegessicher, während sie die Kabel löste und die Tafel wieder festschraubte, bis alles genauso aussah wie vorher.

Während sie das tat, sah ich mich um, ob sich jemand näherte, aber die Halle war leer. Zoe stand auf und ging auf die Plattform zu.

»Lass uns gehen«, sagte sie und bestieg den Aufzug.

Ich folgte ihr schnell und verschränkte meine Arme in Erwartung der unausweichlichen Predigt, aber sie ertönte nicht und der Fahrstuhl setzte sich einfach so in Bewegung. Ich lächelte. Scheinbar war während des Tests keine Korrektion der Fahrstuhlgäste möglich. Mir sollte das nur recht sein.

Ich wurde nervös, als wir nach oben fuhren. Dies würde mein erster Besuch in der Stadt der Zahnräder sein. Die Zahnräder schützten ihr Zuhause sehr und mochten keine ungebetenen Gäste. Ritter ab Rang Acht konnten die Beschränkungen übergehen, aber Gerome und ich hatten während meiner Ausbildung nie einen Anlass gehabt, um hierherzukommen. Ich brauchte wohl nicht zu sagen, dass Zoe und ich hier Aufsehen erregen würden.

»Es erstaunt mich immer noch, dass du das Arbeitsangebot der Seher nicht angenommen hast«, sagte ich nach einer Sekunde, worauf sie mir einen finsteren Blick zuwarf.

»Die Seher sind nicht die Einzigen, die wissen sollten, wie man programmiert. Die großen Maschinen, die uns am Leben erhalten, werden von Computern gesteuert. Nur die besten Zahnräder sprechen ihre Sprache und das liegt allein daran, dass IT alle Bücher über das Programmieren eingezogen hat, weil sie behaupten, dass nur sie für Computer und Programmierung zuständig sind. Sie haben am Anfang sogar die Mehrheit des Rates davon überzeugen können und hatten schon jede Menge Bücher eingesammelt, bevor es den Zahnrädern gelungen ist, diese Entscheidung im Rat zu überstimmen. Aber es war natürlich zu spät. Die IT-Abteilung hatte die konfiszierten Bücher ganz aus Versehen verloren. Allerdings existieren einige von ihnen noch. Sie sind von ihren Besitzern versteckt worden, bevor sie eingesammelt werden konnten, und ...«

»Woher weißt du das alles?«, fragte ich stirnrunzelnd. »Das wird nicht in der Schule unterrichtet.«

»Meine Großmutter war ein Zahnrad, schon vergessen? Als ich jung war, hat sie mir Dinge aus der Geschichte von Koggestadt erzählt, über die IT geschimpft und darüber, wie sie versucht haben, die ganze Abteilung der Zahnräder verschwinden zu lassen.«

»Was?«, fragte ich lachend. »Das ist doch absurd. Alle Abteilungen werden gebraucht, damit der Turm richtig funktioniert. Keine ist wichtiger als die andere. Das ist Teil des Eides.«

Der Eid war etwas, was wir in unserer Kindheit jeden Morgen, Mittag und Abend in unseren abteilungsgemischten Ausbildungszentren hatten aufsagen müssen. Er war ein Mittel, um uns daran zu erinnern, dass wir alle gemeinsam um das Überleben kämpften, und er war gleichzeitig unser Versprechen, uns dem Dienst am Turm mit Hingabe zu widmen, um unser Überleben auch zukünftig zu sichern.

Zoe zuckte mit den Schultern und schüttelte den Kopf. Ihre Augen beobachteten die Nummern, die rückwärts zählten. »Wenn du versuchen würdest, eine ganze Abteilung auszuschalten, würdest du nicht wollen, dass jemand davon erfährt, oder?«

Das war ein gutes Argument, aber ich war immer noch nicht überzeugt. Streit zwischen verschiedenen Abteilungen hatte es gegeben, solange es den Turm gab. Rechtsstreite, Umorganisieren von Abteilungen und jede Menge Hitzköpfe hatten dafür gesorgt, dass die erzwungene Zusammenarbeit über Jahrhunderte hinweg ihre Risse bekommen hatte. Man beschuldigte sich gegenseitig und Legenden entstanden, in denen es Helden und Bösewicht gab. Diese Legenden wurden zum Teil der Geschichte einer jeden Abteilung. Viele von ihnen wurden mit der Zeit aus dem Kontext herausgerissen und gerieten etwas außer Kontrolle.

Zoes Großmutter hatte die Geschichte wahrscheinlich auch nur von ihrer eigenen Mutter erzählt bekommen. Wenn man in der Geschichte der Abteilung nachforschen würde, würde sich vermutlich herausstellen, dass die IT- Bücher nur deshalb eingesammelt worden waren, um sie zu digitalisieren, damit im Falle eines Notfalls, wie zum Beispiel dem Verschwinden einer Abteilung, auch andere Bürger Zugriff auf diese Informationen hatten, um die Lage wieder in den Griff zu bekommen. Dann war die Geschichte völlig übertrieben worden – so wie die meisten Aktionen, die mehrere Abteilungen betrafen. Das jahrhundertelange Zusammenleben und der Dienst am Turm führte dazu, dass Abteilungen manchmal in Streit miteinander gerieten und hin und wieder gab es tatsächlich Übergriffe und ganze Gruppen begannen, sich in Guerillakriegen zu bekämpfen. Aber die Vorstellung, dass eine Abteilung sich gegen eine andere gestellt hatte, um die Kontrolle an sich zu reißen, war mindestens unrealistisch.

»Hast du von den Zahnrädern etwas über deine Versetzung gehört?«, fragte ich nach einem Augenblick, doch Zoe runzelte die Stirn und steckte die Hände in die Taschen.

»Nein«, sagte sie finster. »Ich mache mir Sorgen, dass meine Mutter eingegriffen hat. Sie hat ein gutes Verhältnis zum Prätor und ich bin eine der besten Arbeiterinnen.«

»Kann er sich denn derart einmischen?«, fragte ich blinzelnd. Prätor Strum war der Leiter der Kläranlage und hatte das letzte Wort darüber, wer seine Abteilung verließ und wer dorthin versetzt wurde. Gleichzeitig war er der Hauptpontifex der Wasserlehren und predigte einmal wöchentlich vor seinen Leuten. Im Gegensatz zu den IT-lern, die niemandem erlaubten, sich in eine andere Abteilung versetzen zu lassen, und selbst nur wenige Quereinsteiger aufnahmen, waren die Leute aus der Kläranlage normalerweise entspannter, wenn jemand die Abteilung wechseln wollte. Ich hatte noch nie gehört, dass sie jemanden davon abgehalten hätten.

»Er kann es tun. Er kann sich dagegen aussprechen, dass eine Taucherin in den Reihen der Zahnräder aufgenommen wird. Das wird nicht leicht sein, weil ich die erste Generation bin und meine Mutter bei den Zahnrädern aufgewachsen ist, aber …« Sie stockte seufzend und fuhr sich mit dem Fingernagel über eine Braue, so als ob sie Kopfschmerzen fortmassierte. »Ich mag Maschinen eben einfach.«

Das stimmte. Seitdem ich Zoe kannte, hatte sie gern gebastelt. Aus ein paar zusammengesuchten Teilen baute sie einen ganzen Roboter. Oder eben ein IT-Pad. Ich empfand Mitgefühl mit meiner Freundin, weil ich wusste, wie gern sie an den großen Maschinen arbeiten wollte. Aber die

Politik und das Gerangel zwischen den Abteilungen stellten sich ihrem Glück in den Weg.

Wenn sie ein Zahnrad wäre, dann würde sie im Handumdrehen zur Zehn aufsteigen.

Ich legte meinen Arm um ihre Schulter, schmiegte meine Wange an ihre und umarmte sie.

Die Betonwand ging plötzlich in Glas über und ich hob eine Hand, um das helle Licht, das von der Decke strahlte, etwas abzublocken. Der Fahrstuhl fuhr uns weiter nach unten. Nach einem Augenblick war das Licht weit genug entfernt, um meine Hand wieder zu senken. Blinzelnd sah ich zum ersten Mal auf Koggestadt.

Stahlträger ragten überall hervor. Einige bildeten einen Rahmen, andere endeten einfach nur so in der Luft. Dazwischen lagen weite Zwischenräume, so als ob sie eigene Stockwerke bildeten. In gewisser Weise waren sie das dank der Metallplattierungen, die über die Lücken geschweißt worden waren, auch. Auf diesen behelfsmäßigen Ebenen herrschte reger Betrieb. Männer, die mit Sicherheitsgurten ausgerüstet waren, kletterten auf Balken, während andere riesige Abgründe überquerten und sich abseilten. Teile der freien Flächen wurden zugeschweißt, wodurch wackelige Zwischenböden geschaffen wurden. Die Zwischenflächen wurden immer größer, je weiter wir nach unten fuhren, und ich sah immer mehr Menschen.

Überall sah ich improvisierte Wohnungen, die aber keine Türen hatten. Das ähnelte ein bisschen den Grünanlagen, doch hier sah alles chaotischer und geschäftiger aus. Über Freiflächen hingen Hängematten und rings darum wurden in schweren Körben Werkzeuge befördert. Ich sah einen Mann in einer der Matten schlafen, während in einem Korb dicht neben ihm ein Schraubenschlüssel hinaufgezogen wurde, der halb so groß war wie ich. Der Korb verfehlte den Mann nur um wenige Zentimeter.

Ich trat aus dem Schatten der Plattform hervor und ging auf die Lichter zu. Der Boden unter uns bestand aus Balken und das improvisierte Dach über uns ließ kein Licht durchdringen. In dem weiten, offenen Bereich, der vor uns lag, waren wir schrecklich ausgeliefert. Wir gingen etwa fünfzig Schritte, bevor wir die erleuchtete Zone erreicht hatten und zum ersten Mal konnte ich direkt in Koggestadt hineinsehen.

Große, mächtige Maschinen drehten sich und brummten,

ineinandergreifende Räder unterbrachen die Lichtschächte und warfen mit ihren Bewegungen seltsame Schatten. Koggestadt war scheinbar rings um und über diesen Schächten erbaut. Laufstege und Hängebrücken zogen sich hin und her und überall kletterten Leute umher. Die Basis der Stadt befand sich hier im Erdgeschoss, mit Zelthütten, in denen Hängematten schaukelten, die um die Maschinen herum errichtet waren. Im Inneren der Hütten standen Elektrokochplatten mit Pfannen und Töpfen darauf. Es gab Stände mit Obst und Gemüse – die Morgenlieferung der Farmer – und die Menschen hielten ihre Lebensmittelkarten in den Händen, um einkaufen zu gehen.

Zoe stieß einen Pfiff aus, als sie sich umsah und einen Stand mit Maiskolben sah. Sie warf mir einen Blick zu.

»Hast du jemals Mais gegessen, so wie die Zahnräder ihn zubereiten?«, fragte sie und ich schüttelte den Kopf.

»Komm, wir sollten uns umhören, ob jemand unseren Mann gesehen hat«, sagte sie, schnappte meine Hand und zog mich zu dem Essensstand hinüber.

»*Akkani-kal*«, grüßte sie und ich lächelte. Ihre Großmutter hatte ihr wohl auch etwas von der Koggesprache beigebracht.

Der Verkäufer hinter dem Stand, ein älterer Mann mit trüben Augen und leicht zitternden Händen, sah zu uns auf und lächelte freundlich. »*Akkani-ko*«, sagte er mit fester Stimme, die tief aus seinem breiten Brustkorb hervor brummte. »Was führt zwei junge Leute aus zwei verschiedenen Abteilungen nach Koggestadt? Wie seid ihr überhaupt hierhergekommen?«

Zoe lächelte und streckte ihm ihre Lebensmittelkarte entgegen. »Einen Maiskolben bitte. Meine Großmutter ist ein Zahnrad. Sie hat mir Erlaubnis gegeben, sie auf diesem Geschoss zu besuchen.«

Der ältere Mann nickte und zog einen der zischenden Maiskolben vom Feuer. Ich sah dabei zu, wie er den Kolben auf einem Teller hin und her wälzte, bevor er ihn Zoe reichte. Er hatte ihn mit einer Art Gewürzmischung bedeckt. Zoe zögerte nicht und biss mit blitzenden Zähnen in den Kolben hinein.

Dann seufzte sie zufrieden und reichte ihn mir. Ich aß schnell auf. Die Gewürze und der aromatische Geschmack waren umwerfend. Es schmeckte unglaublich.

»Genau wie Omas Mais«, sagte Zoe mit einem Lächeln. »Danke.«

Der alte Mann nickte und reichte ihr ihre Lebensmittelkarte wieder, nachdem er sie durch sein Gerät gezogen hatte. »Das freut mich.« Dann kratzte er sich am Kopf und musterte Zoe. »Warum bist du hier, Rogen?«

»Wir suchen nach jemandem«, sagte ich, nachdem ich mir das Öl von den Lippen gewischt und den Kolbenrest weggeworfen hatte. »Er ist etwa einen Meter achtzig groß, hat dunkelblonde Haare, braune Augen und trägt keine Uniform. Er heißt Grey. Grey Farmless. Kennen Sie ihn vielleicht?«

Der Mann sah mich von oben bis unten an. »Was hat er angestellt?«

Ich trat einen Schritt vor und lächelte. »Nichts, soweit ich weiß. Aber ich möchte ihn gerne fragen, was er vor ein paar Tagen gemacht hat.«

»Steckt er in Schwierigkeiten?«

Ich runzelte die Stirn. Dieser Mann kannte Grey ganz offensichtlich, verhielt sich aber sehr seltsam und wollte uns keine Auskunft geben. Ich betrachtete ihn eingehender und da fiel mir auf, dass er seine Hand hinter seinem Verkaufsstand versteckt hielt. Mir war die Geste nur zu vertraut, weil ich selbst ständig das Bedürfnis verspürte, mein Handgelenk zu verbergen.

»Darf ich Ihr Handgelenk sehen, Bürger?«, sagte ich und hasste mich selbst dafür, dass ich auf dieses Mittel zurückgriff.

Der Mann wurde blass und streckte dann sein Handgelenk aus. Eine orangene Vier glänzte dort.

Ich sah von der Nummer wieder zu ihm auf und winkte dann ab, damit er seine Hand wieder herunternahm.

»Das ist in Ordnung«, sagte ich leise. »Ich stehe ehrlich gesagt auch nicht viel höher als Sie. Aber wir beide wissen, was es bedeutet, keinen niedrigen Rang zu haben und dem Turm zu dienen. Grey ist kein Zahnrad. Er ist ein Handler. Ein Ex-Handler. Wo ist er?«

Der Mann sah mich an und nickte. Dann deutete er mit einem Kopfnicken den Weg nach links entlang, über dem bunte Bänder hingen, die das von oben einfallende Licht etwas dämpften.

»Er ist in einer der privaten Wohnungen, C19, glaube ich«, sagte er schroff. »Er lebt mit einem ehemaligen Arzt namens Roark zusammen. Er stammt von Zahnrädern ab. Sicher hat er nichts damit zu tun, was Grey getan hat. Sie sind nur Zimmergenossen. Grey macht Besorgungen für Roark. Folgt dem Weg, bis ihr zu den Zimmern kommt. Auf der anderen

Seite von Bellows.« Er deutete auf eine riesige Maschine im Zentrum der Halle, um die herum der Markt gebaut war.

»*Grandle*«, sagte Zoe zu dem Mann, der uns bereits den Rücken zuwandte.

»*Slep krin tuok*«, antwortete der Mann.

Ich sah Zoe an, deren Augenbrauen nach oben gerissen waren, als sie dem Mann einen letzten Blick zuwarf.

»Wir sollten gehen«, sagte sie, nahm meine Hand und zog mich den Weg entlang, auf den der Mann gedeutet hatte.

»Wie konntest du ihm das nur antun?«, fragte sie, nachdem wir uns weit genug entfernt hatten. »Das war nicht sehr nett, seine Nummer so gegen ihn zu verwenden.«

Ich nickte schuldbewusst. »Ich weiß«, antwortete ich. »Ich habe es auch nicht gern getan, aber er hat uns ignoriert und ich hatte das Gefühl, dass er uns überhaupt nichts sagen würde, wenn ihm die Erklärung für unsere Fragen nicht gefiel. Aber ... Ich bin auch nicht gerade stolz darauf, dass ich es getan habe.«

Zoes Mundwinkel bogen sich nach unten und sie blieb stehen. »Ich dachte schon, dass das die Rückkehr von Prinzessin Prim wäre«, gab sie zu. »Du hast es zwar netter gemacht, als sie sich wahrscheinlich verhalten würde, aber trotzdem ... Das sieht dir nicht ähnlich. Welche Informationen hat dieser Grey, dass du ihn so verzweifelt suchst?«

»Ich habe dir doch schon gesagt, dass ich darüber nicht sprechen kann.« *Es ist zu deinem eigenen Besten*, fügte ich in Gedanken hinzu und bekam auf einmal ein schlechtes Gewissen, dass ich Zoe überhaupt in diesen ganzen Wahnsinn mit hineingezogen hatte. Was machte ich überhaupt hier? Ich hatte doch heute schon einmal versucht, ihn zur Rede zu stellen. Nun würde ich es noch einmal versuchen, mit Zoe zusammen. Sie wusste, wie er aussah, und würde ihn wahrscheinlich identifizieren können, wenn man sie dazu aufforderte. Ich brachte sie in Gefahr, vor allem, wenn jemand herausfand, dass sie bei uns gewesen war. Es war in Ordnung, mich selbst in Gefahr zu bringen, aber Zoe? Das konnte ich nicht verkraften. »Weißt du was? Vielleicht solltest du gehen. Du hast mir geholfen, herzukommen, aber ich glaube, dass ...«

»Liana, was ist heute mit dir los?«, fragte mich Zoe mit verständnislosem Blick. »Du verhältst dich sehr eigenartig.«

Ich zögerte und schüttelte dann den Kopf. Es war zu spät, um sie zurückzuschicken. Sie war bereits neugierig geworden und wollte Grey zumindest sehen. Vielleicht würde es ihn davon abhalten, mich hinauszuwerfen, wenn sie mich begleitete, aber es bedeutete eben auch, dass ich aufpassen musste, was ich sagte. Ich würde einen Weg finden müssen, um unter vier Augen mit Grey zu sprechen, aber vielleicht konnte Zoe mir sogar dabei helfen.

»Einverstanden, hör zu … Ich muss unter vier Augen mit Grey reden«, sagte ich leise. »Die Informationen, die er hat, sind sehr sensibel, wenn ich mich nicht irre, und ich möchte nicht, dass sie an die Öffentlichkeit gelangen, bevor ich etwas unternehmen kann.«

»Oh.« Zoe blinzelte und ich hörte förmlich, wie ihr Verstand ratterte, als sie nachdachte. »Nun, er lebt ja mit jemandem zusammen, richtig? Vielleicht kann ich seinen Zimmergenossen ablenken, während du mit diesem Typen sprichst. Und wo wir schon dabei sind … Bist du dir sicher, dass du nur mit ihm reden wirst, oder wirst du ihn auch noch einmal küssen?«

»Du bist furchtbar«, sagte ich lachend und stupste sie an. »Und ja, dein Plan klingt gut. C19, richtig?«

»Ja«, sagte sie. »Lass uns hier entlanggehen. Komm mit.«

Ich folgte Zoe, die sich durch die wuselnden Menschen schob. Sie glitt mühelos durch die Massen, während ich ständig aneckte und angerempelt wurde, so als ob sich jemand ein gemeines Spiel mit mir erlaubte. Aber es konnte auch an meiner Ritteruniform liegen, die förmlich hinausschrie, dass ich nicht hierhergehörte.

Plötzlich wurde der Gang deutlich enger und mündete vor einer Leiter. Zoe begann den Aufstieg und folgte den Beschilderungen. Wir stiegen zwei Stockwerke nach oben bis auf eine vergitterte Etage, die anderen Etagen im Turm glich, allerdings gab es hier keine Wände und die Balken waren unverputzt. Auf einer Seite erstreckte sich ein langer Gang, auf dem etwa alle zehn Meter eine Tür abging, zuerst nur auf einer Seite, später dann auf beiden Seiten. Wir lasen die Nummern. Die Beleuchtung war auch hier wieder schwach und rötlich. Irgendwann hielten wir vor der Tür, auf die mit orangener Farbe »C19« geschrieben war.

»Klopfen wir einfach an?«, fragte Zoe.

Ich nickte. »Etwas anderes können wir nicht tun«, sagte ich und streckte die Hand aus.

»Du schon wieder«, sagte eine Stimme hinter mir und meine Hand fuhr an meine Brust, wo mein Herz vor Schreck zu holpern begann. Ich hatte nicht einmal gehört, dass sich uns jemand von hinten genähert hatte.

Ich starrte Grey an, sah sein feuchtes Haar und einen Beutel mit Essen in seiner Hand. Ich war überrascht, ihn zu sehen. Er starrte mich ebenfalls misstrauisch und abwartend an. Nach einem Augenblick trat er dicht vor mich und mein Herzschlag dröhnte nun wie Donner in meinen Ohren. Er übertönte alles andere. Grey baute sich eng vor mir auf, bis ich mit dem Rücken an seine Wohnungstür gelehnt stand.

Einen Augenblick lang stellte ich mir vor, wie er mich küsste und mich sanft und langsam an sich zog ... Doch dann schob er mit der Hand die Tür hinter mir auf und ich stolperte nach hinten, wobei ich Zoe gleich mit mir zog.

»Dann könnt ihr auch genauso gut hereinkommen«, sagte Grey und trat an uns vorbei, machte sich aber nicht die Mühe, uns auf die Beine zu helfen, »wo ihr schon den ganzen Weg hierhergekommen seid.«

10

Ich lag flach auf dem Rücken und beobachtete, wie sich seine Beine tiefer in die Wohnung zurückzogen, an einer Tür auf der rechten Seite vorbeigingen und dann durch einen Bogen einen Gemeinschaftsraum betraten. Der Geruch von Schwefel und Chemikalien lag schwer in der Luft und ich hörte, wie Zoe zweimal kurz hintereinander nieste.

Wir halfen einander auf die Beine und klopften unsere Uniformen ab.

»Was meinst du?«, flüsterte sie verstohlen. »Wenn er ein Krimineller ist ... Na ja, er ist auf jeden Fall süß. Ich verstehe, was dich an ihm anzieht.«

»Sei still«, zischte ich mit geröteten Wangen. »Lass uns gehen.« Ich zupfte am Saum meiner Uniform, um sie zu glätten. Ein schneller Blick auf mein Handgelenk verriet mir, dass die Zahl wieder zwischen Vier und Fünf schwankte, und ich atmete aus. Dann betrat ich die Wohnung.

Es war warm hier drinnen und ein Ofen jagte Hitzewellen durch die Luft, aber ich behielt meine Uniform zugeknöpft. Ich wollte keine Verwundbarkeit zeigen, schließlich wusste ich nicht, wer sich noch in der Wohnung befand.

Zoe folgte dicht hinter mir, nachdem sie eilig die Tür geschlossen hatte. Ich betrat den Gemeinschaftsraum und sah mich um. Ich hatte einen Esstisch oder Sofas erwartet, sah aber nichts der üblichen Dinge, die man in einem solchen Raum vermutete. Stattdessen blickte ich auf ein kleines, einfaches Labor. In der Mitte des Raums stand ein Tisch mit verschiedenen, mir unbekannten Geräten und Röhrchen. Dahinter standen hohe Regale voller Proben. Ein alter Mann beugte sich über den Tisch, ein Auge fest an ein Mikroskop gepresst. Seine Lippen bewegten sich und er murmelte leise vor sich hin.

Er sah auf, hob eine Tasse dampfenden Tees an den Mund und nahm einen Schluck. Bislang hatte er scheinbar noch nicht bemerkt, dass zwei junge Frauen den Eingang zu seinem Labor verdunkelten.

Der alte Mann schwitzte nicht einmal und schien völlig entspannt zu sein. Hinter ihm klapperte etwas und ich sah Grey, der sich in einer kleinen Küchenecke zu schaffen machte. Das war die ganze Wohnung. Die Tür, der Durchgang und das hier.

Ich trat weiter in den Raum und schob Zoe etwas hinter mich. Grey sah zu uns auf, legte einen Kohlkopf auf ein Holzbrett und zückte ein Messer. »Wollt ihr auch Kohlsuppe?«, fragte er, während er den Kohlkopf säuberlich in zwei Hälften teilte.

»Kohlsuppe?«, brummte der ältere Mann und sah sich um. »Ihr?« Dann sah er uns und stockte. Sein Blick blieb an meiner karmesinroten Ritteruniform haften und Wut staute sich in seinem Gesicht.

»Wer ist das?«, fauchte er Grey an. »Wen hast du in mein Haus gelassen, Junge?«

»Das«, sagte Grey und deutete mit seinem Messer auf mich, »ist Lehrling Castell aus der Zitadelle. Sie ist diejenige, die letzte Woche versucht hat, mich festzunehmen. Ich bin mir sicher, dass ich dir davon erzählt habe.«

»Das ist ja nett«, grummelte der Mann. »Aber das erklärt nicht, warum sie hier ist.«

Er sah sich um und war nicht annähernd so gut wie Grey darin, seine Gefühle zu verbergen. Die Nervosität stand ihm ins Gesicht geschrieben, als er auf seine verschiedenen Proben starrte. Ich folgte seinem Blick, sah aber nichts außer Flüssigkeiten in seltsamen Farben in kleinen Röhrchen, die mit winzigen Etiketten beschriftet waren. Ich trat einen Schritt näher und versuchte, die winzige Schrift zu entziffern, aber der Mann nahm das Tablett, das vor mir stand, an sich und hielt es eng an seine Brust.

»Meine Arbeit ist sehr sensibel«, zischte er. »Ich möchte, dass du diese beiden aus meiner Wohnung entfernst.

Sofort.«

Grey seufzte, während er gekonnt eine Möhre zerstückelte. »Sie weiß, wo wir leben, Roark. Sie könnte einfach wiederkommen.«

»Dann musst du etwas gegen sie unternehmen!«

»Was schlägst du denn vor?«

Zoe fand endlich ihre Sprache wieder und trat hinter mir hervor. Sie sah die beiden an und deutete mit dem Finger auf sie. »Entschuldigen Sie«, meldete sie sich gereizt zu Wort, »aber können Sie mir bitte erklären, was zum Teufel Sie damit meinen, dass er etwas gegen uns unternehmen soll?«

»Wir könnten sie töten und in die Tiefe werfen«, fuhr der alte Mann einfach fort und ignorierte Zoes Frage völlig. Ich musste sie festhalten, bevor sie sich auf ihn stürzen konnte. Automatisch fuhr meine Hand an meinen Elektrostock.

»Beruhige dich, Zoe«, sagte ich und warf dem alten Mann einen spitzen Blick zu. »Bedrohen Sie beide etwa ein Mitglied der Ritter?«

Grey hatte das Messer abgelegt und hob die Hände. »Ich hatte bestimmt nicht vor, dich zu töten«, sagte er.

»Aber du schnüffelst hier herum und langsam kommt es mir vor, als ob du mich gezielt belästigen willst. Ich denke, dass ich Anzeige erstatten sollte.«

Der Mann starrte Grey ausdruckslos an, schüttelte dann den Kopf und wandte sich wieder mir zu.

»Dein Name?«, sagte er ruhig.

»Lehrling Liana Castell, Kennzeichnung ...«

»Ich brauche deine Kennzeichnung nicht«, sagte er und winkte gereizt ab. Mir fiel die strahlendblaue Zehn auf seinem Handgelenk auf und ein Schauer der Aufregung lief mir über den Rücken. »Ich kann an deinem Gesichtsausdruck ablesen, dass du die Sache nicht auf sich beruhen lassen wirst, also werde ich es kurz machen. Mein Name ist Roark. Ich bin Chemiker und helfe der Medica dabei, neue Stimmungstherapien zu entwickeln.«

Ich wurde bleich, weil ich an die Tabletten dachte, die zu Hause auf mich warteten. Er schien meine Gedanken erraten zu haben und hob eine Augenbraue. »Nein, nicht diese Tabletten. Ich führe eine Studie zu alternativen Methoden und ihren Auswirkungen auf das Verhalten der

Patienten durch, um zu sehen, ob es noch andere, gesündere Wege gibt, um den Rang einer Person anzuheben.«

Ich beugte mich vor und konnte meine Neugier nicht verbergen. »Haben Sie eine solche Methode gefunden?«

Er zuckte unverbindlich mit den Schultern. »Ich habe ein paar interessante chemische Verbindungen gefunden, aber meine Arbeit ist privat, sensibel und streng geheim.«

Bei dieser Bemerkung warf er erst Zoe, dann Grey und schließlich mir einen eindringlichen Blick zu. Aber ich achtete nicht darauf, sondern sah auf die Röhrchen in seinen Händen. Dann dachte ich an die Tablette in meiner Tasche, an Greys wundersamen Rangaufstieg und daran, was er überhaupt hier in Koggestadt tat.

»Die Medica lässt Sie von hier aus arbeiten?«, fragte ich nach einem Augenblick, worauf er mir einen düsteren Blick zuwarf.

»Welchen Teil von ‚geheim' hast du nicht verstanden?«

»Wenn Sie wirklich für die Medica arbeiten würden, dann würden Sie Ihre Forschungen auch in der Medica betreiben und nicht hier in Koggestadt.«

Roark warf mir einen bösen Blick zu und sah dann grollend zu Grey.

»Es wird Zeit, dass ihr geht«, sagte Grey nun zu uns. »Roark ist müde.«

Panik überkam mich und ich merkte, dass ich in meiner Befragung wohl zu aufdringlich geworden war. Dabei wollte ich doch nur wissen, ob es einen Weg gab, diesen ganzen Wahnsinn mit Frieden und Prim zu stoppen und gleichzeitig meinen Rang anzuheben.

»Warte!« Alle stockten und sahen mich an. Ich wurde rot, sprach aber weiter. »Sie sagten, dass Sie Roark heißen, richtig?«

Der alte Mann nickte.

»Roark«, sagte ich, »es tut mir leid, dass ich Ihnen diese Fragen stelle, aber ich bin hier, weil ich Hilfe brauche.

Ich möchte eine Ritterin sein, aber der dafür erforderliche Rang ist ...«

»Ich kenne die Anforderungen, aber das interessiert mich nicht. Schilder sind in meinem Haus nicht willkommen. Und jetzt raus hier!«

»Bitte«, sagte ich und streckte ihm mein Handgelenk entgegen. »Sie behandeln mich mit Frieden und es bringt mich um.«

Roark sah kurz auf mein Handgelenk und bemerkte den Kampf

zwischen der Vier und Fünf, doch dann wandte er den Blick ab. »Schaff diesen Schild aus meinem Haus, Grey.«

Ich wollte ihn anschreien, toben, ihn um Menschlichkeit anflehen, aber Grey legte plötzlich seine Hand auf meine Schulter. Er machte eine sorgfältig neutrale Miene und mir wurde klar, dass ich nichts sagen konnte, um Roark umzustimmen. Plötzlich war ich einfach nur müde. Dies war meine einzige Möglichkeit gewesen, Prim zu entkommen, mich nicht selbst in den Medikamenten zu verlieren und noch stärkere Tabletten verschrieben zu bekommen, sobald die Medica herausfand, dass Frieden nicht funktionierte. Aber er wollte mir nicht helfen.

»Danke für Ihre Zeit«, brachte ich schließlich hervor und wandte mich dann langsam der Tür zu. »Komm, Zoe ...

Wir sollten gehen.«

Grey sah mir nach und ich trat in den kühleren Gang hinaus. Zoe ging schweigend neben mir her, bis wir die Leiter erreicht hatten und von dort aus den offenen Platz von Koggestadt etwa fünfzehn Meter unter uns schauten. Der ganze Turm war eine einzige komplexe Riesenmaschine. Alles hatte seinen Zweck und alles arbeitete an einem gemeinsamen Ziel: uns am Leben zu erhalten. Das wussten wir zwar, aber man konnte es selten so bildlich vor sich sehen. Hier befanden sich all die Getriebe, der Dampf und die Elektrizität, die jedes kleinste Detail am Laufen hielten. Alles griff so perfekt ineinander, aber in diesem Augenblick fühlte ich mich wie ein Teilchen, das eben nicht ins Getriebe passte. Ich spürte den Hammer, der auf mich einschlug, damit ich mich endlich in das Gefüge einpasste.

Hier brach Zoe das Schweigen und knuffte mich. »Hey«, sagte sie. »Was geht hier wirklich vor sich? Glaubst du, dass er an einer Heilung für die Medica arbeitet und Grey etwas von dem Medikament gegeben hat?«

»Ich weiß es nicht«, antwortete ich. »Um ehrlich zu sein, Zoe, wollte ich diese Sache nicht der Zitadelle melden.

Ich habe nur nach einem Ausweg gesucht. Ich verzweifle langsam.«

»Ich sage das nicht gern, aber du musst dich heute in der Medica melden«, sagte sie mit einem knappen Nicken.

»Wenn du es nicht tust, dann wird es nicht lange dauern, bis du auf eine Zwei abfällst und sich deine Eltern gezwungen sehen, dich rauszuschmeißen.«

So als ob sie mich wirklich daran erinnern müsste ...

»Aber wenn ich in die Medica gehe, dann werde ich mich in etwas verwandeln, was ich nicht bin.«

Sie nahm meine Hand in ihre und lächelte schief. »Ich ziehe es vor, dass du am Leben bist, als dass du in der Umstrukturierung verloren gehst. Du musst in deiner Abteilung bleiben. Wenn du deine Abteilung verlierst, dann verlierst du auch ...«

»Meine Arbeit«, beendete ich ihren Satz und sah auf eine Gruppe von Zahnradkindern, die furchtlos über schmale Rohre über uns tollten. Ihre nackten Füße platschten auf dem Blech auf, während sie lachend umherrannten.

»Kein Essen auf Lebensmittelkarten, keinen Dienst am Turm. Innerhalb von wenigen Tagen sacke ich auf eine Eins, je nachdem, wie optimistisch man es sieht. Ich weiß das alles.«

»Klingt prima, so wie du es beschreibst«, witzelte sie und entlockte mir damit ein schwaches Lächeln. »Komm.

Ich bringe dich nach Hause.«

»Wartet.«

Das war Greys Stimme. Er lief hinter uns her und blieb dann stehen. Wir drehten uns zu ihm um. Er war ein wenig größer als ich und mein Blick fiel auf seine warmen braunen Augen. Ich sah ihn misstrauisch an und fragte mich, was er von uns wollte. Insgeheim hoffte ich, dass Roark seine Meinung geändert hatte.

»Ich werde euch beide aus Koggestadt hinausbegleiten«, sagte er. »Sie wissen wahrscheinlich schon, dass ihr hier seid, und werden euch erschrecken wollen, bevor ihr geht.«

»Was? Warum?«, fragte ich überrascht. Ich sah Zoe in der Hoffnung an, dass sie mir eine Erklärung geben konnte. Sie kannte sich hier schließlich allem Anschein nach ganz gut aus.

Sie öffnete den Mund, um mir zu antworten, doch Grey kam ihr zuvor. »Sie mögen hier keine Außenstehenden und neigen dazu, die Leute zu erschrecken, wenn sie gehen.«

Ich lachte finster. »Aber du bist doch auch ein Außenstehender«, sagte ich. »Du bist ein Farmer, oder nicht?«

»Nicht mehr«, sagte er einfach nur. »Die Leute hier kennen mich und wenn ich euch begleite, dann werden sie euch in Ruhe lassen. Außerdem bezweifle ich, dass du dich vor aller Augen in den Fahrstuhl einhacken willst.«

Er warf mir einen vielsagenden Blick zu, doch ich bemühte mich, weiter ein neutrales Gesicht zu machen, obwohl mein Herz wieder schneller klopfte. Es war albern, aber ich fühlte mich geschmeichelt, weil er mich für fähig hielt, das Fahrstuhlsystem zu knacken.

Zoe verdrehte die Augen und tippte ihm auf die Schulter. »Hi«, sagte sie. »Ich bin diejenige, die den Fahrstuhl geknackt hat. Woher weißt du, dass wir das getan haben?«

»Ich habe nur gut geraten. Außerdem habe ich das Pad in deiner Tasche gesehen. IT-Design, hm?«

Zoe hob beeindruckt eine Braue und nickte. »Ja. Du hast recht. Ich möchte nicht, dass mich jemand dabei beobachtet. Also … Danke, dass du uns begleitest. Wir sollten uns auf den Weg machen.«

»Da bin ich völlig deiner Meinung. Also?« Die beiden sahen mich erwartungsvoll an.

Ich wollte nicht gehen, aber ich sah ein, dass wir Koggestadt verlassen mussten, bevor sich ihre Einwohner mit uns anlegten. Grey wollte scheinbar nur nett sein, indem er uns anbot, uns nach draußen zu begleiten. Vielleicht war das seine Entschuldigung dafür, sich vorhin wie ein Mistkerl verhalten zu haben. Ich dachte an unseren Kuss zurück und spürte, wie ich errötete. Ich ließ ihn vorausgehen und kletterte dann hinter ihm her. Dampf und der Geruch von Metallspänen lagen in der Luft.

Wir erreichten den Aufzug ohne Zwischenfälle, was mir Zeit zum Nachdenken gab. Dass Grey aufgetaucht war, bedeutete, dass ich noch eine Chance hatte, eine letzte Gelegenheit, um die Wahrheit herauszufinden. Ich musste nur den richtigen Zeitpunkt abpassen und hatte auch schon eine Idee. Grey ging zur Kontrolltafel und steckte einen kleinen Metallchip hinein. Die Anzeige färbte sich blau und eine Plattform schob sich über den Fahrstuhlschacht.

Zoe betrat die Plattform und sah mich an.

»Kommst du?«

Ich sah zwischen ihr und Grey hin und her und schüttelte dann den Kopf. »Ich muss nur kurz mit ihm sprechen.

Fahr du schon mal vor.«

Sie legte die Stirn in Falten, widersprach aber nicht. Stattdessen sah sie zu Grey und warf ihm einen drohenden Blick zu. »Ich hoffe für dich, dass sie mir gleich nachkommt«, sagte sie und lächelte dann charmant.

»Hey, *sie* will doch hierbleiben, um mit mir zu reden«, wehrte er sich, aber sie ließ sich nicht erweichen.

»Ja, aber du bist der Kerl, der ihr mit einem hinterhältigen Trick einen Kuss abgeluchst hat«, erwiderte sie und Grey wurde blass. »Also: Ich hoffe für dich, dass sie mir gleich nachkommt. Ich kenne großartige Orte, an denen man Leichen verschwinden lassen kann, wo sie sicher niemals gefunden werden. Nur so zur Info.«

»Zoe, es ist schon in Ordnung«, sagte ich. »Ich komme klar.«

Ihre Miene wurde etwas weicher, als sie zu mir sah. »Einverstanden, aber ich will Einzelheiten hören. Und ich will wissen, was mit diesem Roark los ist.«

»Wenn ich etwas herausfinde, dann werde ich es dir erzählen«, versprach ich. Sie nickte und umarmte mich. Sie ließ erst im letzten Augenblick los und dann fuhr die Plattform auch schon nach oben.

»Dir ist klar, dass du ihr nichts erzählen darfst, selbst wenn du etwas herausfindest, oder?«, fragte Grey gelassen und ich sah ihn fragend an.

»Warum nicht?«

Er sah mich an und zuckte mit den Schultern. »Das tut nichts zur Sache. Du wolltest mit mir reden?«

Greys Worte waren nicht misszuverstehen und meine Gedanken kreisten bereits um das, was passieren würde. Er war hier und er sagte mir, dass ich Zoe nichts weitererzählen durfte. Das hieß, dass er mir etwas verraten wollte. Ich wusste es.

Er lehnte sich gegen die Fahrstuhlsäule, verschränkte die Arme und sah mich erwartungsvoll an. Wenn er in dieser Pose doch nur nicht so gut aussähe – so gelassen und entspannt, als ob die Dinge im Turm nicht völlig verquer wären und alles in bester Ordnung wäre. Wahrscheinlich verlieh es einem einen gewissen Seelenfrieden, eine Neun auf dem Handgelenk zu haben. Genau das war es, was ich mir so verzweifelt wünschte.

»Du hast etwas, das mir helfen könnte«, sagte ich.

Er wandte den Blick ab. »Roark sagt, dass …«

»Wenn ich mit Roark sprechen wollte, dann wäre ich in seiner Wohnung geblieben und hätte es getan«, sagte ich.

Er sah wieder zu mir auf und ein Teil seines Hochmuts verschwand. »Es tut mir leid wegen vorhin«, sagte er.

»Du hast mich festgehalten und das hat mir nicht gefallen, aber ich wollte dich nicht verletzen. Also habe ich das getan, was mir als Erstes eingefallen ist. Es hat funktioniert ... Aber ich hatte nicht damit gerechnet, dass du mich ernst nimmst.«

Ich seufzte, schleuderte eines meiner Kabel an den Balken über mir, zog mich nach oben und setzte mich dann. Ich musste mich einfach hinsetzen. Grey sah erstaunt zu mir auf und ich klopfte auf die Stelle neben mir. Er atmete durch und kletterte dann an einem der senkrechten Balken, der den Träger stützte, auf dem ich saß, nach oben. Er kletterte mit seinen Händen und Füßen und tat es mit einer gewissen Leichtigkeit. Dann lief er selbstsicher über den Träger, bis er neben mir angekommen war, wo der Balken nur noch einen Fuß breit war, und sah mich fragend an.

»Bring ein Mädchen nicht in Verlegenheit«, sagte ich. »Setz dich.«

Er sah mich zögernd an, so als ob ich ein Gift wäre und er sich nicht sicher war, ob er das passende Gegenmittel hatte. Wir saßen einen Augenblick schweigend da und sahen auf die ratternden und zischenden Maschinen hinab.

»Ich bin nicht dumm«, sagte ich nach langem Schweigen. »Ich weiß, dass du diese Medizin genommen hast und so zu einer Neun geworden bist. Ich weiß, dass du dich nicht wie eine Neun benimmst. Du hast viel zu viel Persönlichkeit, als dass das glaubhaft wäre. Das wiederum bedeutet, dass die Medikamente, an denen Roark arbeitet, entweder eine wirkliche Heilung für negative Gedanken sind, oder aber, dass er etwas geschaffen hat, was das System austrickst.«

Grey sagte nichts.

»Ich verstehe, warum du mir nichts sagen kannst«, fügte ich hinzu. »Ich lebe in der Zitadelle und werde zur Ritterin ausgebildet. Meine Eltern sind beide Ritterkommandanten, beide Rang Zehn. Ich bin so ziemlich die letzte Person, der du ein Geständnis ablegen willst, das ist mir klar. Aber ... Ich meine es ernst, wenn ich sage, dass ich Hilfe brauche. Ich will nicht aus meiner Abteilung geworfen werden, aber ich will auch nicht wieder zu einem Zombie werden. Ich verspreche, dass ich niemandem etwas sagen werde, wenn du mir etwas verrätst.«

Er sah mich an. »Wenn ich eine Neun bin«, sagte er vorsichtig, »dann hast du gerade einen aufrechten Bürger gebeten, Scipio zu hintergehen. Hast du keine Angst vor den Konsequenzen, die das haben kann?«

Ich ließ meinen Kopf auf meine Hände sacken. Meine Finger fühlten sich kalt an meiner Stirn an und jede

Haarsträhne war wie eine Nervenleitung, die ich zu blockieren versuchte, damit meine Anspannung nicht aus mir herausplatzte. Es laut auszusprechen, fühlte sich falsch an. Es war, als ob ich ein Sakrileg begehen sollte. Ich musste all meinen Mut zusammennehmen, um seine Fragen zu beantworten.

»Ja, aber das ändert nichts an der Tatsache, dass ich es trotzdem tun will«, gab ich zu. »Weil ich es nicht ertrage, so zu sein, wie sie mich haben wollen. Ich überlebe keinen weiteren Tag mit diesen Tabletten, Grey. Das schaffe ich einfach nicht. Die letzte Woche ist ein leeres Blatt für mich. Ich kann mich an nichts erinnern, aber alle behandeln mich so, als ob ich über Wasser laufen könnte, obwohl ich das Gefühl habe, darin zu ertrinken.« Ich schniefte und rieb mir die Wangen, um die Tränen zu verjagen, die mir in die Augen geschossen waren. »Wenn ich betrügen muss, um meinen Rang zu erhöhen und nicht den Verstand zu verlieren, dann ist es das Risiko wert.«

Er sah mich lange an, während ich schniefte und schnaubte und immer noch gegen das überwältigende Gefühl der Verzweiflung ankämpfte. Schließlich seufzte er und holte wie aus dem Nichts ein sauberes Taschentuch hervor.

»Meine Eltern waren beide Achter«, sagte er. »Ich war eine Sieben.«

Ich tupfte meine Augen mit seinem Taschentuch trocken und sah ihn dann an, verwirrt von dem plötzlichen Themawechsel. »Aber was hat das damit zu tun, dass …«

»Sei einfach eine Minute lang still«, brummte er und ich verspannte mich, wurde aber wieder lockerer, als ich sah, dass er nicht verärgert oder gereizt war. Was er mir sagen wollte, war schmerzhaft für ihn. »Meine Eltern waren Achter, aber sie wollten besser werden. Sie wollten auch, dass ich besser würde, und als das nicht geklappt hat … Nun ja. Sie haben mir immer mehr Pflichten aufgeladen. Verantwortlichkeiten. Sie haben mich gezwungen, ein Tagebuch der positiven Gedanken zu führen und jeden Tag drei Dinge im Turm zu benennen, die mein Leben besser machten. Weißt du, was dann passiert ist?«

»Dein Rang ist gesunken«, antwortete ich. Die Geschichte kam mir nur zu bekannt vor. Sie war der meinen sehr ähnlich. Nachdem Alex ausgezogen war, hatten meine Eltern immer mehr von mir verlangt, aber mein Rang sank trotz allem. Es war unglaublich demotivierend und schrecklich deprimierend. Wahrscheinlich hatte Scipio nie bedacht, dass manche von uns einfach zu sensibel für das Rankingsystem waren. Auf jeden Fall fühlte ich mich von alldem erschlagen.

Schweigen.

»Ja«, sagte er schließlich. »Er ist gesunken. Sehr sogar. So weit, dass sie mich fallengelassen haben.«

Er verzog das Gesicht und schüttelte den Kopf. Das meiste davon wusste ich bereits aus seiner Akte, aber er tat mir trotzdem leid. Er war von seinen Eltern verlassen worden, weil sie mehr von ihm eingefordert hatten. Sie hatten ihn verstoßen, als er ihre Erwartungen nicht mehr hatte erfüllen können. Es war ungerecht. Er war aus dem einzigen Zuhause, das er jemals gehabt hatte, herausgerissen worden und musste sich danach allein im Turm zurechtfinden. Er hatte Glück gehabt, dass eine andere Abteilung ihn aufgenommen hatte. Andernfalls wäre er bei den anderen Minderjährigen untergebracht worden, die, sobald sie achtzehn wurden, zur Umstrukturierung in den Kerker der Zitadelle gesperrt wurden, wenn sie es vorher nicht schafften, in einer anderen Abteilung unterzukommen.

Meine Eltern waren zwar repressiv und manchmal ausgesprochen gemein, aber sie hatten niemals auch nur die Möglichkeit erwähnt, mich fallenzulassen. Das war für sie einfach etwas Unvorstellbares. Vielleicht hatte Sybils Tod etwas damit zu tun. Ich war mir nicht sicher. Auf jeden Fall hatten sie sich sehr geändert, nachdem sie bei meiner Geburt noch in Erwägung gezogen hatten, mich einfach zu töten …

»Es tut mir leid«, sagte ich. Das war alles, was mir in diesem Augenblick einfiel.

»Roark hat mich aufgenommen«, sagte er schulterzuckend. »Und die Dinge laufen ganz gut. Ich habe das Gefühl, dass ich hier einen Zweck erfülle, und meine Nummer ist hoch genug, dass sich niemand um mich schert. Es ist witzig – ich mache nichts anders als früher, aber das kümmert keinen. Alle interessieren sich nur für die Nummer.«

Auch das kam mir bekannt vor. Ich ertappte mich dabei, wie ich etwas näher an ihn rückte, während ich ihm zuhörte. Nachdem ich mir so lange angehört hatte, dass ich positiv denken und mit erhobenem Haupt durch das Leben gehen sollte, ganz egal, wie ich mich fühlte, war es erfrischend, dass jemand sich so bodenständig verhielt.

So authentisch. Er sah mich an und ich spürte, wie mein Herz einen Augenblick lang aussetzte. Schnell wandte ich den Blick ab.

Sei nicht albern, schalt ich mich. *Du kennst ihn doch nicht einmal.*

»Roark und ich«, sagte er, ohne meine Scham zu bemerken, »wollen Leuten helfen, so wie er mir geholfen hat. Aber er hegt einen Groll gegen Ritter und es ist schwer, in diesem Punkt mit ihm zu diskutieren.«

Ich sah ihn düster an. »Warum? Was haben wir gemacht?«

Greys Stimme war so klar wie die Sonne und so kalt wie der Wind. »Die Ritter haben seine Frau getötet«, sagte er schlicht.

Ich saß da und schüttelte sofort abwehrend den Kopf. Die Ritter töteten niemanden. So etwas taten wir einfach nicht. Wir nahmen Leute gefangen, wir wachten und wir beschützten. Einen Menschen zu töten verstieß gegen eine von Scipios Kardinalsregeln. Der Täter würde sofort auf eine Eins herabgesetzt, festgenommen und ins Exil geschickt werden.

»Das ist nicht möglich«, sagte ich.

»Erzähl das Roark.«

»Das werde ich. Direkt nachdem ich ihn einen Lügner nenne.«

»Moment mal – bist du sauer?«, fragte er, stützte sich auf seine Handflächen und sah mich an. »Warum bist du sauer?«

»Weil das eine Lüge ist«, sagte ich aufgebracht. »Ritter töten nicht. Wenn er sagt, dass Ritter seine Frau getötet haben, dann ist er ein Lügner.«

»Whoa! Roark ist vielleicht ein wenig empfindlich, aber er ist kein Lügner. Außerdem, glaubst du wirklich, dass ein Lehrling es wüsste, wenn die Ritter Menschen töten?«

»Meine Eltern sind Ritterkommandanten«, sagte ich. »Sie haben nie jemanden getötet. Dazu sind sie einfach nicht in der Lage.« Von meinem Fall damals einmal abgesehen.

»Du hast auch gesagt, dass sie beide Zehner sind«, erwiderte er. »Glaubst du, dass sie dich in etwas Geheimes einweihen würden?«

Ich starrte ihn an und biss meine Zähne so fest zusammen, dass es wehtat. »Ich will gehen. Ich will *sofort* gehen.«

Ich warf mein Kabel aus und wollte mich, wenn nötig, durch ganz Koggestadt schwingen, aber Grey legte mir seine Hand aufs Handgelenk. »Warte.«

Ich kochte vor Wut darüber, dass jemand imstande war, die Ritter einfach als Mörder zu bezeichnen. Ich sah ihn an und war überrascht von seinem reumütigen Ausdruck.

»Es tut mir leid. Das ist ganz offensichtlich ein sensibles Thema für dich und ich hätte es nicht ansprechen sollen.«

Ich spitzte die Lippen, überlegte einen Augenblick lang und seufzte dann. »Warum bist du Zoe und mir gefolgt?

Wolltest du uns wirklich nur bis zum Ausgang begleiten?«

Er seufzte ebenfalls und zog etwas aus seiner Tasche. Er schüttelte es und ich sah, dass es ein Fläschchen war. Unsere Blicke trafen sich und wir schwiegen so angespannt, dass ich Angst hatte, auch nur Luft zu holen. Vielleicht war die Luft auch einfach zu dicht, um zu atmen.

»Das hier ist für dich«, sagte er heiser und streckte seine Hand aus. Zögernd öffnete ich meine Hand und er ließ das Fläschchen in sie hineinfallen. Es enthielt Tabletten. Sie waren klein, weiß und nicht beschriftet.

»Nimm das«, sagte er. »Es ist eine schmackhafte Alternative zu den Tabletten der Medica.«

Ich sah zwischen der Flasche und ihm hin und her und ein Knoten bildete sich in meinem Hals.

»Aber Roark hat doch gesagt, dass ...«

»Roark ist nicht hier«, sagte Grey und stand auf. »Wenn man fallengelassen wird, bekommt man schnell flinke Finger«, sagte er mit einem Zwinkern, hielt seine Finger hoch und wackelte mit ihnen. Dann machte er einen Schritt nach vorn und ich wollte nach ihm greifen, doch er fiel, drehte sich und hielt sich dann mit den Fingern am Balken fest. Von dort aus ließ er sich den restlichen Meter zum Boden fallen.

Er ging zum Fahrstuhl hinüber, schob seinen Chip in das Gerät und ich schwang mich mithilfe meiner Kabelpeitsche vorsichtig nach unten, die Tabletten fest umklammert.

»Hier ist dein Fahrstuhl«, sagte er und geleitete mich zur Plattform, die schon bereitstand. »Bis später, Lehrling Castell!« Er lächelte mich an, als der Fahrstuhl nach oben glitt. »Aach, und nur eine pro Tag!«

»Tschüss«, sagte ich, immer noch völlig benommen von den letzten Minuten. Ich sah auf die Flasche in meiner Hand und spürte, wie mir eine schwere Last von den Schultern fiel. »Und Danke!«, rief ich ihm noch hinterher.

Zu spät fragte ich mich, ob er nun Schwierigkeiten mit Roark bekommen würde, weil er die Tabletten geklaut hatte. Aber dann nahm ich mir vor, dass ich ihn verteidigen würde, wenn es so wäre. Selbst wenn das bedeutete, wieder Koggestadt zu betreten und mit Roark zu sprechen, obwohl ich mir nicht sicher war, dass ich das tun konnte, ohne auf seine bösartigen Verleumdungen der Ritter zu sprechen zu kommen. Aber ich war bereit, es zu versuchen.

Vor allem, wenn ich so auch in Zukunft an seine Medikamente herankommen konnte.

Ich blickte auf mein Handgelenk und sah keineswegs erstaunt die dort leuchtende Vier. Aber dieses Mal lächelte ich sie an. Oder besser gesagt fletschte ich ihr die Zähne.

11

Ich blieb so lange wie möglich von zu Hause fort und nahm mir die Zeit, um Zoe Bescheid zu geben, dass alles okay war. Mehr wollte ich ihr noch nicht verraten. Der Rückweg zur Wohnung verlief sehr ruhig. Meine Nummer, die inzwischen sogar schon auf eine Drei hinabgesunken war, zog Blicke auf sich und die Leute murmelten im Vorbeigehen. Seltsamerweise fühlte ich mich so normaler. Zumindest war das ehrlich. Zumindest war es nun wirklich ich, die beurteilt wurde.

Ich blieb vor der Tür stehen, die in meine Wohnung führte, weil ich wusste, dass meine Mutter drinnen auf mich wartete. Ich atmete tief durch. Unter gar keinen Umständen durfte sie meine neue Nummer sehen – nicht, bevor ich Greys Medikament genommen hatte. Wenn sie es doch tat, dann würde sie mich sofort zu Dr. Bordeaux in die Medica schleifen und dort wurde ich wahrscheinlich gezwungen, die Tabletten unter Aufsicht zu nehmen.

Ich drückte mein Ohr gegen die Tür, bis ich mir sicher war, dass sich meine Mutter nicht in der Nähe des Eingangs befand. Dann öffnete ich die Tür schnell, huschte nach drinnen und schloss sie eilig wieder.

»Liana?«, rief meine Mutter aus ihrem Schlafzimmer her, als ich durch den Flur ging.

»Hey Mom!«, rief ich und gelangte an meine Zimmertür. »Es geht mir nicht so gut, also werde ich früh schlafen gehen. Wir sehen uns morgen!«

»Okay. Gute Besserung, Schatz.«

Ich schloss meine Tür, schaltete die Magnetverriegelung ein und atmete dann langsam aus, während ich die Augen schloss und versuchte, die Panik, die sich auf der kurzen Strecke von der Wohnungstür hierher in mir angestaut hatte, zu unterdrücken. Sie hatte es mir abgenommen und keinen Verdacht geschöpft. Ich war in Sicherheit ... erst einmal.

Ich trat an mein Fenster, setzte mich auf die Fensterbank und sah auf die Tablettenflasche in meiner Hand. Ich holte eine der Tabletten hervor, zog die andere aus meiner Tasche und verglich die beiden dann miteinander. Sie sahen identisch aus, aber ohne Beschriftung war das nur schwer mit Sicherheit zu sagen. Möglicherweise waren beide giftig oder führten zu Gedächtnisverlust, aber ich glaubte nicht, dass Grey mir das antun würde.

Ich legte mir eine Tablette auf die Zunge und schluckte sie ohne Wasser hinunter. Dann gab ich die zweite in die Flasche zurück, schraubte den Verschluss zu und starrte aus dem Fenster. Ich fragte mich, wie lange es wohl dauern würde.

Mein Fensterblick ermöglichte mir eine recht gute Aussicht. Von hier aus sah ich die Bögen und Schleifen der Zitadelle, aber durch sie hindurch hatte ich auch einen Blick auf die Hadriansbrücke – eine der Brücken, die von der Zitadelle zur Hülle führte. Der Anblick war eine wahre Farbmuse, wie in einem Mosaik. Die künstliche Beleuchtung entsprach einem Sonnenuntergang und wurde orange. Die weißen Schienen der Brücke glänzten und leuchteten, während sich helle Blau-, Grün- und Orangetöne durch die dunklen Bögen brachen.

Ein paar Ritterlehrlinge schwangen sich vorbei und spielten ein Spiel ohne Regeln. Ich beugte mich vor und sah zu, wie sie ihre Kabelpeitschen schleuderten und sich drehten, aber ich war nur mäßig beeindruckt. Die Lehrlinge waren schnell und trafen genau, improvisierten aber kaum. Dabei war diese Fähigkeit so wichtig für das Peitschenknallen. Ich drehte mich und sah ihnen nach, aber irgendwann fiel mein Blick doch auf mein Handgelenk. Ich konnte nicht länger widerstehen.

Die Tabletten aus der Medica hatten sofort ihre Wirkung entfaltet, schließlich konnte ich mich an nichts mehr erinnern, nachdem ich die erste Dosis eingenommen hatte. Ich konnte mich kaum noch an das Bratbrot erinnern, das ich kurz davor gegessen hatte. Ich wusste nicht, was ich von dieser Tablette zu erwarten hatte oder wie lange es dauern würde, bis sie wirkte, doch ich hatte damit gerechnet, dass ihr Effekt beinahe ebenso unmittelbar war.

Doch das war er scheinbar nicht. Zumindest nicht, wenn ich der wütend roten Drei glaubte, die mein Handgelenk immer noch zierte.

Ich seufzte, stand auf, ging zu meinem Bett hinüber und legte mich hin. Ich zog meine Schuhe aus, ließ sie auf den Boden vor meinem Bett fallen, öffnete meine Uniformjacke, zog sie aus und warf sie zur Seite. Dann folgte die

Hose und ich kroch unter die Decke. Ich drehte mich hin und her und suchte nach einer bequemen Position, bevor ich auf die Uhr über meiner Tür hinaufsah. Das ganze Prozedere hatte nur zwei Minuten gedauert.

Wieder sah ich auf mein Handgelenk. Die Drei starrte mich immer noch stur an.

Ich seufzte wieder.

Dann senkte ich den Arm, starrte an die Decke und langsam kamen mir Zweifel. Vielleicht hatte Grey mir ein Placebo gegeben. Vielleicht war ich immun gegen die Tabletten. Oder er hatte mich ausgetrickst. Vielleicht musste ich doch zwei Tabletten nehmen?

Meine Gedanken überschlugen sich, während ich im Bett lag. Selbst wenn ich meine Augen schloss, schaltete sich mein Kopf nicht ab. Ich versuchte, zu dösen und mich genug zu entspannen, um einzuschlafen, aber es funktionierte nicht. Ich konnte nicht aufhören, nachzudenken.

Liana?

Ich zuckte erschrocken zusammen. Mein Herz setzte einen Schlag lang aus und meine Lungen blieben ohne Luft. Ich war so in Gedanken versunken gewesen, dass ich das Summen in meinem Hinterkopf nicht bemerkt hatte. Ich sah auf die Anzeige an meinem Handgelenk, auf der Alex' Name stand.

»Alex, musst du immer meine Anzeige überspringen, wenn du mich anrufst? Woher weißt du, dass ich nicht gerade beschäftigt bin?«

Es folgte ein kurzes Schweigen, dann ein Summen.

Ach komm, du bist doch nie beschäftigt, scherzte er. *Und ich musste deine Anzeige überspringen, damit du mich nicht ignorierst! Glückwunsch zu deiner neuen Nummer. Erstaunlicher Fortschritt für eine so kurze Zeit.*

Ich runzelte die Stirn. »Ich bin wieder abgefallen.«

Das ist nicht ungewöhnlich.

Ich seufzte.

Tut mir leid, dass ich mich nicht früher gemeldet habe, sprach er weiter. *Die Lage hier ist etwas angespannt.*

Plötzlich überkam mich ein Anflug von Zuneigung und ich war froh, dass er angerufen hatte. Wenn dies mein letzter Abend war, den ich als ich selbst verbrachte, dann konnte ich mir keine bessere Art vorstellen, als ihn mit meinem Bruder zu verbringen.

»Was ist los?«

Ein leises Geräusch.

Ich kann nicht darüber reden, sagte er.

»Alex«, schalt ich leise.

Es folgte eine weitere Pause und ich konnte ihn fast vor mir sehen. Ich vermisste seine Gewohnheiten, so nervig sie auch gewesen waren. Ich sah fast vor mir, was er während dieses Schweigens alles tat. Wie er auf seiner Unterlippe kaute und sich mit dem Finger über die Nase strich, um seine Brille weiter nach oben zu schieben, bevor er sich mit den Fingern durch die Haare fuhr.

Du darfst es niemandem erzählen.

»Natürlich nicht.«

Ich meine es ernst, Liana.

Ich blickte auf die Tabletten auf meinem Tisch. Ich würde nicht einmal Grey verraten, und das, obwohl ich ihn kaum kannte. Alex war mein Zwillingsbruder. Wenn er ein Problem ansprach, dann bedeutete das, dass er es bitter nötig hatte, mit jemandem darüber zu reden. Besser mit mir als mit jemandem, der ihn vielleicht doch verpetzen könnte.

»Ich schwöre, dass ich niemandem etwas erzählen werde.«

Ich hörte ein Geräusch und lächelte, als ich erkannte, wie Alex mit den Fingern auf den Tisch trommelte.

Es ist Scipio, sagte er.

Das weckte meine Aufmerksamkeit. Alex war zu den Sehern übergewechselt, weil er mit Scipio zusammenarbeiten wollte. Die große Maschine hatte meinen Bruder schon immer fasziniert und ihn so angezogen, wie es Süßigkeiten bei anderen Kindern taten.

»Was ist los mit Scipio?«, fragte ich vorsichtig, obwohl in meinem Kopf alles tobte. Etwas stimmte mit Scipio nicht. Es war nicht anders zu erklären, dass Leute wie Grey und ich uns immer wieder anstrengten und dennoch an Rängen verloren. Wenn Alex das erst jetzt auffiel, dann sollte ich mit ihm wohl eine lange Unterhaltung darüber führen, wie wenig ausgeprägt seine Beobachtungsgabe war.

Ich weiß nicht, was los ist. Zumindest nicht genau, sagte er. *Ich glaube ... Ich glaube, dass Scipio ein wenig durchdreht.*

Mir lief ein kalter Schauer den Rücken hinab, als ich hörte, wie ängstlich er klang. »Er dreht durch?«

Er wird immer extremer, sagte Alex. Seine Stimme war leise, nicht mehr als ein wirres Flüstern. *Gewalttätiger.*

Er setzt die Ritter gnadenloser ein und bestraft niedrige Ränge härter.

Ich schluckte und musste an Roarks Anschuldigungen denken. »Wie bestraft er sie?«

Alex setzte an, zu antworten, verstummte dann aber und ich hörte, wie Schritte an ihm vorbeigingen.

Es sind Menschen gestorben, Lily, sagte er.

»Was meinst du damit, dass Menschen gestorben sind?«, fragte ich. »Alex ... Hast du etwas über die Ritter gehört?«

Er beantwortete meine Frage mit Schweigen und ich wartete mit einem Kloß im Hals. Ich hatte es beinahe aufgegeben, mit einer Antwort von ihm zu rechnen, als er leise durchatmete und dann weitersprach.

Ich weiß es nicht. Ich weiß nur, dass ich froh bin, dass dein Rang wieder gestiegen ist.

Ich runzelte die Stirn. »Alex, wann hast du das letzte Mal meinen Rang überprüft? Weil er im Augenblick gar nicht so toll aussieht.«

Ich sehe ihn gerade jetzt, sagte er verwirrt.

»Nun, dann freut es mich, dass du dich von meiner Drei beeindrucken lässt, aber ...«

Wann hast du *deinen Rang zum letzten Mal gesehen,* fragte Alex erheitert.

Ich sah auf mein Handgelenk hinab und rechnete damit, rotzusehen. Doch stattdessen sah ich blau. Ein so kühles, beruhigendes Blau, dass ich die Zahl kaum lesen konnte. So toll hatte mein Handgelenk noch nie ausgesehen.

Da strahlte mir doch tatsächlich eine Neun von meinem Armband entgegen.

Ich glaube nicht, dass du dir mit einer Neun Sorgen machen musst, sagte Alex. *Ich frage mich wirklich, was sie dir verschrieben haben, damit du so schnell aufsteigst, aber jetzt fühle ich mich auf jeden Fall besser. Ich muss weiterarbeiten, aber ich melde mich bald wieder. Bestell unseren Eltern Grüße von mir, ja?*

»Warte, Alex. Ich will mehr über Scipio wissen«, sagte ich eilig, aber er antwortete nicht und ich spürte an meinem inaktiven Netz, dass der Anruf vorbei war. Ich atmete aus und sah auf mein Handgelenk. Da stand immer noch eine Neun – selbstbewusst, sicher und zuversichtlich.

Ich ließ meinen Arm wieder sinken und dachte über meine Gefühle nach. Fühlte ich mich jetzt anders? Hatte ich das Bedürfnis, irgendetwas anders zu machen?

Schnell wurden mir zwei Dinge klar. Von dem Schock darüber, eine Neun auf meinem Arm zu entdecken, einmal abgesehen, fühlte ich mich erstens ziemlich normal. Ein wenig aufgeregt vielleicht, aber ich fühlte mich noch wie ich selbst.

Zweitens: Ich verspürte nur den Drang danach, die Wohnung zu verlassen und mir mit meiner Lebensmittelkarte etwas Bratbrot zu holen und vielleicht auch ein paar Beeren. Das war für mich normal. Ich würde diesem Drang natürlich nicht nachgeben, weil es im Augenblick genauso gefährlich war, das Haus mit einer Neun zu verlassen wie mit einer Drei. Ich machte mir Sorgen, dass den Leuten auffallen könnte, dass mein Verhalten nicht mit dem anderer Neuner oder Zehner übereinstimmte. Ich musste aufpassen, niemanden zu nah an mich heranzulassen und meine Gefühle so gut wie möglich zu verbergen.

Greys Tablette hatte gerade rechtzeitig funktioniert. Wenn Scipio irgendwie defekt war, wäre ich sonst vielleicht auf eine Zwei abgesackt und aus der Zitadelle verstoßen worden, bevor er repariert wurde.

Aber das bedeutete nicht, dass andere Menschen dieses Schicksal nicht ereilen konnte.

Dieser Gedanke verfolgte mich noch mehrere Stunden lang und es dauerte lange, bis ich einschlief. Die Neun auf meinem Handgelenk wog plötzlich sehr schwer.

12

»Ich weiß nicht, wie das möglich ist.«

Mein Vater saß mir gegenüber am Esstisch, die Augen matt vor Schock. Seine Hände strichen aufgeregt über die Tischplatte. Meine Mutter saß neben ihm und strahlte überfroh.

Ich zuckte mit den Schultern und bemühte mich um Gelassenheit. »Ich weiß es auch nicht«, log ich unverfroren. Dann sah ich auf mein Handgelenk, von dem aus mich die Neun anlachte. »Es war so, als ich von meinem Spaziergang zurückkam.«

Es war Morgen und ich hatte den Großteil der Nacht darüber nachgedacht, wie ich meinen bedeutenden Fortschritt erklären sollte. Zum Glück war ich das letzte Mal, als meine Eltern mich gesehen hatten, eine Fünf gewesen und nicht etwa eine Drei. Aber auch ein Anstieg von vier Rängen über Nacht war nicht normal. Ich hatte überlegt, ihnen irgendeine Heldengeschichte zu erzählen, aber das schien mir zu weit hergeholt und war außerdem zu leicht zu enttarnen. Danach hatte ich gedacht, ihnen zu erzählen, dass ich mich auf eine spirituelle Suche begeben hatte, auf der ich erkannt hatte, wie ich Scipio dienen konnte, aber allein die Vorstellung daran bereitete mir Übelkeit und ich konnte meinen Eltern unmöglich auf überzeugende Weise davon erzählen. Also verwarf ich auch diese Option.

Letztlich beschloss ich, so nah wie möglich bei der Wahrheit zu bleiben.

Ich hatte meine Tabletten genommen, mich mit Zoe getroffen, war nach Hause gekommen und siehe da: Ich war eine Neun gewesen.

»Ich muss jetzt aber los«, sagte ich mit einem Blick zur Tür. »Ich habe Unterricht.«

Meine Mutter sprang auf und riss auch meinen Vater vom Stuhl hoch. Ich sah sie überrascht an, weil sie ein panisches Gesicht machte und die Augen aufriss.

Sie sah mich ungläubig an, als ich mich nicht regte, und runzelte die Stirn. »Liana, du wirst zu spät kommen!«, rief sie. »Wir wollen doch nicht, dass deine Nummer sinkt, also mach einfach alles weiter so, wie du es bisher getan hast. Jetzt steh auf und geh zum Unterricht, Liebes.«

Ich hatte kaum genug Zeit, um meine Sachen hochzunehmen, bevor sie mich buchstäblich aus der Wohnung schob. Ich stand blinzelnd im Flur. Ihre Begeisterung, die immer noch durch die geschlossene Tür zu strahlen schien, hatte mich verwirrt. So fühlte es sich also an, wenn man geliebt wurde, so wie ich es mir immer gewünscht hatte? So fühlte es sich an, wenn man akzeptiert wurde?

Kein schlechtes Gefühl, dachte ich mir.

Als ich losging, wanderten meine Gedanken automatisch zu Grey und den Tabletten. Er hatte mir genug für einen ganzen Monat gegeben – ich hatte sie gezählt – aber für wen stellten sie das Medikament sonst noch her? Es war illegal, so viel stand fest, aber es gab mir eine zweite Chance auf ein Leben im Turm.

Es konnte gefährlich sein. Indem ich diese Tabletten nahm, brachte ich mich und möglicherweise auch meine Familie und meine Freunde in Gefahr. Grey war auf freiem Fuß. Er wusste, was ich tat. Wenn er geschnappt wurde

... Ich war mir nicht sicher, ob ich mich darauf verlassen konnte, dass er zu mir hielt. Genauso wenig wusste ich, ob ich zu ihm halten konnte.

Greys Geschichte von Roark und seiner Frau fiel mir wieder ein und Wut stieg in mir auf, aber mehr als das fühlte ich mich orientierungslos und entsann mich wieder der Worte, die mein Bruder gestern Abend gesagt hatte. *Etwas stimmt nicht mit Scipio.*

Meine Füße verlangsamten ihre Schritte und ich blieb schließlich stehen, um das Gefühl einer schlechten Vorahnung, das mir in die Knochen kroch, abzuschütteln. Ich war paranoid. Ich war aufgeregt, weil ich

Greys Tabletten nahm, und Alex' Kommentare hatten meine überaktive Vorstellungskraft, die dazu neigte, sich auf die düstere Seite statt auf das Positive zu konzentrieren, nur noch mehr angeregt.

Und das, obwohl es dieses Mal tatsächlich etwas Positives gab: Ich war eine Neun.

Ich wünschte nur, dass ich wüsste, was das für meine Zukunft bedeutete.

Im Lehrlingsanbau hatten sich wie üblich eine Menge gelangweilter Jugendlicher versammelt, als ich ankam.

Aber sie wichen mir im Gegensatz zu sonst nicht aus, sondern winkten mir zu oder lächelten mich an, als ich an ihnen vorbeiging. Ich brauchte eine Sekunde, bis ich Zoe und Eric in einer Ecke stehen sah. Zoe redete auf Eric ein und fuchtelte wild mit den Händen.

Die beiden sahen zu mir auf, als ich mich ihnen näherte, und Zoes Lächeln wich einem angespannten Blick. Sie machte sich Sorgen um meinen Rang und darum, was mit mir passiert war, nachdem wir uns gestern voneinander getrennt hatten. Ich lächelte ihr nervös zu und näherte mich den beiden.

»Hey, Liana«, sagte Eric vorsichtig und sein Blick huschte zu Zoe. »Ich habe gehört, dass du dich ... mehr wie du selbst fühlst?«

Er verzog das Gesicht in einer Mischung aus Unbehagen und Naivität, woraufhin ich lächeln musste.

»So ist es«, sagte ich.

Zoe trat einen Schritt vor und neigte ihren Kopf, um einen Blick auf meine Nummer zu erhaschen. Ich merkte, wie ich mich drehte, um sie zu verbergen, aber ich musste damit aufhören. Eine echte Neun würde ihren Rang nicht verstecken. Sie hatte schließlich keinen Grund, sich für etwas zu schämen.

»Eine *Neun*!«, rief sie mit gehobenen Augenbrauen aus und Eric pfiff beeindruckt. Zoe sah mich an und in ihrem Blick lag die unausgesprochene Frage: *Hat Grey dir geholfen?*

Ich zögerte und zuckte dann kaum merklich mit den Schultern. Es fühlte sich nicht gut an, zu lügen und mich dumm zu stellen, aber mein Verhältnis zu Grey war nebulös, genauso wie die Herkunft der Tabletten. Es lohnte sich nicht, Zoe deswegen in Gefahr zu bringen. Sie war eine Sechs und würde mich nie verraten, aber ich hatte sie schon zu sehr in die Sache mit hineingezogen. Es konnte gefährlich für sie werden, wenn sie noch mehr erfuhr.

»Du bist eine Neun und die Nebenwirkungen lassen nach? Das ist wirklich beeindruckend.«

»Danke«, sagte ich lächelnd, wollte ihrem prüfenden Blick aber möglichst schnell entwischen.

»Wie ist es dazu gekommen?«, fragte Eric und ich atmete kurz durch, bevor ich ihm dieselbe Lüge erzählte, die ich meinen Eltern aufgetischt hatte. Dieses Mal ging sie mir leichter von den Lippen.

»Ich kann es nicht genau sagen«, antwortete ich. »Es ist passiert, nachdem ich mich mit Zoe getroffen habe. Erst bin ich auf eine Drei abgesunken und dann war ich plötzlich eine Neun.«

»Keine wundersamen Erkenntnisse?«, fragte Zoe. »Keine Heldentaten?«

»Nein. Vielleicht versteht Scipio einfach meinen Sinn für Humor endlich etwas besser?«

Zoe runzelte die Stirn, schien aber bereit, das Thema erst einmal auf sich beruhen zu lassen. Wahrscheinlich wollte sie es genauso wenig wie ich vor Eric diskutieren. Ich wusste, dass ich in der Hölle schmoren würde, weil ich gelogen hatte, und ich musste weiterhin sehr aufpassen, aber erst einmal war ich vor weiteren Verhören sicher.

»Heißt das, dass du mir nicht noch einmal empfiehlst, dass ich mich nicht mit so gefährlich niedrigen Nummern wie Zoe abgeben sollte?«

»Scipio sei Dank, nein«, sagte ich. »Bitte gib dich so lange mit den niedrigen Rängen ab, bis ich mich gezwungen sehe, dich gefangen zu nehmen.«

Eric grinste. »Es ist schön, dich wieder zurückzuhaben. Diese Medikamente haben dich ordentlich auf den Kopf gestellt.«

»Das haben sie wirklich«, sagte Zoe, als ob wir nicht bereits darüber gesprochen hätten, und ich verstand, dass sie Eric nichts von unserem kleinen Ausflug gestern erzählt hatte. Sie erwiderte meinen Blick mit zusammengekniffenen Augen. »Na, wer hat Lust auf die zweite Woche mit Phineas?«

Ich runzelte die Stirn und überlegte angestrengt, wer Phineas war. Ich brauchte ein paar Sekunden, um mich an die Unterrichtsstunde direkt vor der Medica zu erinnern und an Callivax, die Zeichensprache der Taucher.

»Er unterrichtet uns immer noch?«, fragte ich verwirrt. »Ich dachte, dass er nur für ein paar Tage hier wäre.«

»Er hat seine Stunden verlängert«, erklärte Eric geduldig.

»Großartig«, brummte ich und fuhr mir mit der Hand durchs Haar. »Jetzt hänge ich in einer Klasse hinterher, obwohl ich die ganze Woche teilgenommen habe.«

»Mach dir keine Sorgen. Die Klasse ist zu einem Zuschauersport geworden. Wir sehen alle nur Zoe und Phineas zu. Sie hat die lästige Angewohnheit, ihn zu berichtigen.«

Zoe warf uns einen selbstgefälligen Blick zu. »Ich höre sofort damit auf, wenn er keine falschen Dinge mehr lehrt.«

Ich lächelte Eric verschwörerisch zu. »Natürlich tust du das«, nickte ich sarkastisch und Eric kicherte, während wir den Klassenraum betraten.

Phineas war bereits dort und hatte eine Reihe von glänzenden Werkzeugen und Geräten auf einem langen Tisch vor der Klasse ausgebreitet. Er sah uns drei an, als wir den Raum betraten, und wandte sich dann wieder den Geräten zu, an denen er herumgespielt hatte.

»Ah, Eric, ich sehe, dass Sie immer noch Zeit mit Zoe und Liana verbringen. Ich gehe davon aus, dass Liana ihre Sechs noch hält?«

»Nein«, sagte Eric und lächelte mich freudig an. »Liana ist inzwischen eine Neun.«

Phineas sah mich an und seine Stirn sowie seine vordere Kopfhaut legten sich in Falten. Sein Blick schoss zu meinem Handgelenk und dann wieder zu meinem Gesicht. »Außerordentlich!«, rief er. »Ein so hoher, so schneller Aufstieg? Sagen Sie mir, haben Sie sich Zeit genommen, um sich mit den Wasserlehren zu beschäftigen?«

Ich zögerte kurz, schüttelte dann jedoch den Kopf. »Nicht, dass ich wüsste, Sir. Ich bin in die Medica gegangen und habe dort Medikamente erhalten. Ich fürchte, dass sie mein Gedächtnis ein wenig beeinträchtigt haben, denn ich kann mich an die letzten paar Unterrichtsstunden bei Ihnen leider nicht erinnern.«

Phineas wirkte zwar enttäuscht, grinste mich aber trotzdem breit an. »Kein Problem. Es ist gut zu sehen, dass die Behandlung so effektiv ist. Ihre Geschichte kann andere wie Sie inspirieren. Sie sollten wirklich zu einer unserer Messen kommen.«

»Ich werde darüber nachdenken«, antwortete ich unbehaglich. Er nickte und ich nutzte die Gelegenheit, um zu den leeren Stühlen im hinteren Bereich des Raums zu entwischen und mich auf einen von ihnen sacken zu lassen. Zoe machte es sich auf dem Stuhl rechts neben mir bequem und Eric setzte sich links von mir.

»Das war vielleicht unangenehm«, sagte ich und strich mir das Haar hinters Ohr. »Zoe?«

»Du brauchst mich gar nicht anzusehen – meine Mutter ist die Religiöse in unserer Familie. Mir waren die Wasserlehren schon immer etwas zu ... mystisch für meinen Geschmack.«

Ich kicherte und wir verstummten, als weitere Auszubildende den Raum betraten. Bald darauf begann Phineas den Unterricht. Zuerst gingen wir noch einmal ein paar der wichtigsten Callivax-Zeichen durch – hauptsächlich Richtungen und Warnsignale – und dann besprachen wir ein paar Zeichen, die die Funktionen einer Wasseraufbereitungsstation im Turm beschrieben.

»Das heiße und kalte Wasser wird durch Farben gekennzeichnet«, sagte Eric so, als ob er es einmal auswendig gelernt hätte. »Blau steht für kalt und rot für heiß.«

»Sehr gut«, antwortete Phineas. »Und wer weiß, wozu das heiße Wasser dient?«

»Es erzeugt Dampf für die Kondensation in den Grünanlagen«, sagte einer der Medica-Studenten zögerlich.

»Und es hilft, die Schmieden unten in Koggestadt zu erhitzen«, sagte Zoe träge.

»Richtig. Es ist sehr wichtig, dass Sie auf diese Funktionen achten. Heißes Wasser läuft immer durch Glasrohre.

Unser Glas kann die Hitze aushalten. Kann mir jemand sagen, warum die Rohre heiß sind?«

»Das ist Teil des Reinigungsprozesses«, sagte ein Zahnrad mit zerzausten orangenen Haaren. »Die Strahlung im Wasser ist noch sehr hoch und das Erhitzen ist einer der vielen Schritte zur Reinigung.«

»Sehr gut. Wer kann mir sagen, warum ...«

»Entschuldigung, Tauchmeister.«

Ich hörte Geromes vertraute tiefe Stimme, aber da ich sie hier nicht erwartet hatte, lief mir ein kalter Schauer über den Rücken. Ich drückte wie auf Knopfdruck die Schultern nach hinten durch und drehte mich dorthin, wo Gerome stand. Wie um alles in der Welt war er so plötzlich hier aufgetaucht?

»Ritterkommandant«, sagte Phineas mit einer leichten Verbeugung. »Wir sind gerade die Sicherheitsbestimmungen durchgegangen. Gibt es ein Problem?«

»Liana braucht nicht mehr als das Grundlagenwissen zur Wasserbehandlung«, sagte Gerome mit fester Stimme und ich runzelte die Stirn. »Sie hat schließlich vor, eine Ritterin zu werden. Stimmt's, Liana?«

»Ähm, ja«, stammelte ich. »Aber ich denke, dass ich nicht verpassen sollte, wie ...«

»Du wirst in der Zitadelle gebraucht, Liana«, sagte Gerome und sah mich eindringlich an. »Sofort.«

Mir lief ein kalter Schauer den Rücken hinab und es wurde still im Raum. Ich blieb einen kurzen Augenblick lang sitzen, stand dann aber auf. Zoe sah mich erschrocken an und ich wusste genau, was sie dachte. Ich dachte dasselbe: Ich war erwischt worden.

»Ihre Freunde können für Sie mitschreiben, Liana«, sagte Phineas freundlich. »Wir sehen uns in der nächsten Stunde.«

Irgendwie beförderten meine Beine mich bis zu Gerome, der mir die Tür zum Gang aufhielt. Ich ging an ihm vorbei und blieb auf der Plattform stehen, von der aus man die Zitadelle, die über hundert Meter entfernt hing, sehen konnte. Mein Herz begann zu rasen.

Wie hatten sie es so schnell herausgefunden? Hatte meine Nummer einen Alarm ausgelöst, weil sie so schnell gestiegen war? Was war, wenn sie über die Tabletten Bescheid wussten? Was würden sie mit mir tun?

In diesem Augenblick hatte ich das Gefühl, mich in freiem Fall zu befinden und einen zusätzlichen Adrenalinschub dadurch zu bekommen, dass meine Kabelpeitschen keinen Kontakt herstellten. Nur war ich mir dieses Mal nicht sicher, ob es in der Nähe einen Notgriff gab, der mich retten konnte.

»Lehrling?«

Ich sah zu Gerome auf, der mich ansah, und verstand, dass er auf mich wartete.

»Sir?«, fragte ich und wandte mich aufmerksam zu ihm um. Ich sprach ihn mehr aus Gewohnheit so an, aber es hatte sich eingeprägt und half mir, meine Angst zu kontrollieren. Es half nicht sehr viel, aber es half.

Gerome musterte mich nachdenklich. »Du siehst etwas blass aus, Lehrling. Geht es dir nicht gut?«

»Nein«, sagte ich. Zu spät kam mir in den Sinn, dass ich ihn auch hätte anschwindeln und seine Frage bejahen können. Ich biss mir auf die Zähne, um nicht zu fluchen, und überlegte dann schnell, wie ich meine Blässe erklären konnte, ohne dass es so aussah, als ob ich unbeschreibliche Angst davor hatte, bei etwas Illegalem erwischt worden zu sein. Es gelang mir, mir etwas halbwegs Vernünftiges aus den Fingern zu saugen.

»Ich bin einfach nur überrascht, dich hier zu sehen. Schließlich bin ich nicht im Dienst.«

Gerome runzelte die Stirn und seine Augenbrauen schoben sich dicht über seiner Nase zusammen. »Wir hatten uns für heute verabredet, schon vergessen? Darüber haben wir am Dienstag gesprochen.«

Ich runzelte ebenfalls die Stirn und rechnete nach. Dann blickte ich finster drein. *Nein, das hast du mit Prim besprochen. Ich, Liana, war nicht dabei.*

Trotzdem spürte ich eine große Erleichterung darüber, dass Gerome nicht hier war, um mich festzunehmen. Wir hatten wohl einfach irgendetwas besprechen wollen, nahm ich an. Ich atmete tief durch und bemühte mich, mir meine Erleichterung nicht allzu sehr ansehen zu lassen. Aber Gerome bemerkte nichts.

»Es tut mir leid, Ritterkommandant«, sagte ich und schüttelte den Kopf. »Das muss ich vergessen haben. Das ist eine der Nebenwirkungen des Medikaments, weißt du? Kannst du meinem Gedächtnis kurz auf die Sprünge helfen?«

»Natürlich«, sagte Gerome gelassen und nickte auf die Brücke zu. »Aber es ist viel leichter, wenn ich es dir einfach zeige.«

13

Gerome und ich gingen recht schweigsam bis zur Zitadelle und ich nutzte die Zeit, um mich zu sammeln … und darüber zu rätseln, was es mit diesem Treffen wohl auf sich hatte. Ich hatte immer noch keinen Zugang zu den Erinnerungen meiner Prim-Phase; das half mir also nicht weiter. War meine Einstufung vielleicht vorgeschoben worden? Empfahl er mich für die Ernennung zur vollwertigen Ritterin? Ich wurde aufgeregt, als ich diese Möglichkeit in Erwägung zog. Dann blickte ich auf die leuchtende Neun hinab und spürte, wie sich meine Mundwinkel zu einem Lächeln hoben. Aber ich glättete sie schnell wieder. Neuner lachten nicht oft.

Die Wachen standen bedrohlich aufgebaut am Eingang und ich drehte ihnen mein Handgelenk zu, als wir uns näherten. Ich genoss ihren verblüfften Blick, als sie meinen neuen Rang erkannten. Sie sahen aus, als ob sie nie im Leben damit gerechnet hätten, dass ich eine solch hohe Nummer erreichen würde.

»Deine Nummer ist so sehr gestiegen, Liana«, sagte Gerome, als wir den Haupttermінal betraten, die Stockwerke der Zitadelle, die im Zentrum lagen und in denen sich die Büros für Beschwerden und laufende Missionen befanden. »Ich war froh, als du auf eine Fünf gestiegen bist, aber als ich von deinen Eltern gehört habe, dass du die Neun erreicht hast, wusste ich, dass du bereit bist. Bereit, um Scipio angemessen zu dienen.«

Ich dachte über die Möglichkeit einer Beförderung nach und musste schon wieder lächeln. »Es ist mir eine Ehre, Scipio so gut zu dienen, wie ich kann«, sagte ich, woraufhin Gerome knapp nickte. Er führte mich zu einem Aufzug, wo wir warteten, bis eine Gruppe von Handlern in einen anderen Stock gefahren war, und dann bestiegen wir die Plattform.

»Wohin fahren wir?«, fragte ich und meine Haare wurden vom Absinken der Plattform nach oben gewirbelt. Ich bändigte es mit beiden Händen und wickelte mir ein Zopfgummi um meinen Haarknoten. Dann sah ich zu Gerome, während wir immer weiter nach unten fuhren.

»Ins Gefängnis«, antwortete er und ich runzelte die Stirn. Was wollten wir dort?

Das hier ist ein Trick, flüsterte mir eine verängstigte Stimme in meinem Kopf zu. *Er führt dich wie ein Lamm zur Schlachtbank und du merkst es nicht einmal, dumm wie ein Fisch am Haken.*

Aber ich schob meine Angst beiseite und sprang von der Plattform, sobald sie stehenblieb. Aus dem dämmrigen Tunnel vor uns schlug uns ein abgestandener Geruch nach altem Schweiß entgegen und ich musste die Luft anhalten, um nicht zu würgen. Dieser Teil der Zitadelle unterschied sich vom restlichen Bau. Statt der dunklen, fleckigen Metallwände waren die Wände hier vergittert. Dünne Strahlen roten Lichts drangen durch sie hindurch und tauchten alles in Rot. An der Decke hingen schwache Glühbirnen und das dämmrige Licht ließ alles dreckig aussehen. Eine ungute Vorahnung kroch meinen Rücken hinauf. Ich wollte nicht hier sein.

Gerome ging weiter und schien mein Zögern nicht zu bemerken. Ich starrte seinen Rücken an und dachte an den Aufzug hinter mir, aber ich konnte mich davon abhalten, mich umzudrehen und davonzulaufen. Eine Flucht war wie ein Schuldgeständnis. Eine Flucht war etwas, was eine Neun niemals auch nur in Erwägung ziehen würde.

Wir waren schon halb den Gang hinabgelaufen, als das erste Glasfenster neben uns auftauchte. Neugierig blickte ich hindurch und erstarrte, als ich einen Untersuchungstisch mit Schnallen und Riemen sah. Über ihm schwebte Roboterarme, aus denen glänzende Nadeln hervorstachen. Der Tisch war zum Glück leer, aber ich zuckte dennoch zusammen, als ich an die folgenden Zimmer dachte. Ob die nächsten Tische wohl auch leer wären oder … ob Menschen auf ihnen liegen würden?

»Gerome? Was ist das?«, fragte ich, weil ich einfach nicht anders konnte.

Gerome blieb etwa zehn Schritte vor mir stehen und drehte sich zu mir um. »Ich weiß, dass du noch nie hier unten warst, Liana ... Aber du weißt doch sicherlich, was wir hier unten tun.«

Hier wurde umstrukturiert. Dies war der letzte verzweifelte Versuch, um Einser und Zweier zu retten. Die Behandlung war geheim und nur den höchstrangigen Mitgliedern der Zitadelle bekannt. Mir wurde flau im Magen, als ich wieder auf den Tisch sah, über dem drohend die langen Nadeln an den mechanischen Armen hingen. Plötzlich war ich unbeschreiblich dankbar dafür, dass Grey mir die Tabletten gegeben hatte. Als Drei war ich diesem

Schicksal zu nah gewesen. Viel zu nah. Ich sah den Gang entlang an Gerome vorbei und er schien zur Abwechslung einmal nachempfinden zu können, wie ich mich fühlte.

»Es ist normal, nervös zu sein, Liana«, sagte er. »Mir ging das bei meinem ersten Besuch hier unten nicht anders. Aber wie dem auch sei, ich habe einen Zeitpunkt ausgewählt, in dem keine Behandlungen stattfinden. Alle Zimmer sind leer.«

Ich atmete auf und war Gerome für die Umsicht dankbar. Gleichzeitig war ich auch überrascht, denn es sah ihm nicht ähnlich, dass er mich vor Dingen beschützte. Das bedeutete, dass er sehr triftige Gründe gehabt hatte, und das wiederum bedeutete, dass die Umstrukturierung, woraus auch immer sie nun bestand, ziemlich schrecklich war. Ich erschauderte und entfernte mich von dem Fenster. Ich wollte diesen Gang so schnell wie möglich hinter mir lassen.

Ich blickte zu Boden, während wir weitergingen, und warf nur hin und wieder einen Blick nach vorn, sah aber in keine der Seitenfenster mehr hinein. Ich konnte den Anblick dieser Tische nicht ertragen und wollte mir nicht vorstellen, wie ich selbst oder sogar Menschen, die mir wichtig waren, darauf liegen könnten. Wenn ich die Tische noch einmal sah, würde mir das Blut in den Adern gefrieren und man könnte mir ansehen, was ich fühlte. Dann könnte Gerome Verdacht schöpfen, dass meine Neun nicht so echt war, wie er geglaubt hatte.

Die Tür am Ende des Ganges wurde von roten Lichtern beleuchtet und Gerome blieb vor ihr stehen.

»Ritterkommandant Gerome Nobilis«, meldete er sich.

Es piepte mehrfach aus einer unsichtbaren Maschine, bevor sich die Lichter eines nach dem anderen auf grün färbten und die Tür sich aufschob.

»Willkommen, Ritterkommandant Nobilis«, sagte eine Stimme. Ich runzelte die Stirn, als ich merkte, dass es dieselbe knappe, herrscherlich klingende Stimme war, mit der Scipio sprach. Wenn die Maschine Scipios Stimme benutzte, bedeutete das, dass sie mit Scipio in einem Netzwerk verbunden war? Aber das dürfte gar nicht möglich sein. Es war gegen die abteilungsübergreifenden Regeln, damit keine Abteilung eine andere beeinflussen konnte. Ich musste mich verhört haben, nahm mir aber trotzdem vor, später mit Alex darüber zu sprechen.

Die Tür öffnete sich und Gerome ging weiter. Ich folgte dicht hinter ihm, eifrig, diesen Gang hinter mir zu lassen. Dieser Raum war hoffentlich besser.

Doch meine Hoffnung erlosch sofort, als ich mich umsah. Der Raum war in zwei Bereiche unterteilt: Eine Beobachtungskammer auf einer Seite, unserer Seite, und eine Zelle auf der anderen Seite. Sie wurde durch eine dicke Glasscheibe von uns abgetrennt. Auf unserer Seite gab es links eine Tür, die wahrscheinlich in die Zelle hineinführte. In der Zelle kauerte eine Frau in einer Ecke.

Sie war klein und dünn und ihre Arme und Beine waren ineinander verknotet wie Wurzeln, die nach Nahrung suchten, aber nur Luft fanden. Der schmutzige Anzug, den sie trug, war zerschlissen und so sehr mit Blut und Schmutz befleckt, dass man seine eigentliche Farbe nur schwer erkennen konnte. Sie strich mit den Händen schwach über die Wand und ich erkannte, dass sie mit ihrem eigenen Blut etwas an die Wand malte. Ihre Lippen bewegten sich, während sie das Blut verwischte, aber ich konnte nicht sagen, ob sie vor sich hinredete oder etwas sang – der Ton wurde nicht übertragen.

Aber ich sah deutlich die Eins auf ihrem Handgelenk und plötzlich hörte ich Greys Stimme wieder in meinem Kopf.

Die Ritter haben Roarks Frau getötet.

»Gerome?«, fragte ich leise. Ich musste die Ruhe bewahren. Ich durfte mich nicht verraten, aber ich musste wissen, was hier vor sich ging. »Was macht ihr mit ihr? Ist das Teil der Umstrukturierung?«

Doch Gerome schien mir nicht zuzuhören. Er starrte mit kaltem, ungnädigem Blick in die Zelle.

»Diese Leute«, sagte er und trat so dicht an die Scheibe, dass sie von seinem Atem beschlug. »Diese Einser. Sie sind wie eine Fäule für unseren Turm. Hast du jemals mit einem befreundeten Farmer darüber gesprochen, was eine Fäule mit einem Baum anrichtet, Lehrling Castell?«

Ich schüttelte den Kopf und trat an die Scheibe.

»Sie kriecht nach innen«, sagte Gerome. »Bis ins Zentrum. Bis der Zeitpunkt kommt, an dem der ganze Baum sterben würde, wenn man sie herausschneiden wollte.«

Die Frau weinte. Tränen liefen über ihre Wangen und hinterließen schmutzige Spuren. Sie hatte inzwischen begonnen, mit den Händen auf den Boden zu schlagen. Trommelte sie einen Rhythmus? Summte sie eine Melodie? Kein Laut drang durch das Glas und die Geräte, die normalerweise den Ton übertrugen, waren nicht eingeschaltet.

»Scipio hat das Rangsystem erfunden, um uns dabei zu helfen, die Dunkelheit in unserer Gesellschaft aufzuspüren«, sagte Gerome. Er sah die Frau völlig ruhig an. Ohne Mitleid. Ohne Empathie. Ohne Gefühle. Geromes Gesicht war steif und unerschrocken. »Er hat es erfunden, damit wir in Sicherheit sind. Damit wir stark sind. Vorher mussten wir Recht sprechen, nachdem Verbrechen begangen worden waren. Wir brauchten Beweise und waren vielen willkürlichen Faktoren ausgeliefert. Jetzt widerfährt uns Gerechtigkeit durch etwas, was größer ist als wir selbst.«

Ich hörte seine Worte kaum. Die Frau hatte inzwischen heftig zu zittern begonnen. Ich sah, dass die zerrissenen Fetzen, die sie trug, unter dem Dreck grau waren. Sie war also eine Mechanikerin. Ich blickte auf ihre langen Finger, von denen mindestens einer gebrochen war.

»Was hast du mit ihr vor?«, fragte ich.

Doch Gerome ignorierte meine Frage. »Dein Aufstieg ist beachtenswert«, sagte er mit echtem Stolz in der Stimme. »Mit deinen Fähigkeiten und deiner verbesserten Einstellung hast du die Gelegenheit, die Beste von uns allen zu werden. Deshalb haben wir beschlossen, dich frühzeitig einzuweihen, Liana. Dies ist der Grund, warum du hier bist. Warum wir alle hier sind.«

Ich sah zu ihm. »Was willst du mir zeigen, Gerome?«, fragte ich mit trockenem Mund. Meine Instinkte flehten mich an, mich umzudrehen und irgendwo zu verstecken. Aber ich durfte nicht auf sie hören. Ich musste herausfinden, was hier vor sich ging.

Die Frau zog nun ihre Knie an die Brust und ich sah lange Narben und Verbrennungen auf ihrer Haut. Was hatten sie mit ihr getan? Wie konnten sie einen anderen Menschen so behandeln und nichts dabei empfinden?

»Einser sind eine Bedrohung für den Turm, Liana«, sagte Gerome und sah mir nun endlich in die Augen. »Und wir müssen die Bedrohung beseitigen.«

Es klickte.

Ich wirbelte in Richtung des Geräuschs und sah, wie Gerome einen roten Knopf neben dem Sichtfenster drückte, ohne die Frau aus den Augen zu lassen.

»Sie sind eine Fäule«, sagte er. »Und solange die Fäule nicht ausgerottet ist, bringt sie den ganzen Baum in Gefahr.«

Ich sah wieder in die Zelle und merkte entsetzt, wie weißes Gas aus den Lüftungsschächten in der Decke in die Zelle strömte. Es kroch mit langen Armen wie lebendiger Rauch nach unten und züngelte nach der Frau. Sie riss den Mund auf, aber ich konnte ihre Schreie nicht hören. Sie rannte auf uns zu und presste ihre Hände gegen das Glas. Ich presste meine Hände ebenfalls dagegen und versuchte, nach ihr zu greifen, aber die dicke Glasscheibe trennte uns voneinander.

»Gerome!«, rief ich. »Was machst du da? Hör damit auf!«

Was machen wir *da?*

»Wir beschützen den Turm«, sagte er. Es lag kein Gefühl in seiner Stimme. Nicht ein Funken Menschlichkeit.

»Um jeden Preis.«

Die Augen der Frau waren nur wenige Zentimeter von meinen entfernt. Sie war panisch und krallte sich verzweifelt an die Glasscheibe. Ich sah, wie die Gaswolken um ihren Kopf wirbelten, sich an ihren Armen entlangschlängelten und ihre Taille umfassten. Ich musste das unterbrechen. Ich musste irgendetwas unternehmen. Ich war immerhin eine Neun. Zählte das etwas? Veränderte das nicht alles?

Ich wirbelte herum und wollte Gerome notfalls mit meinem Stromstock schlagen und sie befreien, doch in diesem Augenblick sackte sie zu Boden. Ihre Körper zuckte und verkrampfte sich kurz, aber dann wurde sie steifer, drückte den Rücken durch und ihre Glieder bebten kurz. Dünne Blutlinien liefen aus ihrer Nase, ihren Augen und Ohren, und als sie den Mund öffnete, trat roter Speichelschaum hervor.

Dann regte sie sich nicht mehr. Sie lag still da, die Augen weit aufgerissen. Sie starrten mich anklagend an.

Du hast zugelassen, dass mir das passiert, sagten sie. Ich konnte ihnen nichts entgegenhalten. Ich trat einen Schritt zurück und dann noch einen. Ich stand unter Schock und konnte meinen Blick nicht von ihrem reglosen Körper losreißen.

Gerome drückte auf einen anderen Knopf und das Gas wurde mit einem Brummen aus der Zelle gesaugt. Die Haare der Frau flatterten im Sog. Hinter mir traten zwei Ritter ein und sprachen leise miteinander. Sie öffneten die Tür, die den Beobachtungsraum von der Zelle trennte. Kurz darauf hatten sie pragmatisch und effizient den Leichnam hochgehoben und aus der Zelle geschafft.

Währenddessen hatte ich mich nicht einen Zentimeter gerührt und konnte kaum klar sehen. Eine eigenartige Taubheit breitete sich in meinen Knochen und Muskeln aus. Ich war mir ziemlich sicher, dass ich unter Schock stand, aber die Taubheit kam mir ganz gelegen. Ich musste Prim sein, weil ich nicht wusste, wie ich diese Scharade sonst noch länger aufrechterhalten konnte.

»Wie geht es dir?«

Ich sah zu Gerome auf, der mich ansah und mir zu meiner Überraschung väterlich eine Hand auf die Schulter legte. »Ich war ziemlich mitgenommen, als ich es zum ersten Mal mitangesehen habe«, sagte er, als ich nicht sofort antwortete. »Aber du musst das verstehen. Es ist so das Beste, Liana. Diese Frau hatte keinerlei Aussicht darauf, ihren Rang länger als für ein paar Tage anzuheben, und alle um sie herum sanken ebenfalls im Rang ab. Scipio hat uns eine Frist gesetzt und uns gesagt, was getan werden muss.« Er seufzte. »Das ist der einzige Weg, unseren Turm, den wir so sehr lieben, zu retten.«

Prim hätte jetzt sicher genickt, also nickte ich. Ich sah immer noch die roten Streifen an der Glasscheibe, die entstanden waren, als die Frau sich dagegen gepresst hatte, um irgendwie zu entkommen.

Ich wollte schreien, protestieren, um mich schlagen und heulen, aber Prim war dagegen. Geromes Hand wog schwer auf meiner Schulter und plötzlich hatte ich das Gefühl, seine Berührung nicht länger ertragen zu können. Abscheu staute sich in mir an. Prim brachte mich dazu, einen

Schritt von ihm fortzutreten, näher zum Glas hin. Ich hasste sie dafür, auch wenn dieser Zug mich in Sicherheit gebracht hatte.

»Du kümmerst dich um den nächsten«, sagte er, als ich immer noch schwieg.

Seine Worte durchbohrten mich und ich spürte, wie meine Knie weich wurden. Selbst Prim konnte nicht verhindern, dass mir bittere Galle in den Hals stieg, aber sie brachte mich dazu, sie wieder herunterzuschlucken und langsame, tiefe Atemzüge zu machen. Sie klangen zittrig, aber sie waren nicht panisch.

Gerome beobachtete mich aufmerksam.

»Es das erste Mal mitanzusehen ist nicht annähernd so schwer, wie es das erste Mal selbst zu tun«, warnte er mich, während er auf einen dritten Knopf drückte, woraufhin ein gruselig angenehmer Glockenton erklang. »Es ist nie leicht, das Richtige zu tun, aber es wird mit der Zeit einfacher. Das verspreche ich.«

Die Tür auf der Hinterseite der Zelle öffnete sich und eine dunkle Kammer wurde sichtbar. Eine Gestalt wurde aus ihr hinaus in die Zelle gestoßen. Auf dem Handgelenk des Mannes leuchtete hell eine Eins. Als er stehenblieb und den Blick senkte, setzte mein Herz einen Schlag lang aus und die Welt um mich herum stürzte ein.

»Es ist nur ein Knopfdruck«, sagte Gerome. »Und sie empfinden keinen Schmerz.«

In der Zelle stand der Gefangene und sah sich mit seinen braunen Augen um. Seine Kleidung war genauso, wie ich sie in Erinnerung hatte. Es war auch erst ein Tag vergangen, seit ich mit ihm gesprochen hatte. Seine Hände waren zu Fäusten geballt und eine lange, blutende Schnittwunde zog sich über seine Brust.

»Nur ein Knopfdruck und der Turm ist in Sicherheit.«

Grey drehte sich in der Zelle um und obwohl ich wusste, dass er mich nicht sehen konnte, hatte ich das Gefühl, dass er mir direkt in die Augen sah.

Die Ritter haben Roarks Frau getötet, hörte ich seine Stimme in meinem Kopf. Und nun sollte ein Ritter Grey töten.

14

»Liana, der Knopf?«

Prims und meine Augen schossen zu Gerome hinüber, hinter dessen Schulter sich der große, rote, leuchtende

Knopf befand. Ich spürte, wie Prim es tatsächlich in Erwägung zog. Ihr Pragmatismus machte sie kalt und unnachgiebig. Aber ich gewann wieder die Oberhand und ich war sicher nicht bereit, eine solche Gräueltat zu begehen – ganz egal, ob ich nun unter dem Einfluss von Medikamenten stand oder nicht.

»Liana?«

Ich musste auf Zeit spielen und einen Weg finden, um ihn hier herauszuholen und in Sicherheit zu bringen. Es war egal, ob Grey oder jemand anderes vor mir stand; ich durfte nicht zulassen, dass das passierte. Ich konnte ihn nicht töten. Mein Herz raste wild, aber mir fiel einfach nichts ein. Immer wieder sprangen meine Gedanken zu den Augen der Frau zurück und ich stellte mir vor, Greys Augen ihrer statt zu sehen. Oder Zoes. Oder Erics. Die Augen von Alex oder meinen Eltern. Oder meine eigenen.

Ich stellte mir das Gefühl der Hilflosigkeit vor, das man in dieser Zelle eingesperrt empfand, wie machtlos und erschöpft ich mich von der brutalen Behandlung, die ich hinter mir hätte, fühlen würde, damit mir nun mein

Leben geraubt würde. Das einzige Verbrechen, das man begangen hatte: man hatte dabei versagt, sich anzupassen.

»Liana.«

»Ich kann nicht«, platzte ich ehrlich heraus, weil mir einfach nichts anderes einfiel.

Gerome sah mich mit kalten, ausdruckslosen Augen an. »Du kannst es nicht?«

Ich schüttelte den Kopf und zwang mich, nicht zu Grey zu sehen. Ich war mir ziemlich sicher, dass das Glas nur von unserer Seite aus durchsichtig war, aber ich wollte kein Risiko eingehen. Wenn das Glas auch von seiner Seite durchsichtig war, konnte ich nur hoffen, dass er sich nicht anmerken ließ, dass wir uns kannten – andernfalls würde ich ihn nie hier rausholen können.

Gerome atmete tief durch und lächelte schließlich. »Das ist in Ordnung«, sagte er. »Ich war beim ersten Mal auch zögerlich und das aus gutem Grund. Es ist schwer, ein Leben zu nehmen, und das sollte es auch sein. Wenn es leicht wäre, wüssten wir, dass wir nicht das Richtige tun. Ich bin mir sicher, dass du das bald verstehen wirst. Du wirst sehen, dass wir diese Opfer zum Wohle des Turmes erbringen.«

Nein, das werde ich sicher nicht verstehen, dachte ich und spürte, wie meine Überzeugung nur noch stärker wurde.

»Für den Augenblick werden wir die Sache auf sich beruhen lassen«, sagte Gerome.

Ich verspürte zunächst Erleichterung, verstand dann aber, was das bedeutete. Wenn ich Grey nicht tötete, würde er es dann tun?

»Sir? Was wird mit ihm geschehen? Wird er wieder zurück in die Umstrukturierung gebracht?«

Ich war mir nicht sicher, was mich zu dieser Frage getrieben hatte, aber sie war mir schon entwischt und ich wollte unbedingt erfahren, was nun geschehen würde. Die Zellen hier unten waren schließlich angeblich genau dafür gedacht: um die Verdorbensten zu rehabilitieren, wenn dies denn möglich war. Außerdem hatte ich Grey doch gestern erst gesehen. Das bedeutete, dass sie ihn in der Zwischenzeit gefangen genommen hatten und er sah nicht so aus, als ob sie ihn schon ähnlich behandelt hatten wie die Frau. Noch nicht.

»Die Umstrukturierung funktioniert nur selten«, sagte Gerome.

»Die Erfolgsquote liegt bei sechs Prozent und selbst dann … Lass es mich so ausdrücken: Das hier ist sehr viel menschlicher. Wir versuchen eine Umstrukturierung eine Woche lang, um den Menschen eine letzte Chance zu geben, aber oft ist es sehr viel leichter, sie hierherzubringen und die Sache zu beenden. Manchmal ist Scipio damit einverstanden. Dieser Mann hier zum Beispiel hat die Umstrukturierung auf Scipios Befehl hin übersprungen. Du bist dazu bestimmt, ihn zu töten, Liana. Ich kann dir ein wenig Zeit geben, um dich mit deiner Aufgabe anzufreunden, aber ich kann ihn dir nur eine Woche lang aufheben. Danach ist seine Besucherfrist hier unten abgelaufen.«

Er lächelte über seinen eigenen Scherz und mir wurde übel, als ich hörte, wie beiläufig er über diese Dinge

Witze machte. Ich musste mich wirklich sehr zusammenreißen.

Doch ein Blick auf Grey half mir, mich zu beruhigen, auch wenn ich es erst nicht glauben wollte. Ich hatte ihm Zeit verschafft und zwar nicht gerade wenig. Nun musste ich mir nur noch einfallen lassen, wie ich ihn hier rausholen konnte.

Er setzte sich auf den Boden und starrte frustriert zur Decke hinauf. Er gab keinerlei Hinweis darauf, dass er mich gesehen hatte, und bestätigte damit meinen Verdacht, dass das Glas nur von unserer Seite aus durchsichtig war. Wut überkam mich, als mir klar wurde, dass die Ritter nicht nur Menschen ermordeten, sondern dass sie es obendrein auch noch wie Feiglinge taten. Doch ich schob das Gefühl schnell beiseite. Wut half im Augenblick weder mir noch Grey. Das Glas war auf seiner Seite undurchsichtig und das war gut so. Ich war mir nur noch nicht sicher, wie ich es zu meinem Vorteil nutzen konnte.

Ich dachte an Grey und fragte mich, ob er wohl wusste, dass hinter den Lüftungsschächten Giftgas auf ihn wartete. Dann dachte ich wieder daran, wie ich ihn retten konnte.

Du bist dazu bestimmt, ihn zu töten.

Die Worte hallten in meinem Kopf wider, bis sie alle anderen Geräusche übertönten.

Ich konnte mich nicht an unseren Weg zum Aufzug erinnern und auch nicht daran, wie ich in meinem Stockwerk ausgestiegen und nach Hause gegangen war. Ich erinnerte mich nicht daran, wie ich meine Uniform ausgezogen und sie zu einem Bündel zusammengerollt und in die Ecke geworfen hatte. Ich erinnerte mich nur an dieses kalte Gefühl, so als ob mir eine Eisnadel ins Herz gestochen worden wäre und der Frost sich nun in meinen Körper fraß und damit drohte, mich in einen Eisblock erstarren zu lassen.

Ich kam in meinem Bett wieder zu mir. Die Decke hatte ich mir bis über den Kopf gezogen und meine Knie waren an meine Brust gepresst. Die Wirklichkeit war noch da. Ich hatte sie keineswegs vergessen, aber es war mir gelungen, das Eis, das mich beinahe hätte erfrieren lassen, zurückzudrängen und ein wenig die Kontrolle über mich zurückzuerlangen.

»Kontaktiere Alex Castell, IT47-4B«, sagte ich laut und tippte mit meinem Finger auf die Anzeige, die zu vibrieren begann. Es war gefährlich, auf diesem Weg Kontakt mit ihm aufzunehmen, aber ich musste darauf vertrauen, dass Alex unser Gespräch sofort löschte, wenn wir es beendeten. Das hatte er letztes Mal, als er das Problem mit Scipio angesprochen hatte, bestimmt auch getan. Und er würde es wieder tun.

Mein Netz summte und dann informierte mich die Computerstimme, dass er nicht erreichbar war. Ärger stieg in mir auf. Er konnte einfach so meine Anzeige überspringen, um den Anruf selbst zu verbinden, aber ich konnte das nicht, weshalb er meinen Anruf annehmen oder ablehnen konnte. Beinahe hätte ich es noch einmal versucht, aber ich tat es dann doch nicht, weil ich fürchtete, damit zu viel Aufmerksamkeit auf mich zu ziehen. Ich legte auf und fuhr mir mit der Hand übers Gesicht, während ich mir überlegte, wie ich Alex erreichen konnte, ohne dabei Aufmerksamkeit zu erregen.

Es klopfte leise an der Tür und mein Herzschlag beschleunigte sich sofort. *Gerome hat seine Meinung geändert und wird mich doch dazu bringen, es heute zu tun*, dachte ich zitternd und wich auf meinem Bett von der Tür zurück.

»Liana?«, drang die gedämpfte Stimme meiner Mutter durch die Tür. Ich war erleichtert, sie zu hören. *Sie wird wissen, was zu tun ist.*

Also stand ich auf und ging zur Tür. Beinahe hätte ich sie sofort aufgerissen, aber dann wurde ich misstrauisch. Ich konnte es nicht erklären, aber etwas hielt mich zurück und sagte mir, erst einmal abzuwarten, was meine Mutter von mir wollte, bevor ich ihr erzählte, was ich heute mitangesehen hatte.

Ich drückte auf den Knopf und die Tür öffnete sich. Vor mir standen meine Eltern mit erwartungsvollen Gesichtern. Sofort war ich noch mehr auf der Hut.

»Habt ihr beide heute keinen Dienst?«, fragte ich verwundert.

Sie sahen sich erst an und lächelten dann in meine Richtung.

»Gerome hat uns erzählt, dass du heute deine erste Ausweisung durchgeführt hast«, sagte meine Mutter und ich erblasse.

»Wir wollten für dich da sein, wenn du nach Hause kommst, aber du warst scheinbar schneller als wir«, sagte mein Vater mit leiser Stimme. Er trat einen Schritt vor, behutsam, aber sein Blick war unverkennbar begeistert.

»Wie ist es gelaufen?«

Ich starrte sie an und war zu entsetzt, um etwas zu sagen. Sie *wussten* es. Sie *taten* es auch.

»Mit Gerome«, fügte mein Vater mit geneigtem Kopf hinzu. »Oder habe ich mich im Datum vertan?«

»Nein, Schatz«, sagte meine Mutter. »Es war heute. Gerome hat mir eine Bestätigung geschickt.« Dann wandte sie sich wieder mir zu. »Ist etwas dazwischengekommen?«

»Nein.« Dieses Wort war leicht zu sagen, weil mein ganzes Inneres Nein schrie. Je mehr ich darüber nachdachte, desto bitterer wurde meine Gewissheit. Natürlich hatten sie es gewusst. Natürlich hatten sie es selbst getan. Sie waren Ritterkommandanten und Gerome vom Rang her ebenbürtig, auch wenn mein Vater ihn ausgebildet hatte. Sie hatten es schon immer gewusst. Warum wären sie sonst so erpicht darauf gewesen, mich in die Medica zu bringen? Sie hatten gewusst, welches Schicksal mir bevorstand, wenn ich meinen Rang nicht anhob. Das wäre mir passiert, wenn ich Grey nicht begegnet wäre und er mir die Tabletten gegeben hätte. Und nun würde er sterben und man erwartete von mir, dass ich ihn tötete.

»Ich habe es nicht getan«, sagte ich schließlich und funkelte die beiden herausfordernd an.

Meine Mutter erschrak, als sie meinen provozierenden Blick sah, aber mein Vater nickte mitfühlend. »Gerome hatte beim ersten Mal auch Schwierigkeiten«, sagte er. »Er ist ein mitfühlender Mann, genauso wie du ein mitfühlendes junges Mädchen bist. Glaub mir, Liebes, nach diesem einen Mal wirst du es nie wieder tun müssen, wenn du nicht willst.«

»Das muss ich nicht?«, fragte ich. »Was ist, wenn ich niemanden auch nur ein einziges Mal verletzen will? Das, das ist falsch.«

»Nein, es ist, wie Scipio es befohlen hat.«

»Es ist Mord«, fauchte ich und erhielt dafür eine schallende Ohrfeige von meiner Mutter. Und das war noch nicht alles.

»Ich schäme mich für dich«, sagte sie. »Du hast keine Ahnung von all den Tragödien, die der Turm erlitten hat, weil ein Einser sich vorgenommen hatte, ihn zu zerstören. Die schwarze Lunge, ein Virus, das in den ersten fünfzig Jahren des Turms entstanden ist, hat die Hälfte der Bevölkerung dahingerafft, hauptsächlich Kinder. Eine Eins hat das Virus entwickelt. Glaubst du nicht, dass wir alle schockiert waren, als Scipio seine Entscheidung getroffen hat, diesen Schritt zu gehen? Dass ich nicht entsetzt war? Aber so sind die Dinge nun einmal. So sind wir. Wir dienen dem Turm und beschützen ihn um jeden Preis.«

Ich starrte sie einen Augenblick lang an, bevor ich zu Boden sah. Sie musste meine Geste als Zeichen der Einsicht interpretiert haben, aber in Wirklichkeit konnte ich sie einfach deshalb nicht länger ansehen, weil sie mir wie ein Monster vorkam.

»Es tut mir leid, dass ich dich geschlagen habe, Liana«, sagte meine Mutter nach kurzem Schweigen und seufzte leise. »Ich weiß, dass das nicht leicht für dich ist, aber es ist das, was du tun musst, um den Rittern beizutreten und deine Pflicht Scipio gegenüber zu erfüllen. Er vertraut darauf, dass du es tun kannst, also nimm dir die Zeit, die du brauchst, und dann erledige deine Aufgabe. Wenn du es nicht tun kannst, dann wird es in der Zitadelle kein Zuhause mehr für dich geben und wir werden dir nicht mehr helfen können, sobald du in eine andere Abteilung ziehst. Verstehst du das?«

Ich sah nur kurz zu ihr auf, um zu nicken, und drückte dann auf den Knopf, der meine Tür wieder verschloss. Ich hörte, wie meine Eltern leise miteinander sprachen und sich dann von meinem Zimmer entfernten. Ich schaltete die Magnetverriegelung meiner Tür ein.

Ich ging zu meinem Bett hinüber und setzte mich im Schneidersitz. Dann überlegte ich, was ich tun konnte. Alex war nicht erreichbar, also musste ich allein einen Weg finden, um Grey zu befreien.

Er würde nur verschont bleiben, wenn sein Rang stieg. Ich blickte auf das Tablettenfläschchen, das er mir gegeben hatte. Wenn ich eine der Tabletten ins Gefängnis schmuggeln könnte, dann ...

Aber ich verwarf diese Idee sofort. Sein Rang würde unter den gegebenen Umständen niemals so hoch steigen.

Es wäre völlig unglaubwürdig und sie würden ihn dennoch töten wollen.

Das bedeutete, dass ich einen weiteren Ausflug nach Koggestadt unternehmen musste, um mit Roark zu sprechen. Ich bezweifelte zwar, dass der alte Mann mich wiedersehen wollte, aber ich war mir sicher, dass ich es ohne seine Hilfe nicht schaffen würde. Und um zu ihm zu gelangen, brauchte ich Zoes Unterstützung.

Das bedeutete, dass ich ihr alles erzählen musste.

Ich seufzte, drehte mich zum Fenster und sah nach draußen, aber ich sah nur die aufgerissenen Augen der Frau vor mir. Ich stemmte meine Hände gegen die Scheiben und im selben Augenblick begann meine Neun zu flackern und ... verschwand. Stattdessen leuchtete eine Eins auf meinem Handgelenk, rot und wütend. Ich brauchte einen Augenblick, um zu verstehen, was nun passieren würde. Dann schnappte ich mir das Fläschchen, kippte mehrere Tabletten in meine Hand, warf mir eine in den Mund und schluckte sie ohne Wasser herunter, während ich auf mein Handgelenk starrte.

»Komm schon«, raunte ich. »Bevor der Alarm ausgelöst wird. Komm schon, komm schon!«

Die Eins flackerte und wurde wieder zu einer Neun. Gut. Sobald das Medikament einmal im Körper gewesen war, wirkte es scheinbar schneller.

Ich atmete erleichtert auf. Für den Moment war ich in Sicherheit. Aber Grey hatte diese Tabletten schließlich auch gehabt und war dennoch geschnappt worden. Wenn ich ihn befreien wollte, brauchte ich Roarks Unterstützung, in mehrerer Hinsicht.

Ich stand auf, obwohl mir klar war, dass es schon spät war, und zog mich an. Heute Abend war nicht der richtige

Zeitpunkt, um mich zu bemitleiden. Heute Abend war der Zeitpunkt gekommen, um etwas dagegen zu unternehmen.

15

Ich beschloss schließlich auf halber Strecke, Zoe doch nicht einzuweihen. Je näher ich ihrer Wohnung kam, desto schwerer atmete ich und stellte mir plötzlich vor, wie sie auf der anderen Seite der Glasscheibe stünde, Bilder aus Blut malte und eine Melodie vor sich hin summte, die niemand hören konnte. Das durfte ich nicht riskieren. Ich durfte sie nicht in Gefahr bringen.

Also schlug ich vor ihrer Wohnung einen Haken und entschied mich für etwas Gefährlicheres. Ich entschied mich für die Rutsche. Die erste Regel für die Rutsche lautete, dass man in keinem ihrer Abschnitte sicher war. Aber der Teil, der nach Koggestadt hinabführte, war besonders gefährlich. Die meisten Ritter machten sich erst gar nicht die Mühe, diesen Abschnitt auszuprobieren, sondern entschieden sich für die Aufzüge, die einen in die Empfangshalle vor Koggestadt brachten.

Die Rutsche zu nehmen erforderte schnelles Denken, Einfallsreichtum und praktisch perfektes Timing. Eine falsche Bewegung und mein Körper würde von Industriekabeln zerschnitten werden oder Schlimmeres. Der Grund, warum es so gefährlich war, bestand in den ständigen Veränderungen, die durch Reparaturen verursacht wurden. Die innere Struktur wurde umgebaut, wieder restauriert und dann erneut verändert. Sie blieb nie gleich, seit über hundert Jahren schon. Infolgedessen steckte die Rutsche voller Hindernisse. Ritter hatten über die Jahre zwar die Beschriftungen innerhalb der Rutsche aktualisiert, neue Zeichen hinzugefügt und hinfällige übermalt, aber jedes Mal, wenn ein Ritter in den Koggestadt-Abschnitt der Rutsche sprang, war ihm bewusst, dass sich etwas verändert haben konnte, seit das letzte Mal jemand in den Abgrund gesprungen war. Ich musste also unglaublich vorsichtig sein.

Ich stand am Rand der Rutsche und blickte nach unten. Von hier aus sah ich die Stellen, die beleuchtet waren und mir einen sicheren Weg andeuteten.

Ich ging auf Nummer sicher, warf mein Kabel an die gegenüberliegende Wand und seilte mich langsam ab, während sich meine Augen an die Dunkelheit gewöhnten. Während ich hinabstieg, justierte ich meine Position etwas aus und hielt wachsam Ausschau nach unbekannten Hindernissen, während ich mich durch den Metalldschungel schlug, der in alle Richtungen zu wuchern schien.

Es dauerte eine Weile, bevor ich mich sicherer fühlte und mir erlaubte, schneller zu werden und den Markierungen mehr zu vertrauen. Ich achtete auf die Markierungen, die eine Öffnung zurück in den Turmkern anzeigten, und entdeckte schließlich eine kleine orangene Ausgangsmarkierung. Ich landete in der Tür direkt unter ihr.

Sobald ich wieder festen Boden unter den Füßen hatte, ging ich den Gang entlang, der in den nun stillen Markt im Stadtzentrum führte. Es war dunkel, weil die Lichter die Nacht imitierten, und die einzige Beleuchtung kam von Lampen an hohen Pfosten, die sich planlos über die Markstraßen verstreuten. Ich brauchte einen Augenblick, um mich zu orientieren, aber sobald ich die Richtung bestimmt hatte, in der Roarks Wohnung lag, setzte ich mich in Bewegung und huschte durch die verlassenen Straßen.

Ich hielt den Kopf gesenkt und schob meine Hände in die Taschen, während ich mich bemühte, möglichst unbemerkt zu bleiben. Das Adrenalin rauschte inzwischen durch mein Blut und jeder Schatten und jede Bewegung versetzten mich in Angst und Schrecken. Zwar wusste ich, dass Scipio meine genauen Gedanken nicht lesen konnte, aber wie war es möglich, dass er die hohe Konzentration von negativen Gedanken nicht bemerkte, die nicht zu meinem aktuellen Rang passten? Was würde geschehen, wenn ihm dieser Widerspruch auffiel?

Als mir klar wurde, dass die Seher bemerkt haben mussten, dass etwas nicht stimmte, blieb mein Herz fast stehen. Ihnen war der Riesensprung von einer Eins auf eine Neun aufgefallen. So war Grey geschnappt worden. Es würde nicht mehr lange dauern, bevor sie mir ebenfalls auf die Schliche kamen. Vielleicht hatte Alex meinen Anruf deshalb nicht angenommen – ihm war aufgefallen, dass mein Rang den gleichen Riesensprung vollzogen hatte, und nun war er wütend auf mich. Oder er deckte mich. Oder er war geschnappt worden. Bei diesem Gedanken blieb ich abrupt stehen und musste den Impuls unterdrücken, ihn noch einmal anzurufen.

Ich brauchte eine Weile, um mich wieder zu fangen, aber es gelang mir schließlich. Die Logik, die ich dazu einsetzte, war grausam, aber auch sehr wahr: Ich konnte diese Dinge nicht steuern. Wenn die Seher mich verfolgen wollten, dann würden sie es tun. Solange ich keine genaueren Informationen hatte, war ich einfach nur paranoid und das war in dieser Lage kontraproduktiv. Ich musste zu Roark gelangen, damit er mir mit Grey half.

Das beruhigte meine Angst ein wenig und ich setzte mich wieder in Bewegung. Ich war entschlossen, diese Sache durchzuziehen, selbst wenn es bedeutete, gegen mich anzukämpfen. Ich fand die Leiter, die nach oben führte, und beschloss, mich mithilfe der Kabelpeitschen zum dritten Stock hinaufzubefördern. Dann lief ich eilig den Gang entlang. Meine Erinnerungen an gestern waren noch zu frisch und Greys Geist schien hier überall spürbar.

Ich klopfte und schob den morbiden Gedanken beiseite. Grey war nicht tot. Noch nicht. Und er würde auch nicht sterben, wenn ich etwas dagegen unternehmen konnte.

Stille folgte auf mein Klopfen, bis ich mir sicher war, dass Roark nicht hier war. Da rief eine Stimme: »Wer ist da?«

»Ri ... Liana Castell«, rief ich. Ich brachte meine Berufsbezeichnung nicht über die Lippen. Sie blieb in meinem Hals stecken, schwer und widerlich. Ich wollte nichts mehr mit den Rittern zu tun haben, jetzt wo ich wusste, was sie den Menschen antaten. »Ich muss mit Ihnen sprechen.«

Von der anderen Türseite her erklang ein leiser Fluch.

»Ich dachte, dass ich dir klargemacht hätte, dass es mich nicht interessiert, was du mir zu sagen hast«, fauchte Roark, nun näher an der Tür.

»Grey steckt in Schwierigkeiten«, sagte ich matt.

Es folgte eine weitere Pause, dann klickte es und die Tür öffnete sich.

»Wo ist er?«, fragte Roark, der nun im Türspalt auftauchte, und ich blinzelte. Seine Haare waren ungekämmt und zerzaust und er schien sich heute nicht rasiert zu haben. Dunkle Ringe lagen unter seinen Augen und er wirkte nervös und aufgekratzt.

»Er ist auf eine Eins abgesunken und verhaftet worden«, sagte ich, ohne dem Mann in die Augen schauen zu können.

Er kniff die Augen zusammen. »Was? Wie? Grey ist eine Neun.«

»Wir wissen beide, dass das nicht ganz stimmt«, sagte ich leise und zog das Fläschchen aus meiner Tasche, sodass er es sehen konnte. Er riss die Augen auf, packte mich und zerrte mich nach drinnen. Dort stieß er mich gegen die Wand und drückte mir seinen Arm in einer überraschend kräftigen Bewegung gegen die Brust.

»Wo hast du das her und bist du allein hier?«, zischte er und warf einen schnellen Blick nach draußen. »Und was hast du mit Grey getan?«

Ich rang nach Luft. Sein Arm drückte mir auf den Brustkorb und machte es mir schwer, zu atmen. Ich sah ihn an.

»Ich bin ... allein ... Grey ist ... am Leben ... Noch.«

Roark blinzelte, ließ dann schnell von mir ab und zog die Augenbrauen zusammen. »Es stehen also keine anderen Ritter bereit, um mein Haus zu stürmen?«

»Nein«, sagte ich und rieb mir mit der flachen Hand das Brustbein. »Außerdem wären sie hinter mir genauso her wie hinter Ihnen.« Ich hielt mein Handgelenk hoch und zeigte ihm die strahlende Neun. Er warf einen bösen Blick darauf, bevor er die Tür schloss.

»Warum bist du hier?«, fragte er.

»Ich brauche Ihre Hilfe. Ich will Grey retten.«

Der alte Mann musterte mich und nickte dann. »Komm rein«, brummte er, »und sag mir, was du über Grey weißt.«

»Ich bin hier, um zu sehen, ob Sie mir helfen können, ihn zu retten«, sagte ich. »Aber ich habe selbst auch ein paar Fragen.«

Roark ignorierte meinen Kommentar und ging einfach weiter, während ich meine Kleidung glattstrich und mir durchs Haar fuhr. Dann folgte ich ihm. Roark zog bereits ein Set von Teströhrchen aus einem kleinen Kühlschrank mit ultraviolettem Licht. Das Weiße in seinen Augen verfärbte sich in dem Licht kurz, als er ein zweites Set hervorzog, und ließ ihn gruselig aussehen.

Dann richtete er sich wieder auf, schloss den Kühlschrank mit einem vorsichtigen Fußtritt und stellte die beiden Tabletts auf den Tisch, bevor er wieder zu mir aufsah. »Wie bist du an das Fläschchen gekommen?«

»Wenn ich Ihnen davon und von Grey erzähle, werden Sie mir meine Fragen beantworten?«

Roark starrte mich kurz an und nickte. »Ja.«

»Grey hat sie mir gegeben«, sagte ich und stellte das Fläschchen auf dem Tisch ab. »Gestern.«

Sein Blick fiel kurz auf die Tabletten und kehrte dann zu mir zurück. Er wartete. Ich verstand, dass er darauf wartete, dass ich ihm nun alles erzählte, was ich wusste.

»Ich habe heute eine Frau sterben sehen«, sagte ich. Die Worte sprudelten plötzlich nur so aus mir hervor. Roark blinzelte und beugte sich etwas vor. Ich sah ihn kurz an, bevor mein Blick wieder ins Leere ging. »Mein Mentor hat sie getötet. So als ob sie nichts wäre. Als ob sie keinen Wert hätte.« Ich stockte und atmete tief durch.

»Nachdem ihre Leiche fortgeschafft worden war, wurde Grey in die Zelle gebracht. Mein Mentor hat mich angewiesen, ihn zu töten, aber ich habe mich geweigert. Sie geben mir eine Woche Zeit, um meine Meinung zu ändern und zu gehorchen.«

Roarks Gesichtsausdruck änderte sich. Ein brodelnder, ungezügelter Hass lag in seinem Blick und ich fürchtete, dass er mich nur durch die Kraft dieses Blickes explodieren lassen könnte. Ich wich zurück. Er setzte sich so schnell in Bewegung, dass ich erschrak, und ich verstand erst nach einem Augenblick, dass er auf zwei Stühle zuging, die an der Wand standen. Auf ihnen stapelten sich Kisten, aufgerollte Karten, Papiere und jede Menge Kram. Er begann, die Stühle freizuräumen und warf mir einen scharfen Blick zu. Das war wohl die unhöflichste Einladung, Platz zu nehmen, die ich jemals erhalten hatte, aber ich trat zu Roark und begann, ihm zu helfen. Kurz darauf saßen wir beide auf den Stühlen.

»Erzähl mir die Einzelheiten«, sagte er mit zusammengepressten Zähnen und ich erzählte alles, so genau ich konnte, vor allem die Symptome der Frau. Er stellte darüber die meisten Fragen, aber ich konnte viele von ihnen nicht beantworten. Ich hatte mir ihre Fingernägel und ihre Zehen nicht eingeprägt und keine schwarzen Adern bemerkt.

Danach schwiegen wir lange Zeit, so lange, dass er mir eine Tasse Tee zubereitete und ich mich wieder etwas sammeln konnte. Dann setzte er sich wieder und räusperte sich.

»Du wolltest mir Fragen stellen?«, erinnerte er mich und ich nickte.

»Wie konnte Grey geschnappt werden?«, fragte ich. »Muss ich mir meinetwegen Sorgen machen?«

Roark schnaubte anerkennend und beugte sich vor. »Du stellst kluge Fragen, Mädchen. Der einzige Haken an klugen Fragen ist, dass sie zu gefährlichen Antworten führen.«

»Ich bin hier, um Sie um Ihre Hilfe zu bitten, um jemanden aus der Zitadelle zu befreien«, antwortete ich. »Es ist nicht so, als ob mein Leben nicht schon gefährlich wäre.«

»Auch wieder wahr. Was deine Frage angeht: Ja. Ich denke, dass du dir Sorgen machen solltest. Greys Begegnung mit euch letzte Woche hat mir etwas bestätigt, was ich schon lange vermutet habe: Der Körper baut im Laufe der Zeit eine Resistenz gegen das Medikament auf. Es wird nicht lange dauern, bis es dazu kommt, wenn du die Tabletten täglich nimmst. Am selben Tag, an dem du hier aufgetaucht bist, habe ich Grey eine frische Flasche mit Tabletten gegeben, damit er auf jeden Fall genug Reserve hat. Das war die einzige Flasche, die ich ihm an diesem Tag gegeben habe.«

Er warf mir einen weiteren eindringlichen Blick zu und mir wurde noch flauer im Magen, als ich verstand, was er sagte. Ich erinnerte mich daran, wie Grey gesagt hatte, dass er Roark meine Flasche entwendet hatte. Ich war davon ausgegangen, dass er sich so auch seine eigenen Tabletten besorgte. Hatte er es nicht geschafft? War ihm die Zeit ausgegangen oder hatte er sich verschätzt? Die Flasche in meiner Hand fühlte sich plötzlich schwer wie Stein an.

»Ich habe ihn nicht gebeten, mir seine Tabletten zu geben«, sagte ich abwehrend. »Aber er wusste, dass ich verzweifelt war, und hatte Mitleid mit mir. Wenn er mir nicht geholfen hätte, dann wären wir jetzt nicht hier!«

»Das hilft uns auch nicht weiter«, schimpfte er und ich verstummte. Ich hatte zwar recht, aber was er sagte, stimmte ebenfalls. Nichts davon nutzte uns jetzt etwas. »Hast du noch mehr Fragen?«

»Später vielleicht«, sagte ich, weil ich immer noch erschrocken darüber war, dass Grey meinetwegen geschnappt worden war.

»Dann erlaube mir, dass ich dir ein paar Fragen stelle. Was bedeutet dir Grey?«

Ich wandte den Blick ab, nicht weil ich Angst hatte, sie zu beantworten, sondern weil sie mich verwirrte. »Wie meinen Sie das?«

»Ich meine, warum tust du das hier?«

Ich schüttelte den Kopf und runzelte die Stirn. »Das ist ein Scherz, oder? Sie töten dort oben Leute! Ich würde etwas dagegen unternehmen wollen, ganz egal, um wen es geht!«

Roark legte den Kopf schräg und kniff seine Augen musternd zusammen, so als ob er gerade etwas Neues und Interessantes über mich erfahren hätte, womit er nicht gerechnet hatte. Aber das war mir egal. Ich bebte inzwischen vor Ungeduld. Ich hatte angenommen, dass Roarks Wunsch, mir bei Greys Rettung behilflich zu sein, stärker wäre. Stattdessen spielten wir hier ‚Zwanzig Fragen zu meinen Beweggründen'? Er sollte sich erst einmal selbst unter die Lupe nehmen, bevor er begann, mich abzuurteilen.

»Du willst also auch versuchen, die anderen zu retten?«, fragte er.

Ich zögerte. Darüber hatte ich während meines Sprungs durch die Rutsche nachgedacht, aber ich hatte schließlich die traurige Wahrheit erkannt, nämlich, dass ich das Stockwerk wahrscheinlich nicht einmal betreten konnte, ohne dass ein anderer Ritter mich begleitete, und ich wusste nicht, wie das Gefängnis ausgelegt war.

»Nein«, gab ich zu. »Grey ist der Einzige, zu dem ich Zugang habe, was bedeutet, dass er der Einzige ist, den ich retten kann. Aber nur, weil ich ihn kenne, heißt das nicht, dass ich ihm deshalb eine bevorzugte Behandlung geben will. Das ist einfach nur die einzige Gelegenheit, die ich habe.«

»Er hat mir erzählt, dass er dich geküsst hat«, sagte Roark leise. »Bist du dir sicher, dass das alles nicht nur irgendeine emotionale Romanze ist?«

Ich wurde rot vor Wut und sprang auf. »Warum zum Teufel fragen Sie mich das? Ich bin hier, weil ich keine Mörderin bin!«

»Ruhig, Mädchen. Ich will ja nur wissen, wie entschlossen du bist. Ich kann niemanden gebrauchen, der beim ersten Schreck einen Rückzieher macht.«

Ich presste die Lippen zusammen, erwiderte aber nichts. Er kannte mich nicht und ich kannte ihn nicht, weshalb es wohl nur verständlich war, dass er sich versichern wollte, dass ich die Nerven behielt.

»Hast du einen Plan?«, fragte er.

»Ich habe gehofft, dass Sie etwas haben, was ich ihm geben kann«, sagte ich. »Es gibt eine Tür in die Zelle und wenn ich einen Vorwand finde, um zu ihm zu gehen, dann kann ich ihm vielleicht etwas zuschieben.«

Roark stand nun ebenfalls auf und ging zu seinem Arbeitstisch hinüber. »Ich habe etwas, das ihm helfen könnte«, sagte er. »Es ist eine schwächere Version der Tabletten, die er dir gegeben hat. Sie sollten stark genug sein, um ihn auf eine Vier anzuheben.«

»Wirklich?«, sagte ich und folgte ihm mit einem Blick auf die Teströhrchen. »Wie funktioniert das?«

Roark schnaubte. »Als ob ich dir das einfach so erzählen würde«, sagte er.

Ich verdrehte die Augen. »Lassen Sie mich meine Frage umformulieren: Wie lange dauert es, bis die Wirkung eintritt?«

»Ah.« Er lächelte schwach, nahm einen Stößel in die Hand und zermahlte etwas in einem kleinen Mörser. »Nun, er hat bereits etwas von dem Medikament in seinem Körper, aber das wird er ausgeschieden haben, bevor du deinen Plan umsetzen kannst. Ich kann etwas dazugeben, damit sein Körper das Medikament schneller verstoffwechselt.«

»Gut«, antwortete ich. »Weil ich mir nicht sicher bin, wie viel Zeit sie ihm geben werden. Mir bleiben noch ein paar Tage, aber meine Mu ...« - ich stockte, weil ich sie nicht einmal erwähnen wollte – »mein Mentor hat mir den Eindruck vermittelt, dass es so bald wie möglich geschehen sollte. Er hat eine Art ... ‚Beeil dich und beiß in den sauren Apfel' Mentalität.«

Meine Worte klangen bitter, aber ich konnte es nicht ändern. Ich musste schon all meine Kraft zusammennehmen, um nicht die Kontrolle über mich zu verlieren.

»Wer bist du?«, fragte Roark und riss mich aus meinen Gedanken. Ich sah zu ihm auf und merkte, dass er mich anstarrte. »Du bist anders als alle Ritter, die ich jemals kennengelernt habe.«

»Danke«, sagte ich, weil ich das nach dem, was ich heute mitangesehen hatte, als Kompliment auffasste.

Ich sah ihm weiter dabei zu, wie er die Tablette herstellte, und überlegte währenddessen, wie ich sie Grey geben könnte. Ich musste mir etwas Überzeugendes, Glaubwürdiges einfallen lassen, etwas Nachvollziehbares, und ich durfte nicht riskieren, dass Grey mich erkannte, wenn ich seine Zelle betrat.

Und natürlich durfte ich mich auf keinen Fall erwischen lassen.

16

»Auf gar keinen Fall.«

Gerome sah mich eindringlich an und schnaubte frustriert, so als hätte er es mit einem bockigen Kind zu tun. Ich sah ihn aus dem Augenwinkel an, während ich so tat, als würde ich auf die Rohre über uns blicken. Wir waren auf Patrouille, was bedeutete, dass wir viele Stunden lang umherliefen, Kinder davon abhielten, zu viel Unfug anzustellen und nach Dieben suchten, die Lebensmittel stahlen, um ihre Lebensmittelkarten nicht einsetzen zu müssen oder die ihre Rationen bei illegalen Wettspielen verloren hatten. Wir waren sechs Stunden unterwegs gewesen und gingen nun zur Zitadelle zurück, um dort unsere Berichte zu schreiben und uns mit unserem Ritterkommandanten zu treffen, damit er uns über unsere morgigen Pflichten informierte. Ich nutzte den Rückweg, um die eine Frage zu stellen, auf die ich eine positive Antwort brauchte: Konnte ich mit meinem Gefangenen unter vier Augen sprechen?

Ich hatte fast die ganze Nacht darüber nachgedacht, wie ich an Grey herankommen könnte, nachdem ich Roarks Haus mit der Tablette für Grey verlassen hatte. Mich einzuschleichen stand nicht zur Debatte und es war auch nicht möglich, mir den Zugang zu erzwingen, schließlich war ich nur eine junge Frau. Also musste ich mir etwas Klügeres einfallen lassen.

»Warum willst du mit ihm sprechen, Liana?«, fragte Gerome mich.

Ich sah ihn an, bemüht, das neutrale Gesicht zu machen, das ich im Spiegel geübt hatte.

»Weil ich es wichtig finde, dass ich mit ihm sprechen kann«, antwortete ich möglichst gelassen. »Was du von mir verlangst, ist nicht etwas, was ich auf die leichte Schulter nehme, Gerome. Ich bin immer noch überrascht und ich habe Fragen über diesen Mann. Ich frage mich, wie sein Gehirn funktioniert und wie seine Krankheit aussieht.«

Ich blieb vor Gerome stehen, wandte mich ihm zu und brachte ihn dazu, ebenfalls stehenzubleiben. »Ich muss es selbst sehen und hören, damit ich weiß, nach welchem gefährlichen Verhalten ich in Zukunft Ausschau halten muss.«

Es war widerlich, so zu reden. Meine Stimme klang matt und leidenschaftslos, während ich pure Propaganda wiederholte. Aber ich wusste, dass eine emotionale Herangehensweise nur dazu führen würde, dass meine Nummer infrage gestellt wurde und jemand daran zweifeln könnte, warum ich immer noch eine Neun war. Wenn ich wollte, dass mein Plan funktionierte, musste ich die perfekte Soldatin vortäuschen.

Zumindest habe ich jetzt einen guten Grund, um es zu tun, dachte ich und sah Grey vor meinem inneren Auge.

»Es überrascht mich, dass du das sagst«, sagte Gerome vorsichtig. »Deine Mutter hat mir heute Morgen über das Netz eine Nachricht über deinen kleinen Wutanfall gestern Abend geschickt.«

Mein Gesicht blieb weiter regungslos und meine Augen leer, wie leblos. »Mein Verhalten gestern Abend war völlig inakzeptabel. Es muss sich um eine Schwankung in der Medikamentenwirkung gehandelt haben, die sicher durch den Schock ausgelöst worden ist, nach dem, was ich mitangesehen habe.«

Er musterte mich kurz und nickte dann. »Das kann ich nachvollziehen. Um wieder auf deine Frage zurückzukommen: Trotz deiner Erklärung muss ich deine Bitte ablehnen.«

»Darf ich fragen, warum?«, fragte ich. Das ‚darf ich fragen' überraschte mich selbst. Wer hätte gedacht, dass ich mich so gewählt ausdrücken konnte, wenn es darauf ankam?

»Es ist nachgewiesen worden«, sagte er, so als ob er einen sehr oft wiederholten Vortrag hielt, »dass die Nähe zu einer Eins psychologische Gefahren birgt, selbst wenn man einen sehr hohen Rang hat. Die

Gedanken dieser Menschen können ansteckend sein. Ich habe sehr gute Ritter fallen sehen, nachdem sie diesen Gedanken ausgeliefert waren. Es passiert innerhalb weniger Tage.«

Seine Stimme war weich, fast ein zerbrechliches Flüstern, wie dünnes Papier, und ich sah, wie sich alter Kummer auf seine dunklen Augen legte. Ich wusste, dass er sich schlecht fühlte, und ich verstand es. Ich konnte die »gefallenen Ritter«, von denen er sprach, nur bedauern. Aber sie waren Mörder gewesen und letztlich hatte die Realität ihrer Taten sie wohl eingeholt und ihre Loyalität zu Scipio übertroffen. Die Vorstellung, dass jemand den letzten menschlichen Anstand ablegen konnte, um einer Maschine zu dienen, war abstoßend.

Ich wartete eine angemessene, respektvolle Weile, bevor ich Luft holte und die Diskussion wieder aufnehmen wollte. »Wie dem auch sei …«

Doch er hob eine Hand. »Es reicht.« Sein Ausdruck war sanft, aber er stemmte seine Hand in die Hüfte. »Ich denke, ich weiß, was du vorhast, Liana. Ich will dir versichern, dass das schon versucht worden ist. Und es ist gescheitert – zahlreiche Male.«

Ich versuchte, meine Verwirrung zu unterdrücken, aber das war nicht einfach. Ich hatte keine Ahnung, worauf Gerome hinauswollte. »Sir?«

»Du willst ihn untersuchen, nicht wahr? Du willst sehen, ob du das Rätsel um die Einser lösen kannst. Viele haben es versucht, Liana, aber letztlich sind die Berichte immer dieselben: unbekannte Ursache. Manche Menschen sind einfach nur eine nutzlose Last. Wir leben in schweren Zeiten und wenn wir unser Überleben sichern wollen, dann müssen die Nutzlosen verschwinden.«

»Du meinst diejenigen, die sich nicht anpassen«, fauchte ich förmlich. Ich hatte großes Glück, dass er meine Aufruhr nicht bemerkte. Ich atmete tief durch und versuchte, den Ärger, den seine gefühllosen Worte in mir provoziert hatten, zu verstecken.

»Genau. Die Gesellschaft hat keine Verwendung für Individuen, die nichts beizutragen haben.«

Ich wartete einen Augenblick, so als ob ich über seine Worte nachdachte, aber in Wirklichkeit überlegte ich angestrengt, wie ich wieder auf unser Thema zurückkommen und meine Argumente so vorbringen konnte, dass ich meinen Willen bekam. Ich war entschlossen und verzweifelt und würde nicht so leicht aufgeben. Ich konnte einfach nur hoffen, dass meine

Gefühle mich nicht in Schwierigkeiten brachten.

»Sir? Ich möchte den Gefangenen dennoch gern sehen«, sagte ich knapp. »Trotz dieser Studien und Erfahrungen. Ich will mir einfach ein für alle Mal sicher sein, dass ich das Richtige tue.«

»Du solltest auf Scipio vertrauen, Lehrling«, antwortete er spitz.

»Ich vertraue auf Scipio«, sagte ich ruhig. »Aber das ändert nichts an der Tatsache, dass dies der erste Mensch ist, den ich töten werde. Es wird viel von mir verlangt und ich will es tun, aber mein Vertrauen bringt mich nur bis an einen bestimmten Punkt auf diesem Weg. Also bitte. Verhilf mir zu der Gewissheit, dass ich das Richtige tue. Dass wir alle das Richtige tun.«

Gerome stockte und neigte unsicher den Kopf seitlich.

»Ich kann dich nicht mit ihm sprechen lassen«, sagte er irgendwann mit einer Spur von Bedauern, was mich überraschte. »Aber du kannst ihn noch einmal sehen. Vielleicht beantwortet das deine Fragen.«

Ich folgte Gerome zurück ins Gefängnis. Noch hatte ich meinen Plan nicht aufgegeben, Grey die Tablette zuzuschieben. Ich hielt meinen Blick starr auf die Tür am Ende des Ganges gerichtet und ignorierte die Fenster mit den Behandlungstischen und Geräten zu meinen Seiten. Gerome öffnete die Tür zur Zelle und ich hätte mich beinahe an ihm vorbei gedrängelt, um Grey zu sehen.

Grey war in einer Ecke der Zelle zusammengekauert, so weit wie möglich von der Tür entfernt. Er war in der kurzen Zeit, die vergangen war, schmutziger geworden. Blutige Stofffetzen lagen in einer Zimmerecke. Sicher hatte er damit versucht, sich die Wunde auf seiner Brust zu verbinden. Ich drehte mich zu Gerome, weil ich Greys Anblick nicht ertragen konnte.

Aber meine Worte klangen weiterhin matt und unberührt. »Säubert ihr die Zellen jemals? Oder die Gefangenen?«

»Damit würden wir unsere Ressourcen an tote Menschen verschwenden. Außerdem verlassen die Menschen diese Zelle nicht mehr, bevor nicht der Knopf gedrückt wird.«

Mein Mund zuckte verächtlich, aber ich wandte den Kopf, um es zu verbergen. »Das erscheint mir grausam.«

Gerome sah mich traurig an. »Dann drück den Knopf, bevor es noch schlimmer wird. Wenn du es gleich getan hättest, dann wäre es gar nicht so weit gekommen.«

Mein Blick fiel auf den besagten Knopf, glitt aber gleich erschrocken weiter. Wenn ich keinen Weg fand, um Grey die Tablette zu geben, dann würde jemand anderes ihn töten und ich würde von den Rittern verstoßen werden und Grey nur allzu bald im Jenseits wiedersehen.

»Ich bin noch nicht bereit«, sagte ich kühl. »Vielleicht wäre ich es, wenn ich mit ihm sprechen könnte, aber so muss ich einen anderen Weg finden, um mit dem, was ich tun muss, meinen Frieden zu machen.«

Die Lügen kamen mir leichter von den Lippen und obwohl mir das hätte Angst machen sollen, war ich doch dankbar dafür. Ich musste einfach nur gut aufpassen.

»Dann werden die Dinge nur noch schlimmer werden«, sagte Gerome mit einem Schulterzucken.

Ich biss mir fest auf die Zähne, um nicht antworten zu müssen, sah noch einmal in die Zelle zurück und prägte sie mir genau ein. Dabei bemühte ich mich, so gut wie möglich, nicht auf Grey zu achten. Ihn in diesem Zustand zu sehen könnte meine Fassade zum Einsturz bringen. Es fiel mir nicht leicht. Mein verzweifelter und unkluger Plan, die Tablette in Greys Essen zu schummeln war gescheitert, als Gerome erwähnt hatte, dass für diese Gefangenen keine Ressourcen verschwendet wurden. Selbst wenn Gerome es mir nicht gesagt hätte, war es auch so sehr offensichtlich, dass Grey nichts zu essen bekam. Ich sah, wie er eine Hand auf seinen Bauch presste und das Gesicht vor Schmerzen verzog. Mir wurde übel.

»Ich habe genug gesehen«, sagte ich und wandte mich schnell ab.

Gerome ging aber nicht zur Tür.

»Liana, du machst es schwerer, als es nötig wäre«, sagte er.

»Tue ich das?«, fragte ich, sah ihn an und versuchte, meine Entrüstung zu unterdrücken. »Es sollte nicht natürlich sein, jemanden zu töten, Sir, und auch wenn ich verstehe, dass Scipio es angeordnet hat, bedeutet das nicht, dass ich die Aufgabe sofort ausführen kann. Das ist nicht leicht, Sir, und ich denke, das sollte es auch nicht sein. Ich bitte darum, das zu respektieren.«

Gerome sah mich verwundert an. »Das ist schade. Ich hatte gedacht, dass du den Mut finden würdest, es hinter dich zu bringen, wenn ich dich noch einmal hierherbringe, aber ich sehe jetzt, dass du nicht bereit bist. Wir haben dir das hier zu früh gezeigt. Mach dir keine Sorgen. Vielleicht wirst du in ein paar Monaten so weit sein.«

Ich begann zu nicken, doch dann sah ich aus dem Augenwinkel, wie er den Arm hob. Ich folgte seiner Bewegung und verstand schnell, dass er auf den Knopf drücken wollte. Mein Herz raste und mir lief ein eiskalter Schauer den Rücken hinab. Schon hatte ich mich in Bewegung gesetzt. Ich konnte mich nicht erinnern, wie ich den Raum durchquert oder mich zwischen Gerome und den Knopf gestellt hatte. Aber plötzlich hatte ich sein Handgelenk gepackt und er sah mich entsetzt an.

»Es muss erledigt werden, Liana«, sagte er, deutlich betroffen von meinem Handeln. »Du bist nicht bereit.«

»Du hast mir eine Woche gegeben«, sagte ich ruhig. »Du hast mir eine Woche Zeit versprochen.«

»Das habe ich«, entzog seine Hand meinem Griff und richtete sich auf. »Aber es ist eindeutig, dass du …«

»Du hast mir eine Woche gegeben, um es mir zu überlegen«, antwortete ich rau und unnachgiebig. »Du musst dein Versprechen halten.«

Er sah mich lange nachdenklich an und ich brauchte einen Augenblick, um zu verstehen, dass er beeindruckt war. Das wiederum verschlug mir die Sprache. Vor zwei Wochen noch hätte ich meinen rechten Arm gegeben, um von Gerome geachtet zu werden. Aber nun war er ein Mörder für mich und er drängte mich, ebenfalls zur Mörderin zu werden. Ich hasste es, dass ihn mein Verhalten beeindruckte. Ich hasste es fast so sehr, wie die perfekte Soldatin spielen zu müssen.

Was ich jedoch am meisten hasste, war Grey in dieser Zelle zu sehen. Ihn zu retten war all das wert, was ich durchmachte.

»Nun gut, Lehrling«, sagte Gerome mit einem Nicken. »Dir bleiben sechs Tage, um ihn hinzurichten. Ich hoffe für sein eigenes Bestes, dass du es eher früher als später tun wirst.«

Meine Antwort zerfiel in meinem Mund zu Staub. Ich gelangte kaum zum Aufzug und damit fort von Gerome, bevor ich zu rennen begann und so viel Distanz wie möglich zwischen mich und die Zitadelle brachte.

Ich folgte meinen Instinkten durch die Säle, über Brücken hinweg und auf Fahrstuhlplattformen hinauf. Ich musste einfach nur von hier fort. Irgendwie landete ich auf einem Teil der Hülle, die nicht genau an die oberen Stockwerke anschloss, sondern eine flache, schmale Zwischenebene bildete, die kaum einen Meter tief und nicht durch Geländer geschützt war. Ein Sturz wäre 156 Stockwerke tief. Zoe, Eric und ich hatten diesen Ort nach einem Zusammenstoß mit ein paar Baukästen entdeckt, den Auszubildenden der Zahnradabteilung. Dies hier war der einzige Ort, an dem man wirklich ganz ungestört sein konnte.

Ich heftete mich mithilfe meiner Kabel an die Wand und massierte dann meine brennenden Waden. Ich sah auf die drei Gebäude vor mir und mein Blick blieb an der Zitadelle haften. Ich starrte auf das unterste Geschoss, in dem Grey in dieser winzigen Zelle saß und auf den Tod wartete.

Langsam zog ich das kleine silberne Tablettendöschen aus der Tasche, öffnete es und starrte die kleine runde Tablette an, die darin lag. Dann schloss ich es mit einem Knall wieder und schob es zurück in meine Hosentasche. Ich war enttäuscht, dass ich nicht zu Grey gelassen worden war, aber ich war nicht bereit, aufzugeben. Es musste doch einen Weg geben, ihm diese Tablette zu geben. Vielleicht gab es eine andere Zugangsluke.

Es war frustrierend zu wissen, dass jemand sterben würde, und die Zeit zu haben, um etwas dagegen zu unternehmen, wenn man dann mit dem einzig denkbaren Plan scheiterte. Mir entging die Ironie nicht, dass die

Bürokratie und die Vorschriften ihn gleich doppelt umbrachten. Aber das half mir auch nicht, einen Ausweg aus diesem Schlamassel zu finden.

Ein Knirschen schreckte mich auf und dann sagte eine vertraute Stimme: »Bist du verrückt oder hattest du einfach nur einen schlechten Tag?«

Ich drehte mich um, sah Zoe an und nickte ihr zu, sich zu setzen. Ich war noch nicht bereit, etwas zu sagen, aber ich war dankbar dafür, dass ich nicht mehr allein war.

Ich hörte das leise Quietschen ihres Schwimmanzugs, als sie sich bewegte, sich neben mir niederließ und mit den Beinen baumelte. »Was ist los?«

»Ich kann es dir nicht sagen«, antwortete ich automatisch und zuckte dann zusammen. Zoe reagierte nicht gut darauf, wenn man ihr sagte, was sie zu tun oder zu lassen hatte.

Daher überraschte es mich nicht, als sie nicht lockerließ. »Doch, das kannst du«, sagte sie gedehnt. »Etwas ist mit dir los, Liana. Ich habe es seit dem Morgen gemerkt, an dem du auftauchtest und plötzlich wieder du selbst warst. Etwas zieht dich nach unten, Mädchen, und das ist gar nicht gut für deine strahlend neue Neun.«

»Jemand steckt in Schwierigkeiten«, platzte es aus mir heraus und ich schlug mir eine Hand vor den Mund, um meine Worte ungeschehen zu machen. Aber das war unmöglich.

Zoe setzte sich aufrechter hin und ihr Schmollmund verzog sich. »Was meinst du damit?«

Ich schluckte und sah hin- und hergerissen auf meine Füße. Ich brauchte dringend ihre Unterstützung und ihren Rat, aber ich konnte es nicht ertragen, sie in diese Sache hineinzuziehen. Sie könnte verletzt werden oder noch schlimmer: Sie könnte wie Grey in dieser Zelle enden.

»Zoe, es tut mir leid, aber ich …«

»Weißt du was? Erspar dir das«, sagte sie und stand auf. »Ich bin deine beste Freundin und ich weiß, wenn etwas nicht mit dir stimmt. Zuerst dieses Drama mit dem Typen und deiner Nummer, und dann tauchst du plötzlich als Neun auf. Du hast den Unterricht verlassen und bist nicht zurückgekommen. Du hast mir keine Nachricht geschrieben, um mir zu sagen, was passiert ist und warum Gerome dich abgeholt hat. So was hast du noch nie getan. Liegt es an der Medica-Behandlung? Bist du jetzt Prim 2.0? Ich habe mir solche Sorgen um dich gemacht, als Gerome dich aus dem Unterricht gerufen hat! Und du hast mir nicht einmal Bescheid gegeben, dass alles okay ist!«

Ich ließ sie schimpfen und hörte mir ihren aufgeregten Redeschwall an. Dieses schnippische Temperament hatte sie von ihren Zahnrad-Vorfahren geerbt. Ich war einfach nur müde und deprimiert. Die Probleme zwischen uns waren unbedeutend im Vergleich dazu, was ich gesehen hatte, und ich konnte ihr nicht einmal richtig zuhören.

»Zoe, du verstehst das nicht«, versuchte ich es erneut, aber sie holte bereits zu einem neuen Redeschwall aus.

Ich stockte, wandte den Blick ab und ließ das, was ich ihr hatte sagen wollen, verpuffen.

»Dann erklär es mir«, forderte sie, ließ sich wieder neben mich sacken und streckte ihren Hals und Kopf nach vorn, um mein Gesicht besser sehen zu können. Ich strich mir eine Haarsträhne hinters Ohr und sah sie dann seufzend an.

»Es ist gefährlich.«

»Gefährlicher, als den Fahrstuhl zu hacken?«

Ich nickte.

»Wie gefährlich?«

»Sehr.«

»Sind es diese Tabletten?«, fragte sie und runzelte die Stirn. »Hast du dich in etwas Illegales verstrickt?«

Ich presste die Lippen aufeinander und spannte die Kiefermuskeln an, aber die Worte lagen mir auf der Zunge und drohten damit, aus mir hervorzusprudeln. Ich wollte ihr so gern alles erzählen, was ich seit gestern Abend erlebt hatte. Sie war meine beste Freundin und ich musste dringend mit jemandem reden.

»Sie töten Menschen«, flüsterte ich und all meine angestauten Gefühle brachen sich in heißen Tränen Bahn. Meine Wut auf meine Eltern, meine Angst um Grey, mein Frust mit Roark und das Gefühl, völlig die Kontrolle verloren zu haben. Ich schluchzte an Zoes Schulter gelehnt und sie tätschelte mir den Rücken, während ich ihr alles erklärte. Es dauerte eine Weile und am Ende waren meine Augen gerötet und geschwollen und ich hatte einen Schluckauf.

Zoe schwieg lange. »Die Ritter töten die Einser?«, fragte sie schließlich und sah mich an.

Ich sah einen Funken Hoffnung in ihren Augen, so als ob sie mich anflehte, ihr zu sagen, dass das alles nur ein kranker Scherz war. »Ja.«

Es folgte weiteres Schweigen und ein Blick zu Zoe sagte mir, dass sie das alles nur schwer verarbeitete. Irgendwann sagte sie: »Und sie wollen, dass du es auch tust, aber zufällig ist der Mann, den sie für dich ausgesucht haben, Grey.«

»Ja.«

Wieder langes Schweigen. Dann: »Und du hast eine Tablette, die seine Nummer anheben kann, aber du weißt nicht, wie du an ihn herankommen sollst?«

»Ja«, krächzte ich, bemüht, nicht ungeduldig zu werden, weil sie alles, was ich ihr erzählt hatte, mit einer Nachfrage noch einmal bestätigt haben wollte. Ich trocknete meine Tränen, während sie nachdenklich ins Leere starrte. »Hör zu, ich muss ihm irgendwie diese Tablette geben, aber sie lassen mich nicht in seine Zelle, bevor ich ihn nicht getötet habe.«

»Das wäre kontraproduktiv«, sagte Zoe matt. »Was ist mit seinem Essen?«

Sie sah mich fragend an und ich starrte wütend zurück. »Er bekommt nichts zu essen.«

»Das ist unzumutbar«, sagte sie.

»Das ist eine Untertreibung«, antwortete ich. »Eine ziemliche sogar. Es ist schrecklich. Diese Frau ... Sie war so dünn, dass es mir wehtut, nur daran zu denken. Ich habe keine Ahnung, wie lange sie sie gefangen gehalten haben, bevor sie beschlossen haben, sie zu töten, aber ich glaube, dass es sehr lange war.«

Zoe wurde noch blasser, sogar ihre Lippen waren fahl, und ich nahm ihre Hand. »Deshalb wollte ich dir nichts davon erzählen«, sagte ich.

Sie schüttelte den Kopf. »Du hättest das alles nicht allein durchmachen sollen. Ich meine ... Niemand im Turm würde jemals glauben, dass ... Glaubst du, dass deine Eltern auch ...«

»Ja, sie haben es auch getan«, sagte ich schroff und fuhr mir mit der Hand über die Wange, als die Ohrfeige meiner Mutter beim Gedanken an sie zu kribbeln begann.

»Oh.« Sie verstummte ebenso wie ich und gemeinsam suchten wir immer noch nach einer Lösung.

»Du hast von einem weißen Dampf geredet?«, fragte Zoe plötzlich.

Ich blinzelte. »Ja. Warum?«

»Wie lange blieb er im Raum?«

»Gerome hat ihn absaugen lassen, sobald ... sie sich nicht mehr bewegt hat«, antwortete ich mit erstickter Stimme.

Zoe biss sich auf die Lippen und legte die Stirn grüblerisch in Falten. »Was haben sie mit ihr gemacht, nachdem sie ... nachdem ... nachdem ...«

»Sie sind in die Zelle gegangen und haben sie fortgeschleift«, sagte ich und überlegte, warum sie mir all diese Fragen stellte. »Aber was hat das damit zu tun, dass ...«

»Wie schnell?«, unterbrach sie mich und ich versuchte, mich daran zu erinnern. Die meisten Details standen mir noch entsetzlich klar vor Augen, aber was meine Zeitwahrnehmung anging, so war diese verschoben. Ich war nur etwas länger als sechs Minuten im Gefängnis gewesen, aber mir war es wie eine Ewigkeit vorgekommen.

»Schnell«, sagte ich, als ich mich schließlich erinnerte, und Zoe lächelte. »Was?«

»Ich glaube, ich weiß, wie ich dir helfen kann«, sagte sie. »Aber es ist schwierig.«

»Wie?«, fragte ich und klammerte mich an den kleinen Hoffnungsfunken, der sich in mir entzündet hatte.

»Es ist eigentlich ganz einfach, wenn man darüber nachdenkt«, sagte Zoe mit einem traurigen Lächeln. »Du musst ihm die Tablette geben, nachdem du den Knopf gedrückt hast.«

17

Zoes Worte ließen mich zusammenzucken und ich sah sie ungläubig an. »Das geht ziemlich am Sinn der Sache vorbei, Zoe. Wenn er erst vergast wird, ist die Tablette danach nutzlos.«

Sie grinste mich mit ihren weißen Zähnen an und schüttelte den Kopf. »Nein, das ist sie nicht«, sagte sie und stand wieder auf. »Komm, wir müssen bei mir Zuhause vorbeischauen. Ich brauche eine Rohrtabelle.«

Ich spulte meine Kabelpeitschen ein und zog mich an ihnen nach oben, bevor ich sie löste, immer noch verwirrt von dem, was Zoe sagte. »Zoe, hör auf, Pläne zu schmieden, und erklär mir erst einmal, was du vorhast, bevor du völlig ausflippst.«

»Ich flippe immer völlig aus«, antwortete sie und drückte den Knopf der Zugangsluke. Sie öffnete sich und Zoe betrachtete das Scharnier, bevor sie einstieg. »Diese Tür müsste mal geölt werden«, schimpfte sie.

Ich trat hinter sie und legte meine Hände auf ihre Schultern. »Zoe. Was werden wir tun?«

»Wir gehen zu mir nach Hause, um die Rohrtabelle zu holen«, sagte sie und schüttelte meine Hände vorsichtig ab. »Wir befinden uns in der Nähe eines Fahrstuhls, der bis in die Kläranlage hinunterfährt. Komm.«

Sie schoss den Tunnel entlang und bewegte sich schnell. Seufzend folgte ich ihr durch die engen Gänge, die die Hülle endlos zu umspannen schienen.

Meine Beine schmerzten immer noch von meinem Wahnsinnssprint hierher und klagten nun bereits, weil ich versuchte, mit dem unglaublichen Tempo meiner besten Freundin mitzuhalten und dem Blitzen ihrer blauen Uniform zu folgen.

Wir blieben vor einem Fahrstuhl stehen und ich betrat die Plattform. Als ich das Summen in meinem Kopf spürte, das anzeigte, dass der Computer uns scannte, zuckte ich zusammen und sah sofort auf mein Handgelenk, um sicherzugehen, dass die blaue Neun noch dort stand.

Ich hatte gar nicht gemerkt, dass ich die Luft angehalten hatte, aber nun atmete ich erleichtert weiter und verschränkte die Arme, während ich wartete, dass die Maschine Zoes Namen nannte und sich die Plattform dann in Bewegung setzte.

Aber zu meiner Überraschung tat sie das nicht und ich hörte der Computerstimme genauer zu.

»Bestätigt. Roe Zoe Elphesian, Kennzeichnung 12WT-531. Ihr Rang ist derzeit Fünf. Als Taucher der Kläranlage ist es Ihre Pflicht, …«

Ich hörte nicht mehr auf den Rest und sah sofort zu Zoe. Sie hatte ihre Hand bereits hochgerissen und starrte auf die orangene Fünf, die auf ihrem Armband leuchtete.

»Zoe, es …«

Sie sah mich an, verschränkte die Arme vor der Brust und versteckte die Anzeige. »Das war zu erwarten«, sagte sie und sah auf die nun an uns vorbeigleitenden Stockwerke.

»Ich hätte dir nichts erzählen sollen. Deine Mutter wird …«

»Damit klarkommen müssen«, antwortete Zoe und sah mich eindringlich an, bevor sie wieder auf den Schacht achtete. Ich sah sie an und fühlte mich schrecklich schuldig, weil ich meine große Klappe aufgemacht hatte. Schließlich wand ich den Blick ab. Bald würde Roark auch genug Tabletten für Zoe herstellen müssen. Das war der einzige Weg, um sie vor dem zu schützen, in was ich sie hineingezogen hatte, und sie vor dem Schicksal zu bewahren, vor dem wir Grey zu retten versuchten.

Die Fahrt fühlte sich ungewöhnlich lang an und das Schweigen zwischen uns war bald nur noch schwer erträglich. Ich musste etwas sagen, um die Stille zu überbrücken, aber ich wusste, dass es nicht gut ausgehen würde, wenn ich Zoes neuen Rang erwähnte, also musste ich mich auf etwas anderes konzentrieren.

»Sind Rohrtabellen nicht eigentlich Karten?«, fragte ich.

»Nein«, sagte sie. »Es sind Tabellen.« Sie verstummte und ich dachte, dass das Thema damit für sie erledigt wäre, doch dann änderte sie scheinbar ihre Meinung, entspannte ihre verkrampfte Haltung etwas und drehte sich zu mir. »Eine Rohrtabelle ist doch irgendwie wie eine Karte, aber sie zeigt jedes Rohr im Turm an, durch das Wasser fließt. Die Tabellen sind Standardausrüstung für Mitarbeiter der Kläranlage, damit wir undichte Stellen schnell finden und reparieren können. Erinnerst du dich nicht an den Unterricht darüber?«

Ich schüttelte den Kopf, als der Fahrstuhl langsam anhielt, und stieg schnell von der Plattform. »Warum brauchen wir das?«, fragte ich nach einem Augenblick und folgte ihr die farbenfroh bemalten Gänge entlang, die grün, pink und blau leuchteten.

Wir gingen mehrere Stufen nach oben, bis wir zu einer Brücke über einem riesigen Glasrohr gekommen waren. Ich hörte Wasser platschen und sah dann zwei kahle Männer, die in das Wasser tauchten, das durch das Rohr schoss. Sie sprangen mit ausgestreckten Armen und hatten schwarze, flötenförmige Gegenstände zwischen die Zähne geklemmt. Es waren künstliche Kiemen, die ihnen beim Atmen unter Wasser halfen. Wahrscheinlich waren sie eine Arbeitseinheit, die irgendwelche Reparaturen am System vornehmen musste, aber ihre Gegenwart erinnerte mich daran, dass wir nicht allein waren und dass im Turm nichts so privat war, wie es schien.

Wir gingen auf der anderen Seite der Brücke die Treppe hinab, als Zoe mir antwortete. »Ich habe eine Idee, aber bevor sie Wirklichkeit werden kann, muss ich sehen, ob sie tatsächlich machbar ist.«

Ihre ungenaue Antwort amüsierte mich gar nicht, aber ich gab mich mit ihr zufrieden. Zoe war klug und ich kannte sie schon mein ganzes Leben lang. Ich vertraute ihr, weil sie mich nie enttäuscht hatte und sich mehr Sorgen um mich als um die blöde Nummer auf ihrem Handgelenk machte. Ich folgte ihr durch den offenen Markt, der rings um die Fischbecken aufgebaut worden war – er war deutlich ruhiger und friedlicher als der Markt der Zahnräder – und über den weiten Platz liefen wir zu dem Gang, der zu ihrer Wohnung führte.

Zoe drückte auf den Knopf, um die Tür zu öffnen, und ich betrat das Wohnzimmer. Es überraschte mich, Zoes Mutter auf den Sitzkissen zu sehen. Ihr nasser Schwimmanzug tropfte auf die Kissen, obwohl sie versuchte, den Stoff mit einem Handtuch trockenzureiben.

»Hallo Liana«, begrüßte sich mich steif und ich neigte den Kopf zum Gruß. Helena war eine Taucherin, die von Zahnrädern abstammte und im Alter von achtzehn Jahren die Abteilung gewechselt hatte, um Zoes Vater zu heiraten. Er war vor einigen Jahren an einem Herzinfarkt gestorben. So etwas kam zwar selten vor, geschah aber eben doch hin und wieder. »Hallo Zoe, Schatz. Wie war dein Tag?«, fragte sie.

»Gut«, sagte Zoe und warf sich das lange Haar über die Schulter. »Liana und ich werden zusammen lernen. Ist das okay?«

Zoe log völlig mühelos und ich war beeindruckt, wie leicht ihr die Worte über die Lippen kamen. Ihre Mutter musterte sie und wandte sich dann mit einem netten Lächeln mir zu. Sie war immer freundlich und sie war tiefgläubig. Sie war völlig in die Wasserlehren eingetaucht und liebte es, jedem davon zu erzählen.

»Ich habe gehört, dass du jetzt eine Neun bist«, sagte sie, als Zoe schon die Leiter hinabstieg.

Ich hob mein Handgelenk. »Ja, Ma'am«, sagte ich. »Ich war die letzten Tage ziemlich stabil.«

Sie kicherte. Auf ihrem eigenen Handgelenk strahlte eine Acht, deren violette Farbe die Zahl eher wie eine Schwellung als wie eine Acht aussehen ließ. »Ich hätte nie gedacht, dass deine Nummer einmal über meine steigen würde«, sagte sie lächelnd. »Scipios Wege sind unergründlich.«

Ich dachte an Grey in seiner Zelle. »So scheint es zu sein.«

»Mom?«, unterbrach Zoe sie, und ihre Mutter sah zu ihr hinüber.

»Ja?«

»Können wir in mein Zimmer gehen?«

»Aber natürlich! Aber ...« Sie verstummte, als ihr Blick auf Zoes Handgelenk fiel, und machte ein besorgtes Gesicht. »Zoe, dein Rang ist gesunken.«

Zoe presste die Lippen zusammen. »Ich weiß«, sagte sie schlicht.

»Was willst du damit sagen, dass du es weißt? Was ist passiert?«

Zoe sah weiter ihre Mutter an und warf keinen Blick zu mir, obwohl mich die Schuldgefühle wieder beschlichen.

»Er ist einfach gesunken«, sagte sie dann.

»Ein Rang sinkt nicht einfach so, Zoe«, sagte ihre Mutter verärgert und ich spürte, dass sie gerade erst in Fahrt kam. »Und eine Fünf ist gefährlich niedrig. Wir sollten dich sofort in die Medica bringen. Oder ich kann den Prätor anrufen. Vielleicht hat er Zeit, um mit uns zu beten.«

»Ich bin kein Kind, Mom«, sagte Zoe. »Ich bin zwanzig und das bedeutet: Erstens muss ich nicht in die Medica gehen, selbst wenn du es mir befiehlst. Die Behandlung ist nicht verpflichtend, solange ich keine Drei bin. Zweitens werde ich nächstes Jahr einundzwanzig und Scipio wird mir meine eigene Wohnung zuweisen.«

»Nächstes Jahr«, wiederholte ihre Mutter. »Aber solange du unter meinem Dach lebst, wirst du …«

Zoe sah zu mir. »Geh schon mal in mein Zimmer«, unterbrach sie ihre Mutter mit gefährlich weicher Stimme.

»Bist du dir sicher? Ich kann auch …«

»Geh.«

Ihr Ton ließ keinen Widerspruch zu und ich ging mit geducktem Kopf durch die Küche in das Zimmer dahinter. Ich war gerade in Zoes Zimmer angekommen, als die Stimmen im Wohnzimmer laut wurden. Nach dem pneumatischen Zischen der Türverriegelung wurde es still um mich herum und ich war allein.

Ich überlegte, mich zu setzen, aber ich war zu nervös wegen des Streits, der hinter dieser Tür stattfand, und ging schließlich unsicher auf und ab. Was war, wenn Zoes Mutter Zoe bestrafte und mich nach Hause schickte? Ich hatte immer noch keine Ahnung, was Zoe mit der Rohrtabelle vorhatte, und wusste auch nicht, wo ich die Tabelle finden konnte.

Ich sah mich auf Zoes Schreibtisch um und entdeckte ein paar Zettel mit Beschriftungen und kleinen Diagrammen. Ich durchblätterte die Seiten. Zoe hatte in einer sehr ordentlichen Druckschrift um die Bilder herum geschrieben. Ich erkannte mehrere mathematische Formeln, Anmerkungen dazu, wie die Maschine funktionierte, und Statistiken dazu, wie dieses Gerät das Leben im Turm verbessern konnte. Ich starrte die Seiten lange an und versuchte, aus dem Gelesenen etwas zu verstehen, doch dann legte ich die Papiere frustriert beiseite.

Vor dem heutigen Tag war Zoe nur deshalb unglücklich gewesen, weil sie immer noch in der Kläranlage arbeitete und nicht zu den Mechanikern versetzt worden war. Wenn ich ihr nichts von den Rittern erzählt hätte, dann hätte sie ganz bestimmt einen Weg gefunden, um doch noch bei den

Mechanikern arbeiten zu können, und innerhalb weniger Tage wäre sie auf eine Zehn gestiegen. Aber nun, wo sie Bescheid wusste …

Ich fragte mich, wie viele Leben ich zerstören würde, nur, weil andere Menschen mit mir in Kontakt kamen. Zuerst Grey, der seine Sicherheit gegen meine eingetauscht und mir seine Tabletten gegeben hatte, bevor er geschnappt worden war, und nun Zoe, deren Rang gefallen war, weil ich den Mund nicht halten konnte. Waren Eric und Alex die Nächsten? Konnte ich mit dem, was ich wusste, ihre Ränge ebenfalls zum Einsturz bringen?

Vielleicht sind sie sogar schon von der psychologischen Ansteckung betroffen. Ich sah missmutig auf mein Handgelenk und senkte dann den Arm, weil ich meine Nummer nicht mehr sehen wollte.

Die Tür glitt auf, Zoe stürmte herein und schlug auf den Knopf, der die Tür wieder schloss. Ihr Gesicht war rot und ihre Hände fuchtelten verärgert umher. Sie lehnte sich mit dem Rücken an die Tür, atmete langsam aus und versuchte offensichtlich, sich zu beruhigen. Ich war mir nicht sicher, was ich sagen sollte, und kam zu dem Schluss, dass es besser war, still zu bleiben, als sie zum Reden zu zwingen.

Schließlich sah sie zu mir auf und runzelte die Stirn. »Hast du die Rohrtabelle noch nicht gefunden?«

Ich sah mich verdutzt um und beobachtete sie dabei, wie sie zu einem Bücherregal ging und ein dickes, blaues Buch, das fast so breit wie ihr Oberkörper war, hervorzog. »Dies ist eines der wenigen vollständigen Handbücher«, sagte Zoe, als sie sich an ihren Schreibtisch setzte. »Es stammt aus der Zeit, in der damit begonnen wurde, die Leute für bestimmte Bereiche innerhalb des Turms auszubilden. Es ist schon seit Generationen im Besitz der Familie meines Vaters.«

Das bedeutete, dass der schwere Band, der nun auf dem Tisch lag, mindestens zweihundert Jahre alt war. Das war zwar beeindruckend, minderte meine Sorge um Zoe aber nicht. »Zoe, was hat deine Mutter gesagt?«, konnte ich mir nicht zu fragen verkneifen.

»Das ist nicht wichtig und auch nicht unerwartet«, sagte sie und zog sich weiße Handschuhe über. »Hab kein schlechtes Gewissen, Liana. Ich habe dich dazu gebracht, mir alles zu erzählen, und ich habe mich dazu entschlossen, dir zu helfen.« Sie schlug das Buch vorsichtig auf und blätterte dann die Seiten um. »Du solltest das alles nicht allein durchmachen«, sagte sie leise.

Ich konnte dem Impuls nicht widerstehen und umarmte sie, weil ich mich unglaublich erleichtert fühlte. Sie lehnte sich an mich, achtete aber darauf, mich nicht mit den Handschuhen zu berühren, damit kein Schmutz an das Buch ihres Vaters gelangte. Nach einem Moment ließ ich sie wieder los.

»Danke«, sagte ich und tupfte mir unter den Augen entlang, wo sich Tränen sammelten. Ich schniefte und sie legte ihren Kopf an meine Schulter, um mich zu trösten.

»Wir holen diesen Grey da raus. Hast du schon überlegt, was mit den anderen ist und was wir für sie tun können?«

Mein kurzer Glücksmoment verpuffte sofort. Ich stockte und schüttelte dann den Kopf. »Ich habe keinen Zugang zu ihnen«, sagte ich heiser. »Ich würde nicht an sie herankommen, wenn ich es versuchte. Der Einzige, zu dem ich Zugang habe, ist Grey, deshalb ...«

»Ist er der Einzige, den du retten kannst.« Ihre Miene war finster, aber sie nickte und wandte sich wieder dem Buch zu. »Dann werden wir also erst ihn retten und dann überlegen, was wir als Nächstes tun können.«

Das Buch, das sie geöffnet hatte, war sogar noch größer, als es auf den ersten Blick aussah, denn die Seiten ließen sich zu riesigen Karten aufklappen, an denen jedes Rohr mit winzigen, detaillierten Anmerkungen versehen war. Zoe blätterte Seite für Seite, während ich ihr über die Schulter spähte, um zu erkennen, wonach sie suchte. Irgendwann störte sie das jedoch und sie wies mich an, mich hinzusetzen. Also setzte ich mich auf ihr Bett.

Ich war aber zu nervös und begann, mich umzusehen und ihre Bücher zu durchstöbern. *Sie hat gesagt, dass sie es mir nicht verraten will, falls es nicht möglich ist,* wiederholte ich in Gedanken, während Zoe jede Karte eingehend studierte und mit ihren behandschuhten Fingern jede Seite so anfasste, als ob sie aus Glas wäre, das zu zerbrechen drohte.

Als sie schließlich sagte: »Ah, hier ist«, stand ich schon wieder neben ihr, bevor sie »es« gesagt hatte.

»Hier ist was?«, fragte ich, erstarrte aber, als sie plötzlich die Seite aus dem Buch riss. »Zoe!« Ich war schockiert, dass sie etwas zerstörte, was ihr so viel bedeutete und das sie von ihrem Vater geerbt hatte.

Meine beste Freundin sah mich mit der Seite zwischen den

Fingerspitzen herausfordernd an. »Das Buch ist zu schwer«, sagte sie ruhig und faltete die Karte zusammen. »Und mein Vater hat mir immer gesagt, dass Menschenleben mehr wert sind als Bücher.«

»Das hat er nicht«, sagte ich, worauf sie die Mundwinkel verzog.

»Na schön, er hat es nie so wörtlich gesagt, aber er hat etwas in diese Richtung gesagt.« Sie steckte die Karte in eine Plastikhülle und versiegelte diese wasserdicht, bevor sie sie unter ihre Uniform schob. Dann reichte sie mir das Buch und ich stellte es gehorsam ins Regal zurück.

»Lass uns gehen«, sagte sie, als die Tür sich schon mit einem Zischen öffnete und ich folgte ihr schnell nach draußen.

»Zoe?«, rief ihre Mutter aus ihrem Schlafzimmer, als sie uns hörte. Ich stockte, aber Zoe ging weiter und durchquerte die Küche. Ich folgte ihr und sah, dass ihre Mutter einen Eintopf auf den Herd gestellt hatte, während Zoe nach der Rohrtabelle gesucht hatte. Er blubberte nun über dem Feuer und ließ meinen Magen knurren, aber ich ignorierte ihn und folgte Zoe zur Tür.

»Zoe.«

Zoe drückte auf den Knopf an der Eingangstür, ignorierte die hartnäckigen Rufe ihrer Mutter und trat in den Gang hinaus, wobei sie gegen Eric rammte. Er hielt sie mit beiden Händen fest, damit sie nicht fiel, während sie erstarrte und zu ihm aufsah. Ich glitt an ihnen vorbei und schloss die Wohnungstür, bevor Zoes Mutter noch einmal nach ihr rufen könnte und Eric sich fragen würde, was hier wohl vor sich ging.

Die beiden starrten einander einen Augenblick an. Ich unterdrückte ein Seufzen und sah mich stattdessen nach einer Uhr um. Natürlich wollte ich, dass meine Freunde sich endlich gegenseitig ihre Gefühle füreinander gestanden, aber das war nicht gerade der beste Zeitpunkt. Grey wartete, ohne Nahrung und gegen seinen Willen eingesperrt, wahrscheinlich verängstigt und auf jeden Fall völlig allein. Vielleicht war es unsensibel von mir, aber wir mussten diese Sache beschleunigen, ohne Eric in alles mit hineinzuziehen.

»Hey, Eric«, sagte ich mit einem neckischen Ton in meiner Stimme. »Was machst du denn hier vor Zoes Wohnung?«

Eric blinzelte und sein verträumter Blick verschwand, als er merkte, dass es eine Augenzeugin gab. Er löste seine Hände so schnell von Zoes Schultern, dass man hätte glauben können, dass er sie für giftig hielt. Dann fuhr er sich brav durch die Haare, sah zu mir und zwang sich zu einem nervösen Lächeln.

»Hey, Liana«, sagte er. »Warst du auch zum Essen eingeladen?«

Dieses Mal blinzelte Zoe und eine ganze Reihe von Gefühlen spiegelte sich auf ihrem Gesicht wider; erst Verwirrung, dann langsames Erinnern. Trotz unserer komplizierten Lage musste ich lächeln. Wir hatten keine Zeit für diesen unbeholfenen Augenblick zwischen Zoe und Eric, aber ich wusste auch nicht, wie ich ihn beenden konnte.

»Abendessen«, stöhnte sie und schlug sich eine Hand vor den Kopf. »Das habe ich vergessen.«

Eric machte ein verletztes Gesicht und ich sah, dass sich eine dieser dramatischen ‚Wir lieben uns, aber wir sind kein Paar' Diskussionen anbahnte. Das war meine einzige Chance, um dazwischenzugehen.

»Sie hat vergessen, dir zu schreiben, dass ihre Mutter das Essen absagen musste«, meldete ich mich nun zu Wort und trat einen Schritt näher an die beiden heran. »Das ist meine Schuld. Ich bin unerwartet aufgetaucht.«

»Oh.« Eric rieb sich mit der Hand den Nacken. »Möchtest du vielleicht zum Abendessen mit zu mir kommen?«

Zoe sah mich kurz an und wandte sich dann wieder Eric zu. »Das kann ich nicht«, sagte sie. »Ich würde sehr gern mitkommen, aber Liana hat mich um Hilfe bei etwas gebeten.«

»Oh? Wobei denn? Kann ich euch begleiten?«

Mein Herz klopfte heftig, aber Zoe behielt die Nerven. »Nein«, sagte sie mit einem entschuldigenden Lächeln im Gesicht. »Wir sind schon fertig.«

»Ach so.« Er trat verlegen von einem Fuß auf den anderen und blickte zu Boden. »Aber warum kannst du dann nicht mit zum Abendessen kommen?«

Jetzt setzte mein Herz ganz aus. Es hörte einfach auf zu schlagen, als Eric das, was Zoe vorher gesagt hatte, auseinanderpflückte, um doch noch etwas Zeit mit ihr zu verbringen. Es wäre süß gewesen, wenn er dafür nicht den denkbar schlechtesten Zeitpunkt gewählt hätte.

»Ich bin mit meiner eigenen Arbeit im Verzug«, sagte Zoe gelassen und überraschte mich erneut damit, wie geschickt sie log. »Ich habe noch ein paar Teile, die ich auseinanderbauen, säubern und reparieren muss, bevor meine nächste Schicht anfängt. «

»Oh, dabei kann ich dir doch helfen!«, rief Eric freudestrahlend aus. Ich konnte einfach nicht anders und stürzte mich auf die erstbeste Idee, die mir kam, um Eric so schnell wie möglich loszuwerden.

»Sie lügt«, sagte ich und Zoe riss die Augen auf und blitzte mich wütend an. Ihr Blick war drohend und sie würde mir ganz gewiss ihre Meinung geigen, je nachdem, was ich als Nächstes sagte. Aber ich ignorierte sie und konzentrierte mich auf Erics überraschtes Gesicht. »Ich bin zu Zoe gekommen, um mit ihr über einen Jungen zu sprechen.«

Ich ließ meine Worte wirken und wartete auf Erics Reaktion.

»Einen Jungen?«, fragte er, offensichtlich verwirrt.

»Liana ist sich nicht sicher, ob er sie nur mag oder ob er sie richtig mag, verstehst du?«, sagte Zoe, während ich an Grey dachte und meine Gefühle für ihn hervorkramte, damit meine Wangen rot wurden.

»Ich habe Zoe gebeten, ob sie ... hm, uns beobachten kann und mir dann sagt, was sie von ihm hält.«

Dieses Mal waren meine geröteten Wangen echt. Ich konnte es nicht verhindern. Die Vorstellung, dass ich jemanden darum bat, mich dabei zu beobachten, wie ich mich mit Grey oder einem anderen Jungen unterhielt, war furchtbar peinlich. Das Letzte, was ich brauchte, war jemand, der mir jedes Fettnäpfchen, in das ich trat, hinterher auflistete und analysierte.

»Oh, das muss ich einfach mitansehen.« Mein Blick schoss zu Erics belustigtem Gesicht. Seine Augen glitzerten vorfreudig und ich erstarrte, während ich nach einer weiteren Ausrede suchte.

»Soll das ein Scherz sein?«, fragte Zoe laut und stemmte ihre Hände in die Hüften. »Wie begriffsstutzig bist du?«

Eric blinzelte, sein Lächeln zuckte und verschwand dann, als er zwischen uns beiden hin und her sah. »Ich ...

Was meinst du damit?«

»Was auch immer zwischen Liana und diesem Typen vorgeht, es ist noch sehr frisch! Das Letzte, was sie gebrauchen kann, ist ein anderer Typ in ihrer Nähe. Das würde die völlig falsche Botschaft senden.«

»Oh. Richtig. Das hatte ich nicht bedacht.«

Wir verstummten und plötzlich kam mir die perfekte Idee, um Eric loszuwerden. »Ja, stell dir vor, wie es wäre, wenn du dich für Zoe interessieren würdest und dann siehst du sie plötzlich mit irgendeinem attraktiven Typen zusammen.«

Der Blick, den Zoe mir zuwarf, versprach mir einen sehr baldigen, schmerzvollen Tod, aber ich achtete weiter auf Erics entsetztes Gesicht. Seine Augen schossen zu Zoe, die gerade noch rechtzeitig wieder eine halbwegs neutrale Miene aufsetzte. Dann sah ich wieder Eric an, der nun mich fragend vorwurfsvoll ansah. Ich hatte ein schlechtes Gewissen, weil ich noch nie angedeutet hatte, dass einer von beiden etwas für den anderen empfand, wenn beide zusammen waren, aber das war unser einziger Ausweg.

»Ich meine, wenn ich an Zoe interessiert wäre ... ja, dann könnte ich wohl verstehen ... Also ... Ich habe noch nie darüber nachgedacht ... Ich meine, es geht mich ja nichts an, mit wem Zoe ihre Zeit verbringt, selbst wenn ich an ihr interessiert wäre, also ...«

Erics Stammeln ließ mich lächeln und ich nickte. »Es tut mir leid, dass das deine Abendpläne verändert, aber Zoe wird ganz bestimmt bald ein neues Essen mit dir vereinbaren. Oder etwa nicht, Zoe?«

»Doch, klar«, murmelte Zoe und blickte auf ihre Fußspitzen. »Ich schreibe dir später eine Nachricht.«

»Klingt gut«, sagte Eric und fasste sich langsam wieder. »Viel Glück, Liana. Bis später.«

Ich winkte ihm zu, aber ich bezweifelte, dass Eric es bemerkt hatte, denn er entfernte sich so schnell, als ob seine Hose in Flammen stünde. Ich sah ihm nach und wandte mich dann zu Zoe um, die zu meiner Überraschung ganz dicht neben mir stand.

»Wie konntest du das nur tun?«, schimpfte sie laut. »Wie konntest du mich nur so bloßstellen?«

Ich hatte sie bloßgestellt? Ich überlegte, was ich alles gesagt hatte, um Eric loszuwerden.

»Was habe ich denn ...«

»Du hast ihm gesagt, dass ich gelogen habe. Jetzt wird er jedes Mal, wenn er mich ansieht, denken: *Oh, da ist Zoe, die Lügnerin!*«

»Es tut mir leid«, sagte ich etwas defensiv. »Ich habe Panik bekommen. Er war einfach zu entschlossen, bei dir zu bleiben, und falls du es schon vergessen hast: Das Leben eines Mannes steht auf dem Spiel. Es tut mir wirklich leid, wenn ich dich beschämt habe, aber wenn dein Vater mal so etwas gesagt hat wie *Menschenleben sind wichtiger*, dann ist das jetzt eine gute Situation, um ihn zu zitieren.«

Zoe sah mich beleidigt an und seufzte dann mit hängenden Schultern. »Du hast recht«, sagte sie. »Und es war richtig, ihn abzuschütteln. Ich will nicht, dass ihm meinetwegen etwas zustößt.«

»Das will ich auch nicht«, sagte ich und dachte an ihre Fünf. Wir verstummten. Ich konnte nicht sagen, was Zoe dachte, aber ich betete in diesem Augenblick dafür, dass unser Plan funktionierte und wir nicht erwischt wurden.

»Wohin gehen wir?«

»Zur Zitadelle«, sagte sie, klopfte mit der Hand auf die Stelle, an der sie die Karte verstaut hatte, und ich nickte. Der schnellste Weg hatte sich mir nach den jahrelangen Besuchen bei Zoe eingeprägt und ich wollte schon in die Nachbarhalle einbiegen, als Zoe meinen Arm ergriff und mich ansah. »Wir müssen an die Außenseite der Zitadelle gelangen«, sagte sie.

Ich seufzte und zog meine Kabelpeitschen aus dem Gürtel. Ich würde meine Hände scheinbar für etwas anderes brauchen. Zoes begeisterter Blick verriet mir, dass vor uns eine Kletterpartie lag.

Unmittelbar vor der Anwar-Brücke, einer strahlend schwarzen Brücke, die flach und breit war, um den Verkehr aus den nahegelegenen Grünanlagen fassen zu können, hielten wir an. Ich beobachtete die Brücke und die Leute, die sich mit ihren Kabelpeitschen darüber schwangen, während Zoe die Plastiktüte mit der herausgerissenen Seite hervorzog.

»Wir müssen hier absteigen«, sagte sie. »Du hangelst uns unter der Brücke entlang und dann an der Seite der Zitadelle nach unten. Wir suchen nach der Luke 3B.«

Ich nickte gedankenverloren, schwang meine Peitschen und haftete mich an dem schwarzen Geländer an. Es war so viel Betrieb rings um dem Turm der Zitadelle, dass wir wahrscheinlich gar nicht bemerkt werden würden. Der Zeitpunkt war also günstig. Ich beugte die Knie, wartete, bis Zoe auf meinen Rücken geklettert war, machte dann zwei Schritte vorwärts und sprang über den Rand. Zoe atmete scharf ein, als wir fielen, aber ich hatte ein Kabel schon gelöst und ausgeworfen. Als es haften blieb, löste ich das zweite Kabel. Wir schwangen uns in gleichmäßigem Rhythmus vorwärts und meine Arme schleuderten das zweite Kabel fast sofort aus, wenn das erste Kabel Kontakt hergestellt hatte. Wenige Augenblicke später hatten wir uns unseren Weg durch die Bögen und Säulen rings um die glatte und leicht spiegelnde Oberfläche der Zitadelle gebahnt. Ich sah mich um und achtete auf die kleinen Markierungen, die zur Orientierung und für Reparaturen gedacht waren, und hielt mich dann links, während ich mich auf der Suche nach der Luke, die Zoe benannt hatte, an den Abstieg machte.

»Da ist sie«, sagte Zoe plötzlich und verlagerte ihr Gewicht auf meinem Rücken so, dass sie mit dem Arm auf eine Stelle wenige Meter unter uns weiter nach links deuten konnte. Ich schleuderte meine Kabelpeitsche an der vermuteten Luke vorbei und schwenkte uns nach unten. Dabei streckte ich meine Beine, um unser Gewicht etwas auszubalancieren. Ich musterte die glatte Oberfläche und suchte nach einem Schalter oder einem Knopf, um die Luke zu öffnen, als Zoe ihre Hand ausstreckte und ein Kabel in ein kleines, fast unsichtbares Loch zwischen der 3 und dem B schob. Etwas Hartes drückte gegen meinen Rücken, aber ich rührte mich nicht, um Zoe nicht abzulenken. Ein elektronisches Piepen ertönte hinter mir und dann öffnete sich die Luke einen knappen Meter breit.

Ich erkannte, dass es sich um einen Schacht zwischen zwei Stockwerken handelte, und seufzte, während ich mich etwas absenkte, damit Zoe zuerst in die Öffnung kriechen konnte. Sie tat es so vorsichtig wie möglich, aber ich spürte dennoch ihren Stiefel auf meiner Schulter, als sie sich hochdrückte.

»Jetzt, wo wir hier sind«, stöhnte ich, während ich mich selbst in den Schacht hievte und meine Kabel einspulte,

»könntest du mir ja sagen, was du vorhast.«

Zoe hatte die Karte bereits aus der Tüte gezogen und auf dem Boden ausgebreitet. Mit einer kleinen Taschenlampe beleuchtete sie sie und sah dann auf die Rohre, die über uns entlangliefen. Ich sah ebenfalls nach oben, wurde aber immer noch nicht schlau aus der Zeichnung.

»Du sagst, dass sie Gas einsetzen, richtig?«, sagte sie, während ihr Blick weiter umherhuschte.

Ich dachte an die Frau, der das Blut aus den Augen gelaufen war, und nickte mit flauem Magen. »Ja. Warum?«

Sie schien gefunden zu haben, wonach sie suchte, weil sie direkt nach meiner Frage begann, die Karte wieder zusammenzufalten. »Ich bin mir noch nicht sicher, aber wenn das Gas nebelförmig austritt, dann haben sie vielleicht ein Wasserrohr dafür umfunktioniert. Dazu ist das System eigentlich nicht gedacht, weshalb sie irgendwo etwas verändert haben müssen. Wahrscheinlich nutzen sie eines der Rohre, das ursprünglich als Luftbefeuchter gedient hat.«

»Oh. Moment mal, sie benutzen also die Feuchtigkeitsregulierer, um das Gift zu verbreiten?«, fragte ich stirnrunzelnd und überlegte, wie uns das weiterhalf. »Was nützt uns das?«

»Ich bin mir noch nicht sicher«, sagte sie mit einem müden Seufzen. »Ich muss sehen, wie sie das System verändert haben, bevor ich einen Plan entwickeln kann. Aber ... Ich habe eine Theorie und wenn ich recht habe, dann kann ich dafür sorgen, dass das Gift gar nicht erst mit dem Wasser vermischt wird.«

Gott, ich hatte Zoe wirklich sehr gern, aber sie überschätzte meine kognitiven Fähigkeiten bei Weitem. »Mädel, kannst du es bitte für mich etwas verständlicher ausdrücken?«

»Du hast wirklich keinen Funken Ahnung von meiner Arbeit«, brummte Zoe und verstaute die Karte. »Ich glaube, dass ich es so aussehen lassen kann, als ob Giftgas aus dem Rohr austritt, aber in Wirklichkeit enthält der

Nebel kein Gift.«

Ich blinzelte und dachte über ihre Worte nach. »Ich drücke also auf den Knopf, aber er stirbt nicht?«

»Das ist die Idee«, sagte Zoe, die Augen auf die Rohre über sich geheftet. Sie kroch nun auf Händen und Knien vorwärts. »Es gibt nur einen Ort, an dem sie das Rohr manipulieren können, dort vorn an der Kreuzung. Hatte seine Zelle eine Kennzeichnungsnummer?«

Das hatte sie, jetzt, wo ich darüber nachdachte, aber ich hatte sie die beiden Male, als ich dort gewesen war, kaum beachtet. Nun versuchte ich angestrengt, in Gedanken den Gang entlangzugehen und die Tür vor mir zu sehen. Nach einem Augenblick funktionierte es.

»5D«, sagte ich und kroch hinter Zoe her.

Der Schacht führte noch etwa sieben Meter weiter, bevor er in einen hohen, runden Zwischenraum mündete, der voller Rohre aus Glas und Blei, Elektrokästen, Drähte und Kabel war. Zoe schaltete ihre Taschenlampe aus und sah sich um. Der Raum wurde von einem weißlichen Licht gut ausgestrahlt. Zoe runzelte bereits die Stirn.

»Einige dieser Rohre sind aus Blei«, sagte sie und blickte wieder auf ihre Karte. »Aber das sollten sie nicht sein.«

Sie hatte recht, obwohl ich einen Augenblick brauchte, um zu verstehen, woher ich das wusste. Wir hatten im Unterricht vor ein paar Monaten von einem anderen Taucher, Lester, gelernt, wie man erkennen konnte, welche Rohre wofür zuständig waren. Blei wurde nur aus einem einzigen Grund verwendet, nämlich, wenn das Wasser giftig oder tödlich war. Diese Rohre befanden sich nur unten in der Kläranlage. Den Sicherheitsvorschriften zufolge durfte giftiges Wasser nicht höher als im 40. Stockwerk fließen.

»Glaubst du, dass sich in diesen Rohren das Giftgas befindet?«, fragte ich mit einem Blick auf die Rohre.

»Nein«, sagte sie, senkte die Karte und musterte die Rohre »Wenn das Gift schon gasförmig wäre, dann müssten sie es mit Druck transportieren. Aber ich sehe hier keine Maschine, die das tut.«

»Sie könnten es mit der Luft voranblasen?«, mutmaßte ich. »Der Nebel kommt fertig gemischt aus dem Lüftungsschacht.«

Doch Zoe schüttelte sofort den Kopf. »Das ginge nicht ohne ein paar schwerwiegende Veränderungen am ganzen Lüftungssystem, weil alles miteinander verbunden ist. Selbst dann würde das Gas nicht als Nebel austreten, weil das System so geschaffen ist, dass es Feuchtigkeit herausfiltert, um Schäden zu vermeiden. Die Befeuchter sind der einzige Weg, wie sie das Gift transportieren können, ohne dass es in den Kreislauf gelangt.«

»Das heißt ...«

»Einen Augenblick«, sagte sie, kroch nach vorn und fuhr mit den Fingern ein Rohr entlang. Ich schwieg und versuchte, geduldig zu sein und sie in Ruhe arbeiten zu lassen. Ich war ihr so dankbar, dass sie hier war, weil ich diese ganzen Rohre mit Sicherheit nicht allein hätte entziffern können. Ich musste wissen, was hier vor sich ging. Greys Leben hing davon ab.

»Das ist es also, was sie tun.« Ich sah, dass sie nun neben ein paar Drähten kniete und ihr selbstgebasteltes Pad daran angeschlossen hatte.

»*Was* machen sie?«, fragte ich, als sie das Gerät wieder losstöpselte.

»Nun, die gute Nachricht ist, dass sich tatsächlich Wasser in diesen Bleirohren befindet.«

»Was ist die schlechte Nachricht?«

»Dazu komme ich noch«, sagte sie. »Aber vorher müssen wir dort hinauf.« Sie deutete auf ein breites Bleirohr, an das die meisten anderen Bleirohre direkt angeschlossen waren. Das besagte Rohr sah irgendwie fehl am Platz aus, wie ein Abwassertank oder etwas Ähnliches. Es baumelte seltsam von der Decke.

Wir kletterten also zum Rohr hinauf. Zoe hangelte sich an den anderen Rohren hoch, während ich meine Kabel zu Hilfe nahm. Dann quetschte sich Zoe oben in den engen Zwischenraum und legte sich flach auf das Rohr. Sie musterte es und neigte den Kopf, um die technischen Angaben an der Seite zu lesen.

Ich fühlte mich dabei ziemlich nutzlos. Das hier war zwar nicht mein Fachgebiet, aber ich wollte trotzdem irgendetwas tun. Ich versuchte, mich an meine Schulungen über die Kläranlage zu erinnern, aber die waren an Anfänger gerichtet gewesen und das hier schien mir weitaus komplizierter zu sein. Diese Dinge lernte nur jemand, nachdem er als Auszubildender in der Kläranlage akzeptiert worden war.

Zoe lächelte. »Ich glaube, jetzt habe ich es«, raunte sie. »Das ist kein Sammeltank, obwohl es so aussieht. Das Rohr führt zu einem Heizgerät, wo das Wasser zu Dampf erhitzt wird. Aus diesem anderen Rohr wird das Wasser zugeführt.«

Sie zog einen Schraubenschlüssel aus ihrem Gürtel und begann, am Bolzen zu drehen, aber ich hielt sie zurück.

»Warte!«, rief ich. »Was ist, wenn das Wasser giftig ist?«

»Das ist es nicht – noch nicht zumindest. Das Gift kommt von irgendwo anders hier drinnen her.« Sie klopfte an die Deckenplatte, aus der das Rohr kam, an dem sie arbeitete.

»Verstehe. Aber wie werden wir nicht dem Gift ausgesetzt, wenn du das Rohr öffnest?«

Zoe stoppte, überlegte und schüttelte dann den Kopf. »Gute Frage, aber ich habe mich falsch ausgedrückt. Es wird hier durchgeleitet. Warte.«

Sie löste den Bolzen und das Rohr lockerte sich aus seiner Halterung an der Decke. Ich rechnete damit, dass nun Wasser austreten würde, aber alles blieb trocken. Als Nächstes schraubte Zoe den Deckenrost ab. Ich nahm es ihr ab und legte es auf einen der Elektrokästen. Wenn es hinunterfiel, konnte ich es immer noch wieder aufheben, aber im Augenblick brauchte ich beide Hände, um Zoe zu helfen.

Als ich mich wieder zu ihr hochdrehte, sah ich, dass sie auf dem Rohr stand, sich bückte und sich an etwas in dem Raum zwischen dem Rohr und der vergitterten Decke zu schaffen machte. Ich hörte ihre Werkzeuge klappern und schließlich stieß sie ein lautes »Aha!« aus.

Sie trat zurück, die Hände und das Gesicht schwarz beschmiert, und streckte mir ein silbernes Ventil entgegen, das faustgroß war. »Damit können wir etwas anfangen«, sagte sie, ließ sich wieder auf das Rohr sinken und holte einen Schraubenzieher hervor.

»Was ist das?«, fragte ich und sah es mir an.

»Es ist ein Richtungsventil«, sagte sie und setzte ihren Schraubenzieher an. »Es wird automatisch gesteuert und soll zwischen heiß und kalt wechseln können, wie in einer Dusche zum Beispiel. Aber es ist nicht so eingestellt, wie es sein sollte. Ich habe mir die beiden Leitungen angesehen, die damit verbunden sind. Eine befördert Wasser und die andere vermutlich das Gift.«

Ich runzelte die Stirn. »Okay. Lass es mich verstehen. Es gibt eine Wasserleitung und eine Giftleitung. Und dieses Ventil kontrolliert beide Leitungen.«

»So in etwa. So kannst du in der Dusche das Verhältnis von heißem und kaltem Wasser einstellen. Das hier ist genauso. Aber es ist so eingestellt worden, dass es nur zwei Optionen hat: offen und geschlossen. Das wurde extra so eingerichtet, damit jemand es bei normalen Wartungsreparaturen nicht bemerkt. Die Ventile werden häufig übersehen. So versteckt man etwas und lässt es trotzdem sichtbar.« Es klickte und Zoe lächelte.

»Und so einfach rettet Zoe den Tag. Ich habe das Ventil so angepasst, dass die Öffnung weiter hinten sitzt.

Wenn der Knopf einrastet, ist, was auch immer sie da zumischen, weiter blockiert.«

»Bist du dir sicher?« Das klang mir zu einfach.

Zoe nickte und stand auf, um das Ventil wieder einzubauen. Sie bastelte noch ein paar Minuten weiter und kam dann verschmiert und mit ihren Werkzeugen in den Händen wieder nach unten geklettert. Sie wischte sich den Schweiß von der Stirn, wobei sie einen weiteren schwarzen Streifen hinterließ, und streckte ihre Hand aus, um den Deckenrost wieder anzubringen. Ich reichte ihn ihr und sie schraubte ihn wieder an der richtigen Stelle an.

»Es gibt nur ein Problem«, sagte sie, während sie arbeitete und ich nickte. Natürlich hatte das hier nicht alles sein können. Nichts war je einfach.

»Was?«

»Ich musste das Ventil aufbrechen, um es zu reparieren. Wenn sie also danach versuchen, jemanden zu vergasen, wird diese Person auch überleben.«

»Gut«, sagte ich und sie nickte.

»Ja, aber es ist nur eine Frage der Zeit, bis sie jemanden losschicken, um nachzusehen. Wenn sie das tun, werden sie das Ventil sehen und merken, dass es beschädigt ist.«

»Können wir nicht einfach wiederkommen und es wieder so einstellen, wie es vorher war?«, fragte ich, aber Zoe schüttelte den Kopf.

»Das ganze Teil muss ausgewechselt werden und als Rogen habe ich keinen Zugriff auf Ersatzteile.« Sie sah mich mit großen Augen an. »Sie werden sich das Ventil ansehen und entweder glauben, dass es sich um einen Herstellungsfehler handelt, oder aber ... «Sie verstummte, aber es war auch nicht nötig, dass sie weitersprach. Wenn sie das Ventil sahen, erkannten sie womöglich, dass jemand es manipuliert hatte.

»Können wir denn nicht ...«

Ein Peitschenknall dicht an mir und ein blaues Flackern in meinem Augenwinkel unterbrachen mich. Eine große Gestalt tauchte auf und baumelte auf einmal an einem Kabel neben mir. Ich drehte mich und starrte in Geromes harte, matte Augen.

»Gerome«, sagte ich und spürte, wie mir der Schweiß im Nacken ausbrach. Woher wusste er, dass wir hier waren? Wurde dieser Raum überwacht? Oh Gott, hatte er uns womöglich belauscht?

»Lehrling«, sagte er mit einem Nicken. Dann sah er zu Zoe. Sein Ausdruck veränderte sich etwas, als er ihren Rang sah, aber er hielt seinen Spott im Zaum. »Rogen.«

Zoe war blass geworden, schaffte es aber, ihm zuzuwinken, bevor sie sich wieder dem Dach zuwandte.

»Was machst du hier?«, fragte ich.

Er sah mich eindringlich an, bevor sein Blick erst zu Zoe huschte und dann wieder in einer stillen Warnung zu mir zurückschoss. Ich verstand die Nachricht: Sie durfte nichts über die Gefangenen über uns und das, was mit ihnen geschah, erfahren. Das tröstete mich, denn es bedeutete, dass Gerome keine Ahnung hatte, was wir hier gerade planten. Doch das bedeutete nicht, dass er es nicht herausfinden konnte. Erst mein ungewöhnliches Verhalten vorhin ... und nun fand er uns hier vor. Es lag zu dicht beisammen. Er würde darauf kommen, dass wir die Zelle manipulierten, wenn ich nicht das perfekte Bild von Ruhe und Gefasstheit vermittelte und über jeden Zweifel erhaben blieb.

»Ich habe ... mir nach unserem letzten Gespräch Sorgen um dich gemacht«, sagte Gerome. »Und ich hatte das Gefühl, dass ich dir eine Entschuldigung schuldig bin. Du hattest recht, mich zu bremsen, als du es getan hast.«

Eine Entschuldigung? Von Gerome? Ich sah ihn an. Sein Blick war freundlich, aber es war schwer, diese Freundlichkeit mit dem Bild des mordenden Mannes zusammenzubringen, und so wandte ich den Blick ab.

»Danke«, sagte ich mit neutraler Miene.

»Stell dir meine Überraschung vor, als ich bei den Sehern herausgefunden habe, dass du hier bist. Was machst du hier?«

»Sie ist mit mir hier«, sagte Zoe, während sie das Rohr wieder in die Deckenhalterung einpasste. »Ich prüfe nur ein paar Rohre auf Korrosion und undichte Stellen.«

»Ist dir diese Aufgabe zugewiesen worden oder ...«

»Nein«, sagte ich, weil ich wusste, dass er das nachprüfen und uns so beim Lügen ertappen konnte. »Rogen Elphesian ist eine der übereifrigsten Kollegen in der Wasseraufbereitung. Sie übernimmt oft zusätzliche Aufgaben und ich begleite sie, um etwas dabei zu lernen.«

»Ich verstehe«, sagte Gerome, sah sich im Raum um und nickte. »Es ist gut, dass du mehr lernen willst. Das kommt uns allen zugute. Aber ich muss mich doch fragen, ob du vielleicht eine Versetzung in Erwägung ziehst?«

Er sagte das bemüht beiläufig, aber mir entging der Ärger in seiner Stimme nicht. Er war gegen Versetzungen.

Zum Glück hatte ich keinerlei Pläne, mich versetzen zu lassen.

»Nein, ganz und gar nicht. Ich versuche nur, meine Kenntnisse zu erweitern. Man weiß ja nie, wann mal etwas kaputt geht.«

»Das stimmt. Nun gut. Ich bin froh, dass ich dich getroffen habe, aber du scheinst beschäftigt zu sein. Wir sehen uns morgen auf Patrouille?«

»Natürlich, Sir«, sagte ich und senkte mich auf den Boden hinab, nachdem ich bestimmt eine dreiviertel Stunde an meinen Kabeln in der Luft gehangen hatte. »Ich freue mich darauf.«

Gerome landete neben mir, nachdem er sich einfach hatte fallen lassen, statt sich abzuseilen, während Zoe an den Rohren neben uns nach unten kletterte. »Gut. Dann arbeitet mal weiter, ihr zwei. Wir sehen uns morgen.«

Gerome verschwand genauso schnell wieder, wie er aufgetaucht war, aber ich wartete ein paar zusätzliche Sekunden, bevor ich meinen angehaltenen Atem ausstieß. Zoe stand nun neben mir und hielt sich tapfer, obwohl ihre Hände so zitterten, als ob sie kurz vor dem Erfrieren wäre.

»Ist alles in Ordnung?«, fragte ich, worauf sie nickte.

»Ja, aber ... Ich möchte gern nach Hause.«

»Ich auch«, antwortete ich automatisch, doch dann merkte ich, dass das nicht stimmte. Zoe ergriff meine Hand und drückte sie aufmunternd.

»Das Schlimmste ist überstanden«, sagte sie. »Jetzt musst du ihm nur noch die Tablette verabreichen, nachdem du ihn vergast.«

»Ja«, sagte ich bitter. »Hoffentlich versteht er, was vor sich geht, und spielt mit.«

»Glaubst du, dass er Callivax kann?«, fragte sie hoffnungsvoll, aber ich zuckte mit den Schultern.

»Das macht keinen Unterschied«, sagte ich und ging zu dem Tunnel, der uns wieder an die Außenseite der Zitadelle bringen würde, woher wir gekommen waren. Ich wollte diesen Ort so schnell wie möglich verlassen. »Die Scheibe im Zimmer ist nur von unserer Seite einsehbar.«

»Schalte das Licht auf deiner Seite an«, sagte Zoe, während sie in den Schacht kroch. »Die Scheibe ist für ihn nur so lange undurchsichtig, wie es auf eurer Seite dunkel ist. Dann schreibe ihm mit deinen Fingern eine Nachricht mit den Buchstaben des Callivax-Alphabets – das muss jedes Kind in der Grundschule lernen. Wenn du so tust, als ob du das Licht aus Versehen einschaltest und deine Handbewegungen klein hältst, wird Gerome es nicht einmal bemerken. Wir sind schon so weit gekommen. Nur noch zwei kleine Schritte.«

Klar, dachte ich und ließ mich auf meine Hände und Knie sinken. *Und dann kann ich nur noch hoffen, dass Zoes Reparatur funktioniert, sonst werde ich ihn wirklich töten.*

18

Am nächsten Morgen wachte ich früh auf. Zu früh, aber ich konnte einfach nicht länger schlafen. Ich war zu aufgeregt und hatte mich den größten Teil der Nacht unruhig im Bett hin- und hergewälzt. Nach einer Weile war mir klar geworden, dass ich nicht mehr schlafen können würde, also hatte ich Sport gemacht. Liegestütze, Rumpfbeugen und Kniebeugen. Danach hatte ich geduscht und eine Stunde lang mit meinem Haar gespielt. Ich hatte mich mit der Creme eingerieben, die meine Mutter für mich auf dem Markt gekauft hatte. Dann hatte ich mich angezogen, gefrühstückt, auf dem Sofa herumgesessen und gewartet. Ich hatte meine Nachricht auf Callivax geübt und war jeden Schritt mindestens zwei Millionen Mal in meinem Kopf durchgegangen. Ich hatte gebetet.

Um sechs Uhr, als die Morgendämmerung gerade einsetzte, tippte ich auf meine Anzeige und schrieb Gerome eine einfache Nachricht: Ich bin bereit.

Zwei Stunden später hatte Gerome mich von zu Hause abgeholt. Meine Eltern hatten mir mit mehr Stolz als Sorge im Blick nachgesehen und waren im Gang stehengeblieben, als Gerome und ich gingen.

Ich machte jeden Schritt voller Angst und dachte gequält an jede Einzelheit des Plans. Jeder Gedanke endete mit einem Gebet: *Bitte lass mich diesen Mann nicht töten. Bitte mach, dass er Callivax versteht. Bitte mach, dass ich seinen Körper forträumen darf. Bitte hilf uns, nicht erwischt zu werden.*

Wir fuhren mit dem Aufzug nach unten. Schweigend sah ich die Nummern an mir vorbeihuschen, als wir immer näher kamen und die Angst sich wie ein Schraubstock immer fester um mein Herz legte. Auf halbem Weg brach Gerome das Schweigen und erinnerte mich daran, dass er ja auch noch da war.

»Ich bin froh, dass du verstanden hast, was zu tun ist«, sagte er. »Du wirst eine sehr vorbildliche Ritterin werden, Liana.«

»Danke, Sir«, sagte ich und hielt meinen Blick nach vorn gerichtet. Seine Worte brachten mich innerlich zum Kochen. Jemanden umzubringen sollte nicht vorbildlich sein. Wenn das aus unserer Gesellschaft geworden war und wir diejenigen umbrachten, die sich nicht in sie einfügten, dann war es vielleicht verdient gewesen, dass unsere Welt zerstört worden war. Nichts konnte rechtfertigen, was hier unten vor sich ging, ganz egal, mit wie viel Rhetorik wir zugedröhnt wurden.

»Ja, also ... Ich kann mir vorstellen, dass du innerhalb eines Monats zur Eliteritterin ernannt wirst. Es würde mich überraschen, wenn du nicht gleich diesen Rang erhältst, sobald du zur vollwertigen Ritterin ernannt wirst.«

»Es ist mir eine Ehre, zu dienen.« Gerome fletschte seine weißen Zähne und ich konnte an nichts anderes denken als an die arme Frau, die er in dieser Zelle vergast hatte. Ich wandte den Blick ab und senkte den Kopf. Die Worte, die ich ihm entgegenschleudern wollte, waren hinter meinen zusammengebissenen Zähnen fest weggesperrt. Ich war entschlossen, Grey zu retten.

Der Fahrstuhl hielt, wir stiegen aus und gingen den bekannten Gang entlang. Dieses Mal waren die Zimmer nicht leer. Und sie waren, wie ich bald bemerkte, auch nicht schallgedämpft. Schreie, Wimmern und Winseln hallten qualvoll durch die Türen. Die Verzweiflung und das Flehen der Menschen zu hören, gab mir das Gefühl, eine Komplizin ihrer Gefangenschaft und Folter zu sein.

Ich konnte nicht in die Zimmer blicken, weil ich Angst hatte, von der Verzweiflung überwältigt zu werden, nichts für diese Menschen tun zu können. Ich hatte nicht die nötige Macht, die nötigen Ressourcen oder die

Gelegenheit dazu. Das bedeutete, dass sie alle sterben würden.

Wenn ich das hier hinter mich gebracht hatte, würde ich versuchen, diese ganze Geschichte an den Rat zu filtern, der dem Grauen hoffentlich Einhalt gebot. Die Gesetze waren eindeutig, was Hinrichtungen betraf, weshalb es um so bedauernswerter war, was hier vor sich ging. Der Gedanke, dass die Ritter an all dem Schuld waren, war schrecklich. Der Rat musste dieser Sache auf den Grund gehen.

Es sei denn, sie wussten Bescheid. Alle vertrauten auf Scipio und diese Befehle kamen von ihm. Was war, wenn alle bereits informiert waren und niemand etwas dagegen unternahm? Oder sie sogar einverstanden waren?

Etwas stimmt nicht mit Scipio. Die geflüsterten Worte meines Bruders drängten sich mir wieder auf. Vielleicht war es das, wovon mein Bruder gesprochen hatte. Vielleicht hatte Scipio den Rat davon überzeugt, dass der einzige Weg, den Turm zu beschützen, daraus bestand, die Einser zu töten. Der Rat konnte zugestimmt haben, wenn Scipio genügend Beweise für seine Argumentation vorgebracht hatte. Aber Scipio hätte so etwas gar nicht vorschlagen dürfen, denn er sollte doch das Leben der Menschen beschützen. Dazu war er entwickelt worden.

Ich schob diese beunruhigenden Gedanken beiseite und konzentrierte mich auf die Aufgabe, die mir bevorstand. Ich konnte mir später noch Gedanken über das Problem mit Scipio und dem Rat machen. Grey hatte jetzt erst einmal oberste Priorität.

Gerome ging zur Tür voraus und blieb davor stehen. »Ich wollte dich noch vor etwas warnen.«

Ich sah erschrocken auf. Das Letzte, was ich heute gebrauchen konnte, war eine Überraschung.

Er musste meine Reaktion fehlinterpretiert haben, denn er sagte: »Es hat nichts mit dem Einser zu tun, das verspreche ich. Aber wir werden einen besonderen Gast haben.«

»Einen Gast?«, fragte ich verblüfft. Meine Eltern waren nicht hier und die Ritter wollten doch nicht, dass Zoe oder jemand anderes davon erfuhr, was sie hier unten taten ... Mir fiel niemand sonst ein, außer Alex vielleicht.

Dieser Gedanke hätte mich völlig erstarren lassen, wenn wir nicht schon stehengeblieben wären. Ich hatte ohnehin schon Probleme damit, Haltung zu bewahren. Der Gedanke, dass mein Bruder hier sein und mir zusehen könnte ... Das würde bedeuten, dass er Bescheid wusste und ...

Ich zwang mich, damit aufzuhören. Ich war paranoid. Alex wusste nichts von alldem. Da war ich mir ganz sicher.

»Ja«, sagte Gerome mit einem leichten Stirnrunzeln. »Wenn es sein Tagesprogramm erlaubt, ist er gern bei der ersten Hinrichtung der Lehrlinge dabei. Er ...«

»Sorgt gern dafür, dass die richtigen Leute dorthin gelangen, wo sie hingehören«, vollendete eine zweite Stimme hinter uns gewandt den Satz.

Ich wirbelte herum und musste aufpassen, dass mir die Kinnlade nicht hinunterfiel. Der Mann vor mir hatte sich von seinem Alter nicht beugen lassen. Sein ergrautes Haar war zu einem festen Knoten zusammengebunden und sein Kinnbart war sorgfältig gestutzt. Eine Hakennase ragte zwischen seinen funkelnden, verschiedenfarbigen Augen hervor – ein Auge war blau und das andere braun. Er sah mich musternd an. Er trug eine Brosche in Form einer silbernen Hand, die sich um ein Auge schloss.

Meister Devon Alexander, der Leiter unserer Abteilung. Meister der Sechs Glocken und Verteidiger des Tors, so benannt nach den Titeln, die er während des Turniers um den Meistertitel gewonnen hatte.

»Ist das Lehrling Castell, Ritterkommandant Nobilis?«

Gerome nickte, scheinbar unbeeindruckt vom Auftauchen des Mannes. »Lehrling Liana Castell, Meister Devon.

Tochter von Silas und Holly Castell, zwei eurer höchstrangigen Ritterkommandanten.«

Ich musste mich sehr zusammenreißen, um nicht zu zittern zu beginnen. Das war unser Gast? Ein Ratsmitglied und einer der mächtigsten Männer im Turm? Sein Mut war grenzenlos, wenn man den Erzählungen glauben konnte.

Der Mann streckte eine behandschuhte Hand aus und ehe ich mich versah, hatte er sie unter mein Kinn gelegt und drehte mein Gesicht hin und her wie einen Apfel, den man auf braune Flecken untersuchte. Ich ließ es widerspruchslos geschehen. Ich musste jetzt noch mehr denn je wie eine echte Neun wirken. Ein falscher Schritt und Devon würde mich entlarven.

»Ich sehe die Ähnlichkeit«, sagte er und hob abrupt meinen Kopf. »Sie hat ihren Stoizismus von Silas. Sie war doch ein Zwilling, oder nicht?«

»Ja, aber drittgeboren.«

»Tatsächlich?«, sagte Devon mit hoher Stimme, fast ungläubig. »Was ist da passiert?«

»Scipio hat sie verschont.«

Devons Blick schoss zu mir und ich sah kurz Besorgnis in seinen Augen aufleuchten. Ich fragte mich, was wohl dahintersteckte. Normalerweise wurde Scipios Entscheidung als Segen aufgefasst, nicht als etwas, vor dem man sich fürchten musste. Dass er so reagierte ... war eigenartig und beunruhigend.

»Du musst dich sehr gesegnet fühlen«, sagte er nach einem Augenblick und ich nickte, wobei ich mein Gesicht so ausdruckslos wie möglich hielt.

»Scipio hat mir das Leben geschenkt. Es ist nur angemessen, dass ich dieses Leben nutze, um ihm so gut wie möglich zu dienen.«

Devon lächelte schmallippig und Gerome hüstelte leise hinter vorgehaltener Hand. »Sollen wir?«, fragte er und deaktivierte das Türschloss.

Die Tür öffnete sich und ich hielt sie den beiden Männern auf. Dann verschloss ich sie und folgte den beiden.

Mein Blick schoss die Wände auf der Suche nach dem Lichtschalter entlang. Ich fand ihn auf der anderen Seite des Zimmers. Nun musste ich nur noch hinübergehen, ihn »versehentlich« einschalten und beten, dass sich Grey an die Callivax-Zeichen aus seiner Schulzeit erinnerte.

Ich sah zu Gerome und Devon hinüber, die gemeinsam durch eine Akte blätterten – wahrscheinlich war es Greys Akte, die Devon abnehmen musste, also nutzte ich die Gelegenheit, glitt an der Wand entlang und lehnte mich mit dem Rücken gegen den Schalter. Mein Blick schoss wieder zu Gerome und Devon. Devon drückte gerade seinen Fingerabdruck auf Geromes Pad, als ich mich etwas weiter zurücklehnte und das Licht anging.

Grey sprang sofort auf die Beine und sein Blick eilte von Gerome und Devon zu mir.

»Was zum ...«

Ich machte schnell die Zeichen, während die beiden Männer auf die Lampen an der Decke schauten und noch nicht bemerkt hatten, wieso sich das Licht eingeschaltet hatte.

S-p-i-e-l-m-i-t, buchstabierte ich in Callivax und nutzte keines der komplizierteren Symbole, mit denen die Taucher vertraut waren. Alle Bürger des Turms hatten in der Schule eine Grundausbildung in den verschiedenen Abteilungssprachen erhalten, aber das war in jungen Jahren und viele vergaßen das Gelernte, weil sie es nicht anwendeten. Ich buchstabierte es noch einmal, sah ihn eindringlich an und deutete dann auf die Hand, die an meinem Oberschenkel lag. Hoffentlich verstand er, was ich ihm sagen wollte. Hoffentlich begriff er es, bevor es zu spät war.

»Liana, du lehnst an dem Schalter!«, rief Gerome aus.

In gespieltem Entsetzen zuckte ich zusammen, fuhr herum und schaltete sofort das Licht aus.

»Es tut mir leid«, sagte ich und versuchte, einen Hauch von Scham in meine Stimme fließen zu lassen. »Das habe ich nicht gesehen. Glaubst du ... Glaubst du, dass er mich gesehen hat?«

Ich wandte mich mit neutralem Gesicht und einer winzigen Spur von Sorge zu Gerome um.

Devon und Gerome starrten mich an, doch dann lächelte Gerome mir freundlich zu. »Das macht nichts. Er ist sowieso bald tot.«

»Ja, was das angeht«, sagte ich, atmete tief durch und machte mich bereit, meine vorbereiteten Lügen aufzusagen. »Sir, ich möchte den Leichnam danach wegräumen.«

Gerome und Devon sahen sich erstaunt an, aber ich sprach weiter. »Mein Vater und ich haben gestern Abend darüber gesprochen und er hat mir gesagt, dass einer seiner Lehrlinge ihn einmal um dasselbe gebeten hat. Mein Vater war damals verständlicherweise überrascht, weil er den Grund nicht verstanden hat. Also hat er seinen Lehrling gefragt und der hat geantwortet: ‚Wenn ich diesen Mann töte, dann ist es meine Pflicht, dafür zu sorgen, dass seine Reste mit dem größten Respekt behandelt werden, denn dies ist der letzte Dienst, den dieser Mann dem Turm erweist.«

»Wer war das?«, fragte Devon und sah zu Gerome hinüber, doch Gerome zuckte mit den Schultern.

»Ich bin mir nicht sicher, aber die Geschichte kommt mir bekannt vor.«

Ich blinzelte und brachte es fertig, nicht zu grinsen. Gerome hatte mir unwissentlich geholfen. Zu schade nur, dass die Geschichte komplett ausgedacht war.

»Als mein Vater mir davon erzählt hat, habe ich verstanden, dass ich die Aufgabe, die ich heute erledigen werde, so bewältigen kann. Ich möchte mich an diesen Menschen erinnern, weil er ein Opfer für den Turm erbracht hat.«

Gerome sah erwartungsvoll zu Devon und der ältere Mann sah mich mit kühlen Augen an. »Das scheint mir eine nachvollziehbare Bitte, aber ich fürchte, dass du diese Einser zu sehr vermenschlichst.«

Und ich fürchte, dass ihr sie überhaupt nicht wie Menschen betrachtet. Geromes Beteiligung an dieser ganzen Sache war im weitesten Sinne vielleicht noch verständlich, aber Devons Beteiligung war es nicht. Er war ein Mann, der die Dinge im Turm verändern konnte, aber er hatte sich dazu entschlossen, es nicht zu tun. Und das machte ihn in meinen Augen schlimmer als alle anderen, die an diesen monströsen Taten beteiligt waren.

Es kam Bewegung in die Zelle, als Grey sich wieder auf den Boden setzte und auf die Glasscheibe starrte.

Hoffentlich hatte er meine Nachricht erhalten, für die ich so viel riskiert hatte. Hoffentlich hatte er sie verstanden.

»Widerlich«, brummte Devon. »Wie ein Tier. Stell dir vor, wie verdorben man sein muss, um eine Eins zu werden.«

Gerome nickte, gehorsam wie immer.

»Wir haben versucht, sie zu rehabilitieren«, sagte Devon mit geschürzten Lippen. »Das haben wir wirklich. Aber was wir auch unternommen haben, sind sie abgesunken und abgesunken und haben andere mit sich gezogen. Gute Menschen. Ehrliche Menschen.« Er schüttelte den Kopf.

Rehabilitierung. *Ja, klar.* Nach dem, was ich aus diesen Räumen gehört hatte, war das alles andere als ein Versuch der Rehabilitierung. Man konnte Menschen nicht zum Gehorsam zwingen, indem man ihnen Nadeln in den Schädel jagte und in ihrem Kopf herumkratzte. Diese Menschen hatten Glück, wenn sie danach überhaupt noch etwas denken konnten, aber ich bezweifelte, dass sie zu mehr in der Lage waren, als die einfachsten Aufgaben zu verrichten. Ihre Kreativität war fort. Sie hatten keine Ideen mehr. Keine Gedanken.

In diesem Zustand konnten sie nicht einmal mehr jemanden mit sich in den Abgrund ziehen, wie Devon es behauptete.

Ich sah, wie Grey seine Knie an die Brust zog. Sein Anblick diente mir als lebhafte Erinnerung daran, warum ich mich davon abhalten musste, Devon gegenüber unhöflich zu sein. Ich durfte uns nicht verraten. Es bereitete mir Übelkeit, auch nur im gleichen Raum mit Devon zu sein, und ich begann, ihn mehr als jeden anderen Menschen in meinem Leben zu hassen.

»Tu es, Lehrling«, sagte Devon. »Verdien dir deinen Rang. Zeig uns, warum Scipio dich mit einer Neun beehrt hat.«

Ich schluckte und Grey sah auf. Ich wusste, dass er mich nicht sehen konnte, aber ich sah ihn an und hielt mich an seinem Blick fest. Da saß der Mann, der mich gerettet hatte. Der meinetwegen Risiken auf sich genommen hatte und deshalb gefangen genommen und gefoltert worden war. Die Wunde auf seiner Brust hatte sich eitrig gelb verfärbt und ich sah, dass er Schmerzen hatte. Sein Blick war vor Hunger trüb. Sein Anblick versetzte mir einen Stich ins Herz und versicherte mir nur einmal mehr, dass ich nicht dazu bestimmt war, ihn zu töten.

»Tu es«, sagte Devon diesmal mit schärferem Ton.

Meine Bestimmung bestand darin, ihn zu retten.

Ich schlug mit der Hand auf den Knopf und spürte, wie mich Panik erfasste und sich tief in meinen Knochen festsetzte. Ich war überzeugt, dass ich gerade einen Mann zum Tode verurteilt hatte. Aber das hier sollte ihn nicht mehr töten können – er würde nur Wasserdampf einatmen. *Bitte lass es nur Wasserdampf sein.* Es klickte, summte und dann begann das Gas, in die Zelle zu strömen.

Grey riss theatralisch die Augen auf, als er den weißen Nebel aus dem Schacht steigen sah, und legte sich sofort flach auf den Boden. Er hatte meine Nachricht erhalten, versicherte ich mir. Er schauspielerte nur.

Devon kicherte erheitert, als er Grey sah. »Glaubt er, dass ihm das etwas helfen wird?«, fragte er in die Stille hinein. Meine Hand ballte sich zur Faust und ich musste sie hinter meinem Rücken verstecken. Ich spürte, wie sich mir die Fingernägel ins Fleisch gruben, und musste den Impuls unterdrücken, Devon zu schlagen.

Da die Geräusche aus dem anderen Raum nicht zu hören waren, konnte ich nur zusehen. Meine Hände hatte ich auf dem Rücken verschränkt und meine Nägel pressten sich weiter in meine Haut. Meine Wut schlug in Nervosität und Angst um, als ich sah, wie die ersten Gaswölkchen in Greys Nase zogen. Ich wartete angespannt und aufgeregt und in der Gewissheit, dass Zoe einen Fehler begangen hatte.

Bitte, flehte ich. *Bitte lass es funktionieren.*

Eine Sekunde lang geschah nichts, doch dann rang Grey nach Luft und röchelte, so als ob er nicht atmen konnte. Seine Hand fuhr an seinen Hals und er kratzte sich so lange die Kehle, bis er tiefrote Wunden auf seiner

Haut hinterließ. Entsetzt sah ich, wie ihm das Blut aufs Schlüsselbein tropfte und er sich gegen die Glasscheibe zu werfen begann. Einmal, zweimal, dreimal warf er sich dagegen, bevor er umkippte und sich von Krämpfen geschüttelte auf dem Boden wand. Ein Speichelfaden hing ihm aus dem Mund. Er strampelte. Dann wand er sich noch einmal. Und dann lag er plötzlich reglos da. Es war nicht zu erkennen, ob Grey nur schauspielerte oder nicht, was das alles noch schrecklicher mitanzusehen machte. Ich suchte weiter nach einem Hinweis, sah aber nichts.

Zwei Sekunden später drückte ich den Knopf, um das Gas abzusaugen. Ich wollte glauben, dass unser Plan funktioniert hatte, aber wenn er sich nur tot stellte, dann tat er das auf jeden Fall so glaubwürdig, dass die Stimmen in meinem Kopf schrien, dass ich ihn gerade ermordet hatte. Etwas war schiefgelaufen. Ich hatte ihn umgebracht. Devon grinste voll grimmiger Genugtuung und Gerome machte dieselbe eiserne Miene wie immer.

Ich wartete noch einen Augenblick, aber dann konnte ich mich nicht mehr länger zurückhalten. Ich schob meine Hand in die Tasche, umklammerte mit verschwitzten Fingern das Tablettendöschen und holte die Tablette hervor.

»Sir«, sagte ich mit sicherem Ton. »Darf ich die Zelle betreten?«

»Du darfst«, sagte Devon und winkte gefällig mit der Hand.

Ich ging zur Tür hinüber und öffnete sie. Sie führte in einen langen engen Gang, der nach etwa fünfzehn Metern etwas breiter wurde und zu einer weiteren Tür führte. Ich bemerkte diese Tür und nahm an, dass sie dorthin führte, wo die Gefangenen festgehalten wurden, wenn sie sich nicht in den Zellen oder den Rehabilitierungsräumen befanden. Dann drehte ich mich nach rechts, um die Zelle zu betreten. Davor befand sich eine offene, geflieste Dusche und ein schwerer Metalltisch. Ich ging daran vorbei und versuchte, nicht an all die entwürdigenden Dinge zu denken, die in diesem Raum geschahen.

Das Erste, was ich bemerkte, nachdem ich die Tür geöffnet hatte, war der Gestank. Die Zelle war natürlich schmutzig, aber der Geruch schlug mir sofort überwältigend stark entgegen. Exkremente. Blut. Und inmitten von alldem lag Grey mit blutverschmierten Händen. Er bewegte sich nicht. Seine Augen waren geschlossen. Wenn er noch atmete, so war es jedenfalls nicht zu sehen.

Ich kniete mich hin, legte meine Hand auf seine Brust und hoffte, sein

Herz schlagen zu spüren.

Aber nichts rührte sich in seiner Brust.

Nein. Nein! Nein! Nein! Nein!

Reiß dich zusammen, befahl ich mir und nahm die Tablette zwischen die Finger. *Halt dich an den Plan. Er ist am Leben.*

Ich griff nach seinem Kinn und tat so, als ob ich ihm den Mund schloss, wobei ich ihm in Wirklichkeit die kleine Tablette zwischen seine Zähne schob. Es war nur eine winzige Bewegung, die vor dem Publikum verdeckt war, weil ich der Glasscheibe den Rücken zugedreht hatte. Hoffentlich schöpfte niemand Verdacht.

Schluck sie herunter, dachte ich und wollte ihn mit meinen Gedanken dazu bringen, es zu tun. *Lass nicht zu, dass sie deinen von Scipio ausgemusterten Körper mit einer Tablette im Mund vorfinden.*

Wie zur Antwort bewegte sich sein Mund. Es war nur eine kleine Bewegung, aber ich hatte sie bemerkt. Nun klopfte mein Herz mir bis zum Hals, aber ich zwang mich, meine Rolle weiterzuspielen. Mir blieb keine Zeit für Gefühle. Ich musste ihn hier herausschaffen. Ich hob ihn an, sein ganzes, schlaffes Gewicht in meinen Armen, und begann, ihn aus der Zelle zu schleifen. Zum Glück hatte ich gelernt, wie man bewusstlose Menschen transportierte, ohne sich dabei zu verheben.

»Lehrling.«

Devons Stimme war eiskalt, als er nach mir rief. Ich wirbelte herum. Grey sackte aus meinen Armen und fiel zu Boden, als ich den Meister hinter mir in der Tür stehen sah.

»Sir?«

»Tritt beiseite«, sagte er mit scharfer Stimme und hatte seinen Schlagstock schon gezogen, dessen Spitze blau funkelte. »Er ist nicht tot. Das Gas hat nicht gewirkt.«

Ich sah erst Devon an, dann Grey. Woher wusste er das?

Doch dann bemerkte ich, wie der Meister seinen Kopf neigte, so als ob er ein Ohr nach oben hielt. Er hatte es nicht gewusst, aber Scipio wusste es.

Mein Herz raste. Das hatte ich nicht bedacht, aber Scipio wusste natürlich, dass Grey am Leben war – seine Gehirnaktivität hatte schließlich nie aufgehört! Ich konnte nicht fassen, dass ich nicht daran gedacht hatte. Ich kam mir wie eine Idiotin vor – eine Idiotin, die bald eingesperrt, gefoltert und vergast werden würde.

Grey sog nun laut Luft ein und riss die Augen auf. Er sah sich um, blickte erst zu mir und dann zu dem Ratsmitglied, das auf ihn zueilte. Sein blasses Gesicht wurde, wenn das möglich war, noch fahler. Er versuchte, ein Lächeln zustandezubringen, aber es sah kläglich und schief aus und war kaum als Lächeln erkennbar.

»Meister«, sagte er mit brüchiger Stimme.

»Grey Farmless«, antwortete Devon, rollte seinen Stab zwischen den Fingern und füllte den Raum schon ganz mit seiner Präsenz aus. »Du bist von Scipio geprüft und für unwürdig befunden worden. Deine Strafe ist die sofortige Ausweisung aus dem Turm in einer Weise, die keine Rückkehr zulässt.«

Grey wich an die entlegenste Wand zurück und hob die Hände. »Ich glaube, dass hier ein Fehler vorliegt«, sagte er. »Ich ...«

»Meister!«, rief ich mit entschlossener Stimme und deutete auf Greys Handgelenk. »Seine Nummer.«

Sein Rang leuchtete orange und war auf eine Vier angestiegen.

»Scipios Gnade«, keuchte Gerome, der inzwischen im Türrahmen stand und Grey staunend ansah. »Diese Erfahrung hat ihn verändert, Meister. Er hat seine Fehler eingesehen.«

Devon kniff die Augen zu und musterte Greys Rang. Dann entfuhr ihm durch die zusammengepressten Zähne ein einziges Wort.

»Was.«

Es war nicht einmal eine Frage, sondern ein kaltes, brennendes Etwas, wie Gift, das er aus seinem Körper spucken wollte.

Ich sah zwischen den beiden hin und her und mein Herz klopfte wild in meiner Brust. Devon senkte seinen Stock nicht und sah Grey immer noch mit einem Blick an, den ich nur als blutrünstig beschreiben konnte. Gerome hingegen schien ehrfürchtig, obwohl er verwirrt die Brauen hob.

»Eine Störung im System«, zischte Devon. »Scipio hat diesen Einser für den Tod bestimmt. Sein Wille muss ausgeführt werden. Lehrling!«

Er wandte sich mir zu und deutete mit dem Finger auf Grey. »Töte ihn!«

Ich zögerte und hob dann mein Kinn ein wenig. »Sir, verlangen Sie von mir, dass ich Scipios Willen übergehe?«

»Das ist ein Trick.«

»Wie?«, fragte ich verwegen. »Sir, Ritterkommandant Nobilis hat mir gesagt, dass sechs Prozent geheilt werden. Vielleicht ist der Bürger Farmless einfach Teil dieser sechs Prozent? Was könnte sonst passiert sein? Wie könnte Scipio überhaupt ausgetrickst werden?«

»Ich habe gesagt, dass es eine Systemstörung ist«, zischte Devon. »Jetzt tu, wozu du hergekommen bist!«

Ich sah meine Chance gekommen und trat mit entsetzter Miene einen Schritt zurück. »Scipio hat Systemstörungen?«, sagte ich und riss übertrieben weit die Augen auf. Devon erstarrte und ich genoss insgeheim diesen Augenblick der Genugtuung.

Nun sieh zu, wie du dich da wieder herausredest, Meister Alexander.

Gerome sah besorgt aus und starrte Devon beunruhigt an. »Meister, vergeben Sie mir, wenn ich das sage, aber Scipio hat keine Systemstörungen, was die Ränge angeht«, sagte er leise. »Einen Rang anzuzweifeln bedeutet, das ganze System anzuzweifeln. Das anzuzweifeln kann Angst, Unsicherheit und Panik auslösen.«

Er sagte diese Worte fast wie ein Kind, voller Zögern und Sorge, dass die Welt, wie er sie kannte, in Stücke zerbrechen könnte.

Devon wurde einen Augenblick lang sehr ruhig. Sein Rücken war Gerome zugewandt und sein Gesicht zu mir gedreht. Seine Augen waren intelligent, kalt, hart und tödlich. Er richtete sich auf, steckte seinen Stock in die Halterung und glättete seine Uniform.

»Natürlich haben Sie recht, mein lieber Ritterkommandant. Ich habe mich wohl etwas mitreißen lassen. Bürger Farmless, es freut mich, dass Sie Ihre Fehler einsehen. Ich hoffe, dass Sie in den kommenden Jahren weiter im Rang aufsteigen.«

Grey, den seine Kräfte zu verlassen schienen, war gegen die Wand gesackt. Seine Augenlider flatterten und ich ging in einem Tempo auf ihn zu, das hoffentlich nicht zu eilig war.

»Sir«, sagte ich an Gerome gewandt. »Er braucht ärztliche Betreuung.«

Gerome nickte langsam. »Liana, begleite den jungen Mann nach draußen. Ich werde die Medica unterrichten, damit sie dir in der Eingangshalle entgegenkommen. Sorg dafür, dass er an einem angemessenen Ort behandelt wird. Ich will, dass seine Nummer sich stabilisiert und steigt. Scipio hat diesen Einser aus einem bestimmten Grund verschont und wir dürfen ihn nicht noch einmal fallenlassen.«

Ich nickte, schlug die Hacken zusammen und drückte meine Faust vor die Brust. »Sir«, nickte ich.

Gerome half mir, Grey zum Aufzug zu tragen, und Devon folgte uns mit trägen Schritten. Die beiden Männer fuhren im Aufzug mit mir nach oben. Ich hielt den Kopf gesenkt, stützte Grey nun allein und hielt den Mund. Zum Glück sagten auch die anderen beiden nichts, wofür ich unglaublich dankbar war. Ich wollte nicht, dass sie vor mir über Greys wundersame Erholung zu spekulieren begannen, denn meine Nerven lagen so blank, dass ich mir nicht sicher war, wie lange ich noch eine glaubhafte Darstellung liefern konnte.

Oben wurden wir von den Ärzten empfangen, die Gerome unterrichtet hatte. Sie nahmen mir Grey ab und ich wäre vor Erleichterung beinahe zusammengesackt. Er war ein schwerer Mann, was mich angesichts seines schlanken Körperbaus überraschte. Ich roch nun so wie er, aber das war mir egal. Ich stand kurz davor, ihn hier herauszuholen. Eine Hälfte von mir wollte aufjubeln, aber die andere, weniger optimistische Hälfte warnte mich, jetzt bloß nicht so dicht vor der Ziellinie zu stolpern. Ich folgte Grey und Gerome ging neben mir her, als Devon schließlich etwas sagte.

»Du nicht, Nobilis.« Wir stockten alle. »Ich muss mit dir sprechen. Das Mädchen kann gehen.«

Das ließ ich mir nicht zweimal sagen. Ich folgte dem Medica-Team, und sah, wie sie ihn an Maschinen anschlossen, während sie ihn vorwärtsrollten. Ich musste joggen, um nicht den Anschluss zu verlieren, aber je weiter wir uns von der Zitadelle entfernten, desto erleichterter fühlte ich mich. Ich wusste, dass wir noch nicht außer Gefahr waren – genauer gesagt würde alles nur noch gefährlicher werden. Sie würden auf das Ventil stoßen. Es war nur eine Frage der Zeit. Aber für den Augenblick gestattete ich mir das Gefühl der Erleichterung und erlaubte mir sogar ein Lächeln, während ich weiterrannte. Ich hatte es geschafft.

19

Grey schlief immer noch, nachdem die Ärzte ihm Medikamente gegeben hatten, und ich wartete mit schwindender Geduld darauf, dass er aufwachte. Wenn wir dabei erwischt wurden, dass wir unsere Ränge mithilfe von Medikamenten illegal angehoben hatten, dann würde es hier geschehen. Ich war mir auch sicher, dass Devon in diesem Augenblick die ganze Zelle auseinandernahm, um herauszufinden, was bei Greys Hinrichtung schiefgelaufen war. Es war nur eine Frage der Zeit, bis er auf das Ventil stieß, das wir manipuliert hatten. Wir mussten von hier verschwinden. Und zwar bald.

Ich erhob mich vom Stuhl, auf dem ich gesessen hatte, stellte mich neben Grey und legte eine Hand auf seine Schulter.

»Grey?«, flüsterte ich und schüttelte ihn sanft. Er machte zwar ein Geräusch, rührte sich aber sonst nicht. Seine Brust hob und senkte sich in langsamen, gleichmäßigen Atemzügen. »Komm schon … Wir sollten wirklich von hier verschwinden.«

»Warum?«

Die Stimme brachte mich dazu, erschrocken herumzufahren. Die Härchen auf meinen Armen und meinem Nacken hatten sich aufgestellt.

»Du bist wirklich ein schreckhafter Mensch, Lehrling Castell.«

Ich brauchte einen Augenblick, bis ich verstand. »Jasper?«

»Höchstpersönlich, sozusagen.«

Mein Blick huschte über die Wände. Natürlich war dort nichts zu sehen, aber es fühlte sich seltsam an, einfach in den Raum hineinzureden. »Solltest du hier sein? Ich dachte, dass du nur mit Dr. Bordeaux zusammenarbeitest?«

»Die Computer der Medica sind untereinander vernetzt, sodass ich hingehen kann, wo ich will. Ich beobachte die anderen Ärzte gern.«

»Aber weißt du denn nicht schon, wie man die Patienten behandelt?«, fragte ich. »Ich meine, was gibt es für dich noch zu beobachten?«

»Ich kenne hunderttausende von Formen, den menschlichen Körper zu heilen«, sagte Jasper schroff. »Aber nicht den Verstand oder das Herz.«

»Und das ... interessiert dich?«

»Natürlich interessiert mich das«, sagte er beleidigt. »Ein Arzt zu sein bedeutet mehr als nur Heilungen zu verschreiben oder schlechte Nachrichten zu überbringen. Wir sollten helfen, dass sich die Menschen besser fühlen. Wir sollten sie trösten. Es beschämt mich, zu sagen, dass meine Algorithmen das nicht wirklich abdecken.«

Beschämt? Das war ... faszinierend. Ich fragte mich, wie Jasper überhaupt auf die Idee gekommen war, dass ihm diese Fähigkeit fehlte. War er dazu programmiert worden oder steckte es in seinem Wesen? Was genau war er?

Ich überlegte, ihm diese Frage zu stellen, kam aber dann zu dem Entschluss, dass sie selbst einem Computer gegenüber etwas unhöflich war. Außerdem war Jaspers Wesen etwas, über das ich nichts wissen durfte, und Dr. Bordeaux würde es sicher nicht gern sehen, wenn sein experimentelles Programm sich mir gegenüber offenbarte.

»Warum bist du hier?«, fragte ich.

»Du machst dir Sorgen. Das sehe ich an deiner Körpersprache, deinem Herzschlag, den geweiteten Pupillen und der Art, wie du dich erschrocken hast, als ich dich angesprochen habe. Was ist los?«

Ich runzelte die Stirn. Ich zögerte, einem Computer zu vertrauen und ihn zu bitten, mir mit Grey zu helfen.

»Mein Freund ist verletzt, aber wir müssen gehen und ich kann ihn scheinbar nicht aufwecken.«

»Er wird bald aufwachen«, antwortete Jasper. »In zwei oder drei Minuten, je nachdem, wie gut seine Verfassung ist.«

»Wird er sich gleich bewegen können, wenn er aufwacht?«

»Ja, aber die Vorschriften besagen, dass er von einem Arzt untersucht werden muss.«

»Es handelt sich um einen Notfall«, log ich. »Er muss gehen ... Sein Vater ist krank.«

Schweigen folgte. »Du lügst mich an. Das solltest du wirklich nicht tun. Meine Sensoren sind sehr sensibel.« Ich schüttelte den Kopf. »Natürlich bist du gleichzeitig auch ein Lügendetektor.«

»Zu deiner Verteidigung: Du bist sehr gut im Lügen. Ich habe es nur an einer Reaktion deiner Pupillen bemerkt.

Ich bezweifle, dass die meisten Menschen das wahrnehmen würden.«

»Ah. Gut zu wissen, dass ich wenigstens Menschen austricksen kann«, sagte ich, stockte jedoch dann und versuchte, meinen Sarkasmus unter Kontrolle zu bringen. »Wirst du mich melden, weil ich versuchen werde, ihn hier herauszuschaffen?«

»Das sollte ich, aber ich werde es nicht tun. Hauptsächlich deshalb nicht, weil du dich nicht wie jemand verhältst, der ihn verletzen will, sondern wie jemand, der ihn beschützen will. Warum?«

Ich drehte mich um und sah Grey an. Er rührte sich leicht, so als ob er spürte, dass wir über ihn redeten, aber dann blieb er wieder ruhig liegen und atmete tief und flach weiter. Sein Gesicht sah so friedlich aus, jetzt, wo sein misstrauischer Blick verschwunden war, dass er nur noch jung und unschuldig aussah.

»Er hat mein Leben gerettet«, sagte ich Jasper nach einem Augenblick. »In mehr als einer Hinsicht. Ich bin es ihm schuldig.«

»Ich verstehe. Wie würdest du dieses Gefühl nennen?«

Ich sah mich im Zimmer um und sah die Wände ungläubig an. »Ich weiß nicht – Ehre, Pflichtbewusstsein, Verantwortungsgefühl, Schuld ... Mitleid?«

Eine weitere Pause folgte und ich hatte das Gefühl, dass Jasper meine Worte abwog und versuchte, die Bedeutung jedes einzelnen zu verstehen und zu begreifen, wie es sich anfühlte, auch wenn ich nicht wusste, wie ich auf diese Idee kam.

»Danke«, sagte er etwas weicher. »Das hilft mir in meiner Weiterentwicklung.«

»Gern geschehen«, antwortete ich überrascht. Nach einer betretenen

Pause fragte ich: »Kann ich dir noch bei etwas anderem behilflich sein?«

»Nein, aber ich kann dir im Gegenzug für deine Lektion helfen.«

»Wirklich?«, fragte ich und trat begeistert einen Schritt vor. »Wie?«

»Ich werde ihn als entlassen kennzeichnen, dann kannst du durch den Vordereingang mit ihm hinausgehen.«

Ich verspürte ein Glücksgefühl, drängte es aber beiseite, weil ich mich stur weigerte, es zuzulassen, bevor ich nicht alle Zweifel ausgeräumt hatte.

»Ist das nicht gegen die Vorschriften?«

»Ganz und gar nicht! Ich bin schließlich ein Arzt!«

»Aber du solltest gar nicht hier sein!«

»Ich bin der Prototyp eines Computersystems, Liana«, sagte er und seine ältere Stimme verriet Humor. »Wir haben hin und wieder Pannen. Ich werde meine Erinnerung daran, dass ich es getan habe, löschen, und sie werden es für einen simplen Fehler halten.«

»Wirklich? Du baust also Mist und sie vergeben dir dafür? Es muss so großartig sein, ein Computer zu sein.« Ich konnte den bitteren Ton nicht aus meiner Stimme filtern, auch wenn Jasper keine Schuld daran hatte, dass ich so frustriert war. Ich war einfach nur so angewidert von der Vorstellung, dass sich diese Leute mehr Zeit dafür nahmen, eine Computerpanne zu beheben, als eine Eins oder eine Zwei oder das ganze blöde, kaputte System hier zu reparieren.

»Ich kann meine Erfahrung mit keiner anderen vergleichen«, antwortete Jasper. »Aber ich genieße es, ein Computer zu sein, wenn es das ist, was du mich fragst. Menschen sind so ... unordentlich. Es ist unterhaltsam anzusehen, aber ich würde nie ein Teil davon sein wollen.«

Ich blinzelte und schüttelte dann den Kopf. »Ich weiß nicht, was ich davon halten soll, dass du uns unordentlich nennst, doch da du nicht ganz Unrecht hast, werde ich dir nicht widersprechen. Aber beurteile uns nicht zu herablassend.«

»Ich werde mich bemühen, nicht herablassend zu sein. Dein Freund wird gleich aufwachen, also werde ich dich jetzt alleinlassen. Ich hoffe, dich bei deinem nächsten Termin mit Dr. Bordeaux zu sehen.«

Ich öffnete den Mund, um zu lügen, besann mich dann aber und nickte einfach. »Auf Wiedersehen, Jasper.«

»Auf Wiedersehen, Lehrling Castell.«

Stille erfüllte den Raum, aber ich konnte nicht sagen, ob er wirklich fort war oder nicht. Andererseits: Wenn er mit dem Computer in diesem Raum in einem Netzwerk angeschlossen war, konnte er dann überhaupt jemals wirklich fort sein? Was war Jasper? War er eine neue Version von Scipio, nur in einer kleineren Ausgabe? Bekam jede Abteilung ihre eigene künstliche Intelligenz? Und wenn dem so war, waren sie dann untereinander verbunden? Hatte Scipio unser Gespräch mitangehört?

Ich schob diese Gedanken beiseite, weil sie zu nichts führten. Was Jasper anbetraf, konnte ich nichts unternehmen, außer zu hoffen, dass er sein Versprechen hielt und dass er nicht direkt mit Scipio zusammengeschlossen war. Ich wandte mich wieder Grey zu und sah, dass er sich mehr bewegte und kurz davor war, aufzuwachen.

»Wie fühlst du dich?«, fragte ich, als er seine Lider hob. Er sah sich in dem kleinen Einzelzimmer im Behandlungsbereich der Medica um und stöhnte.

»Die Medica ist ... zu ... hell«, brachte er hervor und ich lächelte, während ich auf die weißen Wände blickte.

Seine Finger befühlten ein Hautpflaster auf seiner Brust, aber ich zog seine Hand schnell von der Wunde fort.

»Nicht anfassen«, sagte ich sanft und legte seine Hand aufs Bett.

»Oh Gott ... Blutegelpflaster?«

Ich sah ihn mitfühlend an und nickte. Seine Wunde hatte sich entzündet und musste gereinigt werden. Ein Blutegelpflaster tat genau das. Es filterte das Blut und trennte die Kontaminanten der Infektion ab, bevor es das gesunde Blut wieder in den Körper zurückleitete. Das Pflaster selbst sah unscheinbar aus – wie ein Wattebausch, mit dem man eine Blutung stillte – aber es war auf der Unterseite mit einer speziellen Medizin imprägniert, um die Infektion abzusaugen, und auf der anderen Seite war es mit Chemikalien behandelt, die weitere Infektionen verhindern sollten. Das Ergebnis war eine kristallisierte, verhärtete Schicht auf der einen Seite, die dunkelgelb war und wie getrockneter kandierte Zucker aussah. Es sah nicht angenehm aus und war sehr zerbrechlich.

»Leider ja. Das ist kein schöner Anblick.«

Er entspannte sich ein wenig auf der dünnen Matratze und drehte den Kopf zu mir. Sein Blick wurde weicher, fragender.

»Du hast mir das Leben gerettet.«

Mein Herz setzte einen Schlag lang aus und ich wandte den Blick ab.

»Jede anständige Person hätte das getan.«

»Nein, Liana«, sagte er und nahm meine Hand, worauf ich verängstigt und misstrauisch in seine warmen braunen Augen sah. Ich fühlte mich verletzlich, so als ob er in mein Herz sehen könnte, und war mir nicht sicher, ob mir das recht war. »Du hast etwas getan, was noch niemand vorher für mich getan hat. Danke.«

Ich nickte stumm, weil ich nicht wusste, was ich sagen sollte. Nach einem Augenblick drückte ich seine starken Finger. »Ich bin froh, dass ich es tun konnte«, gab ich zu. »Wie konntest du mir nur deine Tabletten geben?«

Grey runzelte die Stirn und blinzelte. »Woher weißt du, dass ich das getan habe?«

»Ich bin zu Roark gegangen.«

»Und er hat dich eingelassen?« Ich nickte und Grey stieß einen Pfiff aus. »Ich bin sprachlos.«

»Nun, nachdem ich ihm erzählt habe, dass sie dich gefangen genommen haben und von mir erwarteten, dich zu töten ...«

Grey nickte ernst. Sein Blick fiel auf seine Anzeige und er senkte den Arm wieder. »Wie viel Zeit bleibt mir?«, fragte er und ich zuckte mit den Schultern.

»Ich bin mir nicht sicher. Aber wir sollten dich so schnell wie möglich von hier fortbringen. Wenn sie unsere tatsächlichen Ränge herausfinden oder merken, wie wir das System ausgetrickst haben, um dich zu schützen, werden sie hinter uns her sein und ich kann uns hier nicht beschützen. Wir sollten zu Roark gehen.«

»Du hast recht«, sagte er und setzte sich so schnell auf, dass ich zusammenzuckte und auf das Blutegelpflaster auf seiner Brust schaute. Der kristallisierte Eiter klebte auf der Unterseite. Ich ertrug den Anblick nur schlecht und machte mir Sorgen, dass das Pflaster aufplatzen könnte, aber zum Glück hielt es.

»Leg dich hin«, befahl ich, sobald ich sicher war, dass das Pflaster intakt war. »Wenn wir gehen, dann muss ich dir das hier abnehmen.«

Ich ging zur Wand hinüber und drückte auf den interaktiven Bildschirm, um ein Paar Handschuhe gereicht zu bekommen.

Grey atmete rasselnd, als er sich wieder zurücklehnte und ich mir die Handschuhe überstreifte. Ich drehte mich zu ihm um und sah, dass er den

Kopf schräg hielt.

»Was?«

»Woher weißt du, wie das geht?«, fragte er.

»Ich nehme sehr viel am abteilungsübergreifenden Unterricht teil. So entkomme ich meinen enttäuschten Eltern und versuche, ihnen zu zeigen, dass ich mich wirklich anstrenge ...« Ich stockte und seufzte. »Ich bin nicht gerade ein Fan der Kurse, aber sie sind besser als die Alternative.«

Er sah mich verständnisvoll an und ich trat neben ihn und begann, an seinem Pflaster zu arbeiten. Der Trick bestand darin, es an den Seiten abzulösen, nicht an den Ecken, und es dabei zwar festzuhalten, aber nicht zu sehr zu drücken. Ich löste das Ding schließlich und warf es in den Mülleimer. Dann sah ich mir die Wunde an, die zwar immer noch ein wenig eiterte, aber schon deutlich besser als vorher aussah.

»Du wirst ein Hautbindepflaster brauchen«, sagte ich und betastete vorsichtig die Haut um die Wunde herum. Die rosafarbene Paste regenerierte verletzte Haut und Gewebe innerhalb von Stunden statt Tagen oder Wochen.

»Und kein Klettern in den nächsten Tagen. Nur Aufzüge.«

Grey grinste und ich sah, wie er mich aufmerksam musterte. »Du hast wirklich sanfte Hände«, sagte er und ich wurde nervös.

Ich sah ihn ungläubig an, trat einen Schritt zurück, zog mir die Handschuhe aus und warf sie in den Mülleimer. *Ignorier das*, sagte ich mir, und das tat ich dann auch. »Ich kann dir kein Hautbindepflaster besorgen, aber hoffentlich hat Roark welches.«

»Dann sollten wir keine Zeit verlieren.«

Ich sah wieder zu ihm auf und merkte überrascht, dass er bereits aufstand und sich ein Laken um die Hüfte wickelte.

»Keine Sorge«, sagte er, als er meinen Blick bemerkte. »Ich trage Unterwäsche.«

Er zwinkerte mir zu, worauf ich errötete und mich abwandte. »Der Bildschirm – Kleidung des Patienten«, brachte ich hervor, um ihm zu erklären, wo seine Sachen waren. »Da.«

Ich deutete in eine Zimmerecke, drehte mich aber nicht um.

Zum Glück verstand er mich auch so und ich hörte, wie er sich die Kleidung überstreifte. Er zog sich hinter mir an, was mir sehr unangenehm war. Ich hatte keinen Mut, auf seine Flirts zu reagieren, weil ich mir zu viele Sorgen um alles machte, was ich sagte oder tat. Außerdem hatte ich meinen Mut für heute vielleicht auch einfach schon aufgebracht, nachdem ich meine Show vor den Augen des Meisters persönlich hatte abziehen müssen.

Der Gedanke an den hageren Mann mit den blutrünstigen Augen, der so erpicht darauf gewesen war, Grey zu töten, dass er sogar Greys gestiegene Nummer zu ignorieren bereit gewesen war, bereitete mir immer noch eine Gänsehaut. Ich war mir sicher, dass diese Geschichte für ihn noch nicht vorbei war. Grey hatte seine Aufmerksamkeit auf sich gezogen, was bedeutete, dass wir beide nun sehr vorsichtig sein mussten.

Den Fahrstuhl zu benutzen, um Grey wieder nach Koggestadt zurückzubringen, war in Ordnung, aber wenn ich ihn und Roark danach besuchen wollte, würde ich die Rutsche und meine Peitschen benutzen müssen, um unsere zukünftigen Treffen so unbemerkt wie möglich zu halten. Vor allem, wenn ich dabei mit Medikamentennachschub versorgt wurde.

»Ich bin so weit«, sagte er und als ich mich umdrehte, war seine verletzte Brust immer noch durch das zerrissene Shirt zu sehen.

Ich rümpfte gespielt die Nase und lächelte. »Du wirst diese Klamotten doch verbrennen, sobald du sie ausziehst, oder?«

»Schau mal an«, bemerkte er trocken. »So schnell versuchst du also, mich auszuziehen.«

Er zwinkerte und ich verdrehte die Augen, bevor ich ihm meine Hilfe anbot. »Leg deinen Arm auf meine Schulter und folge mir«, sagte ich.

»Warte, haben die Ärzte mich schon entlassen? Niemand ist vorbeigekommen, um mir Nachsorgeratschläge zu geben oder mir eine herablassende Predigt über meinen Rang zu halten.«

»Ich halte dir gern eine Predigt über deinen Rang, wenn du so versessen darauf bist. Ich bin mir sicher, dass ich die wichtigen Teile alle auswendig kann.«

Ich hatte nicht vor, Grey von Jasper zu erzählen, weil ich aus dem Computer immer noch nicht schlau wurde. Es schien, dass Jasper selbst gern geheim bleiben wollte, und das respektierte ich. Immerhin hatte er uns seine Hilfe angeboten.

»Nein danke. Nicht etwa, weil ich glaube, dass du meinem Anspruch nicht gerecht werden könntest, sondern weil ich selbst die ganze Rede schon auswendig kann.« Er legte seinen Arm auf meine Schulter und ich schlang meinen Arm um seine Taille.

Zusammen gingen wir zur Tür und betraten den fast leeren Gang. Von hier aus führte ich Grey in Richtung Ausgang. Doch wir hatten das Zimmer noch nicht einmal zehn Sekunden lang verlassen, als eine Frau mit strahlend roten Locken mit aufgeregtem Gesicht auf uns zustürmte.

»Wohin wollen Sie zwei denn?«, fragte sie.

Ich setzte meine unschuldigste Miene auf. »Mir wurde aufgetragen, ihn nach Hause zu begleiten.«

»Davon höre ich aber zum ersten Mal«, sagte sie, holte ein Pad aus ihrer Tasche und prüfte vermutlich die Patientenliste darauf. Ich musterte sie aufmerksam und sah, wie sich eine steile Falte zwischen ihren Augenbrauen bildete.

»Allem Anschein nach ... habe ich diese Entlassung unterschrieben«, sagte sie nach einem Augenblick und sah uns vorwurfsvoll an.

»Oh. Haben Sie das vergessen?«

Grey röchelte und ich merkte, wie er sich ein Lachen verkniff. Doch ich ignorierte ihn und sah die Frau mit den grünen Augen entschlossen an, bereit, es darauf ankommen zu lassen.

Sie hob eine Braue und kniff die Augen zusammen. »Nein, das habe ich nicht. Weil ich das hier nicht unterschrieben habe.«

»Sind Sie sich sicher?«, drängte ich. Dann machte ich einen Schritt nach vorn und ließ Grey ohne Stütze stehen.

»Ich weiß, dass es hier manchmal recht hektisch zugeht.«

»Ich bin mir sicher«, beharrte sie und schob das Pad wieder in ihre Tasche zurück. »Etwas geht hier vor sich und ich werde herausfinden, was es ist.«

Ich hob mein Handgelenk und schob meinen Ärmel etwas zurück, damit sie meine strahlende Neun sehen konnte. »Zweifeln Sie etwa an meinen Worten?«, fragte ich und versuchte, sie mit meinem bloßen Blick aufzuspießen. »Zweifeln Sie an dem Rang und der Würde, die Scipio mir verliehen hat?« Neben mir gab Grey ein weiteres Geräusch von sich, das verdächtig nach einem unterdrückten Lachen klang, und ich kämpfte dagegen an, mich umzudrehen und ihm eine Ohrfeige zu verpassen. Wenn er uns verriet ...

»Nein!«, rief die Frau plötzlich aufgebracht aus. Ihr Blick schoss im Gang umher und sie fuhr sich nervös mit der Zungenspitze über die Lippen.

»Bestreiten Sie etwa, dass Sie die Entlassung dieses Mannes unterschrieben haben? Obwohl Sie es direkt vor meinen Augen getan haben?«

»Habe ich das?« Nun sah sie sehr verwirrt und nervös aus. Ich beschloss, sie etwas leichter anzupacken und legte ihr besorgt eine Hand auf die Schulter.

»Vielleicht sollten Sie sich mal untersuchen lassen«, sagte ich leise. »Oder Sie brauchen einfach etwas Ruhe.«

»Ich ... nun ja ... Ich bin in letzter Zeit sehr erschöpft«, sagte sie eilig. »Vielleicht ... es tut mir leid, ehrbare Ritterin. Bitte gehen Sie weiter.«

Ich neigte ihr meinen Kopf leicht zu und brachte Grey dann zum Aufzug. Die Frau folgte uns noch ein paar Schritte, blieb aber dann zurück. Ein Blick über meine Schulter verriet mir, dass sie uns immer noch nachsah, also winkte ich ihr mit einem besorgten Lächeln zu.

Sie lächelte zurück und wandte sich um. Nun atmete ich erleichtert auf.

»Du bist eine gute Lügnerin«, bemerkte Grey leise und ich drückte meine Lippen aufeinander, unsicher, ob ich so von ihm gesehen werden wollte.

Grey schien mein Unbehagen bemerkt zu haben, weil er sich sofort berichtigte. »Ich denke nicht, dass du eine schlechte Person bist. Schließlich haben mich deine Lügen aus diesem schrecklichen Ort befreit. Ich meine, Lügen sind nicht automatisch etwas Schlechtes, wenn man darüber nachdenkt. Man lügt, damit jemand anderes sich besser fühlt, um Leben zu retten oder jemanden zu beschützen oder ...« Er verstummte, als wir am Fahrstuhl ankamen.

»Stört es dich?«, fragte er dann nach einer Pause.

»Zu lügen?«, fragte ich und er nickte. Ich dachte darüber nach, während der Fahrstuhl Grey über seinen Rang ausschimpfte. Dann schüttelte ich den Kopf. »Ich lüge die ganze Zeit über, Grey. Darüber, wer ich bin, was ich bin, wie ich sein will, was ich für den Turm und für Scipio empfinde ... Mein ganzes Leben basiert auf einer Lüge und ich habe das immer gehasst. Aber dieses Mal ... Ich habe das Richtige getan, und wenn ich es nur durch Lügen erreichen konnte, dann habe ich nichts zu bereuen.«

»Absolut gar nichts?«, fragte er scherzend.

Ich runzelte die Stirn und dachte sofort an die Frau, die Gerome vergast hatte. Daran, wie ich zu spät reagiert hatte und sie nicht hatte retten können, obwohl ich es hatte tun wollen. Im Nachhinein betrachtet wäre ich vermutlich nach ihr an Greys Stelle gelandet und mich hätte niemand aus der Zelle befreien können.

»Wie kannst du in einer solchen Situation nur Scherze machen?«, fragte ich völlig ernst, denn es wunderte mich wirklich. Er sah mich überrascht an und ich blickte auf meine Füße, als der Fahrstuhl losfuhr. »Ich meine ... Du warst beinahe tot. Ich habe dich für tot gehalten. Der Meister war da und es war alles so ... angsteinflößend. Ich meine, wie kannst du überhaupt noch lachen?«

Greys Miene wurde für einen Augenblick ernst und er rieb sich den Nacken. »Ich bin am Leben, Liana. Als sie mich in diese Zelle geschleift haben, habe ich nur daran denken können, dass mein Leben nun vorbei ist. Dass ich dort festsaß und sterben würde. Und dann bist du plötzlich aufgetaucht und hast mir schlampiges Callivax buchstabiert und mir gesagt, mitzuspielen ... Und ehe ich mich versah, war ich frei. Ich kann nicht traurig oder wütend oder besorgt sein. Nicht in diesem Moment. Ich bin noch zu glücklich darüber, hier zu sein, verstehst du?«

»Ich bin nur froh, dass du ein guter Schauspieler bist«, raunte ich. »Ich habe mir solche Sorgen gemacht, dass du kein Callivax verstehst oder die Nachricht nicht durchschaust oder dass ich dabei erwischt werde.«

Grey zuckte mit den Schultern. »Ich hätte wahrscheinlich so oder so dasselbe getan, sobald ich gemerkt hätte, dass das Gas nicht funktioniert. Dann hätte ich versucht, auf dem Weg zur Leichenentsorgung in die Medica zu entkommen.«

»Das hätte nicht funktioniert. Scipio hat deine Biometrie überwacht.«

»Ja, das habe ich mitbekommen.«

Danach schwiegen wir und bahnten uns unseren Weg durch Tunnel und Gänge auf dem kürzesten Weg nach Koggestadt. Das Schweigen war nicht unangenehm, sondern lag eher daran, dass Grey sehr erschöpft war. Er stützte sich ziemlich schwer auf mich und schlurfte mit den Füßen.

»Ich hätte dir etwas zu essen besorgen sollen«, murmelte ich, bemüht, uns beide im Gleichgewicht zu halten.

»Ist das etwa eine Einladung zum Essen, Lehrling?«, stichelte er und ich lächelte, obwohl mir mein Rücken und meine Beine schmerzten.

»Hörst du jemals auf zu flirten?«

»Nicht, wenn ein hübsches Mädchen mich nach Hause begleitet oder mir gerade das Leben gerettet hat.«

»Ich fange langsam an, diese Entscheidung zu bereuen«, sagte ich und suchte über den Bögen nach Beschriftungen, die uns zum nächsten Aufzug führten. Ein Pfeil deutete nach rechts. Es war nicht mehr weit.

»Autsch«, sagte Grey dramatisch. »Was? Es ist in Ordnung, wenn ein Mädchen mit dem Typen ausgeht, der sie rettet, aber umgekehrt geht das nicht?«

»Was?«, fragte ich, blieb mitten im Gang stehen und sah ihn fassungslos an. »Du kannst mich doch nicht ernsthaft um ein Date bitten.«

Er grinste. »Clever, nicht wahr?«

»Nein, eher idiotisch. Wir sind kaum aus diesem Ort entkommen und wir hatten verdammtes Glück, nicht erwischt zu werden. Es freut mich, dass du froh bist, noch am Leben zu sein, aber ich werde mich erst dann besser fühlen, wenn du wieder bei Roark bist, etwas gegessen hast und wir einen Plan haben, wie es nun weitergehen soll.«

Ich machte einen Schritt nach vorn und konnte nun den Aufzug sehen.

»Du hältst mich also für dumm?«, fragte er. »Das ist hart. Die meisten Mädchen wollen nicht mit dummen Kerlen ausgehen.«

Ich gab ein lautes, sehr verärgertes Geräusch von mir, musste aber trotzdem lächeln. Wenn er jemand anderes gewesen wäre, würde ich ihn unausstehlich finden, aber so war er einfach nur charmant. Seine Selbstironie zusammen mit dem trockenen Humor und dem selbstsicheren Lächeln. Das war bewundernswert, vor allem nach dem, was er gerade durchgemacht hatte.

Ein Teil von mir wünschte sich dennoch, ihn nicht so sehr zu mögen. Die Dinge würden von nun an nur noch gefährlicher werden und Gefühle und Beziehungen konnten schnell zu einem Problem werden.

* * *

Roark lief hin und her und sah erschrocken auf. Die Schatten unter seinen Augen waren dunkler geworden und die Furchen über seinen

Augenbrauen waren tiefer und gruben sich wie Bergspalten in seine Haut. Doch als er Grey sah, riss er erleichtert die Augen auf.

»Grey«, hauchte er.

»Hey, alter Mann«, sagte Grey, trat einen Schritt vor und löste sich von mir.

Roark umarmte ihn stürmisch und Tränen glänzten in seinen Augen. »Du verdammter Idiot«, brummte er in Greys Schulter. »Wenn du noch einmal deine Tabletten weitergibst und es mir nicht sagst, dann schwöre ich, dass ich …«

Grey löste sich von ihm und grinste. »Du kannst mich heute nicht erschrecken, alter Mann. Ich bin am Leben.« Roark sah ihn finster an. »Ja, und du hast großes Glück gehabt, dass es so ist. Du stehst in Lianas Schuld.«

Grey sah mich ruhig und entschlossen an. »Das tue ich«, sagte er. Sein Blick verunsicherte mich und die Gewissheit und Schwere in seinem Ton ließen mich verletzlich fühlen. Aber aus irgendeinem Grund war es mir nicht unangenehm. Mein Herz setzte eine ganze Sequenz lang aus, bevor es im Rhythmus eines Freudentanzes weiterschlug.

»Du bist verletzt«, brummte Roark, nahm etwas Abstand und musterte Grey. »Und du bist geschwächt. Ich schätze, dass sie dir nichts zu essen gegeben haben, nicht wahr?«

»Sie sagten, dass das eine Verschwendung von Ressourcen wäre«, antwortete ich und spürte einen wütenden Stich, als ich es sagte. »Hört zu, wir müssen über diese ganze Sache reden.«

»In einer Minute«, antwortete Roark, als er einen Blick auf Greys Wunde warf. »Seid ihr zuerst in der Medica vorbeigegangen?«

»Das mussten wir«, erklärte ich. »Gerome hat uns dorthin geschickt.«

»Was haben sie getan und haben sie ihm Medikamente verabreicht?«

»Roark, entspann dich«, sagte Grey und bewegte erschöpft die Augenlider. »Nur ein Blutegelpflaster.«

»Und Zoponal«, fügte ich hinzu. Roark nickte dankbar. Ich wusste, dass er für den Fall fragte, dass er Grey zusätzliche Medizin geben musste. Er wollte ihm nichts verabreichen, was sich nicht mit den Medikamenten, die er bereits im Körper hatte, vertrug. »Ich bin mir nicht sicher, was das ist. Ich habe nur gehört, dass die Ärzte es ihm verabreicht haben. Wird er wieder gesund werden?«

»Das wird er«, sagte Roark. »Zoponal ist ein Beruhigungsmittel, das im Körper inaktiv bleibt, bis das Herz zu schnell schlägt. Dann entfaltet es seine Wirkung.«

»Zoponal ist toll«, sagte Grey mit fast gänzlich geschlossenen Augen. Roark sah ihn eine Sekunde lang an und ging dann zu dem Tisch hinüber, von wo er eine Spritze und eine Ampulle holte. Er saugte die Ampulle leer und spritzte sie in Greys Hals.

Grey hatte im Halbschlaf vor sich hingemurmelt, doch jetzt schreckte er hoch und riss die Augen weit auf. »Oh mein Gott«, sagte er und sackte wieder nach hinten. »Ich wünschte, dass du das nicht getan hättest.«

»Schmerz ist gut, Junge«, sagte Roark. »Er erinnert dich daran, dass du am Leben bist. Ich werde dir später etwas dagegen geben, aber erst einmal wollte ich, dass du wach genug bleibst, um zu reden. Sie haben dir ganz schön zugesetzt.«

Was? Ich runzelte die Stirn und sah mir die Wunde auf Greys Brust an, die jetzt von der Infektion befreit war. Ich fragte mich, was einen so tiefen Schnitt verursacht hatte. Ich erinnerte mich daran, dass ich vorher schon darüber nachgedacht hatte, aber einfach davon ausgegangen war, dass er sich an etwas verletzt hatte, als er gefangen genommen worden war. Doch nun fragte ich mich, ob es so gewesen war.

»Es war ein Stock«, sagte Roark, als er meinen neugierigen Blick sah. Ich hob eine Augenbraue und meine Hand fuhr automatisch an meinem Stock, als er hinzufügte: »Die Spitze eines Stocks.«

Bei diesen Worten lief mir ein kalter Schauer den Rücken hinab. Auch wenn die Stöcke dazu gedacht waren, elektrische Stöße abzugeben, war der kleine Aufsatz an der Spitze, der die elektrische Ladung erzeugte, sehr scharf. Davon gekratzt zu werden, wenn sie nicht geladen war, war schon schlimm genug und die Narbe, die das verursachte, wäre schrecklich. Aber wenn der Stock geladen war? In der Spitze konzentrierte sich die ganze Spannung, die stark genug war, um ein Organ erstarren zu lassen, je nachdem, worauf der Stock gerichtet wurde. Ich starrte die rote Wunde an und fragte mich, wie viele ähnliche Wunden meine Eltern oder Gerome in den vergangenen Jahren Menschen zugefügt hatten.

»Es tut mir leid«, sagte ich. Es war albern, mich zu entschuldigen – schließlich war das nicht meine Schuld gewesen – aber ich fühlte mich dennoch dafür verantwortlich. Ich hätte wissen sollen, was hier vor sich ging. Ich hatte mein ganzes Leben in der Zitadelle verbracht und fühlte mich schlecht, weil ich während dieser ganzen Zeit die Grausamkeit der Ritter nicht bemerkt hatte. Und nun hatten sie einen Freund verletzt und ihn beinahe getötet. Ich war ein Teil des Systems, das das alles zuließ.

Roark rollte sich den Hemdsärmel an seinem rechten Arm hoch und enthüllte eine lange, weiße Narbe. »Das ist passiert, als sie meine Selka geholt haben«, sagte er. »Ich war nicht bereit, sie gehen zu lassen.«

Er nahm ein Glas voller rosafarbener Creme hoch, die ich als Hautbindepflaster erkannte, und trug sie mit einem langen, dünnen Spachtel auf Greys Haut auf. »Normalerweise heilt die Hautbindecreme das Fleisch und hinterlässt keine Wunden, aber die elektrische Ladung verätzt die Ränder.«

»Wie bei einer Verbrennung«, sagte ich und dachte an meine Zeit in der Medica zurück. Ich hatte ein paar Patienten mit Verbrennungen gesehen, die zwar geheilt waren, aber immer noch wulstige Narben dort trugen, wo das Feuer sie verbrannt hatte.

»Genau«, sagte er und schmierte noch mehr Paste auf die Wunde. »Du hast Zeit in der Medica verbracht?«

»Ja«, antwortete ich. »Abteilungsübergreifender Unterricht.«

Roark lächelte und trat einen Schritt zurück. Nun sah ich Grey wieder, dessen Gesicht fahl war. Er hatte die Zähne zusammengepresst. »Das Zeug brennt immer so«, sagte Grey und stand langsam auf. »Ich werde mich schlafen legen.«

»Nein, das wirst du nicht«, sagte Roark und rümpfte die Nase. »Du bist schmutzig und hungrig. Geh duschen und zieh dich um und wir bereiten in der Zwischenzeit etwas zu essen vor.«

»Darf ich danach ins Bett?«

»Danach reden wir und dann darfst du ins Bett.«

»Na schön«, brummte Grey. »Wahrscheinlich sind eine Dusche und etwas Sauberes zum Anziehen auch ganz nett.«

Er ging durch die Hintertür und kurz darauf hörte ich, wie ein Duschhahn aufgedreht wurde. Roark ging durch den Raum, holte mehrere Lebensmittel hervor und legte sie auf einen Teller. Ich sah ein paar Scheiben Schwarzbrot, Weintrauben und ein Salatblatt.

»Bah«, sagte er, als er die eigenartige Kombination betrachtete. »Ich war noch nie ein guter Hausmann.«

Ich ging zu ihm, sah mir den Teller an und zuckte die Schultern. »Ich bin mir ziemlich sicher, dass es ihm egal sein wird«, sagte ich, doch Roarks Stirnfalten wurden tiefer.

»Ich sollte ihm etwas anderes zubereiten«, sagte er. »Das hier schreit nicht gerade *Ich bin dem Tod heute von der Schippe gesprungen*, wenn du verstehst, was ich meine?«

Ich prustete. »Ich bin mir ziemlich sicher, dass alles, was man kurz danach isst, einfach umwerfend schmeckt.

Also mach dir deshalb keine Sorgen.«

Roark stellte den Teller mit einem lauten Klappern auf den Tisch und sah mich dann an. »Ich habe mich noch nicht bei dir bedankt, oder?«

Ich trat unbehaglich von einem Fuß auf den anderen, sagte aber nichts. Ich hatte nichts getan, um seinen Dank zu verdienen. Ich verdiente keinen Dank dafür, das Richtige zu tun. Wir sollten es alle einfach nur tun. Die Aufmerksamkeit darauf zu lenken, ließ es wie etwas Außergewöhnliches aussehen, aber das war es nicht.

»Also, dankeschön«, sagte er und musterte mich. »Es ist nicht selbstverständlich, dass du ein solches Risiko auf dich genommen hast.«

»Das Risiko ist noch nicht vorbei«, sagte ich. »Wir schweben alle in Gefahr. Ich meine, was ist dein Plan? Was sollen wir jetzt tun? Klar, du bist einverstanden, mir die Tabletten zu geben, aber das ist nur ein Notbehelf und die Menschen sterben weiter. Die Ritter nehmen wahrscheinlich gerade die Zelle auseinander, um herauszufinden, ob etwas schiefgelaufen ist. Und dreimal darfst du raten – natürlich ist etwas schiefgegangen! Es ist nur eine Frage der Zeit, bevor sie das herausfinden. Hoffentlich dauert es eine Weile, aber bei so vielen Gefangenen, die ich ... da unten gehört habe, wird es nicht lange dauern. Wenn sie uns erwischen, dann sind wir bald wieder in dieser Zelle.«

Roark schwieg und zog dann einen Stuhl vom Tisch heran. »Setz dich«, wies er mich an und stellte einen zweiten Stuhl mir gegenüber. Ich setzte mich nach kurzem Zögern und sah ihn dann erwartungsvoll an.

»Es ist gut, dass du von ‚uns' sprichst, schließlich sitzen wir alle im selben Boot.«

»Ja, aber wozu? Welchen Sinn hat das? Was haben wir hier für ein Ziel?«

Ich wusste, dass ich wütend klang, aber um ehrlich zu sein, war ich frustriert. Meine Geduld war am Ende und ich war verängstigt und müde – eine gefährliche Kombination, die zu Gefühlsausbrüchen führte.

Doch Roark schien mein Ärger nichts auszumachen. Sein Gesicht sah sogar etwas leer aus, gedankenverloren und ein wenig traurig. Ich beugte mich besorgt vor, doch dann huschte sein Blick zu mir und er begann zu sprechen.

»Ihr Name war Selka«, sagte er und stockte dann.

Ich seufzte und lehnte mich zurück. Warum mussten mir alle ihre Geschichten auf eine Art und Weise erzählen, dass ich ihnen immer wieder Fragen stellen musste, um die Geschichte voranzubringen. Warum konnten die Leute nicht einfach einmal geradeheraus erzählen?

»Sie war meine Frau«, fuhr er fort, als ich gerade nachfragen wollte, und ich schloss den Mund schnell wieder, weil ich mich an das erinnerte, was Grey mir erzählt hatte. »Sie war nicht die schönste Frau, aber ich habe sie auch nicht aus diesem Grund geheiratet. Sie war feurig, leidenschaftlich und ehrgeizig ... Sie hat mit fünfzehn ihre Ausbildung begonnen und wurde mit siebzehn als Vollmedizinerin in die Medica aufgenommen. Ich dachte, dass sie gut genug war, um die Nachfolgerin des Chefchirurgen Marcus Sage zu werden – wenn der alte Mann denn irgendwann einmal sterben würde – und alle anderen dachten das auch. Ich habe sie sehr geliebt, für ihren Verstand und für ihr Herz.

Wir waren seit fünf Jahren verheiratet, als es passierte. Sie hat etwas entdeckt, was einfach ... alles verändert hat.«

Er verstummte wieder und ich wagte es nicht, ihn zu unterbrechen. Der ältere Mann rang mit der Stille darum, seine Geschichte weiterzuerzählen.

»Sie hat in einer Gesundheitsstation in der Kläranlage gearbeitet, als ein paar Ritter Fremdlinge zu ihr gebracht haben«, sagte er.

»Du meinst Undoks?«, fragte ich. Undokumentierte Bürger gab es immer wieder mal im Turm, obwohl ich schon seit Jahren nicht mehr gehört hatte, dass man einen von ihnen gefunden hätte. Sie waren fast immer das Ergebnis einer Familie, die ein drittes Kind gebar und es dann versteckte, damit es nicht umgebracht wurde. Aber das Netz funktionierte inzwischen so, dass es biometrische Daten an die Medica sandte, sodass das praktisch unmöglich geworden war. Früher war es sehr viel leichter gewesen, ein drittes Kind zu verbergen.

Doch Roark schüttelte den Kopf. »Nein, ich meine Menschen, die außerhalb des Turms leben. Außerhalb dieser Mauern.«

Ich atmete tief ein. »Das ist nicht möglich. Die Strahlung ...« Die Wüste um den Turm herum war das Produkt einer nuklearen Explosion vor etwa dreihundert Jahren, während des Untergangs gewesen. Die Strahlung war giftig und tödlich und hielt uns hinter den schützenden Wänden des Turms gefangen. Mit den Jahren waren die Strahlungswerte so weit gesunken, dass man für kurze Zeit auf die Plattformen hinaustreten konnte, aber der Boden war immer noch zu verstrahlt, um ihn ohne Schutzanzüge zu betreten, und selbst dann war es nur eine Frage der Zeit. Nun, da Scipio völlig funktionsfähig war, war es nicht mehr erlaubt, den Boden zu betreten.

Andererseits ... Scipio hing vom ständigen Betrieb im Turm ab, um zu überleben. Er zog seine Energie aus den Hydroturbinen und den Sonnenkollektoren. Wenn die Menschen den Turm verließen, dann würde Scipio verfallen und praktisch sterben.

Ich sah erschrocken zu Roark auf und er lächelte mich an. »Woher sollten wir es wissen?«, fragte er und knüpfte damit an meinen Gedanken an. »Auf jeden Fall war das Mädchen, das Selka behandelte, völlig anders als alle Menschen, die sie jemals gesehen hatte. Die Ritter hatten ihr gesagt, dass die junge Frau eine Undok war, aber an ihr waren Eingriffe vorgenommen worden, die kein Arzt des Turms jemals durchführen würde. Sie sah an ihr Heilungsmethoden, die völlig veraltet und barbarisch waren. Sie hatte einen gebrochenen Arm, der über Wochen hinweg zusammengewachsen war und ihr Schmerzen bereitet hatte. Jemand hatte aus völlig unersichtlichem Grund Löcher in ihren Schädel gebohrt ... Und sie hatte ein genetisches Profil, das sich gänzlich von jedem unserer Bürger unterschied. Sie war eine Außenstehende, aber dennoch genauso wie wir gebaut – was bedeutete, dass Leben hinter diesen Mauern existiert. Ganz egal, wie viele Fragen meine liebe Selka über dieses Mädchen stellte, wurde sie jedes Mal angelogen.«

Ich ahnte bereits, wie die Geschichte weiterging. Selka hatte den Fehler begangen, zu viele Fragen zu stellen, und ich konnte mich sofort mit ihr identifizieren. Ich sagte aber nichts, weil ich wusste, wie sehr es Roark aufwühlte, diese Geschichte zu erzählen, und ich verstand, dass er sie mir bis zum Ende erzählen musste.

»Fragen«, sagte er, »sind schlecht für den Rang einer Person. Ihr Rang, der einst so hoch gewesen war, sank und stürzte dann zu Boden. Sie wurde besessen von der Idee, mehr über die Fremden zu erfahren, darüber, wie sie außerhalb des Turms überleben konnten. Damals habe ich begonnen, Paragon zu entwickeln. Das ist die Tablette, die Grey, du und ich nehmen. Dieses Medikament hätte den Rang meiner Frau anheben können. Sie hätte sie retten und ihr die Gelegenheit geben können, Antworten zu finden.«

Ich seufzte laut. »Aber du kamst zu spät, nicht wahr?«

Er nickte. Es war nur eine kleine Geste, aber sie erfüllte mich mit unendlicher Traurigkeit. Er litt bestimmt gerade sehr. »Ja«, sagte er. »Ihre Fragen waren zu gefährlich und sie zog zu viel Aufmerksamkeit auf sich. Sie kamen sie mitten in der Nacht holen und haben mich mit ihren Stöcken halbtot geschlagen, als ich versucht habe, sie zu beschützen. Meine Selka ... Ich habe sie nie wiedergesehen. Ich erhielt eine Benachrichtigung von der Medica, dass sie noch in derselben Nacht gestorben war, während ich bewusstlos auf unserem Schlafzimmerboden lag.«

Ich schluckte. »Wer hat sie geholt?«

Roarks Augen glühten vor Hass. »Ritter. Meister Devon und ein paar andere. Ich erinnere mich nicht an ihre Namen, aber ich werde ihre Gesichter niemals vergessen.«

Devon war dabei gewesen. Das war seltsam. Warum sollte ein Meister sich an der Gefangennahme eines Einsers beteiligen? Das war nicht gerade seine Aufgabe und ich hatte noch nie gehört, dass er sich in die Alltagsarbeit mischte und Verbrecher jagte. Zumindest nicht, seit er das Turnier gewonnen hatte.

»Als Selka dem Mädchen begegnet ist ... Wer hat das Mädchen zu ihr gebracht?«, fragte ich neugierig.

»Zuerst ein paar Ritter. Aber auf dem Weg nach draußen ist sie Meister Devon und Oberfarmer Hart auf dem Flur begegnet.«

Ich runzelte die Stirn. »Oberfarmer Hart?«, fragte ich. »Kam er vor Plancett?«

»Sie«, korrigierte mich Roark. »Und ja. Sie ist gestorben ... Etwa zur selben Zeit wie Selka, wo ich jetzt darüber nachdenke. Das war verdammt schade, weil sie ihre Abteilung mit viel Leidenschaft geführt hat. Sie hat alle aufgenommen, ungeachtet des Rangs. Ich glaube, dass sie sogar Einser bei sich hätte arbeiten lassen, wenn das Gesetz es zugelassen hätte.«

»Wie ist sie gestorben?«

»Hmm. Ich bin mir ehrlich gesagt nicht sicher. Ich war von Selkas Tod so mitgenommen, dass ich nicht viel auf die Welt um mich geachtet habe. Warum fragst du?«

Ich wollte ihn gerade darauf hinweisen, dass sowohl sie als auch Selka nach der Begegnung mit dem Mädchen gestorben waren. Wenn noch jemand derjenigen, die mit dem Mädchen Kontakt gehabt hatten, umgekommen war, dann bedeutete das eine Verschwörung. Die Hintertür öffnete sich und Grey erschien in sauberer Kleidung und mit feuchten Haaren. Ich sah kurz zu ihm, bevor ich mich wieder Roark zuwandte.

»Ich bin mir noch nicht sicher«, sagte ich, weil ich plötzlich beschlossen hatte, meinen Verdacht noch nicht zu äußern. Sicher hatte Roark denselben Verdacht, aber da er nichts weiter sagte, bedeutete es, dass er ihn ebenfalls für sich behielt oder dass er einfach nicht mehr darüber wusste. Das änderte auf jeden Fall nicht die Tatsache, dass ich neugierig genug geworden war, um später selbst Nachforschungen anzustellen. »Ich brauche mehr Informationen, bevor ich etwas sagen kann.«

»Sag Bescheid, wenn ich helfen kann«, sagte Roark und schob Grey, der sich an den Tisch setzte, den Teller hin.

»Aber es macht auch keinen Unterschied. Was jetzt entscheidend ist, ist die Frage, ob du mitmachen willst.«

»Mitmachen?«, fragte ich mit Blick zu Grey, der mich eindringlich ansah, während er sich zerstreut die frische Haut auf seiner Brust kratzte, die bis auf die pinkfarbenen, zackigen Narben glatt und heil war.

»Du willst sie da mit hineinziehen?«, fragte Grey mit gehobenen Brauen. »Jetzt bin ich aber platt. Ich hätte nie gedacht, dass ich den Tag erlebe, an dem du mit einem Ritter zusammenarbeitest.«

»Sie ist keine Ritterin mehr«, sagte Roark. »Zumindest nicht wirklich. Sie steht auf unserer Seite und das bedeutet, dass wir ihr alles erzählen werden.«

Ich lächelte und freute mich, dass Roark mich nicht mehr außen vor ließ, nun, wo ich Grey gerettet hatte.

»Ihr Jungs habt also tatsächlich einen Plan?«

»Warte es ab«, sagte Grey mit einem Zwinkern und diesem leichten Lächeln, das meine Knie in Wackelpudding verwandelte.

»Grey und ich«, sagte Roark und lächelte den jungen Mann an, »haben Selkas Arbeit sozusagen fortgesetzt.«

»Das heißt ...«

»Warte«, sagte Grey. »Es ist besser, ihr die Phasen zu erklären. Phase Eins ist ...«

»Rekrutierung«, unterbrach Roark Grey. »Wir brauchen Leute, damit es funktioniert, aber es dürfen nicht zu viele sein, sonst ziehen wir nur Verdacht auf uns.«

»Zum Glück haben wir Roark«, sagte Grey und deutete mit einer gespielten Verneigung zu Roark, zuckte aber durch die heftige Bewegung vor Schmerz zusammen. »Arzt und führender Arzneimittelanbieter im großen Turm von Scipio. Er bietet den Menschen mit einem niedrigen Rang, die mit ihrem Leben im Turm unzufrieden sind, Paragon an und bietet ihnen so einen Ausweg im Austausch für ihre Expertise.«

Ich blinzelte ihn mit gehobenen Augenbrauen an und sah dann wieder zu Roark. »Okay, aber warum macht ihr das? Gründet ihr eine ... Bewegung oder eine Rebellenfraktion oder so etwas?« Wenn dem so war, dann war ich mir gar nicht sicher, ob ich mitmachen wollte. Ich wollte keinen Krieg im Turm herbeiführen. Aufstände waren in der Geschichte nie erfolgreich gewesen, ganz abgesehen von den vielen Todesopfern, die sie gefordert hatten.

Grey lachte und Roark winkte verärgert ab. »Nein, nichts derart Lächerliches und Tollkühnes. Und hör nicht auf Grey, wir haben im Augenblick erst neunundzwanzig Personen«, sagte er. »Ich bin ganz sicher nicht der führende Arzneimittelanbieter.«

Ich legte den Kopf schräg. »Aber du kannst unmöglich lange den Bedarf all der Leute decken, die das Medikament brauchen«, sagte ich behutsam und dachte an die Stockwerke, die die Medica allein dafür bereitstellte, Zweier zu behandeln. Und dann waren da noch die Gefangenen in der Zitadelle. Sie alle brauchten Hilfe, aber es waren einfach zu viele. Ich wüsste, dass er mich anlog, wenn er mir sagen würde, dass er sie alle versorgen könnte.

Doch zu meiner Erleichterung nickte Roark. »Ich habe das letzte Jahrzehnt damit verbracht, so viel wie möglich von dem Zeug herzustellen«, gab er zu. »Ich habe auf den Tag gewartet, an dem ich meinen Plan endlich in die Tat umsetzen kann. Wir werden so viele finden, wie wir können, und sie dann versorgt halten, bis wir die Phase Zwei beginnen können.«

»Die da wäre?«

Roark lächelte. Es war der erste friedliche Ausdruck, den ich an ihm sah. Er sah sehnsüchtig auf seine gefalteten Hände und sein Blick wurde weich. »Wir gehen«, sagte er. »Und wir kommen nicht zurück.«

Alles schien stillzustehen. *Gehen?* Die Idee war lächerlich. Nur weil irgendwo Menschen überlebt hatten, bedeutete das noch lange nicht, dass wir diesen Ort oder diese Menschen finden würden. Es bedeutete nicht, dass es bewohnbares Land gab, das wir einfach so für uns beanspruchen konnten. Wir hatten kein Transportmittel, um die Halde zu durchqueren. Sobald wir die Flussnähe verlassen hatten, wären wir ohne Wasser und wir mussten nach Osten gehen, weil das Wasser, das mit den Abfällen des Turms vergiftet wurde, nach Westen floss. Wir hätten kein Essen, weil in der verstrahlten Wüste nichts wuchs. Ach ja und überhaupt: Die Wüste war verstrahlt!

Aber es gibt Menschen da draußen, schrie mich mein Verstand an und forderte mich dazu auf, von einem möglichen Leben außerhalb des Turms zu träumen. Es gab andere Menschen, die überlebt hatten. Konnten wir den Turm einfach so verlassen und anderswo leben? Ohne Blutvergießen? Wer hier nicht überleben konnte, der ging einfach und versuchte, draußen sein eigenes Leben zu führen?

Ich atmete tief durch und sah die beiden an. »Ihr wollt also Medikamente verkaufen, bis ihr genug Leute rekrutiert habt, und dann gehen?«, fragte ich und sie nickten. »Ich habe das Gefühl, dass wir etwas Wichtiges zwischen den beiden Schritten überspringen. Ist ja nicht böse gemeint, aber ... Ich werde mehr darüber hören müssen.«

Roark lachte rau und nickte. »Du hast recht, Mädchen. Und wir erzählen dir gern den Rest. Nachdem du entschieden hast, ob du dich uns anschließen willst.«

Ein Leben außerhalb des Turms. Wenn das wirklich möglich war, dann wäre es unglaublich. Es bedeutete, dass es etwas anderes gab als die massiven acht Wände, die uns hier drinnen festhielten. Es bedeutete, dass es Hoffnung auf ein neues und anderes Leben gab. Ein Leben, das wir leben konnten, so wie es uns gefiel, ohne überwacht zu werden oder als Sklaven einer riesigen Maschine zu dienen. Es bedeutete ein Leben, in dem ich nicht dazu gezwungen würde, jemanden zu töten.

»Ich will mitmachen«, sagte ich. »Ich bin mir nicht sicher, ob ich eure Geschichte ganz glauben kann, aber ein Leben außerhalb des Turms ist das

Risiko wert.«

»Okay, *Lehrling*«, *sagte Roark und dieses Mal sagte er es ganz und gar nicht verächtlich. Es klang eher wie ein*

Spitzname. »Willkommen *in der Revolution.*«

20

Leider war es nicht so spannend, Teil einer Revolution zu sein, wie ich es mir vorgestellt hatte. Es waren inzwischen zwei Wochen vergangen, seit ich Grey aus der Zitadelle befreit hatte, und ich hatte weder ihn noch Roark seit dem Abend, an dem wir miteinander gesprochen hatten, gesehen.

Natürlich verstand ich die Gründe dafür: Wir durften nach allem, was passiert war, nicht auffallen. Schließlich hatte ich Grey unter verdächtigen Umständen aus der Zitadelle geholt und wenn ich mit ihm gesehen wurde, würde das unerwünschte Aufmerksamkeit auf uns lenken. Es war sicherer, etwas Zeit vergehen zu lassen, bis wir uns davon überzeugt hatten, dass niemand herausfand, dass ich Grey gerettet hatte und nicht etwa Scipio.

Nach dem Vorfall in der Zitadelle wurde ich besser darin, meine wahren Gefühle vor meinen Eltern und Gerome zu verbergen, aber das änderte nichts an der Tatsache, dass ich mir sicher war, dass wir geschnappt werden würden. Dass *ich* geschnappt würde. Ob es nun das blöde Ventil, das Zoe und ich manipuliert hatten, war oder ob jemand in der Medica herausfinden würde, dass Grey Paragon im Blut hatte, was uns auffliegen ließ, würde sich noch zeigen.

Infolge meiner Paranoia und meines Versuchs, die Leute, die mir wichtig waren, zu beschützen, hörte ich auf, zu dem abteilungsübergreifenden

Unterricht, der zweimal wöchentlich stattfand, zu gehen, um Zoe und Eric nicht zu begegnen. Ich hatte ein schlechtes Gewissen – Zoe textete mir am vierten Tag ganze vierzehn Nachrichten – aber ich musste die beiden aus der Sache heraushalten.

Nachdem ich an jenem Abend Roarks Haus verlassen hatte, hatte ich meiner besten Freundin dringend erzählen wollen, was geschehen war, doch dann hatte mich eine düstere Vorahnung eingeholt: Wenn sie das Ventil sahen und erkannten, dass es jemand beschädigt hatte, dann würde Gerome mich zur Rede stellen und fragen, was wir wirklich getan hatten, als er uns in der Nähe des Ventils erwischt hatte. Wenn ich bei meiner Lüge blieb, dass Zoe mich fortbildete, dann würden wir beide festgenommen werden.

Das bedeutete zwei Dinge: Um Zoe zu beschützen, würde ich erstens gestehen und sagen müssen, dass ich Zoe benutzt hatte, um mehr über das System zu lernen, damit ich dann das Ventil allein zerbrechen konnte. Zweitens musste ich mich von ihr fernhalten, damit man mir glaubte, wenn ich geschnappt würde. Wenn wir viel Zeit miteinander verbrachten, wäre mein Geständnis weniger glaubhaft und man könnte vermuten, dass ich meine Freundin nur zu decken versuchte.

Ich hoffte, sie so in Sicherheit zu bringen, schließlich wusste ich nicht, ob es überhaupt noch ein funktionierendes Rechtswesen gab. Aber mir war keine andere Wahl geblieben und ich hatte mich an einen Hoffnungsfunken geklammert und eine Entscheidung getroffen.

Meine Tage verliefen routinemäßig, was etwas gegen meine Paranoia half. Ich achtete darauf, mein Zimmer immer aufgeräumt zu halten – nicht etwa, weil ich plötzlich einen Ordnungsdrang entwickelt hätte, sondern weil ich das Gefühl hatte, dass meine Eltern mich ständig beobachteten und darauf warteten, dass ich etwas verpatzte. Sie zweifelten an meiner Neun. Ich machte mehr Sport als vorher, denn ich musste mehr denn je für den Fall in Form sein, dass sie mich holen kamen und ich mich wehren musste. Und ich arbeitete Seite an Seite mit Gerome. Gemeinsam patrouillierten wir die Gänge und Stockwerke des Turms.

Gerome hatte mich immer noch nicht darauf angesprochen, was mit Grey passiert war. Er hatte auch nicht den Versuch gemacht, mich für eine andere Ermordung vorzusehen. Ich fragte ihn auch nicht danach, obwohl ich überlegte, es zu tun. Ich versuchte, zu glauben, dass er das Thema nicht angesprochen hatte, weil ich behauptet hatte, dass Grey zu dem heilbaren Prozentsatz der Bevölkerung gehörte. Schließlich war das die einzige vernünftige Erklärung, nicht wahr? Aber wenn sie mir nicht glaubten, würde das erklären, warum Gerome mir gegenüber so abweisend war.

Ich war paranoid. Gerome war schon immer stoisch gewesen und machte ständig eine versteinerte Miene und es gab keinen Grund dafür, jetzt an seinem Verhalten zu zweifeln. Er verhielt sich wahrscheinlich gar nicht eigenartig, sondern nur normal und neutral. Wie immer.

Wenn es ein Problem gegeben hätte, hätte er es schon angesprochen. Sicher hatten sie das Ventil gefunden und erkannt, dass das meiste oder das gesamte Gift nicht in die Zelle gelangt war. Sicher hatten sie auch herausgefunden, dass jemand das Ventil manipuliert hatte, und es gab nur einen Grund, warum jemand so etwas tat. Gerome hatte Zoe und mich da unten gesehen. Warum hatte er nichts gesagt?

Weil sie dich nicht damit in Zusammenhang bringen, sagte ich mir geduldig. *Das können sie nicht. Es gehen ständig Dinge kaputt und eine Neun auf dem Handgelenk schreckt alle ab, die treu an Scipio glauben. Eine Neun würde nie etwas tun, um dem Turm zu schaden oder sich gegen Scipio zu stellen. Ich werde vom selben System geschützt, das sie geschaffen haben, um Leute wie mich klein zu halten.*

Ich schien all die Vorteile zu genießen, die mir meine Verwandlung in Prim verschaffte, ohne wirklich sie sein zu müssen.

Aber manchmal kam ich nicht darum herum, ihre Rolle zu spielen.

* * *

Ich starrte aus dem Fenster meines Zimmers auf eine Gruppe von Lehrlingen im ersten Jahr, die ihre Kabelhiebe übten, wandte mich dann aber ab. Ich verbrachte so wenig Zeit wie möglich zu Hause, aber ich musste herkommen, um mich umzuziehen und etwas zu essen. In wenigen Monaten hätte ich meine eigene Wohnung, die mir von Scipio zugewiesen würde, und würde nicht mit meinen Eltern zusammenleben müssen. Ich sah inzwischen wenig mehr in ihnen als Mörder. So würde ich sie auch nicht länger in Gefahr bringen, denn obwohl ich verärgert und entsetzt war, wollte ich nicht riskieren, dass sie hingerichtet wurden, weil ihre Zehner durch meinen Paragonkonsum infrage gestellt wurden. So ergeben, wie sie

Scipio waren, traute ich ihnen allerdings zu, die Zelle sogar freiwillig zu betreten.

Ich sah auf die digitale Anzeige über meiner Tür und seufzte. Es war Zeit zu gehen, bevor meine Eltern aufstanden.

Morgens um fünf Uhr aus dem Haus zu schleichen war Teil meiner Routine geworden. Meine Eltern standen nicht vor sechs auf, weshalb es besser war, zu gehen, bevor sie nach mir sehen konnten. Es ärgerte mich, dass sie sich nur für meinen Rang und dafür interessierten, wie er sich auf sie auswirkte. Ich konnte mir vorstellen, dass ihre Erziehungsfähigkeiten angezweifelt wurden, wenn sie als Zehner eine Eins aufzogen.

Andererseits war ich mir sicher, dass sie meinen Status auf eine Art und Weise rechtfertigen würden, um besser damit leben zu können. Welchen Unterschied machte es also? Mir war es egal, ich wollte nur von hier fort.

Und mit *hier* meinte ich den Turm. Denn so verrückt mir Roarks Idee auch erschien, war sie doch die einzige Hoffnung, an die ich mich klammerte. Sie würde Freiheit von Scipio und diesem wahnsinnigen System bedeuten. Einem System, in dem eine Zehn ihr Gewicht in Gold wert war, während schon eine Vier als Ungnade galt, was die Menschen in einer Spirale aus Angst und Negativität nur noch weiter nach unten zog. Die Warnungen vor einer psychologischen Ansteckung führten dazu, dass die niedrigeren Ränge von der Bevölkerung genau dann gemieden wurden, wenn sie am meisten Akzeptanz und Anschluss brauchten. Aber stattdessen wurde ihnen das Gefühl vermittelt, dass sie nicht mehr wert waren als die willkürliche Nummer auf ihrem Handgelenk. Ich konnte nicht länger hierbleiben und in einem zerrütteten System leben, während ich langsam innerlich abstarb und dabei zusah, wie alle um mich herum ihr Leben als Sklaven von Scipios Bedürfnissen fristeten. Ich verbrachte jeden wachen Augenblick damit, darüber nachzudenken, was draußen auf uns warten mochte. Wer da draußen sein konnte, wie die Menschen überlebt hatten und wie ihr Leben war.

Konnten sie die Sterne sehen? Gab es Wolken am Himmel, wie sie sich in den Grünanlagen bildeten, wenn die Hitze von draußen das Wasser verdampfen ließ, bis die Luft dichter und dichter wurde und schließlich sanfter Regen fiel? Gab es Gras? Wie fühlte es sich an? Wie roch es? Wie schmeckte es?

Ich wollte glauben, dass es wahr war, weil ich die Wahrheit erfahren wollte. Vor Roark und Grey hätte ich niemals geglaubt, dass es eine solche Hoffnung gab. Und nun, da ich sie gefunden hatte, brannte ich darauf, den nächsten Schritt zu tun. Hoffentlich vergingen die nächsten zwei Wochen schneller als die ersten beiden. Denn andererseits würde ich schwach werden und doch Roark vorzeitig besuchen gehen.

Ich wählte einen Weg, der mich über die Löwenhöhle führte, den größten Freiluftmarkt, der sich direkt vor der Grünanlage 10 befand, dem Anbauboden, der wie ein dunkler Flügel aus der Seite des Turms ragte. Hier wuchs immer das beste Essen. Es war außerdem der Hauptsitz der Grünanlagen, weil hier der jeweilige Oberfarmer lebte.

Ich schlängelte mich durch die Stände hindurch, als sich meine Nackenhaare plötzlich aufstellten und ich das Gefühl bekam, dass ich beobachtet wurde. Ich musste beschäftigt aussehen und so wandte ich mich dem nächsten Stand zu, interessierte mich übertrieben für die Äpfel und ließ dabei einen flüchtigen Blick über die Menge gleiten, um nach der Ursache für mein unangenehmes Gefühl zu suchen.

Doch das Gefühl flaute ab, als ich mich umsah. Es gab keine Anzeichen dafür, dass mich jemand beobachtete.

Während ich mich umsah, wurde ich ruhiger und fühlte mich auf einmal sehr albern.

Du bist paranoid, sagte ich mir, drehte dem Stand den Rücken zu und ging weiter. Wenn Devon oder Gerome etwas wüssten, hätten sie mich längst verhört. Und selbst wenn sie mich beobachteten, gab ich ihnen keinen Anlass dazu, mich zu verdächtigen. Nun, ich hatte ihnen mehr als einmal Anlass gegeben, aber in den letzten zwei Wochen hatte ich mich vorbildlich verhalten …

Ich blieb mitten in einem der engen Gänge zwischen den Ständen stehen und atmete tief durch, um meine gereizten Nerven zu beruhigen. Um ehrlich zu sein, machte ich mir mehr Sorgen um die Paranoia selbst. Ich erschrak bei jedem Schatten und mein Herz raste jedes Mal, wenn ein Ritter auf mich zu kam. Ich schlief kaum noch, weil mich Albträume verfolgten. Das war nicht gerade das Rezept für emotionale Stabilität.

»Alles okay?«, fragte eine vertraute Stimme und ich erblickte Grey, der in einem abgewetzten grünen Overall vor mir stand. Seine Augen funkelten belustigt. Sofort sah ich mich um und mein Instinkt sagte mir, dass etwas nicht stimmte. Er trat besorgt einen Schritt näher.

»Liana?«

»Was machst du hier?«, fragte ich, riss hektisch den Kopf herum und sah zu ihm auf. »Diese Grünanlage liegt direkt neben der Zitadelle! Hältst du es für eine gute Idee, dich so nah an der Zitadelle aufzuhalten, wo du dort gerade knapp dem Tod entkommen bist?«

»Hey, whoa«, sagte er und hob die Hände, so als ob er ein Tier beruhigen wollte. Ich unterdrückte ein Knurren. Er hielt sich nicht an den Plan! Roark hatte mir versprochen, dass er sich einen Monat lang sehr unauffällig verhalten würde. »Ich schwöre, dass ich nicht wusste, dass du hier sein würdest. Ich wollte nur frühstücken und ein paar Dinge erledigen.«

»Ja, aber so nah an der Zitadelle?«, fragte ich noch einmal und ließ nicht locker. »Ich kann dich nicht noch einmal aus dieser Zelle befreien, wenn sie dich schnappen. Sie haben mich seit jenem Tag nicht wieder nach unten geführt. Ich ...«

»Liana, beruhige dich«, sagte er und trat noch näher, bis uns nur noch wenige Zentimeter voneinander trennten. Dann legte er seine Hände auf meine Schultern. »Es ist alles in Ordnung. Das verspreche ich. Das hier ist reiner Zufall. Mir geht es gut.« Er drehte mir seine Hand zu und ich nickte, konnte mich aber nicht entspannen. Wir befanden uns so nah an der Zitadelle und die ganze Zeit über gingen Ritter an uns vorbei. Was war, wenn Gerome oder Devon uns über den Weg liefen? Sie waren Junggesellen und würden definitiv hier frühstücken kommen. Wenn sie uns zusammen sahen ... Ich erschauderte bei diesem Gedanken.

Grey musterte mich und sah sich um. »Du brauchst eine Pause«, sagte er nach einem Augenblick. »Wann hast du Schicht?«

»Heute Nachmittag«, antwortete ich. »Aber wir sollten wirklich nicht ...«

»Du musst sprechen«, sagte er entschlossen. »Vielleicht haben wir die Dinge zu einfach abgehakt. Ich bin auch ziemlich paranoid, aber wenigstens habe ich Roark, der mich wieder auf den Boden der Tatsachen zurückholt. Du musst mit alldem allein fertig werden. Was ist mit deiner Freundin, dem Mädchen, das dir geholfen hat?«

Ich senkte den Blick und spürte einen Stich im Herzen. »Ich gehe ihr aus dem Weg ... ihr und allen anderen. Ich will niemanden mit mir in den Abgrund reißen.«

Grey runzelte die Stirn, zog die Brauen zusammen und nickte dann, als ob er eine Entscheidung getroffen hätte, in die ich noch nicht eingeweiht war. »Warte einen Augenblick hier«, sagte mit seinen warmen Augen. »Ich komme gleich wieder.«

Ich wollte etwas erwidern, doch er war verschwunden, bevor ich etwas sagen konnte, und so stand ich stammelnd allein da. Ich sah mich um und fragte mich, ob uns jemand gesehen hatte. Es war erst halb sechs Uhr morgens, aber an den Ständen wimmelte es bereits von Leuten in verschiedenfarbigen Uniformen, die mit ihren Lebensmittelkarten Frühstück kauften. Auch wenn es keinen Grund dafür gab, hatte ich das Gefühl, beobachtet zu werden, und je länger ich stillstand und auf Grey wartete, desto stärker wurde mein Eindruck. Als er schließlich wieder auftauchte, war ich ein völliges Nervenbündel und das sah er mir auch sofort an. Er nahm die Tüte, die er trug, in eine Hand, nahm meine Hand mit der anderen und führte mich dann den Gang entlang. Ich ließ ihn gewähren, weil ich dachte, dass er mich wieder loslassen würde, sobald ich ihm folgte, doch zu meiner Überraschung tat er das nicht.

Schnell bahnten wir uns unseren Weg aus der Löwenhöhle hinaus und auf eine der breiten Plattformen, die aus der Hülle hinaus ins Freie ragten. Sobald wir draußen waren, wurde er langsamer. Wir sahen einander an, lächelten, wandten dann den Blick wieder ab und ich spürte, wie sich meine Wangen röteten.

Ich unterdrückte das Gefühl, ließ nicht zu, dass mich die Befangenheit befiel, die ich normalerweise in Greys Nähe spürte, und konzentrierte mich auf das Wesentliche. »Wir sollten wirklich nicht so bald zusammen gesehen werden«, sagte ich. »Wir haben doch darüber gesprochen. Wir waren uns einig. Du würdest in Koggestadt bleiben, nicht auffallen und den guten, bekehrten Jungen spielen.«

»Entspann dich«, antwortete er und ließ meine Hand los. »Wenn jemand fragt, werden sie es vermutlich auf meine lebensverändernde Nahtoderfahrung zurückführen und darauf, dass ich mit jemandem darüber sprechen wollte, der dabei war.«

»Ich bin mir ziemlich sicher, dass sie nicht fragen werden«, hauchte ich, aber er lächelte, weil er mich trotzdem gehört hatte.

»Ja, wahrscheinlich nicht. Ich bin sowieso überrascht, dass sie mich überhaupt gehen lassen haben. Warum haben sie keine Angst davor, dass ich etwas erzähle?«

»Wahrscheinlich wünschen sie sich das sogar«, sagte ich bitter. »Du hast überlebt, weil Scipio es so wollte, und die Ritter wünschen sich nun, dass du die Botschaft deiner Erleuchtung verbreitest, damit auch andere lernen können, was es bedeutet, Scipio wahrhaft zu dienen.«

Grey grinste mich schief an und griff in seine Tasche, um etwas Weißes hervorzuholen, was ich sofort als Bao erkannte, ein gedämpftes Brötchen mit Füllung.

»Es hat Curry«, warnte er mich, als ich es ihm aus der Hand nahm, aber ich sah ihn nur gelangweilt an, bevor ich einen Bissen nahm. Sofort erreichte der Geschmack würziger Kartoffeln und Erbsen meine Geschmacksknospen. Die Aromen waren perfekt kombiniert.

Ich kaute und schluckte beinahe ohne die Schärfe zu bemerken, bevor ich wieder zu Grey sah. »Du hast meine Frage noch nicht beantwortet. Warum bist du nicht in Koggestadt?«

»Roark taugt nicht dazu, Essen einzukaufen«, antwortete er. »Er weiß ja kaum, welches Datum wir haben. Auf jeden Fall ist uns gestern Abend das Essen ausgegangen. Ich habe gestern Abend einen halben Salatkopf gegessen und das wird meinen Magen sicher nicht lange füllen. Glaub mir, ich bin nicht gerade ein Frühaufsteher, aber in letzter Zeit …«

Er stockte und sah in die Ferne. Ich kannte diesen Blick, weil ich ihn neuerdings selbst nur zu oft hatte. Er war glasig und matt. So sah eine Person aus, die nicht genug schlief.

»Geht mir genauso«, sagte ich und nahm einen weiteren Bissen von dem Bao. »Ich habe immer noch Albträume

… Ich wache auf und denke, dass der Meister vor meinem Zimmer steht und kurz davor ist, auf den Knopf zu drücken, um mich zu töten.«

Grey verzog den Mund zu einem Grinsen, sah mich aber traurig an. »Das ist meine Schuld. Wenn ich …«

»Wenn du mir deine Tabletten nicht gegeben hättest?«

»Ich wollte sagen, wenn ich nicht geschnappt worden wäre. Ich bereue es nicht, dir die Tabletten gegeben zu haben.«

Wir bogen um die Ecke, als er stehenblieb und mich dazu brachte, ebenfalls stehen zu bleiben. »Liana, bist du dir sicher, dass du dich von deinen Freunden entfernen willst? Ich meine, sie machen sich sicher Sorgen um dich.«

Ich dachte an Zoe und all die Male, die sie über das Netz versucht hatte, mich zu erreichen, doch ich schüttelte den Kopf. »Zoe hat mir geholfen, dich zu retten, und ich weiß, dass sie wissen will, was passiert ist, aber ... Wenn ich ihr noch mehr erzähle, dann ziehe ich sie nur tiefer in die ganze Sache hinein. Ich kann sie besser beschützen, wenn ich auf Distanz gehe. Wenn ich gefangen werde, kann ich lügen. Ich kann allen sagen, dass ich ganz allein gehandelt habe.«

Grey schwieg lange. »Das ist sehr nobel.«

»Nein, das ist es nicht«, platze ich heraus. Ich dachte nicht so und ich schien diese Beschreibung nicht verdient zu haben. Ich verletzte meine beste Freundin mit dieser Entscheidung und ich wusste es. Es brachte mich um und jeden Tag musste ich gegen den egoistischen Teil in mir ankämpfen, der einfach nur zu ihr laufen und zusammenbrechen wollte. Aber die Angst brachte mich dazu, es nicht zu tun, die Angst, sie für immer zu verlieren. Das war nicht nobel. »Sie ist meine beste Freundin«, sagte ich schließlich, weil mir keine bessere Erklärung einfiel.

»Sie bedeutet mir sehr viel.«

Grey nickte und sah nach vorn. »Okay«, sagte er nach ein paar Sekunden, so als ob er das Thema wechseln wollte. »Falls wir also nicht entdeckt oder geschnappt werden, was hast du dann vor? Wirst du einfach warten, bis wir zur Flucht bereit sind und sie dann mitnehmen?«

Sein Tonfall gefiel mir gar nicht. »Ja, genau das habe ich vor.« Ich sah ihn herausfordernd an und wartete förmlich darauf, dass er mir widerspräche. »Ist das etwa eine schlechte Idee?«

Natürlich war es nicht die beste Idee. Es war ja kaum ein brauchbarer Plan, aber ohne genauere Informationen darüber, wie oder wann unser mysteriöser Exodus stattfinden würde, konnte ich auch nicht viel mehr machen. Aber das brauchte er mir ja nicht in diesem Ton vorzuhalten.

Er riss die Augen auf und hob mit einem unschuldigen Lächeln die Hände. »Nein, ich war nur neugierig. Würde nur sie mitkommen oder noch jemand?«

»Nun, mein Bruder natürlich. Obwohl ...« Ich seufzte und meine Gereiztheit verschwand, als ein dunkleres Gefühl sie verdrängte. Grey sah mich weiter neugierig an. »Er hat sich in den letzten Wochen nicht gemeldet und ich mache mir Sorgen um ihn.«

Ich hatte in den letzten zwei Wochen viel an Alex gedacht und sogar ein paar Mal versucht, ihn zu kontaktieren, aber er ignorierte meine Anrufe weiterhin. Ich machte mir Sorgen um ihn, machte mir Sorgen wegen der Dinge, die er mir erzählt hatte, und hoffte, dass er keine Informationen ausgrub, wegen derer man ihn töten könnte.

»Er ist kein Ritter?«

Ich schüttelte den Kopf und lächelte traurig. »Nein, er ist in die erste Abteilung gewechselt, die ihm ein Angebot gemacht hat.« Ich sagte nicht die ganze Wahrheit, weil ich nicht verraten wollte, dass Alex bei den Sehern arbeitete. Ich log nicht gern, aber ich wusste nicht, wie Grey auf diese Information reagieren würde.

Zum Glück stellte er keine weiteren Fragen, woraufhin ich mich ein wenig entspannte und unser Gespräch weniger verkrampft weiter verlief. Es war nett ... und dringend notwendig. Ich hatte mich niemandem gegenüber entspannen können, aus Angst, erwischt zu werden, aber Grey wusste über alle Straftaten, die ich begangen hatte, nicht nur Bescheid, sondern war auch Mittäter.

In seiner Gegenwart konnte ich etwas freier sprechen, ohne dass er mich dafür ausschimpfte, dem Turm nicht besser zu dienen oder Schlimmeres tat.

»Okay, also dein Bruder, meine persönliche Heldin, Zoe und ... deine Eltern?«

Mein Lächeln verschwand sofort und ich hustete trocken. »Nein, meine Eltern wurden geboren, um Scipio zu dienen. Wenn ich es nicht besser wüsste, würde ich sagen, dass sie künstlich nach seinem Abbild geschaffen wurden.«

Grey brummte und ich sah, wie er sich mit der Hand durchs Haar fuhr. »Genau wie meine Eltern. Oh Gott, bitte sag mir nicht, dass du meine Schwester bist.«

Ich lachte. Ich konnte einfach nicht anders. Sein Scherz war so unerwartet gewesen und sein Gesicht so vor Entsetzen verzogen. Wir lachten zusammen, aber bald beruhigten wir uns etwas und lächelten uns nur noch an. Ich senkte zuerst den Blick, weil mein Herz wie verrückt klopfte, und wir gingen ein paar Schritte weiter, bevor er wieder etwas sagte.

»Sonst noch jemand?«

»Was?«, fragte ich verwirrt. Ich brauchte einen Augenblick, um den Faden unseres Gesprächs wieder aufzunehmen. »Oh, wir können nicht ohne Eric gehen.«

»Eric?« Er stockte. »Ist er … dein Freund?«

Ich unterdrückte ein Lachen, als er diese Frage betont beiläufig stellte. Aber ich konnte einfach nicht anders, ich musste ihn damit aufziehen. »Entspann dich, Märchenprinz. Er ist ein Freund, ein guter Freund. Er hat sich nicht von mir abgewandt, als mein Rang gesunken ist.«

»Oh? Ist sein Rang hoch?«

»Eine Acht«, antwortete ich. »Aber das spricht nicht gegen ihn. Er ist einfach … von Natur aus ein glücklicher Mensch. Ich glaube, dass er überhaupt keine negativen Gedanken haben kann.«

»Klingt wie ein echtes Goldstück«, sagte Grey platt.

»Er ist eine gute Person«, nickte ich.

»Ja, bestimmt. In welcher Abteilung arbeitet er?«

»Bei den Farmern.«

»Das war ja klar.«

Ich lachte, weil die männlichen Farmer für ihren muskulösen Körperbau und ihr gutes Aussehen bekannt waren, weil sie den ganzen Tag auf den Feldern arbeiteten. Viele Frauen im Turm fanden die Handler attraktiv und es gab ein paar ziemlich geschmacklose Redewendungen zu diesem Thema, die hinter vorgehaltener Hand von Mutter zu Tochter weitergegeben wurden. Wenn Grey als Farmer gearbeitet hätte, hätte er wahrscheinlich fünfzehn Kilo extra Muskelmasse an seinem Oberkörper. Aber ich war froh, dass er dieses zusätzliche Muskelpaket nicht mit sich umhertrug, denn muskulöse Männer waren überhaupt nicht mein Typ. Ich stand eher auf Männer mit Verstand.

Wir gingen weiter, kamen schließlich am Fahrstuhl an und unser Gespräch betraf nun andere Dinge: wie er sich erholte, wie es Roark ging und wie sie die Medikamentenversorgung bewerkstelligten.

»Ich denke, dass wir genug Vorrat haben, um vierzig Leute einen Monat lang versorgen zu können«, sagte er unsicher.

»Okay, aber was ist das Ziel? Ich meine … Gibt es vierzig Leute, die bereit sind, mit uns zu kommen? Werden sie uns dabei helfen, die Teile und Ausrüstung zu beschaffen, die wir brauchen, um eine Art …« – ich stockte und suchte nach einem angemessenen Wort für das, was ich sagen wollte – »Transportmittel zu bauen?«

»Nun …« Grey lächelte und verließ den Fahrstuhl. Als ich aufsah, merkte ich, dass wir zwanzig Stockwerke nach oben gefahren waren und uns nun im 105. Stock befanden. Ich hatte mich völlig auf ihn konzentriert und darauf, wie mein Herz einen Schlag lang ausgesetzt hatte, als er eifersüchtig geworden war. Damit hatte er mir das Gefühl gegeben, jemand Besonderes zu sein – ein Gefühl, das ich seit Langem nicht mehr gespürt hatte. »So etwas in der

Art ... Wir sind uns noch nicht ganz sicher, wie wir es anstellen sollen, aber das ist die Idee.«

»Was machen wir hier oben?«, fragte ich abrupt. Es war ein wenig unhöflich, aber wir waren ganz offensichtlich nicht auf dem Weg nach Koggestadt, sondern befanden uns hundert Stockwerke weiter oben. Ich war davon ausgegangen, dass wir dorthin unterwegs waren und die ganze Zeit über hatte ich gedacht, dass wir nicht zusammen gesehen werden wollten. Wir hatten schon zu viel Zeit miteinander verbracht und waren uns zu nah gekommen. Wenn jemand uns beobachtete oder zufällig gesehen hatte ...

»Wir werden eine Person besuchen, die uns helfen kann und die definitiv unsere Hilfe braucht. Sie lebt in Smallsville.«

Smallsville war die Bezeichnung für die Grünanlage 11. Die gegenüberliegende Grünanlage, Nummer 12, wurde Biggins genannt. Ich wusste nicht, woher die Namen kamen. Beide Anlagen spezialisierten sich hauptsächlich auf die Getreide- und Maisproduktion im Turm. Erics Familie hatte seit den Anfangszeiten des Turms in Smallsville gelebt, obwohl sein Vater ein ehemaliger Ritter war.

Die Anlage war einer der schönsten Orte im ganzen Turm. Alles leuchtete grün und die Luft war feucht und weich und roch nach nassem Gras. Wasser und Erde schienen sich endlos auszustrecken. Sonnenlicht fiel durch die Solarfenster, die die Grünanlagen überdachten und gab dem Getreide genügend Energie, ohne dass es in den extremen Außentemperaturen welkte und starb. Künstliche Windgeneratoren, die für die Bestäubung benötigt wurden, bliesen regelmäßig und wiegten die langen Ähren hin und her.

Als wir die Grünanlage betraten, lächelte ich sofort, schloss die Augen und genoss das Gefühl der Sonne und den Geruch der Erde. Das beruhigte mich und gab mir Gelassenheit. Ich konnte nichts dagegen tun – ich liebte die Grünanlagen einfach.

»Lass es uns schnell hinter uns bringen«, raunte Grey und riss mich aus meiner Ruhe. Ich sah, wie er die Hände in die Taschen steckte und eilig voranschritt.

Ich eilte ihm auf den Feldweg nach und erinnerte mich plötzlich daran, dass er auf diesem Stock aufgewachsen war. Bevor seine Eltern ihn hatten fallenlassen.

»Ist es schwer für dich?«, fragte ich. »Wieder hier zu sein?«

Er lachte freudlos. »Lass es mich so ausdrücken: Ich möchte gern wieder von hier verschwinden, bevor mich jemand erkennt.«

Er führte mich durch ein Maisfeld, das sich unter dem künstlichen Wind bog. Wir folgten einem schmalen Pfad, der sich in sanften Kurven durch das Feld zog. Ich hatte von Eric gelernt, dass diese Pfade kein festes Muster hatten, um so den Mais auf seine Qualität zu prüfen. Grey lief vor mir durch die hohen Pflanzen. Sein dunkelblondes Haar wehte im Wind und sein Kopf drehte sich immer wieder zu beiden Seiten. Seine Hände hatte er zu Fäusten geballt.

»Erzähl mir mehr über diese Frau, die wir suchen«, sagte ich, um ihn abzulenken.

Er blinzelte, drehte sich zu mir um und sah mich an, als ob er ganz vergessen hätte, dass ich auch noch da war.

»Ihr Name ist Sarah Thrace«, sagte er. »Sie ist gerade auf Rang Drei abgesunken. Ihre Eltern sprechen nicht mit ihr, aber sie ist alt genug, um unabhängig zu sein, weshalb sie sie nicht fallenlassen können.«

Er sagte die letzten Worte mit solcher Wut, dass ich erblasste. Ich griff nach seiner Hand und brachte ihn dazu, stehenzubleiben. Er drehte sich verärgert um und sah mich an.

»Hey«, sagte ich und nahm auch seine andere Hand, »es tut mir leid, dass deine Eltern dir das angetan haben. Es war nicht richtig und es ist traurig, dass sie die Gelegenheit nicht genutzt haben, dein wirkliches Ich kennenzulernen und zu lieben. Ich weiß, wie schrecklich sich das anfühlt, und es tut mir leid.«

Greys Ärger verflog und nach einem Augenblick entspannten sich seine Züge etwas. »Danke«, sagte er und obwohl er es beinahe geflüstert hatte, spürte ich, dass er es ernst meinte.

Mir wurde warm ums Herz, so als ob in mir etwas glühte, als er mir in die Augen sah. Ihm war eine Haarsträhne in die Stirn gefallen und ich hätte sie ihm am liebsten zur Seite gestrichen, aber ich hielt mich zurück und sah ihn einfach nur an. Unser Kuss kam mir wieder in den Sinn und ich konnte nur daran denken, wie sehr ich mir wünschte, dass er mich wieder küssen würde.

Doch er löste sich von mir und sah über meinen Kopf hinweg. Ich folgte seinem Blick und sah eine Frau in grüner Uniform, die hinter uns den Pfad entlangkam. Sofort zog Grey, der meine Hände nicht losgelassen hatte, mich hinter sich her.

Wir liefen eine Minute lang sehr zügig durch das Feld, bevor er sein Tempo ein wenig verlangsamte. Ich hatte joggen müssen, um mit seinen größeren Schritten mithalten zu können.

»Und … wie finden wir sie?«, fragte ich keuchend.

Er zuckte mit den Schultern. »Ich habe eine Adresse und ihr Foto. Wir besuchen sie und sehen, ob wir … uns gegenseitig helfen können.«

Ich runzelte die Stirn. Roark hatte mir erzählt, dass sie Paragon denjenigen anboten, die im Rang gesunken waren, und seitdem hatte ich mich gefragt, wie genau sie das anstellten. Ich war mir nicht sicher, ob mir die Idee gefiel, die Leute mit Paragon zu locken, aber nun würde ich miterleben, wie die beiden Männer ihre Unterstützer anwarben. Ich wollte natürlich von hier verschwinden, aber es gab Dinge, die ich nie tun würde. Dazu gehörte auch, Paragon als Druckmittel zu benutzen, um andere zur Mithilfe zu zwingen.

Wir schlängelten uns weiter durch die Felder und gelangten schließlich zu einer Leiter, die in die Wohnetagen hinabführte. Im Boden öffnete sich ein Loch, das an der Hülle entlang nach unten führte. Normalerweise waren alle Wohnbereiche leicht zugänglich, sodass die Bürger des Turms sich frei und schnell bewegen konnten. Die Handler hatten jedoch andere Ansichten und so hatten sie die direkten Zugänge zu ihren Wohnbereichen schon vor Jahren versiegelt. Nun mussten alle Besucher durch die Grünanlagen laufen, weil die Farmer wollten, dass alle die Schönheit und Bedeutung der Anbauflächen sahen. Aus diesem Grund glaubten viele Leute auch, dass die Farmer arrogant waren und mehr sich selbst als dem Turm dienten.

Die Leiter brachte uns zu einem Laufsteg, der an einem langen Rohr, das zur Bewässerung der Felder diente, entlangführte. Wir folgten dem Rohr, bis es abrupt abbog und über verschiedene steile, quietschende

Rampen etwa zehn Meter in die Tiefe führte.

Wir blieben kurz stehen, als uns eine Gruppe von Farmern entgegenkam. Ein paar von ihnen musterten uns neugierig und ich setzte eine neutrale Miene auf und nickte ihnen unverbindlich zu. Sobald die Farmer an uns vorbeigegangen waren, gingen wir weiter und folgten dem Laufsteg, bis er uns zu einer großen Öffnung in einer Stahlwand führte. Markierungen, die an der Seite eingeritzt waren, halfen bei der Orientierung und ich sah überrascht, wie Grey die Zeichen einen Moment lang betrachtete und dann traurig nickte.

»Ihre Wohnung befindet sich nicht weit von hier.«

Eric hatte mir davon erzählt: Wenn Handler im Rang absanken, wurden ihnen immer schlechtere Wohnungen zugewiesen, die sich immer näher an den Grünanlagen befanden – und damit am Ausgang, falls sie aus ihrer Abteilung verstoßen werden sollten. Ich verstand Greys Betroffenheit; er wusste, dass sie kurz davorstand, ihr Zuhause zu verlieren, und er wusste genau, wie sich das anfühlte.

»Lasst uns gehen«, sagte ich und kletterte die Leiter hinab.

Der Gang, in dem wir ankamen, war hell erleuchtet und in eingebauten Regalen wuchsen Pflanzen unter UV- Lampen. Auf den Bildschirmen unter den Pflanzen konnte man die Wurzelsysteme sehen. Die Bildschirme waren interaktiv, sodass die Handler einfach die Pflanzenpflege einschalten konnten, wenn es nötig war. Ich sah mich fasziniert um. Ich war zwar schon mehrfach in diesen Stockwerken gewesen, aber ich war dennoch immer wieder begeistert von der Hingabe zum Leben, die ich hier spürte.

Alles an dem Wohnbereich und den Grünanlagen über mir gab mir ein Gefühl der Sicherheit. An einem Ort, wo normalerweise Misstrauen und Angst verbreitet waren, kam es mir seltsam vor, wie die Handler in perfektem Vertrauen miteinander lebten. Ihre Wohnungstüren standen immer offen. Nachbarn gingen ein und aus, um miteinander zu plaudern oder gemeinsam zu essen. Außerhalb der Grünanlagen verhielten sich die Handler genauso misstrauisch wie der Rest von uns, aber hier unter sich waren sie sehr offen. Mir gefiel dieses Gemeinschaftsgefühl. Die Ritter hatten versucht, etwas Ähnliches zu erreichen, indem sie Turniere und Fecht-Wettkämpfe abgehalten hatten, aber niemand kam einfach bei jemand anderem vorbei, um Zeit mit ihm zu verbringen. Niemand ging seine Nachbarn besuchen. Man sprach im Gang ein paar Worte miteinander, aber das war auch alles.

Grey schien sich hier jedoch nicht so wohl zu fühlen wie ich. Er eilte zu einem Fahrstuhl und schlug praktisch auf den Knopf, während er die Wand anstarrte, bis die Plattform daraus hervorfuhr. Wir betraten sie und fuhren nach unten.

Sobald wir den Gang zwei Stockwerke weiter unten erreichten, hörten wir laute Stimmen.

»Es ist mir egal, wer du bist«, schrie eine Männerstimme. »Sobald du auf eine Drei abgesunken bist, hättest du aus dem Fruchtwechsel-Management versetzt werden müssen. Ich habe eine Beschwerde bei Chef Lynx eingereicht und er sagte, dass er sich der Sache persönlich annehmen wird.«

Eine leise Stimme begann, zu widersprechen, aber ein dumpfer Aufprall unterbrach sie. Ich hörte, wie jemand hustete und würgte. Sofort rannte ich los, weil ich diese Geräusche nach meiner Ausbildung bei den Rittern nur zu gut kannte.

»Liana!«, flüsterte Grey, als ich loslief, aber ich ignorierte ihn.

Ich bog um die Ecke und sah, wie zwei junge Männer eine Frau in die Ecke drängten. Sie war vornübergebeugt und hielt sich den Bauch, während sie flehend zu den beiden aufsah.

»Daniel, Stewart. Ich kenne euch. Wir kennen uns seit Jahren. Warum tut ihr das?«

Einer der Männer, ein großer Rohling mit dunklen Haaren, verzog das Gesicht.

»Wir dulden keine Dreier unter uns«, sagte er leise. »Du bringst uns alle in Gefahr. Du musst gehen.«

Wut stieg in mir auf und ich ballte meine Hände zu Fäusten, während ich auf die Männer zuging. Sie hatten mich noch nicht bemerkt und ich war froh darüber. Ich würde ihnen nicht die Chance eines fairen Kampfes geben. Dazu war ich viel zu aufgebracht.

Außerdem waren die beiden auch nicht fair, weshalb ich kein schlechtes Gewissen hatte.

Die Frau richtete sich auf, wobei sie vor Schmerzen zusammenzuckte, und sah die beiden Männer an.

»Das hier ist mein Zuhause«, sagte sie. »Meine Wohnung. Mein Beruf. Ihr könnt mir das nicht einfach nehmen, nur weil meine Nummer …«

Der Mann holte aus und verpasste ihr eine schallende Ohrfeige. Sie verstummte und ihr Kopf flog zur Seite, während sie sich immer noch die Hände auf den Bauch presste.

»Ich gehe nicht«, sagte sie und ich sah, wie ihr Tränen in die Augen stiegen. »Selbst Chef Lynx kann mich nicht dazu zwingen.«

Ich hätte ihrem Mut ja gern Beifall geklatscht, aber dafür blieb keine Zeit. Der Blick der beiden Männer wurde finsterer und als sie die Frau noch mehr bedrängten, sprintete ich los.

Einer von ihnen sah zu mir und riss erstaunt die Augen auf, aber da rammte ich ihm auch schon meine Schulter gegen den Oberkörper, woraufhin er gegen seinen Partner stolperte. Die beiden fielen zu Boden und ich stand mit gezogenem Stromstock über ihnen.

»Es reicht«, sagte ich kühl und sah beide eindringlich an.

Sie sahen erstaunt und erschrocken zu mir auf und machten sofort ein reumütiges Gesicht. Ich sah es zwar, reagierte aber nicht darauf. Als sie die Neun auf meinem Handgelenk erblickten, erschraken sie noch mehr. Ein schneller Blick auf ihre Arme zeigte mir eine lilafarbene Sechs und eine orangefarbene Fünf und meine Wut steigerte sich noch. Wenn jemand verstehen sollte, wie elendig sich jemand mit einem niedrigen Rang fühlte, dann hätten es diese beiden sein sollen.

»Ritterin«, sagte der Mann, den ich angerempelt hatte, während er langsam aufstand. »Wir haben doch nur versucht …«

»Eine Frau aus ihrer eigenen Wohnung zu prügeln?«, fragte ich mit eiskaltem Zorn in der Stimme. Ich brauchte ihn nicht einmal vorzutäuschen. Ich war noch etwa drei Sekunden davon entfernt, den beiden zu zeigen, wie sehr eine Berührung meines Betäubungsstabs schmerzen konnte. »Das sehe ich.«

»Sie ist eine Drei«, brummte der andere.

»Ja«, sagte ich. »Und du bist eine Fünf und er eine Sechs. Keiner von euch beiden dient Scipio deutlich mehr, als sie es tut, nicht wahr? Ich frage mich, wie lange es dauern wird, bevor ich wieder herkomme, um euch zwei in die Medica zu geleiten. Obwohl ich denke, dass ein Besuch in der Zitadelle vielleicht passender wäre, da ihr euch Aufgaben zu eigen macht, die euch in eurer Abteilung gar nicht zustehen. Ihr habt euch offensichtlich beide den Kopf angestoßen und dabei vergessen, dass der Umgang mit niedrigrangigen Bürgern allein Rittern und Ärzten vorbehalten ist.«

Die beiden wurden blass und blickten nervös auf ihre Nummern hinab.

»Verletzt noch einmal eine wehrlose, unbewaffnete Person«, fauchte ich wütend, »und ich komme persönlich her, um euch das Leben zur Hölle zu machen.«

Die beiden eilten in die entgegengesetzte Richtung den Gang entlang und ich sah zu Grey, der hinter mir stand und breit grinste.

»Gut gemacht«, sagte er und trat neben mich.

Ich errötete. »Sie haben mich wütend gemacht«, sagte ich. »Sie hatten kein Recht dazu, sie nur deshalb zu schlagen, weil sie einen niedrigeren Rang hat.«

»Sehe ich auch so. Ich finde, du hättest ihnen ruhig noch etwas mehr zusetzen können.«

Wahrscheinlich hätte ich das tun sollen, aber dafür war es nun zu spät. Ich ging zu der Frau, die inzwischen auf die Knie gesackt war und versuchte, wieder zu Atem zu kommen. Dann sah ich zu Grey und fragte mit meinem Blick, ob sie die Drei war, die er suchte. Er nickte.

»Sarah?«, sagte ich. »Sarah Thrace?«

In ihren Augen glänzten zornige Tränen und sie atmete zitternd ein.

»Ich will nicht gehen«, sagte sie. »Nicht in ein anderes Stockwerk und nicht in die Medica. Ich kann das einfach nicht.«

Als ich meine Hand auf ihre Schulter legte, spürte ich, wie sehr sie zitterte. Dieses System, das jemanden so zugrunde richten konnte, obwohl sich die Person anstrengte, aber einfach nicht gut genug war, ekelte mich an. Ich fühlte mich noch schlechter, jetzt wo ich wusste, dass die Qual dieser Menschen im untersten Stockwerk der Zitadelle endete. Das ganze System wurde durch seine bloße Existenz ad absurdum geführt. Es war doch für einen Menschen (außer für Eric vielleicht) unmöglich, positiv zu bleiben und einem System zu dienen, das einen als reine Statistik behandelte. Und selbst er mit seiner gutmütigen Natur stieß an seine Grenzen. Um eine Neun oder Zehn zu sein, musste man den letzten Funken Glück aufgeben. Man musste sein letztes bisschen freien Willen Scipio überlassen. War das Entscheidungsfreiheit? Die Wahl zwischen Tod und blindem Gehorsam? Ich wusste nicht mehr, ob es wirklich noch einen Unterschied zwischen beidem gab.

»Ich werde Sie nicht in die Medica bringen«, sagte ich.

Sie riss die Augen auf und sah zwischen Grey und mir hin und her. »Aber Sie haben doch gesagt …«

Ich zuckte mit den Schultern. »Ich weiß, was ich gesagt habe. Gibt es einen Ort, wo wir reden können?

Ungestört?«

Sie nickte langsam und deutete zu der Tür wenige Schritte hinter sich. »Bei mir zu Hause«, sagte sie und stand auf. »Kommen Sie herein.«

21

Sarahs Wohnung war eine Flut von Grün. In jeder Ecke, auf jedem Regal, Tisch und allen anderen horizontalen Oberflächen stand eine Topfpflanze. Jede Pflanze trug ein Etikett, das ihren wissenschaftlichen Namen enthielt sowie das Datum, an dem sie gepflanzt worden war und Angaben darüber, wie viel Wasser und Sonne sie brauchte. Es gab so viele Pflanzen, dass sie sich in Sarahs Lebensraum ausgebreitet hatten. Eilig hob sie nun einige davon vom Sofa und wischte etwas Erde beiseite, bevor sie uns deutete, Platz zu nehmen. »Es ist ein bisschen unordentlich, Ritterin«, sagte sie mit rotem Gesicht. Sie warf Grey einen verwirrten Blick zu, wischte dann den Staub von einem Stuhl, setzte sich und sah uns abwartend an.

Ich lächelte und sah dann stirnrunzelnd, wie sie auf einen Knopf an ihrem Stuhl drückte und damit die Wohnungstür schloss, so als ob ihr das erst jetzt in den Sinn gekommen war. Sie kapselte sich von ihren eigenen Leuten ab. Von den Leuten, die ihr helfen sollten, statt sie zu verletzen. Ich verstand sie sehr gut. Es war falsch, dass sie ihres Ranges wegen angegriffen wurde. Diese Frau schien nett und umgänglich zu sein, wenn auch ein bisschen unorganisiert. Ich fragte mich, was Scipio dazu gebracht hatte, sie herabzustufen.

»Danke, Bürgerin Thrace«, sagte ich.

»Bitte nennen Sie mich Sarah.« Sie blickte zu Boden und lächelte traurig. »Danke für Ihre Hilfe eben.«

Grey setzte sich neben mir aufs Sofa und sah die Frau prüfend an. Sarah sah zwischen ihm und mir hin und her und ich hüstelte verlegen. Grey setzte mit einem strahlenden Lächeln, das seine Augen leuchten ließ, an. »Sarah, es freut mich, dich kennenzulernen. Mein Name ist Grey Farmless.«

»Ja«, sagte sie, atmete aus und rutschte nervös auf ihrem Stuhl umher. »Ich habe von dir gehört. Es war ziemlich heftig, was deine Eltern getan haben. Das haben die meisten Leute hier in der Etage so gesehen.«

Greys Augen weiteten sich erstaunt, aber er verbarg es schnell, lehnte sich auf dem Sofa zurück und legte einen Arm auf die Armlehne. »Danke, das weiß ich zu schätzen.« Ich sah ihm an, dass er ihr nicht wirklich glaubte, aber er würde nicht zulassen, dass seine Gefühle ihm in die Quere kamen, schließlich wollte er sie davon überzeugen, an einer großen Sache mitzuarbeiten. Das beeindruckte mich. »Aber wir sind ja nicht hier, um über mich zu sprechen. Wir sind hier, um über dich und deinen Rang zu sprechen. Letzten Monat warst du noch eine Acht. Was ist passiert?«

Ich blinzelte und neue Fragen tauchten in meinem Kopf auf. Ich kam mir dumm vor, dass ich ihn nicht früher danach gefragt hatte. Woher wusste er das eigentlich? Woher hatte er gewusst, wo sie zu finden war? Wie war er an die Informationen über ihre vorherigen Ränge gekommen? Angeblich waren die Einzigen, die Zugriff auf unsere Ranggeschichte hatten, die Seher. Woher wusste er, wer sie war, welchen Rang sie hatte und über welche Fähigkeiten sie verfügte? Konnten Grey oder Roark etwa Scipio hacken? Ich nahm mir vor, Grey sobald wie möglich danach zu fragen.

Sarahs Blick war abwesend. Sie sah auf die Reihen von Pflanzen, die im Flur standen.

»Mein Mann ist gestorben«, sagte sie leise. »Es war ein Unfall. Maschinenversagen, heißt es.«

Greys Gesichtsausdruck wurde weicher und er beugte sich vor. »Das tut mir so leid«, sagte er. »Es kann erdrückend sein, jemanden zu verlieren, der einem viel bedeutet. Es ist nur verständlich, dass du dich unter Druck gesetzt fühlst.«

Sie lachte etwas auf und fuhr sich mit der Hand durchs Haar. »Ich kann einfach nicht aufhören, mich zu fragen«, sagte sie und die Worte schienen nur so aus ihr hervorzusprudeln, »warum Scipio das nicht hat kommen sehen, wo er doch in unsere Herzen sehen kann und alle Maschinen im Turm kontrolliert. Und wenn er es hat kommen sehen

... Warum hat er Darren dann nicht gerettet?«

Meine Hand fuhr unbewusst an meine Wange, als ich mich daran erinnerte, was passiert war, als ich meiner Mutter dieselbe Frage gestellt hatte. Ich sah zu Sarah, von der eine tiefe Traurigkeit ausging. Ich spürte sie und fühlte mit ihr, obwohl diese Trauer sie in Gefahr brachte. Man konnte solche Fragen über Scipio nicht stellen, nicht, ohne als Abtrünniger eingestuft zu werden. Aber ich teilte ihr Meinung nicht, dass Scipio Schuld am Tod ihres

Mannes hatte. Er war zwar für vieles verantwortlich, aber nicht hierfür. Scipio war nicht allmächtig. Er konnte nicht alles vorhersagen, was geschehen würde, und das bedeutete, dass er nicht verhindern konnte, dass Menschen starben.

Aber er konnte den Tod von Menschen als Entschuldigung nutzen, um ihre Hinterbliebenen fertigzumachen, wenn sie am Boden zerstört waren.

Grey nickte, schwieg aber und ließ die Frau weiterreden. Ich sah ihn an und versuchte, herauszufinden, worauf er wartete.

»Meine Nummer ist gesunken«, sagte sie. »Nachdem ich anfing, diese Gedanken zu haben, ist sie auf Sieben gefallen. Es war, als ob Scipio mich dafür verurteilte, an ihm zu zweifeln. So als ob mein Glauben nicht reichte. Und dann bin ich immer weiter abgerutscht. Bald sind meine Freunde mich nicht mehr besuchen gekommen und jetzt sprechen nicht einmal meine Eltern mehr mit mir. Die beiden Männer im Gang? Sie waren meine Freunde. Ich dachte, dass sie zu mir halten würden, egal, was passiert. Aber sobald ich auf die Drei gefallen bin ...«

Ihr versagte die Stimme und sie schlug sich die Hand vor den Mund. Tränen liefen ihr über die Wangen und ihre Schultern bebten. Ich ertrug es nicht, sie weiter anzusehen, ohne etwas zu tun, also trat ich neben sie, legte meine Hand auf ihren Rücken und rieb ihre Schultern.

»Es ist gut«, sagte ich. »Es wird alles gut.« Ich sah zu Grey hinüber, der mir kurz zunickte, und ich atmete auf.

»Nein, das wird es nicht«, schluchzte die Frau. Sie nahm den Saum ihres T-Shirts und hob den Stoff leicht nach oben. Ich schnappte entsetzt nach Luft und schlug mir eine Hand vor den Mund, als ich ihre zahlreichen blauen Flecken sah.

Es war eine ganze Landschaft von dunklen Schwellungen. Kein Wunder, dass sie im Gang immer noch hatte reden können. Sie hatte nach so vielen Schlägen gelernt, ihre Haltung nicht ganz zu verlieren. Ich sah mir die blauen Flecken an, löste dann vorsichtig ihre Hände vom Shirt und bedeckte ihren Bauch wieder. Sie schluchzte weiter und ich versuchte, sie zu trösten. Grey stand auf und ging in die Küche. Kurz darauf kam er mit einer Tasse Tee zurück. Er hatte wohl den Heißwasserhahn benutzt und einen Teebeutel gefunden.

Sie nahm die Tasse entgegen und die heiße Flüssigkeit schwappte etwas, weil ihre Hände so sehr zitterten. Dann sammelte sie sich kurz und nahm einen Schluck.

»Sarah«, sagte Grey, nachdem sie sich etwas beruhigt hatte, »es ist nicht deine Schuld, dass die Dinge sich so entwickelt haben, und es ist nicht deine Schuld, dass die Leute in deiner Abteilung dich so schlecht behandeln.«

Sarahs Augen füllten sich wieder mit Tränen, aber sie nickte und starrte auf ihre Hände, mit denen sie noch immer die Tasse umklammerte.

Grey atmete tief durch und warf mir einen kurzen Blick zu. »Sarah, was würdest du sagen, wenn ich dir sagen würde, dass es eine Lösung gibt?«, fragte er.

Sie erstarrte und drehte sich dann langsam, bis sie Grey besorgt ansah. Ich sah ebenfalls zu ihm und sah, wie er eine kleine blaue Tablette aus der Hosentasche zog. Er zeigte sie ihr nicht, sondern hielt sie einfach zwischen den Fingern. Ich stockte. Paragon war weiß. Was war das für ein Medikament? Was hatte er damit vor? Ich war eher neugierig als alarmiert, weil ich mir sicher war, dass Grey nie jemanden verletzen würde, solange er sich nicht selbst verteidigen musste.

»Ich würde sagen«, begann Sarah vorsichtig, »dass ich in zwei Wochen einen Termin zur Behandlung in der Medica habe, wenn ich meinen Rang so lange halten kann. Und wenn nicht … Nun, dann werde ich wohl deutlich früher in der Medica landen, schätze ich.«

»Willst du das?«, platzte ich heraus. Grey warf mir einen warnenden Blick zu, aber ich redete weiter. »Die Behandlung der Medica verändert einen«, sagte ich. »Sie macht dich zu einer anderen Person. Sie hebt deinen

Rang, ja, aber zu einem sehr hohen Preis. Ist es wirklich das, was du willst?«

Ich wollte ihre Antwort hören. Es war mir wichtig. Grey und Roark teilten meine Meinung, was die Medica- Behandlung anging, aber nicht jeder empfand so. Es war entscheidend, ihre Meinung zu hören, um herauszufinden, ob sie zu uns und unserem Plan passte. Schließlich wusste sie die Wahrheit über Scipio nicht, aber wenn sie bereit war, sich von der Medica mit Medikamenten behandeln zu lassen, um dem Turm weiter zu dienen, dann war sie nicht dafür bereit, sich uns anzuschließen. Die Entscheidung lag letztlich bei ihr, genauso, wie Roark, Grey und ich unsere Entscheidung getroffen hatten.

Sarah sah mich misstrauisch an. »Ist das ein Test?«, fragte sie.

Ich blieb ernst, aber freundlich. »Nein.«

Sie sah ungläubig zu Grey. »Ich habe meinen Mann verloren«, sagte sie. »Ich bin von meinen Nachbarn zusammengeschlagen worden und meine Freunde und meine Familie haben mir den Rücken zugekehrt. Es ist die Hölle. Ich bin zu einer anderen Person geworden ... Ich weiß nicht ... Ich vermisse meinen Mann, aber wenn ich nicht in die Zitadelle will, dann muss ich wohl tun, was die Medica mir sagt.«

Ich spürte, wie mir flau im Magen wurde, aber ihre Antwort überraschte mich nicht. Ich sah auf die Pflanzen, dieses unordentliche Bild von Leben und Liebe, das mich umgab, und stellte mir die Wohnung in drei Wochen vor. Alles wäre blank geputzt, ordentlich und sauber und Sarah hätte diese stumpfen, zugedröhnten Augen. Sie wäre eine Version von sich selbst, die nichts mehr fühlte. Eine Version, die ihren Mann nicht mehr vermisste. So wie ich eine Version von mir selbst gewesen war, die meine Freunde entfremdet hatte und sich nicht einmal daran erinnern konnte, was ich mit meiner Familie getan hatte.

Ich lehnte mich zurück und überlegte, wie ich zu Sarah durchdringen konnte. Nach einem Augenblick atmete ich aus. »Meine Schwester ist gestorben, als ich noch jung war«, sagte ich und sie sah zu mir auf. »Ich ... Ich habe es nicht gut verkraftet, aber ich war damals noch nicht in das Rangsystem aufgenommen worden. Andernfalls hätten meine Eltern mich wohl gefangennehmen müssen, denn ich glaubte nicht daran, dass Scipio gut war. Ich hielt ihn für verantwortlich.«

»Du warst ein Kind«, sagte sie und drückte meine Hand kurz, bevor sie sich wieder von mir löste. »Du warst traurig. Ich bin eine Drei – ein

Monster. Ich erwarte nicht von dir, dass du das verstehst.«

Ich blickte auf die Neun auf meinem Handgelenk und lächelte reumütig. Manchmal vergaß ich, wie ich in den Augen anderer wirken musste. Ich selbst konnte die Eins unter der Neun sehen. Sie war rot und kämpfte darum, an die Oberfläche zu treten. Aber ob ich nun eine Eins oder eine Neun war, machte keinen Unterschied. Ich war immer noch ich: lustig, sarkastisch, rau und klug. Das war für Scipio vielleicht nicht genug, aber für Grey, Roark, Zoe, Eric und meinen Bruder war ich gut so, wie ich war. Und das waren die einzigen Menschen, deren Meinung mich interessierte.

»Dein Name ist Sarah Thrace«, sagte ich. »Du liebst Pflanzen und das Leben und deine Liebe zu deinem Mann war so groß, dass sein Verlust dich verzweifelt gemacht hat. Du steckst Schläge ein, ohne mit Vergeltung zu drohen, und suchst einfach nur Frieden. Du bist nett und voller Anmut und Ausdauer.« Ihre Augen, die sie gerade erst getrocknet hatte, waren wieder feucht geworden. Sie ballte die Hände zu zitternden Fäusten und sah mich in einer Mischung aus Zorn und Neugier an. Ich hörte nicht auf, auf sie einzureden.

»Du bist traurig«, sagte ich mitfühlend. »Das stimmt. Aber du darfst traurig sein. Es sollte dir erlaubt sein, dich so zu fühlen, ohne dass es gleich dein Leben zerstört. Aber wir leben leider nicht an einem Ort, der all das berücksichtigt. Sie wollen dich ... kleinmachen. Wenn du in die Medica gehst, dann wird der wundervolle Mensch, der du bist, für immer verloren gehen. Aber wir können dir helfen, das zu verhindern, wenn du das willst.«

Sarah lachte verzweifelt. »Was könnt ihr denn tun?«, fragte sie voller Bitterkeit. »Ein fallengelassener Farmer und eine Ritterin? Was könnt ihr schon ausrichten?«

Grey beantwortete ihre Frage, indem er sie ansah und in seine Tasche griff. Dieses Mal holte er die weiße Tablette hervor, zusammen mit einem Tablettenfläschchen. Paragon. Ich zog die Brauen zusammen, als ich ihn beobachtet und sah, wie er die blaue Tablette wieder in seiner Tasche verschwinden ließ. Dies war eine weitere Frage, die ich mir vornahm, ihm zu stellen, sobald wir hier fertig waren.

»Dieses Medikament«, sagte er, »kann dir helfen, die Medica-Behandlung zu umgehen, wenn es das ist, was du willst.«

Es wurde totenstill im Zimmer und Sarah blickte auf die Tablette und das Fläschchen.

»Was ist das?«, fragte sie argwöhnisch.

»Es ist eine Tablette, die deinen Rang verändert«, sagte Grey. »Zum Besseren.«

Sie griff nicht nach der Flasche, sondern starrte sie weiter mit geröteten Augen an.

»Das ist doch nicht legal, oder?«, fragte sie und ihr Blick schoss zu mir. Ich schüttelte den Kopf. Sie anzulügen wäre nur eine Beleidigung gewesen und sie verdiente zu wissen, auf was sie sich einließ. Sie fuhr sich nervös mit der Zungenspitze über die Lippen und sah wieder zu den Tabletten. »Was wollt ihr im Gegenzug?«

Ich sah zu Grey und wartete neugierig auf seine Antwort. Er lehnte sich etwas vor und bot ihr die Tablette und das Fläschchen an. »Im Augenblick nichts«, sagte er. »Und wir würden dich nie darum bitten, etwas zu tun, was jemanden im Turm verletzen oder dem Turm selbst schaden könnte.« Er zögerte und beugte sich dann etwas vor.

»Aber wir werden eventuell irgendwann dein Fachwissen benötigen und wenn es so weit ist, hoffe ich, dass du mit uns kooperieren wirst. Aber wir werden dich zu nichts zwingen.«

Ich hatte kurz die Luft angehalten, entspannte mich nun aber, als ich sah, wie er die Angelegenheit händelte. Er setzte sie nicht unter Druck, um uns zu helfen und dafür war ich ihm unendlich dankbar. Wenn er es getan hätte, dann hätte ich vielleicht eingreifen müssen, aber so war ich einfach erst einmal erleichtert, dass Grey und Roark darauf achteten, den Menschen eine Wahl zu lassen. Aber das barg natürlich auch Risiken. Was taten sie, wenn jemand ablehnte? Auch das wollte ich Grey fragen. Dann konzentrierte ich mich wieder auf Sarah und wollte dem, was Grey sagte, noch etwas hinzufügen.

»Du bist so viel mehr als nur ein Rang, Sarah«, sagte ich aus dem Bauch heraus und sie sah zu mir. »Du bist eine Person. Lass zu, dass du du selbst sein kannst, Sarah.«

Sie sah mich lange an und dann griff sie nach der Tablette und dem Fläschchen und drückte beides fest an sich.

Ihr Atem ging stoßweise, so als ob sie vor einem Abgrund stehen würde.

»Woher weiß ich, dass ich euch vertrauen kann?«, fragte sie.

Ich lächelte sie an. Diese Frage war leicht zu beantworten.

»Weil wir dafür, dass wir dir diese Tabletten geben, in große Schwierigkeiten geraten können. So wie du müssen auch wir darauf vertrauen, dass du niemandem etwas von den Tabletten erzählst. Keiner Menschenseele.«

Sie biss sich auf die Lippen. Ihre Füße trippelten unruhig auf dem Boden. Dann öffnete sie die rechte Hand, in der sie die einzelne Tablette hielt.

»Dann werde ich euch wohl vertrauen«, sagte sie und warf sie sich in den Mund.

Ich sah, wie sie schluckte und uns dann ausdruckslos ansah.

»Ist es, ähm ...«, stotterte sie und Schweiß brach auf ihrer Stirn aus. »Ist es eine schnelle Veränderung? Wann werde ich sie bemerken?«

Grey lachte. »Du wirst es nicht merken«, sagte er. »Und ja, die Veränderung ist schnell. Sieh auf dein Armband, Sarah.«

Sie tat es und sofort fiel ihr die Kinnlade herunter. Wo kurz vorher noch eine Drei gestanden hatte, stand nun eine Fünf. Auch ich war beeindruckt – Roark schien seine Tabletten weiterzuentwickeln.

»Das kann nicht sein«, keuchte sie. »Ich kann nicht einfach ... Es kann doch nicht ...«

»Doch, das kann es«, versicherte Grey ihr.

»Eine Fünf?«, hauchte sie und sah die Nummer an, als ob es sich um eine Illusion handelte. »Aber ich fühle mich gar nicht anders.«

Ich grinste sie an. »Das ist ja Sinn der Sache«, sagte ich. »Die Medica nimmt dir alles, was dich besonders und einzigartig macht. Aber wir versuchen, dass du so bleiben kannst, wie du bist, ohne dass du dir darum Sorgen machen musst, was das für deinen Rang bedeutet.«

»Die erste Tablette, die ich dir gegeben habe, ist eine verdünnte Version«, erklärte Grey. »Genauso wie die Tabletten in diesem Fläschchen. Wir können deinen Rang weiter steigern, aber wir möchten, dass du dich erst auf einem glaubhaften Level einpegelst, bevor wir ihn weiter heben. In einem Monat bringe ich dir Nachschub.«

Grey erklärte ihr detailliert, wie sie die Tabletten zu nehmen hatte, und sobald er fertig war, lächelte sie zum ersten Mal, seit wir ihr begegnet waren. Es lag immer noch Traurigkeit in ihren Zügen, aber ihre feuchten Augen strahlten vor Dankbarkeit. »Danke«, flüsterte sie und nahm meine Hand.

»Danke, dass ich trauern darf und, danke dafür, dass ihr mir helft. Das ist … unglaublich.«

»Ich weiß«, sagte ich und drückte ihre Hand. »Du sollst wissen, dass du nicht allein bist. Wenn du etwas brauchst, schreib mir eine Nachricht. Nur etwas Kurzes. Zum Beispiel …« Ich sah zu Grey hinüber, der mich verwirrt und nicht wenig erschrocken ansah, aber ich ignorierte ihn. Sie brauchte jemanden, mit dem sie reden konnte, und es war besser, sie im Auge zu behalten. Wir verlangten schließlich nicht wenig von ihr. Sie brauchte jemanden, der sie beruhigte. Sie brauchte Freunde.

»Ich schreibe einfach, dass das Brot, das du bestellt hast, fertig ist«, schlug sie vor und ich nickte.

»Das ist gut. Es kann eine Weile dauern, bis ich hier ankomme, also mach dir bitte keine Sorgen. Wenn es ein Notfall ist, dann schreib mir einfach, dass mein Kuchen fertig ist, einverstanden?«

Sie nickte und sah wieder auf die Tabletten in ihrer Hand.

»Und wenn mich jemand nach den Tabletten fragt?«

»Sag nichts. Schreib mir. Okay?«

Sarah sah zu mir auf, nickte und lächelte unsicher.

Die Freude in ihrem Gesicht war weiterhin bittersüß, aber ich verstand sie. Sie hatte gerade ihren Mann verloren. Wenigstens war sie nun in Sicherheit und das war alles, was zählte. Dieser Gedanke gab mir ein gutes Gefühl. Ich fühlte mich erstaunlich gut, so als ob ich mit bloßen Händen den Turm hinaufklettern konnte. Das war die wahre Bestimmung eines Ritters: Wir sollten den Menschen im Turm helfen, anstatt sie zu verletzen. Das war es, was ich mir wünschte: Ich wollte anderen Menschen Hoffnung geben.

Sie stand von ihrem Stuhl auf und Grey und ich folgten ihr, weil wir damit rechneten, dass sie uns zur Tür bringen wollte. Stattdessen schlang sie mich in ihre Arme und zog mich an sich. Sie roch nach Erde, Tränen und Euphorie und ich erwiderte ihre Umarmung, ohne mich daran zu stören, dass wir praktisch Fremde waren.

»Danke«, raunte sie an mein Ohr.

Es war die beste Umarmung, die ich jemals bekommen hatte, dachte ich traurig. Aber besser spät als nie.

Sie ging zu Grey und er riss die Augen auf, als sie ihn an sich drückte und seine Arme um sich legte. Über Sarahs Schulter hinweg trafen sich unsere

Blicke und etwas schwang zwischen uns. Ein sanftes Gefühl. Ich konnte es unmöglich beschreiben, aber es ließ mein Herz schneller schlagen.

Nun gab es Hoffnung und mein Leben schien etwas heller zu sein als vorher. Ich war froh, dass Grey mich hierher mitgenommen hatte.

* * *

Grey schwieg, als wir die Wohnung verließen und wieder zurück in die Grünanlagen gingen, aber nach einer Weile konnte ich mir nicht verkneifen zu fragen: »Wie schlecht habe ich mich eben angestellt?«

Grey sah mich an, seine Mundwinkel zuckten und er schüttelte den Kopf. »Nicht schlechter als ich.«

Ich legte den Kopf schräg. »Aber ... Ist das nicht deine Arbeit?«

»Sarah ist die erste Person, die ich rekrutiere. Roark hat die Einser rekrutiert, die wir im Augenblick versorgen, und er war die Person, die mich überzeugt hat.«

»Wie viele Rekruten gibt es?«

Grey zuckte mit den Schultern. »Ich kenne ein paar, weil ich ihnen die Medikamente geliefert habe, aber es gibt andere, von denen Roark nicht einmal mir erzählt. Es sind Menschen in hochrangigen Positionen, die Schutz brauchen.«

Ich blinzelte und ahnte die Antwort auf eine der Fragen, die mir im Gespräch mit Sarah gekommen war. »Wie jemand bei den Sehern, der euch Informationen über potenzielle Rekruten liefert?«

Er sah mich spitz an und lächelte, nachdem er mich eingehend gemustert hatte. »Ich wusste, dass du klug bist, aber du hast wirklich eine sehr gute Intuition. Ich bin beeindruckt.«

»Und du weichst der Frage aus«, neckte ich, obwohl ich mich darüber freute, dass er mich schätzte. Ich wollte gern von ihm geschätzt werden.

»Du bist wie ein Hund mit einem Knochen«, sagte er lachend. »Und ja, aber ich weiß nicht, wer es ist. Zur Sicherheit aller.«

»Zur Sicherheit aller.«

»Er ist ein Seher, Liana. Wenn er sich bedroht fühlt, kann er uns verletzen. Du weißt, dass die Seher die zweitstärkste Macht im Turm sind, nicht ihrer körperlichen Kräfte wegen, sondern ihrer intellektuellen Fähigkeiten wegen. Er könnte uns im Schlaf vergasen oder falsche

Haftbefehle für uns ausstellen – was auch immer er will. Deshalb verrät Roark es mir nicht. So ist es einfach sicherer.«

»Er ... ist also ein Mann?« Wieder sah mich Grey spitz an und ich grinste kurz, bevor ich wieder ernst wurde.

»Und Roark vertraut ihm?«

Grey ging weiter, aber er machte ein nachdenkliches Gesicht. »Er vertraut ihm, soweit man einem Seher eben vertrauen kann. Er hat Roark die Lücke im Netz gezeigt, durch die Paragon funktioniert, er hat Roark geholfen, das Medikament weiterzuentwickeln. Er ist vertrauenswürdig ... bis zu einem bestimmten Punkt.«

»Moment mal ..., wenn er Roark die Lücke gezeigt hat, dann ...«

»Ja. Er ist von Anfang an dabei. Aber ich weiß nicht mehr über ihn.«

Ich atmete tief durch und ließ es dabei bewenden. Aber in meinem Kopf drehten sich meine Gedanken weiter und liefen auf eine einzige Frage hinaus: *Was ist, wenn es Alex ist?* Ich würde die Sache für den Augenblick auf sich beruhen lassen, aber sobald ich die Gelegenheit dazu bekam, würde ich versuchen, Roark den Namen zu entlocken.

»Was hat es mit der blauen Tablette auf sich, die du vorher in der Hand hattest?«, fragte ich.

Grey lächelte und schnappte kurz nach Luft. Es klang beinahe wie ein Lachen. »Dir entgeht auch wirklich gar nichts, oder?«

»Lass mich einfach sagen, dass ich mich nicht auf meinen Lorbeeren ausruhe«, sagte ich entrüstet und dieses Mal lachte er aus vollem Hals. Ich sah gern, wie er lachte. Er sah dann freier und leichter aus, so als ob die Probleme, die ihn belasteten, wenn wir zusammen waren, von ihm abfielen.

»Die Tablette ... ist für den Fall, dass das Gespräch nicht so gut verläuft.« Auf meinen fragenden Blick hin fügte er hinzu: »Es ist kein Gift, falls du das denkst. Es ist eher ein Notfallplan.«

Ich hob eine Augenbraue. »Ja, das ist keine sehr klare Antwort«, sagte ich und beschleunigte meine Schritte, um mich vor ihn zu stellen und ihm den Weg zu versperren. »Du hast mir schon so viel erzählt. Warum erzählst du mir den Rest nicht auch noch?«

Er stockte wenige Zentimeter vor mir und grinste. »Ich sage es dir, wenn du mich küsst«, neckte er und meine Augenbrauen schossen noch höher, wenn das überhaupt möglich war.

»Du glaubst wirklich, dass ich noch einmal darauf hereinfalle?«

Grey sah mich mit warmem Blick an. Aber da war noch etwas in seinen Augen, was ich nicht erkannte oder nicht verstand ... Etwas, was mir das Gefühl gab, sämtlicher Sauerstoff wäre plötzlich aus der Luft abgezogen worden, und mein Herz dazu brachte, wild zu schlagen.

»Ich glaube es nicht, aber vielleicht hoffe ich es?«

Mein Herz klopfte heftig weiter, als er sich mir noch mehr näherte und sein Blick auf meine Lippen fiel. Nervös fuhr ich mir mit der Zungenspitze über die Lippen und sein Blick wurde noch eindringlicher, sodass meine Haut prickelte und mein Gesicht zu glühen schien.

»Ich ...« Ich stockte, weil ich keine Worte fand. Ich war mir nicht sicher, was ich tun oder sagen sollte ... Ich konnte mich auch kaum daran erinnern, worüber wir gerade gesprochen hatten, dabei war es doch erst fünf Sekunden her.

»Zum Teufel«, sagte Grey. Sein Arm schoss hervor, legte sich um meine Taille und zog mich näher. Ich ließ zu, dass er mich dicht an seine Brust zog. Sein Blick wich nicht von meinem Gesicht und ich spürte, wie mein Herz ein paar Schläge aussetzte. Dann schlug es holprig weiter.

Er senkte den Kopf und ich spürte, wie mein Kinn sich anhob, so als ob meine Lippen sich nach seinen sehnten. Schließlich berührten sie sich und meine Lippen öffneten sich leicht und gewährten ihm Zugang zu meinem Mund, den er sofort ausnutzte. Seine andere Hand legte er auf meinen Hinterkopf und hielt mich fest, während er mich mit einer solchen Leidenschaft küsste, dass meine Haut prickelte und ich mich noch dichter an ihn schmiegte.

Ich war völlig verloren in diesem Kuss, ertrank darin, bis ich etwas im Feld rascheln hörte und mich losriss. Aus dem Augenwinkel sah ich etwas Dunkles und drehte mich in seine Richtung. Meine Paranoia von vorhin war wieder da.

»Wer war das?«, fragte ich und griff automatisch nach meinem Stock.

Grey, der selbst ein wenig alarmiert aussah, schüttelte den Kopf. »Wer war was?«, fragte er verwirrt.

Ich sah zu ihm hinüber. Er war sichtlich verblüfft, dass ich unseren Kuss unterbrochen hatte, und runzelte die Stirn. Ich hätte schwören können, dass ich etwas gesehen hatte, aber ... So wie vorher auf dem Markt sah ich auch jetzt nichts.

»Es tut mir leid«, sagte ich nach einem Augenblick und ließ meinen

Stock wieder los. »Ich dachte, dass ich …« Ich verstummte und sah nervös zu ihm auf.

»Ist schon in Ordnung«, sagte er nach einem Augenblick, als er seine Enttäuschung wieder in den Griff bekommen hatte. »Das ist nicht der beste Ort, um beim Küssen erwischt zu werden.«

Ich kicherte und nahm seine Hand, als er sie mir hinstreckte. Ein Grinsen machte sich unaufhaltsam auf meinem ganzen Gesicht breit. Später würde ich es verstecken müssen, aber für den Augenblick … In diesem Augenblick wollte ich einfach nur Liana sein und nicht die Neun. Ich wollte ein Mädchen sein, das neben dem Jungen herging, der es gerade geküsst hatte.

Und ich erlaubte es mir.

22

Nachdem sich Greys und meine Wege getrennt hatten, rechnete ich nicht damit, vor Ende des Monats von ihm zu hören, wie es ursprünglich ausgemacht war, aber zu meiner Überraschung schickte er mir schon wenige Tage später eine Nachricht. Das Neuralnetz in meinem Kopf summte, weil mich jemand kontaktierte, und als ich auf der Anzeige an meinem Handgelenk Greys Namen las, nahm ich den Anruf entgegen.

»Hey«, sagte ich und trat beiseite, um die Leute auf der Plattform, die sich an der Innenseite der Hülle entlangzog, schneller vorbeigehen zu lassen. »Was gibt's?«

Ich machte mir Sorgen, denn sein Anruf konnte viele verschiedene Dinge bedeuten. Meine Fantasie ging bereits mit mir durch und ließ mich glauben, dass Devon Alexander gerade die Tür von Roarks kleiner Wohnung eintrat und Grey mich noch schnell warnen wollte.

Hey, hast du Zeit?

Mein Schreck ließ etwas nach, weil seine Stimme ruhig und gelassen klang. »Ja, warum?«

Ich habe einen weiteren potenziellen neuen Freund gefunden und wollte fragen, ob du mich begleiten willst.

Ich lächelte erfreut. »Du willst, dass ich mit dir komme?«

Ja. Du warst letztes Mal wirklich gut. Ich dachte, ich könnte deine Finesse gebrauchen.

Mein Lächeln wurde breiter und mein Herz setzte einen Schlag lang aus. Finesse. Das gefiel mir.

Ich dachte kurz über seinen Vorschlag nach und beschloss, ihn zu begleiten. Es hatte mir Spaß gemacht, Sarah zu helfen. Es hatte mir ein Glücksgefühl gegeben, das mehrere Tage angedauert hatte. »Ich würde gern mit dir gehen. Wo sollen wir uns treffen?«

Eine Stunde später sah ich Grey, der vor einer der Wasseraufbereitungsanlagen weit unten im 17. Stock auf mich wartete. Das war zwar einige Etagen von Zoes Wohnung entfernt, aber ich würde trotzdem nach ihr Ausschau halten, weil ich ihr möglichst nicht begegnen wollte, wenn es sich vermeiden ließ. Grey lächelte, als er mich erblickte, und kam mir entgegen.

»Hey«, sagte ich und blieb vor ihm stehen.

»Hey.« Er fuhr sich mit einer Hand durchs Haar und wippte auf den Fußspitzen. »Bist du so weit?«

Ich grinste. »Sieht so aus. Wer ist unser Ziel?«

»Silvan Wash«, antwortete Grey. »Unser Freund bei den Sehern hat uns informiert, dass er gerade auf eine Drei gesunken ist.«

»Hat er euch auch den Grund verraten?«

Grey schüttelte den Kopf. »Nein. Der Prozess ist nicht sehr detailliert. Im Fall von Sarah und Silvan haben wir ihre Namen, Adressen und Ränge vor ihrem Absturz erhalten. Roark sagt, das ist alles, was der Seher uns zu geben bereit ist.«

»Wie wählt er die Leute aus? Ich meine … Ihr rekrutiert ja Leute, die der Sache nützlich sein sollen.«

Das war eine Frage, die ich schon vor ein paar Tagen hatte stellen wollen, aber nach unserem prickelnden Kuss und der darauffolgenden Befangenheit … war es mir einfach entfallen.

»Ich habe Roark nach der Begegnung mit Sarah dasselbe gefragt. Er sucht nach denen, die in ihren Abteilungen einen Rang hatten, der hoch genug ist, dass sie über nützliche Kenntnisse verfügen, und die dann schnell abgesunken sind. Das deutet scheinbar auf eine emotionale Bedrängnis hin, und das ist unser Gelegenheitsfenster, um den Leuten einen Ausweg anzubieten.«

»Aber werden sie ihren Rang nicht auch ohne unsere Hilfe wieder zurückerhalten, sobald sie ihr Problem überwunden haben?«

Er kicherte und sah zu mir herüber. Unsere Blicke trafen sich sofort, weil ich ihn die ganze Zeit anstarrte wie eine Idiotin. Schnell sah ich zu Boden.

»Roark sagt, dass sein IT-Freund ihm einmal erklärt hat, dass es fast unmöglich ist, dass jemand, der auf eine Vier fällt, wieder seinen früheren Rang erreicht, wenn er sich nicht in der Medica behandeln lässt.«

Irgendwie überraschte mich das gar nicht, sondern machte mich eher traurig. Das war nur ein weiterer Hinweis darauf, wie kaputt unser System war.

Wir gingen zu der Wohnung des Mannes. Wie in den anderen Wohnbereichen der Kläranlage waren auch hier die Türen in die Wände eingelassen und in ihrer Mitte befand sich eine weiße Klingel.

Sobald Grey geklingelt hatte, um Silvan über unsere Anwesenheit zu informieren, wurde eine Leiste im oberen Bereich der Tür zur Seite geschoben und in der Öffnung tauchten zwei große, blaue Augen hinter einer Drahtbrille auf, über der sich dünne Augenbrauen erhoben. Der Mann sah uns eine Sekunde lang an und schob dann die Leiste wieder vor die Öffnung.

Grey und ich sahen uns an und dann wurde auch schon die Tür geöffnet und Silvan trat in den Gang. Er war älter, als ich erwartet hatte, und zarte Falten zogen sich um seinen Mund und über seine Stirn. Seine Augen waren misstrauisch und die dunklen Ringe darunter verliehen ihm ein wenig Ähnlichkeit mit einem Nagetier. Als er meine Uniform bemerkte, verkrampfte er sich.

»Ritterin«, sagte er mit einer höflichen Verbeugung, wobei sein rasierter Schädel im hellen Licht des Flurs glänzte. Dann sah er zu Grey hinüber und wiederholte die Geste. »Verehrte Neun«, sagte er ehrfürchtig zum Gruß.

Das war kein gutes Zeichen, aber es konnte sich ja auch um eine Show handeln. Vielleicht versuchte er, sich bei uns einzuschmeicheln, damit wir ihn nicht in die Medica brachten. Das passierte manchmal, aber die Ritter waren fast nie bereit, den Beginn der Behandlung auf ein späteres Datum zu verschieben. Außerdem war ich noch keine vollwertige Ritterin.

»Ich bin noch in der Ausbildung, Sir«, sagte ich vorsichtig und lächelte freundlich. »Dürfen wir ein paar Minuten eintreten? Es gibt etwas, was wir mit Ihnen besprechen möchten.«

Silvan nickte, ohne zu zögern, und trat beiseite, um uns einzulassen. Ich betrat die Wohnung und sah, dass das Innere mit Papieren und Zeichnungen von mechanischer Ausrüstung bedeckt war. Der Mann schloss die Tür hinter uns, bevor er seine Papiere zu einem Stapel zusammenschob. Ich hob eines der Blätter auf, das er nicht fortgeschoben hatte, und erkannte etwas, das wie ein Ventil aussah.

Ich drehte das Blatt in verschiedene Richtungen und versuchte, zu erkennen, wo oben und unten war, um herauszufinden, wozu diese Vorrichtung bestimmt war.

»Bitte«, sagte er mit zitternder Stimme, als er den Stapel Papiere in einer Schublade auf der anderen Zimmerseite verstaute. »Bitte fühlen Sie sich wie zu Hause. Was meins ist, ist auch Ihres.«

Ich zögerte, weil mich seine ängstliche Art nervös machte. Also lächelte ich ihn auf eine Weise an, die ihn hoffentlich etwas beruhigte. Ich fragte mich, ob er nervös war, weil er das Gleiche dachte, was Sarah angenommen hatte, nämlich, dass wir gekommen waren, um ihn zur Behandlung in die Medica zu bringen. Der Mann tat mir leid. Seine Kleidung war zerknittert und er zupfte nervös an seinen Hemdsärmeln, während ich ihn musterte. Er sah aus, als ob er seit Tagen nicht geschlafen hätte.

»Entspannen Sie sich, Bürger Wash«, sagte ich. »Wir sind nur hier, um mit Ihnen zu reden. Darf ich Sie Silvan nennen?«

Sein Kopf nickte und er rieb sich mit den Fingern die Schläfen, während er seinen Nacken knacken ließ. »Es ist mir eine Ehre, mit Ihresgleichen zu sprechen«, sagte er leise. »Ich habe das nicht verdient. Mein beschmutzter Name sollte nicht über die Lippen von Menschen wie Ihnen kommen.«

Dann murmelte er etwas von Getränken und eilte in die Küche. Wir blieben im Wohnzimmer stehen und sahen uns um.

»Ich habe kein gutes Gefühl«, raunte Grey.

»Ich auch nicht, aber vielleicht hat er einfach nur Angst, dass wir ihn in die Medica bringen. Oder er versucht, sich wie der vorbildlichste Bürger des Turms zu verhalten, weil er Angst hat, dass wir herausfinden, dass er das ganz und gar nicht ist. Wir sollten ihm eine Chance geben, okay?«

»Okay, aber ... Sei vorsichtig mit ihm«, sagte er.

»Das werde ich«, antwortete ich, als Silvan gerade mit einem Tablett mit Teetassen zurückkehrte, bevor er wieder in die Küche huschte und dort umherklapperte. Er tauchte mit einem Teekessel in der Hand wieder auf.

»Möchten Sie Tee?«, fragte er und sah uns hoffnungsvoll an. »Ich habe Kamille und … ähm … noch mehr Kamille.«

Es war ihm sichtlich unangenehm, dass er uns keine Auswahl anbieten konnte, aber ich antwortete schnell:

»Kamille ist mein Lieblingstee. »Ich hätte sehr gern eine Tasse.«

Silvans Miene hellte sich auf und er nickte eifrig. Dann zog er einen Teebeutel hervor und sah zu Grey. »Und Sie?«

»Kamille ist okay«, brummte Grey. Ich sah zu ihm und formte mit den Lippen *Entspann dich*. Seine Anspannung würde Silvan nur noch nervöser machen und das konnten wir wirklich nicht gebrauchen.

Silvan bereitete den Tee zu, erstarrte aber dann und blickte auf seine Hände. Ich hörte ihn leise fluchen, bevor er zu uns herumwirbelte.

»Bitte setzen Sie sich«, sagte er und deutete hektisch auf einen Kissenstapel auf dem Boden. »Es tut mir so leid, das hätte ich Ihnen zuerst anbieten sollen. Ihr Wohlbefinden ist für mich von größter Bedeutung, solange Sie in meinem unwürdigen Zuhause sind.«

»Silvan, an Ihrer Wohnung ist nichts unwürdig«, sagte ich, während Grey und ich uns setzten und nach einer guten Position vor dem kleinen Tisch in der Mitte des Wohnzimmers suchten. Auf den ersten Blick hatte die Wohnung durch die Papiere etwas chaotisch gewirkt, aber nun sah sie überraschend sauber und aufgeräumt aus. Ich bezweifelte, dass das Zuhause des Prätors nur halb so sauber war.

Silvans Blick wurde düster, als er sich kurz umsah, doch dann schüttelte er den Kopf, eilte zu uns und setzte sich auf einem Kissen auf der anderen Seite des Tischs uns gegenüber.

»Nun«, sagte er. »Wie kann ich Ihnen helfen? Sind Sie hier, um mich in die Medica zu bringen?«

Ich sah Grey an und bemerkte das Zittern in Silvans Stimme. Er klang zögernd, abwartend. Auch Grey hatte es bemerkt.

»Nein, aber wir möchten mit Ihnen über Ihre Nummer sprechen.«

Silvan sah auf und sein Blick zeigte kurz seinen Ärger. »Das habe ich mir gedacht«, sagte er. »Ich bin erst vor Kurzem auf eine Drei abgesunken. Ich habe bereits morgen einen Termin in der Medica, machen Sie sich darum also keine Sorgen.«

Er klang verbittert, was mich etwas beruhigte. Sein Verhalten war nur vorgespielt, da war ich mir nun sicher.

Wir mussten ihn nur dazu bringen, uns zu vertrauen, und dann würde er sich uns offenbaren.

»Sie scheinen ... nicht sehr begeistert davon zu sein, die Behandlung zu beginnen«, sagte ich, woraufhin Silvan hörbar schluckte.

»Doch, das bin ich«, sagte er und sein Blick huschte von mir zu Grey, bevor er wieder zu Boden sah. »Ich will natürlich dem Turm und Scipio dienen.«

Er blickte auf seine Nummer, so als ob er damit rechnete, dass allein dieser Satz seinen Rang wieder nach oben befördert hätte, doch die Nummer veränderte sich nicht und er seufzte. »Ich würde alles tun, um meinen Rang wieder zu steigern«, sagte er.

»Alles?«, fragte ich vorsichtig. »Ihr Rang ist doch gar nicht so schlecht. Warum ist er gesunken?«

»Sie meinen, warum habe ich Scipios Gnade verloren? Ich war eine Acht auf dem Weg zu einer Neun, bevor das alles passiert ist. Ich fürchte, dass der Neid meinen Absturz herbeigeführt hat. Der Leiter meiner Arbeitsgruppe hat einen neuen Taucher eingestellt und er ... Er ist einfach besser als ich. Schneller und klüger und ...« Er verstummte und sah mit unscharfem Blick geradeaus. »Ich habe dreißig Jahre lang dafür gearbeitet, das zu erreichen, was ich habe. Und einfach so taucht jemand Neues auf und schafft das alles mit einem Fingerschnippen. Das ist nicht gerecht.«

»Da haben Sie nicht Unrecht«, sagte ich. Grey stupste warnend mit seinem Knie gegen meines, aber Silvan sah nur auf die leuchtende Drei auf seinem Handgelenk und starrte sie voller Abscheu an.

»Ich habe dem Turm mein ganzes Leben gewidmet«, murmelte er. »Und nun hat er mich für unwürdig befunden. Ich muss das wieder in Ordnung bringen.«

Ich hasste es, jemanden in diesem Zustand zu sehen, weil ich ihn nur zu gut kannte. Sarahs Trauer, Silvans Ärger – das waren die Reaktionen auf ein System, das bereit war, Menschen zu entsorgen, weil sie dem Turm nicht in der erwarteten Weise dienten. Schlimmer noch, ihr einziger Ausweg bestand darin, jedes Gespür für sich selbst zu verlieren, um akzeptiert zu werden.

»Bringt Ihre Wut Sie dazu, dem Turm schaden zu wollen?«, fragte Grey und lehnte sich etwas vor. Ich sah ihn neugierig an. Wie war er denn auf *die* Frage gekommen?

Silvan riss die Augen auf und machte eine verzweifelte Geste. »Aber natürlich nicht«, sagte er entrüstet.

»Vielleicht mag Scipio mich nicht mehr, aber das hier ist mein Zuhause. Außerdem – wohin sollte ich denn sonst gehen? Nein, meine einzige Chance auf Erlösung ist eine Behandlung in der Medica.«

»Was fühlen Sie beim Gedanken an die bevorstehende Behandlung in der Medica?«, fragte ich.

Silvan sah im Zimmer umher, dachte kurz nach und zuckte dann mit den Schultern. »Ich weiß es ehrlich gesagt nicht. Einerseits will natürlich niemand von der Medica behandelt werden. Die Menschen, die die Medikamente nehmen, sind ... distanziert und kühl. Aber andererseits ... wenn etwas mit mir nicht stimmt, dann muss das in Ordnung gebracht werden. Ich will keine Last sein. Ich will nützlich sein.«

Dieser arme, manipulierte Mann. Natürlich gab er sich selbst die Schuld. Ich hatte das während meines Abstiegs auch oft getan. Aber er wollte sich nicht in der Medica behandeln lassen, nicht, wenn er ehrlich war. Er sah nur einfach keinen anderen Ausweg.

Ich öffnete den Mund und wollte ihm gerade von der Tablette erzählen, als Grey mir zuvorkam. »Ich verstehe Ihre Motivation«, sagte er. »Und wie es mir scheint, ist Ihre Loyalität dem Turm gegenüber trotz Ihrer Probleme ungebrochen. Ist das eine richtige Einschätzung?«

Silvan nickte so heftig mit dem Kopf, dass ich fürchtete, dass er abfallen würde. Ich sah stirnrunzelnd zu Grey. Die Frage war gefährlich, vor allem für jemanden mit einem Rang Drei. Niemand würde diesen Satz verneinen, weil er sonst automatisch zugeben würde, dass er dem System abtrünnig geworden war. Und ich war eine Ritterin – natürlich würde der Mann etwas Derartiges niemals vor mir zugeben. Zumindest nicht, solange wir ihm nicht erklärten, wer wir waren und was wir ihm anzubieten hatten.

»Der Turm hatte selten einen ergebeneren Diener als mich«, sagte Silvan eifrig. Seine Hände zitterten. Aus der offenen Küche hörten wir, wie der Teekessel leise zu pfeifen begann. Dampf stieg auf und beschlug das Glas eines Rohrs, das an der Decke entlang verlief.

»Ich verstehe«, sagte Grey. »Sie werden sich also in die Behandlung der Medica fügen?«

Der Mann stockte und nickte dann. »Ich werde meinen Termin

einhalten«, sagte er. »Ich werde mich bessern.

Das verspreche ich.«

Der Gesprächsverlauf hinterließ einen bitteren Geschmack in meinem Mund. Grey sagte dem Mann nichts davon, dass er andere Optionen hatte. Stattdessen behandelte er ihn wie einen Schleimer. Das war falsch – er musste ihm sagen, was los war.

»Was wäre, wenn es einen anderen Weg gäbe?«, fragte ich.

»Liana«, flüsterte mir Grey zu und legte mir eine Hand auf die Schulter. Aber ich schob sie fort, weil es mich ärgerte, dass er nicht einmal darauf zu sprechen kam, dass es noch eine andere Option gab. Natürlich verstand ich, dass der Mann uns völlig falsche Antworten gab, aber ich war mir sicher, dass er sie aus den richtigen Gründen sagte. Er wollte sich nur schützen.

Ich sah Silvan an und betrachtete die Ringe unter seinen Augen und seinen ängstlichen Blick. Er wollte es nicht tun. Wer wollte schon wirklich die Behandlung der Medica erhalten?

»Sie müssen nicht in die Medica gehen«, sagte ich.

Silvan verkrampfte sich. Er schloss den Mund und seine Augen blitzten auf. Ich beugte mich vor und legte meine Hand auf seine. Nun hielt ich meine Worte nicht länger zurück. »Liana!«, sagte Grey wieder und versuchte, mich aufzuhalten. »Es tut mir leid, sie kommt vom Thema ab.«

»Es gibt eine Tablette«, unterbrach ich ihn und Silvan sah wieder zu mir. »Sie heißt Paragon. Sie kann Ihre Nummer verändern, ohne Ihren Verstand zu beeinflussen. Sie ermöglicht es Ihnen, Sie selbst zu bleiben.«

Er sah mich verwirrt und verständnislos an. »Wollen Sie mich austricksen?«

Seine Frage überraschte mich nicht. Ich an seiner Stelle würde dasselbe fragen. Ich selbst hatte auch einige Nachforschungen anstellen müssen, bevor ich die Wahrheit herausgefunden hatte. Und nun saßen wir hier und boten diesem Mann eine sehr verdächtige Alternative an. Ich konnte es ihm nicht verdenken, dass er uns nicht sofort vertraute.

»Ich verstehe, warum Sie das glauben, aber so ist es nicht. Wir versuchen nicht, Sie auszutricksen, sondern wir wollen Ihnen helfen.«

»Ich bin verwirrt«, sagte Silvan nach ein paar Sekunden. »Wer sind Sie und warum sind Sie hier? Schickt die Medica Sie? Ist das ein neues

Medikament, das Sie testen?«

»So ist es«, sagte Grey geschickt und stand auf. »Es tut mir leid, aber Sie kommen leider nicht als Tester infrage.«

Ich sah ihn verärgert an, aber sein Blick war so wütend, dass ich stockte, mir auf die Unterlippe biss und selbst Anstalten machte, aufzustehen. Doch Silvans Frage hielt mich zurück.

»Warum nicht?«

Ich sah zu Grey, der erstarrte und alarmiert die Stirn runzelte. »Ich …«

Silvan legte den Kopf in den Nacken, sodass er Grey von seinem Sitz her anschauen konnte. »Wie gesagt bin ich dem Turm treu ergeben. Sollte die Medica einem ergebenen Taucher nicht die Chance geben, sich zu verbessern?« Doch dann fuhr sein Blick zu mir und seine Augen funkelten aufgeweckt. »Oder ist das illegal? Seid ihr zwei so zu Neunern geworden?«

Ich zögerte kurz, aber sobald ich einsah, dass es zu spät war, um noch zurückzurudern, nickte ich. Grey sah mich unsicher an.

Der Teekessel klapperte und das leise Pfeifen war inzwischen in ein schrilles Piepen umgeschlagen, das den kleinen Raum zum Vibrieren brachte. Silvan stand mechanisch auf, schob sich an mir vorbei zur Küche und nahm den Kessel. Das schrille Pfeifen verwandelte sich nun wieder in ein leises Blubbern.

»Ich weiß, dass das eine große Neuigkeit ist«, sagte ich. »Ich war genau wie Sie. Ich bin auf eine Drei abgefallen und habe mich in der Medica behandeln lassen … Aber es war schrecklich. Ich konnte mich an nichts mehr erinnern, wenn ich die Tabletten genommen hatte. Ich war nicht mehr ich selbst. Aber mit Paragon kann ich ich sein. Ich brauche mich nicht zu verändern, um dem Turm zu gefallen. Und wir möchten Ihnen auch …«

Mit einem wilden Aufschrei wirbelte Silvan herum und schwang den Kessel auf meinen Kopf zu. Die Bewegung war so schnell, dass ich eine Sekunde lang vor Schreck erstarrte und sah, wie der mit kochendem Wasser gefüllte Kessel auf mich zuflog. Ich wollte mich gerade ducken, obwohl ich wusste, dass es zu spät war, als Grey zu mir herübergeschossen kam und sich vor mich warf.

Mit einem lauten Knall prallte der Kessel gegen seinen Unterarm. Es zischte leise und dann schrie Grey auf. Es roch nach Verbranntem, als Grey Silvan in die Seite, unterhalb der Rippen, boxte. Silvan wimmerte, als ihm die Luft von der Wucht des Schlags aus den Lungen gepresst wurde, und Grey nutzte seinen anderen Arm, um Silvan den Kessel aus der Hand zu schlagen. Er flog auf die Sitzkissen. Silvan taumelte nach hinten und stürzte sich dann mit ausgestreckten Fingern auf Grey, so als ob er ihn erwürgen wollte, und ich reagierte endlich.

Ich warf mich auf Silvan, stemmte mich mit meinen Beinen vom Boden ab und packte seinen Rumpf. Wir fielen beide zu Boden und meine Schulter brannte vor Schmerz, als ich von ihm abprallte. Ich drehte mich auf die Seite, keuchte vor Schmerz und spürte plötzlich, wie sich Finger in meinen Haaren verkrallten. Ich versuchte, Silvans Hände aus meinen Haaren zu lösen, aber er riss meinen Kopf hoch und schlug ihn so hart auf den Boden, dass meine Sicht verblasste und mein Hinterkopf vor Schmerz zu explodieren drohte.

»Ihr seid Abtrünnige!«, schrie er. »Ihr bedroht die Sicherheit und das Wohl des Turms!«

Er schlug meinen Kopf wieder auf den Boden und der Schmerz wurde noch stärker. Meine Gedanken waren unzusammenhängend und verschwommen und ich konnte mich nicht daran erinnern, wie meine Hände funktionierten, um ihn abzuwehren. Mein Kopf wurde wieder hochgezerrt, aber dann ließ er einen Teil meiner Haare los, weil seine Hände fortgerissen wurden.

Ich verlor für eine Sekunde das Bewusstsein und als ich wieder zu mir kam, hatte ich meine Hände an meinen Kopf gepresst, um den Schmerz zu unterdrücken. Ich sah, wie Greys Faust auf Silvans Gesicht traf. Einmal, zweimal, dreimal ... Es war zu viel, aber Grey machte keine Anstalten, aufzuhören.

»Grey«, brachte ich heiser hervor. Seine Faust flog noch einmal herab und ich räusperte mich, während ich mich aufrappelte. »Grey.«

Er erstarrte mitten in der Bewegung und drehte sich wieder zu mir um. Seine Wut verwandelte sich schnell in Sorge. Er ließ Silvans Uniform los, stieß den Mann zu Boden und eilte zu mir. Er legte seine Hände um meine Taille, um mir aufzuhelfen. Ich stützte mich auf ihn, mehr, als es mir lieb war, und sah zu Silvan, der stöhnend am Boden lag.

»Was ist passiert?«, fragte ich benommen. »Warum hat er ...«

»Später«, sagte Grey, steckte seine Hand in die Tasche und ich sah seinen Unterarm, an dem das Fleisch dort, wo der Kessel ihn getroffen hatte, rot und braun verbrannt aussah.

»Dein Arm«, stammelte ich und er sah mit wütendem Blick nach unten.

»Später«, wiederholte er und zog eine blaue Tablette aus der Tasche, die genauso aussah wie die, mit der er bei Sarah gespielt hatte. Ich erinnerte mich daran, dass ich ihn nach der Tablette gefragt hatte, aber ich hatte keine Antwort bekommen. Er half mir, mich gegen die Wand zu lehnen, und ging dann zu Silvan, der sich langsam auf alle Viere erhob.

»Was hast du vor?«, fragte ich, als er sich dem Mann näherte und seinen Arm um seinen Hals legte. Ich erkannte die Bewegung sofort. »Oh.« Ich wandte den Blick ab, während Grey dem Mann die Blutzufuhr zum Kopf abdrückte, nicht, weil ich den Anblick nicht ertrug, sondern weil sich alles um mich herum drehte. Ich schloss die Augen und konzentrierte mich auf meine Atmung und darauf, mich nicht zu übergeben. Ich hörte, wie Silvan sich kurz zu wehren versuchte, bevor er ohnmächtig wurde.

Als ich meine Lider wieder hob und gegen das plötzliche Hämmern in meinem Schädel, das vom hellen Licht im Raum ausgelöst wurde, ankämpfte, sah ich, wie Grey den Mann auf den Rücken drehte und seinen Puls prüfte. Dann schob er Silvan die Tablette in den Mund und brachte ihn dazu, sie hinunterzuschlucken, indem er seinen Hals massierte. Als er fertig war, kam er sofort zu mir und führte mich aus der Wohnung.

Wir humpelten beide den Gang entlang und versuchten, uns so unauffällig wie möglich zu bewegen. Zum Glück war es mitten in einer Schicht, sodass alle Leute entweder arbeiteten oder sich ausruhten und uns nicht allzu viele Personen begegneten. Silvan würde schon bald wieder aufwachen und in alle vier Winde schreien, dass zwei Neuner ihm eine illegale Tablette angeboten hatten, mit der er selbst zur Neun werden konnte.

Ich fragte mich, wie Roark mit diesen Situationen umgegangen war und die blaue Tablette kam mir wieder in den Sinn. Sie hatte etwas damit zu tun, auch wenn ich mir nicht sicher war, wie sie wirkte.

»Was hast du ihm gegeben?«, fragte ich, sobald wir einen gewissen Abstand zur Wohnung hatten. Greys Arm um meine Taille verspannte sich und er sah mich böse an. Er war also immer noch wütend auf mich. »Was?«

»Du hättest auf mich hören sollen«, sagte er, als wir in einen

Nebengang abbogen.

Ich runzelte die Stirn, als ich über seine Worte nachdachte. »Moment mal … Willst du damit sagen, dass das meine Schuld ist? Wenn das so ist, dann fahr zur Hölle. Deine Fragen waren nicht gerade dazu geeignet, ihm eine ehrliche Antwort zu entlocken, ohne dass er die Konsequenzen fürchten musste.«

»Liana, er war bereit, sich in der Medica behandeln zu lassen und …«

»Er ist einer Gehirnwäsche unterzogen worden«, unterbrach ich ihn wütend, weil mir sein herablassender Ton gar nicht gefiel.

Wenigstens verkniff er sich seine Antwort und sein Kiefermuskel zuckte. Dann seufzte er, strich sich mit der freien Hand durchs Haar und zuckte zusammen, als sich das verbrannte Fleisch an seinem Unterarm spannte.

»Das weiß ich«, sagte er. »Aber er schneidet sich auch. Hast du die Narben auf seinen Armen nicht bemerkt?«

Ich versuchte mich trotz der Kopfschmerzen daran zu erinnern. »Nein, das habe ich nicht. Ich meine … Woher weißt du, dass er sich selbst verletzt?«

Greys Gesicht wurde finster und er sah zu Boden. »Ich habe von Roark gelernt, wie man es erkennt. Es ist ein größeres Problem im Turm, als viele glauben. Er hatte viele Narben, manche waren alt und weiß, aber andere waren frisch und rosa. Sie waren zu regelmäßig und ordentlich, um von Unfällen zu stammen.«

»Oh. Aber sollten wir ihm nicht gerade deshalb helfen?«

»Das tun wir, indem wir ihn in Ruhe lassen. Der beste Ort für ihn ist die Medica. Sie haben dort Ärzte, die mit einer solchen Situation umgehen können. Im Gegensatz zu dir und mir kann Silvan geheilt werden. Aber nicht, wenn wir ihn rekrutieren.« Er streckte seinen Arm aus und besah sich die Verbrennung. »Wir können uns nicht um sein emotionales und seelisches Wohlbefinden kümmern.«

Ich bekam ein schlechtes Gewissen und wandte den Blick ab. »Es tut mir leid«, sagte ich, als wir um die nächste Ecke bogen. »Ich habe es nicht gemerkt.«

Wir liefen eine Minute lang schweigend weiter, bevor Grey sagte: »Du brauchst dich nicht zu entschuldigen. Du hast dir Sorgen um ihn gemacht. Das ist nichts Schlechtes. Es hat nur dieses Mal nicht funktioniert.«

»Beim nächsten Mal werde ich auf dich hören.«

»Beim nächsten Mal?«, fragte er überrascht und ich sah, wie er leicht lächelte. »Du willst das wirklich nochmal machen?«

»Na ja, ja.« Ich blieb stehen und sah ihn an. »Ich meine, bis jetzt haben wir nur eine Erfolgsrate von fünfzig Prozent, aber ... ich mache das gern. Ich versuche es gern. Es ist das erste Mal, dass ich das Gefühl habe, jemandes Leben zum Positiven verändert zu haben.«

»Hast du dich nicht so gefühlt, als du mich gerettet hast? Für mich war das eine sehr positive Sache.«

Sein scherzender Ton ließ mich lächeln und ich ging weiter. »Stimmt, das auch«, antwortete ich trocken und verdrehte die Augen. »Aber du hast mir trotzdem meine Frage noch nicht beantwortet und ich habe sie schon zweimal gestellt. Letztes Mal hast du mir eine Antwort versprochen, wenn ich dich küsse, aber dein Versprechen nicht gehalten. Das wird langsam zur Gewohnheit.«

Er lachte laut auf und seine Augen strahlten und plötzlich verschwanden ein paar meiner Schwellungen einfach so vor lauter Glück. Ich wartete, bis er aufgehört hatte, zu lachen, und musste selbst lächeln. Dann sah er mich mit seinen warmen Augen an.

»Du hast natürlich recht. Das war sehr unhöflich von mir.«

»Ja, ziemlich«, nickte ich eifrig. »Wirst du warten, bis ich ein drittes Mal frage?«

»Nein«, sagte er und drückte auf den Knopf einer Tür, die Koggestadt von der Kläranlage trennte. Die Tür piepte, worauf Grey einen silbernen Chip hervorzog und vor den Scanner hielt. Dann summte die Tür und die digitale Stimme einer Frau ertönte: »Dies ist kein regulärer Eingang«, trällerte die Stimme fröhlich. »Ich schlage vor, dass du verschwindest, bevor ich sauer werde.«

Ich lächelte und Grey verdrehte die Augen, bevor er dreimal gegen den unteren Teil der Tür trat und sagte:

»Deine Mutter kann nicht mit Werkzeug umgehen.« Daraufhin piepte es leise.

»Passwort akzeptiert. Na schön, ich öffne die Tür, aber ich will dich hier nicht noch einmal sehen«, zwitscherte die Stimme genauso fröhlich wie vorher. Die Tür öffnete sich und ich ging weiter.

»Hey, seit wann haben automatische Stimmen denn eine

Persönlichkeit?«, scherzte ich und Grey zuckte mit den Schultern.

»Nun, jede Abteilung hat ihre eigenen Stimmen für die sprechenden Geräte selbst programmiert«, sagte er und meinte damit alle Systeme, die mit den Bürgern des Turms redeten. »Die Fahrstühle sind alle in einem Netzwerk zusammengeschlossen, weshalb sie dieselbe Stimme benutzen. Aber ja, sie haben in letzter Zeit etwas mehr Persönlichkeit bekommen. Vielleicht experimentiert jemand mit ihnen und versucht, die Stimmen interessanter zu machen. Aber um endlich auf deine Frage zu antworten: Die Tablette, die ich Silvan gegeben habe, wird von Roark Spero genannt. Sie sollte seine Erinnerung an die letzte Stunde löschen.«

»Er wird sich also gar nicht an uns erinnern können?«

»Nein, das sollte er nicht«, antwortete Grey und ich atmete auf. Ich hatte damit gerechnet, dass die Tablette uns irgendwie beschützen würde, und ich war froh, dass ich richtiggelegen hatte. Aber dennoch ... Silvan würde aufwachen und wissen, dass er angegriffen worden war, auch wenn er den Grund vergessen hatte. Das würde für Aufruhr sorgen. Plötzlich war ich sehr froh, dass wir die Wohnung so schnell wie möglich verlassen hatten.

»Gut. Und jetzt sag mir, dass wir zu Roark gehen, damit er uns behandeln kann.«

»So ist es. Wir müssen ...«

Was auch immer er sagen wollte, ich bekam es nicht mehr mit, weil ich eine Bewegung aus dem Augenwinkel heraus wahrnahm.

Ich wirbelte herum, zog meinen Stromstock und schob Grey hinter mich. Er schnappte überrascht nach Luft, aber ich ignorierte ihn und sah mich in dem dunklen Gang und dem Gewirr von Rohren um. Es schien alles ruhig und verlassen zu sein, aber ich hätte schwören können, dass ich etwas gesehen hatte. So wie im Getreidefeld und so wie in der Löwenhöhle.

»Liana? Sollte ich mir Sorgen machen, dass das langsam zur Gewohnheit wird?«

Ich hörte seinen spöttischen Unterton, antwortete aber leicht schnippisch: »Ich könnte schwören, dass ich jemanden gesehen habe«, und wirbelte herum.

Greys Blick schoss über meine Schulter. Er sah hinter mich, aber dort gab es natürlich nichts zu sehen. Nach einer Pause nickte er. »Ich glaube dir«, sagte er und sah mich an. »Aber wer auch immer es war, er ist nicht mehr da. Lass uns einfach so schnell wie möglich zu Roark kommen. Er kann uns untersuchen und uns vielleicht sagen, was zu tun ist. Einverstanden?«

Ich sah ihn unsicher an und zweifelte daran, ob er mir wirklich glaubte. Doch nach einem Augenblick dachte ich mir, dass es mir egal war. Wenn er von hier verschwinden wollte, dann war mir das nur recht, denn meine Instinkte schrien mir förmlich zu, so schnell wie möglich zu fliehen.

23

»Du hast eine leichte Gehirnerschütterung«, sagte Roark sachlich, während er mich von der anderen Seite des Tisches in seiner kleinen Wohnung ansah. Hinter ihm stand Grey mit versteinerter Miene und wich meinem Blick aus, aber er wartete definitiv auf meine Reaktion.

»Ich weiß, was ich gesehen habe«, sagte ich, vielleicht etwas stur. »Es ist mir mehr als einmal passiert, Roark.

Vielleicht sind zwei Mal auch noch Zufall, aber drei sind es nicht mehr.«

»Es gibt keine Beweise für deine Behauptung, Mädchen. Du bist die Einzige, die etwas gesehen hat, und beim letzten Mal hattest du kurz davor eine heftige Auseinandersetzung. Das kann durchaus erklären, was du glaubst gesehen zu haben.«

»Okay, aber nachdem wir bei Sarah waren, hätte ich schwören können, dass ich etwas im Feld gesehen habe.«

»Diese Felder haben schon viele Nicht-Handler erschreckt. Der künstliche Wind erschreckt sie, weil es sonst im Turm keinen Wind gibt. Manche werden sogar krank davon.«

Ich blickte über Roarks weiße Haare hinweg zu Grey und sah ihn vernichtend an. Sein Kommentar hatte mich verletzt und bestätigte nur meinen Verdacht, dass er sagen würde, was nötig war, damit ich auf ihn hörte.

»Aber in der Löwenhöhle«, sagte ich, noch nicht bereit, aufzugeben, »war ich mir ganz sicher, dass ich gemerkt habe, wie mich jemand beobachtet. Das war kein gutes Gefühl.« Ich hatte recht und wir mussten aufpassen. Ich musste die beiden nur davon überzeugen. »Hört zu, ich bin nicht die Sorte Mädchen, die wegen Nichts ausflippt oder sich Dinge einbildet. Am Anfang dachte ich, dass es vielleicht am Stress liegt, aber nun … denke ich wirklich, dass ich beschattet werde.«

Grey und Roark sahen einander an, bevor sie wieder zu mir schauten. Ich hielt ihrem Blick mit erhobenem Kopf stand, was nicht einfach war. Mein Schädel schmerzte nach Silvans Angriff vor etwas mehr als einer Stunde immer noch. Mein Gleichgewichtssinn war nicht mit meinen Augen koordiniert und so huschte mein Blick hin und her und es war schwer, die beiden konzentriert anzusehen, aber es war notwendig. Ich verkrallte meine Finger vor Schmerzen, zum einen, um besser durchzuhalten, aber auch, um nicht die Stelle an meinem Kopf zu betasten, wo mir die Haare herausgerissen worden waren. Roark hatte mir ein Pflaster gegeben, das die Schwellung reduzierte und den Schmerz linderte, doch obwohl es half, wünschte ich mir, dass er etwas freizügiger mit dem Einsatz von Schmerztabletten umgehen würde.

»In Ordnung«, sagte Roark und ich schnappte wieder in die Gegenwart zurück. Ich war in meinen Schmerzen abgedriftet und brauchte nun ein paar Sekunden, um mich daran zu erinnern, worüber wir gesprochen hatten. Ich musste mich zusammenreißen. »Ich sage dir, was wir machen werden. Ich kenne jemanden, der vielleicht herausfinden kann, ob du beschattet wirst. Ich werde ihn kontaktieren und fragen, ob er uns helfen kann. Fühlst du dich damit besser?«

Ich nickte und meine Nerven beruhigten sich etwas.

»Gut«, nickte Roark und wandte sich wieder der Paste zu, die er für Greys Arm anrührte. »Aber wenn herauskommt, dass du nicht verfolgt wirst, dann wirst du die Sache auf sich beruhen lassen. Einverstanden?«

»Ja«, sagte ich säuerlich. »Einverstanden.« Aber noch während ich das sagte, war mir schon klar, dass es mir egal war, was er herausfand. Ich war mir sicher, was ich gesehen hatte. Und wenn ich etwas dagegen unternehmen wollte, dann müsste ich mir wohl selbst etwas einfallen lassen.

* * *

Ein paar Stunden später verließ ich Roarks Wohnung unter seiner zögernden Zustimmung und ging nach Smallsville zurück, um zu sehen, ob ich im Maisfeld etwas fand, was meine Theorie bestärkte. Meine Nachtschicht mit Gerome begann um fünf, aber bis dahin hatte ich nichts anderes zu erledigen.

Doch noch während ich nach oben fuhr, wurde mir klar, wie irrsinnig meine Idee war. Handler bewegten sich Dutzende von Malen täglich durch das Feld und es war unmöglich, die Abdrücke der Stiefel, die alle im Turm hergestellt wurden, voneinander zu unterscheiden, von ihrer Schuhgröße und dem Gewicht des Trägers einmal abgesehen. Aber selbst dann war es beinahe unmöglich, die genaue Stelle wiederzufinden, an der Grey und ich gestanden hatten. Aber ich musste einfach etwas unternehmen, und das hier war besser, als nach Hause zu gehen oder bloß abzuwarten.

Die sanfte, frische Brise, die mich empfing, als ich auf die Ebene hinaustrat, war angenehm, aber ich durfte mich nicht entspannen, denn selbst jetzt konnte mich jemand beobachten. Meine Paranoia wurde nur noch schlimmer, als mich die Arbeiter auf meinem Weg grüßten. Sie alle waren aufgeregt, eine Neun zu sehen. Zu gern hätte ich meine Hände in die Hosentaschen gesteckt, den Kopf gesenkt und wäre eilig weitergegangen, aber ich musste aufpassen, denn eine Neun würde sich nie so verhalten.

Also zwang ich mich, eine ausdruckslose Miene zu machen und mein gleichgültiges Nicken zu perfektionieren, während ich durch das Maisfeld lief. Ich ging gelassen den langen Pfad entlang und sah jede Biegung nachdenklich an, um herauszufinden, ob Grey mich dort geküsste hatte.

Dieser Kuss. Wir hatten nicht darüber gesprochen – oder zumindest nicht ernsthaft – seit wir uns am Morgen begegnet waren. Vielleicht hätten wir es noch getan, wenn Silvan uns nicht angegriffen hätte, aber nachdem Grey mir nicht glaubte, dass ich verfolgt wurde und wir nicht ernsthaft über diesen Kuss hatten reden können, war ich verwirrt und auch ein wenig verletzt. Ich hatte keine Ahnung, was er für mich empfand. Ich wusste nur, dass er mich zweimal geküsst hatte.

Ich hatte nicht aufgehört, darüber nachzudenken, und vielleicht benahm ich mich zu sehr wie ein Mädchen, was das anging, aber ich wollte wirklich gern wissen, was er wollte. War er einfach nur ein Mann, der testete, wie weit er gehen konnte, oder mochte er mich wirklich? Mochte ich ihn?

Im Augenblick war ich wütend auf ihn, so viel stand fest, aber mochte ich ihn? Das war schwerer einzuschätzen. Einerseits glaubte ich, dass es so war. Andererseits hatte ich versucht, ihn festzunehmen, ihm dann das Leben gerettet, war dann von ihm gerettet worden und ... Nun konnte ich wohl zu Recht sagen, dass ich so viele verschiedene Gefühle in unserer Situation entwickelt hatte, dass ich einfach sehr aufgewühlt war.

Auf einem der Stege, die über einen Bewässerungskanal führten, blieb ich stehen und dachte nach. Dass ich verfolgt wurde und die Sache mit Grey waren zwei unterschiedliche Themen, die nur dadurch zusammenhingen, dass er mir nicht glaubte.

Aber wenn ich richtig darüber nachdachte, konnte ich es ihm nicht verübeln, dass er an mir zweifelte. Ich hatte nicht einmal, sondern zweimal behauptet, etwas gesehen zu haben, und dann war nichts zu erkennen gewesen. Ich würde mir an seiner Stelle auch nicht glauben. Er kannte mich nicht gut genug, um meinem Urteilsvermögen zu trauen. Er kannte mich nicht so, wie Eric und Zoe es taten.

Als ich an meine beiden Freunde dachte und daran, dass ich sie seit siebzehn Tagen nicht mehr gesehen hatte, verkrampfte sich mein Magen. Ich runzelte die Stirn und stützte mich mit meinen Ellbogen auf das Geländer, während ich auf den Bewässerungskanal blickte, der sich durch die weiten Felder schlängelte. Ich fragte mich, was die beiden wohl taten und wie sauer sie auf mich waren. Es sah mir nicht ähnlich, einfach so zu verschwinden. Aber vielleicht dachten sie auch, dass es an meinen Medikamenten lag.

Ich wusste, dass Zoe sich Sorgen um mich machte und es war nur eine Frage der Zeit, bis sie es riskierte, meinen Eltern zu begegnen, um dann in mein Zimmer gestürmt zu kommen und Antworten von mir zu verlangen. Ich war immer noch nicht sicher, was ich ihr sagen würde, wenn es so weit käme.

»Sie nimmt die Medica-Tabletten«, sagte eine vertraute Stimme in einiger Entfernung hinter mir und ich wirbelte in der Erwartung herum, Eric zu sehen. Es erschrak mich, wie ich an ihn dachte und er in der nächsten Sekunde hinter mir auftauchen konnte.

»Das glaube ich nicht«, antwortete Zoe und ich sah, dass mir nur wenige Sekunden blieben, bevor die beiden um die Ecke gebogen kämen und mich entdecken würden. Schnell sprang ich über das Geländer und fand mein Gleichgewicht, bevor ich ins Wasser platschte. Auf Händen und Füßen kroch ich unter die niedrige Brücke. »Ich glaube, dass sie mir aus dem Weg geht.«

Ich musste mich zusammenreißen, um nicht unter der Brücke hervorzustolpern und meine beste Freundin in die Arme zu nehmen. Ihre Stimme klang traurig und Eric seufzte und sagte leise etwas zu ihr.

Dann schwiegen beide. Ich sah, wie das Wasser vorbeifloss und versuchte, meinen Herzschlag zu beruhigen, während ich mich fragte, was die beiden über mir taten. Nach einem Augenblick hörte ich Zoe schniefen.

»Eric … glaubst du, dass Liana mich nicht mehr mag?«, fragte sie. »Ich meine … Vielleicht habe ich sie irgendwie verärgert?«

Eric antwortete tröstend: »Zoe, es gibt nichts, was du tun könntest, um sie zu verärgern. Du bedeutest ihr sehr viel.«

»Aber warum antwortet sie mir dann nicht?«, platzte Zoe hervor.

Eric seufzte und ich hörte seine Schritte auf der Brücke. Ich versuchte, mich noch mehr zu verstecken, aber der Platz hier war begrenzt und der kleine Steg kaum breit genug, dass zwei Personen darauf passten. Wenn sie ihn verlassen würde, dann würden sie mich sofort entdecken.

»Na schön«, seufzte Eric geduldig. »Warum sollte sie böse auf dich sein? Als ich euch das letzte Mal zusammen gesehen habe, habt ihr euch beide sehr eigenartig verhalten. Was ist passiert, nachdem ich gegangen bin?«

Mir stockte der Atem und ich blickte mit rasendem Herzen nach oben. Als wir Eric das letzte Mal gesehen hatten, hatten wir ihm diese schreckliche Geschichte darüber erzählt, warum Zoe das Abendessen absagen musste. Es war der Tag gewesen, an dem sie mir geholfen hatte, Grey das Leben zu retten. Zoe hatte versprochen, Eric nichts zu erzählen, aber sie war so sehr in ihn verknallt und vertraute ihm sehr. Ich vertraute ihm auch, bis zu einem gewissen Punkt, aber es gab eben doch Grenzen.

»Das habe ich dir doch schon gesagt. Ich habe ihr geholfen und bin dann gegangen.«

»Ja, aber ich meine …« Ich hörte die Befangenheit in Erics Stimme und biss mir auf die Lippe. Hoffentlich würde er nicht weiter nachfragen. »Ich habe das Gefühl, dass du mir nicht alles sagst. Dabei dachte ich … na ja ..., dass wir doch mehr als nur gute Freunde sind.«

Zoe schwieg kurz. »Sind wir das?«, fragte sie dann leise und ich konnte mir ihren unsicheren Blick vorstellen.

»Was meinst du, wie lange es noch dauert, bevor deine Familie dich davon überzeugt, keine Zeit mehr mit mir zu verbringen? Mein Rang war noch nie so niedrig und ich bin im Augenblick definitiv nicht der größte Fan des Turms.«

»Ja, aber warum?« Eric klang frustriert – so negativ hatte ich ihn noch nie erlebt – und ich fühlte mich wieder schuldig. Er war eine Acht, weil er so optimistisch war, aber ich spürte, dass er nun schroff und angespannt klang. Sein Rang war in Gefahr und es war meine Schuld.

Zoe seufzte und ich presste meine Hände zusammen, um nichts zu sagen. Jetzt aufzutauchen würde alles nur noch schlimmer machen, weil sie mich fragen würden, wo ich gewesen war und was ich die letzten Wochen getan hatte. Ich konnte ihnen nicht die Wahrheit sagen und würde sie anlügen müssen. Vielleicht müsste ich gemein zu ihnen sein.

Zoe seufzte und ich hörte Schritte. Ich schloss die Augen, als sie laut über mir hallten und auf halbem Weg auf dem Steg Halt machten. »Mach dir keine Sorgen um mich«, sagte Zoe. »Ich krieg das schon wieder hin. Es ist nur ...«

Sie verstummte und ich schlang meine Arme um meine Knie, um mich zu einer noch kleineren Kugel zusammenzuziehen.

»Hey«, sagte Eric. »Du kannst mir alles erzählen. Ich bin nicht wie die anderen ... Ich kann es verkraften.«

»Oh Eric«, hauchte Zoe so sanft, dass ich sie durch den Wind und das Wasserplätschern kaum hörte. »Das würde ich wirklich gern, aber Liana hat gesagt ...«

»Sie ist nicht hier! Sie redet nicht einmal mit uns. Bitte sag es mir einfach. Vielleicht kann ich dir helfen.«

Ängstlich hörte ich, wie Eric versuchte, sich zur Wahrheit durchzubohren und ich merkte, was ich Zoe angetan hatte. Ich hatte mit ihr über alles sprechen können, was ich erlebt hatte, aber ihr hatte ich verboten, über die Dinge zu sprechen, die ich ihr erzählt hatte.

Ich hörte sie seufzen und stellte mir vor, wie sie schwach wurde, schließlich nachgab und Eric alles erzählte, was wir getan hatten. Damit brächte sie ihn in Gefahr. Meine Panik verlieh mir die Kraft, mich schnell aufzurappeln.

Ich kroch unter der Brücke hervor und stellte mich an das abschüssige Ufer. Zoe sah mit aufgerissenem Mund auf mich hinab. Ihre Augen waren geweitet. Eric, der neben ihr stand, starrte mich genauso verblüfft an und ich dachte daran, dass ich ein sehr privates Gespräch belauscht hatte. Und nun wussten sie es auch.

Tja. Angriff ist die beste Verteidigung. Hoffentlich.

»Hey«, rief ich, hob einen schmutzigen Arm und zwang mich zu einem strahlenden Lächeln. Mein Herz zitterte vor Angst, aber ich kämpfte gegen den Impuls an, mich umzudrehen und davonzurennen. »Wie geht es euch?«

Zoe war definitiv nicht amüsiert über mein Erscheinen. Sie kniff ihre Augen zu engen Schlitzen zusammen.

Wenigstens hatte ich sie für den Augenblick davor bewahrt, Eric alles zu erzählen.

»Wo zum Teufel bist du gewesen?«, fragte sie fauchend. Bevor ich überhaupt Luft holen konnte, hob sie den Finger und brachte mich zum Schweigen. »Vergiss die Frage. Was zum Teufel machst du da unten?«

Ich blinzelte ein paar Mal und suchte nach einer Ausrede. »Ich … habe … die Unterseite der Brücke untersucht.«

Zoe kniff die Augen noch mehr zusammen und aus ihren schmalen Schlitzen schien nun wütendes Feuer zu sprühen. Ich fragte mich, ob sie glaubte, dass sie ihre Wut in einen Laserstrahl kanalisieren könnte, wenn sie die Augen nur fest genug zusammenpresste.

»Du hast die Unterseite der Brücke untersucht«, wiederholte sie platt und ruhig, aber ihr Blick warnte mich, mir meine Antwort gut zu überlegen.

»Ja?«

»Einfach nur die Unterseite der Brücke?«

»Ja?«

»Wirklich?«

»Ja.«

Sie verzog das Gesicht und versuchte dann mit ausgestreckten Armen, über das Geländer zu springen und sich auf mich zu stürzen. Ich wich erschrocken zurück und wäre an dem steilen Hang beinahe ausgerutscht. Zum Glück packte Eric meine beste Freundin mit seinen langen Armen um die Taille und hielt sie fest. Sie strampelte und schlug um sich, um sich zu befreien und mich zu schnappen, aber Eric ließ sie nicht los.

Ich nutzte die Zeit, um aus dem Graben zu klettern und mir den Dreck abzuklopfen. Zoes Geschrei nahm etwas ab, sodass Eric dazu kam, mich anzusehen und zu sagen: »Sie findet, dass deine Lüge eine Beleidigung für unsere Intelligenz ist. Ich sehe das genauso.«

Meine Lippen verzogen sich zu einem Grinsen und ich salutierte scherzhaft, während ich meine Stiefel abklopfte. Nach einem Augenblick wurde Zoe komplett ruhig und Eric setzte sie sanft wieder ab. Unsere Blicke trafen sich kurz, bevor Zoe herumwirbelte und davonging. Doch vorher fiel mein Blick noch auf ihr Handgelenk und mein Herz setzte einen Schlag lang aus, als ich die Vier sah, die mir spöttisch entgegenblitzte und mich daran erinnerte, dass das alles meine Schuld war. Ich dachte daran, was Grey gesagt hatte. Dass es für eine Vier fast unmöglich war, den vorherigen Rang wieder zu erreichen, ohne sich in der Medica behandeln zu lassen. Ich zuckte zusammen.

Eric sah Zoe nach, drehte sich dann noch einmal kurz zu mir um, zuckte mit den Schultern und folgte ihr. Ich sah den beiden nach, hin- und hergerissen, ob ich ihnen folgen oder besser davonlaufen sollte.

Dann dachte ich an die Wut in Zoes Augen und den Schmerz, der dahinter lag.

Ich wandte mich ab und nahm mir fest vor, Roark davon zu überzeugen, dass er Zoe rekrutieren musste. Dann würde ich zurückkommen und die Dinge mit meiner Freundin in Ordnung bringen.

24

Ich klingelte und wartete dann, stand aber kurz davor, gegen die Tür zu hämmern oder wirklich richtig sauer zu werden. Doch da öffnete Grey schon mit matten Augen, so als ob er gerade aufgewacht wäre. Er sah mich schweigend an, was ich ausnutzte, um ihn beiseitezuschieben und in Roarks Wohnung zu eilen.

»Liana?«, rief er mir nach, aber ich ignorierte ihn und betrat das Wohnzimmer. Roark saß an seinem Arbeitstisch und sah auf, seine Finger immer noch an den Apparaten.

»Was machst du hier, Mädchen? Du bist doch vor ein paar Stunden erst gegangen.« Seine buschigen Augenbrauen schoben sich zusammen und er musterte mich plötzlich misstrauisch. »Sag mir ja nicht, dass du wieder jemanden gesehen hast, der dich verfolgt.«

Ich ignorierte seine Frage völlig. »Zoe ist eine Vier, aber sie wird bald eine Drei sein. Sie ist zwanzig, fast einundzwanzig und arbeitet in der Kläranlage, aber in ihrem Herzen ist sie eine Mechanikerin. Sie hat keine Ausbildung und hat trotzdem ihr eigenes Datenpad gebaut, nicht ein normales Pad, so wie wir es benutzen, sondern ein IT-Pad. Es gibt niemanden, der fähiger ist, uns hier herauszuholen oder uns ein Transportmittel zu bauen. Du willst sie nicht einfach nur, Roark, sondern du brauchst sie unbedingt.«

Roark starrte mich an. Ich hatte den ganzen Rückweg darüber

nachgedacht, was ich sagen konnte, und hatte es auf das Wichtigste zusammengefasst. Und nun stand ich hier und hielt seinem Blick stand, bis auf einmal Glas so laut klirrte, dass sich mir die Nackenhaare aufstellten.

Sofort wandte ich mich zu Grey um, der sich schwerfällig auf einen der UV-Kühlschränke lehnte und dessen Augenlider zitterten. Ich eilte automatisch zu ihm, warf mir seinen Arm über die Schulter und stützte ihn. Dann zog ich seinen schweren, schlaffen Körper auf einen ein paar Schritte entfernten bepackten Stuhl. Ein Buch fiel zu Boden, als Grey sich auf den Stuhl fallen ließ. Ich hob es auf und legte es beiseite.

»Was ist denn mit ihm los?«, fragte ich, als Greys Kopf zur Seite fiel und er sofort einschlief.

»Ach, er? Er hat an der Paste gekratzt, die ich auf seine Verbrennung aufgetragen habe, also habe ich ihm ein Beruhigungsmittel gegeben.«

Ich drehte mich wieder zu Roark um, der auf seinen leuchtenden Bildschirm blickte.

»Ist alles in Ordnung mit ihm?«

»Er kommt schon klar. Er nickt nur hin und wieder ein.«

Ich prüfte noch einmal, ob Grey stabil auf dem Stuhl saß, bevor ich zu Roark zurückmarschierte. »Kannst du mir helfen?«, fragte ich und er sah mich erstaunt an.

»Du meinst, ob ich deiner Freundin helfen kann«, sagte Roark und wandte sich wieder seinem Bildschirm zu.

»Die Antwort ist nein, das kann ich nicht.«

Ich musste mir auf die Innenseite meiner Wange beißen, um ihn nicht anzuschreien. »Hör zu, sie ist der Grund, warum ich Grey retten konnte. Seitdem habe ich den Kontakt zu ihr abgebrochen und sie völlig alleingelassen, nachdem ich ihr erzählt habe, was wirklich im Turm vor sich geht. Sie ist meine beste Freundin auf der ganzen Welt und ich werde den Turm nicht ohne sie verlassen – okay? Wenn die Gründe, die ich gerade genannt habe, nicht zählen, dann muss doch zählen, was sie für Grey getan hat.«

Roark lehnte sich in seinem Stuhl zurück und sagte eine gefühlte Ewigkeit lang gar nichts. Dann richtete er sich auf und rieb sich die Stirn. Er schob sich die Haare zur Seite und atmete tief durch, bevor er etwas sagte.

»Ich kannte einmal einen Mann«, sagte er. »Sein Name war Cadeceus.

Wir waren so eng miteinander befreundet, wie es in diesem verdammten Turm möglich ist. Wir haben gemeinsam geforscht und uns gegenseitig aufgebaut, wenn es uns mal nicht gut ging. Ich habe ihn geliebt wie einen Bruder. Ich war der Patenonkel seines Kindes.«

Ich schwieg und ließ Roark reden. Ich kannte ihn noch nicht lange, aber ich musste ihn auch nicht gut kennen, um ihm anzusehen, dass es ihm nicht leichtfiel, mir diese Geschichte zu erzählen. Sicher war es wichtig, was er mir zu sagen hatte, auch wenn ich noch nicht wusste, worauf er hinauswollte, und so konnte ich nur hoffen, dass es mir dabei helfen würde, mein Problem mit Zoe zu lösen.

»Cadeceus war ein doppelt so guter Wissenschaftler wie ich. Wenn Chefchirurg Sage irgendwann einmal sterben würde, dann wäre Cadeceus ein guter Kandidat für den Rat gewesen, nach Selka natürlich. Scipio hätte jedoch nie eine Sieben wie ihn ausgewählt. Aber Cadeceus war sehr methodisch. Er war klug, aber bedacht, und das ist in der Medica eine ungewöhnliche Kombination.«

Er strich sich über seinen wuschigen Bart und verzog verächtlich das Gesicht. »Als Selka von der Außenwelt erfuhr, hat sie mich schwören lassen, niemandem davon zu erzählen. Sie sagte, dass wir es geheim halten müssen. Wir konnten nicht riskieren, dass die Leute in ihren Rängen abfielen, davonrannten und eine Panik auslösten. Wir mussten die Ruhe bewahren und vor allem das Geheimnis hüten.

Wenn ich jetzt zurückblicke, verstehe ich sehr leicht, warum sie wollte, dass wir so handeln. Sie ist gestorben und sieh dir an, wie ich jetzt lebe. Cadeceus hatte von Selkas Tod erfahren und kam zu mir. Er hat mich angefleht, mir dabei helfen zu dürfen, meine Trauer zu überwinden, aber ich habe ihn abgewiesen. Und er hat den alten, entehrten Mann, der nun in Koggestadt arbeitete, schnell vergessen.«

Ich sah ihn weiter an und seine Augen glänzten, weil sie Tränen in ihnen stauten. Er grinste schief.

»Seiner Familie geht es sehr gut. Ich sehe hin und wieder nach ihnen. Mein Patenkind hat inzwischen selbst einen Sohn mit einem hübschen Mädchen, das er in der Ausbildung kennengelernt hat. Der kleine Junge hat dasselbe Talent für die Medizin wie sein Großvater. Wenn ich nicht getan hätte, was ich getan habe, dann wäre er jetzt tot oder in Ungnade gefallen. Ob ich ihn vermisse? Jeden Tag. Aber bereue ich es, ihn aus meinem Leben verdrängt zu haben?«

Er stockte und es schien einen Augenblick lang so, als ob sich Roark selbst von seiner Antwort überzeugen musste.

»Nein«, sagte er.

Stille machte sich im Raum breit, während ich über seine Worte nachdachte. Nach einem langen Augenblick schüttelte ich den Kopf und sah zu ihm auf. »Die Geschichten haben Ähnlichkeiten, aber es gibt auch große Unterschiede. Zoe weiß, dass ich versucht habe, Grey zu retten, und dass ich damit gegen das Gesetz verstoßen habe. Sie hat mir dabei geholfen. Cadeceus war nur dein Freund, er wusste nicht, was mit dir und Selka los war. Dein Verhalten lässt sich durch deine Trauer erklären, aber meines? Ich bin ihr gerade über den Weg gelaufen, Roark. Sie spricht nicht einmal mit mir, aber ihr Rang sinkt weiter. Du kannst mir nicht erzählen, dass du Cadeceus nicht helfen würdest, wenn du erfährst, dass er morgen auf eine Eins absinkt. Das kannst du mir nicht weismachen.«

Roark verschränkte die Arme vor der Brust, während ich schimpfte, und sein Blick wurde wütend und abweisend, während ich sprach. Als ich fertig war, wartete ich gespannt auf seine Antwort.

Er nickte und sah mich zweifelnd an. »Ich muss sagen, dass du mich beeindruckst, Liana. Ich habe nichts gegen deine Argumente vorzubringen. Lass uns hoffen, dass dieses Mädchen wirklich so gut im Umgang mit Maschinen ist, wie du es sagst. Wir könnten wirklich ein Zahnrad gebrauchen, aber erstaunlicherweise ist das die Abteilung mit der höchsten Arbeitszufriedenheit. Das muss man sich mal vorstellen.«

Ich lächelte und atmete kurz erleichtert auf. Er erlaubte, dass sich Zoe uns anschloss, was bedeutete, dass ich meine Freundin wiederhätte. »Zoe ist noch besser mit Maschinen, als ich es beschrieben habe. Wann kann ich sie herbringen?«

»Ich schätze, dass du es so schnell wie möglich tun willst. Wie wäre es mit morgen?«

»Sie hat normalerweise morgens Schicht, also bringe ich sie am frühen Nachmittag her«, sagte ich aufgeregt und begann, mir zu überlegen, was ich ihr sagen würde, damit sie mich hierher begleitete. Ich musste mir auch noch etwas für Eric einfallen lassen. Zoe würde ihn sicher nicht hier zurücklassen, wenn wir den Turm verließen, aber im Augenblick machte sie mir die meisten Sorgen. Später würde ich mir darüber Gedanken machen, wie wir Eric einbezogen. Wenn sein Rang fiel, dann würde ich ihn einweihen, aber hoffentlich waren wir bereit zum Aufbruch, bevor das geschah.

»Gut.« Roark wandte sich wieder seiner Arbeit zu, nahm ein Röhrchen mit einer blauen und ein zweites mit einer hellgrünen Flüssigkeit und schüttete beide in einen Becher. »Ich schätze, dass du Grey nach dieser Erfahrung nicht mehr bei der Rekrutierung begleiten wirst?«

Ich sah ihn überrascht an und runzelte die Stirn. »Doch. Wie kommst du darauf?«

Er zuckte mit den Schultern. »Nun, du hast, was du wolltest: deine Medikamente und deine Freundin. Du bist uns nichts schuldig. Wenn überhaupt, stehen wir in deiner Schuld. Daher nahm ich an, dass du ...«

»Du verstehst mich wirklich nicht, Roark«, sagte ich, zu müde, um mich aufzuregen. »Ich helfe Grey gern. Es ist die erste sinnvolle Sache, die ich in meinem Leben tue. Wir haben momentan vielleicht nur eine Erfolgsrate von fünfzig Prozent, aber das ist mir egal. Ich will helfen und ich habe nichts anderes im Sinn. Lass dich nicht davon überraschen, wenn Zoe auch helfen will.«

Sein Blick wurde herzlich und ich erkannte, dass er erleichtert und froh war, mich das sagen zu hören. Plötzlich merkte ich, dass es ihm auch nicht mehr gefiel als mir, so isoliert zu sein, und dass ich mehr mit Roark und Grey gemein hatte als mit meiner eigenen Familie. Hier fühlte ich mich gemocht, gebraucht und geschätzt. Ich gehörte zu diesen Außenseitern, so wie sie zu mir gehörten. Irgendwie hatten wir einander gefunden und fühlten uns miteinander etwas sicherer und etwas weniger allein. Ich brauchte dieses Gefühl genauso sehr wie Grey und Roark.

Ich wollte gerade etwas sagen, als es hinter mir plötzlich raschelte. Roarks Blick wurde eisig, als er über meine Schulter starrte und reglos stehen blieb, während ich mich umdrehte.

»Liana«, sagte eine mir nur zu vertraute Stimme.

In der Tür stand Gerome und klopfte sich etwas Staub von der karmesinroten Uniform. Sein Blick fiel auf das kleine Labor, verweilte auf Roark und glitt dann zu Grey. Er schüttelte entsetzt den Kopf.

»Gerome«, brachte ich heraus, musterte meinen Mentor, seinen kalten Blick und seine steife Haltung. »Was für eine nette Überraschung. Was tust du hier? Bin ich etwa zu spät dran?« Natürlich war ich das nicht, denn es war erst vier.

»Zum Teufel«, fauchte Roark. »Sie sind in meine Wohnung eingedrungen, Ritter.«

»Die Ritter gehen dorthin, wo der Turm bedroht wird, und keine Tür kann sie abhalten«, antwortete Gerome ruhig und sah mich dann wieder an. »Was tust du hier?«

Ich zögerte und hob dann das Kinn. »Bürger Farmless wurde heute von einer Drei angegriffen und hat Verbrennungen erlitten. Ich bin hergekommen, um seine Anzeige aufzunehmen.«

»Sprichst du von Silvan Wash?«

Ich blinzelte erstaunt, senkte den Blick eine Sekunde lang und sah dann wieder zu Gerome auf, als sich plötzlich alle Puzzleteile zu einem Bild zusammenfügten.

Er war es, der mich verfolgt hatte.

Geromes Gesicht hätte genauso gut aus Stein sein können. Er starrte mich weiter an. »Was tust du hier?«, wiederholte er.

Ich blieb bei meiner Lüge. »Wenn du seinen Namen kennst, dann heißt es, dass sie ihn gefunden und in die Medica gebracht haben. Bürger Farmless sagt, dass er sich selbst verteidigt hat.«

»Du glaubst der Aussage einer Vier?«

Ich stemmte eine Hand in die Hüfte. »Bürger Farmless ist eine Neun, Gerome. Seine Erfahrung hat ihn zu einem besseren Menschen gemacht.«

Um meine Worte zu unterstreichen, hob Grey schwach sein Handgelenk. Ich sah, dass er irgendwann aufgewacht war und mitangehört hatte, was vor sich ging. Doch Gerome schien ihn kaum zu beachten. Sein Blick haftete auf den Tablettenfläschchen, die an den Wänden standen. »Er hat sich gebessert«, wiederholte er leise. »Er ist von Scipio gesegnet worden. Ist es wirklich das, was hier vor sich geht?«

Ich runzelte die Stirn. Gerome hatte noch nie einen Rang angezweifelt, aber so wie er sprach, sagte mir mein Bauchgefühl, dass er alles wusste. Es war unmöglich. Er konnte nicht durch Wände oder Türen hindurchhören und ich bezweifelte, dass er uns genug belauschen konnte, als er uns nachgeschlichen war. Es sei denn …

Mein Blick schoss zu einem schwarzen Plastikkasten, den er an seiner Seite trug. Es war ein Sensor, ein hochmodernes Hörgerät, das Vibrationen durch Wände hindurch aufnahm und als Geräusche reproduzierte. Diese Ausrüstung war unserer Abteilung sehr wichtig und nur Ritterkommandanten durften sie benutzen. Da Gerome ein Ritterkommandant war, verfügte er über ein solches Gerät und er hatte es benutzt, um uns nachzuspionieren. Schon seit einer ganzen Weile, wie ich vermutete.

Gerome verlagerte sein Gewicht auf einen Fuß, wobei seine Uniform raschelte, und legte eine Hand auf seinen Stromstock. Die Geste war mehr ein Versprechen als eine Drohung. Sein Blick fuhr durch den Raum und ich runzelte die Stirn, als sein Kopf etwas wackelte. Er hatte tiefe Ringe unter den Augen, die mir erst jetzt auffielen. Er sah ziemlich mitgenommen aus.

»Gerome?«, fragte ich. »Fühlst du dich nicht gut?«

»Es geht mir mehr als gut«, verkündete er. »Ich bin mir meiner Pflichten dem Turm gegenüber bewusster denn je zuvor. Scipio hat mir alles erklärt. Er hat mir gesagt, dass wir alle ausgetrickst worden sind, sogar er. Er will, dass ich diesen Fehler behebe.«

Mir lief bei seinen Worten ein kalter Schauer den Rücken hinab und instinktiv stellte ich mich vor Grey.

»Scipio hat ihn verschont«, erinnerte ich ihn. »Du warst dabei.«

»Scipio ist großartig, Liana, aber er ist trotz allem nur ein Computer«, sagte Gerome. »Ein Computer, der ausgetrickst werden kann.«

Ich blinzelte und mein Mund wurde trocken. Die Situation wurde mit jeder Sekunde gefährlicher. Entweder war Gerome durchgedreht oder Scipio selbst hatte ihn auf diesen verrückten Rachefeldzug geschickt. In jedem Fall würden wir aus dieser Lage nicht so leicht entwischen können. Ich musste aufpassen, was ich als Nächstes tat. Ich musste Gerome am Reden halten, damit einer von uns dreien etwas unternehmen konnte.

»Wenn Scipio ausgetrickst wurde«, sagte ich, »wie wurde es gemacht?«

Mit einer trägen Bewegung deutete Gerome auf die Flaschenreihen. »Was ist das alles?«

Nun antwortete Roark mit kaum unterdrückter Wut in der Stimme. »Hauptsächlich Antibiotika«, sagte er. »Ich wurde aus der Medica entlassen, aber ich konnte einfach nie damit aufhören, herumzubasteln.«

Geromes Lippen zuckten. »Herumzubasteln«, wiederholte er und wandte sich dann wieder zu mir. »Sag mir, Liana, was hast du mit Silvan Wash gemacht?«

Meine Hand fuhr halb zu meinem Stock, bevor ich es verhindern konnte, aber dann hob ich sie schnell und fuhr mir durch die Haare. »Das verstehe ich nicht«, sagte ich. »Wie gesagt bin ich hergekommen, um eine Anzeige gegen Silvan Wash aufzunehmen.«

Gerome verdrehte die Augen und die Geste sah in seinem ansonsten reglosen Gesicht übertrieben komisch aus.

»Du weißt, dass ich dir gefolgt bin«, sagte er ruhig. »Ich bin mir sicher, dass du die Teilchen bereits zusammengesetzt hast. Andernfalls wäre ich sehr enttäuscht von dir.«

Ich schwieg und eine eisige Ruhe breitete sich in mir aus. Er wusste tatsächlich alles und ich konnte ihn nicht mehr vom Gegenteil überzeugen. Ich musste den Tatsachen ins Auge sehen. »Das habe ich«, sagte ich. »Aber wenn du mir gefolgt bist und den Sensor verwendet hast, dann weißt du auch …«

»Dass du und dein wahnsinniger Freund versucht haben, treue Bürger des Turms dazu zu zwingen, eure Tabletten zu nehmen und einen Angriff auf Scipio zu planen? Ja, das habe ich verstanden. Was ich nicht verstehe ist, warum ihr Bürger Wash in die Arme geritzt habt und warum er sich an nichts erinnern kann. Aber bevor das hier heute Abend beendet wird, werde ich es herausfinden.«

Sein Stock knisterte unter der Stromspannung und ein blaues Zucken schoss mir ins Auge. Gerome trat einen Schritt auf Grey zu, der immer noch sehr benommen war, und ich stellte mich eilig zwischen die beiden. »Gerome, bitte. Wenn du dir seine Handgelenke genau angesehen hast, dann weißt du, dass er sich das schon eine Weile selbst antut! Wir können darüber reden«, sagte ich. »Du musst das nicht tun.«

»Geh mir aus dem Weg, Liana«, fauchte Gerome und einen Wimpernschlag später schlug er mit seinem Stock über meinen Kopf hinweg.

Ich hatte meinen Stock kampfbereit in der Hand, bevor ich überhaupt verstand, dass ich nach ihm gegriffen hatte. Mein Stock stieß gegen seinen und mein Arm erbebte unter der Wucht seines Schlags. Funken sprühten dort, wo die beiden Spannungen aufeinandertrafen, aber ich ignorierte sie und rammte Gerome einen Fuß ins Knie, sodass er einknickte.

Mit einer weiteren Drehung hatte ich ihn entwaffnet und sein Stock fiel mit einem lauten Knall auf den Boden. Geromes Hand schoss nach oben und packte meine Hand fest wie ein Schraubstock. Ich fletschte die Zähne, als er mir den Arm verdrehte. Der Stock fiel aus meinen tauben Fingern zu Boden und Gerome ließ mich los. Ich taumelte ein paar Schritte zurück und hielt mir das Handgelenk. Dann wirbelte ich herum und zielte mit einem Tritt auf sein Gesicht. Gerome schwankte und wäre beinahe ganz umgekippt, aber seine kniende Position half ihm, das Gleichgewicht schnell wieder zu erlangen.

Er funkelte mich an und hielt sich den Unterkiefer, aber ich zögerte nicht. Ich holte mit der Faust aus, doch er duckte sich, drehte sich weg und ich wirbelte mit ausgefahrener Kabelpeitsche auf ihn zu. Ich schleuderte mein Handgelenk in der Hoffnung, seine Brust zu treffen, doch er wich geschickt aus. Ich ließ mich vom Geschirr anziehen und raste auf die Wand zu. Ich stemmte mich mit den Beinen dagegen, warf das andere Kabel an die Wand auf der gegenüberliegenden Zimmerseite und drehte mich. Mit einer schnellen Bewegung, die ich zigmal geübt hatte, löste ich das erste Kabel und zog mich zum zweiten Kabel hin, um an Schwung zu gewinnen.

Auf Gerome zuzurasen war ein seltsames Gefühl, aber es war nichts im Vergleich dazu, als er mich praktisch aus der Luft riss. Ich starrte ihn an, gefangen in seinen kräftigen Armen, und dann riss er den Mund zu einem wütenden Schrei auf und warf mich zu Boden.

Alle Luft wich in einem gewaltigen Stoß aus mir und mein Zwerchfell presste sich zusammen, obwohl ich nach Luft rang. Stechende Schmerzen durchfuhren meinen Rücken, meinen Hals, Rippen und Hüften, während ich versuchte, meinen Körper daran zu erinnern, wie man atmete.

Als ich kurz darauf wieder zu mir kam, sah ich, wie Grey und Roark wenige Meter entfernt mit Gerome kämpften. Die beiden hielten jeweils einen Arm des Ritters fest und ich sah, dass Gerome wieder seinen Stromstock umklammert hielt. Roark mühte sich damit ab, Gerome etwas in den Arm spritzen zu wollen, während Gerome versuchte, den Stock mit der Spitze in Greys Oberkörper zu rammen.

Entsetzt hörte ich, wie Grey einen heiseren Schrei ausstieß, als Geromes Stock ihn schließlich in der Seite traf. Er sackte zu Boden und aus seiner Kleidung stieg Dampf auf. Der Nächste, der vor Schmerz aufschrie, war Roark und dann stand Gerome triumphierend über uns, mit grimmigem Gesicht und zusammengekniffenen Augen.

Gerome war schon immer besser als ich gewesen. Besser als alle, um ehrlich zu sein. Ich war besser im Umgang mit den Kabelpeitschen, aber seine Kampfkunst war legendär. Ich hatte mir nie erträumen lassen, dass ich mich einmal gezwungen sehen würde, ernsthaft gegen ihn anzukämpfen, aber nun stand er hier, in meinem Zufluchtsort, meine Freunde lagen am Boden und er hielt seine Waffe einsatzbereit in der Hand. Das hier war ernst und ich durfte ihn nicht gewinnen lassen.

Also schleuderte ich mein Kabel an die Decke und nutzte den Schwung aus, um mich nach oben zu ziehen. Mit einem Bein stieß ich Gerome den Stock aus der Hand und mit dem anderen trat ich ihm so fest gegen den Kiefer, dass er sich krümmte und nach hinten wankte. Ich sprang auf den Boden, griff nach seinem Stock und stürmte auf ihn zu, um ihn zu überrumpeln.

Doch er holte aus, traf mich auf der Wange und ich stürzte gegen ein Bücherregal. Die Bücher fielen auf mich und mein ganzes Gesicht brannte.

Ich stöhnte auf und hätte mich auch wieder aufrappeln können, wenn mich der Stock nicht in die Seite getroffen hätte. Vor meinen Augen tanzten Sternchen und ich spürte, wie jeder Nerv in meinem Körper schmerzte. Ich zuckte zusammen und mein Schweiß verdampfte von meiner Haut, als mein Körper zu glühen begann. Als ich wieder etwas erkennen konnte, sah ich, dass Gerome über mich gebeugt stand.

Er hatte Tränen in den Augen.

Ich konnte ihn nur anstarren und sah, wie ihm die Tränen nun über die Wangen liefen. Ich wusste nicht, wie ich diesen Anblick verarbeiten sollte. Es war erschreckend, dass er weinte, und es sah ihm überhaupt nicht ähnlich.

Dann knisterte der Stock in seiner Hand und mir lief ein kalter Schauer den Nacken hinab.

»Du warst die Tochter, die ich nie hatte«, sagte er. Seine Augen funkelten und er schwenkte seinen Stock dorthin, wo die beiden Männer lagen. »Rühr dich nicht, alter Mann, oder ich mache dasselbe mit dir.«

Roark fluchte und ich sah, wie er sich auf alle Viere stemmte.

»Du bist ein Mörder«, fauchte er. »Du kommst in mein Haus und versuchst, uns ein schlechtes Gewissen einzureden. Dabei bist du es, der es sich zum Beruf gemacht hat, Leute umzubringen. Ihr nennt euch Ritter? Ich nenne euch Scipios Mörder!«

Gerome verzog wütend das Gesicht, aber als er einen Schritt nach vorn tat, ertönte ein Klingelgeräusch. Es war so friedlich, fröhlich und unpassend, dass ich einen Augenblick brauchte, um zu verstehen, woher es gekommen war. Von Geromes Handgelenk.

Der Mann stockte, griff dann schnell in seine rote Uniform und holte ein Fläschchen heraus. Ich blinzelte erstaunt. Das konnte nicht sein. Gerome war perfekt. Er war eine Zehn. Ein Mann, der über jeden Vorwurf erhaben war.

Er hielt ein Fläschchen mit roten Tabletten in der Hand.

»Es geht gleich weiter«, sagte er heiser, zog eine Tablette hervor und schluckte sie mit einer Grimasse. Dann atmete er scharf ein und sofort waren die Tränen aus seinen Augen verschwunden. Sein Zögern verschwand wie Dunst, der von einem kräftigen Windstoß fortgeblasen wird.

»So«, sagte er und beugte sich wieder über mich. Ich zwang meine brennenden Nerven, mir zu gehorchen, setzte mich auf und versteckte meine linke Hand unter meinem Körper, während ich meine Kabelspitze hervorzog und in meine Hand legte. Wenn ich seinen Stock traf, dann könnte ich ihn zu mir ziehen und wir hätten vielleicht eine Chance. Ich sah aus dem Augenwinkel, wie sich Grey langsam wieder aufrappelte.

»Du wirst mit mir ...«

Geromes Worte wurden von einem lauten Schlag unterbrochen. Ich sah fassungslos, wie er sich umdrehte, sich krümmte, die Augen nach oben verdrehte und dann zu Boden sackte.

Ein junges Mädchen, vielleicht dreizehn oder vierzehn Jahre alt, stand hinter ihm. Sie war klein und dünn und ihre Haut war porzellanfarben, so blass, dass ich die Venen darunter sehen konnte. Ihr weißblondes Haar war zu einem zotteligen Bob geschnitten und die Fransen hingen ihr wild ins Gesicht. Sie hatte strahlend blaue Augen, die vor Alarm und Schreck aufgerissen waren. In ihren Händen hielt sie einen riesigen Schraubenschlüssel, dessen Kante blutrot war.

25

Einen Augenblick lang starrte ich nur auf das Mädchen, das den Schraubenschlüssel fallen ließ und mit einem unsicheren Lächeln auf den Lippen an Gerome herantrat. »Es tut mir so leid«, sagte sie zittrig und deutete auf seinen reglosen Körper. »Ich habe nur …« Ihre Hand bebte. »Oh Gott, das ist eine schreckliche Art, um mich vorzustellen.«

Ich sah das junge Mädchen fassungslos an. Nach Geromes brutalem Angriff schmerzte mir immer noch alles, aber ich rappelte mich dennoch auf. »Ich glaube, dass wir unter diesen Umständen die Formalitäten außer Acht lassen können. Wie heißt du?«

»Oh! Habe ich das nicht gesagt? Natürlich habe ich es noch nicht gesagt. Was denke ich mir bloß?« Sie seufzte und ihre Finger wirbelten vor ihr herum, doch dann nickte sie. »Christian. Kurz Tian.«

Ich lächelte trotz unserer ernsten Lage. »Wäre Chris nicht geläufiger?«

Tian nickte eifrig mit dem Kopf und riss die blauen Augen weit auf. »Oh ja … Den meisten Leuten gefällt es jedoch nicht, mich Chris zu nennen, deshalb habe ich Tian abbekommen. Aber das ist okay. Ich mag Tian. Es ist nett, anders zu sein. Dieser ganze Turm ist voller Chrises und …«

Sie verstummte zitternd, als ich mich vorbeugte und zwei Finger an Geromes Hals presste. »Ist er …? Habe ich

…?«

Ich schüttelte den Kopf. Geromes Puls war deutlich unter meinen Fingern zu spüren. »Er ist okay«, sagte ich.

»Was bedeutet, dass er nicht lange ohnmächtig bleiben wird. Roark, gib mir eine der Erinnerungstabletten.«

»Erinnerungstabletten?«, wiederholte Tian und ihr Blick schoss zwischen den beiden Männern hin und her, die sich langsam vom Boden erhoben. Auch ich warf einen Blick über meine Schulter und sah, dass Grey sich bewegte und wacher aussah als vorher. Adrenalin – das beste Antidot für ein Beruhigungsmittel.

»Bist du dir sicher, dass du ihm das geben willst, Liana?«, fragte Roark, während er wacklig aufstand. »Er verfolgt dich schon seit einiger Zeit – er hat wahrscheinlich auch so schon alle Informationen, die er braucht.«

Mein Schädel begann zu vibrieren und Scipios Stimme ertönte völlig unerwartet in meinem Kopf. *Ritter bewusstlos, Koggestadt, Zimmer C19. Eine Eins befindet sich im Raum. Liana, deine Mission ist es, die Eins zu finden und festzunehmen.*

Das Summen verstummte abrupt und ich sah mit weiten Augen zu Roark und Grey. »Scipio – er weiß, dass Gerome das Bewusstsein verloren hat und er hat eine Eins im Zimmer registriert.« Wir blickten alle sofort auf unsere Handgelenke, aber sie zeigten uns je eine Neun an.

Tian trat unruhig von einem Fuß auf den anderen und kaute auf ihrer Unterlippe. »Das bin ich«, sagte sie leise.

»So etwas in der Art. Technisch gesehen bin ich eine Undok. Nun, nicht wirklich, aber irgendwie schon.« Sie drehte sich nervös um und sah Roark an. »Ich habe gehört, dass du Tabletten hast, die den Rang verbessern?«

Roark kniff die Augen zusammen. »Wo hast du das gehört?«

»Das ist jetzt wirklich nicht der richtige Augenblick, Leute!«, schrie Grey und ich stand auf.

»Grey hat recht. Es sind weitere Ritter hierher unterwegs. Wir müssen von hier verschwinden. Roark, Grey, Tian, packte die Tabletten ein.«

»Welche?«, fragte Roark und machte sich bereits daran, Flaschen in Kisten zu packen.

»Alle!«, schrie ich. »Und gib Tian etwas Paragon. Das Letzte, was wir jetzt gebrauchen können, ist, dass sie einen Alarm auslöst.«

Ich hörte, wie sie sich hinter mir bewegten, während ich schnell alles, was mir in den Sinn kam, in eine Tasche packte, die ich im vordersten Schrank gefunden hatte. Ich packte Essen, Decken und Wasser ein und überlegte bereits, wo wir uns verstecken konnten, bis sich die Aufruhr etwas gelegt hatte. Darüber dachte ich noch nach, während ich Gerome dazu brachte, die Erinnerungspille zu schlucken.

»Ich werde euch alle nach Smallsville bringen«, sagte ich und Grey sah mich überrascht an. »Ihr könnt euch bei Sarah verstecken. Sie wird euch für ein paar Tage aufnehmen.«

Tian sah mich überrascht an, während sie Tablettenflaschen in eine Tasche stopfte. »Warum sollten wir dorthin gehen?«, fragte sie widerstrebend, »wo wir doch in die Tiefe gehen können. Ich habe ein geheimes Versteck dort. Es ist sicher. Oh! Ihr könntet meine Freunde kennenlernen. Meine Cali. Meinen Quess. Doxyyy! Ich bin sicher, dass ihr euch gut mit ihnen verstehen und euch sehr schnell anfreunden werdet!«

Sie lächelte völlig überzeugt und ich musste einen Rückzieher machen. Ich konnte mit einer so liebenswürdigen und gleichzeitig so eigenartigen Kreatur nicht diskutieren. Sie schien mir so zerbrechlich, obwohl sie Gerome kaltblütig k.o. geschlagen hatte. Ich hatte Angst, dass sie uns davonlaufen würde, wenn ich Zweifel an ihrem Vorschlag äußerte, ohne dass sie uns vorher erklärte, warum sie überhaupt hier war. Aber die Vorstellung, dass dieses Mädchen in der Tiefe ihr Zuhause hatte, war mir so fremd, dass es mir schwerfiel, keine Fragen zu stellen. Das musste ein Missverständnis sein oder vielleicht bezeichnete sie einen anderen Ort als Tiefe. Es war doch unmöglich, dass Menschen im untersten Teil des Turms lebten. Das war einfach unvorstellbar.

Dennoch huschte mein Blick zu Roark, der von Tians Vorschlag gar nicht überrascht war.

»Es tut mir leid, Liana, aber der Weg von hier bis nach Smallsville ist zu belebt«, sagte er mit einem entschuldigenden Blick. Dann warf er sich einen mit Tabletten und Ausrüstung prall gefüllten Rucksack über die Schulter und nickte. »Und Scipio weiß, wo wir sind, oder zumindest weiß er, dass er dich hierher geschickt hat. Es wird sehr verdächtig aussehen, wenn wir einfach so auf wundersame Weise entkommen, vor allem, nachdem du einen von uns erst vor Kurzem hättest töten sollen. Wir werden mit Tian gehen. Und du kommst auch mit.«

Tian stieß einen kleinen Siegesschrei aus und ich sah, wie etwas aus ihren Ärmeln herausfuhr. Sie hatte eigene Kabelpeitschen. »Das wird so viel Spaß machen!«, rief sie und mit einer Handbewegung sauste sie durch die Luft auf den Wohnungsausgang zu. »Kommt schon!«, rief sie begeistert.

Wir folgten Tian, als sie sich vor uns den Gang entlanghangelte und ihr Körper und ihre Kabel in einer Weise hin und her schwangen, die mich ein wenig einschüchterte. Es mochte stimmen, dass die Kabel mein Leben waren, aber Tian hatte Fähigkeiten entwickelt, die einem Vogel oder einem Fisch ähnelten, und ihre Bewegungen waren so natürlich und anmutig, dass sie über ihre unbeholfene Gestalt hinwegtäuschten.

Sie führte uns zu einem Aufzugschacht und wartete, bis wir sie eingeholt hatten.

»Ich bin schon so lange nicht mehr mit dem Aufzug gefahren«, sagte sie aufgeregt, als wir uns näherten, und hüpfte von einem Fuß auf den anderen. »Jetzt können wir damit fahren!«

Ich blickte auf ihr Handgelenk und sah schockiert, dass sie kein Armband trug. Dabei war es doch unmöglich, die Mikrofaser zu durchschneiden. »Wo ist dein …«

Sie griff unter ihr Shirt und holte eine Anzeige hervor, die an einem geflochtenen Stoffband um ihren Hals hing. Die Nummer zeigte eine kühlblaue Neun. Das Licht spiegelte sich in ihrem Gesicht wider und beschien ihr begeistertes Lächeln. »Das bedeutet, dass ich in die Löwenhöhle gehen kann«, rief sie fröhlich aus und klatschte in die Hände.

»Erklär uns das später«, sagte ich. »Wir müssen … In welches Stockwerk müssen wir fahren?«

»Fünf«, antwortete sie, sprang auf die Plattform und drehte sich freudig. »Es wird euch dort gefallen.«

Fünf? Damit hatte ich nicht gerechnet und es war nicht der Ort, an dem ich »die Tiefe« vermutet hatte. Im fünften Stock befanden sich die Grünanlagen 1 und 2. Warum fuhren wir dorthin? Was hatte sie vor?

Ich wechselte einen Blick mit Grey und reichte ihm diskret Geromes Stromstock. Tian schien nett zu sein, aber das alles passierte viel zu schnell, als dass wir bremsen konnten. Dennoch mussten wir darauf vorbereitet sein, dass das Unvermeidliche geschah.

Wir alle betraten die Plattform und sie begann, nach unten zu fahren. Neben mir sah Tian in kindlicher Begeisterung in den Schacht über uns. »Es geht einfach immer weiter nach oben«, hauchte sie. »Reicht der Schacht bis ganz nach oben? Ich wollte schon immer bis ganz nach oben fahren.«

Ich runzelte die Stirn. »Du warst noch nie ganz oben?«

Tian schüttelte den Kopf und machte ein trauriges Gesicht. »Meine Eltern sind eines Tages eingeschlafen und nicht mehr aufgewacht. Als böse Leute kamen, um mich zu holen, bin ich davongelaufen und Cali hat mich gefunden. Seitdem lebe ich bei ihr.«

Cali. Das war das zweite Mal, dass sie sie erwähnte. »Tian, wer ist Cali?«

Sie zuckte mit den Schultern. »Jemand, der sich um mich kümmert. Und um andere Menschen wie mich. Sie schützt uns vor den Rittern. Sie hat Sanctum gegründet.«

»Sanctum«, wiederholte ich einfach nur.

Grey lachte laut auf. »Sanctum existiert nicht«, verkündete er. »Es ist ein Mythos, der von den Rittern erfunden wurde, um zu rechtfertigen, warum es so viele Ritter gibt und noch mehr geben sollte, obwohl nie bewiesen wurde, dass es in der Tiefe eine Zivilisation von Undoks gibt. Das ist einfach undenkbar.«

»Das stimmt nicht ganz.«

Wir wandten uns beide zu Roark um, der eine mit Medikamenten gefüllte Tasche trug.

»Sanctum existiert«, sagte er.

»Woher weißt du das?«, fragte ich und meine Gedanken überschlugen sich. Wenn dort unten Menschen lebten, dann konnten wir den Turm vielleicht schon früher verlassen. Je nachdem, welche Fähigkeiten sie hatten, könnten wir uns sofort daranmachen, einen Ausweg zu finden, statt andere Menschen zu rekrutieren. Vielleicht konnten wir *sofort* von hier verschwinden.

»Mein Kontakt hat mir davon erzählt«, sagte er und sah mich vorsichtig an. »Er sagte mir, dass jemand auf uns zukommen würde und dass Cali eine gute Person ist.«

Tian lächelte. »Die Wände haben Augen, aber wir haben auch welche, denn ohne sie könnten wir nicht sehen«, sang sie schief und summte dann fröhlich weiter. Der Fahrstuhl blieb stehen und wir stiegen schnell von der Plattform. Tian führte uns durch ein komplexes Netz von Gängen und ging mit uns weiter, bis ich sah, dass wir uns der Grünanlage 1 näherten – der Menagerie, wo die Tiere gehalten wurden. Die Türen zeigte mir, dass wir uns nahe an der Schottwand befanden. Wenige Sekunden später endete der Gang und Tian beugte sich, um eine Falltür aus dem vergitterten Boden zu heben. Sie war leicht zu öffnen, wog aber viel und so taumelte das zierliche Mädchen etwas, als sie das Gitter beiseite schob. Sie beugte sich in die Öffnung, woraufhin es piepte und ein pneumatisches Zischen erklang, als sich eine Tür öffnete. Sofort sah ich, dass sie eine Luke geöffnet hatte. Warme, trockene Luft stieg daraus hervor, füllte meine Lungen und löste einen Hustenanfall aus.

»Trockene Hitze ist die beste Hitze«, rief Tian aus und winkte uns zu. »Kommt!« Dann kletterte sie in die Öffnung hinab. Einen Augenblick später ragte nur noch ihr Kopf mit dem verwuschelten weißblonden Haarschopf heraus. »Es gibt hier viele Lichter, aber fasst sie nicht an. Und schließt die Tür hinter euch.«

Dann tauchte sie wieder ab und ich zog seufzend meinen Rucksack nach vorn.

»Sind wir uns sicher, dass wir die richtige Entscheidung treffen?«, fragte ich, während ich mich neben die Öffnung hockte. Eine Luke unter den Bodenplatten stand offen und führte einen Meter tief nach unten. Von einer Seite her füllte blau-lila-farbenes Licht aus Neonröhren den Schacht.

»Wir haben Gerome zwar die Tablette gegeben«, sagte Roark mürrisch und senkte seine Tasche in das Loch ab.

»Aber sie löscht nur eine Stunde seiner Erinnerungen. Das bedeutet, dass er sich immer noch an alles erinnern wird, was er davor gesehen hat. Er wird wissen, dass er nicht ohne Grund zu meiner Wohnung gegangen ist, und auch wenn seine Kopfverletzung ihm eine gute Erklärung für seine Gedächtnislücken liefert, wird er sich an Silvan Wash erinnern oder jemand wird ihn darauf ansprechen. Und dann fügt er wieder alle Teile zusammen. Das bedeutet, dass wir da oben nicht mehr in Sicherheit sind.«

Er hatte natürlich recht, obwohl ich es nur ungern einsah. Gleichzeitig war ich neugierig darauf, wo Tian uns hinführen würde. Wenn dort unten Menschen lebten, dann wollte ich das sehen. Menschen, mit denen man Ähnlichkeiten hatte, boten einem Sicherheit und diese Menschen dort unten waren wie ich.

Ich half Roark beim Abstieg und sah dann, wie er in den Tunnel, der scheinbar unter uns verlief, verschwand.

Einen Augenblick später rief er zu uns hinauf: »Plasma-Relais. Fasst das ja nicht an.«

Grey sah zu mir. Er war seit Tians Auftauchen seltsam still geworden. »Ist alles in Ordnung?«, fragte ich und er nickte.

»Ich denke nur nach.«

»Worüber?«

Er schüttelte den Kopf. »Wenn Tian weniger durchgeknallt wäre, dann würde ich glauben, dass das alles kein Zufall ist. Es erscheint mir zu genau aufeinander abgestimmt, dass nicht eine, sondern gleich zwei Personen in unsere Wohnung stürmen und über die Tabletten Bescheid wissen.«

Ich biss mir auf die Lippe. Der Gedanke war mir auch schon gekommen, aber ich hatte nicht genug Zeit gehabt, um darüber nachzudenken. »Glaubst du, dass es eine Falle ist?« Wenn es sich um eine Falle handelte, dann war sie unwahrscheinlich von Devon vorbereitet worden. Aber wer kam sonst noch in Betracht? Eigentlich niemand. Ich bezweifelte, dass Devon hier war, weil es Gerome gewesen war, der mich verfolgt hatte (wenn auch zweifelsohne auf Devons Befehl hin).

Grey zögerte und zuckte dann mit den Schultern. »Es ist schwer zu sagen. Es könnte sein, dass sie uns schon vorher beobachtet haben und Tian das Gefühl hatte, uns helfen zu müssen, aber ... Was ist, wenn wir es hier nicht mit guten Leuten zu tun haben? Was ist, wenn es sich wirklich um Abtrünnige handelt?«

»Du meinst die Art von Abtrünnigen, die den Turm niederreißen wollen?«

Er nickte. Ich dachte lange darüber nach und ließ dann meinen Rucksack nach unten fallen. »Es gibt nur einen Weg, das herauszufinden. Halt deinen Stock einfach einsatzbereit, okay?«

»Ja«, brummte er und half mir, in die Öffnung herabzusteigen.

26

Der Tunnel war eng und die Seitenwände waren von Plasmastrahlen überzogen. Das violett-blaue Licht flackerte summend zwischen den Verbindungspunkten. Ich versuchte, trotz der enormen Hitze, die sich in dem engen Tunnel staute, nicht zu schwitzen, aber das war natürlich unmöglich. Die Luft fühlte sich an, als ob sie meine Lungen austrocknete, bis ich mehr keuchte, als wirklich zu atmen.

Ich schob meinen Rucksack vor mir her und sehnte mich danach, aus dem engen Schacht heraus und fort von der Hitze zu kommen. Ich hörte, wie Grey hinter mir ebenfalls schnaufte, aber ich konzentrierte mich darauf, selbst voranzukommen, denn wenn ich steckenblieb, dann steckte er automatisch auch fest. Und das hier war kein guter Ort, um steckenzubleiben.

Plötzlich streckte Roark mir seine Hand entgegen. Ich ergriff sie, schob den Rucksack noch ein paar Schritte weiter und verließ dann den Tunnel. Als ich einen Laufsteg betrat, der heftig unter mir schwankte, schnappte ich nach Luft. Es schien, als ob ich aus einem Ofen in einen tobenden Sturm hinausgetreten wäre, weil Wasser und Nebel in der Luft hingen. Ich hörte das Tosen von Zehntausenden von Litern Wasser, die jedes andere Geräusch übertönten, und ein dichter Nebel schien sich über alles zu legen.

»Wo sind wir?«, schrie ich Roark zu, während ich mich an das Geländer klammerte.

»Draußen!«, schrie er zurück und ich riss die Augen auf. Dann sah ich mich um und erkannte, dass er recht hatte – wir waren draußen. Oder genauer gesagt befanden wir uns unter der Grünanlage 1, die etwa achtzehn Meter über dem Boden hing und wie ein riesiger Flügel über dem Fluss seitlich aus dem Turm herausragte. Das Tosen, das ich hörte, stammte vom Wasser, das unter uns in die Hydroturbinen schoss. Zehntausende Liter Wasser unter uns verursachten den dichten Nebel, durch den nur schwer etwas zu erkennen war.

Ich sah, wie Tian vorsichtig über den Steg in den dichten Nebel hineinlief. Sie drehte sich nur kurz um, um mir zuzuwinken, und verschwand dann. Ich sah mich um – der Laufsteg, auf dem wir gelandet waren, verlief an der Seite des Turms entlang, sodass dies der einzige Weg nach vorn war.

Ich drehte mich um, um Grey aus dem Schacht herauszuhelfen, und zog mir dann meinen Rucksack wieder auf.

Es war Zeit, zu sehen, was »Sanctum« für uns bereithielt.

Tian führte uns durch ein Netzwerk von Stegen, die miteinander verbunden waren und im Nebel über den Wasserturbinen zu verschwinden schienen. Die Laufstege waren rutschig, aber unsere im Turm hergestellten Stiefel halfen uns, Tians schlankem Umriss auf sicherem Fuß zu folgen.

Ich sah mich um, während wir gingen. Zwar hatte ich schon viele Grünanlagen von unten gesehen, aber nicht diese hier, denn die Ritter konnten ihre Kabelpeitschen in der feuchten Umgebung nicht einsetzen. Wahrscheinlich waren die Laufstege deshalb hier errichtet worden, sodass die Grünanlagen trotzdem gewartet werden konnten. Es war schwer, im Nebel viel zu erkennen. Ich erkannte die Schatten des Flügels, erkannte allerdings nicht, ob es dort weitere Stege gab oder ob die Schatten zu den Maschinen am Flügel selbst gehörten.

Wir gingen meiner Anzeige zufolge etwa zwanzig Minuten, bevor Tian vor uns zu hüpfen begann. Ich folgte ihr durch eine besonders neblige Stelle und wäre beinahe gegen eine massive Eisentür geprallt, die plötzlich aus dem Nebel vor mir auftauchte.

Tian strahlte mich an und klopfte dann an der Tür. Dreimal, dann zweimal, dann noch dreimal. Dann wartete sie. Etwas klirrte und die Tür wurde einen Spalt breit geöffnet. Eine große, statuenhafte Frau mit grünen

Augen und pechschwarzem Haar, das zu einem festen Pferdeschwanz gebunden war, tauchte dahinter auf. Ihr Gesicht war eine starre Maske, die in etwa zu sagen schien: *Ja, du sollst dich von mir eingeschüchtert fühlen, weil ich dir die Kehle aufschlitzen werde.*

Im Handumdrehen hatte sie ein Messer gezogen und sah uns wachsam an. Dabei stemmte sie ihre Schulter gegen die innere Wand und blockierte die Tür. »Tian«, sagte sie heiser. »Was hast du gemacht?«

»Doxy! Ich habe den Pillenmacher gefunden«, trällerte Tian fröhlich, klatsche in die Hände und deutete mit einem Kopfnicken auf Roark. »Und er hat Freunde!«

Die Frau sah uns einen nach dem anderen an, die Augen kühl und ausdruckslos. Ich spürte ihr Misstrauen und konnte es ihr nicht verdenken. Mir ging es ja genauso. Unsere Blicke trafen sich und ich spürte, wie sie auf meine Uniform herabblickte.

Ihre grünen Augen formten sich zu zwei engen Schlitzen. »Du hast eine Ritterin mitgebracht?«, zischte sie, schnappte Tian mit einer starken Hand und zog sie hinter die Tür. Tian riss überrascht die Augen auf und stemmte sich gegen Doxys Griff.

»Sie ist nicht wie die anderen. Sie ist wie wir!«, sagte sie, während sie sich schwach gegen die muskulöse Frau zu wehren versuchte.

»*Sie* steht genau hier«, sagte ich, um der Sache ein Ende zu bereiten. »Und mir gefällt es gar nicht, wie du mit Tian umgehst. Es ist mir egal, dass du sie länger kennst als ich.«

Sofort ließ die Frau Tians Arm los, als ob sie gebissen worden wäre, und sah mich erstaunt und fragend an. »Es interessiert dich, was mit ihr geschieht?«, sagte sie.

»Natürlich tut es das, Maddox«, sagte Tian und rieb sich den Arm an der Stelle, wo die Frau – Maddox, deren Spitzname scheinbar Doxy war – sie festgehalten hatte. »Sie ist eine gute Ritterin. So wie in den Geschichten, die Cali uns erzählt.«

Maddox spitzte die Lippen und musterte dann Roark. »Bist du wirklich der Pillenmacher?«

»In Fleisch und Blut. Wir müssen dringend eure Gastfreundschaft in Anspruch nehmen.«

Ihr Blick fiel wieder auf Grey und mich. »Was ist mit dem Handler und dem Schild?«

»Sie sind Streuner, von denen ich mich einfach nicht trennen kann«, sagte Roark trocken und ich sah, wie Grey übertrieben die Augen verdrehte.

Maddox sah uns einen weiteren Augenblick an, bevor sie zur Seite trat und die Tür öffnete. »Rein. Schnell.«

Ich ließ die anderen vorgehen, während ich noch einen letzten Blick auf unsere Umgebung und den nebligen Bauch des Turms warf. Zoe war immer noch dort. Sie war wütend und verärgert und hatte eine Vier auf dem Handgelenk. Ich hatte sie nicht vergessen und hoffte nur, dass wir hier nicht allzu lange brauchen würden und man mir gestattete, meine Freundin nachzuholen.

Dann ging auch ich durch die Öffnung und Maddox schloss die Tür hinter uns. Sie schob mehrere Riegel vor, indem sie an einem seltsamen Griff drehte.

Das Erste, was mir auffiel, nachdem ich ein paar Schritte gegangen war, war ein flaches schwarzes Material, das alle Oberflächen, einschließlich der Tür, zu bedecken schien. Ich berührte es und spürte seine Rauheit unter meinen Fingern. Es war unerwartet körnig, so ähnlich wie Sandpapier.

Anschließend drehte ich mich um und blickte in einen weiten Raum, der tiefer in den Bau hineinführte. An den Wänden hingen Gitterfächer, in denen sich Schutzanzüge befanden. An der linken Wand befanden sich Duschköpfe mit Rauchglaswänden, die die einzelnen Duschen voneinander trennten.

»Was ist dieser Ort?«, fragte Grey und sah sich um.

»Hebt euch eure Fragen für Cali auf«, brummte Maddox und baute sich vor uns auf. »Ihr werdet eure Waffen ablegen müssen«, verkündete sie, die Hände in die Hüften gestemmt. »Das ist nicht verhandelbar. Ich werde auch eure Taschen durchsuchen müssen.«

Tian klatschte in die Hände und lächelte begeistert, bevor sie sich einmal um die eigene Achse drehte. »Oh, darf ich die Taschen durchsuchen? Ich weiß schon, welche Teile der Ausrüstung mit Vorsicht behandelt werden müssen.«

Maddox lächelte liebevoll und nickte. »Klar, Tian. Du weißt noch, was alles als Waffe zählt?«

»Alles, was dich zum Bluten bringen kann«, grinste sie triumphierend.

Doch Maddox verzog keine Miene. »Vielleicht sollte ich es lieber machen, Tian. Kannst du deine neuen Freunde um ihre Stromstöcke bitten?«

Automatisch fuhr meine Hand zu meinem Stock, doch ehe ich mich versah, hatte Maddox mich am Ellbogen geschnappt. Statt mir den Arm auf den Rücken zu drehen, wie ich es erwartet hatte, stieß sie mich zur Seite, stellte mir ein Bein und brachte mich kopfüber zu Fall.

Ich fing mich gerade rechtzeitig ab, um mich abzurollen und wieder aufzuspringen. Inzwischen hatte ich den Stock aus der Halterung gelöst und er knisterte vor Spannung. Ich wirbelte herum und sah, wie Maddox mich neugierig musterte.

Wir standen uns gegenüber und starrten uns an. Wir warteten beide darauf, wer die erste Bewegung machen würde, bis sich Grey räusperte. »Hört zu, ich habe kein Problem damit, meinen Stock hierzulassen. Liana, lass uns einfach sehen, was passiert. Uns bleibt wohl kaum etwas anderes übrig. Sicher stehen Roark und ich bereits auf der Liste der Meistgesuchten, falls eine solche Liste existiert.«

»Das tut sie«, sagte eine raue Frauenstimme von der Tür her und ich sah eine Frau, die Maddox erstaunlich ähnlich sah, mit dem einzigen Unterschied, dass sie leuchtend rote Haare hatte. Um ihre Augen lagen die Falten einer Frau mittleren Alters. Ich kannte diese Augen. Sie hatten mich immer fasziniert, wenn ich in der Akademie der Ritterschule gewesen war.

»Sie sind Camilla Kerrin«, sagte ich mit geweiteten Augen, und ihr breiter Mund formte sich zu einem fröhlichen Lächeln. »Sie sind die Ritterkommandantin, die vor fünfundzwanzig Jahren gegen Devon um das Amt des Meisters gekämpft hat.«

»Die bin ich«, sagte die Frau mit einem Nicken. Tian umarmte die Frau. Ich sah, wie Camilla das junge Mädchen herzlich an sich zog, ihr die Haare aus dem Gesicht strich und sie auf die Stirn küsste. »Ich sehe, dass ihr Tian und meine Tochter Maddox kennengelernt habt. Ich kenne dich«, sagte sie mit einem Blick auf Roark, bevor sie zu Grey und mir sah. »Aber euch beide kenne ich nicht. Ich weiß nicht, warum Tian euch hergebracht hat. Sie hätte heute gar nicht ausgehen sollen.«

Tian senkte schüchtern den Kopf und sah uns drei an. »Ich weiß, aber ich habe gehört, wie du mit Maddox darüber gesprochen hast, wie viel leichter es wäre, wenn wir ein paar dieser Tabletten besorgen könnten, also habe ich beschlossen, sie suchen zu gehen. Aber dann ist dieser Ritter aufgetaucht und ich bin ihm gefolgt. Er hat angefangen, den Pillenmacher und seine Freunde zu verletzen! Also habe ich einen Schraubenschlüssel aus einem Schrank genommen und ihm damit auf den Kopf geschlagen. Er ist am Leben – Liana hat nach ihm gesehen und ihm eine Pille gegeben, damit er sein Gedächtnis verliert. Dann haben wir alles eingepackt, was wir tragen konnten, und sind hierhergekommen.«

Wenn Cali von der Geschwindigkeit erstaunt war, mit der Tian die Geschichte erzählte, so ließ sie es sich jedenfalls nicht anmerken. Aber ich fragte mich, wie sie aus Tians schnellem Bericht alle wichtigen Informationen ziehen konnte.

»Interessant. Kannst du beweisen, dass er der Pillenmacher ist?«

Tian fingerte an der Kette um ihren Hals und zog ihre Anzeige hervor, auf der eine blaue Neun erstrahlte. Cali legte den Kopf überrascht seitlich und half Tian dann, die Anzeige wieder unter ihr Shirt zu stecken.

Dabei fiel mir auf, dass sie alle die gleiche Kleidung trugen: Der Stoff war schwarz und bedeckte sie vom Hals bis zu den Füßen. Die Schnitte glichen der Ritteruniform. Alles war aus schwarzer Mikrofaser, von den schweren Hosen über die dicken, sperrigen Jacken, die sie trugen und die wahrscheinlich dazu bestimmt waren, Messerstiche oder gar einen Stromstock abzuwehren, den dicken Gummieinlagen nach zu urteilen.

Ihre Uniformen überraschten mich und ich fragte mich, wie sie an diesem geheimen Ort unter dem Turm so etwas herstellen konnten. Oder wie sie überhaupt hier unten lebten. Oder warum sie alle kein Armband trugen, obwohl es doch angeblich unmöglich abzulegen war.

Cali bemerkte meinen Blick und lächelte mich amüsiert an. »Wir wollten gerade Abendessen«, sagte sie leise.

»Warum kommt ihr nicht mit uns und wir sehen, was wir tun können. Hast du Hunger, Tian?«

»Gibt es Tomaten?«

»Nein.«

»Dann habe ich Hunger!« Das junge Mädchen riss begeistert die Hände in die Luft und stürmte an Cali vorbei durch die offene Tür und einen Gang entlang. Cali sah ihr lächelnd nach.

»Sie ist sehr aufgeweckt«, sagte Roark behutsam, woraufhin Cali sich zu ihm umdrehte und ihn mit ihren grünen Augen ansah.

»Ihre Eltern sind vor fast einem Jahrzehnt am Flüstern gestorben«, sagte sie ruhig. »Sie hat sie sterben sehen und ist dann weggerannt, als die

Medica die Quarantäne aufgehoben hat.«

Der Turm hatte über die Jahrhunderte immer wieder mit Krankheiten zu kämpfen und das Flüstern war eine Epidemie gewesen, die den Turm vor einem Jahrzehnt befallen hatte. Es handelte sich dabei um eine bakterielle Infektion, die nur das Gehirn befiel und sich dort ausbreitete. Der Name der Krankheit beruhte darauf, wie die Menschen unzusammenhängende Dinge flüsterten, vor allem Erinnerungen aus der Vergangenheit, die von der Krankheit aufgefressen wurden. Wenn ich mich richtig erinnerte, war die Kläranlage damals am schlimmsten betroffen gewesen und hatte fast achtzig Prozent ihrer Arbeitskräfte verloren.

Die Krankheit konnte Tians seltsames Verhalten erklären. Wenn sie infiziert worden war, hatte sie vielleicht einen leichten Hirnschaden davongetragen.

»Trotzdem stimmt etwas mit diesem Mädchen nicht«, sagte Roark schroff. »Wenn ich nur einen Scanner hätte, dann …«

Cali runzelte angewidert die Stirn. »Tian stellt für niemanden eine Gefahr dar, der sie oder ihre Familie nicht angreift. Davon abgesehen ist sie brav wie ein Lamm und du wirst nichts tun, um sie zu ändern. Wir lieben sie so, wie sie ist.«

Sie sagte das so leidenschaftlich, dass ich sie und Maddox in einem neuen Licht sah. Die beiden sorgten sich um das seltsame, aber liebenswerte Mädchen, das uns das Leben gerettet hatte. Das bedeutete, dass meine Angst vor den Abtrünnigen vielleicht unbegründet war. Abtrünnige würden keine Patchwork-Familie gründen. Sie würden sich nicht so sehr umeinander kümmern, weil immer die Gefahr bestand, dass man jemanden im Kampf verlor. Vielleicht war es tatsächlich gut, dass wir diese Menschen kennengelernt hatten. Vielleicht könnten sie uns zumindest einige Fragen beantworten.

Roark versteifte sich, nickte aber und Cali sah zu Grey hinüber, der seine Tasche und seinen Stock bereits in eines der Gitterfächer legte. Als Cali zu mir sah, legte ich meinen Stock ebenfalls zusammen mit meinem Rucksack in ein leeres Fach. Meine Kabelpeitschen legte ich nicht ab, aber das schien niemanden zu stören. Stattdessen lächelte Cali mich aufmunternd an und nickte auf die offene Tür hinter sich.

»Willkommen im Sanctum«, sagte sie.

27

Maddox ging den engen Tunnel entlang. Die kräftige Frau musste sich sehr vornüberbeugen, um sich nicht den Kopf an der Decke zu stoßen. Ich folgte ihr, dankbar für meine vergleichsweise bescheidene Körpergröße. Sie führte uns zu einer Kreuzung, die in fünf verschiedene Tunnel abbog, aber statt einen der Tunnel zu betreten, öffnete sie eine runde Falltür und zog sie an einem Griff hoch. Ich spähte über ihre Schulter und sah eine Leiter, die nach unten führte.

Als sie sich in einer schnellen, geübten Bewegung nach unten schwang und sich an den Abstieg machte, wobei sich ihre Hände und Füße eilig die Sprossen hinabhangelten, wurde mir die Aussicht versperrt. Ich sah zu Grey hinüber, der mit den Schultern zuckte und ihr folgte. Ich fragte mich, ob er meine Zweifel teilte.

Nach ihm folgte Roark und einen Augenblick lang blieben Cali und ich zurück. Die ältere Frau stand mit lässig verschränkten Armen da und sah mich neugierig an. »Du bist also Liana Castell«, sagte sie gedehnt und ich stockte.

»Woher weißt du das?«

Sie grinste schlau und ihre Augen funkelten heiter. »Weil der gemeinsame Freund, den Roark und ich haben, es mir gesagt hat.«

Mein Herz schlug schneller und ich fühlte mich plötzlich unsicher und nervös. Ich fragte mich immer noch, ob es sich dabei um Alex handelte, aber ich konnte es nicht wissen. Ich bezweifelte auch, dass Cali es mir verraten würde. Vielleicht wünschte ich mir einfach nur, dass es Alex wäre, damit er uns begleitete.

Aber ganz egal, ob es nun er war oder doch jemand anderes, änderte es nichts an der Tatsache, dass diese Person über mich sprach.

»Wie heißt er und was hat er gesagt?«

»Netter Versuch. Er sagt, dass du großes Potenzial hast, um eine Anführerin zu werden, dass du diese Fähigkeit aber bislang nicht ausgebaut hast und dich stattdessen auf andere, abteilungsfremde Schulungen konzentriert hast.«

Das war ein wörtliches Zitat aus einer meiner Abteilungsbeurteilungen von vor einem Jahr, die eine meiner früheren Ausbilderinnen geschrieben hatte. Diese Akten waren angeblich vertraulich, aber wenn ihr Kontaktmann ein Seher war, dann konnte er sich sicher in diese Dateien einhacken, wenn er wollte. Wenn ich doch nur wüsste, wer es war.

Ich fühlte mich ganz schön naiv. Natürlich hatte Roark seinen Kontakt über mich befragt. Aus der wenigen Information, die Grey mir gegeben hatte, hatte ich geschlossen, dass Roark und der Seher zusammenarbeiteten, weshalb Roark ihn natürlich über alles, was geschah, informierte. Wenn dieser Seher so paranoid war, wie Grey es behauptet hatte, dann musste er mich überprüft, meine Akten durchgelesen und mein Leben durchforstet haben. Wenn ich genau darüber nachdachte, bereitete mir diese Vorstellung eine Gänsehaut.

»Ich verstehe«, sagte ich. All diese Gedanken waren mir so schnell durch den Kopf gegangen, dass ich nach außen hin weiter ruhig und gefasst wirkte. »Du solltest nicht alles glauben, was du liest. Die Ausbilderin, die das geschrieben hat, war eine ziemlich optimistische Dame, die nicht gern etwas Negatives sagte. Ich war wirklich sehr schlecht in ihrem Unterricht, aber sie hat mich trotzdem bestehen lassen. Vielleicht wollte sie sich einfach nur nicht länger mit mir herumärgern.«

»Aber ich sehe, wie sehr du dich um deine Freunde kümmerst«, sagte sie leise und trat einen Schritt näher. »Du bist auf der Hut und wirst diesem Ort nicht vertrauen, solange du dir nicht sicher bist, ob du und deine Freunde nicht in Gefahr sind.«

Ich nickte. »Das stimmt. Vielleicht könntest du mir ein wenig Zeit sparen und es mir einfach sagen.«

Cali lachte herzhaft, sodass es von den Wänden widerhallte. »Ich bewundere auch deinen Humor. Das findet man nicht oft bei einer so jungen Person.« Dann nahm sie wieder eine anmutige Pose ein, so als ob sie einen königlichen Umhang tragen würde, und ihre Lippen kräuselten sich unter ihren hohen, gewölbten Wangenknochen.

»Ob dieser Ort eine Bedrohung für dich und deine Freunde ist, hängt ganz von euch ab. Ich werde nicht zulassen, dass mein Zuhause bedroht wird, verstehst du? Wenn jemand von euch eine Bedrohung für uns darstellt, dann werde ich etwas dagegen unternehmen. Und zwar auf sehr effiziente Weise.«

Ich konnte nicht sagen, woran es lag, aber ich mochte sie. Ihre Art zu sprechen hatte etwas Reizendes an sich. Ihre Stimme war warm und lieblich und in ihren Augen funkelte Humor. Ich wusste nicht, ob es daran lag, aber ich mochte sie einfach. Das überraschte mich so, dass ich unseren Blickkontakt abbrach und eilig in die Öffnung kletterte, um schnell die Leiter hinabzusteigen. Das Licht über mir wurde verdunkelt, als Cali mir folgte, aber ich kletterte mit sicheren Händen weiter. Alle Leitern im Turm hatten einheitliche Maße, wenn man also an eine Leiter gewöhnt war, dann kannte man sie alle. Und gerade als zukünftige Ritterin war ich sehr gut im Leitersteigen.

Wir stiegen etwa sieben Meter hinab, bevor wir in einem breiten, runden Raum mit Glasboden ankamen. Die Hälfte der Wände bestand aus Glas, durch das ich das tosende Wasser der Turbinen unter uns am Turmboden sehen konnte. Vor uns floss der Fluss, der sich unter der Grünanlage entlangschlängelte. Das Ende der Grünanlage selbst war etwa hundert Meter entfernt. Obwohl wir uns sehr weit unten befanden, kaum zwanzig Meter über den Wassermassen, konnte ich immer noch an dem überhängenden Grünanlagenflügel vorbei nach oben schauen, wo sich der Himmel violett färbte.

»Das ist schön«, sagte ich und neigte den Kopf, während ich die Aussicht genoss.

Da stieß mein Schienbein gegen etwas Hartes und ich sah nach unten auf einen Essbereich, wie er bei den Bewohnern der Kläranlage üblich war. Kissen und Matten lagen um einen kleinen Tisch herum, der sich wenige Handbreit über dem Boden erhob. Auf dem Tisch war bereits für sieben

Personen gedeckt und eine Schale mit gedünstetem Gemüse und eine weitere Schale mit dampfendem Reis stand vor uns.

Ein junger Mann mit einer Terrine ging an Grey vorbei und ich sah ihn neugierig an. Seine dunkelblauen Augen blieben auf mir haften und er lächelte, während er die Terrine auf dem Tisch abstellte. Als er sich aufrichtete, streckte er bereits die Hand aus.

»Ich bin Quess«, sagte er mit überraschend weicher Stimme. »Nun, mein vollständiger Name ist Quessian, aber alle haben Schwierigkeiten damit, ihn auszusprechen. Da ist Quess einfacher.«

Ich grinste. »Medica?«

»Geboren und aufgewachsen«, nickte er mit einem wissenden Grinsen. Die Ärzte waren dafür bekannt, ihren Kindern ungewöhnliche und noch nie gehörte Namen zu geben. Es war ihre Art, ihre Wunderkinder und ihre Abteilung von anderen zu unterscheiden. »Aber ich bin mit fünfzehn zu den Sehern gegangen und später war ich ein Zahnrad.«

Ich blinzelte. Erst ein Seher und dann ein Zahnrad? Das schien mir höchst ungewöhnlich, denn die Seher waren sehr loyal – wahrscheinlich vor allem deshalb, weil Treuelosigkeit mit harten und körperlichen Strafen geahndet wurde. Diese trafen nicht nur den Täter selbst, sondern auch seine Kollegen. Derart grausame Gewohnheiten machten die Seher zwar nicht gerade beliebt, aber sie sorgten auf jeden Fall für strengen Gehorsam in den eigenen Reihen.

»Wie ist das möglich?«, fragte Grey, der sich plötzlich zwischen uns schob. Erst jetzt merkte ich, dass ich dem jungen Mann immer noch die Hand schüttelte. Ich ließ sie schnell los und Quess zwinkerte mir zu, bevor er Grey zunickte und in die Küche verschwand. Nach einem Augenblick merkte ich, dass er gegangen war, ohne Greys Frage zu beantworten.

Cali betrat den Raum und klatschte leise in die Hände. »Hört zu, alle zusammen, wir haben heute Abend Gäste, weshalb ich das beste Verhalten erwarte. Doxy, das gilt insbesondere für dich.«

Ich sah, wie die kräftige Frau die Augen verdrehte und sich brummend von einem der Sitzkissen erhob und Messer und eine Menge anderer Kleinstwaffen ablegte. Als sie fertig war, war ich beeindruckt und extrem eingeschüchtert.

Sie bemerkte meinen Blick, warf sich die langen Haare über die Schultern und grinste mich höhnisch an, bevor sie sich wieder auf das

Kissen sinken ließ. Ich fuhr mir mit der Zunge über die Lippen und setzte mich dann ihr gegenüber, um sie in Reichweite zu haben. Grey setzte sich links neben mich und Roark nahm eine ganze Seite des Tisches für sich in Beschlag. Quess servierte zwei weitere Gerichte, eines sah aus wie marinierte Kartoffeln und das andere war wohl ein Bohnengericht.

Mein Magen machte beim Anblick all des Essens ein klägliches Geräusch und ich erinnerte mich plötzlich daran, dass ich den ganzen Tag noch nichts gegessen hatte. Das hielt mich aber nicht davon ab, alle möglichen Fragen zu stellen, bevor ich mich an meine guten Manieren erinnern konnte.

»Wo habt ihr all dieses Essen her? Wie lebt ihr hier unbemerkt? Seid es nur ihr vier? Warum hast du die Ritter verlassen? Wie konnte Quess in zwei verschiedenen Abteilungen arbeiten? Was wollt ihr von uns?«

Ich stockte, um tief Luft zu holen, und Calis Lächeln wurde breiter, als sie anmutig die Beine überkreuzte. Tian tauchte in der Tür hinter der Küche auf, schlurfte zu Cali und nahm neben ihr Platz. Cali rückte sofort zur Seite.

»Sie hat mehr Fragen als du«, flüsterte sie Tian ins Ohr und das Mädchen grinste mich an.

»Unmöglich«, sagte sie und Cali lachte.

»Unser Essen wächst hier«, sagte Quess. »Zum Glück hat Maddox einige Zeit als Handler gelebt, bevor sie auf eine Eins abgesunken ist. Wir haben genug, um uns selbst zu versorgen, aber wenn eure Medizin so funktioniert, wie ihr es behauptet …« Er sah neugierig zu Roark, der bereits begonnen hatte, sich Essen auf den Teller zu schaufeln.

Roark stockte, als er sah, dass ihn alle beobachteten, und riss die Augen auf. »Was denn? Haben wir noch nicht angefangen?«

»Nein«, sagte Cali freundlich. »Bitte serviert euch und ich werde mein Bestes geben, um euch alles zu erklären. Wir sind zu viert, aber es gibt andere kleine, familienähnliche Gruppen in versteckten Nischen und Winkeln im ganzen Turm. Nicht nur in der Tiefe, sondern auch im Turm selbst. Wir werden dank der Streichfarbe, die ihr an den Innenseiten des oberen Stocks gesehen habt, nicht aufgespürt. Sie ist eine Erfindung von Quess – er ist ein Genie, was Erfindungen angeht. Die Farbe blockiert Scipios Scanner, sodass sie uns hier unten nicht entdecken. Ich bin so etwas wie die de facto Anführerin, aber das liegt eher daran, dass wir andere

Vorräte besorgen und tauschen müssen. Was diesen Ort angeht, so war er in den frühen Jahren des Turms eine Wasserüberwachungsstation, bevor Scipio ganz betriebsfähig war. Seitdem ist alles ferngesteuert, weshalb niemand mehr hier herunterzukommen braucht.«

Sie hielt inne, schenkte sich etwas Wasser aus dem Krug, der auf dem Tisch stand, in ein Glas und nahm einen Schluck. »Kurz nachdem ich den Wettkampf um den Meistertitel verloren habe, bin ich in eine Art Depression gefallen. Wenn Doxy nicht gewesen wäre, hätte ich sie nie überwunden. Auf jeden Fall ist mein Rang in den Keller gestürzt. Ich hatte schon vorher meine Zweifel gehabt, ob das System nicht eine verzerrte Wahrnehmung hätte, und als mein Rang einfach nicht mehr anstieg, egal, wie gut ich mich fühlte, habe ich begonnen, Nachforschungen anzustellen. Je mehr ich herausfand, desto schneller sank mein Rang. Ich hätte mich wahrscheinlich erwischen lassen, wenn Maddox nicht gewesen wäre. Ich wollte unbedingt die Wahrheit herausfinden, aber sie hat mich davon überzeugt, zu fliehen. Also sind wir geflohen. Seitdem verstecken wir uns hier.«

Während ich das alles verarbeitete, sah ich mich im Raum um. »Was ist mit Quess?«

»Oh, das kann ich erklären«, sagte er, den Mund voller Brokkoli. »Mir wurde quasi befohlen, mich den Sehern anzuschließen, worüber ich mich aber nicht beschwere. Als Arzt war ich völlig untauglich.« Er grinste mich an und fügte leise hinzu: »Ich kann kein Blut sehen. Auf jeden Fall war ich begeistert, bei den Sehern anzufangen, weil ich die Arbeit für schwer und herausfordernd hielt. Ich war gut mit Zahlen und habe beim Grundlagenprogrammieren gut abgeschnitten. Es hat etwa drei Jahre gedauert, bis ich angefangen habe, mich zu langweilen.«

Ich runzelte die Stirn. »Dann hast du um eine Versetzung gebeten?«

Quess warf seinen Kopf in den Nacken und lachte laut. »Oh Gott, nein. Der IT-Chef hätte das nie erlaubt. Es hätte zu viele Fragen gegeben. Aber es war gar nicht nötig. Ich habe mir einfach eine falsche neue Identität zugelegt und bin am nächsten Tag in Koggestadt aufgetaucht.«

»Ja, aber was ist dann passiert?«, fragte Grey neben mir und ich sah, wie sein Kiefermuskel zuckte. Es war ihm anzusehen, dass er Quess und seine kleinen Flirts gar nicht mochte – und ich musste zugeben, dass Grey sehr attraktiv aussah, wenn er eifersüchtig war.

Ich versteckte ein Lächeln hinter meinen Haaren und wandte mich wieder Quess zu, der mit den Schultern zuckte. »Dort ist mir auch langweilig geworden. Das Problem ist, dass es außerhalb der Medizin keinen Raum für Innovation oder Schaffenskraft im Turm gibt. Ich konnte die veralteten Maschinen nicht erneuern oder umbauen. Jeder wurde bei der bloßen Erwähnung nervös, aber gleichzeitig rennen alle umher und versuchen, den täglichen Anforderungen im Turm gerecht zu werden. Es ist ermüdend und deprimierend.«

»Also bist du abgesunken«, sagte Roark mit vollem Mund und ich hielt es nicht länger aus und servierte mir kleine Portionen, weil ich den Menschen, die wir gerade erst kennengelernt hatten, nicht zu viel wegessen wollte. Maddox hob fragend eine Augenbraue, als ich mir einen Löffel Reis mit Bohnen servierte, aber ich ignorierte sie und nahm einen ersten Bissen.

Das Essen war schlicht, aber nach dem Tag, den wir hinter uns hatten, einfach göttlich.

»So war es«, sagte Quess. »Du brauchst uns deine Geschichte nicht mehr zu erzählen. Cali hat das bereits getan.

Glaubt ihr wirklich, dass es da draußen Leben gibt?«

»Selka hat es gesehen. Sie hat den Menschen mit ihren eigenen Händen berührt und man hat sie getötet, weil sie die Wahrheit öffentlich machen wollte. Die derzeitigen Mächte wollen den Turm nicht schwächen, also sorgen sie dafür, dass die Menschen um sie herum in Angst leben.«

»Der Turm war nicht dazu bestimmt, ewig anzudauern«, sagte Quess mit traurigen blauen Augen. »Nichts, was der Mensch schafft, ist auf ewig angelegt, aber ... Nun, er wird irgendwann auseinanderfallen, trotz allem TLC. Dennoch ist es nicht einfach, das zu glauben, nur weil eine Person es gesehen hat.«

»Er hat recht«, sagte Maddox und brach damit das eisige Schweigen. Sie legte ihr Besteck auf ihren leeren Teller. »Ihr setzt alles – sogar euer eigenes Leben – darauf, was eine Frau sagt, gesehen zu haben.«

»Sie ist deshalb gestorben«, platzte Roark hervor und schlug mit der Faust auf den Tisch, sodass das Geschirr klapperte. »Glaubst du, dass sie sie getötet hätten, wenn sie einfach nur verrückt gewesen wäre? Nein, sie war eine Gefahr für das perfekte Bild des Turms, also mussten sie sie aus dem Weg räumen, so als ob sie nichts wert wäre.«

Er wandte den Blick von allen ab, aber seine Augen hatten sich mit dem bitteren Kummer eines Mannes gefüllt, der sich einem gesichtslosen System entgegenstellte. Er stellte sich gegen diejenigen, die ihm seine Frau und sein Leben gestohlen hatten.

»In diesem Sinne«, sagte Cali leise und füllte das unangenehme Schweigen, das sich in dem Raum breitgemacht hatte, mit einem entschlossenen: »Wir sollten uns alle bettfertig machen.«

Sofort sprang ich auf. »Dann sollte ich jetzt gehen. Ich muss wieder nach oben gehen, bevor jemand mein Verschwinden bemerkt.«

Cali sah mich an und stand dann rasch auf. »Es tut mir leid, aber ich kann dich in diesem Augenblick nicht gehen lassen.«

»Entschuldigung?« Ich starrte sie an, fassungslos, dass sie mir gesagt hatte, dass ich nicht gehen konnte.

Sie schüttelte mit versteinerter Miene den Kopf. »Du hast mich schon richtig verstanden, meine Liebe. Ich bin mir sicher, dass deine Freunde bereits zu derselben Schlussfolgerung gekommen sind.«

»Gerome weiß, dass wir drei unter einer Decke stecken«, sagte Grey leise, als er vorsichtig zu mir aufblickte.

»Er wird darauf warten, dass du wieder auftauchst, um dich befragen zu können.«

»Es sind immer noch Leute auf der Suche nach uns – und damit auch nach dir«, fügte Roark hinzu. »Sie werden dich nicht in Ruhe lassen, ohne von dir zu erfahren, ob du deinen Auftrag erfüllt hast. Wohin willst du sie führen? Wie willst du unauffällig bleiben oder diesen Ort verlassen?«

»Und du wirst ganz bestimmt niemanden zu unserem Zuhause zurückführen«, sagte Maddox drohend. »Wir haben hart gearbeitet, um diesen Ort von Anfang an geheim zu halten.«

»Außerdem«, sagte Tian mit einem schüchternen Lächeln, »mag ich dich. Du siehst aus, als ob du gute Geschichten erzählst.«

Ich sah mich um und war ganz offensichtlich in jeder Hinsicht in der Unterzahl. Je mehr ich darüber nachdachte, desto klarer wurde mir, dass ich gar nicht gehen wollte. Wenn ich zu Hause war, tat ich kaum ein Auge zu und sie alle hatten überzeugende Argumente vorgebracht. Aber ich hatte Zoe und meinen Vorsatz, sie mit Tabletten zu versorgen, nicht vergessen. Sie sprach vielleicht gerade nicht mit mir, aber sie steckte in Schwierigkeiten und wenn ich ihr nicht half, dann würde ihr Rang wahrscheinlich weiter sinken.

»Ich möchte, dass du mir dein Wort gibst, dass ich irgendwann bald nach oben gehen kann«, sagte ich und hob meinen Kopf herausfordernd.

Cali neigte ihren Kopf ein wenig. »Das erscheint mir vernünftig, aber ich werde die Bedingungen festlegen, ist das klar. Alle hier sind meine Familie.«

»Meine Familie ist der Grund, warum ich wieder nach oben gehen muss. Ich denke also, dass wir uns hier verstehen.«

Wir musterten uns und ich hatte das Gefühl, dass Cali versuchte, mich einzuschätzen und in ihrem Kopf das Für und Wider von dem, was sie sah, abwog.

Schließlich war es Tian, die unser Starren beendete und uns aufgeregt anbot, uns ihr Zimmer zu zeigen.

Wir folgten ihr, aber ich spürte Calis Blick immer noch auf mir. Trotz allem war die Begegnung besser verlaufen, als ich es mir erhofft hatte, und ich hatte das Gefühl, dass sie in Zukunft eine gute Verbündete sein würde.

Sobald wir beschlossen hatten, was wir überhaupt *unternehmen wollten.*

28

Tian führte uns durch die Küche und dann den Gang entlang und ich sah mich nach etwas um, das mir mehr darüber verriet, mit wem wir es hier zu tun hatten. Die kleine Küche war behelfsmäßig eingerichtet und bestand nur aus einer kleinen Kocheinheit auf einem Metalltisch neben einer Arbeitsfläche. Auf einem weiteren Tisch stand eine Plastikschüssel mit Seifenwasser, aber es gab keinen Wasserhahn. Alles war sauber und aufgeräumt, aber das musste es auch sein, denn es gab nicht viel Platz.

In der Mitte des Küchenbodens befand sich eine offene Luke, unter der Stufen nach unten führten. Der Geruch von feuchtem Boden und Pflanzen stieg daraus hervor und im Vorbeigehen sah ich eine kleine Grünanlage. Dann gingen wir einen langen Gang entlang. Lichterketten waren um Rohre gewickelt und beleuchteten den Weg wunderlich. Ich sah Kindermalereien, wahrscheinlich Tians Werk, die die Wände bunt verzierten. Vor einem Bild, das vier Handabdrücke zeigte, blieb ich stehen. Die Hände waren verschieden groß und in unterschiedlichen Farben aufgedruckt. Darunter waren Namen geschrieben. Alle vier hatten ihre Hände so aneinandergelegt, dass sie den kleinen Finger des anderen überlappten. Tians kleine Hand war pink, Calis rot, Maddox' violett und Quess' dunkelblau.

Das Bild war sehr schlicht, aber sobald ich es sah, erkannte ich sofort die Liebe, die die vier füreinander fühlten. Das ließ mich an meine eigene Familie denken, an meine Eltern, und ich verstand, dass ihr Zuhause nicht mein Zuhause war.

Und danach kam mir eine weitere Einsicht: Es war nicht mehr mein Zuhause, seit Alex gegangen war.

Ich atmete tief ein und vermisste meinen Bruder plötzlich schrecklich, genauso wie Zoe und Eric. Sie waren meine Familie und wenn ich sie schützen und dafür sorgen wollte, dass wir alle zusammenbleiben konnten, würde ich sie aus Scipios Kontrolle befreien müssen.

Tian wandte sich lächelnd um und winkte mir mit ihrem schlanken Arm zu, als ob sie mich von Zauberhand vorwärtsziehen wollte. Da merkte ich, dass ich länger stehen geblieben war, als ich beabsichtigt hatte, und dass Roark mich inzwischen überholt hatte. Grey war neben mir stehen geblieben und als ich zu ihm sah, merkte ich, dass sein Blick am selben Bild haften geblieben war.

Er sah zu mir und in seinen Augen erkannte ich meinen Schmerz wieder. Instinktiv ergriff ich seine Hand und drückte sie leicht. Seine dunklen Augen sahen auf meine Hand hinab und er erwiderte die Geste.

Wir sagten nichts, aber das war auch nicht nötig, denn wir teilten diesen Augenblick des Schmerzes miteinander und trösteten uns damit, dass wir nicht allein waren. Wir blieben noch einen Moment lang stehen und dann folgte ich Tian wieder, war aber froh, dass Grey meine Hand nicht losließ.

Der erste Raum, den wir durchquerten, war ein Arbeitsraum voller Werkzeuge und Gegenstände, die fast jeden freien Zentimeter einnahmen. Trotz der Fülle war alles gut organisiert: Die Werkzeuge waren in Gruppen angeordnet und der Größe nach an der Wand aufgehängt. Auf den langen Tischen an den Wänden standen Apparate, die jemand auseinandergenommen hatte. Ich erkannte einen Fahrstuhl-Kontrollkasten, ein Kabelpeitschengeschirr, mehrere Stromstöcke, einen Hydroponie-UV-Lichttopf und verschiedenen Kleinkram.

»Das ist Quess' Zimmer«, zwitscherte Tian, beugte sich vor und sah sich um. »Er schläft hier.« Ihre Hand deutete auf eine Matratze, die in einer Ecke verstaut war.

»Keine Türen?«, fragte Grey.

»Das ist nicht nötig«, antwortete sie und streckte den Hals, um zu ihr aufsehen zu können. »Wir sind alle eine Familie. Kommt mit.«

Sie lief weiter den Gang entlang, wo Roark schon mit ungeduldigem Gesicht wartete. Sie hüpfte in kleinen Schritten zu ihm hinüber. »Das ist Doxy's Zimmer«, verkündete sie mit einer eleganten Handbewegung, streckte sich und wirbelte herum. Ihre Hände bewegten sich flattrig, als sie wieder landete und auf eine Öffnung auf der rechten Seite zeigte.

Ich näherte mich neugierig, weil ich sehen wollte, wie die stoische Frau ihr Zimmer dekoriert hatte, aber ich war keineswegs überrascht. Ihr Zimmer war ein Krafttrainingszimmer mit Ringermatten auf dem Boden. Sie schlief auf einem Kinderbett, das in der hintersten Ecke lag. Die Decke darauf waren in Militärmanier exakt gefaltet. Eine karmesinrote Uniform mit Lehrlingsabzeichen hing daneben. Die Falten waren perfekt, so als ob sie jeden Tag gebügelt wurden. Daneben stand ein Regal, in dem ihre Messer lagen, wenn sie sie nicht bei sich trug. Tian drehte sich um und hüpfte Sekunden später den Gang entlang, um uns ihr Zimmer zu zeigen. Darin befand sich nichts weiter als eine einfache Matratze und eine mit Farbe bekleckste Decke darauf. An einem Kabel waren kleine Kristalle aufgehängt, die aus zerbrochenen konvexen Linsen stammten, die zur Weiterleitung von Energie dienten. Wie im Gang waren auch hier Lichterketten rings an den Wänden angebracht. Sie nahm sich einen Augenblick, um uns ihren selbstgemachten ausgestopften Teddybär, Kommandant Cuddles, vorzustellen.

Grey und ich waren nachsichtig mit dem seltsamen Mädchen und begrüßten den Bär, aber Roark machte nicht mit. Es war ihm anzusehen, dass Tians Verhalten ihm Sorgen machte. Ich spürte in ihm den Drang, sie zu behandeln und ihr zu helfen, *normal* zu werden.

Aber so seltsam sie war, war sie doch bezaubernd. Ihr schiefes Lächeln und das Grübchen auf ihrer Wange ließen das Zimmer erstrahlen. Sie bewegte sich die Hälfte der Zeit über, als ob sie tanzen würde, hüpfte von einem Punkt zum anderen und baute hier und da eine überschwängliche Drehung ein. Sie stand nie still und ich glaubte, dass sie gar nicht zur Ruhe kommen konnte. Sie war wie einer dieser Kolibris aus der alten Welt, von denen Zoe mir erzählt hatte.

»Und das ist Calis Raum«, trällerte sie, als sie uns aus ihrem Zimmer hinaus zum nächsten führte. Calis Zimmer war wiederum gar nicht so, wie ich es mir vorgestellt hatte. Ich hatte damit gerechnet, dass ihr Zimmer so wäre wie das ihrer Tochter, voller Waffen und Trainingsausrüstung. Aber stattdessen war es mit Büchern gefüllt. Ich erkannte die meisten von ihnen, weil ihre Einschläge in den Farben der verschiedenen Abteilungen gestaltet waren: orange für die Zahnräder, grün für Handler, karmesinrot für Schilde, und so weiter. Die Wände waren mit Bücherregalen gefüllt. Die Sammlung allein brachte mich zum Staunen. Diese Bücher wurden von ihren eigenen Abteilungen geschätzt und von anderen heiß begehrt. Cali saß auf einem wirklichen Schatz.

Aber es gab noch mehr. Karten mit Ländern in Beige hoben sich gegen dunkelblau ab. In den Ländern standen Namen wie »Deutschland« und »Vereinigte Staaten von Amerika«. Es gab Bücher, deren Einbände bunt waren und die Menschen, Landschaften oder andere Dinge auf dem Buchdeckel zeigten. Mein Blick fiel auf ein helles Buch mit einer kruden Zeichnung und mein Blick glitt zum Titel *Danny, the Champion of the World*, von Roald Dahl.

Ich hatte noch nie so viele Bücher an einem Ort gesehen, selbst im Buchladen von Zoes Vater nicht, bevor er gestorben war. Ich sah zu Grey hinüber und sah, dass er die Bücher mit einem hungrigen Leuchten in den Augen ansah.

»Tian, leiht Cali ihre Bücher aus?«, fragte er und sah auf das zierliche Mädchen, das zwischen uns stand. Ihr weißblonder Schopf wippte auf und ab.

»Ja, aber sie hat sehr strenge Regeln. Ich bin für drei Wochen suspendiert, weil ich einen Verstoß mit heißem Kakao begangen habe.« Sie beugte sich dicht zu Grey hinüber und hielt sich eine Hand neben den Mund, um ihm zuzuraunen: »Das ist ein Verstoß von Stufe Neun, der mit dem Ausfall des Abendessens und weniger Mahlzeit bestraft wird.«

Grey lächelte und sein Blick wurde weich. »Das ist eine ziemlich ernste Strafe. Glaubst du, dass du deine Lektion gelernt hast?«

Wieder wippte der blonde Haarschopf auf und ab, bevor er überhaupt die Frage vollendet hatte. »Das ist mein dritter Verstoß.« Sie fuchtelte mit den Händen und strich sich ihre Kleidung glatt. »Cali sagt, dass ich dem Untergang geweiht bin, wenn es noch einmal passiert, aber ich kann einfach nicht anders. Heißer Kakao und eine Geschichte am Fenster sind einfach das Beste! Kommt, ich werde euch zeigen, wo ihr drei schlaft.«

Sie führte uns weiter den Gang entlang, bis sich die niedrige Decke anhob und wir eine offene Halle betraten. Die Tür auf der anderen Seite führte in ein Untergeschoss hinab, wo mehrere große Maschinen standen. Auf der linken und der rechten Seite waren die gleichen Glasscheiben, die ich im Esszimmer gesehen hatte. Sie waren in einem breiten Kreis aufgestellt, sodass sie vor dem Beton und dem Metall wie ein Fischauge aussahen.

Tian hüpfte die steile Treppe hinunter, die in das Untergeschoss führte. Ich sah ihr kurz nach, schleuderte dann meine Kabelpeitsche aus und befestigte sie an einer Seitenwand. Schnell schwang ich mich hinab – es waren nur etwa sieben Meter – und sah mich um, während die anderen noch nach unten kamen.

Tian landete kurz darauf auf ihren Füßen und schon bald waren auch die anderen heruntergekommen. »Wir haben nicht wirklich viele Betten«, sagte sie und schob sich ihr Haar aus der Stirn. »Aber wir haben ein paar Hängematten und ein paar zusätzliche Decken.« Sie ging zu einer Kiste hinüber, öffnete den Deckel, zog einen Stapel Decken und Seilrollen hervor.

Sie warf uns die erste Hängematte mit einem dumpfen Knall zu. Roark bückte sich sofort, um sie aufzuheben, klemmte sie sich unter den Arm und marschierte zu den riesigen Maschinen hinüber. Ich sah ihm nach und wunderte mich über sein seltsames Verhalten.

Einen Augenblick lang war ich unentschlossen, aber dann wandte ich mich Grey zu. »Ich werde nach Roark sehen«, flüsterte ich. »Lenk du Tian ab – ich will nicht, dass sie etwas mitanhört und womöglich missversteht.«

Er nickte und wandte sich Tian zu, die eine zweite Hängematte aus der Kiste zog. Ich drehte mich gerade um, als Grey zu Tian sagte: »Hey, warum hilfst du mir nicht, einen guten Platz für meine Hängematte zu finden? Ich schätze, dass du die besten und schlechtesten Schlafplätze in diesem Raum kennst.«

Tian stieß einen kleinen Freudenschrei aus, als ich mich entfernte und Roark um eine der sperrigen Maschinen herum folgte. Dahinter war niemand, aber dann sah ich eine kleine Lücke zwischen zwei Maschinen, und schob mich hindurch.

Tatsächlich kniete Roark dahinter auf dem vergitterten Boden und entwirrte seine Hängematte. Als ich den kleinen Zwischenraum betrat, sah er kurz zu mir auf und arbeitete dann weiter.

»Was ist los?«, fragte ich, ohne lang drumherumzureden.

Er stöhnte, als er das Seil zu entknoten versuchte, um die Hängematte daran aufhängen zu können. »Es ist nicht das, was du denkst.«

»Du kannst nicht wissen, was ich …«

»Du denkst, dass ich etwas gesehen habe, das mich misstrauisch macht, nicht wahr?«, knurrte er und sah mich eindringlich an. »Ich bin nicht dumm und ich weiß, dass du deine Zweifel hast. Es ist zu schicksalhaft, zu zufällig.« Er stockte und seufzte, bevor er seinen Kopf schüttelte und die Stirn in Falten legte. »Ihr Kinder wisst nicht, wie man auf etwas hofft. Und der verdammte Turm ist daran schuld. Misstrauen und Zweifel werden uns allen eingebläut. Menschen sind bereit, ihre eigenen Familienmitglieder fallenzulassen und ungeborene Kinder zu töten, um die Bevölkerung zu kontrollieren. Wie Schafe. Aber die Schäfer sind alles Wölfe. Diese Leute hier sind nicht so, Liana. Sie sind wie wir – Außenseiter und Träumer. Menschen, die es wagen, zu denken. Menschen, die das System, das uns zum Tode verurteilen und auf eine bloße Statistik, auf eine reine Nummer reduzieren will, infrage stellen und herausfordern. Sie haben in dieser Sache genauso viel zu verlieren wie wir. Mehr sogar, denn dies ist ihr Zuhause. Und das schon seit vielen Jahren.«

Ich hörte ihm zu und verstand ihn. Dasselbe war mir durch den Kopf gegangen und meine Instinkte kämpften gegen meinen Verstand an. Ich wollte an diesen Ort glauben, weil er bedeutete, dass die Menschen, auf die ich zählen konnte, immer mehr wurden. Ich wollte nur so gern auch den Rest meiner erweiterten Familie hier mit einbeziehen können.

Während ich darüber nachdachte, wickelte Roark das Seil seiner Matte um ein Rohr und verknotete es. Aber ich hatte immer noch Fragen. »Es freut mich ja, das zu hören, aber das beantwortet meine Frage nicht. Warum verhältst du dich so eigenartig? Ist alles in Ordnung?«

Roark sah mich an und sein Gesicht verhärtete sich. Dann drehte er sich um und sagte: »Ich habe es nicht geschafft, ein Bild von Selka einzupacken, bevor wir fliehen mussten.«

Er sagte das ruhig, aber ich spürte den Schmerz und Verlust in seiner Stimme. Ihm blieb nichts mehr, was ihn noch mit seiner Frau verband. »Es tut mir leid«, murmelte ich, doch er schüttelte den Kopf.

»Das muss es nicht – es ist nicht deine Schuld. Du hast wie eine Todesfee gegen deinen Mentor gekämpft und dich danach schnell wieder aufgerappelt. Ich bin froh, dass du da warst. Und ... Es tut mir leid, dass ich dir nicht geglaubt habe, als du uns erzählt hast, dass dich jemand verfolgt.«

Hah. Eine Entschuldigung von Roark war so ziemlich das Letzte, was ich erwartet hatte. »Nenn mich paranoid, aber wer bist du und was hast du mit Roark gemacht?«

Roark grinste, während er das andere Ende seiner Hängematte festband und darauf achtete, nicht auf den Stoff am Boden zu treten. »Hat dir schon einmal jemand gesagt, dass du ein ziemlich loses Mundwerk hast?«

»Nicht in letzter Zeit«, antwortete ich. »Aber ich habe meinen Mund auch im Zaum gehalten. Schließlich wollte ich nicht auffallen.«

»Hier unten sollte das kein Problem sein – es sei denn, du legst dich mit dieser Maddox an. Aber ich glaube, dass ihr beide nur darum wetteifert, wer das Alphatier ist.«

»Ich glaube nicht, dass ich lange genug hierbleiben werde, um das herauszufinden.« Ganz abgesehen davon, dass ich mir ziemlich sicher war, dass Maddox mich in Stücke reißen konnte, wenn sie es sich vornahm. Sie war sehr angsteinflößend.

Roark sah mich mitleidig an. »Dir ist klar, dass du eine Weile lang nicht von hier verschwinden kannst, nicht wahr?«

Ich runzelte die Stirn. »Was meinst du damit? Cali hat gesagt, dass wir bald darüber sprechen können.«

»‚Bald' ist ein vages Konzept, Liana. Es bedeutet nicht morgen und es bedeutet auch nicht zwangsläufig übermorgen. Cali wird es eine Zeitlang hinauszögern, um dich hierzubehalten.«

»Aber ...« Ich runzelte die Stirn und sah ihn an. »Du weißt, dass ich Zoe finden muss. Sie ist da oben und braucht uns. Du hast gesagt, dass du ihr helfen willst.«

»Und das möchte ich auch, meine Liebe. Aber Gerome ist auch dort oben und er wird Ritter dafür abstellen, die Menschen zu beobachten, die dir etwas bedeuten. Er lauert an der Oberfläche nur darauf, dass du auftauchst. Du kannst deine Freunde nicht herbringen und einfach darauf vertrauen, dass dieser Ort weiterhin geheim bleibt.«

Seine Worte gefielen mir gar nicht, obwohl ich natürlich wusste, dass er recht hatte. Ich war hier zu Gast. Diese Menschen hatten uns Zuflucht gewährt und ich durfte ihre Gastfreundschaft nicht verraten. Ich könnte ein oder zwei Tage Geduld vortäuschen, nett sein und darauf hoffen, dass Cali mir helfen würde, einen Weg nach oben zu finden, ohne dabei entdeckt zu werden. Aber ich würde Roarks Hilfe brauchen.

»Zoe ist eine Vier, Roark. Es wird nicht mehr lange dauern, bis sie auf eine Drei abfällt, und dann wird es zu spät sein. Cali sagte, dass das System verzerrt ist, und sie hat recht. Zoe wird den Preis für das bezahlen, was ich ihr verraten habe. Sie wird dafür bezahlen, dass sie uns geholfen hat, Grey das Leben zu retten.«

Er hörte auf, an dem Seil herumzufingern, und seufzte. Seine Hängematte lag immer noch schlaff auf dem Boden. »Ich werde mit Cali sprechen und sehen, was ich tun kann, um sie umzustimmen.«

»Das würdest du für mich tun?« Ich fühlte mich nun schon viel besser. Roark und Cali schienen, was ihre Beziehungen anging, etwa gleichrangig zu sein, und sein Wort wog hoffentlich mehr als meines. Schließlich war er der Grund dafür, dass der Plan langsam Gestalt annahm. Er hatte uns alle zusammengeführt.

Er zuckte mit den Schultern und wandte sich wieder dem Seil zu. »Natürlich. Schließlich hast du recht. Ich stehe immer noch in deiner und in Zoes Schuld, weil ihr Grey gerettet habt. Das ist das Mindeste, was ich tun kann.«

Dankbarkeit erfüllt mich und aus einem Impuls heraus schloss ich den kleinen Abstand zwischen uns, schlang meine Arme um Roarks Schultern und drückte meine Stirn gegen seinen Rücken, um ihn zu umarmen. Er hörte auf, sich zu bewegen und tätschelte mir dann den Unterarm.

»Schon gut, meine Liebe. Jetzt ruh dich etwas aus. So wie du aussiehst, hast du schon seit einer Weile nicht mehr richtig geschlafen und wir haben einen langen Tag hinter uns.«

Ich nickte und ging wieder in den Hauptraum zurück, wo ich mich nach Grey umsah. Er machte sich an seiner Hängematte zu schaffen, die er in einer Ecke neben den breiten Fenstern aufhängte. Als ich aufsah, merkte ich, dass über seiner Matte schon eine zweite Matte aufgehängt war, und lächelte.

Schnell ging ich zu ihm hinüber und er lächelte mich an.

»Ist mit Roark alles in Ordnung?«, fragte er.

»Ja, er … Er hat kein Bild von Selka mitgenommen, bevor wir gegangen sind«, sagte ich und Grey nickte. »Wo ist Tian?«

»Sie hat mir geholfen, deine Hängematte aufzuhängen, und dann hat sie gesagt, dass es Schlafenszeit ist, bevor sie sich hier herausgeschwungen hat. Ich nehme an, dass sie ein bestimmtes Einschlafritual hat.«

»Wahrscheinlich. Wir sind also Kojennachbarn?«

Er grinste und fuhr sich mit einer Hand durch das strubbelige Haar. Ich sah, dass die Haut auf seinem Arm inzwischen ganz verheilt war, und freute mich, dass Roarks Medizin so schnell gewirkt hatte. »Na ja, ich habe mich daran erinnert, dass du schöne Aussichten magst, deshalb …«

Ehe ich mich versah, zog er sein T-Shirt aus und entblößte seinen Oberkörper vor mir. Mein Mund fühlte sich sofort wie ausgetrocknet an und mein Herz klopfte wild. Er grinste und hob eine Augenbraue.

»Ich meinte damit nicht mich«, sagte er, trat zur Seite und deutete auf das Fenster hinter sich, aber ich war bereits rot angelaufen und schämte mich in Grund und Boden.

Dennoch fühlte ich mich geschmeichelt, dass er sich nicht nur daran erinnert hatte, dass ich schöne Aussichten mochte, sondern mir auch gleich eine beschert hatte.

Meine Mundwinkel zuckten und ich wandte mich widerwillig ab. Ich war zu schüchtern, um ihn weiter frech anzustarren. Also sah ich zum Fenster hinaus. Unter uns wand sich der Fluss entlang und die dunklen Wassermassen leuchteten silbern im fahlen Mondlicht. Obwohl wir uns tief unten im Turm befanden und der riesige Bau Schatten warf, sah ich in der Ferne den Horizont und die ebene, flache Landschaft im blassen Licht.

»Das ist ziemlich gut«, sagte ich nickend. *Und damit meine ich nicht nur die Aussicht aus dem Fenster.* Ich sah wieder zu ihm und bemerkte, dass er mich nicht aus den Augen gelassen hatte. Er warf mir diesen Blick zu, der mir langsam vertraut wurde, und trat einen Schritt näher an mich heran.

»Du warst heute großartig«, sagte er. »Ruhig und gefasst, aber gleichzeitig hast du gekämpft wie eine Bestie.«

Mein Herzschlag beschleunigte sich. »Ich habe nicht gesiegt«, sagte ich eilig, um ein wenig von dieser atemberaubenden Spannung zu nehmen, die zwischen uns lag. »Wenn Tian nicht aufgetaucht wäre …«

»Ich meine nicht nur das«, sagte er. »Du bist klug und einfallsreich. Du hast schnell nachgedacht und uns alle heil dort herausgebracht. Du warst beeindruckend.«

Nichts davon stimmte meiner Meinung nach und ich tat seine Komplimente schnell ab. »Dir ist schon klar, dass es meine Schuld ist, dass wir überhaupt hier sind?«, fragte ich stotternd, woraufhin Grey die Stirn runzelte.

»Wovon redest du?«

Ich dehnte meine Schultern, um sie etwas zu lockern. »Das, was mit Silvan passiert ist, hat Gerome dazu geführt, uns anzugreifen. Er wäre uns nicht auf die Schliche gekommen, wenn ich dich das Gespräch mit Silvan hätte übernehmen lassen.«

Greys Stirn legte sich in noch tiefere Falten. Dann streckte er eine Hand aus und sah mich schweigend an, so als ob er um Erlaubnis fragte. Ich nickte und er berührte meine Wange. Ich war wie benommen, als er mich an sich zog.

»Es ist nicht deine Schuld. Du konntest nicht wissen, dass das passieren würde«, sagte er und schlang seinen anderen Arm um meine Taille. Meine Zungenspitze fuhr über meine Lippen und ich sah zu ihm auf. »Du warst mutig und hast dich nach dem Kampf schnell wieder aufgerappelt. Ich hätte nie so besonnen handeln können wie du.«

Er neigte seinen Kopf und unsere Gesichter näherten sich einander immer mehr.

»Du hast mich noch nicht kochen sehen«, brachte ich hervor.

Er kicherte und ich sah, wie seine kantigen Züge weicher wurden und sich sein Mund weiter näherte.

»Es interessiert mich nicht, wie du kochst«, antwortete er. »Du interessierst mich.«

Da bekam ich plötzlich keine Luft mehr, aber das war auch egal, denn seine Lippen drückten sich auf meine und er küsste mich gierig. In mir selbst stieg eine solche Leidenschaft auf, wie ich sie noch nie erlebt hatte, und ich erwiderte seinen Kuss, während meine Hände über seine nackten Schultern zu seinem Hals hinaufglitten. Dann umklammerten sie seinen Hinterkopf, während er mit einer Hand ebenfalls meinen Kopf festhielt. Ihm stockte der Atem, als seine andere Hand von meiner Taille zu meiner Hüfte fuhr. Dann schob er mich nach hinten, bis ich mit dem Rücken an die Wand hinter mir gepresst stand. Ich war zwischen der Wand und Grey gefangen und unser Kuss wurde immer wilder. Ich war so einsam und verängstigt, dass ich bereit war, mich der unwiderstehlichen Anziehung hinzugeben, die ich für Grey empfand.

»Wisst ihr«, sagte plötzlich eine Frauenstimme und Grey und ich erstarrten, als uns bewusst wurde, dass wir nicht allein waren, »ich bin so erzogen worden, dass Jungen und Mädchen sich nicht küssen dürfen, bevor sie heiraten. Aber ich habe das nie beherzigt. Was ich aber sehr wohl beherzigt habe, ist die Regel, nicht vor der Hochzeit mit jemandem zu schlafen. Deswegen hoffe ich, dass ihr beide versteht, wenn ich sage: Mein Haus, meine Regeln. Andernfalls muss ich euch trennen und bei Quess und Maddox unterbringen.«

Ich drehte mich etwas um und sah Cali, die wenige Meter von uns entfernt stand und erheitert lächelte. Ich spürte, wie ich knallrot wurde, und versteckte mein Gesicht schnell hinter Grey. Grey regte sich nicht, bevor ich mich nicht wieder im Griff hatte, wofür ich ihm sehr dankbar war. Bevor er sich dann umdrehte, nahm er meine Hand in seine.

Calis Grinsen war inzwischen noch breiter geworden und ich sah, dass sie wirklich sehr amüsiert war. Sie streckte uns ein paar Laken entgegen und Grey ließ meine Hand kurz los, um sie anzunehmen.

»Entspannt euch«, sagte sie. »Ihr seid beide erwachsen und ich kann euch nicht daran hindern, etwas miteinander anzufangen. Aber Tian läuft die ganze Zeit hier herum und ich möchte sie nicht in Verlegenheit bringen, genauso, wie ihr wahrscheinlich nicht in Verlegenheit gebracht werden wollt. Seid also in Zukunft einfach ein bisschen vorsichtiger, okay?«

Ich nickte und Grey sagte: »Einverstanden.«

Cali grinste, wobei sich Fältchen um ihre Augen bildeten und wandte sich dann zum Gehen. »Gute Nacht!«, rief sie uns über die Schulter zu.

»Gute Nacht«, riefen wir einstimmig.

Als sie die Treppe hinaufging, drehte sich Grey zu mir. »Bist du ... Ich meine ... Wie geht es dir?«

Meine Wangen glühten immer noch rot vor Scham, dass Cali uns erwischt und uns zur Ordnung gerufen hatte, und nun begannen sie erneut, zu brennen, sodass es fast wehtat. Ich ließ Greys Hand los und strich mir mit den Fingerspitzen über die Haut.

»Mir ist das unglaublich peinlich«, sagte ich nach einem kurzen Augenblick.

»Weil Cali uns erwischt hat?«

Ich zögerte und schüttelte dann den Kopf. »Nicht unbedingt. Ich ... Ich meine ...« Ich verstummte. Wie konnte ich ihm nur erklären, dass es mir Angst machte, wie ich auf ihn ... reagierte? Es war, als ob in mir ein Schalter umgelegt wurde und ich völlig die Kontrolle verlor. Das schüchterte mich ein und ich wusste nicht, wie ich das nach diesem ohnehin schon verrückten Tag verarbeiten sollte.

»Hey, hey.« Er trat nah mich heran, legte seine Hände auf meine Schultern und versuchte, mich zu beruhigen.

»Das ist schon in Ordnung. Ich verstehe dich. Es war ein langer Tag und es ist viel passiert.«

»Ja«, hauchte ich erleichtert. »Ich brauche einfach ein wenig Zeit, um nachzudenken und ... das alles zu begreifen, denke ich.« Dann sah ich zu ihm auf. »Ist das okay?«

»Natürlich ist es das«, sagte er sanft. »Es tut mir leid, dass ich ...«

»Entschuldige dich nicht«, sagte ich und legte meine Finger auf seine Lippen. Erst sah er mich verwirrt an, aber ich lächelte ihn an. »Das wäre so, als ob du dich dafür entschuldigen würdest, dass du mich geküsst hast, und ich will nicht, dass du das tust. Ich will nicht, dass du es bereust.«

Seine Züge wurden weicher und ich fürchtete, dass sich die Spannung zwischen uns erneut aufbauen könnte. Also machte ich einen kleinen Schritt nach hinten. »Ich werde mich schlafen legen«, sagte ich und schluckte schwer. Er nickte und ging selbst ein paar Schritte in Richtung seiner Hängematte hinüber. Aber ich hatte das Gefühl, noch etwas sagen zu müssen, also tat ich es. »Danke, dass du mir etwas Zeit gibst.«

»Gern geschehen – solange du nicht glaubst, dass ich die Sache auf sich beruhen lassen werde«, sagte Grey und setzte sie gekonnt in seine Hängematte. Dann sah er mich mit einem zuversichtlichen Lächeln an. »Weil ich das nicht tun werde.«

Mein Herz klopfte weiter wie wild in meiner Brust und ich schwang mich schnell zu meiner eigenen Hängematte hinauf und kletterte in sie hinein, weil ich einfach etwas Abstand zwischen mich und dieses eingebildete, rätselhafte Gesicht bringen musste, um nicht in Versuchung zu geraten.

Aber Cali hatte recht und ich war nicht dazu bereit ... einfach mit einem Mann ins Bett zu gehen, den ich kaum kannte. *Du weißt alles über ihn, was du wissen musst,* flüsterte mir eine innere Stimme zu, aber ich brachte sie schnell zum Schweigen.

Ich war nicht diese Art von Mädchen und wir hatten unsere Anziehung zueinander erst vor Kurzem entdeckt. Ich wollte das hier langsam angehen lassen.

»Gute Nacht«, sagte Grey neckisch unter mir. »Hier.« Etwas wurde zu mir hinaufgeworfen und landete auf meiner Brust – es war eines der Laken, die Cali gebracht hatte.

»Gute Nacht«, sagte ich schnell, weil ich wirklich meine Ruhe brauchte. Dann hielt ich den Atem an und wartete, während unter mir die Hängematte knarrte, als Grey sich hinlegte. Ich wartete, bis alles ruhig geworden war, und bereitete mich dann selbst auf die Nacht vor.

Schnell glitt ich aus meiner Uniform, breitete das Laken aus, das Grey mir hinaufgeworfen hatte, und rollte mich darunter zusammen. Ich brauchte ein paar Minuten, um herauszufinden, wie ich meine Glieder am besten in der Hängematte ausstreckte, aber schließlich fand ich eine bequeme Position. Die Matte schwang sanft hin und her und ich sah lange aus dem Fenster hinaus, meinen Kopf auf meine Arme gestützt. Ich dachte über alles nach, was heute passiert war, und darüber, was wir nun wohl tun würden. Ich dachte an Zoe, an meine Eltern und an Alex. Ich grübelte, wie wir einen Ausweg aus diesem Schlamassel finden konnten.

Aber lange bevor ich Antworten darauf fand, wurde meine Lider schwer und ich konnte nicht mehr gegen meine Erschöpfung ankämpfen. Also gab ich es auf, es zu versuchen.

29

Ich verbrachte den Großteil meines ersten Tages im Sanctum in meiner Hängematte im Tiefschlaf. Das war zugegebenermaßen nicht das Klügste in Anbetracht der Lage, aber ich hatte das Gefühl, plötzlich alles nachholen zu müssen. Ich hatte seit Wochen nicht mehr richtig geschlafen und kaum etwas gegessen, sondern mich einfach nur am Rande des Abgrunds festgekrallt. Nun hatte ich das Gefühl, außer Sichtweite des Turms zu sein und endlich atmen zu können. Schlaf war die beste natürliche Zuflucht nach allem, was geschehen war.

Der erste Tag bestand also nur aus verschwommenen Erinnerungen an zwei kurze Toilettenbesuche, einem Salat, der aus irgendeinem Grund ungewöhnlich viele Tomaten enthielt und einem Besuch von Grey, der mir besagten Salat brachte, weil ich das Essen verschlafen hatte.

Am zweiten Tag wurde ich krank. Ich fand keine andere Erklärung dafür, als dass mein Körper so ermattet war, dass sich ein Virus an meiner Immunabwehr vorbeigeschlichen hatte. Ich musste das Virus mit nach unten gebracht haben, als wir hergekommen waren. Ich wusste, dass etwas nicht in Ordnung war, als ich schweißgebadet aufwachte und meine Glieder vor einer Kälte schlotterten, die sich tief in meinen Knochen festgesetzt zu haben schien.

Mein Zähneklappern weckte Grey, der schnell Roark herbeiholte. Die beiden Männer hingen meine Hängematte tiefer und Roark untersuchte mich eilig, während Grey mich in eine zusätzliche Decke wickelte, die mir aber nicht ausreichte.

Dann verabreichte Roark mir ein Medikament und ich schlief wieder ein.

Als ich wieder aufwachte, fühlte ich mich viel besser. Ich streckte meine schmerzenden Glieder und drehte mich leicht in meiner Hängematte, während ich hin- und herüberlegte, ob ich wieder einschlafen sollte, als mir eine Stimme verriet, dass ich nicht allein war.

»Nein«, quietschte Tian leise. »Sie ist noch nicht wach, aber ihre Hängematte bewegt sich.«

Es folge Schweigen und ich öffnete meine Lider, um mich langsam an das helle Licht zu gewöhnen. Ich drehte mich um, wühlte durch die Decken und setzte mich verschlafen auf.

Tian stand nur wenige Schritte von mir entfernt und hatte sich auf die Fußspitzen gestellt wie ein Vogel, der zum Abflug bereit war. Grey stand ihr gegenüber. Die beiden hatten mich offensichtlich bemerkt und waren verstummt.

»Morgen«, sagte ich mit schrecklich trockenem Mund. Ich sah mich benommen um und rümpfte die Nase, als mich der Geruch von Schweiß und Muff erreichte, den ich auszudünsten schien. Das war ... unangenehm. »Was ist passiert? Wie lange habe ich geschlafen?«

»Ihr seid vor vier Tagen hierhergekommen«, verkündete Tian.

Ich sah zu Grey auf und bemerkte erstaunt, dass die dunklen Ringe unter seinen Augen nicht abgenommen hatten, sondern wenn überhaupt nur noch dunkler geworden waren. Unsere Blicke trafen sich und er grinste mich an.

»Du hattest Grippe«, erklärte er mir und ich blinzelte immer noch benommen. »Roark sagt, dass du dafür anfällig geworden bist, weil du so erschöpft warst. Aber er hat dich leicht betäubt, damit du dich schnell erholst. Du erinnerst dich an gar nichts?«

Ich schüttelte den Kopf und bemerkte, wie er mich kurz enttäuscht ansah, aber der Ausdruck war zu schnell wieder verschwunden, als dass ich ihn hätte deuten können. Also schob ich den Gedanken beiseite und versuchte, mich auf die Tatsachen zu konzentrieren. Ich war seit vier Tagen hier. Ich war vier Tage lang vom Radar des Turms verschwunden.

Niemand außer den Menschen hier unten wusste, dass ich hier war.

Ich atmete nervös aus. Alle würden sich Sorgen um mich machen. Sie würden glauben, dass ich verletzt, entführt oder sogar tot war! Zoe war immer noch dort oben und die Vier auf ihrem Handgelenk zog sie unweigerlich weiter nach unten, erst in die Medica und dann in die Zitadelle. In eine Glaszelle. Oh Gott, wenn sie mich für tot hielt ... Es würde ihr das Herz brechen. Es würde ihr wie Sarah ergehen, die erst auf eine Drei und dann auf eine Zwei abgesackt war und dann ...

Das Bild, das ich vor langer Zeit in meinem Kopf heraufbeschworen hatte, tauchte wieder vor meinem inneren Auge auf: Zoe befand sich anstelle der Frau, die Gerome getötet hatte, im Turm. Das Licht in ihren Augen war erloschen und ihr Körper lag reglos da. Ihr Strahlen, ihr Licht und die Freude, die sie in mir hervorgerufen hatte, waren verschwunden und das alles nur, weil sie sich mit mir angefreundet hatte ... Ich musste wissen, was mit ihr passiert war. Ich musste sie wissen lassen, dass es mir gut ging. Das würde ihr helfen, ihren Abstieg zu verlangsamen ... und vielleicht konnte ich ihr bei der Gelegenheit gleich einen Monatsvorrat von Roarks Tabletten geben.

Ich richtete mich weiter auf und schob meine Beine über die Matte, bevor ich umständlich ganz aus ihr hinausglitt. Grey und Tian sahen mich beide alarmiert an, als ich mit meinen nackten Füßen auf dem kalten Boden landete, aber ich hielt mich tapfer und ignorierte meine zittrigen Knie. Ich trug nur Unterwäsche und auch wenn ich nicht hatte glauben wollen, dass wir schon vor vier Tagen hergekommen waren, so waren die Schweißflecken auf dem Stoff Beweis genug.

»Ich brauche meine Kleidung«, sagte ich und sah mich nach meiner Uniform um. »Und meine Kabelpeitschen.«

»Warum?«, fragte Grey im gleichen Augenblick, als Tian sagte: »Quess hat deine Peitschen.«

Ich blinzelte und sah Grey an. »Ich möchte mit Cali über Zoe sprechen. Warum hat Quess meine Peitschen?« Das zu fragen, ohne erschrocken zu klingen, fiel mir schwer, aber ich wollte keinen Aufstand machen. Trotzdem machte ich mir Sorgen, denn die Vorstellung, dass sich jemand an meiner Ausrüstung zu schaffen machte, gefiel mir gar nicht. Die Ritter wurden dazu ausgebildet, ihre Ausrüstung selbst zu warten, um ihr Leben nicht in die Hände einer anderen Person zu legen. Allein die Tatsache, dass Quess meine Ausrüstung gerade berührte …

»Er verbessert sie«, sagte Tian lächelnd. »Damit du sie draußen benutzen kannst, so wie ich es tue. Soll ich es dir zeigen?«

Ich runzelte die Stirn und überlegte kurz. Damit ich sie draußen benutzen konnte so wie sie? Aber ich konnte die Peitschen doch draußen benutzen, nur hier unten unter der Grünanlage nicht, weil die Hydroturbinen zu viel Wasser aufwirbelten, sodass sich die Statik nicht richtig aufladen konnte. Aber wenn ich genauer darüber nachdachte, konnte ich sie auch innerhalb der Grünanlage nicht benutzen und ebenso wenig in einigen Räumen der Kläranlage, wo sich offene Wasserbecken befanden, in denen das Wasser kondensiert wurde, um es zu entgiften. Vielleicht wusste Quess, wie die Peitschen auch in diesen Umgebungen funktionierten?

»Ja, aber ich sollte mir wohl erst etwas anziehen. Wo ist meine Uniform?«

»Cali hat sie«, antwortete sie lächelnd. »Sie ist gerade nicht hier, aber sie sollte bald wieder nach Hause kommen.«

»Wohin ist sie gegangen?«

Tian zuckte mit den schmalen Schultern und sah plötzlich nervös aus. Da verstand ich, dass ich sie verschreckt hatte. »Es tut mir leid, Tian«, sagte ich leise und kniete mich vor sie. »Ich wollte dir nicht so viele Fragen stellen. Ich fühle mich nur … etwas eigenartig ohne meine Sachen.«

»Oh«, sagte Tian und wippte von einem Fuß auf den anderen. »Das tut mir leid!«

»Das braucht es nicht. Ich weiß, dass ihr alle nur helfen wollt.«

Tian lächelte mich an und ein Grübchen formte sich auf ihrer rechten Wange. Sie streckte sich nach mir und streichelte mir über den Kopf. »Du bist ein nettes Mädchen. Nicht so rau wie Doxy. Ich mag dich.«

Ich lächelte, was mir nicht allzu schwerfiel, weil Tian einfach Freude um sich herum zu verbreiten schien, aber es war nicht leicht, geduldig zu bleiben, während meine Sorge um Zoe mich auffraß.

Grey räusperte sich leise und ich sah an Tian vorbei. Da stand er und grinste schief. »Cali hat dir saubere Kleidung bereitgelegt, solange sie deine Uniform reinigt.« Er deutete auf einen Stapel mit gefaltete Kleidung, die auf einem Stuhl neben meiner Hängematte lag.

»Danke«, sagte ich und nahm die Kleidung an mich. »Ich werde mich nur schnell anziehen und dann ...«

»Du darfst dieses Zimmer nicht eher verlassen, bis du dich nicht geduscht hast«, sagte Tian und legte den Kopf schräg. »Wir haben alle abgestimmt und du musst es einfach machen. Das ist so, wie wenn meine Badezeit gekommen ist.«

»Und genauso wie Tian kurz vor ihrer Badezeit riechst du ein klein wenig.« Ich sah zu Grey hinüber, dessen Augen schelmisch funkelten, und verdrehte selbst die Augen. Es war wirklich nicht nötig, dass gerade er mich darauf hinwies, dass ich eine Dusche gut vertragen könnte. Das durfte er gar nicht wissen. Es war einfach schrecklich peinlich.

Tian grinste mich nickend an und ihr helles Haar wippte auf und ab. »Du riechst ganz schön doll.«

Und schon musste ich wieder lächeln. Langsam bekam ich den Eindruck, dass es unmöglich war, in der Nähe dieses verschmitzten Mädchens negative Gefühle zu entwickeln. Vielleicht sollten wir ihren Übermut in Flaschen abfüllen – er würde jede Medica-Tablette um Längen übertreffen.

»In Ordnung«, sagte ich und hob geschlagen die Hände. »Ich habe verstanden. Kannst du mir die Dusche zeigen?«

Tian streckte den Arm aus und deutete mit dem Finger nach oben. »Die Treppe hoch«, sagte sie streng. »Seife und Handtücher liegen schon bereit. Wir warten hier auf dich. Grey will mir ein neues Spiel beibringen, du kannst dir also Zeit lassen!«

Ich sah über sie hinweg zu Grey und sah überrascht, wie er das Mädchen angrinste und bereits ein Kartenspiel in den Händen hielt. »Heute werde ich dir eine wichtige Lektion über das Verlieren beibringen und darüber, wie man es mit Anmut tut«, sagte er und Tian kicherte. Sie hielt sich eine Hand vor den Mund, um ihr Lachen zu verstecken.

Die beiden gingen zu einem nahestehenden Tisch, der aus dem Nichts aufgetaucht zu sein schien. Sie mussten ihn für mich hergebracht haben, denn er war mit ein paar Tablettendöschen und den Resten von zwei Mahlzeiten bedeckt. Das bedeutete, dass mir jemand die letzten zwei Tage Gesellschaft geleistet hatte. Ich verstand es, als Grey kurz zu mir aufsah, während er Tian einen Stuhl zurechtschob. Unsere Blicke trafen sich und er lächelte leicht.

Ich sah ihn mit klopfendem Herzen an und fügte die Teilchen zusammen. Ich war seit vier Tagen hier. Die letzten zwei Tage über war ich krank gewesen. Und *er* war es gewesen, der bei mir gesessen hatte. Vage Erinnerungen kamen mir in den Sinn, seine braunen, besorgten Augen, eine starke Hand, die mir mit einem kalten Tuch den Schweiß von der Stirn tupfte, der Klang seiner Stimme ... Ich erinnerte mich nicht an die Worte, sondern nur an das Geräusch, stark, ruhig und fürsorglich.

Er löste seinen Blick von mir und setzte sich Tian gegenüber. Ich drehte mich um und rannte los. Ich brauchte unbedingt eine Dusche und musste mich sammeln, bevor ich beschloss, was ich als Nächstes tun sollte. Ich musste darüber nachdenken, was ich mit Grey tun sollte und wie ich Cali davon überzeugen konnte, dass sie mich nach Zoe sehen ließ.

Die Dusche half mir definitiv, mich zu konzentrieren. Das Wasser war heiß und während ich den Schmutz der letzten vier Tage abschrubbte, fühlte ich mich immer mehr wieder wie ein Mensch und weniger wie ein Zombie. Es dauerte ein wenig, bis ich mich in der kleinen Umkleide abgetrocknet und die schwarze Kleidung angezogen hatte. Sie war nicht aus Mikrofaser gemacht und fühlte sich schwer und etwas steif an. Die Hose war ein wenig lang und das Hemd etwas zu lang an den Ärmeln, aber alles in allem passten mir die Sachen gut. Dennoch wurde ich das Gefühl nicht los, dass ich zu dick eingepackt war.

Ich verließ die Umkleide und ging wieder die Treppe hinunter. Grey und Tian saßen noch am Tisch und ich hörte Greys lautes Lachen über Tians schrillem Lachen. Danach schienen beide auf den Tisch zu klopfen. Ich lächelte, als sie verstummten und sich kurz darauf misstrauisch beäugten. Nach einem langen Augenblick zogen sie beide ihre Hände zurück und sahen sich die Karten an, die sie gerade auf den Tisch gelegt hatten.

Grey stand auf, als Tian die Hände an die Wangen presste und dramatisch aufstöhnte. »Der Gewinner und Champion!«, rief er triumphierend und warf die Hände in die Luft.

Tian ließ den Kopf nach vorn sacken und er landete auf der Tischplatte.

»Neeeeeiiin!«, rief sie, während sie mit den Händen die ausgelegten Karten zur Seite fegte. Sie warf keine der Karten zu Boden, aber ich musste trotzdem lachen, vor allem, als sie mich hörte und sich wieder aufrichtete, wobei ihr eine Karte an der Wange kleben blieb.

Ich bog mich vor Lachen und war einfach hingerissen von ihrer niedlichen Art. Auch Grey lachte. Tian sah sich blinzelnd um.

»Was?«, fragte sie, ohne die Karte in ihrem Gesicht zu bemerken. Dann betastete sie ihr Gesicht und riss die Karte mit einem übertriebenen Augenverdrehen los.

»Ihr zwei seid sooooo unreif«, sagte sie, rümpfte die Nase und warf die Karte auf Grey. Dann schob sie ihren Stuhl zurück, stand auf, strich ihren kurzen Rock glatt und ich lächelte leise weiter. »Bist du bereit, zu Quess zu gehen?«, fragte sie, sobald wir aufgehört hatten, zu lachen.

»Ja, bitte.« Ich war mehr als bereit. Meine Kabelpeitschen waren mein Leben und obwohl ich definitiv eine Dusche nötig gehabt hatte, war meine Ausrüstung nun die wichtigste Priorität.

Tian lächelte und hüpfte die Treppe zum Gang und der Küche hinauf. Ich folgte ihr und Grey schloss sich mir an, die Hände in die Taschen gesteckt.

»Du scheinst dich sehr gut mit Tian zu verstehen. Wie sind die letzten Tage gelaufen?«

»Gut«, sagte Grey. »Als du krank geworden bist, haben wir uns abgewechselt, um bei dir zu sitzen.«

»Grey hat die meiste Zeit bei dir gesessen«, rief Tian über ihre Schulter.

Grey wurde rot und senkte den Kopf, um sich mit einer Hand den Nacken zu reiben. »Ich ... Na ja ... Ich dachte, dass du dich vielleicht unbehaglich fühlst, wenn du aufwachst und jemand bei dir sitzt, den du nicht so gut kennst.«

Seine Antwort überraschte mich, aber sie erfreute mich auch. »Danke«, sagte ich. Er sah mich an und ich fügte hinzu: »Das war sehr nett von dir.«

»Das ist doch nicht der Rede wert.« Das warme Gefühl, das sich in mir ausbreitete, war angenehm und ich wollte es gern genießen ... doch dann dachte ich an Zoe und fühlte mich absolut egoistisch. Hier war ich, sah nach meinen Kabelpeitschen und flirtete mit dem Typen, der mir gefiel, während sie sich furchtbare Sorgen darum machte, was mit mir passiert war.

Ich wandte beschämt den Blick ab, aber Grey legte seinen Arm um meine Schultern und zog mich an sich.

»Es wird alles gut, Liana. Cali und die anderen – außer Maddox, Maddox ist angsteinflößend« - ich sah ihn an und er zuckte mit den Schultern - »Sie bringt mir bei, zu kämpfen und sie ist nicht gerade ... geduldig.«

»Sanft«, sprang Tian hilfreich ein. »Doxy ist nicht sanft. Aber sie meint es gut. Sie hat sogar mir ein paar Dinge beigebracht.«

Um es uns zu demonstrieren, wirbelte das Mädchen herum und landete mit breit aufgestellten Füßen auf der Treppe und hieb mit den Fäusten in die Luft, während sie »Pow, pow« schrie. Grey und ich starrten sie an und lächelten, als sie ihre Arme sinken ließ und sich erneut den Rock glattstrich.

»Wenn ihr vor mir gestanden hättet, wärt ihr jetzt tot«, flüsterte Tian, bevor sie sich umdrehte und die restlichen Stufen hinaufhüpfte.

»Da bin ich mir ganz sicher«, nickte ich und Grey grinste.

Wir stiegen schweigend nach oben, bis Grey sagte: »Oh, hey, hast du schon auf deine Anzeige gesehen?«

Sofort sah ich nach unten und erkannte überrascht, dass keine Nummer auf meinem Handgelenk stand, nur ein kleiner grüner Bindestrich, so als ob die Anzeige auf etwas wartete. Ich sah auf Greys Handgelenk und sah den gleichen Strich.

»Warum ist es ...«

»Die Farbe, die Quess entwickelt hat, blockt alle Signale von und an Scipio ab. Das bedeutet, dass das hier unten nicht funktioniert. Es ist ... ein ziemlich befreiendes Gefühl. Aber ich will dich warnen: Quess wird dich fragen, ob du dein Armband abnehmen willst.«

»Kann er das denn?«

Grey nickte. »Sieht so aus.«

Ich verstummte und strich mit den Fingern über mein Armband. Wie würde es sich anfühlen, nicht mehr diese Last zu tragen? Wie wäre es, wenn man mich und das, was ich anbieten konnte, bewertete und weniger das, was Scipio anderen von mir sagte?

»Alles in Ordnung?«

Ich sah in Greys braune, warme Augen und nickte. »Ich habe nur daran gedacht, wie es sich anfühlen würde.«

Er lächelte und sah zu Boden, wobei ihm seine Haare ins Gesicht fielen. »Es ist deine Entscheidung«, sagte er.

»Maddox trägt ihr Armband noch um das Handgelenk, genauso Cali, aber sie tun es für den Fall, dass sie in den Turm hinaufsteigen müssen.«

»Hast du deshalb dein Armband behalten?«

Grey zögerte und sah mich nachdenklich an, bevor er nickte. »Ja, man kann ja nie wissen. Es ist einfach besser so. Aber es ist trotzdem großartig, dass es hier nichts zu bedeuten hat.«

»Ja, das verstehe ich.« Ich beschloss, mein Armband ebenfalls für den Fall anzubehalten, dass ich in den Turm hinaufsteigen musste. Alles andere kam im Augenblick einfach nicht infrage, obwohl sich ein Teil von mir sehr danach sehnte, sich von dem Armband zu befreien.

Ich sah nach vorn, wo Tian in Quess' Zimmer verschwand, und folgte ihr. Ein Lichtblitz blendete mich kurz und ich sah graue Funken vor meinen Augen fliegen. Ich wich etwas zurück und wandte den Blick ab. Dann blinzelte ich, bis ich wieder klar sehen konnte. Als ich wieder in das Zimmer hineinsah, legte Quess gerade sein Schweißgerät auf den breiten Arbeitstisch in der Mitte des Zimmers und zog eine verdunkelte Schutzbrille von den Augen, bis sie auf seinem Kopf saß.

»Hey Liana«, sagte er mit einem Lächeln, das den Schmutz auf seinem Gesicht überstrahlte. »Schön zu sehen, dass es dir besser geht. Du hast uns allen einen ganz schönen Schrecken eingejagt.«

»Danke«, sagte ich und meine Sorge um meine Kabelpeitschen wurde vorübergehend von dem herzlichen Blick in seinen Augen verdrängt. Ich zögerte und suchte nach etwas, das als Small Talk durchgehen würde, bevor ich ihn fragen konnte, was er mit meiner Ausrüstung machte.

»Sie macht sich Sorgen um ihre Kabelpeitschen«, sagte Tian, nachdem mehrere Sekunden verstrichen waren, und ich war erleichtert. Mir war einfach nichts eingefallen, was ich hätte sagen können.

Quess' Lächeln wurde breiter. »Das habe ich mir schon gedacht«, sagte er gelassen, trat hinter den Tisch und duckte sich. Dann stand er wieder auf, mein Kabelgeschirr in den Händen, und ich hätte mich fast über den Tisch gebeugt, um es ihm eilig abzunehmen. Aber ich hielt mich zurück und sah zu, wie er die Kabel und die runde Spule vorsichtig auf einen freien Bereich des Tisches legte. »Cali und Maddox sind auch beide sehr beschützerisch, was ihre Kabel angeht. Ich habe ein paar Veränderungen an der Schleuder vorgenommen, damit du die Kabel genauer steuern kannst. So haften sie schneller an und lösen sich auch schneller, das solltest du wissen. Ich habe außerdem die statischen Knöpfe an den Enden gegen Knöpfe ausgetauscht, die ich selbst entworfen habe. So baust du eine Reibungsbindung statt einer statischen Bindung auf.«

Ich ging um den Tisch herum, während er sprach, und entfernte sofort die Metallkuppel des Peitschengehäuses. Die gesamte Mechanik war mir so vertraut, dass ich nicht lange brauchte, um die Veränderungen zu sehen, die er vorgenommen hatte. Aber da mir das veränderte Gehäuse fremd war, würde ich erst herausfinden, wie es funktionierte, wenn ich es ausprobierte.

Ich beäugte Quess, während er weitersprach und mir die Reibungsbindung und ihre Funktionsweise erklärte. Ich versuchte, seine Kompetenz einzuschätzen und wurde nicht enttäuscht. Er klang Zoe so ähnlich – in manchen Dingen sogar noch technischer, und seine Erklärungen drifteten inzwischen in die theoretische Physik ab. Als er merkte, dass wir alle, einschließlich mir, einen glasigen Blick bekamen, unterbrach er sich und seufzte.

»Niemand weiß ein wahres Genie zu schätzen«, brummte er. »Egal, probier sie einfach aus. Aber ich muss dich warnen, niemanden mit den Peitschen zu schlagen, wenn du es nicht wirklich ernst meinst. Wenn sie mit genug Schwung geschleudert werden, können sie Knochen brechen.«

»Danke für die Warnung«, sagte ich, nun noch besorgter um den Zustand meiner Peitschen. Ich wollte sie auf jeden Fall so schnell wie möglich testen. »Kann ich auch irgendwie herausfinden, was mit meinem Stromstock passiert ist?«

Quess lächelte, aber es war Cali, die antwortete und uns alle mit ihrem plötzlichen Erscheinen überraschte.

»Maddox bastelt daran herum. Ich hoffe, dass dich das nicht stört.«

Ich sah sie einen Augenblick lang an. »Wann werde ich ihn zurückbekommen?«

Sie lächelte nett. »Wenn du ihn brauchst.«

Ich sah mich um und stellte fest, dass alle unbehaglich zu Boden schauten. Sie spürten, dass eine Auseinandersetzung im Verzug war, und sie wollten nicht hineingezogen werden. Alle außer mir hatten Zeit gehabt, um sich etwas besser kennenzulernen. Dies war meine Gelegenheit, um mich entweder zur Idiotin zu machen oder aber einen guten Eindruck zu hinterlassen. Ich fuhr mir mit der Zungenspitze über die Lippen und beschloss, direkt zu sein, die Situation aber nicht außer Kontrolle geraten zu lassen.

»Bin ich hier eine Gefangene?«

Cali atmete tief durch und ihr Lächeln verblasste etwas. »Nicht ganz, aber ich kann dich im Augenblick nicht gehen lassen. Roark hat mir von deiner Freundin erzählt, während du krank warst, und es tut mir sehr leid, aber wenn du jetzt gehst, bringst du unser aller Sicherheit in Gefahr. Solange wir nicht wissen, wie verzweifelt die Ritter nach dir suchen, können wir es einfach nicht riskieren, dass du dort oben gesehen wirst. Vor allem nicht, nachdem du vier Tage lang verschwunden warst.«

Ich presste die Lippen aufeinander und bemühte mich, die Ruhe zu bewahren. Ich brauchte wirklich keine Erinnerung daran, wie lange ich schon hier war. Ich atmete aus. »Hör zu, ich bin nicht wie die anderen hier. Ist nicht böse gemeint«, sagte ich, hob die Hände und blickte in die Runde. Hoffentlich verstanden die anderen meine entschuldigende Geste. »Ich kenne Leute im Turm, die gute Menschen sind. Menschen, die wissen, dass etwas nicht stimmt, und die Gefahr laufen, für dieses Wissen bestraft zu werden. Meine letzte Begegnung mit diesem Mädchen war nicht sehr erfreulich und sobald sie erfährt, dass ich verschwunden bin, wird ihre Nummer sinken. Ich kenne sie. So wütend sie auch auf mich ist – wenn sie glaubt, dass mir etwas zugestoßen ist …«

Ich verstummte und sah mich im Raum um, in der Hoffnung, Unterstützung von den anderen zu erhalten. Nur Grey erwiderte meinen Blick. Ich sah ihn flehend an und war erleichtert, als er sich an Cali wandte.

»Ich möchte ihrer Freundin auch helfen«, sagte er. »Das bin ich ihr schuldig. Ohne sie wäre ich jetzt nicht mehr am Leben. Ich verstehe, dass deine Familie hier unten ist, aber da oben ist ihre Familie. Versetz dich kurz in ihre Lage.«

Cali sah uns mit regloser Miene an. Dann wandte sie sich mir zu und fragte mich: »Glaubst du, dass deine Freundin noch ein paar Tage warten kann?«

Mein Herzschlag beschleunigte sich. »Ich denke schon. Heißt das …«

»Ich will nichts versprechen«, sagte sie und hob ihre Hand, um mich zu unterbrechen. »Und ich werde dir keinen genauen Tag nennen. Aber ich habe ein Treffen mit meinem Kontaktmann von den Sehern in einer nahegelegenen Signalrelaisstation vereinbart. Er wird die Lage besser einschätzen können. Vielleicht fällt uns zusammen etwas ein, wie wir ein

Treffen mit deiner Freundin arrangieren können. Klingt das fair?«

Ich stockte und spürte, wie alle mich erwartungsvoll ansahen, um zu sehen, ob ich ihren Vorschlag annahm.

Ich erwiderte ihren eindringlichen Blick. »Nur, wenn ich dich begleiten kann.«

Sie zögerte kurz, nickte dann aber. »Nun denn.«

Unser Abmachung war getroffen und ich atmete auf, erleichtert darüber, dass sich Cali ein Herz gefasst hatte. Nun musste ich mich nur noch beschäftigen, bis unsere Verabredung nahte. Dann würden wir hoffentlich die Informationen erhalten, die wir brauchten, um Zoes Rang anzuheben, bevor die Dinge für sie noch schlimmer wurden.

Ich konnte nur beten, dass sie sich noch etwas zusammenreißen konnte, bis ich zur ihr kam.

30

Fünf Tage später betete ich darum, dass *ich* mich zusammenreißen könnte. Ich konnte es nicht länger in der engen Überwachungsstation aushalten und platzte vor Ungeduld, meine Kabelpeitschen einzusetzen oder einfach irgendetwas tun zu können. Es war nicht so, dass es nichts gab, womit ich mich beschäftigen konnte – im Gegenteil, es gab allerlei, um mich abzulenken. Hausarbeiten, Training, Reparaturen, Sparring. Mir würde eher die Zeit ausgehen, als dass es mir an Dingen mangelte, die ich tun konnte.

Ich hatte inzwischen Tian, Quess und Cali etwas besser kennengelernt. Wahrscheinlich auch Maddox, aber die junge Frau war eine harte Nuss. Natürlich unterhielten wir uns, aber sie gab meist nur trockene Witze und kurze Kommentare voller Sarkasmus und allgemeiner Verachtung für alles mögliche von sich, vor allem in Reaktion auf jegliche Bemerkung meinerseits.

Ich würde sie hassen, wenn sie mich nicht so sehr an mich selbst erinnern würde. Sie war einfach nur eine brummigere Version, die etwas ungehobelter war, als ich es von mir selbst hoffte. Außerdem konnte ich gut verstehen, wie schwer es für sie alle war, fremde Leute aufzunehmen. Ich hatte erfahren, dass sie in diesem Versteck seit zwei Jahren lebten und seitdem nicht allzu viel Kontakt zu anderen Menschen gehabt hatten

– weder zu ihren Kontaktleuten, noch zu den anderen Einheiten von Undoks, die Cali organisierte. Dieses Verhalten sorgte für Sicherheit, weil sie niemand identifizieren konnte und niemand wusste, wo sie sich aufhielten.

Ihre Nähe zueinander war deutlich spürbar und es war schwer, von einem Zimmer zum anderen zu gehen, ohne sich wie ein Eindringling zu fühlen. Tian, Quess und Cali bemühten sich redlich, uns das Gefühl zu geben, willkommen zu sein, aber ich war immer noch dabei, mich an mein neues Leben hier unten zu gewöhnen. Ich fand immer noch heraus, wie die anderen wirklich waren und wie unser Leben von nun an verlaufen würde.

Aber keine meiner Aufgaben oder der Menschen um mich konnten mich ganz von meinen Sorgen um Zoe, Eric und Alex ablenken. Ich hatte Angst davor, welche Sorgen sie sich um mich machten, und ich fürchtete, dass sie mir nie verzeihen würden, sie einfach so wortlos alleingelassen zu haben, sobald sie herausfänden, dass es mir gut ging.

Egal, wie oft ich mir in Erinnerung rief, dass mir einfach keine Zeit geblieben war, um anders zu handeln, nahm das doch die Anspannung nicht von mir, was wohl erklärte, warum ich mit einem großen Satz aus meiner Hängematte auf den Boden sprang, als ich sah, wie Cali mit Roark im Schlepptau die Treppe ins Untergeschoss hinabstieg.

Ich lief ihnen entgegen und stieg die Stufen hinauf. »Hey«, sagte ich, als ich dicht bei ihnen war.

Cali nickte und sah zu Roark. »Du wirst eine Paragon nehmen müssen, bevor du gehst«, sagte er und streckte mir die Tablette entgegen. »Nur für den Fall.« Ich nahm sie und schluckte sie eilig, weil ich es kaum erwarten konnte, dass es losging.

»Ich habe meine bereits genommen«, sagte Cali und sah zu Roark. »Aber es ist natürlich unmöglich, zu sehen, ob sie funktioniert, bis wir an die Oberfläche gehen.«

»Natürlich funktioniert es, du Xanthippe«, sagte Roark, woraufhin Cali keineswegs beleidigt von Roarks schroffem Ton lachte.

»Na schön, na schön – ich vertraue dir und deiner Arbeit, okay? Liana, wir treffen uns in zehn Minuten im Esszimmer.« Es war keine Frage gewesen, aber ich nickte trotzdem, wandte mich um und rannte wieder in den Schlafbereich zurück.

Ich brauchte nicht lange, um mich auszuziehen, mir meine Halterung anzulegen und mich wieder anzuziehen. Ich vergewisserte mich, dass meine Peitschen durch den Gürtel gezogen waren, weil mir heute die Sicherheit wichtiger war als die Geschwindigkeit, und betastete dann die neuen Knöpfe an den Spitzen. Ich hatte sie in den engen Räumlichkeiten ausprobiert, aber ich hatte noch keinen wirklichen Probelauf machen können.

Sie nun zu testen würde mich beschäftigt halten, bis wir zu dem Ort kamen, an dem wir mit Calis unbekanntem Kontakt bei den Sehern sprechen würden. Der Mann, der mir helfen würde, um mit Zoe in Kontakt zu treten. Er musste mir einfach helfen.

Sobald ich fertig war, eilte ich nach oben, um mich mit Cali zu treffen. Sie wartete bereits auf mich. Maddox stand mit verschränkten Armen neben ihr und machte ein wenig erfreutes Gesicht. Kaum hatte sie mich gesehen, kniff sie die Augen zu engen Schlitzen zusammen.

»Ich sollte euch begleiten«, fauchte sie und sah zu ihrer Mutter.

Calis Mund formte eine dünne Linie, die mich an meine eigene Mutter erinnerte, wenn sie wütend war, aber zu meiner Überraschung war Calis Stimme sanft und geduldig. »Drei laufen größere Gefahr, aufzufallen, und das weißt du auch. Liana wird mir Rückendeckung geben, wenn etwas schiefgehen sollte.«

Maddox' leuchtend grüne Augen schossen zu mir. Sie starrte mich feindselig an. »Das hoffe ich für sie«, sagte sie, ohne einen Hehl aus ihrer offenen Drohung zu machen.

Ich blinzelte, als sie an mir vorbeirauschte, sah ihr kurz nach und wandte mich dann wieder Cali zu.

»Es, ähm, tut mir leid, wenn ich einen Streit zwischen euch ausgelöst habe«, sagte ich unbehaglich. Ich hatte kein schlechtes Gewissen, Cali zu begleiten, schließlich musste ich hören, was ihr Kontaktmann ihr zu sagen hatte, aber ich hatte nicht beabsichtigt, Unfrieden zwischen Mutter und Tochter zu stiften, und fühlte mich deshalb unwohl.

»Kein Problem«, antwortete sie und strich sich über ihre Kleidung. »Ich habe versucht, meine Tochter zu einer gelasseneren Person zu erziehen, aber sie hat zu viel von ihrem Vater geerbt. Er vertraut auch niemandem so leicht.« Ich runzelte die Stirn. Ich hatte angenommen, dass Maddox' Vater tot war, da er kein Teil des Lebens hier unten war, aber sie hatte in der Gegenwartsform von ihm gesprochen. Sie nahm also an, dass er noch lebte.

Vielleicht hatte sie ihn verlassen müssen, als sie mit Maddox geflohen war?

Es war schwer zu sagen, denn obwohl ich Cali nähergekommen war, war sie sehr verschlossen, was ihre Vergangenheit anging. Ich hatte versucht, ihr ein paar Fragen über ihre Erfahrung im Turnier zu stellen – schließlich hatte sie ein paar der Schlachten gewonnen, auch wenn Devon trotzdem den Meistertitel errungen hatte. Ich selbst hatte noch kein Turnier miterlebt und es war unwahrscheinlich, dass es in meiner Lebenszeit ein nächstes Turnier geben würde. Deshalb hatte ich gehofft, dass Cali mir davon erzählen könnte, aber zu meiner Enttäuschung wollte sie das nicht.

Cali stieg die Leiter hinauf, die zum Eingang führte, und ich wartete ein paar Sekunden, bevor ich ihr folgte, um mich ein wenig zu sammeln.

Draußen war es dunkel und das Mondlicht erhellte die finsteren Schatten unten kaum. Sanftes Licht beleuchtete die Laufstege und half uns, den Weg zu erkennen, aber es war gedämpft und schon nach wenigen Metern praktisch nicht mehr zu erkennen. Die Sichtbarkeit hier unten war einfach miserabel.

Ich wollte Cali gerade danach fragen, als ich sah, wie sie etwas aus ihrer Manteltasche zog. Sie hielt den Gegenstand mit beiden Händen und bog ihn, sodass sie in jeder Hand je eines dieser Objekte hielt.

Sie streckte mir eins davon entgegen und ich erkannte, dass es Brillen waren. Sie ähnelten denen, die Quess getragen hatte, hatten jedoch rote Linsen. Ich nahm die Brille, die sie mir anbot, und zog sie mir auf.

Sofort verringerte sich der Nebel und ich konnte deutlich besser sehen. Die Lichter waren heller, klarer und schienen wie kleine Sonnen in der Nacht. Ich drehte erstaunt den Kopf und sah aus dem Augenwinkel etwas Hellgrünes. Sobald sich meine Sicht an die neue Brille gewöhnt hatte, erkannte ich, dass es eine Markierung war, von der es noch mehrere gab, nicht nur in Grün, sondern auch in Pink, Lila und Blau. Ich sah Cali fragend an und sie lächelte wissend.

»Tian ist eine lebende Karte«, sagte sie, während sie an ihren Kabelpeitschen zog. »Ich schwöre, dass sie sich noch nie verlaufen hat, egal, wo sie ist. Also malt sie uns Anweisungen, damit wir unseren Weg leichter finden und nicht verloren gehen. Blau ist für den Ort, an dem wir Wasser holen, Pink für den Weg nach drinnen, Grün für die nächste Grünanlage und Lila für den sichersten Weg in den Turm hinein und wieder hinaus.«

Ich blinzelte und sah mir die kleinen Markierungen an. »Kann jemand anderes das auch sehen?«

»Nicht ohne die Brille. Quess hat die Farbe, mit der sie malt, so gemischt, dass sie nur mit diesen Brillen sichtbar ist. Auf diese Weise hinterlassen wir einander auch Signale, wenn wir ein sicheres Versteck brauchen. Trag diese Brille also immer bei dir, okay?«

»Okay. Wohin gehen wir?«

Calis Antwort bestand aus einem Peitschenschleudern. Sie sprang vom Laufsteg und wirbelte an die Decke. Sie landete drei Meter weiter, wurde von ihren Kabeln gebremst und vollzog einen anmutigen Bogen. Ich nahm schnell meine eigenen Kabel in die Hände und folgte ihr, nicht ohne ein kurzes Stoßgebet zu sagen, dass Quess' Veränderungen funktionierten.

Dank Quess' Brille konnte ich recht leicht mit Cali Schritt halten, obwohl ich etwas Abstand hielt, damit sie den

Weg anführte. Die Änderungen, die Quess an meinen Peitschen vorgenommen hatte, schienen gut zu halten, obwohl ich wegen der hohen Luftfeuchtigkeit anfangs sehr nervös war. Aber nach einer Weile vertraute ich meiner neuen Ausrüstung mehr und nutzte die Gelegenheit, um meine steifen Muskeln zu dehnen.

Wir schwangen uns fünfzehn oder zwanzig Minuten durch den Unterbauch des Turms, bevor Cali anhielt und sich nach oben zog. Dann stemmte sie sich gegen die Decke, aus der sich plötzlich ein Teil löste und eine dunkle Öffnung freilegte. Cali kletterte hinauf und streckte mir dann eine Hand entgegen.

Ich ergriff sie und sie zog mich mit einem Keuchen nach oben. Dann klammerte ich mich am Boden fest und robbte mich mit ihrer Hilfe weiter hinauf, bis meine Hüften in den Raum glitten. Ich atmete auf und auch sie entspannte sich kurz, bevor sie aufstand und in den dunklen Raum verschwand. Selbst mit der Brille konnte ich nicht erkennen, wohin sie gegangen war, und sah auch sonst nichts. Es gab keinerlei Lichtquelle im Zimmer.

Dann hörte ich ein Klicken, mit dem Licht eingeschaltet wurde, das mich mit seiner Helligkeit sofort blendete. Ich nahm die Brille ab und gab meinen Augen eine Sekunde, um sich an die neue Umgebung zu gewöhnen. Langsam wurde Calis verschwommener Umriss wieder scharf. Das Licht stammte von einer kleinen Lampe auf einem Schreibtisch, an dem Cali Platz genommen hatte.

Der Rest des Zimmers war klein und kompakt und voller Drähte, Leitungen, Schutzschalter und Rohre. Nach etwa drei Metern hatte man den ganzen Raum durchquert.

Cali beugte sich vor und drückte auf etwas unter dem Schreibtisch. Sofort wurde ein Computer eingeschaltet und der Bildschirm leuchtete weiß auf. Cali berührte ihn und tippte etwas ein.

»Das ist also die Relaisstation?«, fragte ich und sah mich um. »Was wird denn hier weitergeleitet?«

»Anweisungen von Scipio, Ranganpassungen, Verortungsdaten ... Alle erdenklichen Daten, die man über die Menschen sammeln kann, die hier leben.« Sie tippte weiter und ich sah, wie Schrift auf dem Bildschirm auftauchte.

»Bist du eine frühere IT?«, fragte ich, beeindruckt davon, wie schnell sie arbeitete.

»Ha, sehr witzig. Ich bin im Umgang mit Computern etwa so gut wie meine liebe Maddox darin, Freundschaften zu schließen.«

»Aber du ...«

»Du interpretierst das falsch. Ich habe die Anweisungen einfach schon vor Jahren auswendig gelernt.«

Vor Jahren? Das war interessant. Vor allem, wenn es bedeutete, dass sie den fraglichen Mann schon seit Langem kannte. Dann würde er nicht so leicht einen Rückzieher machen. Hoffentlich.

»Warum sind wir hier?«, fragte ich, weil ich auf mehr Informationen über den mysteriösen Kontaktmann hoffte.

»Ich meine, wenn er bei den Sehern ist, dann kann er doch ... Ich weiß nicht, die Anrufe löschen oder so etwas?«

»Ich bin mir sicher, dass er das kann, aber Vorsicht ist immer die beste Sicherheitsmaßnahme. Eine Relaisstation zu verwenden, über die tagtäglich Tausende von Terabytes an Information verarbeitet werden, ist der beste Weg, um unbemerkt zu bleiben.«

Das ergab Sinn. Ich wartete, bis sie weitersprach, aber sie tat es nicht, und sie hatte mir auch keine Lücken gelassen, die ich aufgreifen konnte. Sie hörte mit dem Tippen auf und lehnte sich auf ihrem Stuhl zurück. Die Sekunden vergingen und nichts geschah.

»Was nun?«, fragte ich.

»Nun warte ich. Er ist nicht immer pünktlich, aber das ist verständlich, wenn man bedenkt, dass er uns vom Kern aus kontaktiert. Das ist gefährlich und erfordert perfektes Timing und sehr genaue Sicherheitsvorkehrungen – oder zumindest erinnert er mich jedes Mal daran, wenn ich ihn darauf hinweise, dass er sich verspätet hat.«

Ich dachte darüber nach. »Wie schafft er es, oben zu bleiben? So, wie er dir und Roark hilft, steht er doch offensichtlich auf der falschen Seite. Wie vermeidet er es, entdeckt zu werden?«

»Ich bin mir nicht sicher«, antwortete sie. »Ich habe mich oft dasselbe gefragt und das Einzige, was mir einfällt, ist, dass er das System irgendwie austrickst.«

Auch das zog ich in Erwägung und dachte über das nach, was Roark mir über ihn gesagt hatte. Er hatte Roark kontaktiert, bevor der alte Mann das Medikament fertig entwickelt hatte, was bedeutete, dass sie schon seit einer ganzen Weile zusammenarbeiteten. Genauso wie mit Cali. Es gab ein gewisses Vertrauen unter ihnen. Langsam verabschiedete ich mich von der Hoffnung, dass Alex der Kontaktmann sein könnte.

Ich atmete aus und sah in die Öffnung, in der immer noch meine Beine baumelten, und in die Dunkelheit darunter. »Kann ich dich etwas fragen?«, sagte ich nach einer Pause und hörte, wie der Stuhl quietschte. Ich sah, wie Cali zu mir schaute. Ihr Gesicht lag größtenteils im Schatten und nur der Computerbildschirm warf etwas Licht auf sie.

»Ich behalte mir das Recht vor, nicht zu antworten, aber du kannst mich fragen.«

»Was ist der große Plan hinter all dem hier?«

»All dem?«

»Ja«, sagte ich, stockte aber dann. »Ich will damit nicht sagen, dass euer Zuhause nicht schön ist, aber ich meine

... Es könnte jeden Moment etwas schiefgehen und dann gäbe es niemanden, der euch hilft. Hast du keine Angst davor?«

»Doch, jede Nacht«, gab sie ehrlich zu. »Ich habe Albträume davon, wie ich scheitere, meine Familie vor dieser Welt zu beschützen, in die sie, du und ich hineingeboren wurden. Es ist nicht eure Schuld, dass da oben alles zerfällt und im Chaos versinkt, aber traurigerweise werdet ihr es in Ordnung bringen ... oder es niederrreißen müssen.«

Ich runzelte die Stirn, weil ihre Worte mich verwirrten. Ich dachte, dass wir einfach nur vorhatten, aus dem System auszubrechen, aber sie sprach davon ..., das System in Ordnung zu bringen oder es niederzureißen? Wollte Cali etwa, dass wir kämpften, statt zu fliehen?

»Warum sagst du das?«

»Nur so«, sagte sie. Es folgte eine lange, bedeutungsschwere Pause, ehe sie weitersprach. »Es ist nur so ein Gefühl. Die Zahl der Undoks ist in den letzten zwanzig Jahren exponentiell gewachsen. Als ich zum ersten Mal hierhergekommen bin, gab es nur eine Handvoll von uns. Aber jetzt? Ich weiß von mindestens siebzig Menschen, die versuchen, außerhalb der Hülle zu überleben, so wie wir. Das ist ein Zeichen dafür, dass etwas wirklich Schlimmes im Turm passieren wird und nichts Gutes.«

»Verstehe. Das bringt mich wieder auf meine Frage zurück. Was ist der ...«

»Sei still«, sagte Cali unvermittelt, als der Bildschirm flackerte. Meine Nackenhaare hatten sich vor Schreck aufgestellt, aber als sie mich mit ruhigem Blick ansah, fasste ich mich wieder. »Es ist alles in Ordnung, er ist es. Sei einfach nur leise, okay? Er mag keine Überraschungen.«

Ich nickte. Nun hatte ich so lange gewartet, da waren ein paar Minuten länger auch nicht mehr wichtig. Ich sah, wie Cali etwas tippte und dann ...

»Hast du dem Arzt geholfen?«

Die Stimme – ich konnte nicht sagen, ob es ein Mann war, weil sie so verzerrt war, dass man es nicht erkennen konnte – kam aus dem Terminal und war so digitalisiert, dass sie nicht einmal mehr menschlich klang.

»Das haben wir«, sagte sie. »Er hat zwei Streuner mitgebracht. Seinen Assistenten und einen Schild. Beide nehmen das Medikament, das er entwickelt hat.«

»Stellen sie eine Gefahr dar?«

Cali zögerte nicht in ihrer Antwort. »Nicht, soweit ich es sehen kann, und mein Instinkt sagt mir, dass sie vertrauenswürdig sind.«

»Ich vertraue auf deine Einschätzung, aber ich werde sie trotzdem überprüfen. Der Schild ist die gleiche Person, die Roark erwähnt hat? Liana Castell?«

»Ja. Sie braucht Hilfe mit einem Familienmitglied, das sie nach unten bringen will, um bei uns zu leben. Das Mädchen weiß scheinbar zu viel und infolgedessen sinkt ihr Rang.«

»Verstehe. Ich nehme an, dass du meine Hilfe dazu brauchst?«

»Wenn das möglich ist. Ich bin mir nicht sicher, wie schlecht die Dinge im Turm stehen, seit Tian sich eingemischt hat.«

»Es sieht nicht gut aus«, sagte die Stimme und schwieg dann lange. »Gib mir den Namen des betreffenden Familienmitglieds.«

»Sie ist nicht Teil meiner biologischen Familie«, sagte ich, weil ich nicht länger schweigen konnte. Cali warf mir einen Blick zu, der mich auf der Stelle hätte tot umfallen lassen sollen. »Sie heißt Zoe Elphesian und sie hat mir geholfen, Grey Farmless das Leben zu retten. Als ich sie das letzte Mal gesehen habe, hatte sie Rang Vier, und wenn es stimmt, was Cali mir über Scipio sagt, dann wird sie weiter sinken. Vor allem, wenn sie glaubt, dass ich verschwunden bin.«

»Ich nehme an, das ist Lehrling Castell.«

»Streich den Lehrling und nenn mich Liana. Wie soll ich dich nennen?«

»Hey, netter Versuch, Liana. Der einzige Name, den ich dir geben werde, ist Mercury. Cali, ich bin bereit, meine Einschätzung und meine Erkenntnisse in einem Gespräch unter vier Augen mit dir zu besprechen. Heute in einer Woche zur selben Zeit. Ich vertraue darauf, dass du meine Bitte respektierst.«

»Hey, warte eine Minute«, setzte ich an und mein Gesicht glühte vor Panik. »Meiner Freundin bleibt keine Woche. Wenn wir Glück haben, bleiben ihr ein paar Tage. Ich brauche deine Hilfe, sie da herauszuholen, ohne aufzufallen.«

»Genau deshalb müssen wir es langsam angehen«, sagte die Stimme durch die Lautsprecher. »Schnell zu sein bedeutet, schlampig zu arbeiten, und wir können uns keine Fehler leisten.«

»Bitte, Mercury. Ihr Leben steht auf dem Spiel. Sie ist nur noch eine Nummer davor, zur verpflichtenden Behandlung in die Medica geschickt zu werden, wo sie ihr wer weiß was verabreichen und sie in einen kleinen Automaten verwandeln werden. Sie wird den Rest ihres Lebens einem Ding widmen, das sie umbringen wird, wenn sie nicht glücklich damit ist, ein Leben in seinem Dienst zu fristen!« Mercury musste das doch auch so sehen – er musste es einfach verstehen! Ich konnte mir nicht vorstellen, dass jemand, der so hart daran arbeitete, Menschen zu retten, einem Menschen in Not den Rücken zukehren würde.

»Wir wissen alle, wie es läuft, Liana!«, rügte mich Mercury schroff und wütend. »Ja, es stehen Leben auf dem Spiel und leider gibt es sehr viel mehr Einser da unten, als deine Freundin. Ich habe Jahre mit dem Versuch verbracht, sie zu retten, und ich werde das alles nicht für eine einzige Person aufs Spiel setzen. Du wirst also entweder geduldig warten, während ich versuche, dir zu helfen, oder ich werde aufhören, dir zu helfen, Roark dazu bringen, dir so viele Erinnerungspillen wie möglich zu geben, und Cali anweisen, dich irgendwo gefesselt abzulegen, damit dich eine Ritterpatrouille findet. Und Vorsicht: Wenn du dich für diese letzte Option entscheidest, dann wirst du nie wieder zurückkommen. Ist dir das klar?«

Ich öffnete meine zusammengebissenen Zähne gerade genug, um Ja zu sagen, und wandte mich dann ab. Es quälte mich, dass ich noch einmal eine ganze Woche warten musste, bevor wir auch nur den Ansatz eines Plans hätten.

Natürlich wollte ich unsere neuen Bekanntschaften nicht in Gefahr bringen. Sie hatten uns in den letzten anderthalb Wochen freundlich aufgenommen und waren mir wichtig geworden. Vor allem Tian und Quess waren etwas Besonderes. Sie waren so fröhlich und sorglos. Ich konnte die Vorstellung nicht ertragen, sie in Gefahr zu bringen, um Zoe zu helfen. Auch Zoe selbst hätte das nicht gewollt.

Aber andererseits ... hätte Zoe alles für mich getan. Sie hatte es bereits getan und war für mich da gewesen, als ich sie am meisten gebraucht hatte. Sie hatte meinetwegen ihren Rang in Gefahr gebracht. Wenn unsere Rollen vertauscht wären, hätte sie inzwischen wahrscheinlich einen Weg gefunden, um mit mir in Kontakt zu treten. Die Vorstellung, dass ich sie seit Tagen im Stich gelassen hatte und noch weiter im Stich lassen musste, bereitete mir ein flaues Gefühl im Magen.

Ich konnte die Tatsache nicht ignorieren, dass ich nicht wusste, welchen Rang sie gerade hatte. So konnte ich auch nicht wissen, wie dringend es war, sie zu finden. Einerseits verstand ich natürlich, wie wichtig es war, vorsichtig zu sein und darauf zu warten, dass sich die Aufruhr ein wenig gelegt hatte. Aber andererseits ... wusste ich selbst nur allzu gut, wie sich die Medica-Behandlung anfühlte. Und ich wusste, was mit den Einsern geschah.

»Gut. Cali, wenn wir das nächste Mal Besuch haben, dann kündige ihn einfach an, okay?«

»Tut mir leid«, sagte Cali, keineswegs reumütig. »Aber es geht hier um ihre Familie, Mercury. Es war ihr wichtig, hier zu sein. Das verstehst du doch?«

Mercury schwieg mehrere Sekunden lang. »Das tue ich. Ich melde mich nächste Woche, zur gleichen Zeit.«

»Over and out«, verabschiedete sich Cali und drückte auf einen Knopf, woraufhin der Bildschirm dunkel wurde. Dann stand sie auf und legte kurz darauf ihre Hand auf meine Schulter. »Es tut mir leid, dass es nicht gut gelaufen ist, meine Liebe«, sagte sie und drückte meine Schulter kurz, bevor sie ihre Hand zurückzog. »Aber er wird überlegen, wie wir sie da herausholen können. Wir schaffen das, mach dir keine Sorgen.«

Ich machte mir aber Sorgen und ich war es leid, dass mir alle sagten, dass ich das nicht tun sollte. Aber im Augenblick hatte ich keine andere Wahl, sodass ich nur meine Kabelpeitschen für den Rückweg nach Hause vorbereiten konnte. Ich war mir nicht sicher, wie ich diese Zeit aushalten sollte, ohne zu wissen, was innerhalb der Hülle vor sich ging, ohne zu wissen, ob es meiner Freundin gut ging, ob ihr Rang noch bei Vier stehenblieb oder ob sie schon auf eine Drei abgesunken war – es war die reinste Qual. Ich tat alles, um mich zusammenzureißen und Ruhe zu bewahren.

Ich zog meine Schutzbrille wieder auf, sah in die Öffnung hinab, befestigte meine Kabel an den Seiten und schwang mich nach unten.

Doch da begann es, in meinem Kopf heftig zu vibrieren, und ich zuckte zusammen. Unsicher schleuderte ich mein Kabel erneut aus, als eine männliche Stimme, die vom Computer synthetisiert wurde, in meinem Ohr sagte:

Liana?

31

Ich war außer Atem. Mein Blick schoss bereits herum und suchte nach Gestalten, die sich auf mich stürzten. Wenn Alex mich über das Netzwerk erreichen konnte, dann bedeutete das, dass Scipio mich irgendwie aufgespürt hatte. Es bedeutete, dass wir in Gefahr waren.

Beruhige dich, sagte er, aber ich hörte ein nervöses Zittern in seiner Stimme. *Ist alles okay bei dir?*

Ich sah zur Öffnung, aus der sich Calis Beine nun in den Unterteil der Grünanlage herabsenkten, und war einen Augenblick lang unentschlossen. Cali wusste nichts von Alex. Wenn sie herausfand, dass er mich kontaktierte, dann würde sie mich auffordern, sofort das Gespräch abzubrechen, weil wir sonst womöglich Aufmerksamkeit auf Sanctum lenkten. Ich hätte an ihrer Stelle dasselbe gefordert. Aber meine Gefühle erlaubten mir nicht, das durchzuziehen, und ich beschloss, mit Alex zu sprechen und es vor Cali zu verbergen. Ich schleuderte meine Kabelpeitsche und schwang mich in gemächlichem Tempo vorwärts – zunächst in Richtung Sanctum.

Liana?

»Es geht mir gut«, murmelte ich so tief wie möglich. Es war wenig wahrscheinlich, dass Cali mich hörte, aber draußen über den Wassermassen würde ich schreien müssen, damit Alex mich verstand. Ich hoffte, dass Cali mein Vorausgehen so interpretieren würde, dass ich allein sein wollte, und dass sie nicht beschloss, mich einzuholen.

»Warum funkst du mich an?«

Soll das ein Scherz sein? Liana, wir haben vor zwei Tagen deine Beerdigung abgehalten. Seine Entrüstung und Bestürzung war selbst über das Netz hörbar, aber das war egal.

Sie hatten meine Beerdigung abgehalten. Meine Eltern und meine Freunde (und bis eben auch mein Bruder) hielten mich für tot.

»Was glauben sie, was passiert ist?«, fragte ich, unfähig, meine Neugier zu drosseln.

Dein Mentor wurde ermordet aufgefunden. Alle wissen, dass du eine Nachricht von Scipio darüber erhalten hast, dass er in Schwierigkeiten steckte. Die Telemetrie des Netzes verortet dich in diesem Bereich und dann zeigt es, wie du dich schnell von dort entfernst, vermutlich, um die Person zu verfolgen, die deinen Mentor getötet hat. Aber dann bist du nicht mehr aufgetaucht ... Niemand konnte dich finden. Die Ritter gehen davon aus, dass die Person, die Gerome umgebracht hat, auch dich getötet hat und deine Leiche entweder eine Rutsche hinab oder in einen Fahrstuhlschacht geworfen hat. Was ist mit dir passiert? Warum bist du nicht nach Hause gekommen? Wirst du gefangen gehalten?

»Nein«, sagte ich erschrocken, als seine Fragen immer drängender wurden und ich nur die Hälfte von allem verstand, was er sagte. Ich warf einen Blick über meine Schulter und sah, dass Cali respektvoll Abstand hielt. Dann schleuderte ich meine Peitsche aus.

»Was meinst du damit, dass Gerome tot ist?«, fragte ich.

Sie haben ihn auf dem Boden der Wohnung C19 gefunden. Er hatte einen Schlag am Kopf, aber später wurde herausgefunden, dass er vergiftet wurde. Mein Herz schlug bis zum Hals, als ich an die Tablette dachte, die ich Gerome verabreicht hatte. Beinahe hätte ich mich übergeben, wenn Alex nicht hinzugefügt hätte: *Das Gift ist in seinen Körper gespritzt worden. Die Autopsie spricht von einem Punkt an seinem Hals, wo vermutlich der Einstich sitzt. Es wird angenommen, dass Grey Farmless der Mörder ist, weil Gerome ihn letzte Woche gefangen genommen hat, als er auf Rang Eins abgesunken ist. Ich bin mir noch nicht sicher, wie oder warum dieser Mann wieder freikam, aber ...*

Er verstummte, aber ich merkte es kaum, weil ich immer noch völlig mitgenommen war. Ich hatte Gerome bewusstlos auf dem Boden der

Wohnung zurückgelassen und dann hatte ihn jemand getötet. Ich wusste, dass es niemand von uns gewesen war, denn ich war mir sicher, dass er noch gelebt hatte, als wir gegangen waren. Das bedeutete, dass jemand die Wohnung nach unserer Flucht betreten hatte, um Gerome zu töten.

Aber ich konnte mir nicht vorstellen, warum ihn jemand töten wollte. Er war doch eine Zehn gewesen und war immer ernst und kühl geblieben. Er hatte sich ein wenig zu blind dem Turm verschrieben. Aber er war eine Person gewesen, ein menschliches Wesen.

Meine paranoide Seite – die keinen Augenblick abschaltete – stellte den Ernst der Lage plötzlich in den Kontext und ich verstand, wie gefährlich unsere Kommunikation war. Wenn ich lebend gefunden würde, dann würde man mir Geromes Mord anlasten. Aber was mir am meisten Sorgen machte, waren die Zeitabläufe. Es war doch zu seltsam, dass alles fast gleichzeitig passiert war und Gerome von jemandem ermordet worden war, der sich zufällig gerade in der Nähe befunden hatte …

Es war einfach zu unwirklich. Cali und ich hatten gerade unser Gespräch mit dem mysteriösen Seher-Kontakt beendet und da funkte Alex mich an? Wie hatte er mich gefunden und wie verletzlich war ich gerade?

»Alex, wie bist du mit mir in Kontakt getreten?«, fragte ich aus einem Bauchgefühl heraus.

Ich … Na ja … Er schluckte, was in meinen Ohren seltsam klang. *Ich habe eine Hintertür in der Programmierung deines Netzes offengelassen. Als du für tot erklärt wurdest und dein Netz ausgeschaltet wurde, habe ich es immer noch hin und wieder eingeschaltet. Nur um … Nur um zu sehen, was passiert.*

Der Schmerz in seinen Worten traf mich tief und ich fühlte mich fürchterlich. Gott, wie schrecklich musste es für ihn gewesen sein, wie machtlos musste er sich gefühlt haben. Er war es gewohnt, auf mich aufzupassen, und als er erfahren hatte, dass ich tot war, musste ihn das am Boden zerstört haben.

»Alex, es …«

Es ist nicht deine Schuld. Ich bin einfach nur froh, dass du am Leben bist.

Das war ich auch, aber all diese Informationen waren erschreckend. Ich dachte weiter an Gerome und seinen Mord und was das für uns bedeutete. Sie dachten, dass Grey es getan hatte. Das hieß, dass sie nach ihm suchten. Angeblich hatte ich ihn verfolgt und sie glaubten, dass er mich ebenfalls umgebracht hatte. Ich musste sicherstellen, dass Alex uns alle nicht in Gefahr brachte.

»Alex, bitte sag mir, dass niemand erfährt, dass ich noch am Leben bin, weil du mich anfunkst?«

Du weißt, dass ich der ältere *Zwilling bin, was heißt, dass ich auch der klügere bin, richtig?*

»Definiere ‚klug'«, brummte ich, aber seine wenig konkrete Antwort, die so typisch für ihn war, beruhigte mich doch.

Er hatte Vorkehrungen getroffen, um meinen Lebensstatus geheim zu halten. Er würde niemandem etwas verraten. »Hör zu Alex, kannst du, wenn wir fertig sind, die Aufzeichnung meines Netzes im Hauptrechner zerstören?«

Ja, das kann ich, aber du wirst mir einen guten Grund nennen müssen, warum ich das tun sollte.

»Alex, die Ritter bringen die Einser um. Sie machen sich nicht einmal mehr die Mühe, sie umzustrukturieren. Sie vergasen sie einfach in Zellen, so als ob sie Ratten wären.«

Es folgte eine lange Pause und dann ein: *Ich weiß.*

Mir wurde flau im Magen. »Meintest du das, als du gesagt hast, dass Menschen sterben?«

Ja, aber zu der Zeit wusste ich nur, dass die Einser irgendwie umkommen, weil ich eine Differenz in der jährlichen Todesrate bemerkt hatte. Die Zahl der Unfalltode im Turm ist um fünf Prozent gestiegen. Das begann vor zwanzig Jahren. Seitdem hat sich die Zahl der Todesfälle von Einsern fast verdreifacht. Ich habe erst vor einer Woche herausgefunden, dass die Ritter dahinterstecken und ich habe überlegt, *wie ich es dir sagen sollte, als du …*

»Als ich verschwunden bin.« Ich schloss die Augen und wünschte mir, früher Kontakt mit Alex aufgenommen zu haben. Ich war froh, dass er auf meiner Seite stand. »Es tut mir so leid, Alex. Ich fühle mich schrecklich für das, was ihr alle durchgemacht habt, aber … Gott, es ist eine lange Geschichte und ich habe nicht viel Zeit. Die Leute, bei denen ich mich aufhalte, sind sehr vorsichtig und wollen, dass ich mich nicht rühre, bis sich die Gemüter etwas abgekühlt haben.«

Liana, das wird länger dauern, als du glaubst. Die Dinge … Die Dinge hier oben haben sich verändert.

Ich runzelte die Stirn und schwang mich an einem Hindernis auf dem

Weg vorbei. »Was meinst du damit?«

Der Rat hat abgestimmt und es ist nun für jeden ab Rang Vier verpflichtend, sich in der Medica behandeln zu lassen. Dreier werden automatisch für unbestimmte Zeit festgenommen und das alles wird von den Rittern umgesetzt. Der Rat hat mit fünf zu zwei dafür gestimmt, Liana. Das hat es noch nie gegeben.

»Wer sind die beiden, die dagegen gestimmt haben?«, fragte ich. Das war zwar im Augenblick nicht wichtig, aber es konnte nützlich sein, wenn wir versuchten, Verbündete zu finden.

Die Mechaniker und die Leute der Kläranlage.

Ich speicherte diese Information und kam dann zu meiner größten Sorge. »Alex, hast du etwas von Zoe und ihrem Rang gehört? Als ich sie das letzte Mal gesehen habe, war sie auf eine Vier abgerutscht. Wir ... Wir haben uns gestritten und ich mache mir wirklich Sorgen um sie.«

Es folgte eine lange Pause und ich wurde noch ängstlicher.

Sie ist eine Zwei, Liana. Sie wird in der Medica festgehalten, weil sie als Bedrohung für den Turm eingestuft wird.

Eine Sekunde lang spürte ich gar nichts. Dann schlug es über mich ein und mir wurde klar, dass mein schlimmster Albtraum Wirklichkeit geworden war. Zoe war in der Medica eingesperrt, allein, isoliert und verängstigt. Und sie glaubte, dass ihre beste Freundin sie verraten und im Stich gelassen hatte.

Das war alles meine Schuld.

»Schalte dich in ihr Netz ein«, sagte ich. »Was ist ihr derzeitiger Rang und kannst du mir sagen, wie lange es noch dauern wird, bis sie auf eine Eins absinkt?«

Alex widersprach nicht, sondern schwieg, sodass ich erschrak, als er plötzlich antwortete: *Sie ist noch eine Zwei, aber ihre Werte sind sehr niedrig Ihr bleibt nicht viel Zeit, Lily.*

Ich schloss die Augen und kämpfte gegen den Schmerz und die Panik an, die mich zu überwältigen drohten.

»Alex, ich muss gehen. Du musst das alles geheim halten und ich versuche, dich bald zu kontaktieren.«

Liana, was hast du ...

»Ich habe dich lieb«, sagte ich, bevor ich die Verbindung mit einem Knopfdruck an meiner Anzeige unterbrach. Was mit Zoe geschah, war nicht richtig, aber ich hatte keine Ahnung, was ich dagegen unternehmen sollte. Ein

Teil von mir wollte sofort anfangen, unsere Flucht von hier zu planen. Wenn ich an Roarks Medikamente käme, dann könnte ich mich in die Medica schleichen und die Tabletten irgendwie zu Zoe bringen.

Aber während ich darüber nachdachte, überkamen mich Schuldgefühle. Cali hatte uns ihr Zuhause geöffnet und mich sogar mit Mercury sprechen lassen. Sie tat, was sie konnte, um mir zu helfen, und ich wollte sie und die anderen nicht in Gefahr bringen. Allein der Gedanke daran war schrecklich. Aber genauso schrecklich war die Vorstellung, was mit Zoe geschah, die einen Schritt von der Glaszelle und dem Giftgas entfernt war.

* * *

Als wir zurückgekehrt waren, sprach ich nicht viel. Ich war einfach nicht in der Stimmung zu reden und ging direkt ins Badezimmer. Meine Angst und Panik brachen sich ihren Weg an die Oberfläche und mir war übel. Ich stand vor einer unmöglichen Wahl: Entweder rettete ich Zoe und brachte alle in Gefahr, die hierblieben, oder aber ich blieb hier, in dem Wissen, dass sie jeden Augenblick auf eine Eins sinken konnte.

Ich kam gerade rechtzeitig im Bad an, bevor ich zusammenbrach und mir die Tränen heiß über die Wangen strömten. Mein Atem ging stoßweise und ich zog mir die Jacke aus, um das schwere Ding von den Schultern zu bekommen. Der steife Stoff engte mich so sehr ein, dass meine Panik nur noch schlimmer wurde.

Schließlich gelang es mir, die Jacke auszuziehen, und ich warf sie auf eine Bank in der Umkleide. Meine Glieder zitterten, so als ob sie sich bewegen und etwas tun wollten. Ich schüttelte sie aus, aber je mehr ich sie bewegte, desto schlimmer wurde das Zucken, so als ob mir meine Haut zu eng geworden war und mir mein eigener Körper fremd wurde.

Oh Gott ... Zoe. Ich lehnte mich gegen die kühlen Fliesen und rutschte nach unten, bis ich auf dem Boden saß. Mein Kopf fiel in meine Hände und ich begann, unkontrolliert zu schluchzen. Meine beste Freundin würde sterben. Ich würde sie für immer verlieren. Und das nur, weil ich es nicht übers Herz brachte, meine neuen Freunde in Gefahr zu bringen, um ihr zu helfen.

Eine Hand strich über meine Schulter und ich zuckte zusammen. Tian sah mit ihren blauen Augen auf mich hinab und runzelte die Stirn. Sofort wischte ich mir die Wangen trocken und schniefte laut.

»Tian«, krächzte ich mit belegter Stimme. »Was ...«

»Warum weinst du?«, fragte das Mädchen mitfühlend. »Was ist los?«

Ich schüttelte den Kopf, immer noch nah am Zusammenbruch. »Es gibt nichts, was du für mich tun kannst, Tian.«

»Doch!«, sagte Tian und ich sah zu ihr auf, ohne zu verstehen, was sie meinte. »Ich kann zuhören.«

Ich schüttelte den Kopf. Sie brauchte das alles nicht zu erfahren und ich würde ihr sicher nicht meine Probleme aufhalsen. »Tian, es ist schon in Ordnung. Ich ...«

»Du machst dir Sorgen um deine Freundin«, sagte sie. »Ich weiß es. Sie heißt Zoe, nicht wahr? Das ist ein schöner Name.«

Beinahe hätte ich erneut losgeweint. Ich konnte einfach nicht anders, ich konnte mich nicht zusammenreißen. Es tat so weh, über sie zu reden. »Ihr Name ist schön, weil sie eine schöne Person ist. Innerlich und äußerlich – genau wie du.«

»Niemand ist wie ich«, sagte Tian und rollte die Schultern. Dann setzte sie sich neben mich und lehnte ihren Kopf an meine Schulter. »Aber ich möchte sie trotzdem gern kennenlernen.«

»Ich möchte auch, dass du sie kennenlernst«, flüsterte ich und eine Träne löste sich. Ich wischte sie schnell fort, bemüht, die Fassung zu bewahren, und Tian sah mich an.

»Will Cali, dass du weiter wartest?«

Ich nickte. »Sie will euch alle beschützen und das verstehe ich.«

»Aber deine Freundin braucht sofort Hilfe.«

Ich zögerte. »Tian, es ist kompliziert.«

Sie grinste schief und ihre Augen funkelten. »Ach wirklich? Das glaube ich nicht. Wenn deine Freunde Hilfe brauchen, dann musst du ihnen helfen.«

»Aber es ist gefährlich. Ich würde sechs Leben aufs Spiel setzen, um eines zu retten.«

Tian lächelte mich traurig an und war plötzlich weit über ihr Alter hinaus weise. »Es ist immer gefährlich. Selbst bei Cali und Maddox. Sie haben immer Angst, dass ihnen jemand folgt. Aber sie sind vorsichtig. Du bist vorsichtig. Ich vertraue dir. Die anderen vertrauen dir auch.«

»Aber so werde ich ihr Vertrauen brechen, Tian«, sagte ich. »Was ist, wenn mir jemand hierher folgt?«

»Damit kommen wir schon klar. Ich werde dir helfen.« Tian lehnte sich wieder an mich und ich hob den Arm und legte ihn auf ihre Schulter. »Außerdem mag ich es, neue Freunde hier zu haben. Ich wünschte, Cali hätte schon seit Langem mehr Menschen bei uns wohnen lassen.«

Ich lächelte und streichelte Tians Haar. Langsam verzogen sich die Sturmwolken in meinem Kopf. Natürlich war Tians Zustimmung nicht dasselbe wie eine richtige Erlaubnis. Es war nicht einmal so, als ob eine Autoritätsperson mir ihr Einverständnis gegeben hätte, aber ... Es half mir, mich besser mit dem zu fühlen, was ich tun musste.

Natürlich musste ich Zoe helfen. Ich musste einfach nur dafür sorgen, die Leute hier dabei so gut wie möglich zu beschützen.

* * *

Stunden später, als sich alle längst Gute Nacht gewünscht hatten und es fast stockdunkel war, setzte ich mich in meiner Hängematte auf und glitt hinaus. Der Mattenstoff raschelte unter meiner Kleidung. Ich sah zu Greys Hängematte hinüber, die im Dunkeln lag, und sah, dass er sich nicht regte.

Lautlos schlich ich an ihm vorbei, trat so leise wie möglich auf und schnappte mir schnell meine Ausrüstung. Ich wusste, dass er mir böse sein würde, weil ich ohne ihn ging, aber ich ging auch so schon ein großes Risiko ein. Wenn ich geschnappt wurde, dann hatten sie wenigstens nur mich. Ich konnte nicht riskieren, dass eine andere Person in meinen hirnrissigen Plan hineingezogen wurde. Ich musste einfach nur darauf hoffen, dass er mir verzeihen würde.

Ich hatte meine Sachen am Abend bereitgelegt, nachdem ich mit Tian gesprochen hatte. Nun trug ich meine rote Uniform, meinen veränderten Schlagstock und das Kabelgeschirr. Das Einzige, was mir noch fehlte, war Paragon.

Und jede Menge Glück.

Alex hatte mir gesagt, dass mein Netz abgeschaltet worden war, aber das bedeutete nur, dass es nicht mehr aktiv an die Rechner angeschlossen war. Doch das Gerät in meinem Kopf funktionierte noch und konnte sehr wohl von Scannern erfasst werden, wenn ich nicht vorsichtig war.

Ich wusste, dass mein Vorhaben gefährlich war. Ich wusste, was geschehen würde, wenn mich jemand schnappte.

Aber Zoe war dieses Risiko wert.

So leise wie nur irgend möglich hob ich meine Sachen hoch und zog mich an. Ich begann mit der Kabelausrüstung und dann kam die Uniform, durch die ich die Kabelenden zog. Ich schloss den Reißverschluss und steckte meinen Stromstock in die Halterung.

Obwohl ich die Uniform erst seit Kurzem nicht mehr getragen hatte, fühlte es sich falsch an, sie anzuziehen, obwohl ich nicht beschreiben konnte, warum. Ich war bei den Rittern nicht weniger fehl am Platz als im Turm überhaupt.

Ich gehörte hier unten hin. Ich wusste, dass ich das Leben dieser Menschen aufs Spiel setzte, aber ich konnte Zoe nicht sterben lassen. Ich konnte nur hoffen, dass sie mir verzeihen würden, was ich tat, denn obwohl ich sie erst seit einigen Tagen kannte, wollte ich sie nicht verlieren.

Auf gar keinen Fall durfte ich die Ritter auf ihre Fährte führen. Es standen sechs Leben gegen eines und auch wenn dies hier nicht die richtige Entscheidung war, war es doch einfach eine Herzenssache, die mir keine andere Wahl ließ. Ich musste mich absolut vergewissern, dass ich niemanden hierherführte – außer Zoe vielleicht.

Wenn mir das gelang, dann würden sie meine Entschuldigung dafür, sie verraten zu haben, vielleicht annehmen.

Der Erste auf der Liste der Personen, bei denen ich mich würde entschuldigen müssen, war Roark. Ich schlich in sein behelfsmäßiges Zimmer zwischen den Maschinen und sah mich um. Normalerweise kam ich nicht her, weil ich seine Privatsphäre respektierte, aber ich brauchte dringend Paragon.

Die Tabletten standen auf einem Tisch neben seinem Bett, ebenso wie die Geräte, die wir aus seiner Wohnung hatten retten können. Ich ging so leise wie möglich zum Tisch, während der alte Mann in seiner Hängematte weiter schnarchte.

Obwohl mir das Geräusch vertraut war, zuckte ich doch jedes Mal zusammen, wenn er wieder Luft holte.

Ich benahm mich albern, aber das hier war ein kritischer Moment.

Ich durchquerte den Raum und nahm die kleinen Flaschen auf, um die Etiketten zu lesen.

Auf der vierten Flasche, die ich hochhob, stand »Paragon 5«, und ich öffnete schnell den Deckel in der Hoffnung, dass die »5« den Rang anzeigte, auf den die Tablette jemanden hob.

Roarks Schnarchen stockte eine Sekunde, als ein lautes Plopp erklang, und ich sah zu ihm in der Erwartung, dass er die Augen öffnen und mich anstarren würde. Aber seine Augen waren geschlossen und er schnaubte, bevor sein sanftes Schnarchen wieder die Luft erfüllte.

Ich fischte mehrere Tabletten, für alle Fälle, sah dann die Flasche, auf der »Paragon 9« stand, und nahm auch für mich mehrere Tabletten heraus. Ich wollte die Flaschen nicht mitnehmen, aus Angst, sie zu verlieren oder mit ihnen erwischt zu werden. Die Tabletten konnte ich einfach hinunterschlucken. Na ja ... Ich hatte keine Ahnung, welche Nebenwirkungen sie hatten, aber zumindest würde ich keine Spuren hinterlassen, wenn ich geschnappt wurde.

Also schob ich mir die Tabletten in die Taschen, Zoes in die linke und meine in die rechte, schloss die Flasche und schlich dann leise einen Schritt rückwärts. Schritt um Schritt wurde ich von Roarks Schnarchen verjagt. Ich konnte mir nicht vorstellen, wie er wäre, wenn er mich erwischte, aber ich glaubte nicht, dass er der Typ war, der alles mit einer Umarmung klärte.

Aber wer hier im Turm war schon so?

Vorsichtig glitt ich durch die enge Öffnung und ging direkt auf die Treppe zu, um keine weitere Zeit zu verlieren. Ich schaffte es bis in den Eingangsraum, weil zum Glück alle friedlich in ihren Betten schliefen. Ich schien heute Abend wirklich eine Glückssträhne zu haben.

Ich begann gerade die Leiter hinaufzusteigen und hätte beinahe aufgeschrien, als jemand hinter mir sagte: »Was glaubst du, wohin du ...«

Ich presste meine Hand auf Greys Mund und stieß ihn vom Eingang fort tiefer in den Raum hinein.

»Sei leise«, sagte ich nach einem Augenblick und nahm die Hand von seinem Mund. »Oder willst du alle aufwecken?«

Grey starrte mich mit dunklen und unergründlichen Augen an. »Nein, aber ich denke vor allem, dass du nicht willst, dass ich alle aufwecke, wenn du deine Ritteruniform trägst ... Wohin gehst du?«, hauchte er.

Ich atmete langsam aus und blies die Wangen auf. »Zoe steckt in

Schwierigkeiten.«

Er riss die Augen erst auf und kniff sie dann zusammen. »Woher weißt du das? Ich dachte, dass der Kontaktmann nur zugestimmt hat ...«

»Mein Bruder hat mich auf dem Rückweg über das Netz angefunkt«, flüsterte ich und fiel ihm ins Wort. Grey sah mich hart an und ich seufzte. »Er ist ein Seher. Aber bevor du austickst: Er hat selbst auch herausgefunden, was passiert, und er will helfen. Er hat Zoe im System gesucht und sie ist in der Medica, Grey. Sie greifen härter gegen die Dreier durch und sogar gegen Vierer. Und sie ist eine Zwei. Wenn ich sie nicht dort heraushole, werden sie sie umbringen.«

Grey musterte mich lange und nickte dann. »Dann dürfen wir keine Zeit verlieren. Ich komme mit dir.«

»Ich ...« Ich zögerte, hin- und hergerissen, weil ich mir auf der einen Seite wünschte, dass er mich begleitete, ich ihn auf der anderen Seite aber beschützen wollte. »Grey, du wirst wegen Mordes an Gerome gesucht.«

Grey starrte mich finster an. »Gerome ist tot? Was?«

»Er wurde vergiftet. Mit einer Injektion. Aber sie glauben, dass du ihn umgebracht hast ... und mich auch. Sie werden nach dir suchen.«

Schweigen folgte, bevor Grey mit den Schultern zuckte. »Es ist egal. Wenn überhaupt, ist das die perfekte Ablenkung, wenn wir entdeckt werden. Ich werde mich von ihnen jagen lassen.«

»Das ...« Ich stockte und sah ihn ungläubig an. »Das ist kein gutes Argument, um mich davon zu überzeugen, dich mitzunehmen. Ich tue alles, was ich kann, um die Menschen hier in Sicherheit zu halten.«

»Liana«, sagte Grey und strich über meine Wange. »Hör auf, mit mir zu diskutieren. Ich komme mit dir. Das bin ich deiner Freundin dafür schuldig, dass sie mir das Leben gerettet hat. Und ich lasse dich auf gar keinen Fall allein gehen.«

Ich starrte ihn an und suchte nach Energie, um weiter mit ihm zu diskutieren, aber ich war nicht dazu in der Lage. Heute Abend war ich anscheinend auf einer sehr egoistischen Schiene – ich brachte die Menschen hier in Gefahr, um meine Freundin zu retten, und riskierte, dass Grey geschnappt wurde, wenn er mir half. Aber gleichzeitig ... war ich einfach nur dankbar, dass ich das nicht allein würde durchstehen müssen.

»Das wird eine nette Partie«, sagte eine gedämpfte Stimme und ich sah zu Tian, die uns anlächelte. »Ich komme nämlich auch mit!«

Grey und ich sahen erst einander an und dann wieder das Mädchen. »Nein, das tust du nicht«, antwortete ich, während Grey sagte: »Auf keinen Fall.«

Tian riss die Augen auf, die sich sofort mit Tränen füllten. »Ich darf ... nicht mit?«

Mist. Eine weinende Tian war nun wirklich das Letzte, was wir gebrauchen konnten. Sofort ging ich vor ihr in die Knie, um mit ihr auf Augenhöhe zu sein. »Liebes, wein nicht. Hör mir zu. Du weißt, dass wir großen Ärger bekommen werden, weil wir das hier tun. Kannst du dir vorstellen, wie sauer Cali wäre, wenn wir dich mitnehmen würden?«

Das Mädchen riss die Augen vor Schreck noch weiter auf und sah sich um. »Oh mein Gott, du hast so recht!«, sagte sie plötzlich und flüsterte dann ängstlich: »Sie würde euch umbringen.«

»Ja. Und ... Mir ist einfach wohler dabei, wenn du hierbleibst, okay?«

Tian zögerte, nickte dann jedoch. »Okay, aber du musst Grey mitnehmen, damit du nicht allein bist.«

Ich lächelte und nickte. »Einverstanden. Versprochen. Jetzt geh wieder schlafen, ja?«

»Okay.« Sie wollte sich umdrehen, wirbelte dann jedoch noch einmal zu mir herum, schlang ihre Arme um meinen Hals und drückte mich fest. »Bitte sei vorsichtig, Liana.«

»Ja«, versprach ich und drückte sie an mich. Dann ließ ich sie los und sah ihr mit schwerem Herzen nach. Ich musste sie beschützen. Das musste ich einfach.

»Du musst also mit mir vorlieb nehmen«, sagte Grey hinter mir. »Tians Befehl.«

»Der *Charme dieses kleinen Mädchens wird noch mein Verderben sein, das schwöre ich«, brummte ich und stand auf.* »Lass *uns gehen, bevor ich weitere Helfer bei dieser vermeintlich geheimen Operation bekomme.«*

32

Wir benutzten die Rutsche und ich erfuhr schnell, dass Grey Höhenangst hatte.

»Ich habe keine Höhenangst«, beharrte er, während er sich mit Armen und Beinen fest an mich klammerte. »Ich habe Angst vor der Rutsche. Es ist doch Wahnsinn, wie ihr verrückten Ritter überhaupt durch diese Dinger steuert!«

Er zuckte zusammen, als ich meine Arme plötzlich nach links riss, einen nahen Balken traf und meine Kabel nutzte, um uns nach rechts zu ziehen, um einem gebogenen Träger im Weg auszuweichen. Mit der anderen Hand kurbelte ich bereits und löste das Kabel, sobald es haftete. Ich riss uns nach oben und die Kabel schnurrten so reibungslos, als ob sie neu geölt wären. Sie waren jetzt doppelt so schnell wie vorher. Der Wind flatterte durch meine Haare und Greys Taschenlampe leuchtete uns den Weg, während ich mich an den gemalten Zeichen an der Wand orientierte.

Ich schwenkte nach links und Grey atmete langsam aus. Seine Finger vergruben sich in meiner Haut, während ich uns durch den Tunnel von Rohren schwankte. »Kannst du dich ein bisschen langsamer bewegen?«

»Ja«, grinste ich, sprang durch eine Türöffnung und schleuderte mein Kabel an die Decke. Ich schwitzte vor Anstrengung und mein Herz klopfte wild vor Aufregung, weil ich endlich etwas unternahm, um meiner

Freundin zu helfen. »Alles in Ordnung?«

Grey verlagerte sein Gewicht leicht und ich schleuderte mein zweites Kabel in eine andere Richtung, um uns auszubalancieren. »Ich halte durch. Und damit meine ich, ich halte mich an dir fest. Ich schätze, dass das alle Vorstellungen von meiner Männlichkeit zunichte macht, oder?«

»Du meinst, wie du dich an mir festklammerst und über die Rutsche jammerst?«, neckte ich ihn, sah mich um, bereit für den nächsten Sprung. »Auf jeden Fall.«

Wir hatten noch ein weites Stück vor uns und ich schwang uns zu Greys Entsetzen schnell nach oben, weil die Zeit drängte. Ich dachte an Zoe in der Medica. Wenigstens unternahm ich endlich etwas, um ihr zu helfen. Ich musste einfach nur rechtzeitig zu ihr gelangen. Ich durfte nicht zulassen, dass sie weiter absank und die Ritter sie holten.

»Hast du schon einen Plan, wie du da hineinkommen willst?«

Ich schüttelte den Kopf und schleuderte meine Peitschen. »Es ist nicht wirklich ein Plan ... eher eine grobe Idee.«

»Und wie sieht die aus?«

»Ich finde Zoe. Hole sie da raus. Bringe sie ins Sanctum.«

Er schwieg eine Minute lang und ich hörte nur das Klicken meiner Peitschen, während ich uns weiter nach oben spulte. Dann sagte er: »Das ist wirklich nur eine sehr grobe Idee.«

Seine Worte hallten zwischen uns nach. Er hatte recht und ich hatte ihm nichts entgegenzusetzen. Stattdessen konnte ich mich einfach nur auf den ersten Schritt konzentrieren: Wir mussten Zoe befreien. Ich schlug meine Peitschen und wollte mich nicht von so etwas Unwichtigem wie der Tatsache, dass ich keinen Plan hatte, abhalten lassen. Wir würden es schaffen. Ich wusste noch nicht, wie, aber ich würde jede Gelegenheit nutzen, die sich mir bot, und ohne Bedenken lügen.

Der Ausgang kam so schnell, dass ich ihn beinahe verpasst hätte, wodurch meine Landung etwas wackliger wurde. Ich stolperte vorwärts und Greys Körper brachte mich leicht aus dem Gleichgewicht. Er sprang schnell von meinem Rücken und nahm mir etwas den Schwung. Sobald ich sicheren Halt gefunden hatte, sah ich den Gang in beide Richtungen entlang, um zu sehen, ob jemand hier war.

Zum Glück war es mitten in der Nacht, weshalb die Gänge ziemlich verlassen waren. Ich legte meine Hand auf Greys Arm und begann, ihn vorwärts zu schieben.

»Was hast du vor?«, stotterte er mit aufgerissenen Augen und ich rückte dicht an ihn heran.

»Ich glaube, dass ich uns in die Medica schmuggeln kann, indem ich vortäusche, dass du mein Gefangener bist und ich dich untersuchen lassen will, bevor ich dich zur Befragung in die Zitadelle bringe. So kommen wir zumindest in die Medica hinein.«

Ich blickte auf mein Handgelenk, auf der eine Neun strahlte. Ich hatte die Rutsche benutzt, um die Scanner zu umgehen, aber wenn Grey oder ich an einem Scanner vorbeikamen und dieser unsere Identitäten aufnahm, dann waren wir geliefert. Zum Glück befanden sich die Geräte nur am Eingang und Ausgang einer jeden Abteilung. Im Fall der Medica befanden sie sich am Empfang. Wenn Grey gescannt wurde, würde er sicher einen Alarm auslösen, weil er für den Mord an Gerome vor neun Tagen gesucht wurde. Wenn ich gescannt wurde, dann ... nun, dann würde mir das Gleiche passieren wie ihm.

Ich wusste immer noch nicht genau, wie ich den Scanner umgehen konnte, aber ich hatte zumindest den Ansatz einer Idee.

»Oh«. Er ging mit nachdenklichem Gesicht weiter. »Vielleicht bist du ja gut im Improvisieren.«

»Halt die Klappe, Gefangener«, sagte ich laut, als eine Frau mit einem großen Hammer über der Schulter den Gang betrat. Sie wartete, bis wir vorbeigegangen waren, und sah uns neugierig an, aber ich hielt meine Anzeige etwas in die Höhe, nickte höflich und blickte dann stur geradeaus.

Sobald sie außer Hörweite war, streckte ich mich näher zu Grey. »Gut gemacht. Kommst du zurecht?«

»Diese Rolle ist mir ja nicht ganz unbekannt«, sagte er trocken, sah mich spitz an und ich wurde rot, als ich daran dachte, wie wir uns kennengelernt hatten.

»Hey, es tut mir leid, wenn ich ein wenig übereifrig mit dir war«, sagte ich. »Ich dachte nur, wenn ich eine Eins fange, dann würde Scipio vielleicht endlich, du weißt schon ... ein wenig Gnade mit einer Abtrünnigen wie mir walten lassen.«

Er gluckste, als er sich unter ein paar Rohren hinwegduckte, die aus der Wand herausragten. »Ich habe das früher auch gehofft. Aber weißt du was? Meine besten Augenblicke waren in der Zeit, in der ich dem System den Rücken gekehrt habe. Wenn ich morgen sterben würde, dann hätte ich zumindest das Leben geführt, das ich führen wollte, verstehst du?«

»Obwohl du auf der Flucht bist und dafür gejagt wirst, anders zu sein?«

»Gerade deshalb«, sagte er leise, aber überzeugt. »Deshalb ist es so wichtig, etwas zu unternehmen. Du kannst die Dinge nicht verändern, indem du herumsitzt und das tust, was alle anderen tun. Wenn ich beim Versuch sterbe, dann tue ich wenigstens das, woran ich glaube.«

Seine Worte veranlassten mich dazu, zu ihm aufzusehen, und plötzlich war es so, als ob ich ihn ganz neu sehen würde und ein kleines Puzzleteil sich an der richtigen Stelle anfügte. Er war einfach von Herzen ein Optimist und versuchte nicht, das zu verbergen. Ich bewunderte ihn dafür. Ich war zu sarkastisch, um optimistisch zu sein, aber wenn ich einen Grund zur Hoffnung fand, dann war das wunderschön.

Wir gingen schweigend weiter, aber es gab so viel, was ich ihm plötzlich sagen wollte. Es war zu viel und ich wusste nicht, wo ich anfangen sollte. Von den zwei Trickküssen bis zur Tatsache, dass er mir seine Tabletten gegeben und damit seine eigene Sicherheit aufgegeben hatte. Und dann war da noch unser dritter Kuss gewesen und das Gespräch, das er vor fast zwei Wochen angefangen hatte, als wir in Sanctum angekommen waren.

Er hatte mich so gut behandelt und war sehr lieb zu mir gewesen, sodass es schwer war, mich nicht immer mehr von ihm angezogen zu fühlen, egal, wie oft ich mir auch sagte, dass das alles keine gute Idee war. Wir mussten uns aufeinander verlassen können, um zu überleben, und das konnte kompliziert werden, vor allem in einer kleinen Gruppe wie der unsrigen.

Dennoch tauchten immer wieder die kurzen Erinnerungsschnipsel aus der Zeit in meinem Kopf auf, als er sich um mich gekümmert hatte, während ich krank gewesen war. Ich erinnerte mich daran, wie er mir ein Stück von seinem Apfel angeboten hatte, als wir uns noch kaum kannten, und dachte an seinen Sinn für Humor und seine Loyalität.

Bei Scipio, ich mochte ihn wirklich.

Doch dies war nicht der richtige Zeitpunkt für ein solches Geständnis, also schob ich den Gedanken schnell beiseite, um mich auf unsere bevorstehende Aufgabe zu konzentrieren.

»Name und Kennzeichnung?«, sagte die Empfangsdame mit weiten, freundlichen Augen.

»Holly Castell, 25K-437. Bitte scannen Sie mich nicht. Dieser Einser« – ich riss leicht an Greys Arm, so als ob ich verärgert wäre – »scheint einen Teil meines Netzes beschädigt zu haben. Ich hätte mir beinahe vor Schreck in die Hose gemacht, als ich versucht habe, einen Fahrstuhl zu besteigen. Ich muss mich untersuchen lassen, bevor ich ihn in die Zitadelle bringe.« Den Namen meiner Mutter hatte ich aus einem Impuls heraus verwendet und ich war froh, dass ich doch nicht so ganz planlos zu sein schien. Die Lüge über den Scanner hatte einen wahren Kern – meinem Vater war das tatsächlich einmal passiert. Aber ich glaubte nicht, dass er diesen Teil erzählt hatte, als er die Medica betreten hatte, und ich genoss es, wie die Wangen der Empfangsdame sich vor Scham röteten und ihr Blick schnell auf meine Anzeige fiel, bevor sie mir wieder in die Augen sah. Ich hatte sie aus dem Konzept gebracht, was für uns nur von Vorteil sein konnte. Wenn sie nervös war, machte sie vielleicht einen Fehler und übersah ein paar Kleinigkeiten. Wenn sie ein Bild meiner Mutter im Computer aufrief ... Nun, von den Augen abgesehen sahen wir fast identisch aus und ich bezweifelte, dass die Frau diesen kleinen Unterschied bemerken würde.

Da ich diejenige war, die sich behandeln lassen wollte, brauchte Grey nicht gescannt zu werden, aber er würde mit mir eingelassen werden, weil Gefangene sich nicht von ihren Rittern trennen durften. Ich hätte nie geglaubt, dass ich für diese Vorschrift einmal so dankbar sein könnte.

»Ich bin ein wirklich netter Kerl, wenn man mich richtig kennenlernt«, sagte Grey und lächelte die junge Frau hinter dem Empfangstisch an. »Das ist alles ein großes Missverständnis. Das werden Sie schon sehen.«

Ich kniff meine Augen zusammen, verärgert darüber, dass er jetzt einen Flirt begann. Ich hatte Angst, dass er mit seinem Verbrechercharme unsere ganze Tarnung auffliegen lassen könnte.

Und dann erwiderte die junge Frau zu allem Übel sein Lächeln auch noch und sofort hasste ich sie alle beide.

Ihn, weil er flirtete, und sie, weil sie auf seine Masche hereinfiel.

Bei Scipio, ich ließ mich in meiner Selbstoffenbarung völlig von unserem Vorhaben ablenken.

»Entschuldigung, Fräulein?« Sie sah zu mir auf und zwang sich zu einem höflichen Lächeln. »Meine Schicht ist bald zu Ende und ich frage mich, ob wir die ganze Sache etwas beschleunigen können?«

Sie nickte und wandte sich dann mit fliegenden Fingern wieder ihrem

Bildschirm zu. »In Ordnung, Ritterkommandantin Castell, bitte folgen Sie den grünen Lichtern in den Behandlungsraum. Ein Arzt wird in Kürze bei Ihnen sein.«

»Danke«, sagte ich und zog Grey bereits den Lichtern nach hinter mir her. Wir betraten durch die breiten weißen Türen das Behandlungszentrum. Im Gegensatz zum dritten Stock herrschte hier viel Betrieb auf den Gängen, selbst zu dieser Uhrzeit, und ich sah, wie Ärzte hin und her eilten.

Nervös folgte ich den grünen Lichtern und fragte mich, wie ich uns von hier fort und in einen Fahrstuhl bringen konnte. Mit der Kennzeichnung meiner Mutter konnte ich den Fahrstuhl und seine Scanner einfach übergehen, aber ich konnte den Arzttermin nicht löschen. Die Ärzte würden erfahren, dass ich nicht in das für mich vorgesehene Zimmer gegangen war, weil unser Weg von einem Computersystem aus Kameras und Drucksensoren überwacht wurde.

Also ging ich ins vorgesehene Behandlungszimmer. Mir waren ohne Alternativen die Hände gebunden und ich war nicht gewillt, mich schon jetzt erwischen zu lassen oder unsere wahren Beweggründe preiszugeben.

Das Zimmer, in das wir vom Licht geführt wurden, war klein. In seiner Mitte stand ein bequemer brauner Stuhl und an der Wand ein leerer Schreibtisch. An einem Wandabschnitt wurden Anweisungen für Grey eingeblendet und plötzlich hatte ich eine Idee.

Ich ließ Greys Arm los und ging zur Anzeigetafel. »Jasper?«, sagte ich mit etwas hoher Stimme. »Bist du da?«

»Liana, was machst du da?«

Grey sah mich an, als ob ich verrückt geworden wäre, aber ich ignorierte ihn. »Hey, Jasper. Ich bin es, Liana. Es tut mir leid, dich zu stören, aber ich brauche wirklich deine Hilfe. Mal wieder.«

Grey sah sich verwirrt blinzelnd um und wandte sich dann wieder mir zu. »Liana, wer ist Jasper?«

»Ich bin Jasper«, sagte eine Stimme brummig und die Wand erstrahlte in warmem Licht. »Hallo, Liana. Es freut mich, dich wohlauf zu sehen. Ich habe mir Sorgen um dich gemacht. Kannst du mir verraten, warum du mich vor dem Jungen, bei dessen Entlassung aus der Medica ich dir geholfen habe, enthüllst, oder soll ich einfach anfangen, euch beiden alberne Liebeslieder zu singen?«

»Na, du bist ja heute frech«, stellte ich fest. »Es tut mir leid, dass ich

Grey nicht gebeten habe, das Zimmer zu verlassen, aber du weißt selbst, dass er auf den Kameras zu sehen sein wird, sobald er das Zimmer verlässt, und dann wird der nächste Arzt ihn gleich wieder hier hineinbefördern. Außerdem ist Grey ein guter Typ, gib ihm einfach eine Chance. Er ist ... eine sehr spaßige Person.«

»Oh, Spaß ... wie sehr ich ihn vermisse«, seufzte Jasper und ich lächelte, weil es sich tatsächlich so anfühlte, als ob das Zimmer geseufzt hätte. »Ich vermisse meine Jugend.«

Ich blinzelte überrascht von seinem schrulligen Ton. »Du warst einmal jung?«

»Sozusagen. Aber jetzt sag mir, was du von mir willst.« Jaspers abrupter Themenwechsel hätte schroff wirken können, aber ich musste immer noch darüber lächeln, wie er es schaffte, innerhalb weniger Sekunden von einem melancholischen alten Mann auf einen mürrischen alten Mann umzuschalten.

»Wir brauchen deine Hilfe«, sagte ich. »Eine meiner Freundinnen, Zoe Elphesian, wird im dritten Stockwerk festgehalten.«

»Und?« Die Computerstimme stellte die Frage nicht feindselig, sondern einfach nur neugierig.

»Und ich möchte sie hier herausschaffen, ohne Aufsehen zu erregen.« Das war Wahnsinn und ich wusste es. Ich hatte keine Ahnung, ob ich Jasper vertrauen konnte. Was er für Grey und mich getan hatte, war ein kleiner Gefallen gewesen, wahrscheinlich unbedeutend genug, um in seiner Programmierung nicht weiter aufzufallen. Aber das hier?

Wir könnten auf der Stelle, hier und jetzt, gefangen genommen werden. Und ich stürzte uns Hals über Kopf in diese Sache hinein.

»Ich verstehe.« Es folgte eine kurze Pause und dann: »Dir ist klar, dass praktisch alles, was du gesagt hast, ein Delikt ist, nicht wahr?«

Ich zögerte. »Ja, das ist mir klar.«

Eine weitere Pause folgte. »Und du bittest mich dennoch darum?«

»Hör zu, Jasper. Ich werde es dir erklären. Zoe ist meine beste Freundin und ich versuche, sie davor zu retten, umgebracht zu werden, weil sie nicht in Scipios perfektes Modell passt. Das System ist voreingenommen gegen sie, gegen mich und Grey und ich will es davon abhalten, Zoe einfach nur deshalb zu töten, weil sie anders ist.«

»Wir sind wirklich verzweifelt«, fügte Grey hinzu und ich sah, wie er nervös auf die Wände schaute. Er wollte mir helfen, obwohl er nicht verstand, was hier vor sich ging. Ich war ja schon froh, dass er mich nicht mit Fragen löcherte.

Jasper schwieg lange. So lange, dass ich nervös wurde und zur Tür sah, weil ich mich fragte, ob wir nicht lieber abhauen sollten, oder ob es dafür vielleicht schon zu spät war.

»Dein Herzschlag beschleunigt sich und dein Adrenalinspiegel steigt«, sagte Jasper kurz darauf. »Ich sehe auch, dass du die Medizin, die Dr. Bordeaux dir verschrieben hat, nicht nimmst.«

»Das kannst du sehen?«

»Meine Sensoren sind sehr sensibel«, sagte er sofort. »Aber darum geht es nicht. Dein Rang ist Neun, obwohl du deine Medizin nicht genommen hast. Kannst du mir das erklären?«

»Nicht in der kurzen Zeit, die wir haben«, sagte ich und dachte daran, dass bald ein Arzt zu uns kommen würde.

»Versuch es.«

»Warum sollte ich?«, fragte ich und zu meiner Überraschung lachte er.

»Du hast mich kontaktiert, Liana. Das bedeutet, dass du diejenige bist, die Hilfe braucht. Sag es mir oder sag es mir nicht, aber sei nicht überrascht, wenn ich dir nicht helfe, wenn du dich für Letzteres entscheidest.«

Ich zögerte, gab dann aber nach. Jasper hatte uns schon einmal geholfen und ich setzte darauf, dass er es wieder tun würde. In diesen Computer war mehr Mitgefühl einprogrammiert worden, als es die meisten Menschen im Turm empfanden, und darauf musste ich mich verlassen.

»Ein Freund von uns stellt ein Medikament her, das unseren Rang anhebt«, sagte Grey, drückte die Schultern nach hinten durch und verschränkte die Arme. »Dieses Medikament verändert die wirkliche Persönlichkeit nicht.«

»Das bedeutet, dass ihr einen Weg gefunden habt, um das System auszutricksen. Interessant. Habt ihr dieses Medikament bei euch?«

»Was? Warum?«

»Ich möchte es gern analysieren. Vielleicht wird es mir etwas darüber verraten, wie wir die Tabletten, die wir derzeit den niedrigrangigen Menschen verschreiben, verbessern können. Jede Information, so klein sie auch scheinen mag, ist wichtig für unsere Forschung.«

»Das verstehe ich, aber … wenn wir dir die Tablette geben, dann könntest du sie nutzen, um uns zu enttarnen und zu verraten, wie wir den Turm betrügen. Ich … Ich muss mir sicher sein, dass du diese Information an niemanden weitergibst.«

Die Wände wurden einen Augenblick lang etwas dunkler. »Einverstanden. Ich analysiere das Medikament und speichere die Information auf einem privaten Server, den ich nur für mich selbst geschaffen habe. Niemand weiß, dass ich diesen Server habe, weshalb eure Information dort sicher aufgehoben ist, selbst wenn mein System auseinandergenommen wird. Ich kann nicht versprechen, dass ich die Ärzte nicht auf medizinische Erkenntnisse hinweisen werde, die ich aus dieser Untersuchung gewinne, aber ich werde die Tablette selbst zerstören. Fühlt ihr euch damit wohler?«

Ich sah zu Grey, der sofort den Kopf schüttelte. Ich biss mir auf die Unterlippe, sah ihn entschuldigend an und griff dann in meine Tasche, um eine Tablette hervorzuholen. Ich nahm eine von meinen Tabletten, weil ich nicht riskieren wollte, eine von Zoes Tabletten zu verlieren, nur um Jasper eine niedrigere Dosis zu überlassen. Ich streckte meine Hand aus und in der Wand vor mir öffnete sich ein kleiner Schlitz. Ich schob die Tablette hinein und betete, dass ich das Richtige tat.

Grey würde es nicht verstehen, aber Jasper hatte einfach etwas an sich, womit er mein Vertrauen gewann.

»Macht euch keine Sorgen. Ich werde den Rittern nichts davon erzählen«, sagte Jasper gereizt. »Glaubt mir, ich habe seit meiner Aktivierung alle möglichen Probleme in diesem System festgestellt. Die Ärzte, denen ich assistiere, scheinen sich nicht um die Selbstmordrate zu kümmern, ebenso wenig wie um ihre eigene Unfähigkeit, den Rang mancher Personen konstant hoch zu halten.« Er verstummte plötzlich und ich sah mich um. Vielleicht hatte er sich abgeschaltet? »Lasst es mich so ausdrücken: Ich wurde geschaffen, um Leben zu retten, und nicht, um mich an Morden zu beteiligen. Ich werde euch helfen.«

»Wirklich?«, fragte ich überrascht. »Das wäre … Ich meine … Danke.«

»Gern geschehen. Ich habe einen Weg geschaffen, der zum Zimmer deiner Freundin führt, und euch eine Sondererlaubnis erteilt, um das Zimmer zu betreten. Ihr müsst euch beeilen und die Medica schnell verlassen, weil ich den Alarm nur eine beschränkte Zeit unterdrücken kann. Habt ihr verstanden?«

»Ja«, antwortete ich, kaum in der Lage, den Nervenkitzel meines Erfolgs zu bändigen. Wir hatten es bis nach drinnen geschafft. Wir hatten das Unglaubliche geschafft.

33

»Glaubst du wirklich, dass dieser Computer auf unserer Seite steht?«, fragte Grey, als wir der grünen Leuchtanzeige auf dem Boden folgten. Ich sah mich um. Der Gang war leer, aber der gewundene Weg machte es unmöglich, weiter als sechs oder sieben Meter vorauszuschauen.

»Er ist anders«, flüsterte ich. »Das war eines der ersten Dinge, die mir an ihm aufgefallen sind.«

»Mich erinnert er an Scipio«, sagte Grey und ich sah zu ihm auf.

»Er klingt überhaupt nicht wie Scipio«, erwiderte ich und dachte an die abgehackte, aristokratische Stimme, mit der Scipio in meinem Ohr Befehle erteilte. »Ich meine, er benimmt sich in gewisser Weise wie Scipio, aber seine Stimme ist völlig anders. Und so weit ich es beurteilen kann, sind ihm die Menschen wirklich wichtig. Hast du die Entrüstung in seiner Stimme nicht gehört, als er von der Selbstmordrate gesprochen hat?«

»Er ist ein Computer. Ich meine, Scipio ist auch ein Computer, aber er ist sehr viel weiter entwickelt und viel komplexer. Jasper wurde wahrscheinlich einfach nur so programmiert, dass er menschlicher klingt, aber vielleicht verfügt er über Parameter, wie man seine Feinde dazu bringt, einem zu vertrauen. Diese Lichter führen uns womöglich direkt in die nächste Ritterstation!«

Ich biss mir auf die Lippe, um mir eine sarkastische Antwort zu verkneifen, zum Teil, weil ich keinen Streit anfangen wollte, aber zum Teil auch, weil er recht hatte. Meine Unterhaltung mit Jasper ließ vermuten, dass mehr hinter ihm steckte, aber in Wirklichkeit war Scipio die einzige künstliche Intelligenz im Turm. Es gab zwar andere Computersysteme, die interaktiv waren, und manche waren auch personalisiert, aber im Kern basierten ihre Antworten doch auf einem Algorithmus. Sie hatten keine Parameter für Kreativität.

Dennoch hatte ich den Eindruck, dass Jasper anders war. Ich wusste nicht, wie das möglich war, und ich konnte es nicht erklären, aber ich glaubte, dass hinter ihm mehr als nur eine Reihe vorprogrammierter Antworten steckte.

Die grünen Lichter bogen in eine Seitenhalle ab und wir folgten ihnen bis zu einer Tür, die zu einer Treppe führte. Grey ging neben mir, die Hände in die Hosentaschen geschoben, die Schultern gerundet, und sah sich hastig um.

»Entspann dich«, sagte ich und versuchte, mir meine eigene Nervosität nicht anmerken zu lassen. Ich sah auf mein Handgelenk. Die Neun war noch da. »Du siehst wie ein Verbrecher aus.«

Er verdrehte die Augen, rollte aber etwas die Schultern, um die Spannung abzuschütteln, und ich öffnete die Tür zur Treppe. Das grüne Licht verlief auf den Treppenstufen nach oben, also folgten wir ihm.

»Er führt uns die Treppe hinauf«, sagte ich nach einem Augenblick, woraufhin Grey mich überrascht und fragend ansah. »Jasper. Er führt uns über die Treppe, weil er weiß, dass Alarm im Turm ausgelöst wird, wenn wir im Fahrstuhl gescannt werden.«

»Oder er weiß, dass er uns nicht zu einem Fahrstuhl führen kann, weil wir sonst merken, dass es sich um eine Falle handelt.«

»Ach, eine Maschine kann so weit denken? Er ist also doch eine künstliche Intelligenz?«

Grey sah mich verärgert an und ich lächelte, erfreut, eine Schwachstelle in seiner Argumentation gefunden zu haben. Aber um ganz ehrlich zu sein, machten seine Zweifel an Jasper mich nervös und mit jedem Schritt, den ich tat, war ich mehr hin- und hergerissen zwischen dem Drang, meine Freundin zu retten, und dem Instinkt, sofort umzukehren und von hier zu fliehen. Schließlich hatte Grey recht – ich vertraute einem Computer, mit dem ich kaum zu tun gehabt hatte.

Ich hatte das Gefühl, dass alles etwas zu leicht war. So als ob er sich zu leicht hatte überzeugen lassen. Das bedeutete, dass er im schlimmsten Fall nicht einfach nur nicht auf unserer Seite stand, sondern dass er uns womöglich tatsächlich gezielt in eine Falle lockte. Ich musste meine ganze Willenskraft zusammennehmen, um weiterzugehen, und selbst dann war es nicht mehr so sehr das Vertrauen in Jasper, das mich vorantrieb, sondern reine Hoffnung.

Wir stiegen vier Stockwerke hinauf und sobald wir uns der Tür am oberen Treppenabsatz näherten, klickte sie und ließ uns ein. Die Beleuchtung hier oben war deutlich gedämpfter als in den anderen Stockwerken und ich spürte sofort, dass wir uns im richtigen Bereich befanden. Die Stimmung war zu düster, zu erdrückend und zu farblos, als dass jemand anderes hier gefangen gehalten wurde als Zweier. Und seit Neuestem auch Dreier.

Die grünen Lichter führten uns den Gang entlang und dann nach rechts. Wir bogen um eine Kurve, dann eine weitere nach rechts und eine nach links, bis die Lichter vor einer Tür endeten.

Langsam sah ich in den Gang hinter uns und dann wieder nach vorn. Ich konnte aus beiden Richtungen nichts hören, aber die alberne gewundene Bauweise erschwerte es, sagen zu können, ob wir wirklich allein waren. Grey ging ohne zu zögern direkt auf die Tür zu.

Er blieb davor stehen und sah den Gang entlang.

»Ich hoffe wirklich, dass Jasper daran denkt, die andere Tür wieder zu entsperren«, sagte er hinter mir, während ich weiter den Gang entlangsah. »Denn andernfalls ... Oh, hallo.«

Es klickte und ich sah gerade noch, wie Greys Gesichtsausdruck von überrascht zu erschrocken umschlug, als sich die Tür öffnete. Ehe ich mich versah, lag er auf dem Boden und Zoes schlanke Gestalt kauerte über ihm. Sie schlug mit geballten Fäusten auf ihn ein.

»Du hast meine beste Freundin umgebracht!«, schrie sie und schlug weiter. Ich zuckte zusammen, weil der Lärm von den Wänden widerhallte. Grey hob die Arme vor das Gesicht, um seinen Kopf zu schützen, aber das schien Zoe nicht zu stören, und so schlug sie auf seine Unterarme ein. Ich wollte sie gerade davon abhalten, als Eric zu meiner Überraschung aus dem Zimmer trat und sie sanft von Grey löste.

Grey stöhnte, als ihr Gewicht von ihm gehoben wurde, und senkte die Arme. Doch dann stellte Eric ihm einen Fuß auf die Brust und hielt ihn weiter zu Boden gedrückt.

»Zoe denkt, dass du Liana getötet hast«, sagte er ruhig und langsam. »Hast du es getan?«

»Das hat er nicht«, schaltete ich mich ein. »Also nimm deinen Riesenfuß von ihm.«

Eric und Zoe sahen zu mir und rissen erstaunt die Augen auf. Eric war der Erste, der reagierte, indem er seinen Fuß von Greys Brust nahm. Mehrere Sekunden lang rührte sich niemand und alle schwiegen.

Dann setzte Zoe sich in Bewegung. Sie riss sich von Erics Hand los. Ihr Gesicht spiegelte so viele Gefühle wider, dass ich sie nicht alle deuten konnte. Sie kam zu mir, ihr Gang sicher und entschlossen. Sie war so schnell, dass ich zusammenzuckte, weil ich fürchtete, dass sie mich genauso wie Grey angreifen könnte.

Doch stattdessen schlang sie ihre Arme um mich und drückte mich an sich. Ich hätte am liebsten sofort losgeweint. Ich war so froh, sie zu sehen, und hatte solche Angst davor gehabt, dass sie mich zurückweisen würde, nachdem ich sie derart furchtbar behandelt hatte. Es tat mir so leid, dass mein vermeintlicher Tod ihr so sehr geschadet hatte, und einen Augenblick lang vergaß ich völlig, wo wir uns befanden.

»Es tut mir leid«, sagte ich und umarmte sie. »Es tut mir so, so leid, Zoe. Ich wollte nicht ...«

»Sei still, Liana«, schniefte Zoe mit bebenden Schultern. »Das kann alles warten. Ich bin einfach nur froh, dass du nicht tot bist.«

So seltsam es auch klang, bedeuteten mir die Worte unglaublich viel. Obwohl wir uns gestritten hatten, bestand noch Hoffnung. Sie würde mir vergeben, was ich ihr angetan hatte, indem ich sie im Stich gelassen hatte.

Wir mussten nur erst einmal von hier verschwinden.

Da riss ich die Augen auf und der magische Augenblick war verflogen. »Zoe, wir können nicht hierbleiben. Du kannst nicht hierbleiben. Du musst mit uns kommen.« Ich zog die Tablette aus meiner Tasche. »Das hier wird deinen Rang hoch genug heben, um dich hier herauszubringen, aber es wird nicht lange anhalten. Du musst mit mir kommen, wenn du überleben willst.«

Während ich sprach, zog Zoe ihre Augenbrauen nachdenklich

zusammen. »Du bist gekommen, um mich zu befreien?«

»Ja«, sagte ich eilig und sah mich um. Das war ich wohl. Ursprünglich hatte ich nur vorgehabt, ihr die Tablette zu geben, aber nun konnte ich an nichts anderes denken, als sie mitzunehmen. »Und wir müssen sofort gehen.«

»Die Lichter leuchten wieder«, sagte Grey und ich sah an Zoe vorbei zu ihm, als er auf den Boden nickte. »Wir müssen gehen, Liana. Je länger wir hierbleiben, desto eher werden sie uns schnappen.«

Zoe atmete aus und sah zu Eric. »Es scheint, als ob du einen guten Tag ausgewählt hast, um mich zu besuchen«, sagte sie trocken.

»Sei still und nimm die Tablette, Zoe«, sagte Eric und ich zuckte unter seinem rauen Ton zusammen. Er sah mich besorgt an und ich hatte den Verdacht, dass Zoe Eric erzählt hatte, was mit den Einsern geschah.

»Weißt du Bescheid?«, fragte ich.

Er zögerte für den Bruchteil einer Sekunde, nickte aber dann. »Sie hat es mir erzählt, kurz bevor sie in die Medica eingeliefert wurde.«

So wie er aussah, hatte er ebenfalls eine schwere Zeit hinter sich. Ich konnte mit ihm fühlen, aber uns blieb keine Zeit, jetzt darüber zu reden.

Meine Entscheidung war impulsiv, aber das war mir egal. »Eric, du kommst auch mit uns.«

Eric blinzelte und lächelte leicht. »Soll das heißen, dass ich ursprünglich nicht eingeladen war? Das trifft mich hart.«

»Nicht so hart, wie ich dich schlagen werde, wenn du nicht mit uns gehen willst«, sagte Zoe und nahm mir die Tablette aus der Hand. Sie schluckte sie hastig und nickte dann. »Wir reden später, aber du hast recht – wir müssen gehen.«

Noch während sie das sagte, drehte sie sich um und ging auf Grey zu. Ich folgte ihr und Eric kam, wie es zu erwarten war, hinter uns her.

»Du weißt, dass ich dich immer begleiten werde«, flüsterte er Zoe zu. Das war sicher nur für ihre Ohren bestimmt gewesen, aber seine Stimme war zu tief, um nicht gehört zu werden, und ich fand seine Worte unglaublich süß.

Ich wartete auf Zoes Reaktion. Sie verschlang ihre Finger kurz mit seinen, bevor sie seine Hand wieder gehen ließ. Plötzlich befangen wandte ich den Blick ab. Sie verhielten sich anders, so als ob sich zwischen ihnen etwas verändert hätte, und ich wusste nicht, was es war. Aber ich würde sie danach fragen, sobald wir in Sicherheit waren.

Jaspers Licht führte uns die gewundenen Gänge entlang, die scheinbar menschenleer waren. Er hatte uns zu Zoe geführt und nun schien klar zu sein, dass er uns tatsächlich auch genauso sicher aus der Medica hinausführen würde, aber ich wollte kein Risiko eingehen, weshalb ich die ganze Zeit über nach möglichen Schwierigkeiten Ausschau hielt.

Doch als wir um die letzte Ecke bogen, tauchte vor uns der hohe Bogen auf, der den Ausgang der Medica bildete, und ich hätte am liebsten vor Freude gejubelt, wenn nicht genau in diesem Augenblick Devon Alexander, Meister der Ritter, um die Ecke gekommen wäre.

Seine verschiedenfarbigen Augen sahen mich, starrten einen Augenblick und weiteten sich dann zu meinem Entsetzen.

Er hatte mich erkannt und kam auf uns zu.

34

»Lauft!«, rief ich und griff automatisch nach meinem Stock. Devon war zwar noch etwas entfernt, aber als die anderen losliefen, stürzte er auf uns zu.

Ich wirbelte herum und rannte meinen Freunden nach. Grey war an der Spitze, gefolgt von Zoe und Eric und mir im Schlepptau. Wir rasten durch die Gänge und schlugen so viele Haken, bis ich völlig die Orientierung verloren hatte.

Ich warf einen Blick über meine Schulter und sah, dass der Meister uns immer noch verfolgte. Sicher hatte er Verstärkung angefordert. Da ertönte ein Gong, gefolgt von Jaspers Stimme.

»Eindringlinge im vierten Stock, nahe der Kreuzung zwischen den Fluren B und E«, rief er in die Halle, doch als ich mich umsah, bemerkte ich, dass wir uns in Wirklichkeit im Flur C befanden. Jasper half uns also immer noch.

»Grey!«, schrie ich über Jaspers Stimme hinweg, als er die Ansage wiederholte. »Siehst du die Lichter noch?«

»Was ... Hey, ja! Folgt mir!«

Er bog links ab und stieß eine Tür auf. Dann rannten wir ohne zu zögern ins Treppenhaus, liefen aber nicht nach unten, sondern stiegen weiter nach oben. Wir hatten fast das nächste Stockwerk erreicht, als ich unter uns die Tür zufallen hörte. Devon war uns immer noch dicht auf den Fersen. Ich zögerte eine Sekunde lang und überlegte, ob ich mir die Zeit nehmen sollte, unsere Tür leise zu schließen, doch da hörte ich schon, wie sich seine Schritte näherten. Also drehte ich mich wieder um und rannte meinen Freunden nach. Grey führte uns durch einen geschwungenen Gang, bog sofort links ab und ich sah, dass die grünen Lichter uns in einer geraden Linie zum Ausgang der Medica auf diesem Stockwerk führten.

»Lauft nach links!«, schrie ich im gleichen Augenblick, wie der Meister rief: »Halt! Lasst sie nicht entkommen!«

Mein Atem ging stoßweise, aber ich ignorierte ihn, reckte den Hals und sah den Gang entlang. Dort wartete ein Ritter mit gezogenem Stromstock auf uns. Ich brauchte eine Sekunde, um ihn wiederzuerkennen, weil ich mich immer noch nicht an sein verändertes Gesicht gewöhnt hatte, aber als Grey auf ihn zurannte, sah ich, dass es Theo war, der mit seinem Stock ausholte.

Instinktiv schleuderte ich mein Kabel an die Decke und aktivierte den Kreisel in voller Stärke. Meine Füße wurden vom Boden gerissen und ich wurde in Höchstgeschwindigkeit durch die Luft gewirbelt. Während ich über die Köpfe der anderen hinwegflog, löste ich mein Kabel und rollte mich zusammen, als ob ich in einen Pool tauchen würde. Als ich meinen Rücken krümmte, bremste ich ein wenig und landete dann in einer kontrollierten Rolle auf dem Boden.

Ich sprang auf und zog in einer fließenden Bewegung meinen Stock. Dann wehrte ich Theos Angriff ab, indem mein Stock seinen Stock, der auf mich niederschmetterte, abfing und ich ihn gleichzeitig in der Seite traf. Es ertönte ein kurzer Knall und Theo landete mehrere Schritte entfernt auf dem Rücken.

Mein Herz setzte einen Schlag lang aus, weil ich fürchtete, dass Maddox' Veränderungen ihn umgebracht hatten, doch dann setzte er sich abrupt auf, wobei ihm die blonden Haare zu Berge standen. Er sah mich verwirrt an, bevor seine Augen nach hinten rollten und er wieder zu Boden sackte.

Noch bevor er auf dem Boden aufschlug, rannte ich zu ihm und beugte mich dann über ihn. Ich sah, dass er noch atmete, und warf einen Blick über meine Schulter. Ich hatte wertvolle Sekunden verloren. Devon war inzwischen dicht genug hinter mir, dass ich seinen eisigen Blick sehen konnte. Ich rannte wieder los und hangelte mich dann an meinen Kabeln weiter, um ihm zu entkommen.

Vor mir hatten Zoe, Eric und Grey bereits den Ausgang erreicht und bogen schon um die Ecke, nach links. Ich hatte keine Ahnung, ob Devon sie gesehen hatte oder nicht, aber ich beschloss, selbst nach rechts abzubiegen, und schleuderte meine Peitschen noch hastiger. Ein weiterer Blick nach hinten verriet mir, dass er immer noch dicht hinter mir war und sich selbst ebenfalls mithilfe seiner Kabelpeitschen vorwärtsschwang.

Mein Herzschlag beschleunigte sich, als ich meine Kabel an der äußersten Kante der Plattform befestigte. Ich schwang mich an den Kabeln entlang über den Abgrund, löste die Kabel schnell, landete auf dem Boden und wählte mit meinen Fingern eine Nummer auf meiner Anzeige.

»Verbinde mich mit Alex Castell!«, sagte ich und spürte sofort, wie mein Netz vibrierte. Fast unmittelbar darauf antwortete Alex.

Liana?

Ich hörte, wie Devon hinter mir landete, und schleuderte meine Peitschen erneut, dieses Mal auf das gegenüberliegende Dach. Ich spulte mich nach oben.

»Ich wollte Zoe befreien und musste mich vom Rest der Gruppe trennen, um die Ritter von ihnen fortzulocken.

Ruf Zoe an und sag ihr, dass sie Grey folgen soll. Wir treffen uns in Sanctum.«

Liana, bist du in Gefahr?

Ich schleuderte mein Kabel und dann das andere und wirbelte um Säulen und Treppen herum, immer auf dem Weg nach oben.

»Ja«, sagte ich durch zusammengepresste Zähne, als ich auf einem Vorsprung landete und ein paar Schritte stolperte. Mist. Jede Sekunde zählte und ich konnte mir keine Fehler erlauben. Ich rannte weiter. »Ich hab dich lieb, aber ich muss auflegen. Gib meine Nachricht an Zoe weiter.«

Ich kappte die Verbindung, bevor er antworten konnte, und schwang mich erneut in die Lüfte.

Doch Devon war unnachgiebig, wie ich inzwischen bemerkt hatte. Ich löste meine Kabel und drehte meinen Sturz so, dass ich auf der Treppe einen Stock weiter unten landete. Dann entdeckte ich eine Brücke und rannte darauf zu. Ich musste von hier fortkommen und eine Rutsche erreichen. Ich hatte keine Ahnung, wo sich Grey, Zoe und Eric befanden, aber solange Devon hinter mir her war, bedeutete es, dass sie eine Chance hatten, zu entkommen. Ich hoffte darauf, dass es Grey gelingen würde, Zoe ins Sanctum zu bringen.

Nun konnte ich nur noch hoffen, dass ich das gleiche Glück hatte.

Ich hatte die Brücke fast erreicht, als etwas heftig an meinem Fuß zerrte. Ich befand mich zwischen Stromleitungen und Devons Peitsche hatte mich mit perfekter Präzision getroffen. Sie riss mich aus der Luft auf den Boden und mir blieb keine Zeit, meine Kabel erneut auszuwerfen, bevor ich aufschlug.

Der Aufprall presste die Luft aus meinen Lungen und ich rollte ein paar Meter, bevor ich abbremsen konnte. Ich röchelte, mein Rücken schmerzte und ich setzte mich auf. Das Adrenalin, das durch meine Adern schoss, half mir dabei, die Benommenheit vom Sturz schnell zu vertreiben.

Ich rappelte mich auf und sah gerade noch rechtzeitig, wie Devons Kabel auf mich zugeflogen kam. Ich drehte mich zur Seite und entkam ihm knapp, aber ich wäre dabei beinahe umgekippt. Es gelang mir, mich aufzurichten, bevor mich das andere Kabel treffen konnte. Dann spulte Devon seine Kabel mit einem surrenden Geräusch ein.

Ich sah mich um. Der Rand der Plattform war nur wenige Schritte entfernt.

»Tu das nicht, Lehrling Castell«, sagte Devon in scharfem Ton. »Komm einfach her und wir können das alles klären. Du musst mir nur sagen, wo sie sind.«

Ich sah zu ihm auf und mein Herz raste vor Angst. »Sie?«

Devons Lippen verschwanden beinahe, so sehr presste er sie zu einem schmalen, verächtlichen Strich zusammen. »Die Undoks, bei denen du dich versteckt hast. Ich weiß, dass du deinen Mentor nicht getötet hast. Du hattest nichts damit zu tun. Ich kann dir helfen und dich beschützen, aber du musst mir sagen, wo sie sind.«

Er wusste also über Cali und die anderen Bescheid. Wie viel wusste er? Wie viel konnte er wissen? Hatte er Gerome getötet? Oder wusste er auch nicht, wer das getan hatte?

Ich musste ihn abschütteln. Ich musste zu den anderen zurückkehren und sie warnen, dass der Meister von ihrer Existenz wusste. Wieder sah ich auf den Rand der Plattform, der so nah war, und dachte darüber nach. Ich wusste nicht, was darunter lag oder ob meine Kabelpeitschen noch funktionierten, nachdem Devon mich mit seinen Kabeln erwischt hatte, aber wenn ich nicht aus der Medica herauskam, dann würde seine Verstärkung eintreffen und ich konnte es unmöglich mit allen Rittern aufnehmen.

»Tu das nicht«, sagte er. »Denk an alles, wofür du gearbeitet hast. Du würdest es alles wegwerfen.«

»Gut«, sagte ich herausfordernd.

Und dann drehte ich mich um und sprang.

Ich hörte, wie er aufschrie, bevor die Luft zu laut in meinen Ohren rauschte. Ich streckte mich stromlinienförmig und versuchte, so weit von der Medica und Devon wie möglich entfernt zu landen. Mein Blick suchte bereits nach Stellen, an denen ich meine Kabel anhaften konnte, und ich entdeckte schnell eine – die Fußgängerbrücke, die zum Kern führte.

Ich spulte meine Kabel aus und hoffte inständig, dass Devons Stromstoß sie nicht beschädigt hatte. Doch mein erstes Kabel glitt an der Wand ab und fiel nach unten. Dann warf ich entsetzt das zweite. Ich sah, wie es durch die Luft flog, und betete, dass ich mich nicht gerade umbrachte. Aber das Kabel haftete an der Oberfläche und ich spürte sofort den Ruck, als es meinen Fall abbremste.

Erleichtert schwang ich mich weiter und sah in der Erwartung nach hinten, dass Devon mir gefolgt war. Die Luft über mir war zwar rein, aber ich traute dem Frieden nicht. Ich war immer noch viel zu dicht an der Medica und an Devon, um aufatmen zu können. Ich musste so schnell wie möglich von hier verschwinden, sonst würden sie mich schnappen. Schnell warf ich das zweite Kabel aus, schwang mich unter der Brücke zum Kern hinweg und schwang nach oben. Dabei ignorierte ich die Rufe der Seher in ihren freiliegenden Gängen, die sahen, wie ich an den Wänden ihres geliebten Scipio emporkletterte. Ich kletterte einfach weiter und wollte die riesige Brücke erreichen, die sich bis hinüber zur Hülle erstreckte. Dann schwang ich mich darunter entlang und hielt nach Rittern Ausschau.

Sobald ich auf der anderen Seite der Brücke wieder festen Boden unter den Füßen hatte, lief ich zum nächsten Gang, der in die Hülle hineinführte, und verschwand darin. Ich folgte den Schildern zur nächsten Rutsche und hielt Ausschau nach Verfolgern.

Obwohl es keine Anzeichen dafür gab, dass ich verfolgt wurde, nahm ich den längsten und verzweigtesten Weg zurück ins Sanctum. Zuerst sprang ich eine Rutsche hinab, dann kletterte ich eine zweite wieder hinauf, lief Treppen hinauf und hinunter und wechselte völlig willkürlich die Richtung.

Die ganze Zeit über sah ich mich um und rechnete damit, dass Devon jeden Augenblick auftauchen würde, um das zu beenden, was er begonnen hatte. Ich machte mir Sorgen um meine Freunde.

Aber je näher die Dämmerung kam, desto klarer wurde mir, dass ich den Turm verlassen und nach Hause gelangen musste. Denn wohin ich auch ging, lief ich sonst immer Gefahr, entdeckt zu werden. Der einzige sichere Ort war Sanctum.

Ich wartete so lange wie möglich und stürzte mich in die Rutsche, kurz bevor die Morgenbeleuchtung eingeschaltet wurde. Dann trat ich den Heimweg an.

35

Ich sprang von der Leiter und sah von Tian, Roark, Quess, Maddox und Cali zu Zoe, Grey und Eric hinüber. Dann atmete ich langsam aus, unbeschreiblich erleichtert, sie alle wiederzusehen. Ich ignorierte Calis wütenden Blick und ging auf die kleine Gruppe zu.

Zoe umarmte mich gleichzeitig mit Eric und wir drei standen einen Augenblick lang einfach nur da. Unser Wiedersehen hatte etwas Bittersüßes an sich. Ich hatte die zwei so sehr vermisst und mir solche Sorgen um ihre Sicherheit gemacht. Doch wusste ich, dass Devon hinter uns her war, und konnte das Gefühl nicht unterdrücken, dass ich die zwei vom Regen in die Traufe geholt hatte.

»Liana, du bist uns eine Erklärung schuldig«, sagte Cali. Ich nickte, ließ meine Freunde widerstrebend los und wandte mich ihr zu. Zoe weigerte sich, meine Hand loszulassen und ich zwang sie nicht, sondern sah einfach zu Cali auf.

Dann glitt mein Blick auf die vier Personen, die hinter ihr auf den Sitzkissen saßen. Maddox sah mich unverhohlen feindselig an, während Roark keine Miene verzog. Quess sah verletzt aus und Tian grinste schief. Ich presste meine Lippen zusammen und sie nickte und sah mich erwartungsvoll an.

»Es tut mir leid«, presste ich dann hervor. Es tut mir leid, dass ich gehandelt habe, ohne es euch zu sagen, und es tut mir leid, dass ich eure Gastfreundschaft und euer Vertrauen missbraucht habe, aber es tut mir nicht leid, dass ich Zoe geholt habe. Sie ist meine beste Freundin und sie war auf Rang Zwei gesunken. Bald wäre sie eine Eins gewesen.«

Calis Lippen wurden schmaler. »Davon hat Mercury nichts gesagt«, sagte sie ruhig. »Woher wusstest du das?«

»Von ihrem Bruder«, sagte Grey und trat neben mich. »Er ist ein Seher.«

Maddox schnappte nach Luft und sprang auf. Cali wich einen Schritt zurück und ihre Hand fuhr zu ihrem Stromstock.

»Nein, wartet. Bitte.« Zoe machte einen Schritt nach vorn, ließ mich los und hob beschwichtigend beide Hände.

»Bitte. Ich kenne Liana und ihren Zwillingsbruder Alex seit Jahren. Er hat mich während unserer Flucht aus der Medica angefunkt und mir gesagt, dass Liana die Ritter von uns ablenkt. Ich musste ihm versprechen, dass ich ihr nicht folgen würde, obwohl ich ihm anmerken konnte, wie schwer ihm das fiel. Er liebt seine Schwester mehr als alles auf der Welt. Das verspreche ich.«

Ich trat unruhig von einem Fuß auf den anderen, erstaunt von Zoes Worten. Ich konnte nicht glauben, dass mein Bruder so weit gegangen war, Zoe versprechen zu lassen, dass sie mir nicht nachkommen würde. Es musste ihn umgebracht haben, das zu sagen, aber er hatte gewusst, wie viel es mir bedeutete, dass Zoe unversehrt davonkam. Erst jetzt kam mir in den Sinn, dass ich ihn gar nicht kontaktiert hatte, um ihm Bescheid zu geben, dass es mir gut ging. Und nun waren wir in Sanctum und es war zu spät dafür.

»Er hat nicht glauben wollen, dass ich tot bin«, fügte ich hinzu. »Also hat er einen Hintereingang in die Programmierung eingebaut, die an mein Netz angeschlossen ist, um es noch aufrufen zu können, obwohl es offiziell schon abgeschaltet wurde. Als ich am Morgen mit dir unterwegs war, hat er mein Signal gesehen und Kontakt aufgenommen. Ich habe ihn nach Zoe gefragt und er hat sie im System gesucht. Nach unserem Gespräch mit deinem Seherkontakt war ich mir nicht sicher, ob du mir helfen würdest. Ich konnte nicht riskieren, dass du Nein sagst, also habe ich die Sache selbst in die Hand genommen. Bitte glaub mir, wenn ich sage, dass ich es nur sehr ungern so getan habe und dass es mir leid tut.«

»Ich habe sie begleitet«, sagte Grey entschlossen. »Was auch immer ihr mit ihr macht, werdet ihr auch mit mir machen müssen.«

»Ich bin für die beiden verantwortlich«, sagte Roark und erhob sich vom Boden. »Deshalb sollte ich auch bestraft werden.«

»Oh! Ich auch, ich auch!«, rief Tian aus und sprang auf Zehenspitzen auf und ab. »Ich wusste, was sie vorhatte, und ich habe es niemandem erzählt. Oh, und außerdem habe ich ihr gesagt, dass sie es tun soll. Weil du und Maddox es die ganze Zeit machen. Sie war wirklich sehr traurig wegen ihrer Freundin.«

Ich war sehr dankbar, dass alle drei mich in Schutz nahmen. Sie unterstützten meinen Entschluss, Zoe zu befreien und gaben mir Rückhalt. Cali stand vor einer einfachen Entscheidung: Entweder sie warf uns alle hinaus (und riskierte damit einen riesigen Wutanfall von Tian), oder aber sie behielt uns hier, um sicherzustellen, dass Paragon weiter produziert werden konnte. Roark war der Einzige, der die Formel kannte, obwohl ich mir sicher war, dass Jasper das Medikament in diesem Augenblick analysierte.

Cali blickte in die Runde und ihr Blick war hart. »Das ist ja alles schön und gut, aber so weit sind wir noch lange nicht. Liana, du hast gesagt, dass du die Ritter abgeschüttelt hast, die dich verfolgt haben. Wie hast du das geschafft?«

»Mithilfe meiner Kabelpeitschen und viel Glück. Ich bin so lange wie möglich im Turm geblieben, aber als die Morgenbeleuchtung anging, bin ich hergekommen.«

Sie nickte anerkennend. »Clever. Wurdest du verletzt?«

»Nicht wirklich, obwohl ich noch nie erlebt habe, dass jemand sein Kabel einsetzt, um jemanden anderen wieder auf den Boden zu ziehen.«

Cali legte den Kopf schräg und lächelte. »Du wurdest mit dem Lasso gefangen?«

»Mit dem Lasso?«, wiederholte ich erstaunt.

Sie nickte. »Dabei benutzt man die Peitschen und die Ausrüstung, um einen Verbrecher einzuwickeln und festzuhalten. Es erfordert sehr genaue Kabelbewegungen und einen Sinn für das perfekte Timing, vor allem, wenn dein Gegner ebenfalls Kabel trägt. Einige der besten Lassowerfer der Zitadelle können jemandem den Kabelknopf abschlagen.«

Ich stieß Luft aus und war höchst beeindruckt. Ich war zwar gut, aber so gut nun auch wieder nicht. »Das erklärt wohl, warum der Meister es konnte«, sagte ich. »Ich schätze, dass das eine der Aufgaben im Turnier war.«

»Der Meister? Was meinst du damit?«, fragte Cali scharf und riss alarmiert die Augen auf. »Devon war auch dort?«

»Das war er«, sagte Grey, verwundert über ihre Reaktion. »Mir ist zwar nicht klar, was der Meister um drei Uhr morgens in der Medica zu suchen hatte, aber er war dort. Und er hat uns wiedererkannt.«

Seine Worte verhallten, ohne auch nur die geringste Beachtung von Cali zu erhalten. Sie kam bereits auf mich zu, packte meinen Arm, bevor ich zurückweichen konnte, und zog mich den Gang entlang.

»Quess!«, schrie sie und der junge Mann rannte an uns vorbei in sein Zimmer.

»Ich bin schon dabei!«, rief er und ich sah mich um, als sich plötzlich alle Sanctum-Mitglieder hektisch in Bewegung setzten.

»Was ist los?«, fragte ich, während Grey gleichzeitig fragte: »Was ist passiert?«

Cali antwortete nicht, sondern schob mich weiter bis in Quess' Arbeitszimmer. Quess zog etwas aus einem Regal. Es war eine längliche schwarze Plastikkiste mit einem Stab, der mit einem schwarzen Kabel verbunden war.

Quess sprang vom Tisch hinunter, auf den er geklettert war, und kam mit der kleinen Kiste auf mich zu.

»Was ist los?«, fragte ich noch einmal, als er begann, den Stab an meinem Körper entlangzuführen. Er hielt ihn etwa zwei Zentimeter von meiner Kleidung entfernt.

»Du bist in einen Kabelkampf mit Devon geraten und er hat dich getroffen«, sagte Cali.

»Ja, das habe ich dir doch gesagt, aber was hat das mit dem …«

Die Kiste gab ein schrilles Piepen von sich, als Quess den Stab über das Bein fahren ließ, an dem mich Devons Kabel getroffen hatte. Cali fluchte und ließ mich los, um sich die Haare zu raufen. Ich sah, wie sie die Schultern nach hinten durchdrückte. Ihre Anspannung machte mich nervös. Nach einem Augenblick fuhr sie herum.

»Wir müssen gehen. Quess, hol Tian und die Fluchttaschen. Wir müssen in zehn Minuten gepackt haben. Liana, lass deine Uniform hier.«

»Warte!«, rief ich, als sie davoneilen wollte. Ich atmete tief durch, weil ich das Gefühl hatte, von meiner aufsteigenden Panik überwältigt zu werden. »Warum müssen wir fliehen?«

Cali fuhr sich mit der Zungenspitze über die Lippen und seufzte, während sie Quess an sich vorbeiließ. »Devon hat spezielle Kabelenden, die sich öffnen können, um ein radioaktives Isotop abzugeben. Es hinterlässt eine deutliche Spur. Er hat dich nicht weiter verfolgt, weil das nicht nötig war.«

Ich stützte mich auf den Tisch, weil meine Knie unter mir nachzugeben drohten. *Verdammt*. Das war meine Schuld. Ich hatte ihn hergeführt.

»Meine Spur ...«, setzte ich schwach an. »Ich bin durch den ganzen Turm gelaufen. Das verschafft uns hoffentlich etwas Zeit.«

»Er verfügt über Spezialausrüstung«, sagte sie verbittert. »Und er wird in diesem Bereich mit der Suche beginnen. Er hat ein paar Mal beinahe verschiedene Zellen in der Nähe dieser Grünanlage entdeckt, weshalb er weiß, dass er uns hier unten dicht auf den Fersen ist. Der Mann ist einfach unerbittlich.«

»Das ist alles meine Schuld«, hauchte ich niedergeschlagen. »Euer Zuhause ...«

Hände packten meine Schultern und zogen mich hoch. Als ich aufsah, blickte ich in Maddox' eisige grüne Augen. »Reiß dich zusammen«, sagte sie eindringlich. »Das hier ist nur ein Ort. Das Zuhause sind die Menschen, die hier leben. Wir dürfen keine Zeit verlieren und wenn du deinen Ausflug in die Medica nicht umsonst unternommen haben willst, dann ziehst du dich sofort um, schnappst dir deine Ausrüstung und machst dich startklar.«

Sie ließ mich abrupt los, nahm eine Metallkiste, die auf dem Tisch stand, und verließ damit das Zimmer. Ich sah, wie Zoe mit einer Kiste in den Händen über den Gang rannte, gefolgt von Eric, der einen schweren Sack über der Schulter trug.

Maddox hatte recht. Ich richtete mich auf und sah Cali an. »Zehn Minuten«, nickte ich.

»Inzwischen sind es nur noch acht. Beeilt euch.«

Ich rannte ins Badezimmer und zog mich schnell um. Grey war in unserem Zimmer, als ich es betrat, und stopfte seine und meine Dinge schon in einen Rucksack. Ich schleuderte meine karmesinrote Uniform beiseite, nahm meine Tasche und packte meine wenigen Besitztümer ein. Eine Decke, einen Becher, eine Zahnbürste und Seife, außerdem die Kleidung, die ich trug, und meine Kabelpeitschen sowie meinen Stromstock. Das war alles, was mir geblieben war. Aber ich dachte nicht weiter darüber nach, sondern schloss den Reißverschluss und rannte zu Roark, um ihm dabei zu helfen, seine Geräte und die Medikamente einzupacken. Grey folgte mir. Wir packten alles ein – wir durften nichts von Roarks Dingen zurücklassen, denn Paragon war die beste und einzige Waffe, die wir im Augenblick zur Verfügung hatten. Wenn die Medica Paragon in die Hände bekam, dann wussten wir nicht, was sie damit anfangen würden. Es könnte unseren Untergang bedeuten.

Sie könnten unsere Sicherheitslücken entdecken und die Medizin nutzlos machen. Deshalb stellte es ein solches Risiko dar, dass ich Jasper die Tablette gegeben hatte. Grey und ich arbeiteten schnell und schweigend. Ich spürte, dass wir beide ein ziemlich schlechtes Gewissen hatten, obwohl ich mir nicht erklären konnte, warum er sich so fühlte. Schließlich war es nicht seine Schuld gewesen. Ich war diejenige, die die Ritter hierhergeführt hatte.

Sobald wir fertig gepackt hatten, hievte ich eine der Taschen hoch, hielt dann aber kurz inne und sah Grey an.

»Das ist schrecklich.«

Er nickte mit düsterem Blick. »Ich weiß, aber es wird alles gut werden, Liana. Sie haben herausgefunden, dass er dich verfolgt, und sie sind zum Glück schnell darauf gekommen. Wir werden von hier verschwinden, bevor er kommt – okay?«

Ich nickte und war ihm dankbar, dass er mir genau das sagte, was ich jetzt hören wollte. Natürlich würde sich erst noch herausstellen, ob er recht hatte, aber wenigstens spornten seine Worte mich an und so lief ich in den Hauptwohnbereich hinauf.

Cali war bereits dort und kniete vor Tian. Sie hatte dem Mädchen eine Hand auf die Schulter gelegt und sprach ruhig mit ihr. Tian nickte, während sie aufmerksam zuhörte und gegen ihre Tränen ankämpfte. Sie umklammerte ihren Rucksack und rutschte nervös hin und her.

Als ich das Zimmer betrat, bekam ich ein schlechtes Gewissen, weil ich wusste, dass ich daran schuld war, dass Tian nun Angst hatte. Ich war entschlossen, es wieder gutzumachen, sobald wir von hier verschwunden und wieder in Sicherheit waren. Es war egal, dass sie selbst mich ermuntert hatte, zu gehen, denn sie hätte sich das hier nicht erträumen lassen. Ich stellte meinen Rucksack auf dem Boden ab und strich mir die Haare aus der Stirn.

Roark drängte sich an mir vorbei, stellte mehrere Taschen ab und machte sich daran, ein paar Notizblöcke vom Tisch einzusammeln. Ich ließ die Gurte meines Rucksacks los und wandte mich Cali zu, um sie zu fragen, wohin wir gehen würden.

Da sprang eine karmesinrote Gestalt durch das Loch, durch das die Leiter nach oben führte, und schlug Roark mit einem Stromstock in den Rücken, als dieser sich von der Leiter entfernen wollte. Roark schrie auf, bevor sein Körper steif wurde und die Blöcke ihm aus den Händen fielen. Devon zog seinen Stock nicht zurück und unterbrach den Kontakt mit Roark über mehrere Sekunden nicht. Tian begann, so schrill zu schreien, dass es in meinen Ohren dröhnte.

Ich starrte fassungslos auf das Bild vor mir. Ich konnte einfach nicht begreifen, wie er uns so schnell gefunden hatte.

Devon presste den Stock nun gegen Roarks Brust und mir wurde übel, als ich verstand, dass er versuchte, den alten Mann zu töten. Ich stürzte vorwärts und löste meinen eigenen Stock aus der Halterung, doch Cali kam mir zuvor. Sie riss den Arm hoch und ihr Stock fuhr auf Devon hinab, sodass dieser sich von Roark löste.

Roark sackte schlaff zusammen, aber Cali ignorierte ihn, stieß Devon mit der flachen Hand mehrere Schritte zurück und verpasste ihm dann einen Tritt gegen den Kiefer. Devon wankte benommen und Cali nutzte die Gelegenheit, um Roark am Kragen seines abgewetzten Sakkos zu packen und mehrere Schritte von Devon fortzuziehen, bevor sie ihn liegenließ und sich wieder Devon entgegenstellte.

Grey lief sofort zu Roark und schleifte ihn weiter nach hinten, während Tian sich hinter Maddox' Beinen festklammerte. Maddox sah mit aufgerissen Augen zu, wie ihre Mutter und Devon miteinander kämpften, und ihr Anblick machte mir klar, dass wir alle wie die Idioten da standen, statt zu fliehen.

»Gibt es noch einen anderen Ausgang?«, zischte ich und riss an Maddox' Ärmel, um ihre Aufmerksamkeit auf mich zu lenken. Sie sah mich an und nickte knapp. »Nehmt alle Taschen, die in der Nähe sind, und verschwindet«, befahl ich ihr. »Warte nicht auf mich oder deine Mom. Geht einfach. Schaff alle nach draußen.«

Grey sah von Roarks leblosem Körper auf, die Augen vor Schreck geweitet. »Er ist tot«, flüsterte er und ich sah, dass die Augen des alten Mannes aufgerissen und leer waren. Sein Gesicht war schlaff. Mich traf eine unerwartete Welle des Schmerzes und ich wandte den Blick ab.

»Verschwindet von hier«, knurrte ich die entsetzte Gruppe vor mir an. »Trauert später um Roark, aber rennt ihm zuliebe. Sofort!«

Eric packte Zoe und sie schnappten sich Taschen, bevor sie losrannten. Nur Grey blieb zurück.

»Du wirst nicht allein hierbleiben«, sagte er und ballte die Hände zu Fäusten.

Ich sah zu Cali, der es gelang, einen weiteren Angriff abzuwehren und Devon einen Schlag gegen die Brust zu verpassen. »Grey«, hauchte ich, »du musst sie anführen. Maddox macht sich Sorgen um Cali, genauso wie Tian und Quess. Sie werden nicht gehen wollen.«

»Aber Eric kann sie doch ...«, begann er, mir zu widersprechen, doch ich schnitt ihm das Wort ab. »Sie kennen Eric nicht einmal. Bitte, tu es einfach.«

Greys Gesicht wurde hart und einen Augenblick lang fürchtete ich, dass er weiter mit mir diskutieren würde, aber dann nickte er doch. »Ich komme zurück, sobald ich sie nach draußen gebracht habe. Warte auf mich.«

Damit wandte er sich um und ich sah gerade noch rechtzeitig, wie Devon Calis Oberkörper mit seinem Stock traf. Die Frau sackte auf die Knie und ihre Glieder zitterten, während der Strom durch ihren Körper jagte.

Devon riss den Stock plötzlich zurück und fuhr sich keuchend mit der freien Hand durch die kurzen Haare.

»Verdammt nochmal, Cali«, sagte er nach einem Augenblick und baute sich vor der keuchenden Frau auf. Ich sah mich im Zimmer um und kroch dann an der Seite entlang, um mich hinter Devon zu schleichen. »Ich hätte wissen müssen, dass du es bist.«

Cali röchelte und hustete, bevor sie sich auf die Seite fallen ließ und sich in Kindslage zusammenrollte. »Hallo Devon«, japste sie. »Ist lange her.«

»Zwanzig Jahre, Cali. Es ist zwanzig Jahre her, dass ich nach Hause gekommen bin und du verschwunden warst.«

Ich riss die Augen auf und erstarrte verwundert.

Devon und Cali hatten zusammen gelebt? Hieß das ... Ich sah Cali an und erkannte die Angst auf ihrem Gesicht, als sie zu dem Mann hinaufstarrte, der ihr Ehemann gewesen sein musste. »Du hast mich verlassen«, knurrte er.

Cali sah sich im Raum um. Ihr Blick war immer noch leicht benommen. Sie entdeckte mich, sah aber schnell wieder weg, um Devon nicht auf mich aufmerksam zu machen. Sie hob leicht die Hand, um mir zu deuten, dass ich mich nicht rühren sollte. Ich zögerte, weil ich mir unsicher war, ob ich wirklich auf sie hören sollte. Dann sah ich in den Gang, durch den Grey gerade zurückkehrte. Unsere Blicke trafen sich, bevor er in die Küche ging und ein Messer von einem Schneidebrett nahm.

»Du hast zugestimmt, Menschen zu töten. Du hast mit Scipio dafür gestimmt. Das konnte ich nicht zulassen.« Ich sah wieder zu Cali, die sich mühsam aufsetzte.

Devon schwieg einen Moment lang, seinen Stromstock immer noch fest umklammert. »Ich kann nicht aufhalten, was geschehen wird, Cali. Die Ritter sind weniger als eine Minute entfernt.«

Grey schlich ein paar Schritte geduckt weiter und auch ich kroch etwas weiter. Vielleicht konnten wir Devon so in die Zange nehmen.

»Scipio ist krank, Devon, und das weißt du auch. Du warst Teil dieser ganzen Sache.«

»Dieser Traum von der Außenwelt ist eine Fantasie, und du weißt es.«

Cali lachte bitter und schüttelte den Kopf. »Zumindest habe ich noch Träume, Devon. Das ist etwas, was mir kein Ritter, keine künstliche Intelligenz oder der Turm jemals nehmen können.«

Ich sah zu Grey und er nickte, dann kroch ich weiter durch die Kissen am Boden auf Devon zu, während Grey sich ihm von der anderen Seite näherte.

»Alle hier werden sterben. Das kann ich nicht verhindern.«

Cali lächelte. »Du hast recht, aber nur zum Teil«, sagte sie, während sich ihre Finger bewegten. Ich verstand, dass sie mir etwas auf Callivax buchstabierte. *K-a-b-e-l*, sagte sie und ich erschrak. Dann wandte ich mich in Greys Richtung und winkte ihm zu, damit er zu mir sah. Sobald er mich sah, übersetzte ich Calis Nachricht für ihn: *H-a-l- t-d-i-c-h-f-e-s-t.*

»Wie meinst du das?«, fragte Devon.

»Du und ich werden auf jeden Fall sterben.«

Grey sah mich verwirrt an, doch dann achtete ich wieder auf Cali, die ihre rechte Hand hochriss – die Hand, die sie die ganze Zeit hinter ihrem Körper versteckt gehalten hatte. Ich erkannte einen kleinen schwarzen Gegenstand, den sie nun in den Glasboden rammte. Es erklang ein schriller Ton und plötzlich knirschte das Glas und der Boden gab unter uns nach.

Mir blieb nicht einmal Zeit, um nachzusehen, ob Grey sich an etwas festhielt, bevor ich auch schon zu fallen begann. Rings um mich funkelten Glassplitter, während mich die Schwerkraft nach unten zog. Allein die antrainierten Reflexe meiner Muskeln waren es, die nun reagierten. Sie waren so daran gewöhnt, Kabel zu schleudern, wenn ich fiel, dass sie es auch dieses Mal taten. Mein Kabel haftete an der Decke und fing mich nach fünf Metern Sturz ab.

Sofort wirbelte ich herum und hielt nach Grey Ausschau. Zum Glück hing er an einem dicken Rohr in der Decke, Arme und Beine fest darum geschlungen. Er musste es gepackt haben, als das Glas zerbrochen war.

Nun, da Grey erst einmal in Sicherheit war, sah ich mich nach Cali um. Sie hing etwa fünfzehn Meter unter mir an ihren Kabeln und versuchte fahrig, sich aus dem Leitungsgewirr um sie herum zu befreien. Ich nahm mein anderes Kabel und wollte mich zu ihr hinabschwingen, als ich im Dunkeln über mir eine Bewegung sah. Es war Devons dunkler Umriss. Er hing an einer Leiter, die seinen Sturz scheinbar abgefangen hatte, und hangelte sich zu der Stelle, an der Calis Kabelspitze Kontakt hergestellt hatte. Ihr Kabel haftete an dem Metallrahmen, in dem der Glasboden eingelassen gewesen war. Cali sah zu uns auf und ich sah förmlich, wie sie ahnte, was geschehen würde, als sich Devon ihrem Kabel näherte.

Er trat mit seinem Stiefel fest gegen die Kabelspitze, an der sie hing, und löste sie schließlich vom Metall.

»Nein!«, schrie ich und schleuderte mein Kabel, um Cali zu erreichen, aber es war zu spät und sie war schon zu tief gestürzt. Sie fiel und ich konnte nichts dagegen tun.

Ich konnte nur noch fliehen.

Und das musste ich auch. Cali war fort und die anderen brauchten mich. Mir blieb keine Zeit, um zu trauern.

Also schwang ich mich dorthin hinauf, wo Grey am Rohr hing, und verspürte erneut Panik. Devon war nicht allzu weit von ihm entfernt, auch wenn seine Kabelpeitschen in dieser feuchten Umgebung zum Glück nicht funktionierten.

Grey kletterte auf meinen Rücken, während Devon, mit dem Rücken zu mir gewandt, in den Abgrund starrte, wo Cali in die tödlichen Wassermassen stürzte. Ich musste an mich halten, um mich nicht zu ihm hinüberzuschwingen und ihn ihr hinterherzustoßen, aber die Tatsache, dass schon bald weitere Ritter hier ankommen würden, wog zu schwer. Mir blieb keine andere Wahl.

Ich warf meine Kabelpeitschen, sodass sie am Beton, aus dem der Küchenboden gemacht war, haften blieben. Dann schwang ich mich an den Metallrahmen entlang, in denen der Glasboden eingelassen gewesen war. Grey klammerte sich fester an mich, als ich mein Tempo beschleunigte und unter dem Gehäuse des Sanctums hinwegschwang. Wir baumelten nun unter der Grünanlage und tauchten dann auf der anderen Seite wieder auf. Die ganze Zeit musste ich gegen meine Tränen ankämpfen.

Da entdeckte ich Quess, der an seinen Kabeln hing und Eric auf seinem Rücken trug. Quess hatte sich die mir bekannte rote Brille aufgesetzt. »Hey!«, rief er, als er uns erblickte, woraufhin ich schnell den Kopf schüttelte und meinen Finger an meine Lippen presste.

Nun deutete mir Eric in Callivax, ihnen zu folgen, und ich nickte. Quess war eigentlich nicht schlecht im Umgang mit den Kabeln, aber mit Erics klobigem Körper auf dem Rücken hatte er doch Mühe, das Gleichgewicht zu halten und Schwung zu bekommen. Doch es gelang ihm schließlich.

Wir schwangen uns eine gefühlte Ewigkeit vorwärts, entfernten uns immer mehr von der Außenwand des Turms und hingen immer weiter unter dem Arm der Grünanlage. Je weiter wir uns von den Wasserturbinen entfernten, desto klarer wurde die Luft und es wurde stiller um uns herum. Hier und da verliefen Laufstege und Quess wählte eine Route, um uns unter ihnen entlangzuschwingen, um möglichst ungesehen zu bleiben.

Nach einer Weile schien alles vor meinen Augen zu verschwimmen und ich konzentrierte mich nur noch auf Quess' schemenhafte Umrisse. Eine tiefe Erschöpfung breitete sich in mir aus, betäubte mich und steuerte mich wie einen Roboter. Irgendwann kamen wir zum Halt und krochen durch die Luke, hinter der der Rest der Gruppe auf uns wartete. Ich sah sie an, wandte dann jedoch den Blick ab.

»Cali ist tot«, sagte ich heiser.

Tian war die Erste, die in Tränen ausbrach. Erst schluchzte sie leise, dann immer heftiger. Maddox nahm sie in die Arme und wiegte sie hin und her. Sie kämpfte selbst gegen ihren Tränen an, aber ihre Augen waren voller Schmerz und Kummer. Sie sah in diesem Augenblick so verloren aus, so klein und verletzlich. Ich hatte großes Mitleid mit den beiden.

Quess war eher verhalten. Seine Miene war reglos und seine Kiefermuskeln angespannt. Ich sah ihm an, dass er ebenfalls trauerte, weil er näher an Maddox und Tian heranrückte. Ich wollte mit ihnen weinen und Maddox nach der Ehe ihrer Mutter mit Devon fragen. Ich wollte sie fragen, wie die ganze Geschichte so lange unbekannt geblieben war und ob Devon ihr Vater war, aber dies war nicht der richtige Zeitpunkt. Wir mussten immer noch ein sicheres Versteck finden und dieser kleine Raum hinter einer Außenluke war es ganz bestimmt nicht.

»Maddox?«, sagte ich vorsichtig und sie sah erschrocken zu mir auf. Plötzlich stockte ich, weil ich nicht wusste, was ich sagen sollte, was ich überhaupt sagen konnte. Sie hatte gerade ihre Mutter verloren.

»Wir müssen weiter«, sagte Grey und ich warf ihm einen dankbaren Blick zu, bevor ich mich umsah, um zu erkennen, wo genau wir uns befanden. Wir waren in einem weiteren Relais-Hub, aber einer der Schächte war aus der Wandhalterung gelöst worden.

»Müssen wir durch diesen Schacht kriechen? Ist das der Weg?«, fragte ich.

»Ich will ins Sanctum gehen«, schniefte Tian und Zoe nahm die Hand des Mädchens und drückte sie fest. Dann sah sie mich an und ich sah, dass sie sich ebenfalls schuldig fühlte. Aber es war nicht ihre Schuld. Es war meine. Ich hatte Devon zu ihnen geführt. Ich hatte mich für klug gehalten, aber das war ich nicht. Ich war es noch nie gewesen.

»Der Schutzraum ist hinter … hinter diesem Lüftungsschacht«, brachte Maddox hervor. »Mom … Sie hat … Es gibt dort Vorräte …« Sie verstummte und weinte in leisen, langen Schluchzern, die ihr gegen ihren Willen zu entwischen schienen. Sofort schlug sie sich die Hände wie einen Schutzschild vor das Gesicht, um alles von sich abzuhalten, aber es war zu spät, der Damm war gebrochen.

»Der Schacht ist eng«, sagte Quess, der seine Arme um Maddox und

Tian geschlungen hatte. »Einige der Taschen werden nur schwer um die Kurven kommen.«

»Uns fällt schon etwas ein«, sagte ich. »Lasst uns nur schnell von hier fortkommen.«

Quess sah mich wütend an, bevor er auf Maddox und Tian hinabblickte, die immer noch schluchzten. Ich verstand es ja, wirklich.

Ich kniete mich vor die beiden und legte meine Hände sanft auf ihre Knie. Dann sagte ich leise und ruhig ihre Namen. Das schien zu funktionieren, denn nach ein paar Versuchen hatten sie sich zumindest so weit im Griff, dass sie mich ansehen konnten.

»Ich weiß, dass ihr jetzt trauern müsst, das verstehe ich, aber wir können nicht hierbleiben, versteht ihr? Sobald wir in dem Schutzraum sind, können wir trauern ... Cali würde wollen, dass wir nicht stehenbleiben.«

Maddox sah mich mit versteinerter Miene an und ich hasste mich dafür, dass ich das gesagt hatte, auch wenn es notwendig gewesen war.

»Komm, Tian«, sagte die kräftige Frau heiser. Ihre Stimme war rau, matt und belegt. »Liana hat recht. Wir müssen gehen.«

Das Mädchen nickte. Ihre blauen Augen waren leer und sie setzte sich so zittrig auf, als ob sie eine neunzigjährige Frau wäre. »Okay«, flüsterte sie, stand schwankend auf und war kurz davor, wieder zusammenzubrechen.

»Es wird alles wieder gut«, sagte ich und die Lüge schmeckte wie Staub in meinem Mund. Sie schniefte und ging auf den Schacht zu. Dann nahm sie die Taschenlampe, die Quess ihr reichte. Wir alle bekamen eine.

Der Schacht war eng, aber wir konnten uns darin fortbewegen. Ich bildete das Schlusslicht, was bedeutete, dass ich das Gitter von innen wieder auf den Schachtausgang setzen musste. Ich brauchte eine gute Minute, bis ich es geschafft hatte, und als ich aufsah, verschwanden Greys Beine gerade hinter einer Kurve etwa sieben Meter vor mir.

Ich atmete durch und kroch ihm auf allen Vieren nach. Meine Arme waren nach alldem Kabelschwingen schlaff und zitterten vor Anstrengung, aber ich beeilte mich, weil ich nicht den Anschluss verlieren wollte.

Die Taschenlampe, die Quess mir gegeben hatte, hatte ich mir zwischen die Zähne geklemmt, damit ich schneller kriechen konnte.

Ich holte den Abstand schnell auf und kroch dann etwas langsamer. Die großen Rucksäcke zu transportieren kostete Zeit. Maddox setzte ihre Kabel ein, um zu helfen, aber es ging stockend vorwärts, weil sie vorauskriechen musste, dann die Kabel wieder einfuhr und die Taschen zu sich zog. An den Kurven musste Eric vorkriechen und dabei helfen, die Rucksäcke durch die Windungen zu bugsieren, bevor es wieder weiterging.

Jedes Mal, wenn wir anhielten, erinnerte ich mich an den Blick auf Devons Gesicht, als er Calis Kabelspitze gelöst hatte. Sofort wurde mir übel vor Schuld, Entsetzen und Schock. Ich musste mich sehr zusammenreißen, um mich nicht zu übergeben. Ich konnte einfach nicht fassen, was er getan hatte. So als ob sie nichts wert war, so als ob sie nicht die Mutter eines anderen Menschen war. So als ob sie nicht eine Person war, die sich um andere kümmerte, wenn sie in Not gerieten.

Mit jedem Mal, wenn ich daran dachte, fiel es mir schwerer, nicht einfach hier mitten im Schacht zusammenzubrechen. Das Einzige, was mich vorantrieb, war die Tatsache, dass ich es den anderen schuldig war. Also kroch ich weiter. Ich konnte nicht sagen, wie lange wir schon durch den Schacht krochen oder wie weit wir gekommen waren, als ich plötzlich ein Geräusch hörte.

Im Schacht waren viele Geräusche zu hören, die wir alle selbst verursachten, aber das hier war anders.

»… da …«

Es war so leise, dass ich es leicht auf meinen überspannten und übermüdeten Verstand hätte schieben können.

»… niedrig …«

Ich schloss die Augen, atmete aus und versuchte, ganz stillzuhalten. Dann lauschte ich angestrengt.

»… bin …«

Es war eine Stimme. Sie stammte aus der Schachtöffnung direkt hinter mir. Ich sah über meine Schulter zurück und biss die Zähne zusammen. Dann starrte ich in die Dunkelheit und rechnete halb damit, Devon dort zu sehen, der wie der Sensenmann mit einem todverheißenden Blick in den Augen grinste. Aber der Schacht hinter mir war leer.

Das Geräusch ertönte immer wieder und nachdem ich eine Minute mit mir gerungen hatte, beschloss ich, zurückzukriechen. Die Truppe kam inzwischen so langsam voran, dass ich mir sicher war, sie schnell wieder einholen zu können, nachdem ich herausfand, was es mit diesem eigenartigen Geräusch auf sich hatte.

Ich kroch in den angrenzenden Schacht und folgte ihm. Die Stimme wurde lauter. Vor mir lag eine Kreuzung. Ich stockte und lauschte und drehte mich dann nach links, nachdem ich das Geräusch noch einmal gehört hatte. Ich folgte dem Schacht bis ans Ende, vor dem ein Gitter angebracht war. Ich fuhr mit den Fingern durch das Gitter und schob es beiseite. Dann legte ich es ab und kletterte in das Zimmer.

Dieser Raum war definitiv ungewöhnlich dafür, dass er sich so weit unten im Turm befand. Der Boden war mit einem weichen, hellblauen Teppich ausgelegt. Zwei Sofas standen einander gegenüber. In ihrer Mitte stand ein niedriger Tisch und an einer Wand des Raums stand ein sperriger Holzschreibtisch, hinter dem ein Stuhl stand. Alles im Zimmer war mit einer dicken Staubschicht belegt, was angesichts der Atmosphärenregulatoren und der heftigen Luftfilterung nur bedeuten konnte, dass seit extrem langer Zeit niemand mehr hier gewesen war.

Die Stimme war verstummt, sobald ich den Raum betreten hatte. Nun sah ich mich um und suchte nach ihrem Ursprung. Doch plötzlich kamen mir Zweifel und ich überlegte, ob ich mir die Stimme vielleicht nur eingebildet hatte.

»Hallo?«, sagte ich leise, trat etwas weiter ins Zimmer hinein und schwenkte meine Taschenlampe. »Ist hier jemand?«

»-n hier«, antwortete die Stimme auf einmal. Ich zuckte zusammen und presste meine Hand aufs Herz. Dann schwenkte ich die Taschenlampe und suchte nach der Person, die ich übersehen hatte, fand aber niemanden.

»Hallo?«, sagte ich noch einmal und mein Herz schlug immer schneller. »Wer ist da?«

»... hier!« Dieses Mal wurde die Stimme von einer elektronischen Interferenz unterbrochen, sodass sie am Anfang eigenartig hallend klang. »-annst du mich ...«

»Es tut mir leid«, sagte ich und sah unter dem Schreibtisch nach. »Aber ich kann dich nicht verstehen.«

Stille. »- jetzt besser?«

»Ja«, sagte ich und strich mir mit den Händen über die Hose. »Bist du ein Undok?«

»- nicht sicher ... ist das?«

»Wie kannst du dir nicht sicher sein?«, fragte ich misstrauisch. »Wo versteckst du dich?«

»... bin bei dir ... Zimmer«, antwortete die Stimme ruhig und ich sah mich um.

»Ich kann dich aber nicht sehen. Bist du dir sicher, dass du hier bist?«

»... bin auf... Schreibtisch.« Ich sah auf den Schreibtisch, aber da stand nur ein Computer, eine Kaffeetasse und ein paar Aktenordner, das alles unter einer dichten Staubschicht.

»Okay, versuchen wir es andersherum. Wie heißt du?«

Die Antwort ließ mich erstarren.

»Mein Name ist Scipio. Freut mich, dich kennenzulernen.«

»Natürlich«, raunte ich. Mich konnte im Augenblick einfach nichts mehr überraschen. Ich fragte mich, wie viel schlimmer der Tag noch werden konnte – und wie viel Zeit uns blieb, bevor die Ritter uns fanden und uns alle töteten.

* * *

Bereit für den nächsten Teil von Lianas Geschichte?

Bis bald ...
Liebe Grüße,
Bella x